KB219835

마지막 서쩍중개상
송신용 연구

❚ 편저자 이민희 李民熙

　강화 출생.
　연세대학교 국어국문학과를 졸업하고 서울대학교 대학원에서 문학박사 학위를 받았
다. 폴란드 바르샤바대, 아주대를 거쳐 현재 강원대 국어교육과 교수로 재직 중이다.
　저서로『16~19세기 서적중개상과 소설·서적 유통관계 연구』(역락, 2007),『조선의
베스트셀러』(프로네시스, 2007),『조선을 훔친 위험한 책들』(글항아리, 2008),『역사영
웅 서사문학의 세계』(서울대출판부, 2009) 등이 있다.
　wallenrod@kangwon.ac.kr

마지막 서적중개상 송신용 연구

2009년 7월 31일 초판 1쇄 펴냄
2010년 10월 4일 초판 2쇄 펴냄

편저자 이민희
펴낸이 김흥국
펴낸곳 도서출판 보고사

책임편집 민계연
표지디자인 정성윤

등록 1990년 12월 13일 제6-0429
주소 서울특별시 성북구 보문동7가 11번지 2층
전화 922-5120~1(편집), 922-2246(영업)
팩스 922-6990
메일 kanapub3@chol.com
http://www.bogosabooks.co.kr

ISBN 978-89-8433-743-5 93810
ⓒ 이민희, 2009

정가 25,000원

마지막 쉬적중개상

송신용 연구

이민희 편저

보고사

머리말

책의 유통은 시공(時空)을 정복한 역사다. 지식과 사상의 보관 장소가 아니라 의식 있는 요구와 이유 있는 충족을 가능케 하는 소비와 생산 장소로서 책은 끊임없이 진일보하고 변혁을 추구해 왔다. 이러한 책이 가히 지식문화 소통과 확산의 매개물로 자리 잡을 수 있었던 근간에 책의 혁명을 이룬 문화 활동가로서 서적중개상이 위치한다. 서적중개상은 오늘날 서적외판원과 흡사하다. 일정한 가게 없이 돌아다니며 개인적으로 흥정을 해 서책을 팔던 전문 상인을 서적중개상이라 부른다. 비록 그들은 기본적으로 상업적, 개인적 이윤 창출을 위해 책을 등에다 또는 책 상자에다 짊어 메고 발품을 팔았지만, 그들의 의도와 상관없이 서적의 유통의 결과로 창출된 지식의 이동과 확산이란 사회, 정치, 경제, 문화, 사상 등 제 분야에 걸쳐 구성원과 시공간의 제약과 한계를 극복시키고, 삶의 육체적 가치를 정신적 가치로 변환시키는 주체로 자리매김하게 되었다. 전근대 신분 사회에서 육체적 노동이 정신적 향연으로 탈바꿈하게 만드는 매개자로서 기능하게 되었던 것이다.

그러나 근대 이후로 서적중개상은 서점이란 메가톤급 유통 매체에 의해 대량의 서적보급과 다수의 고객을 향한 유통 매커니즘을 따라갈 수 없었다. 일대일로 특정 소수 고객을 대상으로 찾아다니며 흥정하며 매매하던 유통 규모와 방식과 달리 서점은 가공할 만한 차이와 영향력을 보여주게 된 것이다. 따라서 면대면 소통(face-to-face communication) 사회에서나 가능할 법한 서적중개상의 영업방식으로는 근대에 이르러 나타난 대량 소통(mass communication) 사회에서 살아남기 어려웠다. 소신과 철학 하나로, 그리고 자기가 좋아서 하는 것이라면 모를까 산업이 발달하고 근대화된 사회 속에서 사회구성원과 제도로부터 인정을 받으며 서적중개상이 자신의 고유한 영역을 유지해 나가기란 쉬운 일이 아니었다. 그래서 자연스럽게 역사의 뒤안길로 사라져 버리고 말았다.

국내의 경우, 이처럼 전문적으로 서적 중개를 직업으로 삼고 활동했던 서적중개상을 책쾌(冊儈), 서쾌(書儈), 또는 책거간(冊居間), 책장수 등으로 불렀다. 이들은 이미 15세기부터 활동한 사실이 확인된다. 그러나 1960년대 이후로 전통적 의미의 서적중개상은 종언을 고하게 된다. 이 책에서 다루고자 하는 송신용(宋申用, 1884~1962)은 바로 서적중개상의 역사에서 마지막 페이지를 장식했던 인물 중 한 사람이다. 그동안 세상과 학계에서는 송신용을 잊고 있었지만, 그가 고전문학, 역사학, 고문헌학, 서지학 등 여러 분야에 끼친 영향은 지대하고도 특이하다. 우리가 그동안 몰랐을 뿐이지 실상 그는 단순한 서적중개상이 아니라 한 명의 독립운동가요 애국자였으며, 전문 필사가였다. 아니 고전문학 자료를 발견, 소개하고 교주를 가하고 내용을 고증하던 소위 초기 국학자이자 한학자라 부르는 것이 더욱 온당한 평가일 것이다. 구한말과 일제강점기, 한국전쟁, 전란 후 격동기 등 역사적 전환기를 살면서 유실되기 쉬웠던 수많은 서적과 문서들을 적재적소의 연구자에게 팔거나 기증하고, 자신이 스스로 공부하면서 소장하고 있던 자료를 교주, 해제를 해가며 후학들에게 물려주고자 심혈을 기울였던 재야 지식인이었던 것이다.

이 책은 송신용의 진면목을 발견하고, 그 분의 학문적 성과를 기리며, 근대적 서적중개상의 자화상을 재구성하려는 목적에서 기획되었다. 전체를 3부로 나누고, 각각 '생애'편·'자료'편·'연구'편으로 묶어 보았다. '생애' 편과 '연구' 편은 필자가 기존 발표 논문들을 덧대거나 새로 집필한 것이다. 특히 '생애' 편은 송신용 후손의 증언과 각종 기록 자료를 토대로 송신용의 일생을 재구성하고 그를 재평가하고자 한 '소전(小傳)'의 성격을 띤다. '자료' 편에서는 송신용 관련 자료에 대한 자세한 '해설'을 가하고 연구자들이 활용할 수 있도록 '원문'을 가감 없이 제시해 놓았다. 아울러 원문을 실지 못한 경우, 사진 자료로 대신하고자 했다. '연구' 편에서는 송신용이 직접 교주한, 화장용품과 도구를 의인화한 가전체 소설 「여용국전(女容國傳)」에 관한 논문, 그리고 송신용의 방계 친척인 송헌석(宋憲奭)의 작품 『병인양요』(구활자본 고소설)와 『옥중향(獄中香)』(송헌석 개작 춘향전 이본)에 대한 논문을 한 데 모아놓았다. 아무쪼록 이 책을 통해 송신용의 대략적 공적과 문학사적 의미가 재평가되고 연구자와 일반 독자들 중에서 송신용과 서적중개상의 삶을 치열하게 이해하는 이들이 생겨나기를 바라는 마음 간절하다.

이 책은 강원대의 전폭적인 연구 지원에 힘입어 세상에 빛을 보게 되었다. 마음껏 연구할 수 있도록 지원해 준 대학에 감사하다. 송신용 선생과 인연을 맺은 지도 벌써 10여 년이란 세월이 지났다. 그동안 송신용 선생을 찾아 나선 전 과정을 필자만큼 속속들이 알고 이해해주고 격려해 준 아내 은정인이 없었다면 이 책은 존재할 수 없었다. 쑥쑥 커가는 예쁜이 재인이와 해인이 역시 연구하는 보람을 늘 자각케 하는 원천이기에 고맙고 사랑한다고 말하고 싶다. 또한 송신용 관련 자료를 직접 입력하고 정성껏 교정을 도와 준 국어교육과 이시환 군과 김가혜 양에게도 고마운 마음을 전한다. 출판의 인연을 맺고 예쁘게 편집을 해준 보고사 출판사의 민계연 님의 노고가 컸기에 감사한 마음 가득하다. 마지막으로 대쪽같이 곧은 심지로 일본이 망하는 날을 기필코 보고야 말겠다던, 이 책의 주인공 '필관(必觀)' 송신용 선생에게 이 책을 바친다. 그로 말미암아 사라질 뻔했던 소중한 고전문학 자료들과 책들이 오늘도 평화로이 숨 쉬고 있음에 감사할 따름이다.

2009년 7월 대룡산이 보이는
춘천 연구실에서 파란(波蘭) 이민희 쓰다

차 례

제1부 생애편

불꽃처럼 살다 간 마지막 서적중개상
송신용(宋申用)

제2부 자료편

송신용 교주·교열·해제·필사·집필 자료 해설 및 원문

제3부 연구편

송신용 교주본 「여용국전」 및 새 발굴 송헌석의 작품세계

제1부【생애편】

불꽃처럼 살다 간
마지막 서적중개상
송신용(宋申用)

불꽃처럼 살다 간
마지막 서적중개상 송신용(宋申用)*

1. 어린 시절

　송신용(宋申用)은 1884년 9월 14일에 서울 주교동 63번지, 즉 오늘날 을지로 4가 역과 청계천 사이 방산종합시장 서편에 위치한 곳에서 태어났다. 그가 태어나던 해 서울 한복판에서는 갑신정변(甲申政變)이 일어나 한바탕 정국이 요동쳤다. 그 당시 국내 사회는 밀려드는 서양의 근대적 문물과 변화의 물결을 택한 이들과 우리 고유의 전통을 지키려는 이들 사이에서 번번이 가치관과 사상이 충돌하면서 수많은 담론과 갈등을 쏟아내고 있었다. 그가 태어나고 자라난 서울은 당시 하루가 다르게 개화해 가던 신천지인 동시에 전통이 고스란히 남아있는 역사의 용광로와 같았다. 그래서 어린 송신용에게 조선의 수도 한양, 곧 서울은 지키고 자랑스러워해야 할 삶의 터전인 동시에 끊임없이 새롭게 도전하고 변화를 추구해야 살 수 있는 곳으로 인식

---

* 송신용의 생애와 학문적 활동 전반에 관해 이미 졸고 「서적중개상 송신용 연구」,(『고소설연구』 제27집, 한국고소설학회, 2009)에서 한 차례 다룬 바 있다. 여기서는 기존 논문의 내용을 보완, 확장시켜 전체적으로 다시 서술한 것이다.

되었다. 그가 서울을 무대로 서적중개상 활동을 하고 고서 연구에
몰두하게 된 데에는 이런 서울이란 성장환경을 무시할 수 없다.

송신용의 어린 시절은 그리 순탄하지만은 않았다. 8살 때에 자상하
셨던 어머니께서 돌아가셨다. 3형제 중 막내였던 송신용으로서는 든
든한 울타리와 같던 어머니를 일찍 여의고, 어머니의 따뜻한 사랑이
무척이나 그리웠다. 훗날 그가 자신의 자녀들에 대한 남다른 관심과
애정을 보인 것도 어머니에 대한 그리움이 컸기 때문이다. 그는 부친
과 두 형과 함께 지내면서 독립심을 배우고 변화하는 세상의 흐름에
일찍 눈을 뜨게 되었다. 그러나 송신용이 20살 되던 해(1904)에 부친마
저 세상을 떠나게 되자, 이제 갓 20살이 된 청년 송신용은 스스로
가정을 책임지고 세상을 헤쳐 나가야 했다.

송신용은 자(字)를 치휴(致休) 호(號)를 필관(必觀)이라 했는데, 이
중 호를 필관으로 삼은 것은 일본이 망하는 것을 반드시 보고야 말
겠다는 신념 때문이었다. 그가 신념이 강하고 애국심이 투철했던 인
물임을 그의 아호에서부터 엿볼 수 있다. 그런데 이러한 그의 신념은
조실부모(早失父母)한 상황에서 자연스럽게 형성된 자신만의 생활철
학이자 노하우였다. 그의 신념은 변화와 용기를 택했다. 그것은 자신
을 둘러싼 평안한 세계를 거부하고 저 앞선 세계로 뛰어들고자 하는
새로운 모험과 같았다. 그가 택한 모험이란 22살 되던 해인 1906년
에 휘문의숙에 입학한 것을 의미한다. 원동(苑洞), 즉 오늘날 현대본
사 빌딩이 있는 자리에 휘문의숙이 자리잡고 신학문 교육의 문을 열
자, 학교 근처에 살던 송신용은 제1회 입학생으로 본격적인 배움의
길에 들어서게 된 것이다. 뜨거운 비전을 지닌 청년으로서 큰 뜻을
품고 선진 교육을 배우며 국가와 사회가 요구하는 시대적 사명을 바

로 깨닫고자 가슴을 열었던 것이다.

　그러나 당시에 신학문을 배울 수 있는 기회는 누구한테나 찾아온 것이 아니었다. 송신용이 아무리 공부하고 싶다 할지라도 양 부모가 돌아가신 처지에서 사립학교에서 공부를 한다는 것은 꿈도 꾸지 못할 일이었다. 그러나 다행스럽게도 백부(伯父) 송헌빈(宋憲斌, 1841~1923)이 있어 그의 든든한 후원자가 되어 주었다. 당시 휘문의숙 학적부를 보면 가장(家長)을 적는 란에 친부(親父) 송헌교(宋憲教)가 아닌 백부 송헌빈의 이름이 적혀 있다. 이는 두 부모가 돌아가신 자리를 백부가 대신하고 있었음을 단적으로 보여준다.

　백부 송헌빈의 자(字)는 문재(文哉), 호는 동산(東山)으로, 1881년에 일본 신사유람단의 일원으로 일본을 시찰하고 올 만큼 식견이 넓었던 중견 인사였다. 당시 조사(朝士) 이원회(李元會)의 수행원으로 신사유람단에 참여하였다가 귀국한 후 신사유람단의 전 여정의 행적을 일기식으로 기록한 『동경일기(東京日記)』를 저술했다. 일본을 다녀온 직후만 해도 그는 창방(廠房) 수리를 책임지던 말단 관리에 불과했는데, 1882년에 정9품 벼슬인 말단 무관직 부사용(副司勇)을 시작으로[1] 1883년에는 기무국(機務局)과 전원국(典園局) 위원을 역임하고, 1888년에는 경기도 안성의 양성(陽城) 현감(縣監)이 되어 나가게 되었다.[2] 그 후 1895년에는 정3품 벼슬인 농상공부 상공국장에 오르기까지 했다. 특별히 1895년 5월부터 8월까지 그는 등대 부표 위치 검정 차 일본인 기사인 이시바시[石橋洵彦]와 함께 일본의 메이지마루[明治丸]선에 탑승해 인천·평양·충청·전라·경상·강원·함경

---

1) 『승정원일기』 고종 19년(1882) 11월 11일조.
2) 『승정원일기』 고종 25년(1888) 8월 17일조.

각도 연해 도서를 측량하는 일을 하기도 했다. 그 이듬해인 1896년
에는 통신국에 들여올 우표인쇄기계 매입을 위해 일본 동경을 다녀
왔는가 하면 독립협회 위원으로 활동하기도 했다.

송헌빈은 관료로서 계속 승승장구했던 것으로 보인다. 1899년에
는 농상공부 광산국장을, 1900년에는 중추원 의관을, 1906년에는 농
상공부 공무국장을 맡았고, 1910년에 조선총독부 중추원 부찬의가
되기 전까지 전라북도 태인 군수로 재직하기도 했다. 이처럼 정치 ·
경제 분야 요직을 두루 거친 후, 일제강점기에는 중추원 부찬의에
임명되었다. 그리하여 1912년에는 일본정부로부터 한국병합기념장
을 받기도 했다. 그러나 1921년에 조선총독부 중추원 관제개정 때
더 이상 참의로 임명받지 못하고 폐직(廢職)되고 말았다. 아마도 그
때 그의 나이가 이미 80살이 넘은 고령인지라 더 이상 관직에 머무
르기 어려웠던 것으로 보인다. 그는 개화기에 활동한 전형적 경제 ·
산업 계통의 관료였다고 할 것이다.

송신용이 휘문의숙에 입학하던 해에 백부 송헌빈은 광교 남천변에
위치한 대한토목건축회사라는 회사의 중역으로 있다가[3] 농상공부
공무국장을 거쳐[4] 태인 군수로 부임해갔다. 숨가쁘게 여러 요직을
맡으며 생활하던 터라 송헌빈의 집안은 그다지 어려운 편이 아니었
다. 그렇기 때문에 송신용은 백부의 전폭적 후원을 받으며, 휘문의숙
에서 신식 학문과 전통교육을 배울 수 있었던 것이다. 송신용은 백부
송헌빈을 돌아가신 부친처럼 따르며 봉양했다. 송신용이 휘문의숙에
서 졸업하던 1910년에 이미 송헌빈은 70살의 노인이었다. 그러나 인

---

3) 『황성신문』 1906년 4월 21일자.
4) 『조선왕조실록』 고종 43년(1906) 5월 11일조.

생의 대선배이자 든든한 후원자로서 송신용과 송헌빈의 관계는 살갑기만 했다.

이 무렵 송신용이 살던 집은 중부(中部) 묘동(廟洞) 14통(十四統) 10호(十戶)였다. 묘동(廟洞)은 종묘 근처에 위치해 있어 붙여진 동명(洞名)이다. 송신용이 30대 후반부터 40대 초반인 1920년대에 송헌빈의 고향인 경기도 양평군 옥천면에 가 백부의 임종을 지키며 한 동안 그곳에 거주한 것을 빼고는 한평생 서울 토박이로서 서울을 주 무대로 생활을 영위해 나갔다. 그렇다 보니 자연스럽게 조선의 수도였던 서울의 풍습과 전통, 그리고 생활문화를 몸소 체험하고 분위기를 맛볼 수 있었다. 그런 성장환경과 활동무대는 그가 훗날 서울의 역사에 남다른 관심을 갖고 『한경지략』과 『한양가』 등 서울 관련 자료를 필사하거나 주해를 가하고, 이를 후손에게 제대로 물려주고자 하는 정성을 쏟을 수 있는 자양분이 되었다.

2. 휘문의숙 1회 졸업생

송신용은 광무(光武) 10년, 즉 1906년 9월 1일에 22살의 나이로 휘문의숙에 입학했다. 당시 학교입학 연령제한이 없었던 데다 첫 입학시험을 통해 중학과에 들어온 학생들은 송신용처럼 스무 살이 넘은 이들이 다수였다. 휘문의숙(徽文義塾)은 처음 1904년 종로 볼재(종로구 원서동 206번지)에서 하정 민영휘가 세운 '광성의숙(廣成義塾)'으로 출발했다. 그러나 2년 후인 1906년에 고종 황제가 내려준 '휘문(徽文)'이란 교명으로 정식 개교해 1910년 3월 31일에 첫 졸업생을 배출하게 되었다. 송신용은 바로 이 학교 제1회 입학생이자 제1회 졸업생

휘문의숙 1회 졸업생 사진(『휘문 100년사』 제공사진)

32명 중 한 사람이었다.

　당시 휘문의숙은 일부 학교와 더불어 신식학문을 가르치고 민족의식을 고취시키는 학교로서 선구적이었다. 『맹자(孟子)』「진심장구(盡心章句)」편에 나오는 글귀를 가져와 '득천하영재구국(得天下英才救國)'이라는 이념을 내세워 자주독립과 부국강병을 위한 쓸모 있는 인재를 길러내는 것을 목적으로 삼았다. 이때 건학 이념과 학교설립 취지의 글을 작성하고 개숙식(開塾式) 때 공표한 이가 바로 당시 휘문의숙 편집부원이었던 장지연(張志淵)이었다. 그런 사실이 <휘문의숙 연혁 급 설립대지(徽文義塾沿革及設立大旨)>이란 글에 잘 나타나 있다.[5]

───────────

5) 휘문 100년사 편찬위원회 편, 『휘문 100년사』, 휘문중고등학교, 2006, 57~59쪽.

장지연

박종화

송신용의 휘문의숙 후배였던 월탄(月灘) 박종화(朴鍾和)는 학창시
절과 휘문의숙 졸업생들을 이렇게 회고한 바 있다.

　1회 졸업생에는 천풍(天風) 심우섭(沈友燮)과 조인섭(趙寅燮)이 나왔
다. 천풍은 매일신보의 초기 기자로서 성격이 쾌활 호탕한 전형적 정객
의 풍도를 가진 명기자로 하몽(何夢) 이상협(李相協)과 함께 이름이 높
았던 신문인이기도 하였다. 그는 『상록수』의 저자인 심훈(沈熏, 본명 大
燮)의 백형이었다. 그는 쾌활한 성격으로 인해 춘원 이광수의 『무정』에
대팻밥 모자를 쓴 신문 기자로 되어 나타나기도 하였다. (중략) 조인섭
은 조고약(趙膏藥) 집안의 아들로서 천일약업(天一藥業)을 크게 일으켜
장안에 이름을 떨치던 실업가였다. 2회에는 우창(又蒼) 신석우(申錫雨),
3회에는 최두선(崔斗善)·임긍순(任兢淳)이 있다. 신석우는 일인의 문화
정책 이후 송병준(宋秉畯)이 경영하던 조선일보를 사들여서 월남(月南)
이상재(李商在) 선생을 사장으로 모시고 조선일보로 하여금 정정당당한
민족적 정기를 드날리게 하였던 신문계의 1대의 거물이요, 당시 조선은
행의 소장 은행가였던 임긍순은 여송연을 피우며 통바퀴 인력거로 이

름을 날렸던 이로, 지금 문화방송에 있는 임택근(任宅根) 군의 선친이다. 최두선은 육당의 계씨로 너무나 유명할 뿐 아니라 국무총리까지 지냈으니 다시 더 말할 것 없고, 4회에는 애류(崖溜) 권덕규(權惠奎), 5회에는 민한식(閔漢植)·이근용(李瑾鎔)이 나왔다.[6]

이 글에 비록 송신용이 직접 거명되어 있지 않지만, 송신용이 어떤 이들과 함께 공부했으며, 졸업 후 어떤 인맥 지도를 그리게 되었는지 간접적으로나마 살펴볼 수 있다. 소설 『상록수』의 저자인 심훈의 맏형이 바로 송신용과 함께 공부한 심우섭이다. 그리고 최남선의 동생인 최두선은 송신용보다 2년 늦은 후배였다. 후일에 가람 이병기 선생의 집에 송신용처럼 자주 드나들었던 권덕규 역시 그의 후배들이었다.

휘문의숙 졸업생 중에는 사회에 진출해 각 분야에서 두각을 나타낸 이들이 적지 않았다. 따라서 졸업 후 사회생활을 하면서 맺게 된 인간관계 중 상당 부분은 휘문의숙 동문이라는 학맥이 크게 자리잡았다. 그 시발은 1910년 4월, 제1회 졸업생들이 발기해 조직한 '휘문의숙 졸업생 동창회'였다. 그리고 다음 해인 1911년에는 재학생이 중심이 된 '문우회(文友會)'가 조직되었다. 그러나 이 모임은 곧 졸업생과 재학생, 그리고 교직원이 모두 참여하는 '문우회'로 발전하게 되었다. 이런 모임의 결성은 졸업한 송신용에게 있어 휘문의숙을 매개로 자연스럽게 학교와 인연을 맺고 사회활동을 할 수 있는 연결고리와도 같았다. 당시 휘문의숙에서 교편을 잡았던 선생들 역시 훗날 사회 곳곳에서 민족의식을 고취시키고 나라를 위해 헌신했던 명사

---

6) 박종화, 「월탄 회고록」, 『한국일보』, 1973.1.13; 『역사는 흐르는데 청산은 말이 없네』, 삼경출판사, 1979, 384쪽.

(名師)들이 두루 망라되어 있었는데, 이들과의 교유 역시 송신용의 사상과 사회활동에 적잖은 영향을 끼쳤다. 역시 박종화는 학창 시절 휘문의숙을 거쳐 간 스승들의 면면을 이렇게 기억하고 있다.

> 휘문 삼일재(三一齋)에는 숙장 박중화 선생을 위시하여 존경할 만한 훌륭한 스승님들이 많았다. 뒤에 중동(中東)학교를 창립하고 해방 후에는 초대 서울대학교 총장을 지냈던 백농(白儂) 최규동(崔奎東) 선생은 대수(代數)로 유명했고, 도산 안창호 선생의 제자로 한동안 서우(西友) 잡지에 글을 많이 썼던 장응진(張膺震) 선생은 기하(幾何)로 이름을 떨쳤다. 대한문전(大韓文典)의 개척자인 주시경(周時經) 선생이 계셨고, 뒤에 상해로 망명하여 임시정부에서 활동했던 남형우(南亨祐)·고원훈(高元勳) 두 분은 법률을 강의했다. 김두봉(金枓奉) 씨는 한글을 지도했고, 숭양산인 장지연·육당 최남선·벽초 홍명희 씨가 한때 다 교편을 잡았다. 역사에는 황의돈(黃義敦), 음악에는 이상준(李尚俊), 회화(繪畫)에는 춘곡(春谷) 고희동(高羲東), 한문은 민광식(閔廣植) 선생이 지도했다. 물론 그 뒤에도 좋은 스승들이 많았지만, 내가 다닐 때만 해도 나라는 기울어졌으나 신문화가 처음 어울리기 시작하던 때였다. 스승들은 모두 다 제각기 그 방면의 지성(至誠)과 열기를 뿜는 개척자요, 창조자였다.[7]

이들 스승의 영향을 받아 송신용 역시 투철한 애족의식이 몸에 배일 수밖에 없었고, 그들의 정신철학은 그의 삶을 이끌어나갈 수 있는 정신적 나침반이 되었다. 3·1 운동 직후 송신용이 상해 임시정부를 찾아가 독립운동을 하겠다는 결심을 갖게 된 것은 최남선·남형우·고원훈 등의 은사가 있었기 때문이었다. 그리고 『한글』지에다 여러 편의 글을 발표할 수 있었던 것도 『한글』지가 바로 휘문의숙 교사와

---

7) 박종화, 「월탄 회고록」, 『한국일보』, 1973.1.13.; 『역사는 흐르는데 청산은 말이 없네』, 삼경출판사, 1979, 382~383쪽.

휘문의숙 한문교사 원영의
(『휘문 100년사』 제공사진)

졸업생이 만든 조선어학회 발행 잡지였기 때문이었다. 이처럼 저명한 휘문의숙의 인사들과의 친분과 교유는 송신용이 향후 서적중개상으로서 활동하며 중요 서적을 당시 저명 지식인, 학자들에게 공급하고 상거래 이상의 친분을 유지할 수 있는 밑거름이 되었다.

송신용의 한학 실력은 대단했다. 그가 나중에 전문적으로 고서를 읽고 어려운 어휘에 주를 달거나 작가 고증을 하는 등 한적 자료를 직접 해독하고 연구할 수 있는 전문소양을 지니게 된 것은 결코 우연이 아니었다. 바로 휘문의숙에서 그러한 기본 능력을 배양할 수 있었던 것이다. 휘문의숙 재학 당시 그의 한문 담당 교사는 당대 한문학의 대가였던 원영의(元泳義) 선생이었다. 원영의는 개숙 당시부터 한문·지리·역사·작문 등을 담당했는데, 투철한 민족의식을 가지고 강렬한 수업을 행한 것으로 유명하다. 역사 시간에는 조심스럽지만, 소신을 갖고 우리 역사의 주체성을 강조하던 민족주의자이기도 했다.[8] 그는 역사와 한문 교육에 심혈을 기울여 여러 편의 교재를 편찬해 내기도 했다. 이런 스승에게서 많은 학생들이 한문을 배웠지만, 그 중에서도 송신용의 한문 실력은 더욱 출중했다. 그래서 그의 학적부에 기재된 한문과목 점수는 백점 만점이었다.

당시 휘문의숙에서 사용한 한문 교재 중에는 『대동문수(大東文粹)』[9]

---

8) 휘문 100년사 편찬위원회 편, 『휘문 100년사』, 휘문중고등학교, 2006, 83쪽.

가 있었다. 이 책은 장지연이 휘문의숙 편집부에 있을 때 만든 한문 교과서인데, 고대의 기자조선(箕子朝鮮)으로부터 조선말에 이르는 시기에 나타났던 명문(名文) 93편을 모아 신식활자를 써서 1907년에 간행한 책이었다. 이 책의 서문에서 장지연은 중국 문장만을 중시하고 우리 선현들의 명문들은 오히려 홀대해 온 풍조를 비판하면서 이런 의식의 극복을 위해서라도 선현들의 글 중에서 정수(精粹)하고 간략한 글을 뽑아 주석을 붙여 학생들을 올바로 깨우치려고 한다고 밝혀 놓았다. 송신용은 휘문의숙에서 이처럼 훌륭한 교재와 열정 있는 교사로부터 배웠기 때문에 그의 문식력과 한학 지식은 향후 각종 고서들을 수집하고 학자적 활동을 행하는 데 훌륭한 지적 자산이 되었다.

학적부에는 송신용의 원거주지가 번지수 기록 없이 '북부(北部) 원동(苑洞)'으로만 되어 있다. '원동(苑洞)'은 오늘날 원서동(苑西洞) 일대로 창경원 서쪽에 위치해 있는 북촌 지역 중 하나로 휘문의숙이 터를 잡았던 곳이기도 하다. 그런데 백부 송헌빈이 살던 집 주소 역시 '북부(北部) 원동(苑洞) 21통(二十一統) 11호(十一戶)'로 기재되어 있다. 이로 보건대 송신용이 거주지가 송헌빈의 집과 동일하거나, 아니면 가까운 곳이었을 것으로 보인다. 게다가 송헌빈의 장남이자 송신용의 보증인으로 기재되어 있는 종형(從兄) 송윤용(宋潤用) 역시 주소지가 '북부(北部) 원동(苑洞) 12통 6호'로 되어 있다. 이로 보건대, 일가족이 근처에 모여 살았던 것으로 짐작된다. 송신용이 집 근처에 세워진 휘문의숙에 입학하게 된 것은 어쩌면 너무나 당연한 일이었는지도 모른다.

---

9) 서울대학교 규장각에 소장되어 있으며, 『대동문수』에 관한 일반적 설명은 규장각 소개 해제 글을 참고했다.

徽文義塾學籍簿

人 證 保		長 家		學	退	入	育教前從	身	居原	名 姓 員 學
住居	名姓	住居	名姓	由	理	月年日	月年日	證		宋申用

學業成績

第一學年		第二學年		第三學年		第四學年			月	實 修 間
科目	點數	科目	點數	科目	點數	科目	點數			

出席及欠席數

第一學年		第二學年		第三學年		第四學年		
出席	欠席	出席	欠席	出席	欠席	出席	欠席	月數

備　考

徽文義塾 송신용 학적부

송신용의 장녀 송명희(宋明希, 1928~) 여사의 증언에 의하면, 송신용은 아침 일찍 학교에 갔다가 밤늦게까지 공부하고 오느라 제때 제대로 식사를 하지 못했다고 한다. 그래서 소금을 가지고 다니며 허기진 배를 채우는 일이 다반사였다. 그러니 위장이 좋을 리가 없었다. 그래서 학창시절 이후로 나이 들어 죽을 때까지 소화를 제대로 못하고 속이 안 좋아 고생을 했다고 한다.

학적부에는 송신용이 휘문의숙을 졸업한 후 사립 양원(養源)여학교 교사가 된 사실도 적혀 있다. 그러나 양원여학교에 관한 상세한 자료가 남아 있지 않아 송신용이 거기서 얼마동안 무슨 과목을 가르쳤으며 어떻게 생활했는지 알 수 없다. 다만 양원여학교에서 1909년에 특별과를 개설해 오후에 한문·국문·영어·일어·산술 등을 가르치다가 송신용이 졸업하던 1910년에 한문 전문강습소를 개설하였는데, 송신용은 휘문의숙을 졸업 후 곧바로 이 학교로 와 한문 강의를 했던 것이 아닐까 짐작을 해 볼 따름이다. 그가 사회에 첫발을 내디딘 사립 양원여학교는 현 동덕여자대학교의 전신이다.10)

---

10) 동덕100년사 편찬위원회, 『동덕 100년사』, 동덕여자대학교박물관, 2008.
　원래 여자교육회(女子敎育會)라는 여성교육단체 부속학교인 여자보학원(女子普學院)이 1907년에 설립되었는데 여자교육회가 부채로 인해 여자보학원을 제대로 운영할 수 없게 되자 윤치오(尹致旿) 등이 중심이 되어 의연금을 모으고 유자보학원유지회를 별도로 만들었다. 그런데 이번에는 의연금을 둘러싸고 운영진 사이에서 내분이 일어나자 1908년 6월에 여자보학원에서 완전히 분립된 새로운 여학교가 생기게 되었는데, 그 학교가 바로 양원(養源)여학교이다. 그러나 여전히 양원여학교는 재정 문제 때문에 허덕이게 되자 결국 양원여학교는 1913년 9월에 양심(養心)여학교를 합병한 동덕여자의숙에게 1915년에 합병되고 말았다. 이때 합병한 동덕여자의숙의 초대 원장으로 임명되어 온 것이 바로 월남 이상재(李商在)였다.

3. 상해 임시정부로 가다

1910년대는 송신용이 가장 혈기 왕성하게 활동했을 법한 20대 중반 이후가 된다. 그러나 이 시기 그의 행적을 알 수 있는 자료가 전무하다. 그나마 1919년 3·1운동 후인 30대 중반 이후부터의 행적이 편린적이나마 남아 있어 그 대강을 짐작해 볼 뿐이다. 3·1운동 당시 송신용 역시 독립만세를 외치며 길거리로 쏟아져 나왔다. 그러나 곧이어 일본경찰의 추적을 받게 되자, 그는 중국으로 건너가 상해임시정부를 찾게 된다. 그도 그럴 것이 송신용이 휘문의숙 재학 시절 자신의 스승이었던 최남선으로부터 추천장을 받은 터라 그 결행은 훨씬 수월했다. 그러나 추천장 유무에 앞서 근본적으로 그의 가슴 속에는 어떤 형태로라도 독립운동을 하고자 하는 비장한 각오를 갖고 있었다. 그래서 추천장을 가지고 상해 임시정부 요인을 만나러 갔을

최남선

때 그는 세상을 모두 품은 듯했다. 그러나 상해에 위치한 임시정부를 찾은 기쁨도 잠시 뿐, 그의 대단한 결심과 기개는 곧 좌절로 바뀌고 말았다. 어렸을 때 밤송이 가시에 찔려 한쪽 눈을 실명했는데, 그런 시력상의 장애를 안고는 독립운동을 하기 어렵다는 이유를 들어 임시정부 요인이 그의 입회를 거부했기 때문이었다.

이에 크게 낙담한 그는 다시 조국

으로 돌아올 수밖에 없었다. 그런데 이대로 조국에 돌아올 수만은
없었다. 그래서 구체적 이유는 분명하지 않지만, 일본 지배 하의 조
국이 아닌, 다소 뜻밖이라 할 제3국인 몽골행을 택하게 되었다. 그가
그 낯선 몽골 땅에 왜 갔으며 거기서 무엇을 하며 지냈는지 알 지
못한다. 그러나 몽골에 체류하는 기간에 인편을 통해 국내 사정과
가족 소식을 들을 수 있었다. 연락이 완전히 두절된 것은 아니었다.

몽골에서 3년 째 체류하던 1922년에 송신용은 백부 송헌빈이 위독
하다는 소식을 듣게 된다. 그래서 하릴없이 급구 조국으로 돌아오게
되었다. 말년에 송헌빈은 관직에서 물러나 자신의 본가가 있던 고향
양평군 옥천면 신복리(일명 福洞)에서 요양을 하고 있었다. 송신용은
양평에 머물면서 송헌빈을 지극 정성으로 간호하며 친부(親父)처럼
봉양했다. 그러나 결국 송헌빈은 송신용이 돌아온 다음 해(1923)에
향년 83세를 일기로 세상을 뜨고 말았다. 송신용은 또 다시 큰 슬픔
에 잠겼다. 그러나 그는 거기서 좌절할 수 없었다. 이제야말로 본격적
으로 새로운 삶을 시작하지 않으면 안 되었다. 그래서 일가친척이
모여 살던 양평에 한 동안 머물면서 삶의 방향을 선회하는 일대 준비
작업을 하게 된다. 바로 대서(代書)를 하며 생계를 꾸려 나가는 한편,
본격적으로 책을 필사하고 고서를 수집하는 일에 몰두하기 시작한
것이다.

그가 양평 거주 시절에 이미 고서를 취급한 사실은 서강대 소장본
『교수잡사(攪睡雜史)』에 적혀 있는 송신용의 수기(手記)에 잘 나타나
있다. 『교수잡사』에 보면 이 책을 "1922년 양평군 고읍면(현 옥천면)
옥천리(현 신복리)에 거주할 때 구득(購得)해 놓았다"는 기록이 남아
있기 때문이다. 그런가 하면 조선총독부 관보 제644호(1929년 2월 26

일자)에는 <임야조사위원회공문(林野調査委員會公文)-공시 제43호>
이라는 기사가 실려 있는데, 거기에 송신용의 이름이 보인다. 그것은
'불복신립(不服申立)', 즉 '불복 신청'했다는 이유에서인데, 내막인즉
슨 임야 조사를 위해 자발적으로 총독부에 신고하도록 한 명령을 어
기고 신청을 제대로 하지 않아 소위 블랙리스트에 오르게 된 것이
다. 그것이 1929년, 그의 나이 46살 때의 일이었다. 이로 보건대, 최
소한 1922년부터 1929년까지 그가 양평 신복리에 계속 거주한 사실
을 확인할 수 있다. 그 곳에 머물면서 그는 옥천면 초대 면장으로
활동했던 것으로 보인다.[11]

   그가 구체적으로 언제 다시 서울로 올라왔는지 자세하지 않다. 다
만 가람(嘉藍) 이병기(李秉岐)가 쓴 1933년 일기(『가람일기』)에 보면
이미 송신용이 이병기의 집을 종종 드나들며 책을 거래한 사실이 기
록되어 있다. 그렇다면 적어도 1930년을 전후한 시기에 서울로 다시
올라와 이때부터 서울을 무대로 본격적인 서적중개업을 시작했을
것으로 보인다. 결국 송신용이 서적중개상으로서 평생 책과 더불어
살게 된 전환점은 중국에서의 독립운동 참여에의 좌절과 정신적 부
모였던 백부 송헌빈의 죽음에 있었다고 할 것이다. 독립운동에 헌신
하고자 했던 그의 신념은 방향을 틀어 평소 그가 전통문화유산에 대
해 갖고 있던 애정과 민족의식의 함양이라는 쪽으로 나아가게 된 것
이다. 오히려 자신의 한학 능력을 발휘할 수 있는 서적중개업 쪽이
자연스런 귀결이었는지도 모를 일이다. 분명한 사실은 그의 애국적

---

11) 1920년대에 처음으로 옥천면에 면사무소가 개소했는데, 이 때 초대 면장을 송신용
   이 맡았다는 사실은 현재 옥천면 신복2리에 거주하고 계시는 김정한 옹(92세)의 증
   언에 의거한 것이다. 그러나 현재 옥천면 면사무소에는 제3대 면장 이후 자료부터
   남아있을 뿐이다.

심성과 옛 것을 소중히 여기는 마음만큼은 남보다 확고하고 투철했다는 점이다. 먼지만 켜켜이 쌓여있거나 산재(散在)되어 있던 고서들을 찾아내 제자리를 찾게 하는 일을 통해 애국의 의미를 부여하고, 그것이 자신이 행할 수 있는 최소한의 독립운동이라고 믿었던 것이다. 그런 신념으로 가득 찼던 그에게 생계유지라는 현실적 이유는 부수적인 문제일 뿐이었다.

더욱이 앞서 언급했듯이, 휘문의숙 출신 동문들과의 교유 및 여러 사회 인사들과의 만남은 지속적으로 그의 삶에 적잖은 영향을 미쳤다. 후술하겠지만, 예컨대, 송신용과 매우 가깝게 지낸 서예가이자 감식가 오세창(吳世昌), 그리고 오세창 문하에 드나들며 고서적과 문화재에 대한 안목을 넓혔던, 휘문고보 후배이자 한남서림(漢南書林) 주인이었던 간송(澗松) 전형필(全鎣弼, 1906~1962), 그리고 각 분야의 대학교수 및 학자들과의 만남이야말로 그에게 커다란 자극제가 되고, 방향을 다잡아 나가는 원인이 되었다. 그들과의 교유 과정에서 특별히 고서의 산실(散失)을 안타까워하고 문화재를 보호해야 한다는 확신은 더욱 강해졌고, 그로 말미암아 사라져 가는 우리말과 고전문학 유산을 정리하고 후손에게 전해주려는 일에 남다른 사명의식을 갖고 자신이 직접 그 일에 뛰어들기까지 한 것이다.

송신용은 서울을 중심으로 왕실가(王室家)나 관가(官家), 그리고 저자거리에 있는 가게 등을 드나들면서 내방가사나 소설류 등의 국학 자료들을 다방면으로 취급하며 자기 영역을 공고히 다져 나갔다. 그 과정에서 그는 공부하는 서적중개상이요 엘리트로서 다른 서적중개상들과 여러 면에서 다른 행보를 보이게 된다. 서적중개상으로서 그의 활동이 두드러지기 시작한 것은 1930년대 중반 이후부터라 할 것이다.

현재 서울대 규장각에 소장되어 있는 2권 2책의 필사본『한경지략(漢京識略)』은 1830(순조 30)년에 유득공(柳得恭)의 아들인 유본예(柳本藝)가 편찬한 책으로 서울 지역을 다룬 대표적 지지(地誌)로 평가되는 작품이다. 그런데 이 필사본의 필사자가 바로 송신용이며 현전하는 유일본이라는 점에서 가치가 있다. 더욱이 필사만 한 것이 아니라『한경지략』서문 뒤에 작가의 별칭인 '수헌거사(樹軒居士)'에 대한 고증을 가하고 본문 중간에 원주(原註)와 별개로 필요한 경우 자신이 새롭게 주를 달아 놓았다. 처음에 송신용은 '수헌거사'를 이조묵(李祖默)으로 알았으나, 가람 이병기등과 논의를 하고 자신이 다시 고증한 후 이를 바꿔 '유본예'로 확정, 정정해 놓았던 것이다. 이런 사실이『한경지략』에 그대로 기록으로 남아 있다. 이것이 1936년의 일이다. 가정이지만 만약 송신용의 필사와 작가 고증이 없었다면,『한경지략』의 존재나 작가 문제가 학계에 어떤 불편함을 야기했을 지 상상하고도 남음이 있다.

그 후로 송신용은 여러 책들을 필사하고, 교주하며, 해제 및 발문을 쓰는 일에 적극적으로 달려들었다. 1930년 중후반부터 본격적으로 지인들과 학자들을 상대로 교류하며 책을 거래하는 한편, 본인역시 열심히 공부하고 연구에 몰두한 사실을 여러 자료를 통해 확인할 수 있다. 이 시기는 송신용이 일본인 학자들이 주축이 되어 결성한 '서물동호회(書物同好會)'란 고서동호 모임에 참석하기 시작한 때와도 거의 맞아 떨어진다.

4. 고서 동호 모임 : 서물동호회에서의 활동

송신용은 1937년부터 일본인 서지학자 또는 고서수집가 등이 중심이 되어 만든, 한국 고문서 수집 및 연구 모임이라 할 '서물동호회'의 회원으로 활동한다.[12] 여기서 그는 고서 수집 관련 정보와 서책에 대한 전문적 감식안을 배우고 감상할 수 있는 기회를 가질 수 있었다. 그러나 그가 어떤 연유에서 일본들 장서가들의 모임에 참여하게 되었는지 그 구체적 내력은 확인할 길이 없다.

'쇼모츠 도고가이[書物同好會]'라고 부르던 이 모임은 1937년에 일본인 서지(書誌) 애호가들이 주축이 되어 만들어졌다. 서물동호회는 처음부터 정치적 성격을 배제한 순수한 연구 모임이라고 내세웠지만, 실상은 그렇지 않았다. 일제강점기 초기에 만든 '조선고서간행회'에서 국내 고문서와 전적에 관한 정보를 전국적으로 수집하고 전국 경찰서에 연락해 사전조사와 안내를 받아 전국을 누비며 발굴해 낸 자료들이 어느 정도 쌓이자, 조사한 책의 서지적 문제를 논의하고 그 서지적 가치를 확인하고 회보에다 그 성과를 발표하려는 목적에서 만든 것이 서물동호회였기 때문이다.[13] 이들은 1937년 5월 5일 남대문로(南大門通) 청목당(靑木堂, 현재 제일은행 본점 근처)에서 창립 총회를 열고, 기쿠치 겐조[菊池謙讓]의 『목민심서(牧民心書)』와 「사소절(士小節)」 강연으로 모임을 시작했다. 이때 참여한 일본인 창립멤버로 이이시마[飯島滋次郎]·오카다 코우[岡田貢]·기시켄[岸謙]·구로다[黑田幹一]·사쿠라이 요시유키[櫻井義之]·쓰에마츠 야스카즈

---

12) 송신용이 서물동호회에서 활동한 사실을 김약슬이 쓴 「송신용 노인」에서 밝혀 놓았다.

13) 천혜봉, 「전적(典籍)문화재의 수탈과 유출」, 『신동아』 6월호, 1997.

서물동호회에서 간행한 회보 『서물동호회회보』　　　『서물동호회회보』 속표지

[末松保和]·세키 노신 기치[關野眞吉]·나카기리 이사오[中吉功]·야
마다 후지마츠[山田富士松] 등이 있었다.[14]

　　창립 모임을 가진 다음 해인 1938년 7월에 서물동호회 회보가 처
음으로 간행되었다. 물론 창간호에서 유구한 역사와 문화수준을 보
여주는 한국의 서적 연구를 통해 한국문화를 알리는 것이 설립취지
라고 밝혔다. 매달 첫 번째 금요일마다 모임을 가졌고 서지학 관련
주제로 발표한 후 그것을 회보에 실었다. 그러나 1943년 12월에 20
호를 마지막으로 발간이 중단되었다. 회보 발간을 통해 우리 고전
및 서적 연구에 대한 관심을 높였다는 평가를 할 만하지만, 다른 한
편으로 동호회 회원인 일본인들이 상당수 우리 서적의 가치를 확인

---

14) 서물동호회 활동에 관해서는 송재오, 「조선서지(朝鮮書誌)와 서물동호회(書物同好
　　會)」, 『도협월보』 9월호, 한국도서관협회, 1960, 5~7쪽에서 비교적 자세히 다루었다.

하고 일본으로 가져가게 되는 계기가 되기도 했다.

이처럼 해방 이전에 우리나라에 머물렀던 일본인 중에는 상당수의 고서적과 서화, 골동품 등을 가지고 자기 나라로 돌아갔다. 특히 일본인 학자들과 교수들이 수많은 전적(典籍)을 가지고 일본으로 갔다. 잘 알려진 대로 향가 해석으로 주가를 높였던 오구라 신페이[小倉進平]이나 추사 김정희 연구의 대가였던 후지즈카 지카시[藤塚隣], 조선사를 연구했던 이마니시 류[今西龍], 다산 연구가이자 법학 전문가였던 아사미 린타로[淺見倫太郎], 유명한 의사학자(醫史學者)요 경성제대 의학부 교수였던 미키 사카에[三木榮] 등이 가지고 간 국내 고서적은 이루 헤아릴 수 없을 정도로 많았다.

서물동호회에 참여했던 한국인 중에는 사학자 학산(鶴山) 이인영(李仁榮, 1911~?)이 있었다. 그 역시 휘문고보를 졸업했으며, 진단학회에서 활발히 활동하면서 서울대 문리대교수로도 재직한 인물이다.[15] 휘문 동문이자 서물동호회 회원으로 함께 활동한 데다 송신용의 서적거래명부에 이인영의 부인에게 책을 팔았다는 기록이 있는 것 등으로 미루어 볼 때 평소 잘 알고 지냈던 사이였음이 틀림없다. 이인영 역시 일본에 우리의 문화재가 흘러들어가는 것을 막기 위해 많은 골동품과 활자본을 수집한 학자 중 한 사람이었다. 특히나 서지학·활자 연구·한국 만주 관계사에 관한 한 내노라 하던 연구자였다. 서물동호회에 참여해 활동한 이유를 학문적 관심과 문화재 보호에서 찾을 수 있는 이유가 바로 여기에 있다. 송신용 역시 그와 비슷한 이유에서 참여했던 것으로 여겨진다. 그 밖에 조선인 중에 민속학자인 송석하(宋錫夏, 1904~1948), 조각가 안규응(安奎應) 등이 『서물동

---

15) 김성준 편, 『학산 이인영 전집』 제1~4권, 국학자료원, 1998.

호회회보』에 여러 편의 글을 발표한 바 있다. 각종 서적과 고서, 고문서가 일본인이나 서양 외국인에 의해 외국으로 반출되고 산실(散失)된 것들이 적지 않지만, 결과적으로 그나마 현재 일부 서적이 남을 수 있었던 것은, 비록 체계적이지 못했을망정 개인적으로 뜻있는 지식인(오세창, 전형필, 이인영 등)들과 송신용 같은 서적중개상에 의해서였다고 할 것이다.

국립중앙도서관에 소장되어 있는 『피생명몽록(皮生冥夢錄)』과 『배시황전(裵是愰傳)』은 송신용이 1930년대 후반에 필사한 고전소설 작품들이다. 이 필사본은 각각 몽유록계 소설과 역사소설로 고전소설사에서 중요한 위치를 점하는 문학작품이 아닐 수 없다. 그는 이들 작품을 필사한 후 필사기도 남겼는데, 거기에 그의 거주지 주소가 명기되어 있다. 『배시황전』을 통해 1940년에 관동정(館洞町, 현 서대문구 영천동)에 거주한 사실을 확인할 수 있거니와 『피생명몽록』에서는 관동정 주소가 163통 108호인 사실까지 구체적으로 알 수 있다. 그리고 송신용과 관련해 필사본 『배시황전』이 중요한 자료인 이유 중 하나는 송신용의 필사본이 한문본뿐 아니라 국문본도 함께 존재한다는 사실 때문이다. 그는 『배시황전』의 국문본을 먼저 필사한 후 곧이어 한문본을 필사하고 필사기를 남겼던 것인데, 국문본의 경우, 송신용의 한글 필체를 볼 수 있는 유일한 자료라는 점에서 의미가 있다. 그런데 전문 필사가라 말하기 민망할 정도로 그의 한글 글씨체는 세련되지도 가지런하지도 못하다. 실제로 자녀들의 증언에 의하면 송신용은 주위 사람들로부터 유식하지만 글씨는 잘 못쓴다는 소리를 종종 듣곤 했다고 한다.

여하간 필사기와 후손의 증언에 의거할 때, 그는 1930년 대 중후

반부터 1945년까지 서대문구 영천동에서 살다가 해방 직후에 다시
아현동에 위치한 한옥집으로 이사를 하게 된다.

5. 인간 송신용

송신용은 1927년경에 혼례를 올렸다. 부인인 박영희(朴英喜, 1902년
9월 20일생)는 현숙한 아내요 자상한 어머니로서 남편과 자식을 헌신
적으로 뒷바라지하며 집안 살림과 내조에 부족함이 없었다. 송신용
은 슬하에 3남 2녀를 두었다.

장녀 송명희를 낳은 후 그는 너무나 기뻐했다. 늦어도 한참이나
늦은 나이인 45세에 비로소 첫 자식을 보았기 때문이다. 그래서 장녀
에게 쏟은 애정과 정성이란 이루 말할 수 없었다. 송명희 여사의 증
언에 의하면, 송신용은 자신이 가는 곳에 늘 어린 딸을 함께 데리고
다녔다고 한다. 딸임에도 불구하고 귀하게 여겨 화신백화점에 데리
고 가 고급과자를 사주기도 했으며, 책을 가지고 조선총독부를 드나
들 때에도 어린 딸과 동행하기도 했다. 장남 석성(錫聖, 1933~2004)은
용산고를 졸업할 때 한국전쟁이 발발해 양평에 있는 외갓집에 보내
졌다가 1·4후퇴 때(19살) 국군에 입대해 포병으로 여러 전투에 참가
했으며 그 공을 인정받아 소위로 진급하고 화랑무공훈장까지 수여받
았다. 차녀 만협(萬協, 1930~), 차남 석항(錫恒, 1938~) 그리고 삼남 석
경(錫慶, 1940~)이 현존해 있다.

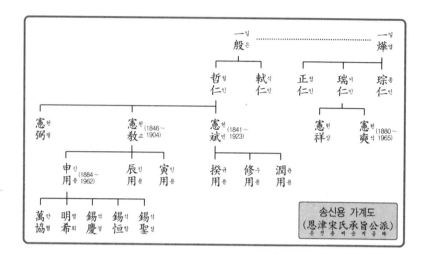

송신용은 너무나 인간적이며, 소박하고 정감 있는 위인이었다. 송
신용의 키나 체격은 작았지만 인심만큼은 퍽이나 넉넉했다. 나라를
생각하는 애국심과 남에게 무언가 베풀어 주려는 마음씨는 한반도
를 품고도 남을 만큼 넓고 깊었다. 일례로 그는 자기 집에 화장실
치우는 잡부나 막일하는 사람이 오더라도 늘 북어포에다 고추장을
내놓고 대접을 하곤 했다. 어떤 손님이 오더라도 한 명도 허술하게
대하지 않고 상대방을 극진히 모시는 것이 인간된 도리라는 점을 누
누이 가족 식구들에게 강조하곤 했다. 있는 것을 가지고 정성껏 대접
하는 것 그 자체가 소중하다고 여긴 것이다.

그런가 하면 이웃 중에 참외를 파는 이가 있다면, 내놓은 참외 중
늘 깨지거나 상한 놈을 일부러 사가지고 오는 위인이기도 했다. 자녀
들이 돈을 주고 사는데 왜 성한 것을 사오지 않느냐며 투덜댈 때면,
송신용은 이웃이 못 팔 것을 팔아주는 것이 좋은 일이 아니냐며 즐
거운 마음으로 상한 참외를 사가지고 들어왔다고 한다. 자식들로서

는 도저히 이해할 수 없는 부분이었다. 그러나 이처럼 그는 늘 남을 배려하며 착하게 살려고 노력했다. 또한 그는 상대방을 한 번 보면 그 사람이 어떤 사람인지 금방 알 수 있었다고 한다. 그래서 자식들한테도 늘 남에게 흠 잡히지 않는 사람이 될 것을, 품위 있는 삶을 살 것을 강조했다고 한다.

그는 자식들에게 화를 내거나 야단을 치는 일도 별로 없었다. 성격이 기본적으로 온화할뿐더러 나이 들어 낳은 귀한 자식들인지라 자식에 대한 사랑이 남달랐다고도 할 것이다. 그래서 그럴까 그는 자식들 모두에게 한없이 자상하셨던 아버지로 기억된다. 그러나 예외가 있었다. 그가 소중하게 취급하던 책에 함부로 손을 대는 것은 절대로 용납하지 않았다. 매사에 꼼꼼하고 철두철미했을 뿐더러 나랏일에 관한 한 신조가 분명했다. 그래서 자신의 정치적 소신을 밝히는 데 주저함이 없었다.

그의 가슴에는 항상 조국을 품고 있었다. 1936년 제11회 베를린 올림픽 마라톤 경기에서 손기정 선수가 우승하고 귀국했을 때, 송신용은 조선인의 기개를 드높인 위대한 사건이라며 손수 8살 난 딸 송명회를 데리고 공항에 나가 자발적으로 열렬히 손기정 선수를 환영했다. 당시 누가 일부러 공항까지 나가 환영할 생각을 할 수 있을까 싶은 시절에 송신용은 열혈남아처럼 나라 잃은 망국민으로서 민족의 정체성을 가슴 속에 담아 놓았던 것이다. 더욱이 한국인으로서의 정체성을 어린 딸에게 심어주는 데 있어 직접 현장에 나가 몸으로 깨닫게 하는 방법보다 더 나은 것이 없었다. 이런 그의 모습은 가히 지사(志士)다운 면모를 방불케 한다.

송신용이 민족의 정체성을 지키고 나라를 사랑하는 데 투철했음을

보여주는 또 다른 일화가 있다. 그것은 1930년대 후반 이후에 일본이
황국신민 사상을 내세우고 창씨개명을 강요하던 상황에서 끝내 자신
의 소신을 굽히지 않고 창씨개명을 하지 않고, 그의 자녀들한테도
창씨개명을 하지 못하게 한 일이다. 그래서 장녀가 소학교를 졸업할
때 받은 졸업장에는 '송명희'라는 한글 이름 석 자가 또렷하게 적혀
있다. 그 졸업장을 송신용은 그 무엇보다도 자랑스럽게 여겼다. 그는
졸업장을 받아들고 덩실덩실 춤을 추며 기뻐했다. 물론 이런 결과를
얻기까지 그가 학교는 물론 담임선생님과 얼마나 많은 실랑이와 갈
등을 벌였는지는 굳이 말할 필요조차 없다. 이처럼 그는 책을 사랑하
기 이전에 조국을 사랑했던 뜨거운 한국인으로 기억된다.

　장남 송석성은 용산고를 나와 동국대학교 생물학과를 졸업했다.
그런데 당시 대학 입학이란 것이 자신의 실력 외에 지인을 통해 이
루어지는 경우도 가끔 있었다. 송신용은 수많은 대학 교수를 알고
지냈기 때문에 부탁만 잘 하면 아들을 좀 더 이름 있는 대학과 학과
에 입학시킬 수도 있었을 터이다. 그러나 그의 친구 아들이 연세대에
입학하는 것은 도와주면서 정작 자신의 아들은 소위 최고 명문 대학
에 보내지 않았다는 가족의 핀잔과 원망을 두고두고 들어야만 했다.

　그의 기본 철학은 유교 사상에 기초해 있었다. 삼남(三男) 송경진
이 소학교를 다닐 때 생활기록부에다 종교가 무엇인지를 적어야 했
는데, 그때마다 그는 매번 종교를 '유교'라고 적었다. 그러면서 "우리
집안은 유교 집안이며 유교의 법도대로 살아야 한다"라는 점을 자식
들에게 거듭 강조했다. 그만큼 평소 생활과 의식 모두 유교적 가치관
에 입각해 있었고, 유자로서의 삶을 살고자 노력했음을 엿볼 수 있
다. 그래서 어린 딸들에게는 머리카락을 절대 자르지 못하게 하기도

했다.

해방 후 송신용은 정치와 관련해 개인적으로 자유당 이승만 정권을 유독 싫어했다. 그래서 이승만 정권 시절 그가 신문을 보다가 이승만 대통령 관련 기사를 보게 되면 늘 신문지상에다 엑스 자 표시를 해가며 반감을 노골적으로 드러내곤 했다. 독재와 자유당 정치에 대한 반감을 그런 식으로 나타낸 것이었다. '필관'(必觀, 반드시 본다)이란 호를 일본이 망한 후엔 사용하지 않으려 했는데, 그것을 버리지 못한 이유 역시 이승만 독재가 끝나는 것을 보고 죽겠다는 데 있었다. 그때 그는 이미 70대 줄에 이른 노인이었지만, 세상을 보는 시각과 정치적 소신만큼은 변함이 없었다. 송신용은 평소 담배를 즐겨 폈는데, 자유당 시절에 담배를 일절 끊은 이유도 알 만하다. 자유당이 망하는 것을 보기 전에는 절대 담배를 다시 피우지 않겠노라는 자기 의지의 표현이었던 것이다.

그는 평소 책을 항상 옆에 끼고 있었는데, 특히나 가까이 두고 수시로 들쳐보던 책 중에는 옥편과 더불어 2권짜리 족보 사전이라 할 『만성보(萬姓譜)』가 있었다. 『만성보』는 온갖 성씨(姓氏)의 계보를 모아 엮은 책으로 각 성씨의 관향별로 시조이하 중조. 파조 등을 파악하고 인물을 연구하는 데 유용한 것이었다. 그는 한자 한 글자라도 정확히 알고 있어야지 대충 이해하고 넘어가질 못하는 성격이었다. 그래서 수시로 옥편과 족보를 찾아가며 의심나는 것을 확인하고, 내용의 사실 여부를 고증하려 했다. 책과 관련해서는 그 누구보다도 깐깐하고 고집스러웠기 때문에, 송신용은 고서를 읽을 때마다 고서에서 틀린 글자나 표현, 사실 관계를 늘 체크하고 메모하는 습관을 지니고 있었다. 그가 취급했던 책들마다 그의 소장기(所藏記)나 필사

기(筆寫記)가 남아 있고, 특별히 교주나 교열에 심혈을 기울였던 이
유도 바로 여기서 찾을 수 있다.

6. 교유 관계

송신용은 자칫 흔적도 없이 사라질 뻔했던 국학 관련 각종 고문서
및 고서들을 구하는 일에 심혈을 기울였다. 그래서 구한 자료들을
그는 그것을 필요로 할 법한 학자나 교수, 지식인들을 찾아가 일정한
돈을 받고 팔았다. 평양의 숭실전문학교에서 교수 생활을 한 양주동
(梁柱東)은 책이 많지 않은 평양에서 책(고서)을 구하려고 해도 개인
적으로 단 몇 권의 책을 구하는 것조차 대단히 어렵다고 토로하며,
고적(古籍)을 구하기 위해서는 역시나 그 방면의 전문 중개상의 손을
거치는 것이 좋은 방법이라고 주장한 바 있는데[16] 바로 송신용이 그
런 일에 적합한 위인이었다. 책을 구하려는 이들 입장에서는 송신용
같은 서적중개상의 존재야말로 물을 만난 물고기와 같다고 할 법한
일이었다.

평소 송신용이 자주 만난 대학 교수 중에는 정인보(鄭寅普, 1893~
?), 백낙준(白樂濬, 1895~1985), 이희승(李熙昇, 1896~1989), 조윤제(趙
潤濟, 1904~1976), 홍이섭(洪以燮, 1914~1974), 김동욱(金東旭, 1922~
1990) 등이 있었다. 이들 교수들과는 친분이 두터워 개인적으로 자주

---

16) 양주동, 「불가설(不可洩)의 진본(珍本)」, 『조광』 제2권 제2호, 1936년 2월호, 95쪽.
"每事는 專門이 있는지라 古籍은 亦是 그 方面 仲介商의 손을 것처야 많이 나오게
되는 것이오 내 힘으로서는 단 몇 卷을 얻기가 極難하니 딱한 노릇이다. 게다가 나와
같이 시골-더구나 冊없는 北道에 앉아 있는 사람으로서는 求書, 購書의 難이 더욱
甚함이 있다."(띄어쓰기 인용자)

만났을 뿐더러, 그의 집을 그들이 찾아오기도 하고, 그가 직접 대학 연구실로 찾아가기도 했다. 일례로 1956년 2월 7일에 송신용은 1898년에 평안도 삼화부(三和府)에서 만든 필사본『삼화부신정사례(三和府新定事例)』란 책을 가지고 이희승 교수 연구실을 찾아갔다. 간행연도 등을 적어 놓은 필적이 보였지만, 이희승은 자주 거래하던 터라 선뜻 송신용에게 책값을 지불하고 그 책을 구입했다. 이 책은 서울대 도서관에 소장되어 있는데, 본문 마지막 장 상단에 이희승이 연필로 "4289(1956).2.7. 宋申用氏로부터 買入 이희승, ₩200,000"라고 메모해 둔 것이 있어 그런 저간의 사정을 엿볼 수 있다.

　송신용은 어떤 책을 구하면 그 책이 어떤 연구자가 필요로 할 만한 것인지 잘 알고 있었기에 그것을 언제, 어디서, 어떻게 구입했는지 기록해 두었다가 그것을 교수들에게 전해 주곤 했다. 그는 자신이 팔려고 하는 책의 내용과 가치를 가늠하고 있었기에 적재적소의 연구자에게 책을 공급하는 데 어려움이 없었다. 그가 평소 신문을 반듯이 접어놓고 자녀들에게 절대 찢지 못하게 했다고 하는데, 이 역시 대학교수들에게 관련 자료를 제공해 주기 위함이었다.

　그러나 자신이 애착이 가는 작품 또는 긴요하다 싶은 고서가 있을 경우, 다른 사람에게 주지 않고 직접 해제를 쓰거나 교주를 가해 세상에 내놓기도 했다. 그 역시 한학에 조

이희승

예가 깊은 데다 학문적 내공이 있었기에 자신이 직접 연구하는 일에 뛰어들기도 했던 것이다. 그래서 일제강점기 후반에 연세대(연희전문)와 서울대(경성제국대)에서 그에게 교수직을 제의한 적도 있었다. 그러나 송신용은 한사코 이를 거절했다. 그 이유는 단 한 가지, 어떻게 나라를 잃고 일본이 주는 녹을 받으며 학생들을 가르칠 수 있느냐 하는 것이었다.

송신용이 가깝게 지냈던 인물 중에는 오세창(吳世昌, 1864~1953)과 조병옥(趙炳玉, 1894~1960), 최영해(崔暎海, 1914~1995)도 있었다. 장녀 송명희도 어렸을 때 오세창과 조병옥이 자주 집에 드나든 사실을 기억하고 있다. 조병옥은 흥사단과 신간회를 통해 민족계몽운동을 전개한 독립 운동가이자 정치가였다. 오늘날 경찰청장에 해당하는 경무부장과 내무부장관 등을 역임하기도 했다. 그리고 오세창은 3·1운동 민족대표 33인의 한 사람이자 서예가·언론인으로 이름이 높았는데, 특히나 전서(篆書)와 예서(隸書)에 뛰어나고 서화(書畫) 감식에 있어 대가로 통하던 인물이었다. 그러니 한학에 조예가 깊고 고서를 주로 취급하던 송신용 입장에서 서화 감식의 대가인 오세창과는 친하게 지내지 않을 수 없었다. 필관(必觀)이란 송신용의 호를 지어준 이도 바로 오세창이었다. 국립중앙도서관 소장본 『한양가』(정음사, 1949)에는 속표지 좌측에 송신용이 친필로 단기(檀紀) "四二八二年二月十五日 宋申用"이라 쓰고 우측에 "葦滄吳先生任"(위창 오세창 선생님)이라고 써 놓은 흔적이 보이는데, 이는 오세창이 평소 송신용과 친분이 두터워 책을 사거나 만나기 위해 송신용 집을 자주 찾았음을 보여주는 하나의 단적인 예가 된다. 송신용 역시 오세창의 집을 자주 드나들었는데, 이때 장녀 송명희도 자주 데리고 다녔다.

그 밖에 최영해는 외솔 최현배의 아들이자 정음사 사장으로 유명하다. 송신용이 정음사에서 간행한 『향토』지에다 여러 편의 글을 쓰고 『한양가』와 『어수록』 등의 책을 정음사에서 출간한 것은 바로 평소 최영해와 친분이 두터웠기 때문이었다. 특히 정음사에서 간행한 『향토』지는 1946년 6월에 창간되어 1948년 6월 통권 제9호로 종간하였지만 역사 · 언어 · 풍속에 관한 연구 잡지로서 인기가 많았던 책이었다. 이때 『향토』지의 편집을 맡았던 이가 바로 홍이섭(洪以燮) 연세대 교수였다.

그 밖에 육당(六堂) 최남선(崔南善, 1890~1957), 시조시인 이병기(李秉岐, 1891~1968), 소설가 이광수(李光洙, 1892~1950), 소설가 박종화(朴鍾和, 1901~1981) 등 문인과도 자주 어울렸다. 특히나 최남선과 박종화는 휘문의숙 사제지간과 후배 사이로 각별한 친분을 유지했다. 이들은 아쉬운 책이나 귀중한 책이 있을 때마다 송신용을 통해 종종

이병기

이광수

구입했고, 각종 서적 관련 정보를 교환하고 직접 책을 구하러 다니기도 했다. 또한 가람 이병기는 서지학에도 상당한 식견을 지니고 있었고, 실제로 고서도 많이 취급했다. 그가 1919년부터 1968년 별세할 때까지 50여 년간 쓴 일기(『가람일기』)에서 송신용을 비롯한 수많은 지인들과 책을 거래하고 정보를 교환한 사실이 매우 풍부히 적혀 있다. 가람이 일기장에다 송신용과 관련해 언급한 부분 중 일부를 소개하는 것도 좋을 듯하다. 그가 어떻게 서적거래를 했는지, 어떤 책들을 취급했는지, 그리고 이병기와 어떤 관계에 있었는지 간접적으로 엿볼 수 있는 좋은 자료라 여겨지기 때문이다.

① 1933년 3월 19일(일) 맑다. 송신용(宋申用)군이 오다. 같이 나서서 가다.[17]

② 1934년 2월 9일(금) 맑다. (중략) 송신용(宋申用)군이 오다. 『이원기로계첩(梨園耆老禊帖)』을 사다. 첫 장에는 처용무도(處容舞圖)가 있다.[18]

③ 1934년 12월 5일(수) 맑다. 송신용(宋申用)군이 『일동장유가(日東壯遊歌)』를 가지고 오다. 매헌(梅軒)이 오다. 그 초권(初卷)만을 매헌더러 베껴 달라고 맡겼다.[19]

④ 1936년 5월 22일(금) 흐리다. 송신용(宋申用)군이 오다. 『경민편해(警民編解)』를 사다.[20]

⑤ 1936년 11월 14일(토) 송신용(宋申用)군이 찾아오다. 윤창후(尹昌厚)의 『야연만록(野淵漫錄)』 3책과 『수주적록(愁州謫錄)』 1책을 사다. 보잘 것은 그리 없으나 김종수(金鍾秀)의 「계민가(誡民歌)」, 「청학음초(淸學音抄)」가 있다.[21]

17) 이병기, 정병욱·최승범 편, 『가람일기(Ⅱ)』, 신구문화사, 1976, 424쪽.
18) 위의 책, 443쪽.
19) 위의 책, 451쪽.
20) 위의 책, 466쪽.

6 1937년 6월 8일(화) 흐리다. 한남서림에 가다.『죽란물명고(竹蘭物名考)』·『분원사기보초(分院砂器報草)』와 『대학주자혹문(大學朱子惑問)』을 가져오다.『한경지략(韓京識略)』저자 수헌거사(樹軒居士)를 알았다. 송신용(宋申用)군은 수헌거사를 이병승(李秉昇)의 아들 이조묵(李祖默)이라고 하였으나, 타당치 않다. 그 칭호나 연대나 사실이 『한경지략』중에 간간 저자의 선군(先君)이 지은 시가 나오는데, 양화도(楊花渡) 두 절구(絶句)가 『한객건연집(韓客巾衍集)』권2에 있는 것이고, 또 정종조(正宗朝)에 교서관동(校書館洞)에서 살았으므로 그 당호(堂號)를 고운(古芸)이라 하였다 함을 보아 유득공(柳得恭)의 아들임을 알았다.[22]

7 1937년 7월 10일(토) 흐리다. 비 오다. 송신용(宋申用)군이 『악부(樂府)』2권을 가져오다. 값은 400원. 이 책은 고 이용기(李用基, 호는 韋觀)가 수집. 분량은 꽤 많다. 가사, 잡가, 패설(稗說) 등을 초록(抄錄)하여 누덕누덕 붙여 놓은 거다. 다년 노력한 것이다. 그러나 천착(舛錯), 오락(誤落)이 많다. 내게는 다 있는 노래다. 그중 부상인사(負商人事), 봉도(奉導)소리, 떳다보, 기생오입(妓生誤入) 격식 등만 초하였다. 이 책은 몇 해 전(韋觀 생존 時) 노산(鷺山) 이은상(李殷相)군이 20원인가 쳐서 사간 것이다.[23]

8 1937년 9월 16일(목) 맑다. 송신용(宋申用)군이 오다. 한석봉(韓石峯) 서(書)『천자문(千字文)』한 권을 사다.[24]

9 1940년 1월 13일(토) 흐리다 녹인다. 송신용(宋申用)과 같이 홍순민(洪淳敏) 서점을 찾다. 본가에 들어갔다 한다. 1시간이나 기다리니 나왔다. 인사를 하고 나서 그 소장(所藏) 도서를 보여 달라 하였다. 요전에 샀다는 건통(乾統) 2년 고려국 대흥사(高麗國大興寺) 봉선조조(奉宣雕造)한 『약사여래본원공덕경(藥師如來本願功德經)』은 누가 보겠다 하

---

21) 위의 책, 470쪽.
22) 위의 책, 474쪽.
23) 위의 책, 476쪽.
24) 위의 책, 478쪽.

『한경지략』 서문 제3쪽.
좌측에 저자고증 부분을 지운 흔적이 보인다.

여 일전에 가져갔다 한다. 판본(板本) 이야기가 나서 북송판(北宋版)에 대하여 말하였다. 재미스럽게 듣더니 그제야 보여 드리겠다 하고 골방에 들어가 궤문을 열고 오동갑(梧桐匣)을 한아름 안고 나온다. 『약사여래경(藥師如來經)』, 공민왕필(恭愍王筆)이라는 『취지은자서경(翠紙銀字書經)』, 백운산인필(白雲山人筆) 『취지황지서(翠紙黃紙書)』·『십륙나한화첩(十六羅漢畵帖)』. 『약사여래경』은 숙종(肅宗) 7년 흥왕사판(興王寺版)으로 대각국사(大覺國師) 『속장경(續藏經)』의 하나인 듯.(후략)25)

　책 거래 상황을 구체적으로 확인할 수 있거니와 1930년대 초반 이후로 송신용이 서적중개상으로 이병기의 집을 수시로 드나들며 활동한 사실을 알 수 있다. 더욱이 여기엔 1933년부터 1940년까지 약 7년 여 기간 동안의 만남이 기록되어 있는 바, 서적거래에 있어 신용과 단골고객이 생명과 같았음 역시 추측해 볼 수 있다. 위에서 확인할 수 있듯이 책 거래를 위해 자주 책을 가지고 직접 고객의 집을 찾아오곤 했으며, 때때로 함께 시내 고서점에 나가 책 정보를 교환하거나 구매했던 사실도 확인할 수 있다. 이 두 사람의 교분은 생각보다 훨씬 더 가까웠던 것 같다. 그러나 『한경지략』의 저자와 관

---

25) 위의 책, 506쪽.

련해 두 사람이 고증하는 내용의 일기(⑥)를 보노라면 단순히 상인
과 고객의 관계로서가 아니라 학문을 논하던 지식인으로서의 면모
마저 강하게 풍겨난다.

7. 학자로서의 진면목

송신용이 서적중개상이자 학자로서 그의 역량을 적극 드러내게
된 것은 1930년 후반부터 1950년대 말까지 필사본이나 인쇄매체를
통해 활발히 남긴 글이나 간행된 책을 통해서였다. 그 중에서도 특히
해방 이후인 1940년대 후반에 가장 왕성히 글을 써서 지면에 발표하
거나 작업한 결과를 글로 남겨놓았다. 이 시기가 그의 나이 50대 중
후반에서 60대 후반 무렵으로 서적중개상으로서 그가 가장 전성기
를 구가하던 때라 해도 과언이 아니었다. 책의 유통 과정과 함께 구
체적으로 그가 기록하고 연구한 면면을 짚고 넘어갈 필요가 있을 듯
하다.

앞서 언급한 『한경지략』의 필사 및 고증 건 외에 그는 19세기말
일본을 다녀온 신사유람단의 보고서라 할 『동경일기(東京日記)』(서울
대 소장본)을 1940년에 필사하고 주를 본문 위에다 기입해 놓았다. 이
『동경일기』는 조선 고종 19년(1882) 때 일본에 파견한 '신사유람단(紳
士遊覽團)'의 견문록(見聞錄)에 해당하는 것으로 송신용의 백부인 송
헌빈(宋憲斌)이 편찬한 책이기도 하다. 자신을 친부모처럼 보살펴주
고 후원해 준 백부가 편찬한 책이라 송신용은 이것을 더욱 정성껏
1권의 책으로 필사해 놓았던 것이다. 이 필사본은 현재 서울대 도서
관에 소장되어 있다. 『동경일기』는 이원회(李元會)를 비롯한 정식위

원 12명과 홍영식(洪英植)·어윤중(魚允中)·유길준(兪吉濬)·윤치호(尹致昊) 등 수원(隨員)·통사(通事)·종인(從人)들이 1881년(고종 18) 3월 11일에 출발하여 4월 11일 일본 나가사키[長崎]에 도착한 뒤 도쿄[東京]를 비롯한 요코하마[橫濱]·오사카[大阪] 등지의 신식 제도 및 시설 등을 시찰하고 윤 7월 1일 일본을 떠나 부산을 경유, 7월 22일 여주군(驪州郡) 금사면(金沙面)에 도착하기까지의 일을 적은 일기이다. 이때 송헌빈은 수원(隨員) 자격으로 사절단에 동행했다. 『동경일기』에는 설탕제조법·폭발물제조법·염산제조법 등 여러 가지 과학실험에 관한 것도 기록되어 있어 신문물 수용의 과정을 흥미롭게 찾아볼 수 있다.

송신용은 학자 중에 홍이섭(洪以燮)과 매우 가깝게 지냈다. 그래서 앞서 언급한 대로 1946년에 홍이섭이 중심이 되어 경북 지역에서 간행한 『향토(鄕土)』라는 잡지에 직간접적으로 관여하게 되었다. 여러 차례에 걸쳐 『향토』에다 자신의 글을 발표하는가 하면 자료를 소개하기도 했는데, 예를 들어, 「오입쟁이 격식」, 「부상인사(負商人事)」(이상 『향토』 제6권)를 소개하고 해제글을 썼는가 하면, 가전체 소설 「여용국전(女容國傳)」(『향토』 제8권)과 「강도몽유록(江都夢遊錄)」(『향토』 제10권)을 소개해 놓은 것이 그 좋은 예이다.[26] 특히 「강도몽유록」은 1939년에 등초(謄抄)해 두었다가 1949년 『향토』(제10권)지에다 작품에 관한 간략한 해제 및 작품 소개까지 곁들어 소개한 것이다. 송신용이 등초한 이 「강도몽유록」은 얼마 전에 여타 이본이 소개되기 전까지만 해도 유일본으로 여겨져 많은 고전소설 연구자들 사이에서

---

26) 이들 작품에 대한 구체적 설명은 제2부에서 작품별로 '해설'과 '원문'을 제시해 놓은 부분을 참고할 것.

주 자료로 활용되던 귀중한 작품이기도 하다.

그밖에 「오입쟁이 격식」이나 「강도몽유록」, 「여용국전」 등도 문학사에서 간과할 수 없는 소중한 작품들로 평가되고 있다. 「오입쟁이 격식」은 기방을 출입하는 이들이 주로 즐겨 사용하던 격식 있는 말들을 자세히 소개해 놓은 글로써 기방문화의 일면을 엿보게 하는 자료로서 유용하다. 「여용국전」은 화장용품과 화장도구를 의인화해 교훈성을 선명히 제시해 놓은 가전체 소설이다. 화장하는 일에 게을러진 여성의 몸에 머리의 이, 이똥, 때 등이 쳐들어와 위험한 지경에 이르자, 신하인 세면도구들과 화장용품들이 몸을 사리지 않고 적당과 싸워 이들을 물리치고 다시 원래 아름다운 나라, 즉 고운 얼굴과 몸을 유지할 수 있게 되었다는 내용을 담고 있다.

한편, 1947년에는 영조 때의 화가 장한종(張漢宗)이 편찬한 한문 소화집인 『어수록(禦睡錄)』을 정음사에서 출간할 때 송신용이 이의 교열을 담당하고 서문을 직접 썼다. 『어수록』은 장한종이 수원 감목관(監牧官)으로 재직할 때(1812) 지은 소화집(笑話集)이다. 잠을 쫓게 할 목적으로 야어고담(野語古談)과 자신이 경험한 일 중에서 권징(勸懲)이 될 만한 것만을 골라 쓰고, '열청재어수신화(閱淸齋禦睡新話)'라 별칭을 붙인 책이다. 주요 판본으로 1947년에 정음사에서 '조선고금소총 제1회배본'이라 하여 출간된 『어수록』과 1958년에 민속학자료간행회 편으로 출간된 유인본(油印本) 『고금소총(古今笑叢)』에 실린 『어수신화』가 있다. 무명 인물들의 일화가 주를 이루고 있지만, 일부는 매우 노골적인 음담패설도 들어 있다. 그런데 이렇듯 패설 작품을 송신용이 적극적으로 인간(印刊)하려 한 것은 그 자신이 『어수록』과 같은 소화집의 열렬한 독자이기 때문이기도 하다. 그 사실을 송신용이 쓴 『어수록』 서문에서 쉽게 찾아볼 수 있다.

> 우리 鄕土에도 口傳或筆寫本으로 相當數의 種類가 있다. 이 內容이
> 猥說로만 볼 것이 아니라 우리의 漢字術語라든지 一切 生活裡面이 잘
> 表現되어있는 것이다. 然이나 우리의 손으로는 刊行치 못하고 彼日政
> 府時代에 自相至下로 無所不爲하던 權力으로 野談隨筆, 傳說이라하야
> 우리의 그것을 歪曲하고 侮蔑的으로 저의 意思를 加味하야 日本文으
> 로 編輯出版하야 出世할제 잘못된 言辭와 歪曲한 文句가 있을지라도
> 抗議할 자 뉘 있었느냐. 原文 그대로래도 우리 손으로 印出하야 幾介의
> 同好人이 分讀코자하였으나 此等書物이 發覺될 時는 出版法違反등 허
> 다한 罪目으로 當場 鐵椎가 나리는데야 뉘 當할 者 있으며 異民族인
> 彼에게 同情을 求할 餘裕가 있었으랴. 잘못된 日譯이나마도 그를 通하
> 야 購讀케 될 時에 此等書物에 前歷이 有한 者는 잘잘못을 解釋할 수
> 있었으나 初讀者로야 잘못된 그것을 是讀하였던 것이다.
> 今玆 이 책을 上梓함에 際하야 幾十年間 書冊에 從事하는 동안 各部
> 門에 關한 書籍을 하도 많이 만지든 中 此等書冊도 種種過眼의 期會를
> 得하야 書架에 挾置하였던 者로서 本意가 上梓의 意思로 두었던 것은
> 아니였으나 이 內容이 破睡, 禦眼, 覺睡에 局限될 뿐 아니라 民俗資料
> 로도 一瞥에 値가 되기로 印刷에 附케되는바 今此 閔淸齋禦睡錄의 原
> 本을 紹介코자한다.[27]

무엇보다도 우리 민족의 생활과 진솔한 의식세계가 오롯이 담겨
있는 패설 작품을 일제 강점기에는 우리 손으로 그 정수를 찾아내
마음대로 간행할 수 없었지만, 이제 해방이 되었기 때문에 이것을
제대로 출간하는 것이 필요하다고 했다. 그러면서 또 다른 이유로
밝혀 놓은 것이 이런 시대적 환경뿐만 아니라 초학자나 후손 독자들

---

27) 송신용, 「禦睡錄 序」, 『禦睡錄-朝鮮古今笑叢』(제1회 配本), 정음사, 1947.

이 이전 자료와 내용을 잘못 이해하거나 오독할 가능성이 있어 올바로 전통유산을 전해줄 필요가 있다는 사명의식과 관련이 있다. 이는 2년 후인 1949년에 자신이 직접 교주해 간행한 『한양가』서문에서 밝힌 내용과도 일치하는 것이기도 하다. 그만큼 송신용은 고전 작품이 당대에 급속도로 쇠퇴하고 후손들에게 외면당해 훌륭한 문학유산이 단절되는 사태를 진심으로 걱정하면서 이를 극복하기 위해 자신이 할 수 있는 방법이 교주와 교열을 통해 책으로 널리 읽히게 하는 것이라는 믿음이 강했음을 잘 알 수 있다. 이런 몇 가지 이유에다 소화집이 졸음을 쫓고 깨달음과 교훈을 주는 민속자료서 그 나름의 가치가 있다고 인정했기 때문에 그는 이를 새롭게 간행하고자 했던 것이다.

이후 송신용은 1949년에 『한글』지에다 고소설 「조충의전(趙忠毅傳)」을 소개하고 교주본을 싣는다. 필사본 고소설인 「조충의전」은 봉림대군과 조봉퇴라는 사람과의 인연을 다룬 작품이다. 뚜렷한 문제의식이 없고 우매한 사람도 행운을 얻으면 벼슬을 할 수 있다는 단순한 내용으로 되어 있어 학계에서 그다지 주목을 받지 못하는 작품이다. 그런데 그가 이 작품을 소개한 잡지『한글』에 좀 더 주목할 필요가 있다. 이 잡지는 조선어학회에서 발간하던 것인데, 조선어학회는 후에 한글학회로 명칭을 바꾸었지만 원래 그 출발은 1921년에 국어의 정확한 법리(法理)를 연구할 목적으로 휘문의숙 교장과 교사들이 중심이 되어 조직된 것이었다. 3·1 만세운동 이후 일본이 문화정책을 표방하며 한국문화의 자율성과 우수성을 무시하고 우리말과 글을 말살시키려 하자, 이런 일본의 야만적 문화정책에 항거하기 위해 등장한 학문 연구 모임 중 하나가 바로 조선어연구회였던 것이다.

1921년 휘문의숙의 교장이었던 임경재를 비롯해, 당시 교사였던 가람 이병기와 이승규, 그리고 휘문의숙 4회 졸업생이자 교사였던 권덕규, 3회 졸업생이자 중앙고보 교장이었던 최두선 등 15명이 참가해 창립모임을 가졌다. 이 조선어연구회가 1931년에 조선어학회로 바뀌고, 1949년에 한글학회로 발전해 오늘에 이르고 있는 것이다. 이처럼 휘문의숙과 밀접한 관련이 있는 잡지가 『한글』이다 보니, 송신용이 자연스럽게 여기에다 여러 편의 글을 쓰고 작품을 소개하게 된 것이다. 송신용이 『한글』지에 발표한 글과 작품은 「조충의전」 외에도 「점인실부소지(店人失婦所志)」·「약국인 원정(藥局人原情)」 등이 있다. 이 글들은 권호 수를 달리해 모두 1949년에 발표되었다.

8. 한국전쟁으로 모든 것을 잃어버렸으나 다시 시작하다

1950년에 한국전쟁이 일어나자, 송신용은 가족 식구들을 양평에 있는 친척집으로 피신을 시켰다. 그러나 얼마 후 아현동 집은 폭격을 맞아 완전히 불타 잿더미가 되어 버리고 말았다. 국군이 서울에 입성하던 날, 박격포 공격을 받고 집이 완전히 파괴되고 만 것이다. 이때 그가 오랫동안 그토록 소중하게 소장해 오던 책과 골동품들이 모두 잿더미가 되고 말았다. 난리 통에 경황이 없어 소장하고 있던 책들과 고문서를 안전한 곳에 옮겨 놓지 못했던 것인데, 그것들이 완전히 사라져 버린 것이다. 이는 서적중개를 직업으로 삼았던 송신용 개인에게 사망선고나 마찬가지였고, 학계나 국가로서도 참으로 안타까운 일이 아닐 수 없었다. 송신용은 땅을 치고 망연자실해 했다. 그리고 졸지에 집이 없어지자 부인과 함께 그나마 서울 곳곳에 비어 있던

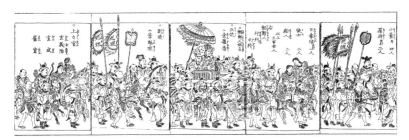

마지막 조선통신사의 행렬을 그린 〈조선인내조행렬기(朝鮮人來朝行列記)〉(1811) 일부.
송명희 가장(家藏) 복사본.

폐가를 임시 거처 삼아 그곳을 전전하며 어렵게 살아가야만 했다.

　그러나 송신용은 여기서 포기하지 않았다. 다시 처음부터 시작하기로 마음먹었다. 다시금 고서를 구하랴 사방팔방으로 뛰어다녔다. 그러나 호구지책도 안 되는 일에 매달리는 꼴이란 가족들에게 고통을 가중시킬 뿐이었다. 그럼에도 그런 현실이 오히려 이를 악물고 고서화를 찾아 나설 수 있는 힘이 되었다. 책에 대한 남다른 열정과 학구열을 쉽게 접을 수 없었다. 그리하여 전쟁 통에 별의 별것을 다 구하였는데, 이때 그가 구입한 자료 중에는 조선 어느 왕의 사주(四柱)까지 포함되어 있었다.

　이렇듯 재기를 위해 몸부림치던 시기에 장녀 송명희가 결혼을 했다. 한국전쟁이 발발하던 1950년에 22살의 나이로 김영진(金榮鎭, 1926~1988)과 약혼을 했었는데, 전쟁으로 인해 잠시 미뤘던 혼례를 1952년에 비로소 치르게 된 것이었다. 그리고 서울 돈암동에다 신혼집을 차렸다. 그 후로 송신용은 첫째 사위집에서 한동안 신세를 지며 함께 지내게 되었다. 돈암동 사위집에서 살 때 있었던 몇 가지 일화가 김약슬이 송신용을 회고하며 쓴 글 「송신용 노인(宋申用 老人)」에 일부 드러나 있거니와[28] 사위인 김영진은 안동(安東) 김씨(金氏) 집안으

〈조선인내조행렬기〉의 정사 김이교

로 병자호란 당시 강화도에서 순절한 선원(仙源) 김상용(金尙容, 1561~1637)의 11대손이었다. 그리고 1811~1812년 도쿠가와 이에나리[德川家齊]의 쇼군 취임을 축하하는 통신사(通信使)로 쓰시마 섬을 다녀올 때 정사(正使)를 맡기도 하고 홍문관 부제학과 우의정까지 역임했던 죽리(竹里) 김이교(金履喬, 1764~1832)의 직계 후손이기도 하다.[29] 전쟁 직후라 살기 어려웠던 시절에 사윗집에 거하며 송신용은 재기를 위해 온힘을 쏟았다. 그가 1952년부터 1953년 사이에 서적거래내역을 메모해 둔 일기장과 서적목록이 오늘날 남아 있어 그가 당시 얼마나 정성껏, 그리고 누구와 거래를 했으며, 그가 서적중개업에 어떻게 마지막 불꽃을 태웠는지 짐작해 볼 수 있다.

장녀 내외는 1958년경에 돈암동에서 보문동의 2층집으로 이사를 갔다. 거기서 첫째사위 김영진은 극장을 운영했다. 그러나 이미 송신용은 70대 중반의 노인이었다. 기력은 쇠해지고 의식도 예전만 못했다.

---

28) 김약슬, 「송신용 노인(宋申用 老人)」, 『도서(圖書)』 제9호, 을유문화사, 1965, 62쪽.

29) 김이교가 일본을 다녀오면서 쓴 일기와 영정, 인장 등은 몇 해 전에 일반에 공개되어 현재 충남 역사박물관(구 공주국립박물관)에 소장되어 있다. 2008년 8월에 한국과 일본에서 조선 통신사 수교 300주년 기념행사가 열려 대마도와 부산에서 조선통신사 행렬을 재현하는 행사가 있었는데 이때 김영진의 6촌 형뻘인 김이교의 종손 김필한 씨가 정사 역할을 맡기도 했다.

송신용 묘

그래서 말년에 송신용은 기억이 가끔씩 혼미해져 일부 소장하고 있던 고서를 일부러 서둘러 고객에게 팔기도 했다. 말년에 송신용은 시간 나는 대로 『창덕궁가(彰德宮歌)』를 교주하며 지냈다. 그러나 그가 마지막으로 교주한 것으로 보이는 이 작품의 실체는 아직 발견되지 않고 있다. 결국 보문동에서 살던 1962년에 향년 78세를 일기로 송신용은 이 세상을 떠났다. 그리고 망우동에 위치한 공동묘지에 안장되었다. 마지막 서적중개상은 1962년에 이렇게 평안한 안식을 취하게 되었다.

그런데 여기서 한 가지 한국 전쟁 직후에 송신용이 행한 공적에 대해 부언하고 넘어가야겠다. 그것은 그가 평소 자주 드나들던 조선어학회(한글학회)와 관련된 일이다. 해방 이후 조선어학회에서는 "큰사전" 편찬사업의 필요성을 절감하고 사전 만드는 일에 매달리고

최현배

있었다.[30] 그러던 중 한국전쟁이 발발했다. 난리 통에 학회 직원들과 학자들은 어쩔 수 없이 그동안 애써 작업해 온 원고를 별도의 장소에 보관해 두고 피난길에 오를 수밖에 없었다. 그러나 서울이 수복된 후 다시 돌아와 보니 혹시나 했던 염려가 현실로 나타나고 말았다. 그동안 심혈을 기울여 작업해 온 원고와 관련 서류들이 상당수 사라지고 만 것이었다. 난리 중에 누가 훔쳐 갔는지 찾아낼 방도가 어디 있겠는가? 살기 위해 돈이 될 만하다 싶은 것이라면 뭐든지 훔쳐 가는 것이 그 당시로서는 당연지사로 통했다. 어쨌든 원고를 잃어 버렸으니, 우리말의 체계를 정리하고 사전을 편찬, 간행하는 일은 그만큼 늦춰질 수밖에 없었다.

그런데 학회에서 분실한 책 중 약 1천여 권이 돈암동 482번지 50호에 살던 박윤근이 소장하고 있다는 사실을 알게 되었다. 바로 송신용이 당시 문교부 편수국장이던 최현배에게 분실된 책과 원고의 행방을 알려주었던 것이다. 박윤근은 그 책들을 어느 군인에게서 샀다며 엄청난 고가(高價)를 제시하며 팔려 하지 않았다. 어쩔 수 없이 최현배를 비롯한 한글학회 관계자들은 여러 수를 써서 돈을 마련하고는 그가 원하는 만큼의 돈을 지불하고서야 책과 원고를 다시 입수할 수

---

30) 이 일화는 한글학회 편, 「한글학회의 피란기」, 『한글학회 50년사』(한글학회, 1971, 29~30쪽)에 수록된 내용을 중심으로 재구성한 것이다.

있게 되었다. 그러나 만약 송신용이 원고의 존재를 그 때 알려주지 않았다면, 우리나라 사전의 간행과 보급, 그리고 국민들의 국어사용 환경은 훨씬 더 후퇴하거나 열악하게 되었을지도 모른다. 가히 서적 중개상만이 갖고 있던 정보망과 직업적 감각에다 송신용 개인의 노력과 열정이 한 데 어우러져 만들어진 합작품이었던 것이다. 전쟁은 책과 고문서의 유통 질서며 체계를 송두리째 뒤집어놓았지만, 송신용의 역할과 진가는 그때 더욱 빛을 발했던 것이다.

앞서 말했듯이, 송신용은 평소 자신이 거래한 서적들을 꼼꼼히 기록해 놓았다. 예를 들어, 1952년부터 수년 동안 거래한 책과 책 가격 등을 기록해 놓은 장부를 보면 그가 취급한 서적의 종류와 가격, 그리고 그 서적을 구입한 사람이 누구였는지까지 파악할 수 있다. 예를 들어, 그가 작성한 서적거래장부를 통해 이런 사실을 확인할 수 있다. 즉, 1952년 6월 12일에 완판『고본 춘향전(古本春香傳)』 1책을 만환(萬圜)에 사서 성동중학교 교사였던 김근수에게 팔았으며, 『월인천강지곡(月印千江之曲)』은 정진수에게 팔았고, 궁체 국문사본(宮體國文寫本)인 『태평광기(太平廣記)』는 최남선에게, 『홍길동전』과 『악장가사』, 내방가사 등은 김영우(金永祐)에게, 그리고 상촌(象村) 신흠의 아들인 신익성(申翊聖)의 추후 발문이 들어간 『상촌집(象村集)』은 월탄 박종화(朴鍾和)에게 얼마의 값을 받고 팔았다는 식의 내용이 고스란히 적혀 있는 것이다.[31] 게다가 장부 중간에 적혀 있는 이들은 당대에 내노라하던 장서가요 지식인이며 문인이자 학자들이었다. 가히 그의 교유관계나 거래 대상자를 보면 마치 역사의 한복판에서 문학·문화계의

---

31) 이에 관해 졸저, 『16~19세기 서적중개상과 소설·서적 유통관계 연구』, 역락, 2007, 91쪽에서 한 차례 언급한 바 있다. 구체적 서적거래내역은 제3부 제4절 '책 거래장부 일람표'를 참고할 것.

거물들을 만나는 듯한 착각마저 불러일으키게 된다.

이처럼 한국전쟁 직후 자칫 사라지기 쉬웠던 고서들과 한학 자료들이 그를 비롯한 서적중개상의 손을 거쳐 연구자 및 관계 기관에 전해짐으로써 그 후로 진행되어 온 국학 및 고전문학 연구의 토대가 마련되었다고 해도 과언이 아니다. 따라서 송신용의 서적 매매 장부의 존재와 실제적인 거래 사항은 한국학 연구사에서 살아 있는 증거 자료로서 충분히 재평가되어 마땅하다.

9. 불꽃처럼 살다 간 마지막 서적중개상

여기서 또 한 가지 분명히 강조할 것이 있다. 그것은 비록 그가 생계를 위해 서적을 중간에서 구입, 판매하던 전문적 서적중개상으로 살아갔지만, 그렇다고 해서 재리(財利)와 이익을 앞세운 위인은 결코 아니었다는 사실이다. 한 번은 그가 조선왕조 말기에 공조판서(工曹判書)를 지낸 연재(淵齋) 윤종의(尹宗儀)의 수택본(手澤本)을 입수할 기회가 있었다. '수택본'이라 하면 유명 인사가 생전에 가까이 두고 애독하고 아끼던 책으로, '수택(手澤)'이란 것이 문자 그대로 애무(愛撫)해서 손때가 묻어 윤기가 난다는 뜻이기도 하다. 이 때 송신용은 윤종의가 소장하고 있던 서책을 5만환에 구입해 되팔아 큰 이득을 보았다. 그런데 별도로『증보산림경제(增補山林經濟)』를 5천환만 내고 사라고 하자, 그는 그 책의 가치를 볼 때 5천환이 너무 싸다고 여겨 오히려 호가(呼價)의 두 배인 1만환을 내고 구입했다는 일화가 전해진다. 돈과 이익에 앞서 책의 가치를 중요하게 여기던 송신용의 철학을 엿볼 수 있다.

그가 평범한 서적중개상과 구별되는 또 다른 이유는 바로 공부하는 상인이었다는 점이다. 또한 후학을 배려하고 계몽(啓蒙)에 힘을 쏟고자 한 순수 지식인이었다는 데서 찾을 수 있다. 그가 방대한 분량의『한양가』를 교주하는 일이 번다하고 수고스러운 일임을 잘 알면서도 현대어 주해에 매달렸던 것 이유는 단 하나, 바로 사라져가는 옛 전통문화와 우리말에 대한 보전 의식 때문이었다. 그는 점점 옛 문헌을 읽지 못하는 세대가 늘어나면서 선조들의 자랑스러운 정신적 유산이 계승되지 못하고 단절될 것을 크게 염려한 나머지 그 어려운『한양가』교주를 시작했던 것이다. 이처럼 고서와 전통을 후대에 올바로 물려주어야 한다는 사명의식과 애정이 각별했다. 그러니 오늘을 사는 우리들로서는 오히려 송신용에게 엎드려 절이라도 하며 고마운 마음을 표해야 하지 않을까?

그뿐만이 아니다. 송신용은 자신이 소장하고 있던 장서 중 일부를 뜻있는 연구자나 기관에 선뜻 기증해 자료를 공유할 수 길을 열어 놓은 호인(好人)이기도 했다. 예를 들어, 연세대 고문헌실에는 1796년(정조 20년)에 용주사(龍珠寺)에서 간행한『불설대보부모은중경(佛說大報父母恩重經)』이 소장되어 있다. 이것은 연세대학교 총장으로 재직하고 있던 용재(庸齋) 백낙준(白樂濬) 선생의 환갑을 축하하는 의미로 송신용이 기증한 것이다. 그런데 말이 환갑 축하 증정 도서이지 이처럼 귀중본 고서를 대학 도서관에 기증한 것은 다른 이유보다 장차 많은 후학들이 연구할 수 있는 기회를 주고자 함에 있었다.

그렇기에 그의 이런 남다른 소신과 관심사는 당대에 이미 다른 학자들로부터 인정을 받고 있었다.

古以笑叢 編者 宋申用 翁은 書賈로 半生을 지낸 분이나, 本來 好學
의 士로 특히 民俗資料 募集에 뜻을 두어 歌詞을 모은 것만도 一書를
이룰 만한데, 스스로 校正하고 스스로 句點을 찍어, 먼저 古以笑叢刊行
의 壯志를 實現하니, 그가 아니면 探索할 수 없는 이 方面의 珍奇한 秘
藏을 原文 그대로 刊行함은 獵奇的이 아니고 學的인 態度이다.[32]

『조선고금소총(朝鮮古今笑叢)』이 간행된 후 홍순혁(洪淳赫)이 송신
용을 평가한 글의 일부다. 홍순혁은 송신용이야말로 학문을 좋아하
는 선비요, 소중한 서책 수집가이자 훌륭한 재야 민속학자와 다름없
노라고 했다. 그만큼 송신용이 활동하던 동시대에 이미 그의 진면목
과 가치를 알아보았다고 할 것이다. 특별히 송신용이 교주하거나 필
사하고 소개한 『한양가』, 「강도몽유록」, 「피생명몽록」, 「여용국전」,
『배시황전』 등은 국문학계에서 중요하게 다뤄지거나 취급될 만한
작품이라는 점에서 그의 공을 무시할 수 없다. 분명한 사실은 송신용
이야말로 조선 후기에 서울 지역에서 활동했던 서적 중개인의 모습
을 간직하고 있던 마지막 세대였다는 점이다. 송신용의 생애와 그의
업적은 김약슬이 그를 평가한 다음 글에 집약적으로 잘 나타나 있다.

운수雲水처럼 방방곡곡 떠돌아다니면서 고경古經을 발견한 한韓 노
인(=한상윤, 인용자 주)이 있는 반면, 수도를 중심하여 궁가宮家나 관가官
家, 혹은 잡물노점雜物露店에 이르기까지 내방가사·소설류 등의 국학
자료를 꺼집어내기와, 심지어는 부마駙馬나 공주·옹주翁主들의 녹패
지祿牌紙 등속에 이르기까지 주력 수집했고, 책을 파는 집은 망하는 집
안이라 해서 아쉬워 팔고 싶어도 남의 이목이 무서워서 엄두를 내지
못하는 그런 자리를 잘 요리한 송宋 노인(=송신용, 인용자 주)이 있다.[33]

---

32) 홍순혁, 「新刊評 <朝鮮古今笑叢>」, 『향토』 제8권, 정음사, 1948.03.15., 15쪽.

그의 意志는 늙지 않았다. 末年에 이르러 건망증이 그를 괴롭게 하기도 했으나 餘暇에 <昌德宮歌>를 校註하고 있었고, 鑛夫가 鑛脈을 찾듯 他人이 알지 못하는 凡然·平凡한 가운데서 찾아낸 文化財를 늘 注視하였다. 그것은 그가 남긴 日記 가운데 餘墨이 들어 있기도 하다. (중략) 세상에서 偉人이나 凡夫를 막론하고 逆境이 없지 않다고 누가 말하리오만, 書籍을 벗하여 一生을 보낸 宋老人은 眞理를 찾아 살았던 것이 또한 幸福하였으리라고 보겠다. 宋老人이 一生동안 쌓은 것은 우리나라의 文化財를 되찾아놓은 것이 生의 全部라 해도 좋을 것이다.[34]

송신용과 같은 서적 중개인, 아니 재야 학자가 있었기에 일제 강점기와 한국전쟁을 거치면서 사라질 수밖에 없었던 수많은 전적(典籍)들이 소멸되지 않고 현재까지 보존되고 계승될 수 있었다. 돈에 연연하지 않았으며 학식을 갖추고 당대 문인이나 지식인들에게 필요한 서적을 공급해 주고 지식 확산의 전령사로서 마지막 불꽃을 태우다 간 송신용을 우리 가슴에 기억할 필요가 있다. 그가 이 세상을 떠난 지 아직 50년이 채 되지 않았지만, 그에 대해 아는 것이 별로 없다. 더 늦기 전에 그를 만난 것이 도리어 천만 다행이다.

개항 이후 19세기 말~20세기 초 근대적 의미의 출판사가 등장하고, 서점도 점차 활성화되어 대중 독자를 겨냥한 상업적인 서적이 쏟아져 나왔다. 서양에서 들여온 서구식 활자 인쇄기 덕분에 활자본 신서들이 계속 발행되면서 더 이상 필사나 방각에 의한 도서 간행은 제 기능을 발휘하기 어려워졌다. 그러니 서적중개상의 의미와 활동 또한 상대적으로 축소될 수밖에 없었다. 그래서 20세기 전반기에

33) 김약슬, 「宋申用 老人」, 『圖書』 제9호, 을유문화사, 1965, 53쪽.
34) 위의 글, 55~56쪽.

20세기초 잡화장수 상자 안에 책이 가지런히 꽂혀 있다.

활동한 서적중개상들은 일반인들이 구하기 어려운 고서나 고문헌 자료를 위주로 학자나 문인, 식자층을 상대하면서 서적 거래를 행했다. 송신용 외에도 훗날 화산서림을 차린 이성의(李聖儀), 불교서적거래에 심취했던 한상윤(韓相允, ?~1963), 그리고 포천 출신으로 송신용을 따라다니며 배웠던 김효식(金孝植) 등이 서적 유통에 관한 한 한 시대를 풍미했던 서적중개상들이었다.35) 이들은 대중서적보다 고문서를 위주로 학자나 전문 연구자, 도서관 등을 상대로 거래를 하면서 의도하지는 않았지만 결과적으로 산재해 있던 서적들을 모으는 역할을 했다. 전국을 다니며 서책을 구해 와 총독부 도서관이나 특정 연구자에게 단골 거래를 하며 이윤을 남겨 되파는 식으로 영업 활동을 했다.

해방과 함께 찾아온 자유의 물결. 분명 그 속에는 읽거나 갖고 싶은 도서를 구하고 싶다는 독서의 욕구로 넘실대던 흔적이 존재했다. 그러나 이미 어딘가에 처박혀 있거나 꼭꼭 숨겨져 있어 실제로 적재적소의 서적 공급과 수요를 이루기는 어려웠다. 사회적 혼란이 가중되고 체계적 보관 및 유통 시스템의 부재 속에서 서적이 온당한 역

---

35) 일제강점기~1960년대 초까지 활동한 서적중개상들에 관해서는 졸저, 『16~19세기 서적중개상과 소설·서적 유통관계 연구』(역락, 2007)를 참고할 것.

할을 하고 마음에 맞는 주인을 만나 안착하기까지는 이를 이끌어줄 안내자가 필요할 수밖에 없었다. 그것도 신간도서가 아닌 고서나 한적(漢籍)일 경우, 유통의 지남(指南)은 더욱 그러했다. 전쟁이 쏟아낸 잿더미 속에서 사라질 뻔했던 수많은 전적(典籍)과 문학작품들을 건져 올려 생명을 부여해 주는 일도 누군가가 감당해야만 했다.

서적중개상, 바로 이 이름은 빛바랜 서적과 그 속에 담겨진 인류의 지혜와 지식을 현재의 보물로 만들던 마법사들의 힘겨운 별명이다. 그리고 그러한 마법사 중에 송신용이란 이름을 마법의 우물에서 길어 올려 기억할 필요가 있다. 그의 손을 거쳐 다시금 빛을 보게 된 보물들이 우리 앞에 놓여 있기 때문이다. 그가 발굴, 소개, 판매한 고문헌 자료들 덕분에 오늘날 연구자들과 우리들이 우리의 국학과 고전문학을 끊임없이 응시할 수 있게 되었다. 가히 국학 연구의 기본 토대를 마련해 주었다는 점에서 그는 단순히 지식 전달자가 아니라 지식의 생산 및 공급자 노릇까지 행했던 인물이라 할 것이다. 이런 점에서 그의 공로를 높이 평가하지 않을 수 없다.

송신용 연표

1884년(0세)   부친 송헌교(宋憲敎)와 모친 청풍(淸風) 김씨(金氏) 사이에서
            3남으로 태어남(9월 11일생)

1892년(8세)   모친 청풍 김씨 별세(8월 19일)

1904년(20세) 부친 송헌교 별세(12월 16일). 이후로 백부 송헌빈이 대신 보
            살펴 줌.

1906년(22세) 휘문의숙 입학(9월 1일)

1910년(26세) 휘문의숙 1회 졸업(3월 31일)

1919년(35세) 3·1운동 직후 최남선의 소개장을 가지고 상해 대한민국임
            시정부를 찾아갔다가 뜻을 이루지 못함. 몽골로 가 3년간
            체류함.

1922년(38세) 백부(伯父)이자 가장(家長)으로 송신용을 물심양면으로 보
            살펴 준 송헌빈(宋憲斌)이 위독하다는 소식을 듣고 몽골에
            서 급히 귀국함. 송헌빈의 본가가 있는 양평군 옥천면(玉泉
            面) 신복리(新福里)에서 거주함.

1923년(39세) 백부 송헌빈 별세(10월 14일) 이후로 20년대 후반까지 신복
            리에 거주한 것으로 보임.

1927년(44세) 박영희(朴英喜, 1902년생)와 혼인.

1928년(45세) 장녀 송명희(宋明希) 태어남. 2009년 현재 생존.

1930년(47세) 차녀 송만협(宋萬協) 태어남. 2009년 현재 생존.

1933년(49세) 장남 송석성(宋錫聖) 태어남. 한국전쟁 당시 국군 입대, 화랑
            무공훈장 수여, 2004년 별세.

1936년(52세) 현 규장각 소장본『한경지략(韓京識略)』필사 및 저자 고증
            (10월 21일)

1938년(54세) 차남 송석항(宋錫恒) 태어남, 2009년 현재 생존.

1939년(55세) 서대문구 관동정(館洞町, 현 영천동) 163-106호 거주. 현 국
            립중앙도서관 소장『강도몽유록(江都夢遊錄)』필사.

1940년(56세)	삼남 송석경(宋錫慶) 태어남, 2009년 현재 생존. 현 국립중앙도서관 소장 『피생명몽록(皮生冥夢錄)』 필사.
1945년(61세)	해방. 서대문구 영천동에서 아현동으로 이사.
1947년(63세)	『향토』지에다 「여용국전」·「오입쟁이 격식」·「부상인사」 등 자료 소개. 『어수록』·『어면순』·『촌담해이』 등의 내용을 엮고 교열을 가한 『조선고금소총』 제1·제2배본을 정음사에서 간행.
1949년(65세)	한글학회에서 발행한 『한글』지에다 「조충의전」·「점인실부소지」·「약국인원정」 등을 기고함.
1950년(66세)	한국전쟁 발발.
1951년(67세)	서대문구 아현동 한옥집이 박격포 포탄을 맞고 전소(全燒)됨.
1952년(68세)	장녀 송명회와 사위 김영진의 집이 있는 돈암동 10번지에 함께 거주함.
1955년(71세)	백낙준 연세대 총장에게 『불설대보부모은중경』을 증정함.
1958년(74세)	서울 보문동으로 이사.
1962년(78세)	음력 3월 16일, 양력 4월 20일 송신용 별세. 서울 망우리 공동묘지에 묻힘.
1985년	9월 8일, 부인 박영희 별세.

제2부 【자료편】

송신용 교주·교열·
해제·필사·집필 자료
해설 및 원문

구체적으로 송신용이 고전작품, 또는 책을 소개하면서 글의 형태로 남긴 자료를 이해하기 쉽게 도표로 만들어 보았다. 책 전체를 필사하고, 필사기를 후미에 적어 놓거나 두서한 것도 있고, 어떤 경로로 구입하게 되었는지 밝혀 놓은 것도 있다. 인쇄본의 경우, 작품 해제나 서문, 발문, 또는 교주를 한 것이 주를 이룬다.

| 일람표 |

연도	작품명	형태	출전	소장처/출판사
1936.10.21.	漢京識略	筆寫/考證 註	京畿道邑誌 제4책	서울대 규장각
1939.08.20.	江都夢遊錄	筆寫/筆寫記	江都夢遊錄	국립중앙도서관
1940.10.06.	皮生冥夢錄	筆寫/筆寫記	강도몽유록	국립중앙도서관
1940.	東京日記	筆寫/頭書/筆寫記	東京日記	서울대 고문헌실
1940.06.19.	배시황전	筆寫/筆寫記	배시황전	국립중앙도서관
1943.12.25.	攪睡襍史	筆寫/購入經緯記	파수록	서강대 도서관
1947.05.	禦睡錄	교열/서문/편찬	朝鮮古今笑叢 제1배본	정음사
1947.07.	村談解頤・禦眠楯・續禦眠楯	교열/刊行記	朝鮮古今笑叢 제2배본	정음사
1947.10.15.	오입쟁이 격식	원문소개	鄕土 제6권	정음사
1947.10.15.	負商人事	해제/원문소개	鄕土 제6권	정음사
1948.03.15.	女容國傳	해제	鄕土 제8권	정음사
1949.02.15.	漢陽歌	筆寫/해제/교주/발문	漢陽歌	정음사
1949.12.	名醫傳說 : 음성으로 診斷	집필	東洋醫學 제4권 제1호	동양의학사
1949.	店人失婦所志	해제/원문소개	한글 제13권 제4호	조선어학회
1949.	趙忠毅傳	해제/교주/원문소개	한글 제13권 제5호	조선어학회
1949.12.	藥局人原情	해제/원문소개/번역	한글 제13권 제6호	조선어학회
1955.	佛說大報父母恩重經	所藏記/贈呈記	용주사, 1796년	연세대 귀중본실
1957.09.20.	丙寅洋擾 (一名 韓將軍傳)	購入經緯記	덕흥서림, 1928	우석대 도서관
1959.	誤註의 轉裁	집필	國語國文學 제20집	국어국문학회

※ 형태 항목에서 '筆寫'는 송신용이 직접 필사한 필사본을, '집필'(음영 부분)이라 한 것은 송신용이 직접 쓴 글을 인쇄한 인쇄본을 의미한다. '필사'와 '집필'이란 말이 없는 경우, 송신용이 직접 메모식으로 간단히 적어놓은 것을 의미한다.

| 일러두기 |

1. 송신용이 필사하거나 교주·교열·해제·서문·발문을 쓰거나 직접 쓴 글, 그리고 책에다 소장기(所藏記)·증정기(贈呈記)·필사기(筆寫記)·구입경위기(購入經緯記) 등 송신용의 필적 흔적이 남아 있는 짧은 메모식 글 등을 모두 모아 놓은 것이다.

2. 작품명 아래에 괄호 처리한 후 그 안에다 소장처(또는 출판사), 연도, 송신용이 남긴 글의 형태(필사, 집필, 교주 등) 순으로 제시해 놓았다. 그러나 송신용이 직접 관여한 글(작품)이 아니라 다른 필자가 송신용에 관해 쓴 글(작품)인 경우 괄호 안에다 저자명, 책명, 간행년도, 출판사 순으로 제시해 놓았다.

3. <해설> 부분에서 작품에 대한 개괄적 해제와 함께 송신용 관련 자료를 소개하거나 글의 내용에 대해 쉽게 풀어 설명해 놓았다.

4. 송신용이 남긴 글 또는 작품의 전모를 보여주기 위해 <원문> 항목에다 직접 원문을 입력하거나 관련 사진을 제시해 놓았다.

5. <원문> 부분에 소개한 원문 자체에 오타나 문법적 오류가 분명히 보인다 하더라도 원문을 충실히 보여주기 위해 원문 표기 그대로 노출시켰다.

6. <원문>에 소개한 작품 중간에 '?' 표시가 되어 있는 것은 송신용이 원전 자료에 의심나는 부분을 교정하고자 표시해 놓은 것이다. 그리고 <원문>에 달린 각주는 모두 송신용이 직접 주해(註解)한 원주(原註)에 해당한다.

1. 『한경지략(漢京識略)』

(서울대 규장각, 1936.10.21. [제1책] / 1937.04.06. [제2책], 필사)

해설　　　『한경지략(漢京識略)』은 현재 서울대 규장각에 소장되어
있는 2권 2책의 필사본이다.(가람 古 915.11-Y9h) 서울 지역만을 다룬
본격적 지지(地誌)로서 대표적이라 할 만하다. 『동국여지승람』을 기
본 텍스트로 하되 다른 여러 자료까지 참고해 서울 오부(五部) 내의
사실을 요약해 놓고, 각 항목 말미에 필자의 견해나 참고 내용들이
'案'이라는 표시 다음에 적혀 있다. 서문에 보면 저자가 서울에서 태
어나 서울 역사에 남다른 관심이 많았으며, 서울 관련 안내서가 없는
현실을 안타까워한 나머지 고사(古事)를 틈틈이 수집하고 책을 모아
20년 만에 완성했다고 한다. 원래 『한경지략』은 1830(순조 30)년에
유득공(柳得恭)의 아들인 유본예(柳本藝)가 편찬한 책이나, 현재 규장
각 소장본은 1936년에 필사된 후사본(後寫本)이다. 유본예는 순조 시
절에 검서관(檢書官)을 거쳐 현감을 지냈다.

　『한경지략』 서문 뒤에는 서문의 작성자로 되어 있는 '수헌거사(樹
軒居士)'에 대한 고증이 부기되어 있다. 그런데 처음 고증에는 '수헌
거사'를 이조묵(李祖默)으로 적었다가 후에 이를 지우고 '유본예'로

정정, 확인해 놓은 흔적이 보인다. 저자에 관한 고증은 소화(昭和) 11
년(1936)에 송신용이 조사한 것으로 기록되어 있다. 필사자 역시 송
신용이므로 필사 연도 역시 1936년이다. 송신용은 서문에서 저자 고
증 외에 본문 중간에 원주(原註)와 별개로 자신이 새롭게 추가적으로
주석을 달아놓기도 했다. 그 몇 가지 예를 제시해 보면 다음과 같다.

1) 서문 말미 필사자(=송신용)의 저자 고증 부분 :

~~樹軒居士李祖默. 號六橋, 字絳茶. 全州人. 右相昌誼從孫判書 東鼎~~
~~'歷六道監司'子. 正祖十六年丑子生, 憲宗庚子卒壽四十九. 名書其畵.~~
~~昭和十一年十月二十一日 宋申用調.~~

柳本藝號樹園, 文化人. 泠齊得恭之子. 純祖朝入仕, 歷檢書官止縣監.

『한경지략』 서문 제4쪽. 저자고증과 관련해 우측을
지우고 좌측에 새로 필사기를 썼다.

본문 교주. 필사 시기를 밝히고 본인을 '책상(冊商)'이라
적어놓았다.

2) 본문 중간에 삽입된 송신용의 주해 : '慶壽宮在東部蓮花坊'(제1책
34a면)이란 본문 옆에다 작은 글씨로 다음과 같이 기입해 놓았다.

壽城宮安平大君舊墓在西部仁達坊社稷壇北(今自培花女高普校墓地至壇
下洞. 金潤晶家近方全部) 昭和十二年四月六日 冊商 宋申用調査記入.

송신용이 자신을 '책상(冊商)'이라 부른 것이 흥미롭다. 소화 12년,
즉 1937년에 조사해 기입해 놓았다고 했다.

3)『한경지략』제2책 71a면에는 송신용이 중간에 원본의 두 줄을
빠뜨린 것을 필사가 끝난 후에 발견했는지 해당 면 우측 여백 부분
에다 누락된 문장을 기입해 놓고, 그 문장이 원래 들어가 있어야 할
부분 쪽으로 화살표를 그어 표시해 놓기도 했다.

필사 과정에서 누락된 부분을 여백에 적어 화살표로
표시해 놓기도 했다.

본문 교주의 예. '송신용 조사'란 부분을 지운 것도
보인다.

4) 『한경지략』 제2책 75a면에 본문에 언급된 '심두실(沈斗室)'의 집에 관해 송신용이 부연설명을 해 놓았다. 심두실은 4만 권의 장서를 소장한 이로 유명한 심상규(沈象奎, 1766~1838)의 호이다. 송신용은 "심두실의 저택은 지금 건축 예정인 간동(諫洞) 천향각(天香閣) 땅에 있었다."(沈斗室宅, 今諫洞天香閣建築豫定地)는 주를 달았다. 그리고 이어 뭔가를 추가로 설명해 놓고 '宋申用調査'라고 적어 놓았다가 다시 줄을 그어 지은 흔적이 보인다. 후에 고증하면서 잘못 기술한 부분이라 판단해 지워버린 것으로 보인다.

서울대 규장각 소장 『한경지략』
제1책. 경기도읍지 제4책 안에
수록되어 있다.

2. 『강도몽유록(江都夢遊錄)』

(국립중앙도서관, 1939.08.20., 필사)

해설 국립중앙도서관에 소장되어 있는 『강도몽유록』은 표지에 '江都夢遊錄'이라는 제목 외에 오른쪽에 '부피생명몽록(附皮生冥夢錄)'이라 적혀 있다. 즉, 필사자 송신용이 두 작품을 한 책에다 모아 필사했는데, 『강도몽유록』을 표제로 삼은 것이다. 『강도몽유록(江都夢遊錄)』은 1939년 8월 20일에 등초(謄抄)했으며, 『피생명몽록』은 다음해 10월에 필사를 마쳤다. 송신용 필사본 『강도몽유록』은 『향토』지 제10권(1949.01.20.)에도 「강도몽유록(江都夢遊錄)」이라는 제목 하에 송신용이 교주(열)하여 다시 소개한 바 있다. 얼마 전까지 『강도몽유록』은 송신용 필사본이 유일본으로 학계에서 중요하게 언급되어 왔으나, 최근 약 6종의 이본이 추가로 소개되어 이본 연구가 이루어지고 있다. 현전하는 이본으로는 송신용 필사본 외에 국립중앙도서관 소장 『동국야사(東國野史)』 수록 이본과 미국 버클리대 소장본, 2편의 일본 동양문고본과 동국대 소장본, 그리고 우석대 김해정 교수 소장본 이렇게 7종이 있다.

一時痛哭其聲慘惻不忍聞也禪師或恐有知隱於
林下待天之曉乃退而出忽然驚起覺即一夢也

昭和十四年八月二十日　宋申用　謄抄

夢遊錄
禪師名曰淸虛其性也仁且愛其心也
甚山巒顥兒寒者則寒者衣之或見飢者則飢者食
之執不曰春風於大寒之際人皆謂白日於覆盆之
底也嗚呼國運不章鐵馬乾坤聖主孤城則哀我蒼
生半歸鋒鏑而惟夜江都魚肉充甚川流者血山積
者骨哭之有烏英之無人淸虛禪師憐其無主思欲
一欲于把楊枝飛渡江流則人家簿盡無處可依照
尾亭南誅草爲幕法事於斯寢食於斯月日夜假成
一夢則天光氛氳得一碧慈雲聚散悲風斷續夜

『강도몽유록』 본문 첫 번째 쪽

『강도몽유록』 마지막 쪽. 1939년에 송신용이 등초한 사실이 적혀있다.

3. 「피생명몽록(皮生冥夢錄)」

(국립중앙도서관, 1940.10.06., 필사)

해설 「피생명몽록」은 임진왜란으로 인해 생겨난 유골의 수장 (收藏) 문제를 소재로 당시의 부패 관료인 이극신(李克信)을 풍자하고 비판한 작자미상의 몽유록 작품이다. 현전하는 「피생명몽록」의 이본 은 송신용 필사본 외에 북한 김일성대 소장 『화몽집(花夢集)』에 실려 있는 필사본 이렇게 2종이 있다. 그러나 『화몽집』 소재 「피생명몽록」 은 작품 전반부 일부만이 남아 있는 불완전한 본이므로 송신용 필사 본이 유일본이라 해도 좋을 듯하다.

송신용 필사본 「피생명몽록」에는 송신용이 살던 관동정(館洞町), 즉 지금의 독립문 근처 영천동의 집주소가 적혀 있어 눈길을 끈다. 송신 용이 살던 집은 관동정 163통 106호로 오늘날 서대문구 영천동 일대를 의미한다. 이는 송신용이 1940년(소화 15년)경에 독립문 근처인 영천동 에서 살았음을 증명하는 자료가 되기도 한다. 관동(館洞)이란 명칭은 모화관(慕華館=독립문)이 있었기 때문에 붙여진 동명(洞名)이었다.

筆寫記: 昭和十五年(1940)十月六日於館洞町一六三 一○六, 宋申用 膽抄, 原本 宋申用藏, 昭和十六年(1941)八月膽寫

皮生冥夢錄
驪江有皮生者名達字伯通英姿秀簽賦性慷慨嘗
自言曰大丈夫非安事一室當周遊歷覽以盡天下
之大觀以助吾氣以治吾文可也於是養向隨唐之
路出利城暮至圓寂山下白日已匿乘馬投林人烟
四斷原野科紛但見朽骨暴露遍于路側生嘻嘻頓
躉開日而過乃獨吟曰
　石路索竹落日低暝煙沉樹鸎鸎啼原頭朽骨無
　人掩首蝕滅顧長羨藜
吟已適有野僧杖錫而歸生而叩而問曰此非戰場

국립중앙도서관 소장
「피생명몽록」 본문 첫째 쪽

物中之焉獺人中之楊廣則猶為後善於此此足以
寬子之懷也李君起而謝曰今夕何夕逢此達人吾
今以後庶將以日月為棺槨以天地為衾枕寄野鄉
杭宇宙等萬方於一息而更不為無益之悲也已而
鍾鳴逐寺鷄唱前野遽欠伸而覺乃枕上一夢也因
以惟而誌之
　此說怪為虛荒浮誕文法足可為一時之涉玩而
　諧語亦可以為一笑之資故不顧成字龍章走騰
　焉　原本朱[?]

昭和十五年十月六日　於館洞町一六三ノ二六

「피생명몽록」 본문 마지막 쪽과
필사기

原本　宋申用　藏
昭和十六年八月謄寫
宋申用　謄抄

「피생명몽록」 마지막 부분. 송신용이 자신의 소장본을 저본으로 필사한 사실을 밝혀놓았다.

송신용 필사 「피생명몽록」이 『강도몽유록』이라는 표제 하에 들어있다.

4. 『동경일기(東京日記)』

(서울대 도서관, 1940, 필사)

해설　신사유람단 사절단 일원으로 일본을 다녀온 동산(東山) 송헌빈(宋憲斌)이 쓴 일본견문록이다. 서울대본과 국립중앙도서관본이 있다. 송신용이 직접 필사하고, 본문 위에다 주를 달았으며[頭書], 본문 마지막 부분에 필사기(筆寫記)가 있다. 특히 본문 위에 기록해 놓은 주해가 적지 않다. 국립중앙도서관본은 송신용이 소장하고 있던 원본을 1941년 9월에 등사(謄寫)한 것이다. 서울대본이 원래 송신용이 소장하고 있었던 원본으로 추측된다.

『동경일기』는 이원회(李元會)를 사절단 대표로 하고 홍영식(洪英植)·어윤중(魚允中)·유길준(兪吉濬)·윤치호(尹致昊) 등의 정식위원 12명과 隨員·通事·從人 등 수행원들이 1881년(고종 18) 3월 11일에 출발하여 4월 11일 일본 나가사키[長崎]에 도착한 뒤 도쿄[東京]를 비롯한 요코하마[橫濱]·오사카[大阪] 등지의 신식 제도 및 시설 등을 시찰하고 윤 7월 1일 일본을 떠나 부산을 경유, 7월 22일 여주군(驪州郡) 금사면(金沙面)에 도착하기까지의 일을 적어 놓았다. 책 속에는 설탕제조법·폭발물제조법·염산제조법 등 여러 가지 과학실험에 관한 것도 기록되어 있다. 서울대본에는 다음과 같은 필사기가 남아 있다.

第一次東京往返後 又二回往返
以上年 月 日 追後詳考後記入
昭和十五年 八月十日 侄 申用 謹記 並頭書

그리고 국립중앙도서관본에는 본문 끝에 "昭和十五年八月十日侄申用謹記"라는 필사기가, 그리고 책의 맨 마지막 장에는 "原本 宋申用 藏 昭和 十六年九月 謄寫"라는 필사기가 적혀 있다.

서울대 소장 『동경일기』 표지

송신용이 동경일기를 두서하고 병기했음을 적어 놓았다.

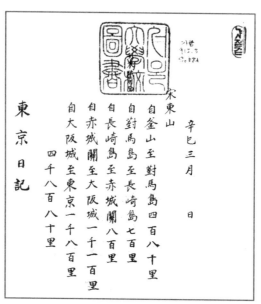

宋東山

東京日記

辛巳三月　　日

自釜山至對馬島四百八十里
自對馬島至長崎島七百里
自長崎島至赤城關八百里
自赤城關至大阪城一千一百里
自大阪城至東京一千八百里
四千八百八十里

『동경일기』 본문 첫 번째 쪽

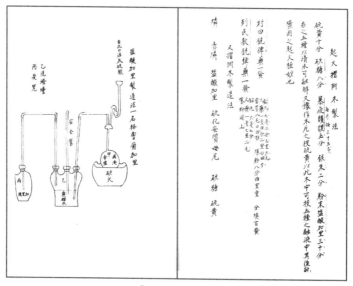

『동경일기』 본문 2

5. 『배시황전』

(국립중앙도서관, 1940.06.19., 필사)

해설 　역사소설『배시황전』국문본은 현재 이경선 소장본과 국
립중앙도서관 소장본 2종이 전하고 있다. 이 두 이본은 본문의 모든
내용이 동일하며 심지어 끝에 낙장된 곳까지 동일하다.[1] 이 중 국립
중앙도서관 소장본이 송신용이 필사한 것이다. 송신용은『배시황전』
을 국문으로 필사한 후 연이어 한문본을 필사해 놓았다.

　국문본 첫째 면 하단에는 필사자를 뜻하는 '宋申用'이란 이름이 또
렷이 적혀 있다. 송신용은 국문본을 필사하면서 중간에 단어 뜻을
정확히 전달하기 위해 한자를 일부러 옆에다 병기해 놓았다. 그리고
한문본 마지막 부분에는『배시황전』의 원 출처가 성해응(成海應, 1760
~1839)의 문집인『연경재전집(研經齋全集)』수록「초사담헌(草榭談獻)」
2책 중 하책(下冊) 1절임을 밝혀 놓았다. 다시 말해, 국문본을 필사한
후,『배시황전』이본을 한 곳에 모으기 위해 성해응의『연경재전집』
에 수록되어 있던 한문본을 국문본에 이어 전사(轉寫)해 놓은 것이다.
아울러 한문본 본문 필사가 끝난 후, 한문본의 원 출처를 밝히고 필사

---

1) 박용식 외,『고전산문의 계보적 연구』, 국학자료원, 2001.

국립중앙도서관 소장 『배시황전』 표지

시기와 장소를 적어 놓았다. 필사 장소가 관동정(館洞町)으로 되어 있다. 이는 「피생명몽록」에도 동일하게 적혀 있다. 『배시황전』 한문본 마지막 부분에 적어놓은 필사기는 다음과 같다.

右研經齋全集草榭談獻二冊內下冊中一節. 研經齋昌寧成大中號, 青城之子, 名海應. 昭和十五年六月十九日 宋申用寫于館洞町所止中.

『배시황전』(국문본) 본문 첫 번째 쪽. 우측 하단에 필사자가 송신용임을 밝혀 놓았다.

『배시황전』(한문본) 본문 마지막 부분. 필사기와 주소지가 좌측에 보인다.

6. 『교수잡사(攪睡襍史)』

(서강대 도서관, 1943.12.25., 필사)

해설 서강대에 수장된 『교수잡사』의 표제는 '파수록(破睡錄)'이
다. 이 책의 원주인은 '정음죽택(鄭陰竹宅)'이라고 적혀 있는데, '음죽'
이 누구인지, 지명인지 명확하지 않다. 이 책이 필사된 시기가 '을사
(乙巳)년 6월 8일'인데 을사년이 1845년인지 1905년인지도 확언하기
어렵다. 필사한 장소는 칠곡면에 위치한 복곡(卜谷)이다. 그런데 이
책을 소장했던 송신용이 자신이 어떻게 이 『교수잡사(攪睡襍史)』(서
강대본)를 구입하게 되었는지를 적어 놓았다. 송신용이 구득 과정을
적어놓은 것은 1943년 12월 25일의 일이다. 송신용의 수기(手記) 전
문을 인용해 본다.

(이 책은) 내가 양평군 고읍면 아신리(=현 옥천면 신복리, 인용자 주)에
거주할 때에 구해 두었던 것인데, 나중에 경성으로 이사를 했기 때문에
가구와 책자들은 따로 치워두었다. 소화 18(1943)년 12월 23일에 일이
있어 갚아 둔 물건들이 있는 곳에 갔다가 이 책을 비롯한 몇 종의 책들
을 찾게 되었는데, 그 기쁨은 뜻밖이었다. 지금으로 21년이 떨어진 후
에 다시 옛날의 얼굴을 대한 것이다. 소화 18년 12월 25일 송신용 이
책의 내력을 간략히 기록해둔다.(寓居楊平郡古邑面我新里時, 求置者, 而以

後移居京城, 故殘存家具與冊子等, 因爲避置. 昭和十八年十二月二十三日, 因事, 往殘存物佳置處, 搜出此冊外幾種冊子, 喜出料外, 而距今二十一年之後, 更對舊面了. 昭和十八年十二月二十五日, 宋申用 約記冊曆.)[2]

1922년 양평에 거주하던 시기에도 이미 고서를 구득해 놓았음을 알 수 있다. 일찍부터 송신용이 패설집에 대한 관심이 많았던 것으로 보인다.

한편, 1946년 8월에 대구에서 간행된 『향토』지 제2권에도 『교수잡사』의 해제와 일부 원문 자료가 소개되어 있는데, 해제 글을 누가 썼는지 밝혀 놓지 않았다. 그러나 송신용이 1943년부터 21년 전인 1922년부터 『교수잡사』를 보관해 왔으며, 『향토』지에다 여러 차례 다른 자료를 소개하고 글도 썼던 전력과 1947년에 『어수록』과 『조선고금소총』을 교열해 출간하기도 한 사실 등을 고려할 때, 1946년에 『향토』지에 소개한 『교수잡사』의 해제와 원문 자료가 송신용에 의한 것일 가능성이 상당히 높다.

---

2) 서강대본 『교수잡사』와 거기다 송신용이 메모한 글의 내용 및 번역문은 김준형, 「필사본 《奇聞》·《攪睡雜史》의 발견과 그 의미」, 『열상고전연구』 제23집, 열상고전연구회, 2006, 222~223쪽을 참조했다.

7. 『어수록(禦睡錄) - 조선고금소총(朝鮮古今笑叢)』

(정음사, 1947.03.07., 교열·서문)

해설   1947년 5월 송신용(宋申用)에 의하여 '조선고금소총(朝鮮古今笑叢)'이라는 제목으로 제1회 배본에 『어수록(禦睡錄)』이, 제2회에 『촌담해이(村談解頤)』·『어면순(禦眠楯)』이 한 권으로 묶여 정음사(正音社)에서 출판되었다. 『어수록(禦睡錄)-朝鮮古今笑叢』(제1회 配本, 정음사)은 열청재(閱淸齋) 정한종이 지은 것으로, 송신용이 이를 교열하고, 서문을 썼다. 그리고 곧이어 같은 해에 두 번째로 배본된 『어면순·촌담해이-朝鮮古今笑叢』(제2회 배본, 정음사)을 교열하기도 했다.

    그 후 『고금소총』은 1959년에 민속자료 간행회에서 『고금소총』 제1집이 유인본(油印本)으로 간행되었는데, 이 속에는 서거정(徐居正) 편찬의 『태평한화골계전(太平閑話滑稽傳)』, 홍만종(洪萬宗)의 『명엽지해(蓂葉志諧)』, 송세림(宋世琳)의 『어면순(禦眠楯)』, 성여학(成汝學)의 『속어면순(續禦眠楯)』, 강희맹(姜希孟)의 『촌담해이(村談解頤)』, 부묵자(副墨子)의 『파수록(破睡錄)』, 장한종(張寒宗)의 『어수신화(禦睡新話)』, 그 밖에 편찬자 미상의 『기문(奇聞)』·『성수패설(醒睡稗說)』·『진담록(陳談錄)』·『교수잡사(攪睡聤史)』 등 모두 789편의 소화가 수록되어 있다. 1970년에 조영암(趙靈巖)은 '고금소총'이라는 표제로 소화 379편을 번역하고 그 원문까지 인용하여 명문당(明文堂)에서 발간하기도 했다.

송신용이 쓴 『어수록』 서문을 보면, 사정을 모르는 사람들이 일제가 만들어 놓은 책을 읽고, 그 책을 진실인 것처럼 이해하는 것이 답답하다고 했다. 그래서 해방이 되자마자 자신이 『어수록』을 간행했다고 했다. 외세에 왜곡되지 않고 순수한 우리 민족의 감정과 의식을 잘 담아낸 패설작품이야말로 후세에 널리 알리고 향유해야 한 작품이라고 보았기 때문이다. "민속자료서 한 번 볼 가치가 있기에 印刊했다."라고 한 것은 바로 사라져가기 쉬운 전통을 지키고자 한 고집스런 지식인의 치열한 민족의식의 한 발로라 할 것이다.

〈禦睡錄 序〉

詩經三千篇을 三百三五篇으로 刪集하신 孔子께서 國風을 置重하야 鄭衛之風을 刪除치 않으신 바는 그 時代의 國風民俗을 그대로 살리기 爲하심인 것이다. 이 鄭衛之篇이야말로 先生이 學徒에게 敎授할 때에 意味解釋을 充分히 일어줄 수 없을만한 猥說이 多在하였음에 不拘하고 三百三五篇으로 刪削하는 속에 들었지 않았는가. 이로 因하야 貳千年後 우리로서 그 時代의 習俗을 여실히 窺知踐磨케 되었다. 이것이 民俗의 한 貴重한 資料가 되는 바이다. 鄭衛之風이라든지 破睡, 禦眼, 覺睡 등 種類가 何代無之며 何處不存이랴. 우리 鄕土에도 口傳或筆寫本으로 相當數의 種類가 있다. 이 內容이 猥說로만 볼 것이 아니라 우리의 漢字術語라든지 一切 生活裡面이 잘 表現

되어있는 것이다. 然이나 우리의 손으로는 刊行치 못하고 彼日政府時代에
自相至下로 無所不爲하던 權力으로 野談隨筆, 傳說이라하야 우리의 그것을
歪曲하고 侮蔑的으로 저의 意思를 加味하야 日本文으로 編輯出板하야 出
世할제 잘못된 言辭와 歪曲한 文句가 있을지라도 抗議할 자 뉘 있었느냐.
原文 그대로래도 우리 손으로 印出하야 幾介의 同好人이 分讀코자하였으
나 此等書物이 發覺될 時는 出版法違反등 허다한 罪目으로 當場 鐵椎가 나
리는데야 뉘 當할 者 있으며 異民族인 彼에게 同情을 求할 餘裕가 있었으
랴. 잘못된 日譯이나마도 그를 通하야 購讀케 될 時에 此等書物에 前歷이
有한 者는 잘잘못을 解釋할 수 있었으나 初讀者로야 잘못된 그것을 是讀하
였던 것이다.

今玆 이 책을 上梓함에 際하야 幾十年間 書冊에 從事하는 동안 各部門에
關한 書籍을 하도 많이 만지든 中 此等書冊도 種種過眼의 期會를 得하야
書架에 挾置하였던 者로서 本意가 上梓의 意思로 두었던 것은 아니였으나
이 內容이 破睡, 禦眼, 覺睡에 局限될 뿐 아니라 民俗資料로도 一瞥에 値가

되기로 印刷에 附케되는바 今此
閱淸齋禦睡錄의 原本을 紹介코
자한다.

原作 序文에 依하면 作者는
水原의 牧官으로 本文四三페지
中 島賊負鰒條中「余往一處則主
人丈適出與其子佢同坐, 酬酌之
際, 適流水館道人, 李中樞來參其
座」李中樞는 英祖二十一年生
李寅文으로 畵員, 官僉使, 壽七
十七인즉 中樞의 官職에 至하기
까지에는 正祖末葉으로 純祖中
葉時代일 것인즉 西紀一七七六
年부터 一七九〇年으로 推定한

『어수록』겉표지

다면 一白五十餘年으로 一白四十餘年前間의 人일 것이다. 이밖에 이 책 九六페지 李丈詩句條中 婦翁得軒公云云이라든지 一一五페지 使虎立題條中 驥良은 作者의 幼子인듯하며 其外에도 二三處可考할듯한 句節이 있으나 作者의 姓名을 考證할 바가 없으므로 後日로 미루고 今此稿本도 原著本이 아니오印札紙에 轉寫本으로 誤書가 많은 中에도 元文의 文體가 不健實한 處이 많으나 本作을 損傷치 않기 위하야 改選치 않고 上梓하난바이다.

西紀 一九四七年 三月八日 宋申用

『어수록』 서문

8. 『어면순(禦眠楯)·촌담해이(村談解頤)
   - 조선고금소총』

(정음사, 1947.04.04., 교열·간행기)

해설　　1947년 5월에 송신용이 '조선고금소총(朝鮮古今笑叢)'이라
는 제목으로 배본 간행한 제1회본에 이어 같은 해에 간행되었다. 제2
회 배본에는 『촌담해이(村談解頤)』·『어면순(禦眠楯)』이 한 권으로
묶여 있다. 역시 1회본과 마찬가지로 정음사(正音社)에서 출판되었다.
특별히 제1회 배본과 달리 2회 배본에는 송신용의 「간행기」가 실려
있다. 여기서 송신용은 원래 『어면순』 발문 기록에 총 82편의 이야기
가 있었다고 했는데 현전 작품수는 22편에 불과하다는 점을 지적하
며, 이렇듯 시간이 지날수록 원 작품의 수가 줄거나 자료가 상실되는
것을 안타깝게 여겨 자신이 이 책을 간행하게 되었다고 밝혀 놓았다.
또한 그는 이런 패설 작품의 효용 문제를 언급하면서 "수신제가(修身
齊家)"와 "권선징악(勸善懲惡)"을 추구할 수 있어 교훈적임을 분명히
밝혀 놓았다. 여기에 「간행기」 원문을 전부 소개해 놓는다.

〈刊行記〉

村談解頤, 禦眠楯, 續禦眠楯 三篇은 距今 三百餘年前으로 四百七十餘年前까지의 間에서 該時代 名公 巨儒의 蒐集 撰成한 것으로써 累百年後 今日에 至하야 篇次의 漏缺된 者가 有할 뿐 不害라. 禦眠楯은 當初 成篇後 卽爲 印刊 出世한 者로서 板本의 傳來者는 無하고 다만 寫本으로 巷間에 轉傳되여 오든 그것대로 印刷에 付하는 바 禦眠楯 跋文 所記에 依하면 總八十二款이라 하였으나 現存分은 二十二款에 不過하며 前記 禦眠楯에서 所未錄한 것을 撰成一卷한 雙泉 成汝學 所著 續禦眠楯 所錄 三十二款을 合하야도 總 五十四款에 不過하며 村談解頤난 序文 中에 <狂奴行謀>·<䑕鼠圖婚> 等外 二三款이 序文 中에 난 書記되였으나 本文에 殘記된 者의 自序이던지 又난 其外人의 序文과 및 跋文의 辭意를 閱讀하면 滑稽 破睡의 一時的 消遣法으로만 看破할 것이 아니라 此로써 可以 修身齊家 勸善懲惡의 殷鑑이 될 것이라는 理論에 依하고 是非 如何는 讀者 自量에 一任하는 바이다.

西紀 一九四七年 四月 四日

宋申用 識

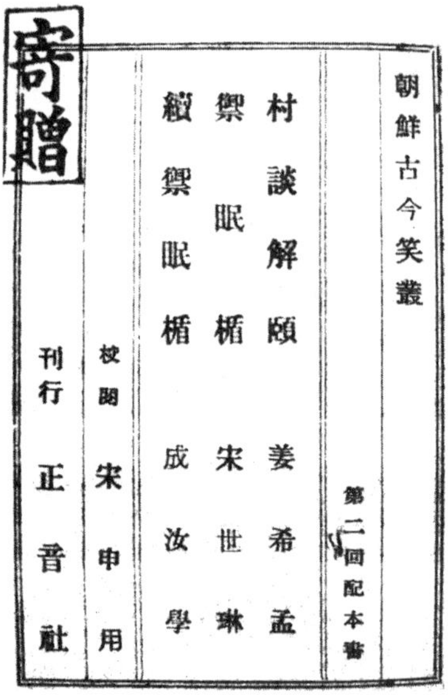

［세로쓰기 책 속표지］

寄贈

朝鮮古今笑叢

村談解頤　姜希孟
禦眠楯　宋世琳
續禦眠楯　成汝學

第二回配本書

校閱 宋申用

刊行 正音社

『조선고금소총』(제2회 배본) 속지 첫째 쪽.

刊 行 記

姜希孟

晉州後人字景醇號私淑齋又號雲松居子世宗二十六年甲子[西紀一四四四年]生、官至二相壽六十

宋世琳
瑞山後人字獻仲號醉隱燕山朝魁科官至校理嘗畫畫

宋世珩
宋世琳之弟字獻叔號盤谷中宗二十三年戊子[西紀一五二六年]進士至吏曹判書

馴士龍
東萊後人字雲卿號湖陰成宗二十五年申寅[西紀一四九四年]生、卒柔四年己巳[西紀一五〇九年]文科、官至領中樞、壽八十、世祖朝名臣、以韓襲名字勳名於後世。

成汝學
昌寧後人高麗文臣昌山府院君成士達之七代孫而嘗時以文章巨僻、因嘗聰之輔、未得傳名於後世。

洪瑞鳳
南陽後人字輝世號鶴谷宣祖朝仁顯朝元年癸亥[西紀一六二三年]拳仁祖、正玉位、嘗十七年申午文科[西紀一五七二年]生、宣祖朝□、肚程、累官至右議政。

解題、藥眠稿、積藥眠稿三稿의蒐輯提成한것이 로써累百年前이로四百七十餘年前까지의間에서時代名公巨儒의蒐眠稿는當初成梏後即傷印刊出世刊者로外板本의傳來者亡無하고古本만寫卒으로하야藥眠稿文質記에依하야總五十四款이나所本文에像安記에依하야村誅所稿藥眠稿에서하編成一卷世健棄하였으나現存分은二十二款에不過하며前記藥眠稿에서所本文에像安記에依하야成一卷世健棄藥眠稿等外二三款을合하야序文中에比書記되었으며嘗此三稿의自序이던지又는其外人의序文과跋文의濕滅됨이不少잔것을於斯에物測키不能故學所等積眠稿所錄三十一款을合하야總五十二款으로狂奴行謀腸尻圖婚等外二三款고하든巨故하고하니그其밖에文獻의泯滅됨이不少잔것을於斯에物測키不能에不過할뿐가고가고죠玉고하는뜻을於斯에物測키不能바이다.

玆此三稿中著者의自序이던지又는其外人의序文과跋文의□이라는理論에依하야是非如何는讀者自量에一任하는바이다.

西紀一九四七年 四月 四日

宋申用識

『조선고금소총』(제2회 배본)에 대해 송신용이 쓴 간행기가 책 말미에 있다.

9. 「오입쟁이 격식」

(정음사, 『향토』제6권, 1947.10.15., 원문 소개)

해설　　1947년 10월 15일자로 정음사에서 발행한 잡지『향토』(제6권)에 수록되어 있다. 「오입쟁이 격식」은 36~38쪽에 걸쳐, 「부상인사」는 39쪽에 실려 있다. 「오입쟁이 격식」은 오입쟁이들이 기방을 출입하던 예법을 소개해 놓은 독특한 글로서 네 부분 즉, <기생집에 들어가는 격식>, <대선 책망하는 격식>, <처음 나온 기생 말 묻는 격식>, <기생 양쥐 욕뵈기>로 나눠 소개하고 있다. 마지막 부분에 송신용이 직접 단 주(註)가 보인다.

　비록 송신용은 이 글을 소개하면서 출처를 밝혀 놓지 않았는데, 고려대 소장『악부(樂府)』라는 책에 이와 동일한 내용의 「외입장이 격식(誤入匠格式)」이 수록되어 있다. 『악부』는 1933년에 타계한 이용기(李用基)가 편찬한 것으로, 그는 서울 토박이인 데다 서울 기생들이 모두 알 정도로 풍류를 즐기던 위인이었다고 한다. 송신용 역시 이용기가 편찬한『악부』를 보았거나 이와 동일한 저본을 참고해「외입장이격식」을『향토』에 소개해 놓은 것으로 보인다. 기방을 출입하는 데도 격식이 있었으며, 이를 알지 못하면 예법을 모른다 하여 봉변을 당하기 일쑤였다. 그 현장을 자세히 보여주고 있는 것이 바로

이 「오입쟁이 격식」이다. 이능화(李能和, 1868~1945)의 『조선해어화사(朝鮮解語花史)』, 판소리 「무숙이타령(일명 왈짜타령)」의 사설이 보이는 「게우사」, 그리고 홍명희(洪命憙, 1888~1968)의 소설 『임꺽정』등에서도 이러한 격식이 종종 보인다.3)

「오입쟁이 격식」

[아랫 글은 지난날 오입쟁이들이 기생방에 드나들던 때의 예법이다. 宋申用]

〈기생 집(생짜집)에 들어가는 격식〉

"들어가자"

先入客 "두루-" (들어오라는 뜻이니 하인만 있으면 두룹시오 한다)

"평안호-"

先入客 "평안호"

"무사한가"

妓 "평안합시요"

중치막1 앞자락을 떡 헤치고 앉아서 담뱃대를 딱딱 떨어서 좋은 담배를 한대 붙인 후에

"座中에 通할 말 있소"

先入客 "무슨 말이요"

"主人妓生 소리 들읍시다"

先入客 "좋은 말이요. 가치 들읍시다"

"여보게"

---

3) 정병설, 「기생집에서 노는 법 : 외입장이 격식」, 『문헌과 해석』 통권 18호, 문헌과 해석사, 2002, 150~151쪽에서 이용기와 『악부』, 그리고 여타 작품과의 연관성에 관해 소개해 놓았다.

妓 "네"

"時調 부르게"

妓 "네"

하고 時調 한 장 부르고 나면 客이 時調 能한 親舊에게

先入客 "通할 말 있소"

"네 무슨 말이요"

先入客 "客이 남저지 時調도 두었다가

듣는 請 좀 합시다"

"請 듣다 뿐이요. 여보게"

妓 "네"

"時調 三章을 다 듣쨌더니 친구가? 을 하시니 남저지 時調는 이 다음에
나오거던 하라기 전에 하렸다"

妓 "네"

"수구했네"

하고 담배먹던 것을 떨고 다시 한 대를 붙여서

"주인사람 담배 메이요"

하며 준 후에 객과 다른 말은 책망 들을가보아 별양 없고 或 妓生을 다리고
실없은 말을 하되 "그동안 더 어여뻐꾸나" "누가 홅어 주지"이런 희롱 몇마
디 하다가 나올제 일어서 돌아서며

"뵙시다"

한다. 이왕에는 승지² 참판이나 사알사약이나 노래 先生 外에는 해라를 못하
고 누구든지 외입쟁이는 다 하게를 하였다.

<대선³ 책망하는 격식>

처음 보는 사람이든지 늘 보는 사람이라도 시비를 하랴면 이렇케 한다.

....

"졔가 여기를 어딘줄 알고 들어왔소"

"妓生집으로 알고 들어왔소"

"졔같은 외입쟁이는 처음 보았으니 나가오"

여기서 얻어맞지 않으려면

"네 보아하니 외입년조가 나보담 높은가보오"

하고 나가는 것이며 그사람과 싸우려면

"너같은 외입쟁이는 보지 못했다"

하고 도리어 책망을 하면 먼젓 사람이 담뱃대로 갓대우[4]를 넘겨치고 서로들 두들기는 것이요, 처음 처럼 순하게 말을 하고 나가면 신발 신으려 할제 책망하던 사람이

"나가는 친구 좀 뵙시다"

하면 돌아 들어와서 앉는데

"기생집에서 인사 웨 있겠소만 인사합시다"

하고

"이것이 외입에 불수예사[5]니 어찌 아지 마오"

하고 가치 놀다가 가는것이며, 들어오라는 말이 없으면 다시 돌아서 들어오며

"평안호"

하고 앉어서 도리어 그 사람을 책망하며 내어 쫓는 일이 있으나 이런 일은 희귀한것이 본래부터 업수이 여겨서 책망하는 것이라, 도로 들어와서 그 사람을 책망하기는 어렵다. (내가 선다고하여 대선 책망이라 한다)

〈처음 나온 기생 말 묻는 격식〉

여러 외입장이가 앉었을 적에 한사람이

"좌중에 통할 말 있소"

하면 누구든지

....

4 갓대우, 갓테두리.

5 불수예사, 不數例事.

"네 무슨 말이요"

한다.

"처음 보는 계집 말 묻겠소"

하면

"가치 물읍시다"

하기도 하고

"잘 물으시요"

하기도 하는데 그제야

"이년아 네가 명색이 무었이냐"

하면

"기생이 올시다"

한다.

"너 같은 기생은 처음 보았다. 이년아 내려가 물이나 떠 오너라"

하고 뺨을 하번 약간 때린다. 그래도

"기생이 올시다."

하면

"이년아 죽어도 기생이냐"

"기생이 올시다."

하면 그제야

"네가 하— 기생이라하니 이름이 무엇이냐"

"무엇이 올시다"

"나이 몇 살이냐"

"몇 살이 올시다"

"그 나이를 한꺼번에 먹었단 말이냐"

"한해에 한살식 먹었습니다"

"그러면 꼽아라"

기생이 손가락으로 꼽으면서

"한해에 한 살 먹었고 두해에 두 살 먹었고 세해에 세 살 먹었고…"

이렇게 내리 말하면 손이 듣다가

"이년아 듣기 싫다"

하고

"시골이 어디냐"

"아무데 올시다"

"노정기[6]를 외라"

하기도 한 후에

"서방이 누구냐"

"아무 서방님이세요" (성만 말한다)

"그서방 이름이 무엇이냐"

"아무 세요"

"그러면 그 서방님은 외입의 년조가 높으시거니와 너는 그 서방님과 사는 것이 당치 않으니 버려라"

"못버리겠어요"

"왜 못 버리겠니, 버려라"

"못버리겠어요"

"왜 못 버리겠니"

"정이 들어서 못 버리겠세요"

"아따 이년 그동안 정이 들었어? 네가 정이 하 들었다 하니 어디 정이 있단 말이냐"

"뱃 속에 들었세요"

"어디 보자"

먼저는 겉치마를 끌으고 있으면

"이것이 정이야, 정이 없나보구나"

또한 속것을 끌으고 홑속것만 입고 앉었으면

"이년아 이것이 정이냐"

입으로 속것허리를 물고 두손을 떼고 섰으면 그제야 손님이 속것 문 것을 홱 채이면 잠간 거기가 보이면서 주저 앉는데 손이 그제야

---

6 노정기 出發地에서 到着地까지의 洞里名稱을 차례로 記錄한것.

"정이 참 뱃속으로 하나가 잔득 물었나 보다. 그 서방님 모시고 오래 살어라"
하고 좌중에 통한 후에 담배한대 붙이여 주는 일이 있다. 기생이 처음 나오
면 하로에도 몇번씩 손이 와서 정을 보자는대로 아래를 그렇게 내어 보이는
것인데 혹 우는 기생이 있으면 뺨을 사뭇 때리기도 한다.

기생의 서방은 이렇게 시달리는 것을 빨[7]이라고하여 좋아하는데 일부러
그렇게 하여 달라고 청을 하는 것이다.

〈기생 양쥐 욕뵈기〉

외입에 잘못한 일이 있거나 외입 처소끼리 싸움이 나면 이렇게 하는 법인
데 기생은 잡아서 홑속것만 입히고 발벗기고 머리 둘리며 기생서방은 겉옷
입은 채 뒤로 결박짓고 상투풀고 발벗기고 두 년놈을 앞에 세우고 여러 외입
장이가 따라서 대로상으로 나가면 타처의 외입장이가 떡 가로서서
"왼 등사[8]요"
하기도 하고
"보아한즉 외입등산가보오"
하기도 하나니
"네 외입등사요, 청좀 합시다"
"청 듣다 뿐이요"
"너이 년놈들을 영파의를 시키고 아주 찢어 발기겠더니 친구가 청을 하시
니 들어가거라"

마침 보교가 따라오다가 태워 가지고 들어간다. 만일에 밤중 같은때 욕을
뵐적에 외입장이 청을 아니하면 그냥 들여 보낼 수가 없는 고로 청할 사람을
미리 언약도 한다.

---

7 빨이, 변쓰는 말이니 빨래한다는 뜻인가? 卽 洗鍊, 鍛鍊의 意인듯.
8 왼등사, 何等事件이요.

10. 「부상인사(負商人事)」

(정음사, 『향토』 제6권, 1947.10.15., 해제·원문 소개)

해설 이병기의 『가람일기』(1937년 7월 10일자)에 송신용(宋申用)이 『악부(樂府)』 2권을 400원에 판 사실이 기록되어 있다. 원래 『악부』란 책은 이용기(李用基, 호는 韋觀)가 수집해 가지고 있었던 것으로 그 책 속에는 가사, 잡가, 패설(稗說) 등을 초록(抄錄)해 놓은 많은 양의 작품이 있었던 것으로 보인다. 그 초록된 작품 중에 「부상인사(負商人事)」를 비롯해 「기생오입(妓生誤入) 격식」, 「봉도(奉導)소리」, 「떳다보」 등이 있었다. 그러나 책 전반에 걸쳐 천착(舛錯), 오락(誤落)이 많고, 이병기 또한 이미 알고 있는 작품들이라고 했다. 이 『악부』란 책은 노산(鷺山) 이은상(李殷相)이 20원에 이용기로부터 사갔던 것이었는데, 어떤 이유에서인지 송신용한테 들어온 것을 다시 가람이 사게 된 것이다.[4] 송신용은 부상들이 인사하는 법을 15, 6살 무렵에 負商 다니던 친구로부터 암송하는 것을 들었었는데, 40여년이 지나 우연히 책에 기록되어 있는 것을 보고 초록해 두었다가 다시 소개하는 것이라고 했다. 이때 송신용이 보았다는 잡책(雜冊)이 바로

---

4) 이병기, 정병욱·최승범 편, 『가람일기(Ⅱ)』, 신구문화사, 1976, 476쪽.

이병기에게 판 『악부』이거나 또다른 필사본 이본으로 판단된다. 「부상인사」는 원래 부상(負商)들끼리 입말로 전하던 일종의 관습적 인사말이라 할 것이다.

「負商人事」

負商人事하는 法을 距今 四十餘年前 十五六歲時에 負商다니던 親舊를 만나서 한번 외우는 것을 들었는데 該時에는 無意識 無意味하게 들었을 뿐이었던바 近者에 와서 다시 알고자하여 恒常 有意하였으나 얻어 듣지 못하다가 三年前 가을에 우연히 雜冊 古紙中에 적혀 있는것을 發見하고 雜抄冊中에 抄入하였던 것으로 今玆 大院君 執政時 流行되던것을 다 읽어서 보기로 한다. (宋申用)

　甲, 同務시오니까? (普通 同伴로 쓰나, 同務가 더 좋을것 같다)

　乙, 同務시오니까?

　甲, 草人事는 올렸읍니다마는 居佳를 上達치 못하였읍니다.

　乙, 彼此 그리 되었읍니다.

　甲, 年一年 坐席으로 今日 路上 上達하오니 四寸之道理에 情誼 不密하외다.

　乙, 彼此 그리 되었읍니다.

　甲, 下生 살기는 서울이 地本이올시다.

　乙, 좋은 곳 놀아 계시요.

　甲, 어찌 좋기를 믿사오리까 마는 貴各所 웃令監이시나 諸公員執事 이시나 閒散老公員이시나 膝下에 찾자하시면 一段 放心이있게 다니오리까마는 負商之名이 所重한 故로 李哥姓 가진 故로 李서울이라 遵行합니다.

乙, 下生 살기는 高陽이 地本이 올시다.

甲, 좋은곳 놀아 계시요.

乙, 어찌 좋기를 믿사오리까마는 貴各所 웃슭監이시나 諸公員執事이시나 閒散老公員이시나 膝下에 찾자하시면 一段 放心이 있게 다니오리까마는 負商之名이 所重한 故로 金哥姓가진 故로 金서울이라 遵行합니다.

11. 「여용국전(女容國傳)」

(정음사, 『향토』 제8권, 1948.03.15., 해제·교주)

해설 1948년 3월 15일 「여용국전(女容國傳)」을 『향토』 지에다 소개하면서 작품에 대한 간략한 해제를 앞부분에다 밝혀 놓았다. 그리고 작품 본문 속에 간단한 내주를 꼼꼼히 달아 놓았다.

「여용국전」은 여성의 화장 도구와 얼굴을 의인화한 가전체(假傳體) 문학작품이다. 여성의 삶과 밀접한 화장과 그 세계를 그리고 있다는 점에서 「규중칠우쟁론기(閨中七友爭論記)」나 「조침문(弔針文)」 등의 여성문학 작품들과 유사하며, 사물을 의인화했다는 점에서 「화왕계」를 비롯한 가전체 문학 작품의 계보를 잇고 있다. 화장하는 일에 게을러진 효장황제(여자)의 나라[女容國]에 얼굴 때, 이, 이똥 등 적당(賊黨)이 침범해 얼굴 나라가 위태로운 지경이 되었을 때 화장품, 화장도구, 세숫물 등 신하들이 나서서 적당과 싸움을 벌여 물리치고 다시 나라를 회복한다는 내용이 주가 된다.

「여용국전」 이본으로는 한문본 2편(「女容國傳」, 「女容國史」), 순국문본 2편(「녀용국평난긔」, 「여용국전」), 송신용 교주본을 포함한 국한문혼용본 2편(「粧臺記功錄(女容國平亂記)」), 이렇게 총 6편이 있다. 이들 이본들은 작품의 서두와 결말부분을 제외하고 이본 간에 큰 편차가 나지 않는다. 단순하고 기억하기 쉬운 서사구조 및 등장인물의 설정, 명료한 주제 표출, 일상적 소재의 적절한 활용 등으로 개작의 폭이 적었기 때문이라 하겠다. 그러나 작품의 주된 갈등 중 하나인 논공행 상(論功行賞) 부분의 생략 여부와 서사구조의 치밀성 문제에 따라 이 본 간 차이를 만들어 주고 있다. 화장술의 발달과 이에 대한 문학 향유층의 관심 증가가 「여용국전」의 창작 및 이본 형성의 한 요인이 되었다. 여성이 화장에 임하는 자세가 위정자들의 국정운영 태도와 상통함을 근거로 평소 안팎으로 몸가짐을 바로 하며 성실히 본연의 소임을 다해야 함을 풍자하고 교훈하고 있다. 그 결과, 상층 남성에 서부터 상층 여성 및 일반 서민에 이르기까지 한문본, 국문본의 형태 로 두루 향유될 수 있었던 것으로 보인다.

女容國傳

이 여용국젼은 一個 短篇小說로 何代 何人의 製述인지는 아직 考證치 못하였으나, 그 文章 의 主體가 女容을 一國家로 삼고, 이에 對한 一切使用諸具를 國家統治의 爲政官에 비기어 各其 所長과 그 忠誠을 다하고 責務대로 不當한 越權行事가 없이 一個의 女容國을完全 無垢한 國家로 出世케 한 梗槪이다.   - 宋申用 -

여용(얼굴)국 曉粧(새벽단장)皇帝 陵虛臺(鏡臺)의 卽位하시고, 瞳媛淸(거울) 으로 丞相을 삼어 大小事를 살피게 하니 媛淸의 字는 面鏡이요, 別號는 都監 先生이라, 낯이 둥글고 風身이 맑어 사람을 최여 恒常 皇帝 左右에 있어 容 貌 不情함과 衣冠의 바르지 않음을 媛淸이 다개오니.

皇帝 極히 重히 여기고 사랑하여, 須臾를 떠나지 아니하고, 手下에 열다섯 大臣을 두었으니 內部의 朱臙(연지)과, 素部의 百洸(水粉)과 晧齒將軍의 養漱

(양치)와 水軍都督의 鹽井(세수물)과, 武衣將軍의 布洗(수건)와 指揮司의 都帑(렴)揮巾과, 叅軍扈衛의 沫泳(비누)과 馨部侍郞의 防臭(肉香)와 總暎使의 潤顔(곤지)과, 顔茂司의 白元(面粉)과 都指揮司의 覽容(밀기름) 平敍將軍의 鑷(섭)相(족지개)과, 都御使의 釵蓮(비녀)과, 前將軍의 梳(소)快(어례)와 後將軍의 梳眞(참빗)이 열다섯 신하가 다 자조 所任에 맞은 者라, 각각 마음을 다하고 힘을 가지런이하야 일을 다스릴새.

皇帝 또한 政事에 부지런하야 날마다 鷄鳴時에 일어나 陵虛臺에 衆官을 모을새 먼저 瞳丞相 거울을 牌招하사, 그 남은 大臣을 불러 맡은 職任을 一時에 차리니, 일로 因하야 風俗이 점점 아름답고, 叮嚀 한 일도 未盡한 것이 없으니, 보는者 뉘 아니 稱찬할이 없고, 듣는 者 다 奇特히 여기더니 皇帝 스스로 나라 다사림을 稱찬하더라.

문득 마음이 풀어지고, 뜻이 겨을러져서, 此後는 陵虛臺의 朝會받기를 罷하고, 國事를 議論치 아니하여, 瞳媛淸이 집에 들고 나지 아니하며, 或 때로 鹽井과 梳快를 부르고, 朱臕과 白洸等을 부르지 아니하니, 모든 大臣이 一時에 물러나 所任을 차리지 아니하니 數月이 못되어 國中이 크게 어지러워 盜賊이 處處에 일어나니, 賊將의 姓名은 垢泥(구리)公(얼굴의때)이라, 廣耳山(귀뒤)을 雄據하고, 스스로 黑面大王이라하야, 黑布黑巾에 검은 기치를 세우고, 점점 侵犯하야, 地境을 犯하니, 數日 사이에 五嶽山(코,이마,볼)을 陷沒하니, 瞳丞相이 비록 근심하나 오래동안 皇帝께 뵙지 못하였는지라, 皇帝賊勢 急함을 아지 못하니, 이때 盜賊이 四方으로 크게 일어나니 賊將의 姓名은 虱癢(실양)(머리의이)이니, 黑頭山(머리)에 雄據하였으며, 毛松(이마털)은 蛾眉山(이마와눈썹)을 陷沒 하야 女容國이 正히 危殆하더라,

皇帝 이달은 몸이 疲困하고, 기운이 不平하야, 그제야 瞳丞相을 불러 陵虛臺로 引見하니,丞相이 나와 奏曰, 요사이 國史 大亂하야 盜賊이 四方으로 일어나 地方을 陷沒하나. 臣等이 아래로 能히 盜賊을 平定치 못하고, 우흐로 主上을 돕지 못하니, 臣의 罪萬死無惜이로소이다.

皇帝 듣고 크게 놀래어 媛靑으로 더부러 陵虛臺에 올라 四方을 돌아보니, 地方이 荒廢하고 黑頭山 위에 草木(머리털)이 거칠고, 虱癢의 黨類 四方으로 隱隱히 往來 하며, 五嶽山에 垢泥公의 大陣이 彌滿하야 검은 旗幟와 黑頭黑

巾한 軍士가 줄줄(때줄기)이 暎彩하고, 白石(齒牙)前後에 黃鹽(이똥)의 一群이 大熾하야 穀口(입안)안으로부터 赤脣關(입수울)으로 들어와 雄據하였거늘 皇帝 危殆함을 보고 가장 근심하야 制馭(제어)할 일을 議論하더니, 문득 陵虛臺 아래로 兩將이 뛰어 나와 高聲日 小將이 願컨대 黑頭山을 치고 虱癢의 黨類를 生擒하리이다 하거늘, 모다 보니 앞선 者는 낯이 붉고 허리 구붓하니, 이는 前將軍의 梳快요, 뒤에 섰는 者는 낯이 누르고 얼굴이 모지니 이는 後將軍의 梳眞이라, 皇帝 梳快로 先鋒을 삼고 梳眞으로 後陣 삼어 起兵할새, 梳快 一時에 軍士를 거나리고 黑頭山 上峰부터 나려 掩襲하니, 虱癢이 敢히 對敵치 못하야 各各 命을 逃亡하야, 或 廣耳山(귀뒤)으로 逃亡하며, 或 上林苑(이마와눈섭)으로 逃亡할새, 梳快는 能히 사로잡지 못하고, 梳眞은 한때 獵頭軍으로 앞을 싸고 뒤를 掩襲하야 虱癢의 黨類를 沒數히 잡으니 皇帝 大喜하여 두 將帥를 賞주고 虱癢黨類를 老少없이 내다 죽이어 黑頭山을 安定하고 돌아온대.

다시 垢泥公 칠 일을 議論할 새, 또한 壯士 養漱이 내달아日, 小將이 마땅히 黃鹽을 치고 白石山을 鎭定하려 하압나이다. 皇帝 大喜하여 白袍銀甲(손구락)의 長槍을 주어 一枝兵을 總督하여 주니, 허리 길고 아래 빠르고 위가 펴져 相貌 堂堂하니, 大功을 이룸즉하더라. 먼저 穀口로부터 赤脣關所로 急히 치니, 黃鹽이 城郭 險함을 믿고 질겨 降服지 아니하거늘, 皇帝 보다가 한 떼 水軍을 調發하여 싸홈을 돋우니, 黃鹽이 形勢 窮盡하야 宗族을 거나려 물에 빠져 죽으니, 白石山이 平定되니라.

다시 垢泥公 칠 일을 議論하니, 瞳丞相이 奏日, 臣이 헤아리건대, 泥垢公이 甚히 强硬하여 制馭하기 어려운지라, 萬一 韓나라 淮陰候 韓信이 龍且(저)를 쳐 破하던 計策을 쓰지 아니하면 平定키 어려우니 모든 臣下中에 오직 관정의 水戰法으로 치면 可히 破할듯하오이다하니, 皇帝 그러이 여겨 卽疇 鹽井으로 大元帥를 封하고 布洗로 絫軍校尉를 삼고, 沐泳으로 行軍從仕官을 삼아, 手下丁 五萬으로 칠새, 鹽井이 乘勢하여 廣耳山과 五嶽山 사이로 橫行하야 左衝右突하니 垢泥公 그 勝勢를 當치 못하야 물에 빠져 四散하니, 布洗를 마침 留念하였다가 남은 賊黨을 破하라 하고 돌아와 功을 奏達한 대 皇帝 大喜하야 마음이 爽快하야 三軍을 賞賜하고 防臭를 命하야 五嶽地境

을 鎭定하라하고 白洸으로 五嶽四方과 廣耳山近處에 가서 지키고, 白元(面粉)으로 留京將軍을 삼아 順行하라하고, 潤顔과 朱臕으로 赤脣關과 上林苑을 지키오고 覽容(밀기름)으로 後頭山(대가리)앞을 지키오고 釵蓮으로 後頭山 뒤를 지키오라하니, 忽然 한 將帥웨여 曰 梳快와 鹽井等은 功을 이루고 小將은 홀로 功이 없사오니, 어찌 부끄럽지 아니리요, 願컨대 蛾眉山을 치고 毛松을 破하리이다하니, 이는 城後軍鏞相이라, 皇帝 허락한 대 鏞相이 戰袍鐵甲으로 雙雙精槍을 들고 고리눈을 半만 뜨고 靑紅閣氏 실로 더불어 額蓋山(이마털)을 급히 치니, 毛松이 넋을 잃어 敢히 抗拒치 못하는지라, 한번 싸와 크게 破하고 돌아오니, 皇帝 이에 瞳丞相과 陵虛臺에 올라 바라보니, 江山이 華麗하고 地境이 潤澤하야 前年 氣像이 完然한지라, 皇帝 크게 기꺼하야 大小 軍卒의 功을 議論하야 封할새 朱臕으로 華國公을 封하고, 潤顔으로 理境侯를 封하고, 防臭로 常山侯를 封하니.

座中의 한 壯士 出班奏曰, 鹽井이 水軍을 거나려 垢泥公을 破치 아니하였으면, 朱臕과 白洸等이 才操를 發하지 못하려니, 이제 功이 도로혀 朱臕等 뒤에 있사오니, 어찌 부끄럽지 아니하리이까, 皇帝 깨달아 鹽井에게 致謝하고, 鹽井을 封하야, 奮城公을 封하고, 沫泳으로 杜城侯를 封하고, 梳快로 鏞政侯를 封하고, 養漱으로 玉香侯를 封하고 覽容으로 都正侯를 封하고 鏞相으로 鐵石侯를 封허고 瞳媛淸으로 明忠公을 封하니 그 나라의 元帥 어찌 壯하지 아니하리요, 그 後는 모르거니와 畢竟 爽快할 듯하더라.

12. 「조선고금소총(朝鮮古今笑叢)」

(홍순혁, 『향토』 제8권, 1948.03.15., 정음사)

 송신용이 교열한 『조선고금소총』에 대한 문학사적 의의를 홍순혁이 평가한 글이다. 홍순혁은 『조선고금소총』이 조선 민속학 연구에서 대단히 귀중한 자료임을 밝히고, 송신용이야말로 '서고(書賈)'로서 반평생 살아온 위인이요 본래 학문을 좋아하던 선비였다고 평가하고 있다. 아울러 민속자료를 수집하고 교정과 구점을 찍는데 의지와 열정이 남달랐음을 칭송해 마지않았다.

朝鮮古今笑叢

洪淳赫

民俗學이란 學問은 아직도 成長 過程에 있는 것으로, 그 輪廓과 그 內容조차 學者를 따라, 地域을 따라 다르다. 우리 朝鮮에서 民俗學이 學的으로 研究된 것은 孫晉泰氏와 宋錫夏氏가 各各 學窓에 있을 때에 비롯한 것이니, 不過 二十五年前 內外이겠고, 日本人으로는 今村鞆이 朝鮮風俗集을 刊行하여 斯學의 開拓者가 되었으니, 지금으로부터 三餘十年前이다. 그 後 前記

宋, 孫 兩氏를 中心으로한 朝鮮民俗學會가 創立되어, 機關紙 "朝鮮民俗"이 發刊되었고, (三號까지 나왔다.)

赤松智城과 秋葉隆이 朝鮮民俗研究에 뜻하여 民俗參考品室을 두었고, "朝鮮巫俗研究"上下 두 卷을 發表하여 斯學이 獨立한 學問으로 學界의 한 자리를 잡게 되었었다. 解放後 宋錫夏氏의 熱心은 드디어 國立 朝鮮民族博物館의 開設을 보았고, 서울大學校 文理科大學에는 民俗學 講座를 두게 되었다.

朝鮮民俗學의 向上을 위하여는 무엇보다도 資料 蒐集이 急務인바, 이 方面의 造型物과 文獻은 다른 學問의 것에 比하여 輕視되어 왔고, 賤히 여기어 온 느낌이 없지 않아 있다. 民俗造型物은 美術的이 아니며, 骨董的이 아니메 輕視되어 온 것이고, 또한 이 方面의 文獻은 低俗·野卑한 記錄이었으므로 賤히 여기어 온 것이다. 國立 朝鮮民俗博物館의 使命이야말로 다른 考古나 美術博物館에 比하여 크고도 어렵다 보겠다.

朝鮮民俗學 方面의 文獻으로는 民間의 傳承되는 神話·傳說·民譚·歌謠·俗談·方言을 採取 活字化하여, 새로히 文獻을 作成하는 一面과, 在來 숨어 있던 秘藏書의 採索과 그 刊行의 一面이 있다고 본다. 孫晋泰氏의 "朝鮮民譚集", "朝鮮神歌遺篇", 金素雲氏의 "朝鮮口傳民謠集", 朴英晩氏의 "朝鮮傳來童話集", 赤松智城·秋葉隆의 "朝鮮巫俗研究"上卷의 巫歌는 前者에 屬하는 것으로, 때가 지나면 다시 採集키 어려운 것도 있어 새로히 貴重한 民俗文獻으로 活字化한 것들이다. 後者에 屬하는 것으로는 前記 "朝鮮巫俗研究"下卷의 巫經, 東京서 活印된 顯宗朝 洪萬宗編 "蓂葉志諧"가 있었을 뿐인데, 解放後 正音社로부터 朝鮮古以笑叢 第一回 配本으로 "禦睡錄", 第二回 配本으로 "村談解頤", "禦眼楯", "續禦眼楯"이 印行되었음은 世間에 어떠한 評이 있는지 모르나 朝鮮民俗學上 貴重한 資料의 供給으로 본다.

古以笑叢 編者, 宋申用翁은 書賈로 半生을 지낸 분이나, 本來 好學의 士로 特히 民俗資料 蒐集에 뜻을 두어 歌詞을 모은 것만도 一書를 이룰만한데, 스스로 校正하고 스스로 句點을 찍어, 먼저 古以笑叢刊行의 壯志를 實現하니, 그가 아니면 採索할 수 없는 이 方面의 珍奇한 秘藏을 原文 그대로 刊行함은 獵奇的이 아니라 學的인 態度이다. 바라건대 第一二回에 그치지 말고 豫定한 十部에까지 完工되기를 비는바이며, 繼續하여 그의 苦心 採集한 歌

詞集도 刊行되기를 바란다. 笑叢
이 純全한 朝鮮固有情調를 나타
내기 위하여 鮮紙에 박고, 鮮裝으
로 製本되고, 蕙園의 風俗圖로 裝
飾됨은 매우 좋은 點이나, 冊의
크기가 一致치 않음은 叢書로서
遺憾이다. 그 點도 統一하였으면
좋겠다.

　바야흐로 獨立하여 硏究되는
朝鮮民俗學界에 있어 資料로서
笑叢이 刊行되었기에 한마디 蕪
辭로서 紹介의 붓을 든 것이다.

『조선고금소총』(촌담해이 · 어면순 · 속어면순)

13. 『한양가(漢陽歌)』

(정음사, 1949.2.15., 해제·교주·발문)

해설 　19세기 서울의 풍물을 읊은 가사 『한양가』가 학계에 널리 알려지는 데 큰 공을 세운 이가 바로 송신용이다. 『한양가』 발문에 의하면, 송신용은 1929년대 말 서울의 신설동 경마장 부근 노상 가게에서 목판본 『한양가』를 구득(購得)했으며, 1939년에 경성제국대학에서 열린 조선어학·문학 고서전람회에 출품한 후, 이를 주해하여 1949년에 정음사에서 출판하게 된 것임을 알 수 있다. 물론 『한양가』가 이때 처음 소개된 것은 아니었지만, 이 송신용 교주본 『한양가』가 책으로 출판되면서 비로소 널리 알려지게 되었다는 점에서 중요한 의미를 지닌다. 그러나 정작 송신용이 교주 대본으로 삼았다고한 목판본은 현재 어디에 있는지 알지 못한다. 현재 다른 『한양가』 목판본 이본이 고려대에 소장되어 있으며, 여러 필사본 이본이 서울대 규장각, 연세대, 단국대, 고려대, 영남대, 한국학중앙연구원, 아단문고 등에 소장되어 있다.

　목판본 맨 끝에 '셰재갑진계츈한사거스저'라 적혀 있는데, 송신용은 이 간기와 다른 여러 근거를 들어 헌종 대의 갑진(甲辰)년인 1844년에 '한산거사'가 지은 것으로 보았다. 한편 목판본 간행은 1880년에 서울 석동(席洞)에서 방각업자에 의해 이루어진 것이다. 한산거사가 누구인지 알지 못하나, 송신용은 발문에서 『소대풍요』·『풍요속선』·『풍요삼선』에 실린 위항시인 중 한 사람이거나 그 후손으로 추측된다고 했다. 『한양가』의 내용을 고려할 때, 각양의 서울 풍물과 궁정 및 관부(官府)의 세목을 자세히 그려낼 수 있는 인물로 궁정이나 관부 소속의 중인층으로 여겨지기 때문이다.

처음 송신용은 『한양가』를 세상에 내놓기 전에 잡화를 팔던 상점 주인과 전직 관료, 목수, 상고(商賈), 어학에 조예가 있는 지식인 등에게 물어보거나 실지 답사를 통해 수집하는 등 심혈을 기울여 고증하고 주해를 가하려 했지만 여전히 미비한 점이 많아 출판할 용기가 나지 않았다고 한다. 그러다가 내각주사(內閣主事)로 오랫동안 근무하여 조선의 제도에 대해 다대한 지식을 소유했던 서은(西隱) 장홍식(張鴻植) 선생의 도움을 받아 '다시 알 길이 없던 것을 밝혀내게' 되면서 그나마 출간할 마음을 갖게 되었노라며 간행 경위를 자세히 밝혀놓았다. 지금까지도 온전한 주해를 하기 어려울 만큼 난해한 부분이 적지 않은 『한양가』가 그래도 송신용의 주해를 필두로 박성의(『농가월령가·한양가』, 민중서관, 1961)와 이석래(『풍속가사집-한양가·농가월령가』, 신구문화사, 1974)의 주해본이 추가되면서 조금씩 보완이 되었다. 그리하여 19세기 서울 시정과 풍습을 살피는 귀중한 자료로 거듭 오늘날 연구되고 있는 점은 두고두고 높게 평가해 마땅한 일이라 하겠다.

본문에 앞서 송신용이 쓴 「한양가 원책(原冊)에 대(對)한 예언(例言)」과 발문이 부기되어 있어 『한양가』 간행 경위 및 의도를 자세히 살필 수 있다. 1949년에 정음사에서 간행한 송신용 교주본 『한양가』

원자료를 오늘날 시중에서 쉽게 보기 어렵다고 판단해『한양가』본
문 전체와 송신용이 직접 주해한 것을 가감 없이 아래에 소개해 놓
는다.

한양가 원책(原冊)에 대(對)한 예언(例言)

이 한양가 원본(原本)은 순국문(純國文) 궁체(宮體)[1] 반초(半草)[2] 목각판본
(木刻板本)으로 된 소책(小冊)인데, 일면(一面)이 십육행(十六行) 상하단(上下
段)이고, 가구(歌句)로는 십육구(十六句)이며, 총지수(總紙數) 24장(張) 48면
(面) 402구(句) 외(外)에 신증동요(新增童謠) 1장(張) 2면(面)과 한양가시(漢陽
歌時), 갑술경가(甲戌慶歌)[3] 1張(半/面)을 합(合)하면 전책(全冊)지수(紙數)가 26
장(張)이다. 이 중에 신증동요, 한양가시, 갑술경가는 주해(註解) 편집(編集)에
넣지 않고 한양가만 주해(註解)하였다.

이 책(冊)은 판본(板本) 외(外)에 궁체(宮體) 필사본(筆寫本)으로 된 것도 보
았으며, 몇 군데서 본 바 판본(板本)은 백지본(白紙本)인데, 이 책(冊)은 양지
본(洋紙本)인즉, 근자(近者)에 탑인(搭印)된 것으로 추측(推測)된다.

그리고 24장(張) 후면(後面) 종행(終行)에 세재갑진계츈한산거스져라 하였
는데, 세재갑진은 헌종 10년(憲宗 10年) 서기(西紀) 1884년(年) 갑진(甲辰)이요,
본문(本文) (87페지) 제이행(第二行)에 건릉(健陵)과 현륭원(顯隆園)에 츈젼알
령(春展謁令) 운운(云云)은 헌종(憲宗) 9년(年) 계묘(癸卯)의 상부년(相富年)인
즉, 이 책(冊) 저술(著述)은 헌종(憲宗) 능신(陵辛)의 다음 해 10년(年) 갑진(甲
辰)이며, 이 책(冊) 부록(附錄)으로 신증동요(新增童謠)(원자[4] 탄강ᄒ신후빅셩의

---

1 宮中에서 宮女가 쓰던 한글의 字體.
2 草書의 半가량의 草書모양.
3 慶祝하는 노래.

동요ㅣ거룩ᄒ기로권말에긔록ᄒ노라) 전(全) 1장(張) 상하단(上下段) 29구(句)로 최종행단(最終行段)에 셰경진국츄셕동신간(歲庚辰菊秋席洞[5]新刊)이라 함에 의(依)하면, 이 경진(庚辰)은 광무제17년(光武帝17年) 서기(西紀) 1880년(年) 경진(庚辰)이다. 그리고 동요 가구(歌句) 중에 갑슐이월쵸팔일 운운(云云)이 있은 즉, 이해 이날이 융희제(隆熙帝)의 탄일(誕日)이므로, 이 경진년(庚辰年)이 광무제(光武帝)의 경진(庚辰)이며, 이 해에 한양가를 판각(板刻)함과 동시(同時)에, 그 때 유행(流行)되던 가사(歌詞)인 고(故)로 갑셩(甲戌) 후(後) 5년(年) 되던 해에 같이 판각(板刻)에 넣었던 것이다.

이 책(冊) 저자(著者) 한산거ᄉ가 누구인지를 여러 가지로 고사(考査) 또 탐문(探問)하였으나, 아직 확적(確的)한 답안(答案)을 얻지 못하였기로 후일(後日)로 미룬다.

註解에 引用한 書籍

東國輿地勝覽	李朝實錄
大東輿地圖(金正浩編)	官案(內案/外案)
增補文獻備考	首善全圖
進饌儀軌	才物譜
東史年表	辭源
敬覽圖	海東歌謠
朝鮮語辭典	方藥合編
陵幸圖(翰南書林刊行)	洞名一覽表
圖書解題	語學文學古書展覽目錄
行軍須知	詩傳
邑誌 數種	書傳

---

4 王의 長子.
5 席洞이니 現中區 水下洞.

한양가(漢陽歌)

턴디 개벽[6]ᄒ니	일월이 삼겨셰라
셩신이 광휘ᄒ니	오ᄒᆡᆼ이 되여셰라
쵸목곤츙 삼겨날졔	인물이 번셩ᄒ다
오악[7]이 용발ᄒ고	ᄉ독[8]이 광활ᄒ다
곤륜산[9] 일지ᄆᆡᆨ이	동히로 드러올졔
ᄒᆡᆼ농[10]은 긔만니며	구ᄇᆡ는 몟구뷘고
ᄇᆡᆨ두산 긔봉ᄒ야	함경도 넘어셔셔
강원도 닌다라셔	경긔도 도라들졔
북극을 밧쳣ᄂᆞᆫ듯	부용을 ᄭᅡ가ᄂᆞᆫ듯
도봉[11]의 머물너셔	층층이 오ᄂᆞᆫ긔셰
군션이 모혀ᄂᆞᆫ듯	아홀[12]이 버러ᄂᆞᆫ듯
삼각산 긔봉할졔	쳔년을 경영인가

....

6 開闢- 天地의 初開.
7 五嶽- 中國의 崇山, 泰山, 華山, 衡山, 恒山.
8 四瀆- 中國의 江, 淮, 河, 濟에 四瀆이 있으니, 다 發源地가 되어 海에 注入한다. 儀仗에 四瀆旗가 있다.
9 崑崙山- 亞細亞의 最大山脈으로서, 西藏, 新疆 等에서 東으로 뻗어서 朝鮮에 이르러 長白山이 되었다.
10 行龍- 龍은 宗山으로 내려 온 山脈. 相地官 卽 墳墓 자리의 善不善을 相보는 術家의 用語.
11 道峰- 現 楊州郡 盧海面 道峰里에 있는 山.
12 牙笏- 象牙로 만든 笏인데 笏은 臣下가 王의 앞에 入侍할 때 가지는 것으로 有事別 笏에 써서 遺忘에 備하는 것.

만년을 경영인가	호거룡반 긔이하다
북악이 입슈[13]되고	종남손[14] 안산이라
청룡[15]은 타락[16]뫼요	빅호[17]는 길마지[18]라
강원도 금강산은	외청룡 되여잇고
황히도 구월산은	외빅호 되여잇고
졔쥬의 한나산은	외안이 되여잇고
젹셩의 감악상은	후장[19]이 되여잇고
두미월계[20] 나린물이	룡산삼개 한강되고
그물줄기 홀너니려	오두지[21] 합금ᄒ야
강화의 마리산이	도슈구[22] 되여셰라
하늘이 니신왕도	히동의 웃씀이라
국호는 조션[23]이요	도읍은 한양[24]이라

·····································

13 入首- 相地官의 相地하는 用語이니, 穴後轉頭處를 入首라 한다.

14 終南山- 南山 卽 木覓山, 引慶山

15 靑龍- 相地하는 用語이니, 南向하여 左便.

16 駝酪- 通稱 駱山이니, 梨花洞, 蓮池洞으로 東大門까지 닿은 山.

17 白虎- 相地하는 用語이니, 南向하여 右便.

18 길마재- 鞍峴이니, 西便 峴底洞에서, 館洞으로 冷洞을 지나 孔德里까지 닿은 山.

19 後墻- 相地하는 用語이니, 뒤를 막았다는 말.

20 斗尾月溪- 斗尾는 楊洲郡 瓦阜面 陵內里, 八堂里와 廣州郡 東部面 拜謁尾里, 倉隅 里, 間에 介在한 漢江上流의 江名. 月溪는 楊平郡 楊西面 新院里, 龍潭里, 兩水里와 廣州郡 南終面 水靑里, 檢川里, 歸歟里 間에 介在한 漢江 上流의 江名인데, 斗尾에서 20里 上流.

21 烏頭山城- 坡州郡(舊交河郡) 炭縣面 城河里.

22 都水口- 相地하는 用語이니, 앞을 물로 가리었다는 말.

23 朝鮮- 太祖 2年 癸酉 2月 5日부터 朝鮮이라 하였다.

단군의 구족이요	긔즈의 유풍이라
의관도 화려ᄒ고	문물도 거륵ᄒ다
여염[25]은 억만가요	셩텹[26]은 스십니라
동편은 종묘[27]되고	서편은 ᄉ직[28]이라
경복궁[29] 창덕궁[30]과	창경궁[31] 큰뎐각이
반공의 소ᄉ스니	만호천문 깁플셰라
인뎡뎐[32] 근뎡뎐[33]은	치민ᄒᄂ 뎡뎐이요
희뎡당[34] 딕됴뎐은	지밀쳐쇼[35] 도여셔라
영화당 셕거각은	츈당딕[36] 임ᄒ엿고

....

24 漢陽- 百濟는 北漢城, 高句麗는 南平壤城, 新羅는 漢陽城, 高麗는 漢陽府 等으로 變稱이 多端하였었다.

25 閭閻- 人家 群集한 곳이니 閭里 閭巷이라고도 한다.

26 城堞- 城가퀴, 城징두리.

27 宗廟- 王室의 神位를 奉安하는 祠宇이니, 太祖 4年 乙亥에 建築하여 太室이 居中 南向하니, 凡 七間이요, 앞에 三階가 있고 東西에 各各 夾室이 있다.

28 社稷- 國家의 土神과 穀神을 致祭하는 一國의 所重한 祭壇. 東은 社壇이요, 西는 稷檀이니, 各方이 삼丈 五寸으로 太祖 元年 壬申에 建造. 西部 仁達坊에 있었으니 現 所謂 社稷公園이라 한다.

29 景福宮- 太祖 4年 甲戌에 建造하고 明宗 8年 癸丑에 火하여 40年 後인 宣祖 25年 壬辰倭亂에 焚蕩이 되었는데, 光武 皇帝 2年 乙丑에 大院君이 重建하여 同 4年 丁卯에 落成. 現 中央廳 자리이니, 勤政殿, 慶會樓 外에 多少 殿閣이 남아 있다.

30 昌德宮- 國初에 建成. 壬辰倭亂 時에 亦是 焚蕩의 禍를 當하였는데, 光海主 元年 己酉에 重建. 別稱 東闕 大闕.

31 昌慶宮- 舊壽康宮 基地로 成宗 14年 癸卯에 貞熹王后, 仁粹 王大妃, 安順 王后 三宮을 爲하여 建立하였다. 現 昌慶苑.

32 仁政殿- 受朝賀 正殿. (昌德宮 안에 있는 殿閣, 以下同).

33 勤政殿- 同上

34 熙政堂- 闕內 殿閣名.

35 室密處所- 帝王의 平常時 座所及 寢所.

옥류천37 깁픈고즌   별유천지 되여셰라

쥬ᄂᆞ라 령더령쇼38   못보와도 녀긔로다
금원39의 긔화이쵸   구즁40의 봄느졋다

빅죠41는 학학ᄒᆞ고   우록42은 유복이라
어슈당 말근연못   오인어약 ᄒᆞ는구나

란뎐봉누 쳡쳡ᄒᆞ고   학관인각 츙츙ᄒᆞ다
아로싀인43 들보들과   푸른부연44 불근기동

츈쳡시45를 부쳐스니   그글의 ᄒᆞ여스되
티평티평 우티평의   여시여시 부여시라

셜미살창46 식인문과   좁고좁은 셰술분합47
벽방금뎐48 영롱ᄒᆞ고   쥬란슈렴49 번화ᄒᆞ다

....

36 春塘臺- 科擧 보이는 廣場에 있는 臺.
37 玉流泉- 昌德宮, 昌慶宮 後山에서 湧出하는 泉水.
38 靈臺靈沼- 望氣之臺이니 所以觀祲象 察氣之妖祥也.
39 禁苑- 宮闕 안에 있는 後園. 御園이라고도 한다.
40 九重- 帝王 所居니 君門兮여 九重 에서 온 말.
41 白鳥鶢鶢- 鳥羽가 肥澤 潔白한 것.
42 麋鹿- 麋는 牝鹿이니 忘其國恤而思其麋牝오, 攸伏은 言澤可嫁之所.
43 아로새긴- 巧妙하게 彫刻한 것.
44 附椽(婦椽)- 簷椽에 延長附添한 것.
45 春帖詩- 立春日 宮闕 柱面에 붙이는 詩聯. 製述官을 命하여 賀詩를 製進ᄒᆞ게 하고,
   蓮葉과 蓮花의 紋이 있는 종이에 쓴 것.
46 셜미살창- 未詳.
47 셰살분합- 大廳 前面에 建設한 障子(장지). 셰살은 가는(細)? 窓살이라는 뜻인 듯
   하다.
48 碧房金殿- 푸른 采色으로 丹青한 房과 金으로 取色한 殿閣
49 朱欄繡簾- 朱色 欄干과 繡놓은 발(簾).

금천교[50] 셕난간은	부용모란 식여잇고
쟝츈각 나무다리	무지기 모양으로
은하[51]를 걸쳐눈듯	옥경[52]을 통힉눈듯
쳡쳡흔 익각[53]복도[54]	우이굴곡 긔빅간고
낫고노푼 층층화계	빙문[55]이 긔이흐다
어로 흐가온더	쌍봉공작 식여셔라
뎐각마다 흐가온대	셰층보탑[56] 놉히무고
즁아의 닷집[57]무어	아로식여 단형[58]흐고
오봉산 일월병풍	희도는 몃만린고
오봉이 쇼스스니	희가둣고 달둣는다
한편의 보불병풍[59]	엄위흔 그린독긔
졔간거흄 흐눈긔상	뎨왕[60]의 위엄[61]이요
한편병풍 그려스되	칠월편[62] 경직도[63]를

....

50 禁川橋- 敦化門 안에 있는 石橋.
51 銀河- 天河이니 銀河水, 銀潢이라고도 한다.
52 玉京- 先天地生하여 以資萬類이니 上處玉京하여 爲神王之宗이라, 又以喩王都니라.
53 翼閣- 門 左右에 있는 長行廊.
54 複道- 家屋과 家屋 사이에 設置한 廊下.
55 氷紋- 石面을 鍊磨한 光彩가 氷紋과 같다는 것.
56 寶榻- 帝王의 座榻이니, 又云 玉座.
57 唐家- 玉座(龍床)위에 方形으로 裝飾을 꾸민 屋蓋.
58 丹靑- 彩色.
59 黼黻屛風- 帝王의 禮服을 裝飾한 斧 모양과 亞字 모양의 文彩를 그린 屛風.
60 帝王- 國家의 元首.
61 威嚴- 威勢가 嚴한 것.

즈셰이 그려스니   시민여상 ㅎ는덕퇵

구즁궁궐 깁흔곳에   어이아라 그리셧노
기동마다 명두부쳐[64]   달ㅅ춍[65] ㅎ시ᄂᆞᆫ고

쌍방검[66] 티아검[67]은   빅일뇌정 위엄이라
ᄉᆞ지흔 닛시[68]들은   승뎐ᄎᆞ지[69] 쟝번일다

건장흔 무예쳥은   즈지군복[70] 남젼ᄯᆡ[71]의
십팔기예[72] 쥬쟝ᄒᆞ니   긔샹이 효용ᄒᆞ다

밤이면 호피두건   호피군복 슘모쟝의
파슈[73]마다 안져스니   호분군[74] 도여잇고

밉시잇ᄂᆞᆫ 뎐별감[75]은   이팔쳥춘 아희로다

....

62 七月篇- 詩傳의 篇名이니, 王業의 어려움을 말한 것.

63 耕織圖- 耕作과 紡織하는 모양을 그린 그림.

64 明圖- 어리쇠, 面鏡.

65 達四聰- 明四目 達四聰이니, 耳目을 밝히라는 것.

66 尙方劍- 斬馬劍이니 劍利可以斬馬也라, 故로 將此劍하고 斬佞臣也.

67 太阿劍- 古晉時에 地中에서 得一石函하니 光氣가 非常한데, 그 中에 雙劍이 있어서 並刻題하니 一曰 龍泉이요, 一曰 太阿라 하였다. 이 雙劍은 不忠之臣을 다스리는 것.

68 內侍-內侍府(掌宮庭의 食事, 傳令, 守門, 掃除 等, 太祖 元年 壬申에 創設하여 闕內에 있었다.) 官員의 總稱이니, 內官, 閣官, 宦官, 中官, 宦侍, 黃門 等으로도 불렀다.

69 承傳次知- 內侍의 官職名이니 承傳은 王旨를 傳達하는 者. 次知는 各 官房事를 掌한 者. 長番은 長番職에 있는 者.

70 紫地軍服- 軍人의 制服. 소매는 좁고 양편 겨드랑이 아래와 등솔의 아래를 터 놓은 것.

71 藍纓帶- 軍服에 쓰는 帶. 帶字는 袋字로도 쓴다.

72 十八技藝- 拳, 棒, 鎗, 劍, 銃, 球, 騎射 等 十八科의 武藝.

73 把守- 防衛, 守護하는 것.

74 虎賁軍- 五衛軍의 一職.

당당홍의 ᄌ지두건   남광다위[76] 널분씩를

가슴의 눌너씌고   빗죠흔 순금동곳[77]
큰듸ᄌ 식여니여   모양죠케 쏘자잇고

모듸흔 ᄉ알ᄉ약[78]   융복[79]흔 무감통장[80]
별감[81]무감 영통ᄒ여   합문[82]의 등듸[83]ᄒ고

각쳐쇼 니인[84]들은   안일을 감아[85]는듸
지밀침방[86] 슈방이며   싱것방[87] 쇼쥬방[88]이

빅각ᄉ 각각마타   아춤져역 문안[89]이며
의듸슈문 침션이며   슈라진찬[90] 직분일다

----

75 殿別監- 披庭署(掌傳喝 及 御供 一切 些細事를 맡아 보는 데인데, 太祖 元年 壬申에
   闕內에 두었었다.) 使用人의 하나.

76 광다위- 넓다는 뜻. 廣多繪라 하며 戎服에 쓰는 말로서, 廣帶 또는 多繪라고도 한다.

77 동곳- 男子 상투에 꽂는 것.

78 司謁司鑰- 披庭署의 所屬 正六品官.

79 戎服- 軍服.

80 武監統長- 武藝廳의 首領.

81 別監- 訓練都監의 軍人 中에서 武藝에 精熟한 者를 選擇하여 宮闕門 옆에 宿直ᄒ게
   하는 武藝廳의 所屬.

82 閤門- 便殿(帝王이 平常時에 起居하는 宮殿)의 前門.

83 等待- 待令.

84 內人- 宮人이니 宮中의 女官. 宮女 또는 侍女라고도 한다.

85 감아- 맡아 보는 것.

86 至密針房- 宮中의 針線房 곧 裁縫房.

87 생것房- 生別食이니 生果 等屬을 맡아 보는 데.

88 燒廚房- 王의 朝夕 進饌을 料理하는 廚房.

89 問安- 安否를 물어 보는 것.

90 水剌進饌- 王께 올리는 食饌.

윤쥬라[91] 모단너울[92]　　　　두록디단[93] 드림[94]이며
홍융ᄉ[95] 유쇼[96]미돕　　　　　빗죠케 느러지고

남쇼화쥬[97] 긴너울은　　　　　누른화판 죠밀ᄒ다
셜한단[98] 남치마와　　　　　　불빗모단[99] 쪽도리[100]며

어여머리[101] 느즌낭ᄌ[102]　　　　오두줌[103] 금죽졀과
긴원슴[104] 쓰른당의[105]　　　　　요지연[106] 뫼셧는닷

분디[107]도 졀등[108]ᄒ고　　　　쥬취[109]도 화려ᄒ다

....

91 윤쥬라– 비단의 한 가지.
92 너울– 婚姻 때 또는 官員의 行次 때 隨從하는 下婢에게 頭上으로부터 腰部까지
　　뒤씌우는 黑色 자루와 같은 것. 羅兀이라고도 한다.
93 豆綠大緞– 비단의 한 가지.
94 드림– 갓끈(笠纓)드림, 女子 首飾, 防寒具, 아얌(額掩)드림.
95 紅絨絲– 다홍 비단 줄.
96 流蘇– 술끈 늘인 것. 旗, 帳, 幕 等 邊幅에 늘여 매다는 것, 또는 四人轎 뚜껑 四
　　方 邊簷 징두리에 매다는 種類.
97 藍蘇花紬– 中國 비단의 한 가지.
98 雪漢緞– 中國 비단의 한 가지.
99 불빗모단– 中國 비단의 한 가지.
100 쪽도리– 婦人의 禮冠. 皂帛으로 만들고 珠玉으로 장식하여 婚禮 其他 儀式 때에
　　쓰며, 祭禮 때의 것은 白色 明紬로 만든다.
101 어여머리– 婦人 禮裝 때 머리에 얹는 머리, 또는 머리 뒤로서 머리털을 세 가닥으로
　　땋아서 頭上에 돌리어 감는 것.
102 낭자– 婦人 禮裝 때에 머리를 꾸미는 머리의 한 가지.
103 烏頭簪– 女子 쪽에 끼우는 비녀의 한 가지.
104 圓衫– 婦人 禮服의 한 가지. 軟綠色 비단 種類로 만들며, 소매는 넓고 소매에 三色
　　비단으로 동을 단 것.
105 唐衣– 婦人 禮服의 한 가지. 草綠色 綢緞 거죽에다 紫色 緋緞 안을 받혀 만든 것인
　　데, 王室 宗親과 公主翁主家에서 쓰며, 婚禮時에도 썼다.
106 瑤池宴– 神仙이 사는 西王母 宮闕이니, 造化無窮한 別世界이다.
107 粉黛– 粉以面傳하고 黛以畵眉라 하여, 女子의 丹裝하는 것을 말한 것.
108 絶等– 뛰어난 것.

항아[110]가 적강혼가   쇽티[111]도 젼여업닉

나마는[112] 무슈리[113]는   져근머리 긴져구리
아청[114]무명 널분씌의   문픽[115]를 빗기추고

각궁노즈 모양드른   벙거지 널분갓끈
두로마기 반물드려   쇼미길게 ᄒ여입고

닉병죠[116] 근장군ᄉ[117]   문문이 직혀잇셔
금잡인 총출ᄒ니   가죽등치[118] 숀의들고

이리쒸며 져리쒸니   괴상이 호륵[119]ᄒ다
졍원[120]의 뉵승지[121]는   후셜지신[122] 되어잇셔

궐닉의 디쇼ᄉ와   빅각ᄉ 모단일을

....

109 朱翠- 朱翠色의 衣裳.
110 姮娥- 古仙女.
111 俗態- 시체(現代)의 모양.
112 나마는- 나이가 많은 것.
113 무슈리- 宮闕 안 各 差備所 所屬의 하나로 卽 宮婢이니 水賜라 한다.
114 鴉靑- 眞靑色.
115 門牌- 關門 出入할 때 보이는 標信.
116 內兵曹- 兵曹에 屬한 官衙로서 闕內의 宿衛, 儀仗들에 관한 일을 맡아 보는 곳.
117 近仗軍士- 宮闕 門을 把守하는 軍士.
118 藤策- 武裝에 쓰는 채찍(鞭).
119 豪勒- 豪悍한 것.
120 政院- 別稱 銀臺 喉院이니, 掌出納王命하며, 太祖 元年 壬申에 設置하여 世祖 8年
    癸未에 政院으로 改定하고, 闕內에 두었었다.
121 六承旨- 承政院의 都承旨 左右承旨 左右副承旨 同副承旨의 總稱. 承宣이라고도
    한다.
122 喉舌之臣- 喉舌은 목구멍과 혓바닥이니 言語의 關鍵이므로 樞要를 맡은 者를 喉舌
    이라 한다.

니외공ᄉ 흔디ᄒ여 　　　　　계청계파[123] 일솜으니

영귀도 갸륵ᄒ고[124] 　　　　　쇼임도 즁더ᄒ다
옥당각신[125] 한쥬[126]네는 　　　쥬경야디[127] 일이로다

년소한 어린 명ᄉ 　　　　　공명[128]이 명환일다
별군직[129] 션젼관[130]은 　　　보기죠흔 비단군복

다홍디단 홍수달고 　　　　　순금밀화 쌍단초[131]며
그우희 갑ᄉ관디[132] 　　　　슈박빗시 고홀시고

오위장[133] 츙익장[134]과 　　　문부장[135] 수문장[136]은
호반[137]의 벼슬이라 　　　　　관디쇽의 군복입고

....

123 啓請啓罷- 上裁를 請하고 이를 頒布하는 것.
124 갸륵하다- 거룩하다, 알뜰하게 신통하다.
125 玉堂閣臣- 玉堂은 弘文館 (掌經籍, 治文翰, 備顧問이나 成宗 9年 戊戌에 闕內에 設置.)의 別稱. 閣臣은 副提學 以下 官員의 總稱.
126 翰注- 翰林과 注書.
127 晝經夜對- 書經筵(講讀이니 王이 書를 講하는 것을 듣는 것)과 夜召對(王이 親히 書를 講하는 것).
128 功名- 官職의 顯達한 것.
129 別軍職- 帝王의 侍衛 및 摘奸들을 맡은 武官.
130 宣傳官- 宣傳官廳(形名, 宿衛, 傳令, 啓螺, 符信出納들을 맡은 곳. 太祖 元年 壬甲에 闕內에 設置.)
131 蜜花- 蜂蜜과 같이 黃色을 띤 琥珀의 한 가지.
132 冠帶- 官員의 公服이니 官服 관디라고도 한다.
133 五衛將- 五衛都總府(掌宿衛니니 義興中衛外所, 龍驤左衛南所, 虎賁右衛西所, 忠佐前衛東所, 忠武後衛北所의 五衛. 文宗 元年 辛未에 設置.)에 屬한 職名으로서 入直할 때에 管內를 巡察하고 各門에 暗號를 傳하는 三品官.
134 忠翊將- 忠翊衛(功臣 子孫에 屬한 職所로서 國初에 設置)의 正三品官.
135 門部將-五衛에 屬한 從六品官.
136 守門將- 五衛에 屬한 職名으로서 城闕門을 守衛하는 武官이니 參上官이다. (參上官은 六品 以上 從三品 以下).

뉴빅금군[138] 호위군관[139]   니슴청[140]의 번을드러
무예[141]도 갸륵ᄒ고   치마도 날서도다

의뎡부[142] 슴샹[143]네ᄂ   이민하ᄉ ᄒᄂ모양
평교ᄌ[144] ᄂ즌줄의   나즌키 별구즁[145]이

고이 며여[146] 가오실졔   호핏고리 ᄯ를쁜다
ᄃ로 겨른[147] 파쵸션[148]을   히빗을 반즘가려

벽졔[149]도 크지안코   힝보도 완완하다
거륵다 셔불장기[150]   샹위[151]의 도리로다

....

137 虎班- 武班.
138 禁軍- 龍虎營(內禁衛, 羽林軍, 兼司僕, 內三廳으로 國初에 創設하여 英宗 31年 乙
     亥年에 龍虎營이라 부르고, 宿營과 陪扈를 맡아 보았으며, 北部 陽德坊現 桂洞에 있
     었다.)의 騎士.
139 扈衛軍官- 扈衛廳(掌扈衛, 仁祖 元年 癸亥에 創設, 肅宗 20年 甲戌에 定爲三廳, 正
     宗 元年 丁酉에 合爲一廳하여 闕內에 있었다.)의 堂上官.
140 內三廳- 禁軍廳, 龍虎營의 別稱.
141 武藝- 武術.
142 議政府- 都堂, 黃閣이라고도 하는데, 定宗 2年 庚辰에 定號하여 總百官, 平庶政,
     理陰陽, 經邦國하는 一國의 最高執政官衙이다. 景福宮 南東便으로 現 京畿道廳 자리
     에 있었다.
143 三相- 三政丞이니 곧 領議政, 左議政, 右議政. 正一品職이며 三公이라고도 한다.
144 平轎子- 議政大臣이 타는 乘轎.
145 別駈從- 擔轎軍 또는 官員을 隨陪하는 下隷.
146 며여- 어깨에 메고.
147 대로겨른- 대(竹)로 얽은.
148 芭蕉扇- 芭蕉葉 모양으로 만든 자루(柄)가 긴 大扇. 議政大臣이 外出할 때에 등(背)
     뒤에서 머리 위를 가리고 간다.
149 辟除- 高官의 行次때 一般行人의 通行을禁하는呼令.
150 盖- 日傘.
151 相位- 議政大臣의 자리. 정승 자리.

이[152]호[153]례[154]병[155]형[156]공[157]은   뉴경[158]이되여셰라

호긔잇는 디스마[159]는   빅보밧게 인비셰[160]고

건장흔 뇌즈[161]긔슈[162]   원앙진[163] 쥭디흐여

쌍쌍이 벽졔소리   날니고도 열열흐다

외박휘 놉흔쵸헌[164]   키큰 구죵드리

손을드러 미러갈졔   좌우의 식구[165]견비[166]

호한흔 별비[167]드리   날기로 버러셔셔

셰층 벅졔소리   긔구도 엄위흘스

....

152 吏曹- 天官, 東銓이라고도 하며 文選 勳封, 考課들을 맡아 보던 곳. 太祖 元年의 創設 議政府南便에있었다

153 戶曹- 地部, 倉部, 民部라고도 하며, 戶口, 貢賦 田糧, 食貨들을 맡아 보던 곳. 太祖 元年 壬申에 創設하여 吏曹 南便에 있었다.

154 禮曹- 春宮, 南宮이라고도 하며 禮樂, 祭祀, 宴享, 朝聘, 學校, 科擧들을 맡아 보던 곳. 太祖 元年 壬申에 創設하여 景福宮 南西便에 있었다.

155 兵曹- 夏官, 兵官, 騎省이라고도 하며 武選, 軍務, 郵驛, 兵甲, 門戶, 管鑰들을 맡아 보던 곳. 太祖 元年 壬申에 創設하여 禮曹 南 中樞府 南 司憲府 南便에 있었다.

156 刑曹- 秋官, 理戶, 義刑이라고도 하며, 法律, 詞訟, 奴婢들을 맡아 보던 곳. 太祖 元年 壬申에 創設하여 兵曹 南便에 있었다.

157 工曹- 冬官, 水衡部, 典工이라고도 하며, 山澤, 工匠, 營繕, 陶冶들을 맡아 보던 곳. 太祖 元年 壬申에 創設하여 刑曹 南便에 있었다.

158 六卿- 六曹判書의 別稱.

159 大司馬- 兵曹判書의 別稱.

160 引陪- 官隷의 하나. 三品 以下의 官員을 前導하던 者.

161 奴子- 奴僕(종).

162 旗手- 巡令守이니 大將의 傳令 護衛의 任과 또는 巡視旗 令旗를 捧持하는 兵卒.

163 鴛鴦陣- 行軍하는 陣名.

164 軺軒- 二品 以上 官員이 乘用하면 一輪車.

165 色騶- 官員 下隷의 頭目.

166 牽陪- 말(馬) 馭從.

167 別陪- 官員의 私家 下隷.

무쟝네 모양드른   은안쥰마 죠혼말게
쎄그어168 놉히안져   흉허복실 마샹모양

웅호의 긔샹이오   진변홀 쟝슈로다
도감은169 오쳔병마   수영문 되여잇셔

대명젹 복셕으로   모단젼건170 졋게쓰고
션긔듸171 날닌군스   일검증당 빅만스라

젼쥬쟉172 되어잇셔   몸긔는 불근긔요
금위영173 슘쳔병마   별무스174가 건장ᄒ다

좌쳥룡175 되어잇셔   몸긔난 푸른긔요
어영쳥176 슘쳔병마   가젼177별쵸178 도여잇고

우빅호179 되어잇셔   몸긔는 흰긔로다

....

168 쎄그어- 뽑내어, 거드러거려.
169 都監- 訓鍊都監. 軍營의 하나로 宣祖 27年 甲年에 設置하여 新營이라 하고, 西部 慶幸坊 지금 서울 中學運動場 東便 門앞 派出所 자리. 北便 一帶이었다.
170 戰巾- 兵卒이 쓰는 頭巾.
171 善騎隊- 騎馬에 鍊熟한 兵隊.
172 前朱雀- 南方神將.
173 禁衛營- 京城을 守衛하는 軍營. 肅宗 8年 壬戌에 設置하여 中部 貞善坊에 두었었다.
174 別武士- 訓鍊都監. 禁衛營, 御營廳 下士官의 하나.
175 左靑龍- 東方神將.
176 御營廳- 軍營의 이름. 仁祖 2年 甲子에 設置하여 東部 蓮花坊에 있었다. 現 東大門 署 及 煙草專賣局倉庫 一帶.
177 駕前- 王의 前驅를 하는 侍衛兵.
178 別哨- 各 軍營의 軍官, 從九品官.
179 右白虎- 西方神將.

총융청¹⁸⁰ 습천병마   무예는 무적일다

북현무¹⁸¹ 되엿스니   몸긔는 거문긔오
룡호영 호위군관¹⁸²   빅발빅즁 ᄒ는구나

중앙이 되엿스니   몸긔는 누른긜다
좌포장¹⁸³ 우포장¹⁸⁴은   금난치적 일을습고

오부¹⁸⁵의 부관원¹⁸⁶은   ᄉ숑¹⁸⁷이 직분이요
경죠부¹⁸⁸ 평시셔¹⁸⁹난   치민평시 ᄒ는구나

의금부¹⁹⁰ 습당상¹⁹¹과   도ᄉ¹⁹²는 열이로다

....

180 摠戎廳- 軍營의 이름. 仁祖 2年 甲子에 設置하여, 彰義門(北門)外 蕩春臺에 두었
　　었다.
181 北玄武- 北方神將.
182 扈衛軍官- 龍虎營에 따른 堂上軍官.
183 左捕將- 左捕盜廳 (國初에 創設하여 捕盜, 巡更, 初更, 三更, 三更 等事를 맡아 보던
　　곳. 中部貞善坊 現 授恩洞 鍾路 消防署 및 團成社劇場 자리에 있었다.)의 從三品官의
　　大將.
184 右捕將- 右捕盜廳 (創設과 職掌 左捕廳과 같다. 中部 瑞麟坊 現 光化門 郵便局 자
　　리에 있었다.)의 從二品官 의 大將.
185 五部- 京城을 中部, 東部, 西部, 南部, 北部의 五品割으로 나누어 營掌하는 五官衙.
　　部內의 訴訟, 道路, 禁火, 宅地들에 관한 일을 맡아 보던 곳으로서 太祖 元年 壬申에
　　創設. 中部는 中部澄淸坊. 現 世宗路 四街 北西便 道路廣場 자리에, 東部는 東部蓮花
　　坊, 現 鐘路五街 二橋(두다리목) 北西便 用邊 모퉁이에, 南部는 南部薰慶坊 現 德壽
　　宮 後便 放送局 아래에, 北部는 北部觀光坊 現 司諫洞에 있었다.
186 部官員- 五部의 各部에 從五品官 令一員과 從九品官 都事一員씩 두었다.
187 詞訟- 民間의 訴訟.
188 京兆府- 漢城府의 別稱. 王都의 口帳, 市廛, 家舍, 田土, 四山, 道路, 橋梁, 溝渠, 逋
　　欠, 負債, 闕殿, 晝巡, 檢屍들을 맡아 보던 곳. 太祖 3年 甲戌에 創設하여 戶曹 南便에
　　있었다.
189 平市署- 京市署라고도 하였는데, 句官(掌理), 檢市廛, 平斗斛, 丈尺, 物貨들에 관한
　　것을 맡아 보던 곳. 太祖 元年 壬申에 創設하여 中部 慶幸坊 現 齋洞 四街 南西便
　　慶雲洞에 있었다.

츈츄필법[193] 가지구셔

금고찬비[194] 일슴으니

팔십명 나쟝[195]이는
상토곳히 젓계쓰고

알도[196]의 눈을박아
천익[197]우희 아쳥작의

흰실노 줄을노아
젼옥[198]은 슈도부라

임금왕즈 써셔입고
약법습쟝[199] 일을슴고

호죠는 판탁지라
삼당샹[201] 뉵낭쳥[202]의

부졔젼곡[200] 마타잇셔
벼례방이 쥬쟝이오

호계흐는 계ᄉ[203]들은

도필지니[204] 되여잇고

---

190 義禁府- 巡軍, 義勇 또는 金吾라고도 하여, 奉敎, 推鞫罪人들을 맡아 보던 곳. 太宗 14年 甲午에 創設하여 中部堅平坊, 現 鐘路 四街 北西便 前 鐘路署자리 一齊에 있었다.
191 三堂上- 義禁府의 三堂上이니 判事의 從一品官 一員과 知事의 正二品官 一員과 同知事의 從二品官 一員.
192 都事- 義禁府 都事.
193 春秋筆法- 公明正大한 記事.
194 禁鋼竄配- 官員으로서 犯罪하면 罷職의 罰을 주며 귀양 보냈다.
195 羅將- 義禁府의 下隷와 各 郡衙의 使令.
196 喝道- 羅將의 쓰는 頭巾(깔댁이). 朱錫製 둥근 고리 두 개를 後面에 박았다. 羅將을 喝道라고도 불렀다.
197 天翼- 허리에 주름을 잡은 公服의 한 가지.
198 典獄- 大理라고도 하며 獄囚를 맡아 보던 곳. 太祖 元年 壬申에 創設하여 中部瑞麟坊 現 鐘路 네거리 西南方 派出所 뒷골목에 있었다.
199 約法三章- 殺人者는 死하고 傷人 及 盜는 抵罪.
200 賦稅錢穀- 租稅와 貢賦 卽 稅金.
201 三堂上- 戶曹의 三堂上이니 判書 正二品 一員, 參判 從二品 一員, 參議 堂上 一員.
202 六郎廳- 別例房 歲幣色(色은 지금의 主任), 應辨色, 銀色, 料祿色, 雜物色等. 正五品官이다.
203 會計士- 戶曹의 한 職名(지금의 會計). 從八品官.
204 刀筆之吏- 用竹木하여 以刀代筆이라 한 데서 온 말.

공죠는 슈형부라　　　　　　　각식장식 총찰ᄒ여

웅역[205]ᄒ기 일슴으니　　　　　와셔[206]선공[207] 미여잇고
례죠는 남궁이라　　　　　　　션왕뎨례 본바다셔

군왕의 진퇴변졀　　　　　　　종ᄉ산젼 뎨향이며
졔례작악 일슴으니　　　　　　통례원[208] 거ᄂ리고

병이죠 동셔편은　　　　　　　퇵문퇵무[209] 추려니여
ᄂ직[210]이며 외직[211]이며　　　　경경[212]아경[213] 도빅[214]유슈[215]

쥬셔[216]한림[217] 각신들과　　　옥당승지 ᄃ간[218]이며
묘ᄉ궁뎐[219] 관원이며　　　　　능참봉[220] 슈봉관[221]과

....

205 應役- 賦役 곧 公事에 應하는 것.
206 瓦署- 瓦密 또는 陶登局이라고도 하며, 造瓦, 塼(벽돌)에 관한 일을 맡아 보던 곳. 太祖 元年 壬申에 創設하여, 南部屯智坊 現 漢江鐵橋 以北으로 防水堤 안편 大路 東便에 있었다.
207 繕工- 繕工監 將作이라고도 하며, 土木, 營繕을 맡아 보던 곳. 太祖 元年 壬申에 創設하여 西部餘慶坊 現 西大門路 一街 德壽宮으로 向하는 大路通 西南方에 있었다.
208 通禮院- 司範署, 通禮門, 鴻臚라고도 하며, 朝賀, 祭祀, 贊謁들을 맡아 보던 곳. 太祖 元年 壬申에 創設하여 中部貞善坊 敦化門 南西便 現 雲泥洞에 있었다.
209 擇文擇武- 文武의 人材를 擇하는 것.
210 內職- 京城 各官衙의 官職.
211 外職- 地方 各官衙의 官職.
212 正卿- 判書, 判尹, 參贊들의 正二品官.
213 亞卿- 參判, 左尹, 右尹들의 從二品官.
214 道伯- 監司, 觀察使라고도 하여 從二品官으로 各道에 一員씩 있었다.
215 留守- 開城, 江華, 廣州, 水原, 春川 等 舊都를 營治하는 從二品官.
216 注書- 承政院의 正七品官.
217 翰林- 藝文舘의 正九品官.
218 臺諫- 司憲府, 司諫院의 官職의 總稱.
219 廟社宮殿- 宗廟, 社稷, 氷禧殿, 景慕宮.
220 陵叅奉- 陵, 園들의 從九品官.

봉᎐²²²직쟝 감역²²³이며   동몽교관²²⁴ 부도᎐²²⁵와

군᎐판᎐²²⁶ 광흥슈²²⁷와   능영²²⁸이며 션혜낭쳥²²⁹

각᎐졔죠²³⁰ 부졔죠며   이죠젼낭²³¹ 홍문뎐᎐²³²

병᎐²³³슈᎐²³⁴ 방어᎐²³⁵며   영쟝²³⁶즁군²³⁷ 통뎨᎐²³⁸며

쳠᎐²³⁹만호²⁴⁰ 병우후²⁴¹며   ᎐도참군²⁴² 권관²⁴³이며

션젼관 부쟝들과   별군직²⁴⁴ 슈문쟝과

······································

221 守奉官- 園所의 守護를 맡은 從九品官.

222 奉司- 內醫院, 軍器寺(홈시), 觀象監, 司譯院, 宗廟署, 典牲署들에 屬한 從八品官.

223 監役- 繕工監의 正九品官.

224 童蒙敎官- 輔養廳의 한 職名으로서 兒童을 敎導하는 敎官, 從九品官.

225 副都事- 忠勳府, 儀賓府, 中樞府, 五衛都總府, 開城府 等의 한 職名으로서 從五品官.

226 軍資判事- 軍資監의 한 職名으로서 從五品官.

227 廣興守- 廣興倉의 한 職名으로서 正四品官.

228 陵令- 陵을 守護하는 職名으로서 從五品官.

229 宣惠郎廳- 宣惠廳 의 한 職名으로서 曾經四品官.

230 提調- 各 官司의 首職이 都提調이니 대개는 時原任大臣이 兼任하고, 副提調는 堂上官이 兼任한다.

231 吏曹銓郎- 吏曹의 正郎 正五品官과 佐郎 正六品官.

232 弘文正字- 弘文舘의 한 職名으로서 正六品官.

233 兵使- 兵馬節度使. 地方의 兵馬를 指揮하는 武官으로서 各道에 一人 혹은 二人씩을 두었다.

234 水使- 水軍節度使. 水軍을 統率하는 武官으로 堂上官

235 防禦使- 要地를 防禦하는 武官, 堂上官.

236 營將- 鎭營將이니, 總戎廳, 守禦廳, 鎭撫營 及 八道의 監營 兵營의 營轄에 屬한 各 鎭營의 將官.

237 中軍- 中營將이니 地方 中軍의 軍營將.

238 統制使- 忠淸, 全羅, 慶尙 三道의 水軍을 統轄하는 將官.

239 僉使- 節度使 營轄에 屬한 軍官이니, 堂上官.

240 萬戶- 各道 諸鎭에 屬한 武官職이니, 從四品官.

241 兵虞侯- 地方의 兵使營 及 水使營의 武官. 兵馬節度는 從二品官, 虞侯는 從三品官.

242 四道參軍- 開城, 廣州, 水原, 江華 四都의 軍官이니, 從九品官.

243 權管- 各鎭의 武官이니, 從九品官.

훈련판ᄉ²⁴⁵ 쥬부²⁴⁶들과   도총²⁴⁷도ᄉ 경역이며

니금장²⁴⁸ 오위장과   창검쵸관²⁴⁹ 협연쵸관²⁵⁰

문음무²⁵¹ 열읍슈령²⁵²   비쳔²⁵³이며 병이빗슬²⁵⁴

틱인비망²⁵⁵ 일ᄉ옴으니   임디쳑즁²⁵⁶ ᄒ여셔라

형죠ᄂ 더ᄉ구라   포장을 영통ᄒ여

각식금난 죠률ᄒ니   긔강이 거륵ᄒ다

ᄉ복²⁵⁷의 니승쥬부²⁵⁸   도제죠²⁵⁹며 부제죠라

거덜²⁶⁰이며 견마부ᄂ   쵸립²⁶¹의 널분갓ᄂ

....

244 別軍職- 王의 侍衛 及 摘奸들을 맡은 武官. 堂上官이다.

245 訓鍊判事- 訓鍊院 의 한 職名으로서 從五品官.

246 主簿- 訓鍊院의 한 職名으로서 從六品官.

247 都總- 五衛都總府 官員이니 都摠은 正二品官, 都事는 從五品官, 經歷은 從四品官.

248 內禁將- 內禁衛將. 禁軍廳의 한 職名으로서 堂上官.

249 槍劍哨官- 禁衛營의 한 職名으로서 從九品官.

250 挾輦哨官- 訓鍊都監의 한 職名으로서 從九品官.

251 文蔭武- 文은 文科에 及第官, 蔭 은 文科나 武科에 及第되기 前에 官路에 나간 者이니, 南行이라고도 하며, 武는 武科에 及第된 官員.

252 列邑守令- 地方 各郡 郡守, 縣令.

253 秘薦- 議政大臣이 推薦하여 任命한 官員.

254 兵吏빗- 兵吏色이니, 色은 主任官, 責任官, 兵曹正郎에 武備色, 馬色, 結束色 外에 八色이 있다. 正五品 또는 正六品官.

255 備忘- 備三望이니 官員을 任命할 때에 候補者 세사람을 推薦하는 것.

256 任大責重- 所任이 크고 責任이 무거움.

257 司僕- 乘府, 司馭, 大僕이라고도 하는데, 輿馬, 廐牧을 맡아 보았다. 太祖 元年 壬申에 創設하여 中部 壽進坊 現 淸進洞에 두었었다.

258 內乘主簿- 司僕寺의 한 職名으로서 從六品官.

259 都提調- 司僕의 都提調, 議政 兼任職과 副提調 正三品職.

260 거덜- 巨達이니 司僕寺의 養馬하는 馬夫.

261 草笠- 幼年으로 冠禮할 때 쓰던 黃色 細草로 編製한 갓. 大殿別監, 牽馬夫들도 썼었다.

누른ᄉ²⁶² 더그레²⁶³며　　　　푸른긴옷 벙거지²⁶⁴며
이마²⁶⁵와 마의드른　　　　　　　말게는 빅낙²⁶⁶일다

빅총마²⁶⁷ 청총마며　　　　　　오츄마 ᄌ류마며
연ᄉ라 추마말과　　　　　　　돈졈총이 어승마²⁶⁸다

동셔간 너른마구　　　　　　　계마쳔필 ᄒ엿구나
문국부 이마더라　　　　　　　쳔승지국²⁶⁹ 쟝홀시고

하로날 닷시날은　　　　　　　니외구마 흔디모야
죠마거동²⁷⁰ 홀젹이면　　　　한편의는 명금²⁷¹ᄒ고

한편의는 명고²⁷²ᄒ며　　　　말을경계 ᄒ여갈졔
노량이며 ᄂᄂ품은　　　　　　힝운유슈 모양일다

쟝악원²⁷³ 협률낭²⁷⁴은　　　　습악ᄒ기 일슴으니

....

262 누른사- 黃色 絹紗.
263 더그레- 號衣이니 搭布, 戰服, 軍人 及 官隷 等의 所屬을 表示하는 웃옷이다.
264 벙거지- 毛類로 만든 帽子. 軍卒, 下隷 等이 쓰던 것.
265 理馬- 司僕寺의 한 職名.
266 伯樂- 人名. 周의 善相馬者인데 一名 孫陽.
267 白聰馬- 白聰馬 外 六種은 馬毛의 色을 따라 이름을 붙인 것.
268 御乘馬- 王의 乘馬.
269 千乘之國- 諸候之國이니 작은 나라를 일컬음.
270 調馬擧動- 每月 回數를 定하여 御馬로써 市街를 行進하여, 王의 擧動하는 威儀를 練習하는 것(筆者가 十四, 五歲 때에 調馬擧動 練習行進하는 것을 구경하였는데, 그 때에 말 탄 사람이 理馬의 田萬福이라 하였다).
271 鳴金- 징을 치는 것.
272 鳴鼓- 북을 치는 것.
273 掌樂院- 聲音署. 大樂監, 典樂署, 雅樂署라고도 하며, 敎閱音樂을 맡아 보던 곳. 世祖 3年 戊寅에 設置하여 南部明禮坊 現 乙支路 一街에서 南便 大路 天主敎堂으로 들어가는 大路 中間 東편에 있었다.

이원^{275}뎨즈 쳔여명이   무동^{276}악공^{277} 되여셔라

뎨악^{278}의 긴곡죠^{279}는   신명^{280}이 오시는닷
여민낙^{281} 보허스^{282}는   여민동낙 한이업다

포고락^{283} 북츔^{284}이며   학츔^{285}이며 몽금쳑^{286}과
정강츔^{287} 비쩌ᄂ기^{288} 화려도 거륵ᄒ다

그즁의 쳐용무^{289}는   경쥬로셔 왓다ᄒ니
오싴빗 운화(하?)의^{290}에   북도^{291}를 ᄇ로쓰고

너른쇼미 긴한슘^{292}을   곡죠마다 ᄂᆞ붓길졔

274 協律郎- 國家 祭祀 또는 宴禮 때에 奏樂을 掌ᄒ기 爲하여 掌樂院 官員 中에서 差遣하는 臨時職.
275 梨園- 敎坊이니 掌樂의 左坊은 雅樂이요, 右坊은 俗樂이니, 통털어 敎坊이라 한다.
276 舞童- 呈才 때에 歌舞하는 童子이니, 어깨 위에 올라서서 演舞하는 童子.
277 樂工- 掌樂院의 雜職. 奏樂에 從事하는 사람.
278 祭樂- 國家 祭享 때에 奏樂하는 사람.
279 曲調- 音樂과 歌詞의 節調.
280 神明- 天地의 神.
281 與民樂- 雅樂의 하나로서 宴禮 또는 出駕 때에 吹奏하는 것. 王이 人民과 甘苦를 같이하는 雅樂.
282 步虛詞- 呈才 때에 吹奏하는 唱詞名.
283 抛球樂- 呈才 때에 吹奏하는 樂名.
284 북츔- 북(鼓)을 치며 추는 춤.
285 학츔- 呈才 때에 추는 춤의 이름.
286 夢金尺- 呈才 때에 추는 춤에 쓰는 儀仗.
287 쟁강춤- 춤의 이름.
288 배떠나기- 唱詞의 하나이니, 배따라기라고도 한다.
289 處容舞- 춤의 이름.
290 雲霞衣- 仙官服.
291 幞頭- 帽子의 한 가지로 科擧에 及第한 사람이 帖紙(紅牌, 白牌)를 받을 때에 쓰는 것.

불근얼골 붕의눈은	반즘웃는 모양일다
천관[293]이 흐림흔가	보기의 신긔ᄒ다
션혜청[294]은 전곡부[295]라	츈츄디동[296] 전셰들과
죠은[297]비 강의디고	각읍 식니[298] 호위ᄒ여
말게실고 쇠게실고	큰슈례의 잠쏙[299]실어
션머리는 드러오나	씃머리는 강의잇다
풍등디유[300] ᄒ여스니	국가의 복죠[301]로다
십년지곡 져축[302]ᄒ니	진진상인[303] ᄒ여셔라
중츄부[304] 영판부[305]는	츄밀ᄉ[306] 되여잇고

....

292 汗衫- 손을 가리기 爲하여 소매 끝에 흰 紬屬을 달아서 늘인 것. 妓生이 劍舞할 때의 汗衫은 五色緋緞으로 달았다.

293 天官- 天上의 仙官.

294 宣惠廳- 大同米, 布, 錢을 맡아 보던 곳으로, 光海君 元年 戊申에 創設하여 西部養生坊 現 西小門 안 南西便 一齊에 있었다.

295 錢穀府- 錢穀을 맡은 官衙.

296 大同- 田結(田畓의 好不好와 大小)을 準하여 米, 木棉들을 上納ᄒ게 하던 것.

297 漕運- 배로 稅穀을 運送하는 것.

298 色吏- 主任衙前(吏)

299 잠복- 가득.

300 豊登大有- 易卦名이니 火在天下하여 所照者廣이라 하며 크게(盛大) 豊有之象이라는 것.

301 福祚- 幸福, 福祿.

302 貯畜- 貯藏, 貯置, 儲留.

303 陣陣相因- 그득이 쌓아 놓은 穀粟이 푹푹 묵는다는 뜻.

304 中樞府- 西樞 또는 鴻樞라고도 하여, 文武堂上으로서 任所가 없는 사람을 맡아 보던 곳. 世祖 13年 丙戌에 始置하여 禮曹 南便에 있었다.

305 營判府- 判中樞府의 領中樞府事 正一品官과 判中樞府事 從一品官.

306 樞密事- 軍政에 關한 重要事項.

홍문관³⁰⁷ 디졔학³⁰⁸은   문쟝제슐 문형³⁰⁹이요
셩균관³¹⁰ 디ᄉ셩³¹¹은   국ᄌ션ᄉᆡᆼ³¹² 되여잇고

ᄉ간원³¹³ ᄉ헌부는   직언³¹⁴극간³¹⁵ 엄슉ᄒᆞ다
ᄉ시³¹⁶뎨향³¹⁷ 봉샹시³¹⁸며   우양고시 젼ᄉᆡᆼ셔³¹⁹며

어보³²⁰차지 샹셔원³²¹과   의디진비³²² 샹의원³²³과
슈라빅미 ᄉ도사³²⁴와   금은보픠 닉탕고³²⁵며

···································

307 弘文館- 玉堂이라고도 한다.
308 大提學- 弘文館 藝文館의 한 職名으로서 正二品官.
309 文衡- 大提學의 別稱.
310 成均館- 大學, 國學, 國子라고도 하여 儒生의 敎誨를 맡아 보던 곳. 太祖 7年 戊寅
   에 設置하여 東部崇敎坊 現 明倫洞 文廟 뒤에 두었었다.
311 大司成- 成均館의 一職으로 堂上官이다.
312 國子先生- 國子監은 成均館의 別稱이니, 卽 成均先生.
313 司諫院- 薇院이라고도 하며, 諫諍, 彈駁, 並用文官을 맡아 보던 곳. 太宗 2年 壬午에
   設置하여 北部觀光坊 現 司諫洞 川邊 서울大學 第二醫院 자리에 있었다.
314 直言- 忠言이니 勁直不屈 하는 말.
315 極諫- 극력 諫하는 것.
316 四時- 春夏秋冬
317 祭享- 國家에서 擧行하는 祭祀.
318 奉常寺(음시)- 典祀署, 大常寺, 典儀寺라고도 하며, 祭祀議謚 及 先王의 功德을
   稱揚하는 美號, 또는 卿相儒賢의 死後 其 行蹟을 賞하여 王으로 追增하는 諡號 等
   을 맡아 보던 곳. 太祖 元年 壬申에 創設하여 西部仁達坊 慶熙宮(서울中學) 東便에
   있었다.
319 典牲署- 犧牲을 기르던 곳. 國初에 設置하여 南部屯智坊, 現 厚岩洞에 있었다.
320 御寶- 王의 印璽.
321 尙瑞院- 知印房, 箚子房, 政房, 符寶郞이라고도 하며, 璽寶, 符牌, 節鉞들을 맡아
   보던 곳. 太祖 元年 壬申에 創設하여 闕內에 있었다.
322 進排- 物品을 進供하는 것.
323 尙衣院- 掌服, 中尙, 供造, 尙方이라고도 하며, 供御 衣襨, 內府 財寶들을 맡아 보던
   곳. 太祖 元年 壬申에 創設하여 闕內에 있었다.
324 司導寺- 備用司, 料物庫 또는 供正庫라고도 하며, 御廩, 米穀, 芥醬들을 맡아 보던
   곳. 太祖 元年

긔용병장 니슈스³²⁶와   각식지속 장흥고³²⁷와
처소공상 ᄉ포셔³²⁸며   희몰공상 ᄉ재감³²⁹과

실과진비 쟝원셔³³⁰와   등유진비 너셤시³³¹며
약물더령 약방³³²이며   각식공상 공샹쳥³³³과

저목마튼 슈어쳥³³⁴과   군량마튼 량향쳥³³⁵과
의쟝³³⁶긔명³³⁷ 졔용감³³⁸과   ᄉ긔허션³³⁹ ᄉ옹원³⁴⁰과

....

壬申에 創設하여 北部廣化坊, 金虎門 外 西南便에 있었다.

325 內帑庫- 王의 私庫.

326 內需司- 內用米, 布 及 雜物, 奴婢들을 맡아 보던 곳. 國初에 設置하여 西部 仁達坊 現 內需洞에 있었다.

327 長興庫- 席子, 油屯 紙地들을 맡아 보던 곳. 太祖 元年 壬申에 創設하여 西部 仁達坊 現 內需洞 四街 北西便 派出所 자리에 있었다.

328 司圃署- 園圃, 蔬果들을 맡아 보던 곳. 國初에 創設하여 中部 壽進坊 現 中東學校 西北便에 있었다.

329 司宰監- 司津, 渡津이라고도 하며, 魚, 肉, 鹽, 燒木, 炬火들을 맡아 보던 곳. 太祖 元年 壬申에 創設하여 北部義通坊 景福宮 西便에 있었다.

330 掌苑署- 內苑署라고도 하며, 園圃, 花果들을 맡아 보던 곳. 國初에 設置하여 北部鎭長坊 現 京畿中學校方 三淸洞에 있었다. 現在 掌苑署다리가 있다.

331 內膳寺- 德泉庫라고도 하며, 各殿, 各宮, 供上과 油醋, 素膳과 또는 日本人, 女眞人에게 給與하는 食物, 織布들을 맡아 보던 곳. 太祖 元年 壬申에 設置하여 西部仁達房에 있었다.

332 藥房- 內醫院이니 尙藥, 奉醫, 尙醫, 內局, 藥房이라고도 하며, 和劑, 御藥을 맡아 보던 곳. 太祖 元年 壬申에 設置하여 闕內에 있었다.

333 供上廳- 宮內 司饗院의 한 分掌官衙로서 生魚, 蔬菜들을 進供하던 官衙.

334 守禦廳- 南漢山城을 守衛하는 軍營. 仁祖 4年 丙寅에 設置하여 北部鎭長坊에 있었다.

335 糧餉廳- 訓局軍需를 맡아 보던 곳. 宣祖 27年 甲午에 創置하여 南部薰陶坊 現 苧洞 一街 中部警察署 앞 大路 北西便에 있었다.

336 儀杖- 王의 威儀를 갖추는 斧, 鉞, 盖, 扇 等이다.

337 器皿- 日用器具.

338 濟用監- 雜織署라고도 하며, 進獻 苧, 麻, 紗羅, 綾緞, 皮物, 人蔘, 衣服, 入染, 織造들을 맡아 보던 곳. 太祖 元年 壬申에 設置하여 中部壽進坊 司圃署 南便 現 壽松小學校 자리에 있었다.

빅관반녹³⁴¹ 광흥창³⁴²과   군병방뇨 군ᄌ감과

졔가³⁴³시셔³⁴⁴ 승문원³⁴⁵과   쳑신공³⁴⁶의 돈령부³⁴⁷며

시지³⁴⁸ᄌ문³⁴⁹ 됴지셔³⁵⁰며   측ᄉ³⁵¹디졉 례빈시³⁵²며

쳔문³⁵³퇵일³⁵⁴ 관상감³⁵⁵과   민간질병 활인셔³⁵⁶며

....

339 御饌 王께- 進御하는 飮食.

340 司饔院- 尙食, 司膳, 廚院이라고도 하며 御膳 及 闕內 供饋들을 맡아 보던 곳. 太祖 元年 壬申에 設置하여 闕內에 있었다.

341 頒祿- 王이 祿俸을 頒給하는 것.

342 廣興倉- 司祿館, 天祿司, 大倉署라고도 하며, 百官祿俸을 賞주던 곳. 戶判이 主管하고 太祖 元年 壬申에 設置하여 西江에 있었다.

343 諸子- 諸子 百家니 家는 文章各家의 稱이요, 子는 子列에 當한 者의 總稱이니, 韓非子, 管子 等과 같은 子名으로 된 書籍.

344 詩書- 詩傳과 書傳.

345 承文院- 槐院이라고도 하며, 交隣文書, 並用文官들을 맡아 보던 곳. 太宗 10年 庚寅에 設置하여 闕內에 있었다.

346 戚臣- 王의 外戚으로서 出仕한 官員.

347 敦寧府- 王의 外戚의 府이니, 敦寧이 있는 사람으로 除拜하고 太宗 14年 甲午에 創設하여, 中部貞善坊 現 敦義洞에 있었다.

348 試紙- 科試종이, 名紙, 正草라고도 한다.

349 咨文- 中國과의 사이에 往復하는 公文書. 紙質이 潔白하고 堅厚하며, 表咨紙라고도 한다.

350 造紙署- 表, 咨, 紙, 地 들을 맡아 보던 곳. 國初에 創置하여 彰義門 外 蕩春臺 現 新營洞에 있었다.

351 勅使- 王命을 받들고 外國에 가는 臣下.

352 禮賓寺- 倭典, 領客, 司賓이라고도 하며, 賓客宴享宗宰의 供饋들을 맡아 보던 곳. 太祖 元年 壬申에 設置하여 舒鳧養生坊 現 南大門 안 北西便에 있었다.

353 天文- 天體의 現象

354 擇日- 吉日을 擇하는 것.

355 觀象監- 漏刻典, 太卜監, 太史局, 司天臺, 觀候署, 書雲觀이라고도 하며, 天文, 曆數, 占候, 漏刻들을 맡아 보던 곳. 太祖 元年 壬申에 設置하여, 北部廣化北坊 現 徽文中學校 자리. 지금도 天文臺가 그곳에 있다. 世宗大王 15年 癸丑에 天文圖를 新刻하고 書雲觀이라 하였었다.

356 活人署- 大悲院이라고도 하며, 救活, 都城 病人들을 맡아 보던 곳으로, 太祖 元年 壬申에 設置하여 職官은 있었으나 廨宇는 없었다.

청학357왜학358 스력원359과   의학쥬장 뎐의감과360

동실361션퐈362 동친부363와   도위364쳠위365 의빈부366며

불망공신 츙훈부367와   양노죠신 기로셔368라

셜관분직 ᄒᆞ여스니   임현ᄉᆞ룽 거룩ᄒᆞ다

ᄉᆞ학369이 분비ᄒᆞ여   유학370을 교훈ᄒᆞ니

명뉸당371 디셩뎐372은   우리ᄂᆞ라 반궁373이라

....

357 淸學- 淸國의 語學, 卽 滿洲語.

358 倭學- 日本의 語學.

359 司譯院- 通文館, 漢文都監, 舌院, 象院이라고도 하며, 外國語를 翻譯하던 곳. 國初에 設置하여 舒鴞積善坊에 있었다.

360 典醫監- 太醫監, 司醫署라고도 하며, 醫藥, 供內用 及 賜與들을 맡아 보던 곳. 太祖元年 壬申에 設置하여 中部 堅平坊에 있었다.

361 宗室- 宗親 즉 王族.

362 璿派- 李氏 王朝의 派系.

363 宗親府- 王의 粹容(御眞)을 모시고 衣襟을 만들며, 王族을 統率하는 官衙. 北部 觀光坊 現 司諫洞 서울大學 第二醫院 자리에 있다.

364 都尉- 駙馬都尉의 稱. 公主 翁主의 男便이 된 사람의 稱號이니, 駙는 乘輿에 쓰는 副馬이다. 漢나라 때에 駙馬都尉를 두고 駙馬를 맡아 보았는데, 그 뒤에 公主를 尙하는 사람은 다 이 官職을 拜하였다.

365 儀賓府- 駙馬의 府니, 國初에 創設하여 彰德宮 西金虎門 外에 있었다.

366 僉尉- 儀賓府의 한 職名 縣主(王世子의 庶女로 封爵縣主)를 尙하여 爲妻한 者의 初任職.

367 忠勳府- 盟府, 雲臺라고도하며, 功臣의 勳功을 記錄하던 곳. 太祖 때에 始置, 中部 寬仁坊 現 寬勳洞에 臺基가 아직 남아 있다.

368 耆老署- 耆社라고도 하며 高齡의 王及 正二品 七十歲 以上 文官의 養老等事를 맡아 보던 곳. 太祖 3年 甲戌 에 設置하여 中学 澄淸坊 現 世宗路 네거리 東北便 紀念 碑閣 뒤 큰 길로 臨한 層屋 자리에 있었다.

369 四學- 所管 儒生을 訓誨하던 곳. 太宗 11年 辛卯에 設置하였고, 處所는 아래와 같았다. 中學은 北部 觀光坊 現 中學洞 中學다리 東南便. 東學은 東部 彰善坊 現 東大門 北東便. 南學은 南部 誠明坊 現 筆洞 一街. 西學은 西部 餘慶坊 現 太平路 一街에 있었다.

370 儒學- 孔孟을 始祖로 하여 政敎一致를 宗旨로 하는 敎.

371 明倫堂- 明倫理 道德之堂.

일빅명 티학ᄉᆞᄂᆞᆫ[374]　　　　부ᄌᆞ[375] 위피[376] 뫼셔잇고
힝단[377]의 ᄂᆞ진츔은　　　　　연비예쳔 ᄒᆞᄂᆞ구나

국가의 근본이오　　　　　　　쵸현ᄒᆞᄂᆞᆫ 도리로다
존경각[378] 노픈집의　　　　　만권셔 ᄊᆞ아노코

쥬숑야강ᄒᆞ니　　　　　　　　셩현의 풍도[379]로다
츄르지방[380] 분명ᄒᆞ고　　　　졍쥬지학[381] 장ᄒᆞ도다

남편은 슝례문[382]과　　　　　동편은 홍인문[383]과
셔편은 쇼의문[384]과　　　　　북편은 창의문[385]이

ᄉᆞ관[386]이 되어스니　　　　　슈문장[387] 호군[388]부장

· ·

372 大成殿- 文廟니 孔夫子의 位牌를 奉祀하는 殿閣. 宋 徽宗 崇寧 3年 甲申에 腸辟雍 文宣王廟曰 大成殿이라 하고, 元 以後에도 그대로 일컬어 내려왔다.
373 泮宮- 成均館의 別稱.
374 太學士- 여기의 太學士는 大學生을 이름이니, 成均館의 掌議 以下 生員 進仕의 總稱.
375 夫子- 孔夫子.
376 位牌- 壇, 廟, 院, 宇, 等에서 모시는 木牌.
377 杏壇- 中國 山東省 曲阜縣 聖廟殿 앞에 있는데 孔夫子 講授堂의 遺址.
378 尊經閣- 藏書閣이니 成宗 6年 乙未에 成均館에 세웠다.
379 風度- 有光華風度니, 風采, 風神, 風儀, 風姿等.
380 鄒魯之鄕- 孔子는 魯人이고, 孟子는 鄒人이니 二邑이 孔孟의 敎를 받아서 모두 文學이 興盛한 곳.
381 程朱之學- 宋儒의 程顥. 朱熹들이 主敬 存誠으로 根本을 삼아서 한 學派를 이루니 世上에서 程朱之學이라 일컫는다.
382 崇禮門- 서울 南大門. 太祖 5年 丙子에 建造.
383 興仁門- 서울 東大門. 太祖 5年 丙子에 建造.
384 昭義門- 通稱 西小門이니 現 西小門洞과 巡和洞 사이 舊城址로서 지금은 大路가 되었다.
385 彰義門- 俗稱 자門. 서울 北門.
386 四關- 四大門의 문 빗장이니 卽 入境의 要道.

슈문군 영통하며	칼을곳고 신측훈다
팔노를 통하엿고	연경[389], 일본 다아구나
우리나라 소산들로	붓그럽지 안컷마는
타국물화 교합ᄒ니	빅각전 장홀시고
칠퓌[390]의 성션젼의	각싁싱션 다잇구나
민어셕어 셕수어며	도미준치 고도어며
낙지소라 오젹어며	죠기시우 젼어로다
남문안 큰모젼[391]의	각싁실과 다잇구나
쳥실뇌[392] 황실뇌[393]	건시홍시 죠홍시며
밤디됴 잣호도며	포도경도 외얏시며
셕류유ᄌ 복셩와며	룡안[394]여지 당디츌다
샹미젼[395] 좌우 가가[396]	십년지량 쓰아셔라
하미즁미 극상이며	찹쏠좁쏠 기장쏠과

387 守門將- 城闕門을 守衛하는 武官.
388 護軍- 五衛의 한 職名으로서 守門將과 同等 責任官.
389 燕京- 中國의 北京.
390 七牌- 靑坡洞.
391 모젼- 果物及 乾魚物廛이라고도 쓴다.
392 쳥실뇌- 果皮가 푸르고 早熟種으로 果汁이 많은 배.
393 황실뇌- 맛이 달고 굵은 배.
394 龍眼- 中國에서 나는 乾果의 한 가지.
395 上米廛- 서울 鐘路에 있던 米穀廛.
396 假家- 假建築商店, 露店, 店鋪.

록두쳥티 젹두팟과   마티[397]즁티 기름튈[398]다
되를드러 즈랑ᄒ니   민무괴식 죠흘시고

슈각[399]가(다?)리 너머셔니   각식상젼 버려셔라
면빗참빗 어레빗과   씀지쥼치[400] 허리씌며

총젼[401]보료[402] 모탄즈[403]며   간지[404]쥬지 당쥬질다
큰광통교[405] 너머셔니   뉵쥬비젼[406] 여긔로다

일아는 여립군[407]과   물화마혼(튼?) 젼시졍[408]은
큰창옷[409]셰 갓슬스고   쇼창옷[410]셰 한슴달고

ᄉ람불너 흥졍[411]홀졔   경박ᄒ기 측양업다

....

397 馬太- 말먹이 콩.
398 기름태- 콩나물, 기름콩.
399 水閣- 다리. 南大門路 三街 北倉洞어구 現 中區廳 앞.
400 쥼치- 주머니(囊).
401 총젼- 말총을 賣買하는 商店.
402 褓褥- 軟毛를 넣어서 만든 長方形의 요.
403 毛彈子- 담요.
404 簡紙- 壯紙로 만든 書簡紙를 접어서 封套에 넣은 것.
405 廣通橋- 現 南大門路 一街.
406 뉵쥬비젼- 六注比廛, 六矣廛이니 太祖 때에 京城 鐘路 沿道에 商業을 特許한 六種
   의 店鋪. 卽 緝廛은 絹類를 販賣하는 店鋪, 綿布廛은 綿布, 銀을 專賣하는 店鋪, 內魚
   物廛은 乾製한 海産物을 專賣하는 店鋪, 紙廛은 紙類를 販賣하는 店鋪, 苧布廛은 苧
   布를 販賣하는 店鋪 等의 六種 店鋪.
407 列立軍- 商店 앞에서 淸客하여 興成을 붙이는 중도위 卽 居間軍.
408 廛市井- 商廛主人. 市民.
409 큰창옷- 중추막이니 소매가 넓고 兩便 무가 없으며 四幅으로 된 것. 外出할 때입
   는 옷.
410 소창옷- 두루마기(周衣)에 兩便 무가 없는 세 자락으로 된 外出할 때 입는 웃옷.
411 興成- 賣買紹介.

빅목젼[412] 각식방에 　　　　　무명이 쓰여셔라

강진목[413] 힌남목[414]과 　　　　고양느니[415] 강느이[416]며
상고목[417] 군포목[418]과 　　　　공물목[419] 무녀포[420]와

천은[421]이며 정은[422]이며 　　　　셔양목[423]과 셔양쥬[424]라
지젼을 술펴보니 　　　　　　각식죠회 다잇구나

빅지장지[425] 디호지[426]며 　　　셜화지[427] 쥭쳥지[428]며
션익지[429] 화쵸지[430]며 　　　　씨끗홀ᄉ 빅면지[431]며

상화지[432] ᄌ문지[433]며 　　　　쵸도지[434] 상쇼지[435]며

....

412 白木廛- 綿布廛의 別稱.
413 康津木- 康津에서 나는 무명.
414 海南木- 海南에서 나는 무명.
415 高揚나이- 高陽에서 길삼한(나이한) 무명.
416 江나이- 京江 卽 漢江 沿邊에서 紡織한 무명.
417 商賈木- 品質이 낮은 무명.
418 軍布木- 軍摠에 在籍한 者로서 職責을 誠實하게 하지 않았을 때에 罰로 바치는
　　베나 무명.
419 貢物木- 田畓의 結稅(稅金을 代納하는 무명).
420 巫女布- 巫女에게서 徵稅 하는 무명.
421 天銀- 純銀이니, 卽 品質이 좋은 銀.
422 丁銀- 品質이 낮은 은.
423 西洋木- 唐木이니 廣木보다 고운 것인데 생목이라고도 한다.
424 西洋紬- 俗稱 생사니, 只今은 없다.
425 壯紙- 두껍고, 堅强한 大形紙.
426 大好紙- 넓고 길지만 壯紙보다 質이 낮은 것.
427 雪花紙- 白紙의 한 가지. 눈(雪) 같이 潔白하고 江原道 平康産.
428 竹青紙- 白紙의 한 가지로 極히 얇고 極히 强하다.
429 蟬翼紙- 白紙의 한 가지로 蟬翼紋이 있으며, 質이 매우 얇다.
430 花草紙- 花草紋이 있는 花箋紙니 木版에 各種 物形을 彫刻하여 박아 낸 것.
431 白綿紙- 最良質의 白紙.

천년지[436] 모토지[437]와   모면지[438] 분당지와

궁전지[439] 시축지[440]와   각식 능화[441] 고흘시고
뵈젼을 술펴보니   각식마포 드러첫다

농포[442] 셰포[443] 중산[444]치며   함흥오승[445] 심의포[446]며
뉵진장포[447] 안동포[448]와   계츄리[449] 희남포[450]와

왜뵈당뵈 싱계츄리   문포[451]죠포[452] 영츈포[453]며
길쥬명천 가는뵈는   바리안의[454] 드는뷜다

....

432 霜花紙- 全羅道 淳昌郡 附近에서 나는 종이니 光澤이 있고 질기다.

433 花文紙- 中國과의 사이에 往復하는 公文을 쓰는 종이니. 두껍고 단단하다.

434 初塗紙- 初塗背하는 종이.

435 上疏紙- 王께 올리는 疏狀을 쓰는 종이.

436 川連紙- 中國産 軟質 書翰紙.

437 모토지- 中國産 종이의 한 가지.

438 毛綿紙- 中國産 종이의 한 가지.

439 宮箋紙- 宮家用 箋紙.

440 詩軸紙- 詩를 쓰는 두루말이.

441 菱花紙- 菱花 모양을 찍은 종이 菱花를 彫刻한 木版을 菱花板이라 한다.

442 農布- 農夫의 옷감으로 많이 쓰히는 굵고 튼튼한 베.

443 細布- 곱고 가는 베.

444 中山- 베의 一種이니, 出産地 未詳.

445 五升- 紡績에 40經(날)을 一升이라 한다.

446 褥衣布- 喪服布니, 喪人이 外出할 때 입는 옷.

447 六鎭長布- 咸鏡道의 慶源, 會寧, 鍾城, 穩城, 慶興, 富寧 等이 六鎭이니, 以上 지방
    에서 生産하는 麻布로 長布는 한 四의 定尺 40尺 以上을 넘는 것.

448 安東布- 慶北 安東産 赤色 麻布니 質이 强하고 三伏中의 옷감으로 有名하다.

449 계추리- 慶北産 麻布의 一種으로 黃紵布라고도 한다.

450 海南布- 全南 海南郡 所産의 베.

451 門布- 中國産 베.

452 造布- 咸鏡北道 所産으로 폭이 좁고, 올이 厚密한데, 쪽조포라고도 한다.

453 永春布- 江原道 永春郡 所産의 베.

청포전 슬펴보니   당물화[455]가 버러잇다
즁침셰침 슈바날과   다홍슴승[456] 청슴승과

녹전[457]홍전 분홍전과   삼승고약[458] 공단고약
감토[459]모즈 회회포[460]와   민강스당[461] 오화당[462]과

연환당[463] 옥츈당[464]과   가진당속 버러잇다
션겨은 슈전[465]이라   돈마(만?)혼 시졍드리

호사도 홀난ᄒ고   인물도 쥰슈ᄒ다
각식비단 버러스니   화려도 장홀시고

공단디단 스단이며   궁쵸싱쵸 셜한쵸며
금계계파 일류홍ᄒ니   날도닷다 일광단과

일년명월 금쇼다ᄒ니   달이발근 월광단과
츄운담담 영유유ᄒ니   보기죠혼 운문디단

....

454 바리안베- 極細布이므로 한匹 20餘尺을 방 담는 바리 안에 넣어도 넉넉히 들어간
다는 말.
455 唐物貨- 中國産 物貨.
456 三升- 蒙古産 무명의 一種이니 質이 堅厚하여 우리의 버선 감으로 유명하였던 것
이다.
457 綠氈- 中國産의 毛織物.
458 三升膏藥- 三升 또는 貢緞에 膏藥을 바른 것인데 배꼽에 붙이는 中國産 暖臍膏.
459 감토- 여기에 감토는 毛物製 防寒用의 것.
460 回回布- 蒙古産 무명의 一種이다.
461 閩薑沙糖- 中國 福建省에서 나는 生薑을 原料로 하여, 사탕에 浸漬한 것.
462 五花糖- 五色의 砂糖菓子.
463 軟環糖- 中國産 砂糖類의 한 가지.
464 縉廛- 第一 首位의 店鋪, 立廛.
465 玉春糖- 茶食 모양의 五色 砂糖.

춘풍도리 화긔야ᄒ니   번화로운 도리불슈
미화만국 쳥모젹ᄒ니   미쥭문 가계쥬며

룡귀효(호?)동 운유습ᄒ니   홀난홀스 룡문갑스
상ᄉ불견 이ᄂᆡ마음   임그리온 상ᄉ단과

은한성희 일도롱ᄒ니   롱ᄒ쥬일홈짓고
명괘금방[466] 졔일인ᄒ니   장원쥬 되여잇고

산천쵸목 번셩ᄒ니   넌츌진 포도디단
만경창파 죠긔비단   보기죠혼 금션단과

부화부슌 만ᄉ셩ᄒ니   양화단 일홈짓고
팔월구월 쳔긔링ᄒ니   셜ᄉ빗스 되어잇고

틱상노군[467] 호로단과   쳔셰만셰 만슈단과
역발산[468] 긔긔셰ᄂᆞᆫ   쵸한[469]젹 우단일다

얼녹덜녹 광월스며   알숑달숑 아롱단과
한양두양 팔양쥬며   한쌍두쌍 쌍문쵸며

슈건감 흑겨스며   이불감 남츄라며
볼긔감 ᄌ지상직   휘양감 거문궁쵸

---

466 名掛金榜- 科擧 榜目의 姓名 내거는 것.

467 太上老君- 老子의 尊稱.

468 力拔山- 楚나라 項羽가 壁 垓下하고 軍少食盡하여 悲歌, 慷慨하며 自爲詩歌曰 九 拔山兮 氣盖世라 하였다.

469 楚漢- 楚나라와 漢나라.

어물전 술펴보니   각식어물 버려잇다
북어관목 쏠독이며   민어셕어 통더구며

광어문어 가오리며   전복히삼 가즈미미
곤포메욱 다스마며   파리김 우무가시

도즈젼[470] 마로져지[471]   금은보피 노여구나
룡줌[472]봉줌[473] 셔복줌[474]과   간화줌 장포줌[475]과

압뒤비녀 민쥭졀과   기고리안친 쪽비녀며
은가락지 옥가락지   보기죠흔 밀화지환

금피호박 가락지와   갑만흔 슌금지환
노라기 볼작시면   더습작[476]과 쇼습작과

옥나뷔 금벌이며   소호가지 밀화불슈
옥장도 디모장도   빗죠흔 슴식실노

숀슐푼슐 가진매돕   번화ᄒ기 측냥업다
광통교 아리가기   각식그림 걸녀구나

....

470 刀子廛- 粧刀, 玉石, 佩物 等을 파는 거리 가가.
471 마로저재- 鐘路 路上 한 마루에 背北, 向東, 南, 西, 三方하여서 한데 가가를 벌이고,
   賣買하는데, 日光과 雨露를 避하기 爲하여 기둥을 세우고 배에서 쓰는 뜸(草菴, 草
   屋)으로 가리고 있으므로 거리 가가라 한다.
472 龍簪- 龍頭를 새긴 비녀.
473 鳳簪- 鳳을 새긴 비녀.
474 瑞福簪- 簪頭를 銀絲 金絲로 花形 蝶形들로 만든 비녀.
475 菖蒲簪- 菖蒲 뿌리 모양을 새긴 비녀.
476 大三作- 蜜花나 錦珮 珊瑚들의 彫刻物과 玉粧刀나 金 銀粧刀들을 繡끈으로 맺어서
   차는 것.

보기죠흔 병풍츠의   빅즈[477]도 요지연과

곽분양[478] 힝락도[479]며   강남[480]금릉 경직도며

한가흔 쇼상팔경[481]   샹슈도 긔이ᄒ다

다락벽 계견스호[482]   장지문 어약룡문[483]

희학반도 십장싱[484]과   벽장문츠 미쥭난국

횡츅[485]을 몰죽시면   구운몽 셩진이가

팔선녀 희롱ᄒ여   투화셩쥬[486] ᄒ는모양

쥬나라 강틱공[487]이   궁팔십 노옹으로

스립을 슉녀쓰고   고든낙시 물의너코

씨오기만 기달일졔   쥬문왕[488] 착흔임군

아진스롬 어드려고   손죠와셔 보는거동

---

477 百子圖- 百名의 兒童이 各樣 遊戱를 하는 모양을 그린 그림.

478 郭汾陽- 唐 華州人. 郭子儀니 距今 千二百餘年 前사람으로 位가 中書令에 이르고 汾陽郡王을 封하여 郭汾陽이라고도 한다.

479 行樂圖- 郭子儀가 아들과 손자 八十餘人과 한 집에서 살며, 行樂하는 모양을 그린 그림.

480 江南- 中國 長江의 남쪽. 지금의 江蘇, 安徽.

481 瀟湘八景- 平沙落雁, 遠浦歸帆, 山市晴嵐, 江川暮雪. 洞庭秋月. 瀟湘夜雨, 煙寺晩鐘, 漁村夕陽.

482 鷄犬獅虎- 鷄, 犬, 獅, 虎를 그린 그림.

483 魚躍龍門- 魚龍을 그린 그림.

484 十長生- 十種의 長生不死하는 것이니 日, 山, 水, 石, 雲, 松, 不老草, 龜, 鶴, 鹿.

485 橫軸- 길이보다 폭이 넓은 書畵軸.

486 投花成珠- 꽃을 던져 구슬이 되었다.

487 姜太公- 周初의 賢臣. 姓은 姜이오, 名은 尙이니, 初釣於渭濱이러니 文王이 出獵하였다가 만나서 吾太公이 望子久矣라 하였기 때문에 太公望이라고도 한다.

488 周文王- 周武王의 父로 名은 昌이니 本是 殷나라 諸侯이였었다.

한느라 상산스호[489]   갈건야복 도인모양

네늘근이 바독들졔   졔셰안민 경영일다
남양의 졔갈공명[490]   쵸당의 잠을겨워

형익도[491] 거러노코   평스을 아즈지라
한쇼렬 유황슉이   숨고초려 ᄒᆞᆫ는모양

진쳐스 도연명[492]은   오두미 마다ᄒᆞ고
핑퇵령 하직ᄒᆞ고   무고숑이 반환[493]이라

당학스 니틱빅[494]은   쥬스쳥누 취ᄒᆞ여셔
천즈호리 불상션을   역역히 그려스며

문의부칠 신장들과   모디ᄒᆞᆫ 문비[495]드를
진치[496]며여[497] 그려스니   화려ᄒᆞ기 측양업다

....

489 商山四皓- 漢의 隱士니 東園公, 綺里李, 夏黃公, 角里先生의 네 사람이 秦의 亂을 避하여 商雒山中에 숨어 있었다. 四人이 다 鬚眉 晧白하여 四皓라 하였다.

490 諸葛孔明- 諸葛亮이니 三國(漢, 魏, 吳) 때 漢나라 丞相인데 陽都 사람으로 隆中에 隱居할 때에 劉備가 三顧草廬를 하여 비로소 만나 보았다.

491 荊益圖- 三國 때의 荊州 益州의 地圖.

492 陶淵明- 晉國, 尋陽 사람. 名 潛이요 字는 元亮이니, 일찌기 彭澤縣令이 되어 縣에 이른즉 郡吏가 當束帶 以禮見之라 하여, 潛이 歎曰 吾不爲 五斗米하여 屈腰라 하고, 因棄官去하니라.

493 盤桓- 不進하는 모양. 竚盤桓而且候.

494 李太白- 唐나라 사람이니 名은 白이요 蜀나라 昌明之青蓮鄕에서 나서 號를 青蓮居士라 하였다.

495 門神- 雜鬼를 除하기 爲하여 문짝위에 붙이는 神將의 畫像.

496 眞彩- 中國彩色(唐彩)이니 色을 진하게 써서 그린 그림.

497 며여- 메여.

구리기⁴⁹⁸ 좌우집의 신롱유업⁴⁹⁹ 써부치고
각식약이 다잇구나 슈셰졔즁 흐리로다

인슴, ㅅ슴 현슴이며 황연황금 황빅이며
진피쳥피 디복피며 감쵸ᄌ쵸 하고쵸며

우황타황 구황이며 웅담구담 ㅅ담이며
침향졍향 당ㅅ향과 룡뇌룡안 룡골이며

쇼함환 광졔환과 틔을환 쇼침환과
쳥심환 안신환과 표룡환 만응환과

운모고 우황고며 오독고 신이고며
졔즁단 옥츄단과 벽운(온?)단 ᄌ금단과

옥셜금셜 진쥬셜과 은박금박 호박셜과
민강귤병 금젼병과 녹용고 경옥골다

샹빅쵸⁵⁰⁰ 졔만민은 염뎨시⁵⁰¹ 공덕일셰
물즁지디 쟝홀시고 졔왕의 도읍일다

화려가 이러홀졔 노린들 업슬쇼냐

498 구리개- 銅峴이니 지금의 乙支路 一街 二街.
499 神農遺業- 中國 上古쩍에 耕田法을 始作하여 農業을 일으키고 醫書를 지어서 民間
의 疾病을 治療하며, 市廛을 設立하여 財貨를 通하고, 王位에 있은지 140年에 돌아갔
다는 帝王의 이름으로 醫藥의 始祖이므로, 神農의 遺業이라 하여 韓藥局 出入門이나
窓門 위에 神農遺業이라 써서 붙인 것을, 지금에도 보는 바이다.
500 嘗百草- 神農氏가 岐伯으로 하여금 草木의 맛을 보게 하여 典療醫疾하니 지금의
經驗方이나, 本草의 書가 다 여기서 나온 것이다.
501 炎帝氏- 神農氏가 火德으로 王이 된 故로 炎帝氏라고도 한다.

장안쇼년 유협긱과   공ᄌ왕숀 지상ᄌ데

부샹디고 전시정과   다방골[502] 제갈동지[503]
별감무감 포도군관 [504]   정원ᄉ령[505] 나장이라

남북춘 한량[506]드리   각싁노름 장홀시고
션비의 시축[507]노름   한량의 셩쳥[508]노름

공물방[509] 션유노름   포교의 셰츤[510]노름
각ᄉ셔리[511] 슈유[512]노름   각집겸종[513] 화류노름

장안[514]의 편ᄉ노름   장안의 호걸[515]노름

....

502 다방골- 現 茶洞과 武橋洞 一帶.
503 諸葛同知- 諸葛은 姓이요 同知는 同知中樞府事 二品職이니, 前에 茶房洞에 사는 諸葛氏의 同知로서 福祿이 兼全한 이가 살았는데 그 후로 福祿 兼全한 사람을 諸葛同知라 한다.
504 捕盜軍官- 捕盜廳의 한 職名으로서 部將 또는 捕校라고도 한다.
505 政院使令- 使令은 官衙 使役의 一種이니 特히 政院使令은 王의 至近之地에 있어서 身手가 俊秀하며, 文識이 있는 사람으로 擇하여 使令의 制服도 입히지 않고 出入하며 至於 政院의 日記도 丞旨를 대신하여 거반 그들의 손으로 많이 記錄하였다. 政院使令은 世襲을 하였다.(西隱 張先生 口述)
506 閑良- 아직 벼슬에 오르지 못한 武人.
507 詩軸- 여러 사람의 詩를 두루말이(周紙) 써서 말은 것.
508 成廳- 權貴家의 下人들이 모이어 만든 契
509 貢物房- 宮中 또는 政府에 上納하는 물건을 處理하는 契의 契員들이 모이는 곳.
510 歲饌- 歲末에 過歲할 饌需品.
511 各司書吏- 官衙의 屬僚로 書吏, 營吏, 鄕吏, 假吏, 書員들을 이름.
512 受由- 말미, 休暇.
513 傔從- 室內에서 심부름하는 下人.
514 長安- 漢과 唐의 首都. 長安은 首都라는 뜻이다.
515 豪傑- 才智出衆한 者. 若夫豪傑之士는 雖無文王이라도 猶興이라 하였고, 智過萬人者를 謂之英이오, 千人者를 謂之俊이오, 百人者를 謂之豪요 十人者를 謂之傑이라 하였다.

지상⁵¹⁶의 분부⁵¹⁷노름   빅셩의 즁포(복?)⁵¹⁸노름

각식노름 버러지니   방방곡곡 노리철다
노리쳐 어드멘고   누디강산 죠홀시고

죠양누 셕양누며   명셜누 춘슈루와
홍엽정 노인정과   숑셕원 셩화정과

영파정 춘쵸정과   장유헌 몽답정과
필운디 샹션디와   옥유동 도화동과

창의문밧 너다라셔   탕춘디 셰검정과
쪽한졍 틱(탁?)영졍과   별영안 읍쳥눌다

구경가ᄌ 구경가ᄌ   승젼⁵¹⁹노름 구경가ᄌ
북일령 군ᄌ졍의   죠흔노름 버려구나

눈빗갓튼 흰휘장과   구름갓튼 노푼차일⁵²⁰
차일아러 유둔⁵²¹치고   마로꼿히 보계판⁵²²과

아로식인 셕가리의   각영문 ᄉ쵹롱을
뷘틈없시 다라노코   좁술구슬 화초등과

516 宰相- 二品 以上의 職에 있는 官員.
517 吩咐- 命令. 分付라고도 쓴다.
518 中伏노름- 中伏 時候에 하는 川獵이나 濯足놀이.
519 承傳- 王旨를 傳達하는 武官.
520 遮日- 日光을 가리는 幕.
521 油芚- 종이를 여러 겹 附接한 후에 기름으로 겨룬 것.
522 補堦板- 많은 사람을 待接키 爲하여 大廳 앞에 板木을 잇대어 놓고 臨時로 座席을 넓히는 것.

보기조흔 양각등523을   츠례잇게 거러노코
난간밧게 츈화가화   불근비단 허리매여

빙문524진 유리병의   가득이 쏘즈노코
각적총전 몽고견과   만화525등미526 담방석의

빅통타구527 옥타구며   빅통요강 은지쩌리
왜찬합528과 당찬합과   아로싁인 교즈상529과

모란병풍530 영모병풍531   산슈병풍532 글시병풍
홍융스 구영쑤러   이리저리 얼거미고

별감의 거동보쇼   난번별감 빅여명이
밉시도 잇거니와   치장도 놀ᄂᆞ올스

편월533상토 밀화동곳   디즈동곳 셕거쏫고
곱게쁜 평양망건534   외겹바기 디모관즈535

....

523 羊角燈- 羊角類를 火氣에 쪼여서 透明하게 된 후에 薄皮로 만들어서 燈衣를 씌
  운 燈.
524 氷紋- 琉璃瓶의 光彩가 氷紋과 같다는 뜻.
525 滿花- 滿花席이니 花紋을 넣어서 織造한 왕골(蘭草)方席.
526 등메- 고운 돗자리에 굵고 두꺼운 기직으로 안을 받쳐서 자리를 합하여 검은 헝겁
  으로 繕을 들러서 꾸민 長席.
527 唾具- 침뱉는 그릇.
528 饌盒- 飯饌 또는 按酒를 담는 그릇. 漆器, 砂器, 木器 等으로 된 것.
529 交子床- 五六人이 會食할 수 있는 長方形의 큰 소반.
530 牡丹屛風- 牡丹꽃을 그린 屛風.
531 翎毛屛風- 翎은 有羽動物이오 毛는 有毛動物이니, 鳥類와 獸類들을 그린 屛風.
532 山水屛風- 山水畵를 그린 屛風.
533 片月- 조각달(月) 같은 髻髮.
534 網巾- 馬鬣(말갈기) 또는 馬尾(말총)으로 만든 高2寸 幅1尺半 가량의 手巾形으로

상의원 ᄌ지팔ᄉ536   쵸립밋히 팔괘537노코
남융ᄉ 즁두리538의   오동539입식540 ᄶᅥ셔달고

숀펵갓튼 슈ᄉ갓끈   귀를가려 슉여쓰고
다홍싱쵸 고혼홍의541   슉쵸창의 바쳐입고

보라누비 져구리의   외올쓰기 누비바지
양싁단 누비빗ᄌ542   젼빗ᄌ 바쳐입고

금향슈쥬 누비토슈543   젼토슈 바쳐끼고
즁동치례 볼작시면   우단디단 도리불슈

각싁쥼치 묘이졉어   납의미듑544 별미듑의
파리미듑 도리미듑   싁싁이로 쮜여ᄎ고

오싁비단 괴불545쥼치   약낙546향낭547 셕거ᄎ고

....

된 물건인데 頭髮을 걷어올려 이마를 덮어 뒤로 여민 후에 당줄(망건에 맨 끈)로 상
투에 감아 맨다.

535 貫子- 網巾 줄을 貫結하는 조그만 고리. 角, 骨, 玉, 金들로 만들었다.
536 八條의 실로 編織한 끈.
537 八卦- 伏羲氏의 乾三, 兌三, 離三, 震三 巽三 坎三 艮三 坤三들 여덟 가지 卦.
538 즁두리- 가장자리. 房의 壁과 房바닥 사이를 방중두리라 하며, 또는 마루 즁두리라
   고도 하는데, 여기서는 草笠 가장자리를 말함.
539 烏銅- 赤銅.
540 笠飾- 戎服에 笠子를 쓰고 여기다가 加飾하는 것.
541 氅衣- 官員의 通常服이니 웃옷의 一種.
542 褙子- 등거리와 같은 모양으로 양쪽 겨드랑이 아래를 내리 터 놓은 것.
543 吐手- 套袖의 俗稱. 손목에 끼어서 팔둑을 가리는 防寒具. 토시라고도 한다.
544 매듑- 주머니 끈을 여러 가지 모양으로 매듭을 짓는 것
545 괴불-색 헝겊을 마름(菱實) 모양으로 만들어서 거기에 수를 놓고 술끈을 단 것.
546 藥囊- 藥 넣는 주머니.
547 香囊- 香 넣는 주머니.

이궁젼[548] 디방젼[549]과	금ᄉ향[550] ᄌ기향을
고름마다 거러ᄎ고 밀화장도[551] 빅옥장도	디모장도 셔장도며 안팟그로 빗기ᄎ고
슝슝보션 슌혹파셔 졔졔창창 안즌모양	밉시잇게 ᄒ여신고 졀ᄎ도 거륵ᄒ다
금긱[552]가긱[553] 모야구나 노리의 양ᄉ길[555]이	거문고 임종쳘[554]이 계면[556]의 공득이[557]며
오동복판[558] 거문고[559]ᄂ 치장ᄎ린 시양금은	줄골나 세워노코 ᄶᅥᄂᄂᆫ나뷔 안쳐구나
싱황[560]통쇼[561] 죽장고[562]며	피리[563]져[564] 희금[565]이며

....

548 이궁젼- 中國에서 들어 온 香의 이름. 漢字 未詳.
549 대방젼- 仝上.
550 金絲香- 仝上.
551 粧刃- 三·四寸으로 五·六寸 程度의 小形 佩刃.
552 琴客- 거문고 타는 사람.
553 歌客- 노래 부르는 사람.
554 林宗哲- 當時에 이름난 歌客의 이름.
555 梁四吉- 當時에 이름난 琴客의 이름.
556 界面- 王昭君이 辭漢入胡할 때에 雲飛風寒하여 聲律이 鳴咽悽愴함과 같은 音律.
557 孔得伊- 界面에 有名한 사람의 이름.
558 梧桐腹板- 梧桐나무로 만든 거문고의 腹板.
559 거문고- 琴이니, 樂器의 一種으로 伏義氏가 비로소 만들었다 하며, 古代엔 五絃, 七絃이던 것이 後에 六絃으로 되었는데, 속이 비고 長이 三尺六寸이다.
560 笙簧- 笙이니 雅樂器의 一種으로 古代에는 밑을 匏로 받치고 匏中에 13個의 管을 列立하여 簧을 管 끝에 대고 소리를 내던 것이 後에 木材로 匏를 대신하고 16管을 列立하였다.
561 洞簫- 竹管으로 만든 樂器. 八孔으로 되었으며, 短簫보다 길고 가늘다.

시로갈인 큰장구를   청셔피[566] 시굴네[567]의

홍융스 룡두[568]머리   단단이 죠야메고
티극그린 큰북가의   쌍룡을 그려구나

왕디를 가로질너   흰무명 십여척을
고리쮀여 미여달고   다홍상모 [569]긴북칠다

각싴기싱 드러온다   예스로운 노름의도
치장이 놀납거든   허물며 승젼노름

별감의 노름인디   범연이 치장ᄒ랴
어름갓튼 누른젼모[570]   자지갑스 ᄯᅳᆫ을달고

구름갓튼 허튼머리   반달갓튼 ᄲᅡᆼ어레로
솰솰빗겨 고이빗겨   편월죠케 ᄶᅡ아언고

모단슴승 가리마[571]를   압흘덥퍼 숙여쓰고

··································

562 竹杖鼓- 竹胴으로 만든 杖鼓.
563 피리- 細竹製의 管樂의 一種이니 八孔으로 되었고 갈대로 舌을 만들어서 소리를
    내는데 細피리라고도 한다.
564 奚琴- 胡琴이니 俗稱 깡깡이다.
565 저- 橫笛이니 唐笛이라고도 하며 吹孔 다음 구멍에 竹淸을 바르고 發聲하는 것.
566 靑鼠皮- 청살모(靑鼠) 껍질.
567 굴네- 杖鼓 줄 조이는 것.
568 龍頭- 杖鼓를 얽어매는 龍頭 모양으로 된 黃鐵製 갈구리
569 朔毛- 象毛라고도 한다. 紅色 細毛를 묶어서 旗竿머리나 鎗竿 또는 북채에 다
    는 술.
570 氈帽- 대(竹)로 살(矢)을 만들고 油紙를 발라서 비 또는 日光을 가리기 위하여 쓰
    는 것.
571 가리마- 綢緞 種類로 만든 女子 首飾의 一種.

산호줌 밀화비녀   은비녀 금봉ᄎ를

이리꼿고 져리꼿고   당가화 상가화를
눈을가려 ᄌ쥬꼿고   도라불슈 모쵸단을

웃겨구리 지여입고   양식단 쇽겨구리
가진픠물 ᄶ여ᄎ고   남갑ᄉ 은죠ᄉ며

화갑ᄉ 긴치마를   허리줄나 동여입고
빅방슈쥬 쇽쇽것과   슈갑ᄉ 단쇽것과

장원쥬 너른바지   몽고슴승 것버션과
안동상젼 슈운혜572를   맵시잇게 신어두고

빅만교틱 다푸이고   모양죠케 드러온다
니의녀573 침션비574며   공죠라 혜민셔575며

늘근기성 졀문기성   명기동기 드러온다
오동량월 반(발?)근달의   발고발근 츄월576이며

츈리편시 도화슈라   벽도홍도 드러온다

....

572 繡雲鞋- 비단으로 울을 하고 牛革으로 바닥을 댄 女鞋인데 신코에 雲紋繡를 놓
   았다.
573 內醫女- 內醫院의 女醫 또는 藥房妓生이라 하며 妓生中 地位가 높다.
574 針線婢- 尙衣院에 隷屬한 衣服 針線에 從事하는 妓生으로 婢字가 달려서 地位가
   낮다.
575 惠民署- 民庶의 疾病을 治療하고 醫學을 가르치던 곳. 太祖 元年 壬申에 設置하여
   南部 太平坊 現 水標洞에 있었다.
576 秋月- 秋月이 碧桃, 紅桃, 關山月 以下로 竹葉이 白凌波까지는 漢詩에 맞추어 부르
   는 妓生 이름이니 이것을 妓生 點考라 한다.

설만장안 학정홍ㅎ니   외료올ᄉ 일졈홍이

졍부만리⁵⁷⁷ 슈타향⁵⁷⁸ㅎ니   바라볼ᄉ 관산월이
잉젼고지 연입루ㅎ니   쇼리죠흔 연잉이며

쳥쳔삭츌 금부용ㅎ니   의졋흔 부용이며
쳔리잉졔 녹영홍ㅎ니   탈식홀ᄉ 영산홍이

구봉침 잠간보니   화려할ᄉ 치봉이며
옥츌곤강 금싱려슈   보비로운 금옥이며

션셩지슈 홀ᄉ양ㅎ니   신긔롭다 쵸션이며
낙양⁵⁷⁹장안 봄느덧다   번화로운 만졈홍이

강셩오월 낙미화ㅎ니   향긔로흔 미향이며
녹쥭의의 쳥고졀ㅎ니   졀긔⁵⁸⁰잇는 쥭엽이며

경슈무풍 야ᄌ파ㅎ니   곱고고흔 빅능팔다
운빈화안 금보요ㅎ니   셜부화모 춤치⁵⁸¹시라

차례로 느리안져   노름을 지쵹흔다
화려흔 거문고ᄂ   안족⁵⁸²을 웅겨노코

---

577 征夫萬里- 遠征하는 軍士.
578 戍他鄕- 戍은 音(수) 以兵守邊方이니 他鄕에 가서 수자리 사는 것.
579 洛陽- 周의 王城이니 이로 因하여 王城을 洛陽이라고도 한다.
580 節介- 節義 氣槩.
581 參差- 가즈런하지 못한 것.
582 雁足- 거문고 줄(絃)을 고이는 小形 木桂이니 오리발 모양으로 만든 것.

문무현[583] 다스리니   롱현[584]쇼리 더욱죠타
한만[585]훈져 다스림[586]   길고길고 구슬푸다

피리는 츰을밧고[587]   히금은 숑진글고[588]
장고는 굴네ᄌᆞ여   더덕[589]을 크게치니

관현[590]의 죠흔쇼리   심신이 황홀ᄒ다
거상죠[591] ᄂᆞ린후에   쇼리ᄒᆞᄂᆞᆫ 어린기싱

한손으로 머리밧고   아미를 반즘슉여
우죠[592]라 계면이며   쇼용[593]이 편락[594]이며

츈면곡 쳐스가며   어부스 상스별곡
황계타령 미화타령   즙가시죠 듯기죠타

츔츄ᄂᆞᆫ 기싱드른   머리의 슈건미고
웃영슨[595] 느진츔의   쥬영슨 츔을모라

....

583 文武絃- 桑絃과 强絃.

584 弄絃- 奏曲하기 前에 音律을 맞추기 위하여 絃樂에 맨 처음 부는 短籟.

585 汗漫- 等閑한 것. 和平하고 安閑한 것.

586 다스림- 소리가 고른가 어떤가 다시 어루만져 보는 것.

587 츰을뺄고- 피리 혀(舌)에 춤칠을 하고 불어야 소리가 잘 난다.

588 숑진글고- 해금줄에 송진(松脂)을 칠하여야 소리가 잘 난다.

589 더덕- 材鼓를 더덕쿵 치는 것.

590 管絃- 管樂과 絃樂이니 笛笙琴瑟等으로 絲竹이라고도 한다.

591 擧床調- 宴會를 시작할 때에 먼저 吹奏하는 音律.

592 羽調- 五音(宮, 商, 角, 徵(音치) 羽의 羽는 項羽가 躍馬 暗啞叱咤에 萬夫가 魂飛하였나니, 聲律이 淸澈壯勵하다.

593 搔聳- 暴風에 驟雨하고 飛燕이 績行하는 것.

594 編樂- 春秋風雨요 楚漢乾坤이다.

595 웃靈山- 雅樂의 一曲名.

잔영손 입츔츄니 　　　　　 무산션녀[596] 나려온다
비쩌ᄂᆞ기 북춤이며 　　　　 더무남무 다츈후의

안올린 벙거지의 　　　　　 셩셩젼[597] 중두리의
쥬먹가튼 밀화증ᄌᆞ[598] 　　 미암이 셕여달고

갑ᄉᆞ군복 홍슈다라 　　　 남슈화쥬 긴젼ᄃᆡᄅᆞ를
허리를 잔득믹고 　　　　　 상모단 노는칼[599]을

두숀의 빗기쥐고 　　　　　 잔영산 모는시면[600]
항장의 츔[601]일넌가 　　　 가슴이 셔를ᄒᆞ다

보기의 번화ᄒᆞ고 　　　　 듯기의 신긔ᄒᆞ다
츈셩습빅 구십교와 　　　　 더도쳥루 십이중의

집집이 관현이요 　　　　　 거리거리 노리로다
년풍희젼 가가쥬요 　　　　 츈만강셩 쳐쳐화라

동도부 셔도부며 　　　　　 임고ᄃᆡ 졔경편과
졔왕국도 지은글이 　　　　 번화가 장ᄒᆞ건만

자셩졔인 어린쇼견 　　　　 우리한양 졔일일다

· ·

596 巫山仙女- 中國 四川 巫山縣 東에 12峰이 있고, 峰아래에 仙女廟가 있다.
597 猩猩氈- 猩猩의 血色 같이 眞紅으로 染色한 빗으로 된 毛氈.
598 鐟子- 軍帽 위에 붙이는 裝飾인데 品階를 따라 金, 銀, 玉, 石들의 區別이 있다.
599 노는칼- 칼날이 칼자루에서 놀게 裝置하여 칼춤을 출 때에 칼날이 놀게 된 칼.
600 새면- 三絃이니 三絃六角이라고도 한다. 鼓, 長鼓, 奚琴, 觱篥(필률) 한쌍과 笛을
　　 일컬음.
601 項莊舞- 劍舞의 一種이니 楚漢 때에 項羽와 沛公이 鴻門에서 會宴할 때 項羽의
　　 臣 項莊이 劍舞의 戲를 演하여 沛公을 죽이고자 하던 춤.

임즈는 그뷔신고   하늘이 닉신인군

젹덕602빅년 태됴대왕603   홍무604의 등극605호사
례악법도 쇼중화라   션니606건곤 거륵호다

계계승승 셩즈신숀   질겁구나 우리셩듀
어질기는 요슌607이요   효륩기는 문무608로다

쥬느라 구여시609와   한느라 스중가610는
아마도 우리나라   슈무쪽도 즐겁구나

히마다 졍월이면   틱묘611스직 단이신후
능힝612령 느리시니   남도거동613 되신다니

남도는 화셩부614라   두능을 뫼셔스니
건능615과 현륭원616의   츈뎐알617 령이낫다

....

602 積德- 善事를 屢行하는 것.
603 太祖大王- 李氏 初代의 創業主.
604 洪武- 明나라 太祖朱元璋의 年號.
605 登極- 王位에 오르는 것. 極은 屋背의 棟이다. 卽位, 御極, 卽祚라고도 한다.
606 仙李- 非尋常所及者를 仙이라 하나니, 仙李라 함은 李氏 王室을 讚揚하는 美辭.
607 堯舜- 中國 古代 聖德의 임금이니 唐堯와 虞舜.
608 文武- 周文王 名 昌과 周武王 名 發의 父子.
609 九如詩- 如山, 如阜, 如岡, 如陵, 如川之方至, 如月之恒, 如日之昇, 如南山之壽, 如
     松栢之茂.
610 四重歌- 四時舞이니 漢 雅舞의 이름으로 以明天下之安和니라.
611 太廟- 王室의 歷代 神位를 奉安한 廟宇. 宗廟, 寢廟라고도 한다.
612 陵幸- 王이 陵에 行幸하는 것.
613 擧動- 王이 行幸. 動駕라고도 한다.
614 華城府- 京畿道 水原郡의 別名.
615 健陵- 正宗의 陵이니 王과 王妃의 墳墓를 陵이라 한다.
616 顯陵園- 莊獻世子의 園이니 王世子와 王世子의 妃嬪及 王의 私親들의 墳墓를 園이

병판[618]은 군령더령   각영문 장신[619]네는
군장졈구 신측ㅎ고   빅각ㅅ 관원드른

군복융복 치장ㅎ고   빅각ㅅ 하인드른
릉힝복식 지측ㅎ니   퇵일은 삼월이라

릉힝도 ㅎ시면서   춘셩경 ㅎ시련다
호죠의 별례방[620]은   계ㅅ[621]를 영통ㅎ여

각식 장식[622] 거ᄂ리고   능쇼로 밧비가고
쥬교[623]디장 전령ㅎ여   쥬교를 신측ㅎ다

젼셰디동[624] 실는 비와   두디박이[625] 외디박이
당도리[626]며 먼졍이[627]며   즁거[628]로 낙거로를

십ᄂ니장강 너른물릐   머리맛게 ᄂ러셰고
션장[629]이며 지위목슈   쥬야로 일을홀졔

·······································

라 한다.

617 春展謁- 王이 太廟, 陵寢, 文廟에 봄에 拜謁하는 것.

618 兵判- 兵曹判書니 兵曹의 首職으로 正二品官.

619 將臣- 兵馬를 統率하는 長官.

620 別例房- 戶曹의 한 分掌職.

621 計士- 戶曹의 한 職名으로 지금의 會計. 金錢上의 計算을 맡아 보는 從八品職.

622 匠色- 工匠.

623 舟橋- 舟船을 連絡하고 그 위에 松板을 펴서 臨時로 다리(橋)로 쓰는 것.

624 大同- 田結을 準하여 米, 木綿들을 上納케 하는 것.

625 두대박이- 배에 돛대 둘이 있는 것은 두대박이, 하나가 있는 것은 외대박이.

626 唐道里- 배의 一種으로 길이가 大는 六把(一把는 六尺)以上, 中은 四把 以上, 小는 三把 以上이다.

627 먼졍이- 배의 一種으로 이물이(이물은 배의 머리 편) 뾰죽한 것.

628 즁거로- 작은 배를 거로라고 한다.

쥬교별장 군복ㅎ고　　　　이리가며 져리가며
등픽[630]를 영통ㅎ여　　　　결곤[631]신측 일을몬다

비우회 장숑쌀고　　　　　장숑우회 박숑쌀고
그우회 모리펴고　　　　　모리우회 셰ㅅ펴고

그위회 황토쌀고　　　　　좌우희 난간쓰고
팔둑갓튼 쇠ㅅ슬노　　　　비머리를 거러미고

양ㅅㅅ히 홍젼문[632]과　　　한가은디 홍젼문의
홍긔를 놉히ㅅㅅ고　　　　좌우의 비ㅅ공은

청의청건 남젼디의　　　　오싁긔 손의들고
십리쥬교 버려스니　　　　천승군왕 위의로다

쥬교디장 쥬교별장　　　　신측호령 엄위ㅎ다
유도디장[633] 영군ㅎ고　　　죵노마로 흔가온디

차일을 놉히치고　　　　　차일밋히 유둔치고
유둔아리 군막치고　　　　군즁의 호령흔다

신시의 취군ㅎ여　　　　　돈화문밧 다모인다
경야를 ㅎ려ㅎ고　　　　　어한졔구 가져구나

<hr />

629 船匠- 배 짓는 木手.
630 等牌- 役夫를 監督하는 사람.
631 結縄- 배와 배를 연이어 매는 것.
632 紅箭門- 陵, 廟, 宮殿, 官衙 들의 正面에 세운 붉은 門. 門楣 위에 槍箭을 列揷하였기 때문에 紅箭門이라 한다.
633 留都大將- 國王이 出駕했을 때에 都城 안을 守衛하는 大將.

길마지[634] 한봉화의

남산봉화 응ᄒᆞ여셔

일졔이 네ᄌᆞ로[635]가

변방무ᄉᆞ[636] 보ᄒᆞ엿다

쵸겻[637]숨졈[638] 인졍[639]쇼리

이십팔슈[640] 응ᄒᆞ엿고

젼루[641]를 모라쳐서

오졍[642]이 발셔되지

셜흔셰번 파루[643]쇼리

긋치면서 쵸엄[644]치고

지엄치고 숨엄치니

묘졍[645]숨각[646] 되여구나

통례원 좌통례가

승례[647]를 쳥ᄒᆞ엿다

부도[648]가 압도가며

한셩부 쓱뒤도가

ᄉᆞ헌부 도가쏫히

션진이 동군ᄒᆞᆫ다

긔디쟝[649] 압홀셔니

마군의 머리로다

....

634 길마재- 鞍峴이니 現 무악재 고개 山마루.

635 네자로- 횃불 네 개.

636 邊方無事- 邊方에 變이 있을 때에 烽火를 들어서 警報를 알리게 하는 것.

637 쵸겻- 初更이니 午后 八時 頃.

638 三점- 三刻이니 一刻은 十五分.

639 寅正- 午前 3時에서 4時까지.

640 二十八宿- 二十八의 星宿(음수)이름. 이를 應하여 二十八番을 친다.

641 傳漏- 漏水器로 時를 報告하는 軍士.

642 五更- 午前 4時 頃, 一夜를 五更에 나누는데 마지막 更點이다.

643 罷漏- 五更 三點에 大鐘 33番을 친다.

644 初嚴- 行軍號令의 하나. 初嚴에 部伍를 整頓하고 再嚴에 武器를 携帶하고 三嚴에 行軍한다.

645 卯正- 午前 6時 頃.

646 三刻- 時計의 45分.

647 乘輿- 王의 乘駕니 大駕, 御駕라고도 한다.

648 部導駕- 王의 出駕 때에 官員이 앞서 가면서 道路의 塵埃를 掃除하는 것. 꼭뒤는 거리 뒤꼭뒤와 같은 뜻으로 맨 뒤에 선 것.

649 騎大將- 禁衛營, 御營廳의 한 職名이니 正三品 또는 從二品官.

오마디[650] 마군드른 항오[651]가 엄슉ᄒ다
별디마병[652] 션긔디[653]며 천총[654]파총[655] 긔총[656]이며

각쵸 쵸관[657] 모양드른 졔방위식 물을디려
더그레며 슈긔줘고 원앙진[658] 보군작디

전쵸[659]후쵸 좌쵸우쵸 젼ᄉ[660]후ᄉ 좌ᄉ우ᄉ
삼항으로 힝군ᄒ니 쵸긔가 압흘셔니

범갓고 곰갓트니 군상이 웅위ᄒ다
도감[661]이 션샹[662]이라 디장의 긔구보쇼

전건[663] 쓴 겹젼비[664]의 영긔[665]슌시[666] 곤쟝[667]쥬쟝[668]

....

650 五馬隊- 騎馬 五匹로써 一列 橫隊를 짓는 것.
651 行(音항)伍- 軍隊를 編成하는 行列.
652 別隊馬兵- 禁衛營의 騎兵.
653 善騎隊- 騎馬에 熟鍊한 兵隊.
654 天總- 各 軍營의 將官職의 하나로 正三品官.
655 把摠- 各 軍營의 한 職名으로 從四品官.
656 騎銃- 各 軍營의 한 職名. 騎士는 堂上官이오, 騎總은 堂下官이다.
657 哨官- 各 軍營의 一哨(約百名)을 領率한 軍官.
658 鴛鴦陣- 軍隊에서 行陣하는 陣名. 陣法은 아래와 같다.
　砲一吹單哮囉(起身)砲一 抨鳴(立黃旗一面合爲鴛鴦陣)鳴金 사(音부)旗止 擧起火
(靶弓手出前, 與隊長平列)吹天鵝聲(弓火齊發 抨鳴(俱回原隊)點鼓(前打如前操畢 砲
一次, 轉身喇叭(俱向內轉身立定) 打得勝鼓(回在本旗摁後立定) 鳴囉(坐息二隊三隊
二旗三旗之法具同) 三旗完.
659 前哨- 前哨는 前衛軍. 哨는 軍隊 編制의 한 가지이니, 一哨는 約百名.
660 前司- 出駕의 前衛를 扈衛하고, 後司는 後衛를 扈衛하는 步軍 擔銃隊.
661 都監- 王室의 婚, 葬, 營建, 陵幸 때에 臨時로 두는 官衙.
662 先廂- 거동 때에 前衛軍을 領率하는 將師.
663 氈巾- 兵卒이 쓰는 頭巾.
664 前排- 官員을 引導하는 官隷.
665 令旗- 軍令을 傳하는 旗니 旗面에 "令"字를 썼다.

청도긔 ⁶⁶⁹압홀셔고   더긔치 버려셧다

관이영젼⁶⁷⁰ 승긔젼⁶⁷¹의   월도⁶⁷²든 휘ᄌᆞ슈⁶⁷³며
금안쥰마 죠흔말게   상모달고 쥬락⁶⁷⁴달고

흰무명 된밀치⁶⁷⁵며   흰무명 마혁⁶⁷⁶달고
안올인벙거지⁶⁷⁷의   상모의 공작우며

비단군복 우단요더   환도⁶⁷⁸츠고 등치⁶⁷⁹집고
밀부⁶⁸⁰병부⁶⁸¹ 쪄셔츠고   동긔⁶⁸²의 미젼솟⁶⁸³고

····································

666 巡視- "巡視" 두 字를 쓴 旗니 大將이 軍中을 巡察할 때에 이 旗를 세운다.
667 棍杖- 形具의 一種으로 盜賊, 軍律 犯罪者의 볼기(臀部)를 치는 데 쓰는 것. 버드나
   무로 만들고, 大小 五種이 있다.
668 朱杖- 武器의 한 가지. 朱紅 칠을 한 몽둥이니. 朱杖대 또는 홍몽둥이라고도 한다.
669 淸道旗- 軍旗의 一種이니 淸道時 行陣의 先頭에서 서는 "淸道" 두 字를 쓴 것.
670 貫耳令箭- 軍律을 犯한 死罪人의 두 귀를 꿰는 화살.
671 神箭- 火箭이니 起火箭이며 보통 승귀전이라고도 한다.
672 月刀- 大刀의 一種으로 자루 길이가 六尺四寸 刃長이 二尺八寸의 薙刀(面刀)形과
   같으며, 薙月刀라고도 한다.
673 劊子手- 軍門에서 死刑을 執行하는 下役. 휘자수 또는 회광이라고도 한다.
674 珠絡- 乘馬의 裝飾. 말갈기에 붉은 실을 군데군데 땋고 그 끝에는 赤色毛를 단 것
   인데 王의 乘馬와 司僕寺, 奎章閣 等의 官員의 乘馬에 이 裝飾을 한다.
675 된밀치- 牛馬의 鞍裝이나 질마를 등에 지을 적에 볼기편으로 連結하는 가죽 끈.
676 마혁- 말 고비.
677 안올린벙거지- 低部를 다른 비단 헝겊으로 받친 帽子.
678 環刀- 軍刀.
679 藤策- 武裝에 쓰는 말 채찍(鞭).
680 密符- 體圓하니, 一面에는 御押이오 一面에는 第次(番號)를 쓴 것이니 45種의 符
   이다. 密符는 留守, 監司, 兵使, 水使, 防禦使가 佩用이니 直經 一寸쯤 되는 環形 木片
   을 半分하여 右片은 上府에 두고 左片은 맡았다가 有事時에 合符하여 보는 것.
681 兵符- 發兵에 쓰므로 兵符라고 한다.
682 筒箇- 弓과 矢를 넣어 말등에 지우는 가죽 주머니.
683 尾箭- 살 외뉘(矢筈-晉괄)에 羽毛를 붙이므로 尾箭이라 한다.

다홍더단 큰슈긔684의 　　　　　 슴군스명685 네큰즈를
두려시 쉬여너여 　　　　　　　　 보기죠케 써셔싲고

그뒤의 문무낭청686 　　　　　　 그뒤의 즁군687셔고
교련관688 집스689드리 　　　　　 뒤를막아 호위690흔다

그담은 룡호영이 　　　　　　　　 표긔691밋히 병죠판셔
루른슈긔 불근글즈 　　　　　　　 본병이즈 쪄셔들고

단졍이 가는모양 　　　　　　　　 더스마692 원슈693로다
금려694스령695 금군별쟝696 　　 뉴번금군697 작더호고

어젼긔치 느러셧다 　　　　　　　 쳥도일쌍 압션후의
좌쳥룡 우빅호며 　　　　　　　　 남쥬죽 북현무며

동남각 남동각과 　　　　　　　　 동북각 북동각과

....

684 手旗- 行陣 때에 將官이 손에 잡고 가는 小旗이니 將官旗이다.
685 三軍司命- 三軍은 訓鍊都監. 禁衛營, 御營廳이오, 司令旗는 三軍의 大將과 留守 巡察使, 節度使, 統制使가 軍隊를 指揮하는 旗.
686 郎廳- 各 官衙의 屬僚. 正六品官.
687 中軍- 各 軍營의 大將의 다음가는 將官이니 從二品官으로 輔國人은 不得授한다.
688 敎鍊官- 將官의 하나.
689 執事- 長上에 對한 尊稱.
690 扈衛- 宮城을 扈衛하는 것.
691 標旗- 兵曹의 主旗.
692 大司馬- 兵曹判書의 別稱.
693 元帥- 兵曹判書의 別稱.
694 禁旅- 龍虎營에 屬한 內禁騎, 兼司僕, 羽林軍의 騎士니 禁軍이라고도 하며 堂上官이다.
695 使令- 各 官衙 使役의 하나.
696 禁軍別將- 龍虎營의 主將. 從二品官이니 禁別이라고도 한다.
697 六番禁軍- 龍虎營, 軍摠 編制衆中의 하나. 六番額外가 50人이다.

셔남각 남셔각과 　　　　　셔북각 북셔각과

홍신문[698] 흑신문과　　　　청신문 빅신문과
황신문 황신긔며　　　　　　홍고쵸[699] 쳥고쵸며

비고쵸 흑고쵸며　　　　　　황고쵸 등ᄉ긔[700]며
남신장 북신장과　　　　　　동신장 셔신장과

칠셩긔[701] 표미긔[702]며　　쵸요긔[703] 금고긔[704]라
물식도 죠커니와　　　　　　오군미목 분명ᄒ다

삼힝분입 완힝으로　　　　　니호[705]쇼릭 연ᄒ엿니
가젼[706]의 죠흔복식　　　　교룡긔[707] 옹위ᄒ고

. . . .

698 神門- 神旗이니, 軍旗의 하나로 騎馬에 神將을 그리고 方位를 따라 靑, 紅, 白, 黑, 赤 五色으로 만들었다.
699 高哨- 軍旗의 하나로 軍士를 指揮, 號令할 때에 쓴다.
700 螣蛇旗- 軍旗의 하나로 뱀을 그려서 行軍 結陣할 때에 中央에 세운다.
701 七星旗- 北斗七星을 그린 軍旗의 하나.
702 豹尾旗- 豹尾를 그린 軍旗니 이 旗를 세운 곳에 들어가면, 軍法에 依하여 施罪한다. 그리고 重罪人을 斬首(목을 베는 것)할 때 쓴다. 斬首하는 法은 처음 북 소리가 꽝하고 나면 罪人을 잡아내서 윗도리 옷을 벗기고 얼굴에 회칠을 하고 화살로 두 귀를 꼬이고 群衆에 회실네를 시키고 그 다음에 북소리가 또 꽝하고 나면 죄인의 상투를 풀어서 줄로 표미긔에 매어달고 刀手들이 잘 드는 칼을 들고 前後左右로 둘러서고 그 다음에 북소리가 마지막 꽝하고 나면 죄인의 목이 떨어지는 것.
703 招搖旗- 軍旗의 하나로 北斗七星을 그린 旗.
704 金鼓旗- 儀仗旗 또는 軍旗의 하나로 樂手의 進退動作을 指揮할 때 쓰는 "金鼓" 두 字를 쓴 旗.
705 來呼- 扈衛軍의 軍呼니 駕前과 駕後에서 陪扈하는 軍士들의 行伍를 고르게 하기 위하여 成先, 成後될 때에 來呼를 連發하며 三行 來呼 三行 分明해 가자하는데 三行 은 三列로 行進하므로 三行 줄 고르게 따라 오라는 軍號.(西隱 張先生에게서)
706 駕前- 王의 前驅를 하는 侍衛兵.
707 交龍- 龍 둘을 그린 旗.

둑담[708]의 양산[709]셔고
은증ᄌ 금증ᄌ며

좌우의 슈정졀월[710]
은몽동이 금몽동이

각식의장 버려셔니
관약[712]지음 난만[713]ᄒ고

션부[711]의 복식일셰
우모지미[714] 현란[715]ᄒ다

호륵[716]흔 어젼젼비
모단젼건 홍더그레

ᄌ기창[717] 시위[718]ᄒ고
화약통[719] 남갈기[720]며

오라[721]ᄉ슬 칼의걸고
다홍디단 홍령긔ᄂ

힝보죠케 가ᄂ구나
곤장쥬장 셕거셔고

금헌화[722] 디답쇼리
어젼등롱 홍ᄉ쵸롱

보보이 령견흔다
신젼[723]이며 월도로다

....

708 纛- 軍中에 세우는 大旗.
709 陽繖- 儀仗의 한가지. 靑, 紅, 黃, 等 三色이 있다.
710 節鉞- 符節과 斧鉞이니 門關에는 符節을 쓰며 斧鉞은 刑具의 한 가지로 監司, 留守, 大將, 兵使, 統制使들이 가지고 다니는 것.
711 仙府- 仙人이 있는 곳.
712 管簫- 笙簫 種類.
713 爛漫- 光彩가 分布하여 번쩍번쩍하는 모양.
714 羽毛之尾- 羽尾와 毛尾로 裝飾한 儀仗과 旗幟.
715 眩亂- 精神차리기 어려운 것.
716 豪勒- 豪悍이니 威嚴이 있어서 무시무시한 것.
717 자개창- 니字 모양의 창.
718 施威- 威嚴을 베푸는 것.
719 火藥筩- 火藥을 담는 통. 火藥은 硝石, 木炭, 硫黃類를 섞어서 만든 爆彈物.
720 남갈개- 사냥군이 가지고 다니는 火藥及 彈丸들을 넣는 諸具의 總稱.
721 오라- 紅色 捎繩이니 盜賊이나 重罪人을 捎縛할 때에 쓰는 밧줄 紅絲라고도 한다.
722 禁喧嘩- 떠들지 못하게 하는 것.
723 信箭- 軍令을 傳하는 宣傳官이 携帶하는 箭이니, "信"字를 쓴 牌를 달았다.

션젼관 별군직과　　　　별운검724 총관725들과
별감무감 너시와　　　　무례쳥 통장들과

협연쵸관726 창검쵸관727　　금헌낭쳥728 니금장729과
니구마730 외구마731는　　　법안732지여 압히셔고

경긔감영733 셰피734드른　　홍천익 공작우의
가는쇼리 권마셩735이　　　말고도 고을시고

슝례문밧 ᄂᆞ오시니　　　계라736 ᄎᆞ지 션젼관이
자쥬거려 긔여와셔　　　　취타737를 쳥ᄒᆞᆫ후의

겸니취738. 피두불너　　　취타령 ᄂᆞ리오니

....

724 別雲劍- 雲劍(儀仗에 쓰는 大劍)을 가지고 王의 鹵簿를 侍하는 臨時官.
725 摠管- 五衛都總府의 都總管과 副總管. 五三品과 從三品官이다.
726 俠輦哨官- 訓練都監의 哨官이니 出駕할 때에 王을 護衛하는 從九品官이다.
727 槍劍哨官- 禁衛營에 屬한 從九品官.
728 郞廳- 王의 行幸 때에 兵曹郞官 中에서 任命하는 臨時官.
729 內禁將- 龍虎營 堂上官으로 禁軍 二百名을 統率하는 將官이다.
730 內廐馬- 內司僕幸의 馬.
731 外廐馬- 外司僕幸의 馬.
732 法鞍- 御乘引馬니 革制 鞍裝으로 特別裝置를 하였으며, 御乘引馬의 豫備用이다.
733 京畿監營- 京畿道의 各 府, 郡, 縣 38官을 統率하는 官衙. 觀察使(監司) 從二品官이 首職이요, 都事從五品官 一名 外에 雜職과 帶率軍官을 두었으며 敦義門 外 現 西大門 外 平洞 赤十字病院 一帶가 監營 자리였었다. 그래서 監營 네거리라고 하였는데, 西大門 네거리라는 것은 日本 사람들이 짓고 간 것이다.
734 細牌- 驛卒로 안올린 벙거지를 쓰고 靑紅色衣를 입고 騎馬하고, 後方에서 陪從한다.
735 勸馬聲- 王의 乘馬 또는 奉命한 者가 騎馬하였을 때에 威勢를 더하기 爲하여 소리는 내는 驛卒들의 가는 소리(細聲).
736 啓螺- 王이 動駕할 때에 吹奏하는 것인데, 소라 껍질로 만든 樂器.
737 吹打- 魚製樂器와 螺製樂器를 吹奏할 때에 大鼓를 같이 친다.
738 兼內吹- 宜傳廳의 軍樂手.

겸니취 거동보쇼   쵸립우희 젹우쏫고

누른쳔릭 남젼디의   명금삼셩 흔년후의
고동739이 셰번울며   군악이 이러나니

엄위흔 라발이며   익원흔 호젹740이라
졍긔는 표표하고   금고는 당당ᄒ다

한가온디 취고슈는   흰한슘 두북치를
일시의 슈십명이   힝고741를 가치치니

듯기의도 죠커니와   보기의도 엄위ᄒ다
압히는 공가교742요   뒤의는 타신가교

무예쳥 호위ᄒ고   그밧게 별감무감
모도다 홍쳔릭의   공젹우 쏘즈스며

가교의 ᄂ옵시니   홍양산은 압히셧다
그밧게 협연군743이   ᄌᄀ니창 뒤를막고

그밧게 나장이는   쥬장들고 시위ᄒ고
디령포교 스오명은   빅의로 슈가ᄒ고

약방니각 졍원옥당   군복ᄒ고 슈가ᄒ고

....

739 고동- 고둥이라고도 한다. 소라 껍질로 만든 吹樂器.
740 胡笛- 날라리 또는 大平簫. 木管에 八孔을 내고 下端에는 喇叭 모양의 銅을 달고 蘆舌로 부는 樂器.
741 行鼓- 行軍 中에 북을 치는 것.
742 空駕轎- 二四의 말을 前後에 駕한 王이 타지 않은 乘轎.
743 俠輦軍- 出駕할 때에 王의 至近處 衛兵 밖에서 隨從하는 사람.

위외의 산반[744]드른   쳔릭으로 비죵ᄒ고

후상[745]은 금위ᄃ장   슴쳔병마 총독ᄒ고
원앙진 힝군ᄒ여   슴십팔면 ᄃ긔치의

난후취[746] 취타ᄒ고   후진되여 가는구나
돌모로[747] 지나셧다   로량을 당ᄒ엿네

쥬교ᄃ장 결진하고   강물을 굿게막아
나는ᄉ를 건넬쇼냐   힝보죤흔 션젼관이

표신을 손의쥐고   홍영긔 압셰우고
쥬교령 드러가셔   표신을 견흔후의

방포숨성 진문열고   ᄃ가[748]가 드으신다
명금취타 ᄃ진ᄒ니   어룡이 다놀는다

언긔고 승긔젼의   삼군이 호령ᄒ니
풍운이 변화ᄒ고   룡ᄉ가 비등ᄒ다

규규[749]흔 무부드른   공후간성[750] 되여셔라
군졔가 졍슉ᄒ고   항오가 졍졔ᄒ다

----

744 散班- 散官이니 定務를 띠지 않은 官員.
745 後廂- 出駕 때에 後方을 扈衛하는 軍隊니 後軍, 後廂陣, 後陣이라고도 한다.
746 攔後吹- 攔은 防禦이니 後方을 防禦하는 것.
747 돌모로- 石隅이니 潢江鐵橋 北便에 있던 두 洞里인데, 4258年 乙丑年의 洪水로 白沙場이 되었다.
748 大駕- 王의 乘駕니 乘輿, 御駕라고도 한다.
749 赳赳- 武也니 果毅한 모양.
750 干城- 國家를 守護하는 武夫.

하로지나 이틀지나   슘일만의 환궁ㅎㅅ
별단751시상 ㅎ신후의   과거752령 나리시니

알셩753의 룡호방754이   한디로 뵈신다니
잇써는 어늬쩐고   츈삼월 호시졀의

츈풍이 화려ㅎ고   만화방챵 ㅎ여셔라
금쳔교 버들빗슨   벽라만ㅅ 드리온닷

옥류쳔 도견빗슨   홍금쳔폭 가리온닷
쳔ㅈ만록 방비ㅎ니   가지가지 봄빗실다

금셩류싀 쳔문호요   옥동도화 만슈츈을
운리뎨셩 썅봉궐의   우즁츈슈 만인가를

츈당디 노픈언덕   영화당 너른뜰의
비셜방755 군ㅅ들과   어군막 방직756이가

삼층 보계판을   꽝디하게 널이무고
십칠냥어치일757을   반공의 놉히치고

횐휘장 둘너치고   다홍공단 어군막을

751 別單- 上奏文을 添付한 文書.
752 科擧- 取人之條格曰 科擧니 擧는 才也라 人材를 뽑던 試驗.
753 謁聖- 謁聖과니, 謁聖 後에 보이는 文武科.
754 龍虎榜- 文武科에 及第한 者를 發表하는 木板인데 後世엔 종이에 써서 揭示하였다.
755 排設房- 官中에 對한 帷幕들의 設備를 맡은 職所.
756 房直- 官衙使丁의 하나로 守直하는 사람.
757 十七樑遮日- 十七個의 기둥을 받친 布帳.

유둔밋히 바처치고   오봉산 일월병풍

룡상[758]우희 교의노코   룡문석[759] 어포진을
광하[760]천간 널이쌀고   층층섬돌 어로의는

힝보셕[761] 느러펴고   쓸아리 큰북노코
북우희 안탑[762]무고[763]   한편의 향노노코

싁스러온 어스화[764]며   보기죠흔 거문긔며
록의홍상 무동드른   쌍쌍이 늘어셧다

션비의 거동보쇼   반물드린 모시쳥포
거문씌 눌너씌고   유건[765]의 뭇쥬머니

젹셔복즁[766] ᄒ여스니   슈면양비[767] ᄒ는구나
긔상이 쳥슈ᄒ고   모양이 죠촐ᄒ다

집츈문 월근문과   통화문 홍화문의

....

758 龍牀- 玉座이니 王의 交椅의 이름.
759 龍紋席- 龍紋을 넣어서 짠 자리.
760 廣厦- 廣大한 家舍.
761 行步席- 大賓(主賓, 外賓) 또는 迎婚때에 地面에 펴는 좁고 긴 자리.
762 案榻- 未詳.
763 무고- 쌓아 놓고 또는 모아 놓고.
764 御賜花- 文武科 及第者에게 御賜하는 종이로 만든 假花인데 蜀葵花를 模倣하여
    만들었으니 老婦女子들이 촉규화를 어승화라고 하는 것을 흔히 듣는다.
765 儒巾- 明나라制의 擧人未及者의 冠이니, 黑布로 만든 儒生의 禮冠. 民字巾이라고
    도 한다.
766 積書腹中- 工夫한 글이 배 속에 가득 차 있는 것.
767 粹面盎背- 粹는 잡것이 섞이지 않음이요, 盎은 왕성한 모양이니, 面目이 淸秀하고,
    體格이 버젓한 것.

부문[768]을 ᄒᆞ는구나   건장흔 션졉군[769]이

짜른도포[770] 제쳐밉고   우산의 공셕쓰[771]고
말독이며 말장이며   디로만든 등을들고

각식글ᄌᆞ 표을ᄒᆞ여   등을보고 묘아셧다
밤즁의 문을여니   각식등이 드러온다

쥴불이 펼쳐는닷   시벽별이 흐르는닷
긔셰는 빅젼[772]일셰   쌔르기도 솔갓도다

현졔판[773]밋 셜포장의   말독박고 우산치고
휘장치고 등을곳고   슈죵군[774]이 느러셔셔

졉[775]마다 직히면서   엄포가[776] ᄉᆞ누올ᄉᆞ
그외의 약흔션비   장원봉 기슬[777]이며

궁장밋 싱강밧히   잠복[778]치고 안져스니

....

768 赴門- 科擧場에 들어가는 것.
769 先接軍- 科擧 때에 先座를 다투어 試場에 들어가서 좋은 자리를 차지하는 科儒의
    下隸.
770 道袍- 儒生의 通常禮服이니 소매가 길고 넓으며 背後가 두 겹으로 된 웃옷.
771 空席- 섬거적.
772 白戰- 科擧 보는 것.
773 懸題板- 科擧의 問題를 標示하는 板木.
774 隨從軍- 隨從하는 下隸.
775 接- 科擧에 모여 드는 儒生의 團體. 褓負商團體에서도 接이라는 用語가 있어서 그
    우두머리를 接長이라고 하였다.
776 엄포- 威嚇.
777 기슬- 변두리.
778 잠복- 많이. 빽빽히

등불이 죠요ㅎ니　　　　　　　　스월팔일 모양일다

동동일출 더명궁ㅎ니　　　　　　오식운중 가뉴룡을
창검군[779] 압홀셔고　　　　　　　션진[780]이 느러셧다

총관각신 모단빅관　　　　　　　거리셔 비죵ㅎ다
의장이 압홀셔고　　　　　　　　양산이며 교룡긔며

병죠판셔 금헌난쳥　　　　　　　오위장 우림장[781]과
가젼의 시위쇼리　　　　　　　　길고도 느러진다

장악원 일등악셩　　　　　　　　다홍관더 야ㅈ더[782]의
션악을 길게ㄴ니　　　　　　　　여민동락 화홀시고

옥교[783]로 오오실졔　　　　　　　양산이 히를가려
비슥이 바드시고　　　　　　　　뒤의는 현무션[784]을

층의[785]가 들어스며　　　　　　　키큰 봉두별감[786]

....

779 鎗劍軍- 鎗劍을 쓰는 兵士.

780 先陣- 앞 머리에 서서 나가는 軍陣.

781 羽林將- 羽林衛將이니 禁軍廳에 屬한 正三品의 武官職.

782 也字帶- 文武科의 成績(凡擧績의 일이든지 또는 所習業이 뛰어난 功效가 있는 者
　　를 成績이라 함)을 發表할 때에 及第한 者가 띠는 띠니, 한편에 늘어진 가닭이 也字
　　모양이다.

783 玉轎- 王의 擧轎.

784 文武扇- 北方의 별, 文武를 應하여 만든 儀仗의 하나이니 거북을 그린 것.

785 忠毅- 忠毅校尉니 正五品의 武官職.

786 鳳頭別監- 奉導(鳳頭) 別監이니 出駕할 때에 玉輪 앞에서 奉導 소리를 하는데, 導
　　駕 떴다. 黃土 피라 물 뿌려라 예-의- 巡令手- 예-의- 左石 喧(헌)譁 禁해라. 예-의-
　　巡令手. 예-의- 鳴金 二下에 大吹打 해라. 예-의- 鉦手- 예-의- 鳴金 二下에 大吹打
　　해라 예-의- 쾡쾡, 고개 척척 숙여라. 이와 같이 좋은 목소리로 高低長短을 맞춰서
　　처음부터 또는 큰 다리나 네거리를 當할 때에 외이는데 이것을 奉導聲이라 한다. 參

가진시위 경필⁷⁸⁷쇼리	갸륵ᄒᆞ고 엄위ᄒᆞ다
협연시위 무례쳥은 듯기의도 청슉ᄒᆞ고	고기슉여 ᄒᆞ는쇼리 보기의도 경돈ᄒᆞ다
청양문 나아실졔 관풍각 지나시고	디답쇼리 웅장ᄒᆞ다 관덕정 지나셔셔
보탑⁷⁸⁸의 젼좌⁷⁸⁹ᄒᆞᄉ 어악이 이러ᄂᆞ며	군병방위 졍ᄒᆞᆫ후에 모디ᄒᆞᆫ 환시⁷⁹⁰네가
어졔를 고이들고 홍마삭⁷⁹¹ ᄯᅳᆯ을미여	현졔판 임ᄒᆞ여셔 일시의 을녀다니
만장중 션비드리 각각졔겹 ᄎᆞ져가셔	붓슬들고 다라ᄂᆞᆫ다 척힁담 여러노코
히졔를 싱각ᄒᆞ여 글ᄒᆞᄂᆞᆫ 거벽⁷⁹²드른	풍우갓치 지여너니 귀귀이 을펴너고

....

考로 五十餘年前 鳳頭別鹽의 姓名을 적어 둔다. 趙永鎭, 尹奏善, 李桩.(西隱 張先生에게서)

787 警蹕- 王의 出駕 때에 길가는 사람을 단속하는 것으로, 卽 出警入蹕이니 出軍者는 모두 駕戒하고 入國者는 모두 蹕止한다. 駕는 王의 左右에서 帷幄을 侍하고 蹕은 出殿則 傳蹕止 行人하여 淸進하는 것이다.

788 寶榻- 玉座.

789 殿座- 視政 朝駕 때 王의 出座.

790 宦寺- 內侍.

791 紅麻索- 紅色 麻繩.

792 巨擘- 큰 선비니 卽大指라 傑出於衆이 大指가 仙指와 다른 것과 같다.

글시쓰는 스슈드른
글글시 업는션비

시긱(각?)을 못머문다
슈죵군 모양으로

공셕의도 못안고도
부모션싱 권학홀계

글한장을 이걸흔다
이런토심 모로던가

경긱(각?)의 션장⁷⁹³드러
흔장들고 두장들어

위장군⁷⁹⁴ 외는구나
츠츠로 드러간다

빅장이 너머셔는
승긔젼 모양이요

일시의 드러오니
빅셜이 분분흐다

슈건⁷⁹⁵슈 몃장인고
스알스약 무감별감

언덕갓고 뫼갓구나
졍원스령 우장군이

열장식 작츅⁷⁹⁶흐여
쥬문명관⁷⁹⁸ 시관압히

젼즈관⁷⁹⁷ 젼즈흐고
슈업시 갓다눗너

츠례로 꼬놀⁷⁹⁹젹의
그외의 ⁸⁰²낙고지는

비졈⁸⁰⁰치고 관별⁸⁰¹흔다
짐짐이 져셔닌다

<hr>

793 先場- 文科 試場에서 맨 먼저 笘을 올리는 것.
794 衛將軍- 承政院 下隸의 하나.
795 收卷- 名紙, 試紙를 모아 놓은 것.
796 作軸- 試紙를 모아 접는 것.
797 塡字官- 科紙가 들어오는 대로 號數를 매는 吏曹의 堂上官員.
798 主文命官- 王이 科學를 보일 때에 主宰하는 試官이니 主文는 大提學이다.
799 꼬노다- 考試하다.
800 批點- 評論. 文字而當美佳處則附點右側하는 것.
801 貫別- 時, 文, 書를 論評할 때에 美佳處를 當하면 바른편에 圈點을 치는 것이니 言珠之成串이오 喩聲音之美妙라 貫珠다 한다.
802 落考紙- 學考에 入參치 못하여 落考된 名紙.

학고[803]의 오른글장   먹으로 등[804]을쓰네
글시는 명필이요   지은글은 문장이라

니두[805]의 글일넌가[806]   희지의 글시런가
이갓치 공부홀졔   장원이 못될쇼냐

과거를 다본후의   션비의 거동보쇼
우산졉어 둘너메고   공셕쓰셔 엽희씨고

장원봉 언덕우희   잠복이 모야셔셔
방나기 기달일졔   보계판을 바라보니

시관들과 뇩방승지   어젼의셔 탁방[807]흔다
셜포장 지우고쇼   졍원스령 불너니여

셩명습즈 써셔주니   졍원스령 거동보쇼
잣쥬름 방픠[808]쳔릭   통양갓[809] 졋게쓰고

다람박질 니려올졔   만장중 션비마음
심독희 자부ᄒ여   가마니 듯는구나

....

803 學考- 考試.
804 等- 等數를 쓰는 것이니 그 때 等數들은 上之上, 上之中, 上之下, 中之上, 中之中,
中之下, 下之上, 下之中, 下之下로 考試하였고 三上 三中 等으로도 等數를 썼었고
또는 通, 略, 不
805 李杜- 李太白과 杜牧之.
806 羲之- 王羲之.
807 坼榜- 科擧에 及第한 사람의 姓名을 標示하는 것. 또는 일의 結末이 났을 때에
탁방 났다 한다.
808 防牌- 화살을 막는 물건이니 楯이다.
809 統涼갓- 統營에서 나는 갓(笠)이 第一 上品이므로 통양갓이면 더 좋은 것이 없다
는 것. 統涼갓이라 한다.

여러시 묵거질너   셩명슘ᄌ 호명한다
젹덕한 뉘집ᄌᄉᆇᆫ   글용한 어늬션비   ·

십년등하 주긍룽부   금일등과 하엿ᄂ고
밧비불너 올나갈졔   망건을 고쳐쓰고

도포를 가라입고   여긔잇다 소릭ᄒ니
슈십명 원령드리   일시에 달녀드러

고됴의 창업이요   광무의 중흥이라
강남금능 번화지지   당숑국도 되여셔라

력디데왕 젼슈ᄒ니   즁국의 ᄯᅡ이로다
싱어동방 ᄒ여스니   동국이나 알리로다

강우티빅 단목ᄒ여   여요병입 단군이며
봉긔ᄌ우 죠션ᄒᄉ   각일쳔연 평양이라

슘한[810]젹은 그만두고   아국도셩 여긔로다
더명홍무 임신연의   ᄉ긔국호 죠션ᄒᄉ

졍졍한[811]양 ᄒ셔스니   즁희누흡 ᄒ여셔라
금쳑[812]의 길몽이요   옥쳡[813]의 상셔로다

---

810 三韓- 馬韓, 辰韓, 弁韓.
811 定鼎- 猶言建都니 대개 鼎之所在는 卽 王道所在라 하여 이에 得天下曰鼎定이라
　　한다.
812 金尺- 夢金尺이니 太祖가 王位에 오르기 前에 꿈에 金尺을 얻고 王될 前兆임을
　　알았다 한다.
813 玉牒- 옛날 古封禪하는 글이니 玉牒에 써서 方石안에 넣어 감추어 두었다 한다.

오만ᄉ년 누릴도읍   한양성중 거룩ᄒ다
산천누듸 셩곽지당   웃글의 ᄒ여스니

다시홀말 아니로듸   례의동방 장ᄒᆯ시고
원싱고려 흐단말은   중원ᄉ름 말이로셰

츄ᄎ언이 관지ᄒ면   졔일강산 가지로다
산악슈긔 바다ᄂ니   츙효인물 총총ᄒ[814]다

범졀이 이러ᄒ니   천하졔국 졔일일다
쳔시지리 어더스며   인화죠ᄎ 되여셔라

현숑지음[815] 부졀ᄒ니   슈ᄉ지풍[816] 분명ᄒ고
인의지도 찬연ᄒ니   셩현지극 되여셔라

삼왕[817]젹 일월이요   오졔[818]젹 건곤이며
문무젹 문명이오   한당[819]젹 문치로다

포판[820]이 아니되면   기산[821]이 여긔로다
북악[822]의 긔린[823]놀고   죵남[824]의 봉황[825]운다

·····································
814 蔥蔥- 樹木의 繁茂함과 같음.
815 絃誦之音- 彈琴, 誦詩하는 소리.
816 洙泗之風- 洙와 泗는 水名이니, 孔子가 洙泗에서 修, 詩, 書, 禮, 樂을 가르쳤음을
    因하여 學問을 닦는 것을 이르는 말.
817 三王- 天皇氏, 地皇氏, 人皇氏.
818 五帝- 伏羲, 神農, 黃帝, 少昊, 顓頊.
819 漢唐- 漢과 唐 兩國.
820 蒲坂(古地名)이니 舜임금의 都邑地.
821 岐山- 周의 國都.
822 北岳- 京城 北山.
823 麒麟- 想像的 動物이니 聖人의 世에 나는 生草를 밟지 않고 먹지 않는다는 瑞獸.

경셩[826]은 명요ᄒ고   경운[827]은 슘담[828]ᄒ다

터고시졀 못보거든   우리셰계 ᄌ셰보쇼

이런국도 이런셰샹   ᄌ고급금 쏘잇스리

업듸여 비나이다   북극젼의 비나이다

우리나라 우리인군   본지빅셰 무강휴를

여쳔시[829]로 히로ᄒ계   비ᄂ이다 비ᄂ이다

셰지[830]갑진[831] 게츈한산거ᄉ져(歲在甲辰季春漢山居士著)

跋

  지금으로 二十餘年 前에 구레안덜(現 新設洞 及 競馬場 附近 一帶 近處)를 지나다가, 路上에 벌려 놓고 파는 雜物 가가에서 그 때 時勢로는 좀 過價인 30錢을 주고 이 한양가 一冊을 샀었다. 그 後後 西紀 1939年 10月 29日 京城帝國大學 朝鮮語學, 文學, 古書展覽會에 出品되고는 도루 冊架에 끼워 두었던 것인데, 遇然히 三百餘年 前의 國文書冊을 읽다가 難解 難釋의 語句가 많음을 發見하고, 近代 文獻은 그렇잖으리라는 생각으로 다시 이 冊을 再讀하여 보았다. 不過 百有 五年이 經過한 오늘에 이르러 消滅되어 없어진

---

824 終南- 京城의 南山.

825 鳳凰- 想像的의 靈鳥

826 景星- 별의 이름이니 景星者는 德이라 그 모양이 無狀하여, 常出於 有道之國이라 한다.

827 慶雲- 景雲이라고도 한다. 景雲은 太平之應이오 慶雲은 非氣非烟이니 五色이 絪縕한 것.

828 삼담- 森森?

829 與天地- 이 天地가 없어질 때까지 함께.

830 歲在- 이 해가 甲辰年이라는 것.

831 甲辰- 六甲의 第五位이다.

말이라든지, 變更된 말이 너무나 많아서 답답하던 중 다시 생각한즉 또 몇十 몇百年을 지내면 다시 알고자하나 알 도리가 없을 것이겠기로, 孤陋 淺識임을 不顧하고 비로소 註解에 着手하여 文獻에서 蒐集할 수 있는 것은 蒐集하였으나, 이 밖에는 年高한 老人 또는 學者며 각기 그 方面에 經歷 있는 분을 찾기도 하였던 것이다. 그리하여 예전 東床廛에서 從事하던 분과 語學의 造詣가 있는 先生任, 前者 官職에 있던 이, 木手, 商賈 等 또는 實地 踏査 여러 가지 方法을 밟아 蒐輯하였으나, 敢히 내놓을 勇氣가 없었다. 그러던 중 漆夜 燈光이 이런 때일까? 西銀老先生 張鴻植 氏의 敎導로 다시 알 길이 없던 것을 밝혀 내게 된 것은 無限히 歡喜를 느끼는 바이며, 先生은 現85歲의 高齡으로 괴로운 기색도 없이 後輩의 알고자하는 바를 반가이 여기시며 모르는 바를 開導하여 주신 熱情을 感識 感服하는 바이다. 이 冊 註解의 動機는 위에 말한 바와 같이 難語와 消滅된 言語를 찾는 것 밖에 固有한 우리 말이 40餘年間 딴 敎育을 받는 동안에 文字나 言語가 霄壤의 判으로 바뀌어, 建國의 礎石이 되고 國家의 棟梁이 될 熱血의 靑年으로 "萬歲"를 쓸 때에 동에도 닿지 않는 "萬才"라고 쓰거나 "幾萬圓印"이라는 固有한 文字가 있음에도 不拘하고 "幾萬圓也"로 쓰면서도 부끄러운 줄을 모른다. 이러한 種類가 이루 헤아릴 수 없는 바이나, 이것은 쓰는 사람의 過失이 아니다. 그러한 敎育을 할 수 없이 받는 동안에 우리의 것이 어떠한 것이 있었는지를 몰랐던 것이다.

이로 因하여 不健實한 註解이나마 이것을 잘 習讀한다 하면 古語를 찾는 것 外에 우리의 잃어버렸던 말을 다시 찾는 데 一助가 될 줄로 確言하는 바이며, 註解에 對하여 漢文으로 된 詩句 또는 註解하지 않더라도 알 수 있는 文句는 加筆치 아니 하였으며, 考證을 얻지 못한 것은 自見을 避하고 未詳 또는 疑問符를 붙였다.

그러나 終始 遺憾되는 바는 原著者 한산거사가 누구인지 모르는 것인데 筆者의 推測으로는 昭代風謠, 風謠續選, 風謠三選에 든 人士 中의 한사람이나 또는 그의 後裔가 아닌가 想像하는 바는 이 冊의 歌句 中에 掖庭署의 讚揚이 一層 더 나은 것을 읽을 때에 그렇게 짐작이 되며, 또 全體의 文章이 平易하면서도 華麗 莊嚴하고 快活灑落하여 泰平聖世로 讚頌하는 중에 便跛

的 傾向이 없이 樂上樂民됨을 主로 한 데 對하여 深深한 感銘을 느끼는 바
이며, 끝으로 編者가 文識이 淺薄하고 文章이 拙劣하여 註解의 不健實과 文
句의 粗雜함은 讀者 諸彦의 叱正을 바라 마지않는다.

4281年 5月 10日
宋申用 識

14. 「명의전설(名醫傳說) : 음성으로 진단(診斷)」

(동양의학사,『동양의학』제4권 제1호, 동양의학사, 1949.12., 집필)

해설   광해군 대 살았던 명의(名醫) 신만(申曼)에 관한 일화를 소개해 놓은 것이다. 신만(申曼, 1620~1669)의 본관은 평산(平山)이고, 자는 만정(曼情)이며, 호는 주촌(舟村)이다. 영의정 신흠(申欽)의 증손으로, 어려서 장유(張維)에게 배웠으며, 병자호란 이후 회덕(懷德)에 있던 송시열(宋時烈)을 찾아가 그의 문하(門下)에서 학업에 정진하였고, 김집(金集)·성수침(成守琛)의 문하에도 드나들었다. 1658년(효종 9) 송시열이 등용되어 효종과 함께 북벌(北伐)을 논의할 때 송시열의 요청으로 조정에 들어가 이에 관한 의견을 내놓아 반영시켰으나, 이듬해 효종이 죽자 그의 계획은 와해되었다. 특별히 1665년에 원자(元子)의 탄생을 기념하기 위해 경과(慶科)가 설치되자, 송시열의 지시로 이를 비난함으로써 남인(南人)과 대립하기도 했다. 이는 송시열과의 사제관계가 두터웠음을 잘 보여준다. 그 후 송시열이 우찬성(右贊成)에서 사직하자 본인도 낙향해 진잠현(鎭岑縣 : 오늘날의 대전광역시 유성구 일대) 주촌(舟村)에 기거하면서, 의학서인『주촌신방(舟村新方)』을 저술하여 보급하였다. 병자호란 때 어머니와 아내가 피난 갔던 강화(江華)에서 죽었다.

사실 신만은 의관(醫官)이 아니라 명문 사대부 집안의 양반이었는데, 의학서를 저술할 정도로 의술에도 뛰어났던 인물이었다. 송신용이 의학에 조예가 깊었던 것이 아님에도 특별히 의학전문잡지인『동양의학』에다 신만에 관한 일화를 소개해 놓은 것은 아마도 자신의 문중인 은진 송씨의 대표격 학자였던 송시열과의 가까운 친분 때문이 아니었나 싶다.

명의전설(名醫傳說) - 음성(音聲)으로 진단(診斷)

신만(申漫)의 자(字)는 만청이며 호(號)는 주촌(舟村)이오 본(本)은 평산(平山)이니 처세(處世)에 점잖코 의술(醫術)이 고명(高明)하여 한번 보고 죽고 살 것을 알어 마치는데 어느 때 새해를 당(當)하여 그의 고모(姑母) 부제학(副提學) 이항(李恒)의 부인(夫人)에게 세배(歲拜)를 갔섰는데 때마침 이항(李恒)집 일가사람도 세배를 왔든 것이었다

부인(夫人)은 문 앞에 앉었고 손님은 마루에서 수작을 하고 있는데 주촌(舟村)은 방에 누어서 손의 말하는 음성(音聲)을 듣고 그의 고모에게 말하기를 대청에서 말하는 손님이 누구인지는 모르나 오는 사월(四月)에는 죽을 것 같다고 하였드니 그 고모가 정월원조(正月元朝)에 불길(不吉)한 말을 한다 하고 나무래며 애가 밒엇느냐하고 다시 손을 대하여 위로하엿든 바 손님도 역시 주촌(舟村)의 성명(聲名)을 들어서 잘 아는 까닭으로 억지로 우스며 말하기를 그가 신(申)만청이가 아니냐하고 도라갓다

부제학(副提學)의 손자 진수공(震壽公)이 그때 바로 열 살밖에 안된 아해로 말하기를 아까 아저씨가 말하는 것이 이상하지 안우 왜 약을 써서 살게 하여 주면 되지 않으냐 하였다 주촌(舟村)이 우스며 말하기를 참 네 말이 기특하다 네가 사람하나 살이구 싶으니 그러면 동의보감(東醫寶鑑)을 가저오라 하

였든 바 마침 그 집에 동의보감이 없어서 그만저만 다시 말없이 내버려 두었었다

이해 사월(四月)에 그 사람은 과연(果然) 죽고 말았다 그 뒤에 주촌(舟村)에게 그 까닭을 무러 보았든 바 대답하기를 그가 산증(疝症)으로 여러 해 신고(辛苦)를 하여서 병세(病勢)가 벌서 음성(音聲)에까지 나타낫는데 그 일수(日數)를 헤아려보니 꼭 사월(四月)쯤 세상을 떠날 것 같애서 말한 것이라고 하더라

그리하여 부제학(副提學) 이공(李公)이 말하기를 그 사람은 의외의 신의(神醫)를 만나고서도 살길을 물어보지 아니하였으니 죽을 팔짜라 할 수밖에 없다 하더라 (띄어쓰기-편저자)

[비고(備考)] 신(申)만은 광해주십이년(光海主十二年) 일구오삼년경신(一九五三年庚申)에 生하여 유소시(幼少時)부터 의견(議見)이 탁월(卓越)하여 신동(神童)이라 하였으며 인조병자호난시(仁祖丙子胡亂時)에 그의 모친(母親)과 처홍(妻洪)씨가 강화(江華)에서 순절후(殉節後)에 충청도회덕송촌(忠淸道懷德宋村)에 가서 도학(道學)을 연마(研磨)하였고 그 후(後) 영종(英宗)으로 이조판서(吏曹判書)의 증직(職)을 할 때에도 수지(數旨)에 청국(淸國)의 연호(年號)를 쓰지 않었었다

15. 「점인실부소지(店人失婦所志)」

(조선어학회, 『한글』 통권 115호, 1949, 해제)

해설 　송신용의 관심은 법과 송사(訟事) 문제로까지 확장되어 있었던 것으로 보인다. 1949년 『한글』(제13권 제4호) 지에다 「점인실부소지(店人失婦所志)」라는 제목으로 기고한 글에 그러한 관심을 표명해 놓았다. 그런데 이를 소개하는 이유는 예나 지금이나 사람 사는 모습은 비슷할 것으로 전제하면서도 급변하는 사회에서 요즘 사람들이 이전 어휘나 뜻을 제대로 알지 못하는 현실을 개탄한 나머지 이를 후대에 알려주려는 의도에서 비롯한 것이라는 데 있다. 재판과 관련해 이전에 사용하던 '소지(所志)'란 용어를 1940년대를 살던 사람들이 이미 거의 모르고 있다고 하면서 내용이 재미있기도 하여 자신이 적어두었던 것을 원문 그대로 소개한다고 했다. 이로 보건대 『한양가』 서문과 발문에서도 밝혔듯이 송신용은 옛 전통과 어휘, 표현 등의 상실, 그로 인한 후대와의 소통상의 단절을 안타까워하고 이를 지키고 계승하는 데 남다른 관심과 열정이 있었음을 인정하지 않을 수 없다.

점인실부소지(店人失婦所志)

시대(時代)의 변천(變遷)과 문화(文化)의 발달(發達)에 좇아서 모든 것이 달라지는 것은 필연(必然)한 정칙(定則)일 것이다. 지금으로부터 50여 년 전과 오늘의 상태(狀態)를 비교(比較)하여 보면 어느 곳 어느 부문(部門)을 막론(莫論)하고 변혁(變革)되지 않은 것이 없다. 이 중에서 하나이라고 하는 것은 재판(裁判)에 관(關)한 종류(種類)를 말하려 함인데, 전자(前者)에는 소송(訴訟)을 송사(訟事)라 하고 소장(訴狀)을 소지(所志)라 하여 써 오던 문구(文句)로 오늘에 와서는 소지(所志)라 하면, 사십 세(四十歲) 이하(以下)의 사람은 거의 모를 것이다. 그리하여 아래에 말하려 하는 것이 소지(所志) 가운데에 한 가지로 그 사단(事端)에 있어서 격식(格式)과 문구(文句)의 차이는 있으나 단편(短篇)이요 겸하여 인간(人間) 생활(生活)의 상태(狀態)는 고금(古今)이 일반(一般)으로 고문서(古文書)를 뒤지던 중 재미가 있기에 공책(空冊)에 초기(抄記)하였던 것을 원문(原文)대로 소개(紹介)한다.

店人[1]失婦所志[2]

積不善, 積不善, 天下之積不善, 豈有甚於奪取人之生妻子乎. 相思苦, 相思苦, 人情之相思苦, 豈有甚於生妻子之離別乎. 靑天孤鴻, 離其侶而遠叫, 綠水雙鴛 失其雙而亂啼, 禽鳥亦然, 況於人倫夫婦之情乎. 煙波江頭, 牛鳴其犢, 日暮溪邊), 馬嘶其駒, 牛馬亦然, 況於天倫父女之情乎. 若以色, 言之則良家[3]靑

----

1 점인(店人) - 섬(店)은 수점(酒店), 술막이니 대로변(大路邊)에서 행로인(行路人)에게 주식(酒食)을 팔기 위(爲)하여 도로(道路)를 향하여 건축(建築)하고 영업(營業)하는 데니 주막(酒幕), 또는 술막(一幕)의 군두목(軍都目)으로 탄막(炭幕)이라고도 한다. 점인은 주막 주인(酒幕主人).

2 소지(所志) - 소장(訴狀)이니, 관가(官家)의 판결(判決)을 얻기 위하여 자가(自家)의 사정(事情)을 기록(記錄)하여 올리는 문서(文書).

3 양가(良家) - 양민(良民)의 집이니 양민(良民)은 노예(奴隸)나 백장 등과 같은 천역(賤役)을 않는 일반(一般) 평민(平民)을 말한 것.

春, 二八未笄者有之, 朱樓[4]落日, 捲簾看者有之, 靑山白水, 寡婦哭者有之, 何
必有夫有女有産, 矣身之妻, 奪取乎. 以尊卑論之, 富貴懸隔, 貧賤顯殊, 豈有螳
螂[5]拒轍之志, 然五步之內, 不得恃楚王之命, 一椎之鳴, 倘或驚秦王之車, 況匹
夫之勇乎. 矣身, 以三口生涯, 一朝, 失其二口, 出而矣身一, 入而矣身一, 生而
矣身一, 死而矣身一, 何患乎生, 何患乎死, 奪取矣身之婦者, 誰也. 使道[6]子弟
翰林[7]是也.

---

4 주루(朱樓)- 화려(華麗)한 누각(樓閣).

5 당랑(螳螂)- 버마재비라 하는 익충(益蟲)이니, 당랑거철(螳螂拒轍)은 힘에 당하지
못하는 것을 비유하여 말한 것.

6 사도(使道)- 부하(部下) 장졸(將卒)이 주장(主將)에게 대(對)한 존칭사(尊稱辭)이며,
그 밖에 삼품(三品) 이하(以下)의 수령(守令)은 안전(案前)이라 하고, 삼품(三品) 이
상(以上) 수령(守令)은 사도(使道)의 존칭(尊稱)을 받는데 관찰사(觀察使), 유수(留
守), 병사(兵使), 수사(水使)는 물론(勿論) 사도(使道)의 존칭(尊稱)을 받는다.

7 한림(翰林)- 예문관(藝文館)의 봉교(奉敎) 정칠품관(正七品官)과 대교(待敎) 정팔품
관(正八品官)과 검렬(檢閱) 정구품관(正九品官) 따위를 한림(翰林)이라 한다.

16. 「조충의전(趙忠毅傳)」

(조선어학회, 『한글』 통권 제116호, 1949, 해제·원본 소개)

해설 1949년에 송신용이 『한글』에다 소개한 고소설 작품이다. 작품에 대한 개괄적 해제 설명과 함께 원전 소개, 그리고 본문 중간에 주해를 자세히 해 놓았다. 현재 송신용이 소개한 「조충의전」 외에 한국학중앙연구원 장서각에 국문 필사본 「조충의전」 1책이 소장되어 있다. 양자를 비교했을 때 내용이 조금 다르다. 「조충의전」은 일찍이 정명기에 의해 소개, 연구된 바 있는데[5] '조충의(趙忠毅) 이야기'의 변이양상과 의미를 추적하면서 소설 「조충의전」과의 관계까지 다룬 것이다.

송신용은 「조충의전」이 '요로원야화(要路院夜話)'와 비교할 때 쌍벽을 이루는 작품이라 보고, 둘의 차이를 몇 가지로 제시해 놓았다. 그러면서 「조충의전」을 『한글』지에다 소개한 이유 역시 우리말에 대한 관심에서 비롯한 것임을 알 수 있다. 그는 작품에 사용된 어투와 어휘가 학술적으로 연구할 만한 가치가 있는 자료라 판단했던 것이다. 「조충의전」은 작자 및 연대를 알 수 없는 작품으로 봉림대군과

---

5) 정명기, 「조충의 이야기의 변이양상과 그 의미」, 『한국야담문학연구』, 보고사, 1996, 233~269쪽.

조봉퇴라는 사람과의 인연을 다루고 있다. 그러나 뚜렷한 문제의식이 없는 것이 작품의 문학성을 떨어뜨리고 있다고 할 것이다. 우매한 사람도 행운을 얻으면 벼슬을 할 수 있다는 단순한 내용으로 되어 있다. 이 작품의 출처는 김효식 소장 필사본 『복선화음녹』이다.

본문 소개에 앞서 「조충의전(趙忠毅傳)」이라는 제목 하에 송신용이 직접 작품해제를 해 놓고, 「원본 소개」라는 제목을 달아 서지사항 및 출처를 밝혀 놓았다.

조충의전(한중연 장서각 소장본)

조충의전(趙忠毅傳)

송신용

이 "됴충의젼"은 거금(距今) 삼백여 년 전(三百餘年前) 이조(李朝) 효종대왕(孝宗大王)이 봉림대군(鳳林大君) 적에 인조(仁祖) 병자호란(丙子胡亂) 익년(翌年) 정축(丁丑)에 청국(淸國)으로 볼모(質)로 가셨다가 구 년(九年) 후인 을유(乙酉) 삼월(三月)에 청나라(淸)로부터 환국(還國)하여 세자궁(世子宮)에 계실 때부터 왕위(王位)에 올라서 승하(昇遐)하실 때까지의 있던 사적(事跡)을 국문(國文) 소설(小說)로 지어 놓은 것으로, 저자(著者)는 아직 고증(考證)하지 못하였으며, 여기 소개하는 원본(原本)도 지질(紙質)과 필사(筆寫)된 묵흔(墨痕)으로 보아 오십 년(五十年) 내외(內外)의 것으로 추측(推測)되며, 원고본(原稿本)에서 몇 번이나 전사(轉寫)되었는지 알 수 없는 중(中) 이 대본(臺本)의 자체(字體)와 자획(字劃)으로 보아서 숙달(熟達)한 편이나, 국문의 받침과 료의 불규칙(不規則)한 것이라든지, 그 밖에 경상도(慶尙道) 사투리로 된 문구(文句)와 발음(發音)이 현금(現今) 문법(文法)으로는 도무지 비교할 바가 못 되나, 사투리와 발음 그대로 자획의 그 형체대로 삼백 여 년 전 어투(語套)와 어휘(語彙)를 지금에 와서 그대로 볼까하여 일언(一言) 일획(一劃)을 변개(變改)하지 않고 소개(紹介)하는 것이 이 원본(原本) 소개(紹介)의 골자(骨子)이다.

이 소설(小說)은 요로원야화(要路院夜話記)를 비교하여 쌍벽(雙璧)의 하나로, 요로원 야화는 하룻밤 동안 문답한 담화(談話)로써 그치고 "됴충의젼"은 십 여 년 동안의 사실을 설화(說話)한 것이며, 요로원야화는 국문본과 한문본이 있는데, "됴충의젼"은 국문본으로 처음 나온 것으로 이 책의 전체 문장을 보아서 한문본은 당초에 없었던 듯하며, 요로원야화는 사실의 연대와 주인을 확정하지 못하고 숙종(肅宗) 때 박 두세(朴斗世)가 정확하다는 설과 철종(哲宗) 구년 무오(戊午) 춘(春)이라고 잡지(雜誌) 문장(文章)에 소개되어 아직 정확한 결말을 내지 못하였으나, 한문본에 박두세가 나왔으니, 곧 숙종 때로 귀결(歸結)됨이 적당할 줄로 믿는다.

"됴충의젼"은 봉림 대군 잠저(潛邸) 때부터 왕위로서 승하에 이르기까지 상세히 기록 되었은즉 원고본으로부터 몇 번이나 진사하는 동안 다소의 낙오가 있을 것은 필연한 일이며, 원고본 그것만은 못할찌라도 연대와 사실을 미루어 그 때의 어투와 어휘를 학술로 연구하고자 하는 학자의 자료(資料) 제공으로 한 도움이 될까 하여 "한글"을 통하여 소개하는 바이다.

원본 소개 : 이 소설의 원본은 김효식(金孝植)씨의 소장본(所藏本)인데 백지에 필사본으로 ("복션화음녹""괴동전") 一九四六 년 12월 15일 잡지 향토(鄕土) 제3호에 여자가(女子歌)로 소개된 것 16장과 회셩곡 9장과 "됴충의젼" 18장과 "충의 문답" 6장과 "빅락천 장흔가" 5장 도합 54장에 위에 쓰인 차례로 다

섯 가지를 모아 베낀 책으로, 책의(冊衣) 제목(題目)은 "복선화음녹"이라 썼으며, 책의(冊衣) 중간 아래 쪽에는 "긔히 십월 일"이라고 써 있다.

끝으로 넷째 "츙의 문답편" 여섯째 장 끝 빈 틈에 연필로 아래와 같은 글이 써 있다.

"됴츙의은 못는 인성이오나, 친구 덕에 원을 다힛다. 글은 유식할여다 쏘은 말하는게 으몽허여 희석을 잘한 됴츙의라 후에온 아들리 디신원을 힛다. 다 스롬이 쩌가 인는이라"

됴츙의전

각설(却說)[1] 입때의 경승도 지례(知禮)[2] 짜의 됴츙의[3](趙忠毅)란 스롬이 잇스니 신중(身長) 육척(六尺)이오 인물(人物)이 기형괴슝(奇形怪狀)이오 인스(人事) 연무중(烟務中)의 든듯 하나 가순(家産)이 호부(豪富)ᄒ야 일향(一鄕) 붓조츠니 본읍 츙의(本邑忠毅)을 어더ᄒ니라.

일즉 무ᄌ식(無子息)흠물 설위 ᄒ거날 동관(同官)[4] 됴약졍(趙約正)[5] 김풍헌(金風憲)[6] 현계(現計)하여 양ᄌ(養子)나 ᄒ라ᄒ니 원족의 한 아히을 졍ᄒ고 예스(禮辭)[7] 닉난 법을 ᄌ셔이 뭇고 돈 빅인지 싯고 셔울 올나와 예조(禮曹)[8]

---

1 각설(却說)- 담화(談話)할 때에 하던 담화에서 이 국면(局面)을 바꾸어서 말할 적에 쓰는 용어(用語).
2 지례(知禮)- 경북(慶北) 지금의 김천군(金泉郡)의 지례면(知禮面), 대덕면(大德面), 부항면(釜項面), 석현면(石峴面), 증산면(甑山面) 등(等)
3 츙의(忠毅)- 지방(地方) 무관(武官) 잡직(雜織) 중의 하나.
4 동관(同官)- 한 관아(官衙)의 동등(同等) 관원(官員) 사이에 서로 부르는 것인데, 전자(前者)에 교군(轎軍)군끼리도 동관이라 하고 하는 말을 들었다.
5 약정(約正)- 향약(鄕約) 권선징악(勸善懲惡)의 취지(趣旨)로써, 향촌(鄕村)에서 모인 단체(團體)의 직원(職員) 중의 하나.
6 풍헌(風憲)- 면(面)이나, 이(里)에 두는 한 직원(職員)이니, 풍교(風敎)와 헌장(憲章)을 맡은 사람.
7 예사(禮斜)- 관아(官衙)로서 내어주는 양자(養子)의 명문서(明文書)이니, 소위(所謂) 증명(證明)이라는 문귀(文句)를 우리는 사급(斜給)이라 하였으며, 치부책(致簿冊)에 등초(謄抄)하여 두는 것을 비껴(斜) 둔다 하였다.
8 예조(禮曹)- 지금의 문교부(文敎部).

셔리(書吏)⁹ 집에 주인ᄒ고 예스을 내여 말나 ᄒ니 예조 셔리 됴 츙의 돈 만
코 인스 업스를 보고 필탈츳탈(被頉此頉)하고 돈만 썬라 먹고 예스을 안이
니여 주니 츙의 할 일 업서 도로 나려 갓더니 명연(明年) 츈에 ᄯᅩ 돈 빅싯고
예조서리 집을 ᄎᄌᆞ오니 예승(禮丞)¹⁰이 반겨며 ᄯᅩ 머무르고 돈만 연감 빼쓷
ᄒ고 예스을 아니 니여주니 돈이 졈졈 진(盡)ᄒ는지라 츙의 크게 근심ᄒ야
승연(上年)에 올나슬적 동디문안의 한스룸을 소괴엿거니 그스룸이나 보고
의논(議論)ᄒ고져 ᄒ여 일일(一日)은 말을 타고 가더니

중노(中路)의셔 급흔 쇠나기을 만나 피할 곳지 업더니 문득 본이 큰 디문
이 길을 당ᄒ여 열여거늘 말을 ᄯᅳ을고 드러서 보니 분칠흔 담이 두로 둘넛고
담안의 조흔 마목(馬木)이 잇거날 말을 ᄯᅳ려 미고 홀련(忽然) 뒤을 보고 시벼
둘네 둘네 보와도 뒤 볼디 젼여 업스니 뒤은 ᄯᅩ한 졈졈 더 급ᄒ여 뒤 볼디을
ᄎ난디 그.괴승을 산지도감¹¹ 취발이¹² 머리 두루둣 썰썰 미다가 게오 ᄒ고
둘너 본이 마구간 겻히 ᄯᅩ 조흔 집이 잇셔 분벽광창(粉壁廣倉(窓?)) 찬난(燦
爛)흔디 그속은 측간(側間)이어날 됴츙의 반겨 올타 예로고나 드러가 쏭을 누
고 요디(腰帶)을 추혀 미고 갈오디 이뉘집이 이리 조흔고 하돈이 언파(言罷)
의 흔쩨 궁노¹³마직(宮奴馬直)이 니다라 소리를 지르고 엄포왈(掩怖曰) 엇더
흔 츙생(虫生)이 감히 ᄌ게¹⁴ 보시난 측간의 쏭누고 ᄌᄌ게 말민난 마목의
말을 미여난요 ᄒ고 일변을로 말을 ᄯᅳ려 너치며 욱외을 ᄯᅳ을며 미녀닌니.

츙의 쏘고라진 승의 눈을 부르 쓰고 주목을 불근 쥐고 서된 소리 불 호령
이 골골ᄒ야 네 승젼(上典)도 양반(兩班)이라 나도 양반이라 종놈의 벼르시
엇지 져려 ᄒ리요 흔이 궁노 드리 더욱 노ᄒ여 박축(迫逐)ᄒ며 구축(驅逐)ᄒ

---

9 셔리(書吏)- 아전(衙前)이나, 각 관아(各官衙)의 속료(屬僚)니, 수령(守令) 밑에서 봉
　직(奉職)하는 하급 직원(下級職員) 가운데 하나.
10 예승(禮丞)- 셔리를 승(丞)이라 하는데, 예조(禮曹) 셔리임으로 예승(禮丞)이라 하
　였다.
11 산지도감- 얼골에는 탈 박아지(假面)을 쓰고 소매가 길고 넓은 도포(道袍)를 입고
　춤을 추며 연기(演技) 단체(團體)의 하나로 산대(山臺) 노름이라고도 한다.
12 취발이- 산지도감 연기자 중(演技者中)의 하나.
13 궁노(宮奴)- 마직(馬直), 각 궁방(各宮房)의 하례(下隸)의 노복(奴僕)들.
14 자게- 저의들의 상전(上典), 주인(主人)을 가리키는 말로서 당신(?)이라는 뜻인 듯
　하다.

고 일변(一邊) 그 거동을 본이 비류 먹은 말게 삭기 등ᄌ(鐙子)[15]요 좀 먹은
안장(鞍裝)의 짝 다리[16]라 추포도포[17](麤布道袍)의 가죽씌을 씌고 더우[18] 부러
진 갓서 벼리줄[19] ᄒ여난디 그 인물이 기괴홈과 츳신 업슨 호령이 당치 안이
흔이 모든 궁노 크게 우의 너겨 무섭다 양반일다 갸륵ᄒ다 양반일다 일시에
손쪅 쳐 우스니 헌화 란자(랑자?)(喧話狼藉) ᄒ난지라.

잇ᄯ 봉임디군[20](鳳林大君)이 디니문안[21] 밧게 궁중(宮中)에 울적(鬱寂)히
겨오셔 더부러 볏(벗?) ᄒ오실 곳지 업스니 미양(每樣) 심적(心寂)ᄒᄉ 청ᄉ
(廳舍)의 두로 건이드니 밧게셔 요란(擾亂)ᄒᄆ를 드르시고 연고을 무로시니 술
(션?)이[22](薛里?) 실노 써 아뢰오니

디군이 그 거동을 보시고져 ᄒᄉ 부르라 ᄒ시니 수리 나와 제인(諸人)을
ᄯ지져 믈이치고 튱의를 불너 드려 간니 튱의 조곰도 구속(拘束)지 안니ᄒ고
시 가슴을 쪽 니밀고 웃쭐웃쭐 거려 앙연(仰然)이 당(堂)의 올나 보니 주인이
청춘쇼연(靑春少年)이라 제 나홀 성각ᄒ고 가중 업수 넉겨 거만(倨慢)이 읍
(揖)[23]ᄒ고 안거날 디군이 공순이 답예(答禮)ᄒ오시고 어디 계신 손임이요 혀
신디 튱의 긴 기츰하고 고기을 쎄혀 니여셔 경숭도 잇것다. 디군이 ᄯ 므로
ᄉ디 무슨 일로 올나와 겨신요. 튱의왈 어이ᄉ[24] ᄒ여 왓것다. 대군이 ᄯ 므

....

15 등ᄌ(鐙子)- 말 탈 적에 오르고, 내릴 때에 밟는 것과 타고 다닐 적에는 발을 끼우는
  쇠로 만든 것.
16 짝다래- 말안장 좌우(左右)에 다는 가죽으로 만든 둥근 방석 모양으로 된 것인데,
  짝다래라 함은 한 모양이 아닌 짝쪽이라는 말.
17 도포(道袍)- 통상(通常) 출입(出入)할 "때에 입는 옷이니, 소매가 길고, 넓으며 등
  길은 두 겹으로 늘어진 옷.
18 대우- 갓 테두리 가운데 위로 올라 간 것.
19 벼리줄- 실로 이리 저리 얽어맨 것.
20 봉림대군(鳳林大君)- 이조 16대(代) 왕(王). 인조(仁祖)의 둘째 왕자(王子) "효종대
  왕(孝宗大王)"
21 대내문안(大內問安)- 제왕(帝王)의 거소(居所)를 대내(大內)라 하는데, 곧 대궐(大
  闕) 안 부왕(父王) 모비(母妃)께 문안(問安) 드리는 것.
22 술이(실리?)(薛里)- 세자궁(世子宮)의 문차○(門差○), 또는 각궁 설리(各宮薛里),
  내시직(內侍職)에도 설리가 있다.
23 읍(揖)- 공경(恭敬)하는 뜻으로 두 손을 마주 잡고 예하는 것.
24 어이사- 어떠한 일로.

르스디 무슨 잡게(긔?)²⁵(雜技)나 호시나야 츙의왈 바독은 현혼(眩昏)호여 못
호고 투젼(鬪賤)은 승되여 못호고 중기(將棋)난 남불지 안이커 두것다 혼즉
대군이 명호스 중기판을 나오라 호시고 츙의로 더부려 두신이 초포승마(車包
象馬)도 쓸 줄 모르고 표로 표를 치며 게오 졸 내밀줄 알더라 이웃고 낫것
상²⁶이 나오니 녹의홍상(綠衣紅裳) 분면궁이²⁷(粉面宮艾) 썅썅호야 옥기(玉器)
며 팔진미촌(八珍味饌)이 ㄱ득호니 츙의 안목(眼目)이 황홀(恍惚)호야 중기여
념(念)이 업셔 흔이 판을 물이고 승을 나올시 디군이 므로스디 술을 즈시난
가 츄의왈 어 남불지 안이커 먹것다 혼즉 명(命)호스 술을 가져 오라 호오시
니 디군이 흔존을 줍스오시고 츙의을 권(勸)호오시니 츙의 마셔보고 혀혀 주
인 조혼 술을 두고 즈시난고 연호여 삼스비(三四盃)을 거후르고 승을 쓰어
노코 예도 집젹 제도 집젹 음식의 탐혹(貪惑)호고 스미(奢味?)의 감질드려 그
려혼 중혼 승을 다 휘그려 먹고 쵸지령도 남지 안이호고 술 맛슬 못 이겨서
술병을 연호여 도라보니 디군이 술을 더 가져 오라 호오스 더 권호신이 먹을
스로 달곰호고 향깃호야 비부르지 안이호니 입마시 탐혹호야 칠팔비(七八盃)
을 거후리니 음식초만(飮食超滿)호고 주기(酒氣)가 디셩(大盛)호니 승판이 젼
납이 불기 갓고 두눈이 퓨려져 좌석(座席)의 거구려지니 디군이 명호스 비반
(盃盤)을 아스라 호오시니 장을 믈이고 좌우로 츙의를 붓드려 편히 누이고
구호(求護)호라 호시니 츙의 코고으며 불 불며 정신(精神) 모르니 졔 불과 보
리 탁주(濁酒)나 먹던 충즈의 진쥬(眞酒) 칠팔비의 엇지 기도(開導)호리오 방
중(房中)에 술니 신니 코을 거스리고 일신을 구울며 보듸져 형용(形容)이 기
괴(奇怪)호니 좌우복시(左右僕侍)드리 입을 가리오고 우스미 디군이 추호(秋

....

25 잡게(기?)(雜技)— 노름(賭博)
26 낫것상— 낮에 먹는 별식(別食). 곧 점심상이니, 한양가(漢陽歌) 삼면(三面) 하칭(下
層) 제 십이 행(第十二行)에 "셩것방"이라는 구절(句節)이 있는데, "셩것방"은 생별
식소<生別食(生果實)所>라고 한다는 말을 고(故) 홍택주(洪宅柱) 노인(老人)에게서
필자(筆者)가 직접 들었는 것이다. 홍택주는 내관(內官)으로 소년(少年) 시대(時代)
로부터 광무제(光武帝) 말년까지 일생(一生)을 궁중(宮中)에서 봉직(奉職)한 분인데,
내관직(內官職)으로 종이품(從二品) 상선(尙膳)까지 지냈다.
27 궁애(宮艾)— 궁중(宮中)에서 사환(使喚)하는 시녀(侍女)인데, 애(艾)는 소애(小艾)라
고도 하여 연소 미묘(年少美妙)한 부녀자(婦女子).

毫)도 경만(輕慢)ᄒ시미 업습고 단정(端正)이 안ᄌᄉ 안ᄉᆼ(案床)의 칙을 보시던이 두어 식경(食頃)의 호미히 ᄭᅢ야 물을 구흐거늘 디군이 명ᄒᆞᆫ 갈근탕(葛根湯)의 쳥밀(淸蜜)을 너코 쳥심차(淸心茶)를 화(和)ᄒᆞ야 먹이시니 그제야 가륵ᄒᆞᆫ 졍신이 ᄭᅢ야 툭툭 털고 이러나셔 보니 만(望?)근(網巾)이 소ᄉᆞ며 의디(衣帶)가 푸러졌더라 어릿 두릿 졍신을 졍ᄒᆞ고 이려 안거늘

그제야 치들여 무로시디 원컨디 셔울 오신 곡졀(曲折)을 알고져 ᄒᆞ야 ᄒᆞ난이다 ᄎᆞᆷ의 지지게을 혀고 ᄒᆞ피움ᄒᆞ고 마른 셰수ᄒᆞ고 손 뷔부고 오리도록 거려 ᄒᆞ다가 갈오디 어 관(과?)연(果然) 내 무ᄌᆞ식(無子息)ᄒᆞ야 양ᄌᆞᄒᆞ고 예ᄉᆞ을 내려ᄒᆞ디 ᄉᆞᆼ연(上年)의 피(敗)ᄒᆞ고 오례도 일을 일위지 못 ᄒᆞ여것다.

디군이 갈아스디 그려ᄒᆞ면 그 예ᄉᆞ을 니가 너 드리릿가 ᄎᆞᆷ의 입맛 다시고 눈을 ᄭᅡᆷ죽이고 갈오디 모르면 모르건이와 그 팔이관[28] 쓴 ᄉᆞ람이 말을 줄 들을가 디쇼(大笑)ᄒᆞ니 디군이 드르시고 좀간 우으시고 마직이을 명ᄒᆞᆫᄉ 예죠 셔리을 브르라 ᄒᆞ신이 시각[29](時刻) 넘지 안이ᄒᆞ야 예승이 와 게ᄒᆞ(階下) 복지(伏地)ᄒᆞ야 뵈옵고 츄춤(趨蹌) 공경(恭敬)ᄒᆞ야 쳥영(聽令)ᄒᆞ니 디군이 엄분부(嚴分付)ᄒᆞ시디 네 엇지 모로미 지레 됴셩원(趙生員) 예ᄉᆞ을 안니 너여드린다 주각(卽刻)의 예ᄉᆞ을 너여오고 일시(一時)나 티만(怠慢)ᄒᆞ면 중죄(重罪) 이스리라 ᄒᆞ시니

예승이 만만(萬萬) ᄉᆞ죄(謝罪)ᄒᆞ고 슈명(受命)ᄒᆞ니 잇ᄯᅥ 큰 비 ᄒᆞᆫ 줄기 오니 예승이 덩넌(직령?)[30](直領)과 의말(衣襪)이 다 물의 져져스되 거름도 옴기지 아니ᄒᆞ고 황공쳥명(惶恐聽命)ᄒᆞ고 물너 가던이 시각이 음지(믕기지?) 아니ᄒᆞ야 예승이 그려ᄒᆞᆫ 비을 홀이고 예ᄉᆞ을 너여다 드린이 ᄎᆞᆷ의 좌(座)의 안쳐 그 괴(교?)만(驕慢)ᄒᆞ고 우람(愚濫)ᄒᆞ든 셔리놈이 그리 숨도 못쉬고 죽어 뵈는 모양을 보고 황홀 난측(恍惚難測)ᄒᆞ더라. 예ᄉᆞ을 보고 디희광(大喜狂)ᄒᆞ야 드립써 디군의 손을 줍고 ᄉᆞᄉᆞ 우스며 갈오디 나의게 젹션(積善)도 ᄒᆞ였도다 셔울 이기니라 미ᄉᆞ의 ᄎᆞᆼ셩기특(忠誠奇特)ᄒᆞ도다 우리 ᄉᆞᆼ싱지괴(교?)(死生之交)

....

28 승두(蠅頭)- 각조(各曹) 서리(書吏)가 쓰는 관(冠).

29 시각(時刻)- 시간을 말한 것이니, 지금오로부터 오십 년 전에 시계(時計)의 십오 분(十五分)을 일각(一刻)이라 하여 한 시간을 사각(四刻)이라 하였다.

30 덩넌직령(直領?)- 관아(官衙)에 사진(仕進)할 때 입는 웃옷.

되여 통성명(通姓名)ᄒᆞ자 ᄒᆞ고 제 성명을 이른이 디군도 당신 ᄌᆞ호(字號)을
이르시더라.

이령 저령 거양(夕陽)이 지나고 좌우(左右) 셕반(夕飯)을 아뢰거늘 츙의 이
려셔며 가로디 주인 밥상 밧기 전의 가리로다 ᄒᆞ니 디군이 갈오ᄉᆞ디 긱이(客
裡)난 일양(一樣)이니 원컨디 셕반을 ᄒᆞᆫ가지로 ᄒᆞ고 이곳의셔 ᄌᆞ미 조르다 ᄒᆞ
오시니 츙의왈 주인의 후정(厚情) 고마오나 엇지 연ᄒᆞ야 폐을 식이리오 ᄒᆞ고
가라 ᄒᆞᆫ 것을 디군이 간졀이 만유(挽留)ᄒᆞᄉᆞ 셕반을 멕이시고 츈션기명(饌
膳器皿)이 볼스로 황홀ᄒᆞ고 먹을스로 감질나니 그릇마당 탐식(貪食)ᄒᆞ고 거
축(炬燭)ᄒᆞ고 조흔 금침(衾枕)을 쥬시니 밤을 편이 지니고 이튼날 됴반 먹고
즁ᄎᆞᆺ 써날시 디군이 조흔 말게 안중 지어 주시니(고?) 흔벌 의복과 젼양(錢
兩)을 후이 주시니 츙의 구지 ᄉᆞ양왈(辭讓曰) 그디여(에?) 폐로로이 슉식(宿
食)을 여려 ᄰᅥ ᄒᆞ고 예ᄉᆞ 너여 가기도 그디 은혜(恩惠)여날 엇지 무단(無端)니
남의 신세(身世)를 지리오 디군이 우어 갈오ᄉᆞ디 ᄌᆞ성지괴라 ᄒᆞ여 치ᄉᆞ(致謝)
가 잇난야 그디 말(馬)이 존져(졸?)(屠拙)ᄒᆞ니 원노 구치(遠路驅馳) 어려울지
라 엇지 ᄉᆞ랑(양?)ᄒᆞ리요 츙의 디군의 진정(眞情) 바리지 못ᄒᆞ여 마지 못ᄒᆞ여
밧고 임별(臨別)의 디군의 손목을 잡고 연연(戀戀)ᄒᆞ야 낙누(落淚)ᄒᆞ며 ᄎᆞ후
(此後)난 니가 셔울 와도 너을 ᄎᆞᆺ고 네가 지레 와도 나을 ᄎᆞᆺ지라 디군이 응낙
(應諾)ᄒᆞ시고 쏘흔 셥섭다 ᄒᆞ시더라.

제 말을 쏘 가져 가며 ᄀᆞᆯ오디 주인이 조흔 말을 주니 밧고암즉ᄒᆞ디 속담
(俗談)의 인마역동(人馬亦同)이라 ᄒᆞ니 싀거술 밋고 예거슬 바리미 니 ᄎᆞᆷ아
못ᄒᆞ여 가져 가난이 주인은 욕심(慾心)으로 아아지 말니 디군이 그 언ᄉᆞ유신
(言辭有信)ᄒᆞ다 칭춘(稱讚)ᄒᆞ시더라.

츙의 나려 가셔 양ᄌᆞ을 다려오고 주찬(酒饌)을 즁만ᄒᆞ야 져의 벗(友) 김풍
헌 됴약정을 청ᄒᆞ고 ᄌᆞ랑 왈 니 이번도 예ᄉᆞ을 못닐 것슬 니 리 아모을 ᄉᆞ고
어 예ᄉᆞ을 니고 후디을 바덧것디 모든 취한(醉漢)드리 무수(無數)히 치ᄒᆞ(致
賀)ᄒᆞ고 그 즁 지식(知識) 잇는 지 거쳐(居處)을 뭇고 그 ᄉᆞ괸 볏의 거동을 다
므른이 츙의 갈오디 그 집은 우리 관가31(官家) 도곳32낫고 우(위?)의(威儀)난

....

31 관가(官家)- 지방 군아(地方郡衙)이니, 군수(軍需)가 청정(聽政)하는 집.
32 도고- 보다 더?

관가와 갓더라 골목 일홈을 이져슨니 후의 혼가지로 셔울 가셔 셔로 스괴즈 ㅎ니 듯는 즈 의심(疑心)ㅎ되 딕군이신 줄이야 엇지 알이요.

츙의 리 아모을 일카라 셩각ㅎ되 롱업(農業)에 ᄃ스(多事)ㅎ고 타고(他故)에 골몰ㅎ야 얼푸시 오육 연(五六年)이나 지나던니 일일은 젼위(專爲)ㅎ야 츠 즈 올나 올시 수수 소주병(燒酒甁)과 취타러 엿쏘라이와 뫼쏜반³³ 등물을 싯고 느리골³⁴ 딕군궁³⁵(大君宮)을 츠져오니 잇써 인조 딕왕(仁祖大王)이 승ㅎ³⁶(昇遐)ㅎ오시고 그젼 효(소?)현 세자(昭顯世子) 홍셔(薨逝)ㅎ시니 봉임 딕군(鳳林大君) 셰자 위(位)로 거오시다가 즉위(卽位)ㅎ심이라.

본궁(本宮)은 닉관(內官)과 마직이로 직히여슨이 주연(自然) 혀소 황양(虛疎荒凉)ㅎ야 젼갓치 변화(繁華)치 못혼지라 츙의 물너 보다가 허니 볏의 집이 퓌 ㅎ건지고 허 제가 사치(奢侈)을 너모 ㅎ더라니 ㅎ고 입아 입아 ㅎ고 브른니 궁노 마직 드리 나와 엇던 스람인다 ㅎ고 휘츕(揮逐)ㅎ거날 그중 노수로(老盲奴) 숭(上)의 밀지(密旨)을 밧즈의 됴 츙의 오거든 잘 딕졉ㅎ고 알외라 ㅎ오신지라 밧비 나와 쳥ㅎ야 외현(外軒)의 안치고 가로딕 우리 주인게오셔 남의 일을 보라 단이시니 여게 안져스면 가셔 고(告)ㅎ리다.

츙의 못난 승판을 앙등 가리고 나난 져을 보라 ㅎ고 젼이여(젼혀?) 신근(辛勤)니 왓것날 져난 즉시 와 안니 보니 응 닉 졍만 못ㅎ도다 허 셔울 스롬이 교만 무졍(驕慢無情)타 말이 올커니 닉 남의 빈스릉의 혼즈 안즈 무엇 ㅎ게 ㅎ고 쩌주거리고 가랴 ㅎ난 것슬 술오(수로)간졀이 달너여 죠혼 주찬으로 딕졉ㅎ고 울울(鬱鬱)리 안즈시니 수로 후원문(後苑門)으로 드러가 츙의 와스믈 상(上)게 알읜이 상이 갈오스딕 그더가 왓다 ㅎ니 반가오나 남의 긴급혼 스괴(事故) 잇셔 즉시 못간니 편이 안져스라 승야(乘夜)ㅎ야 가리라 ㅎ신이 수

---

33 뫼짜반– 미상(未詳)

　① 제삿(祭祀)밥은 "메"라 하며, 제사에 드리는 "자반"을 "메자반"이라 한다. 충남 당진(唐津) 등지(等地)에서 쓰는 말.

　② 마른 멸치를 양념하여 만든 것을 "멧 자반"이라 한다. 경남 울산(蔚山) 등지에서 쓰는 말.

34 느리골– 지금의 동대문구(東大門區) 효제동(孝悌洞).

35 대군궁(大君宮)– 어의궁(於義宮)이니, 봉림 대군이 탄생(誕生)하신 곳.

36 승하(昇遐)– 왕(王)의 사거(死去)를 이름(云).

로 이디로 봉명(奉命)ᄒ여 젼ᄒ니 츙의 더욱 불쾌(不快)ᄒ야 눈쏠을 아드득
찌부리고 허 소러랄 연쇽(連續)히 ᄒ고 괴로이 번뇌(煩惱)ᄒ든니 과연(果然)
이경(二更)³⁷은 ᄒ여 상이 미복³⁸(微服)으로 쇼환³⁹(小宦)을 다리시고 나오시
니 츙의 너모 반겨 상을 드립써 붓들고 ᄒᄒ 우스며 반가온 눈물이 즈로 써
려지니 상이 쏘흔 반갑다 ᄒ시고 수답(酬答)이 여류(如流)ᄒ오시니 츙의 스스
우스며 갈오디 그랴도 잇지얏고 나난 너 싱각든 졍을 어지 형용ᄒ리 너을
싱각ᄒ고 주찬을 가져 와슨니 졍으로 먹으라 ᄒ고 봉믈(封物) 드려오니 쇼주
병 한 쓰럼이오 취타리 한 쓰럼이오 묏즈반 흔 쓰럼이오 엿쏘리 흔 쓰럼이
삭기 뭉쳐 귀즁즁흔 거살 쳥(廳) 말의 드려 노혼이 상이 드 풀나 ᄒᄉ 친감(親
鑑)ᄒ오시고 수수 쇼주와 묏즈반을 진어(進御)ᄒ오시니 츙의 연ᄒ여 견ᄒ여
낙낙(樂樂)ᄒᄆ를 이기지 못ᄒ드라.

써 임의 슘경 말(三更末)이 된이 상이 갈오스디 니 남의 즁난(重難)흔 디ᄉ
(大事)을 맛타신니 못올거슬 왓다 ᄒ시고 밤의 흔가지로 못 잘 거신이 편이
쉬고 아진 이스면 니 명일밤의 쏘 오마 ᄒ오시니 츙의 뒤흔들며 갈오디 슬타
슬타 나는 슬타 명일은 가것다 은근즈 만난 다시 밤의 보랴 상의 우으시고
기유(開諭)ᄒ사 머므르시다가 환궁(還宮)ᄒ오시니 츙의 죵야(終夜) 젼젼불미
(輾轉不寐)ᄒ나 수리 됴셕 시식(朝夕侍食)을 과람(過濫)토로 먹이고 잠간 위로
(暫間慰勞)ᄒ야 밤이 되기을 기다리던니 과연 쏘 이경에 상이 나오스 슘경의
드러가시니 이려로 ᄒ여 슘일리 된이 츙의 만나면 탐탐(貪貪)ᄒ고 써나면 울
고져 ᄒ난지라 상이 갈오스디 희표만이 먼니 와셔 즈로 써나미 셥셥ᄒ니 나
잇난 곳에 흔가지로 가 잇ᄌ ᄒ시니 츙의 앙등 그리고 일오디 너도 긱 노르
슬ᄒ여 쏘 엇지 찟 부치기로 잇스리요 명일은 가것노라 ᄒ니 상이 왈 추우강
남(追友江南)이라 ᄒ니 지졍(至情)이 니려ᄒ니라 츙의 마지못ᄒ야 상을 쏘츠
가니 후원(後苑) 별당(別堂)의 두시고 못된 즁기(將棋)로 두ᄉ 쇼일(消日)ᄒ시

37 이경(二更)- 오후 팔구 시(八九時)가 초경(初更)인데, 일야(一夜)를 오경(五更)에 나
　　누어서, 오전 삼사 시(三四時)가 오경이다.
38 미복(微服)- 왕(王)이 서민(庶民)의 이목(耳目)을 피하기 위하여 서민의 의복(衣服)
　　과 같은 의복(衣服)을 입고, 민간(民間)의 물정(物情)을 살펴려 다닐 때에 미복으로
　　다닌다.
39 소환(小宦)- 내시(內侍).

며 닉관으로 지키여 별미진찬(別味珍饌)을 스오시(四五時)로 먹이신니 츙의
감질드려 고힝(故鄕)의 믹속반(麥粟飯)의 즌겨리 나고 조흔 의복의 조의 가니
(조이 지내니?) 진려지니(길려지니?) 살이 쪄 두턱이 되고 어원풍경(御苑風景)
이 웅중화려(雄壯華麗)ᄒ야 기화괴셕(奇花怪石)이 신션의 겐(경?)기(景槪)로디
즘싱 갓흔 인스가 엇던 곡졀(曲折)인지 아모란 슝을 모르고 고향 싱각 업던
니 일일은 상이 무려 가로스디 그디 벼술ᄒ고 시보야(냐?) 츙의왈 작ᄒ랴 마
은 쉬온야 상이 왈 니 주션(周旋)ᄒ랴 ᄒ시니 츙의 고기를 끗쩍이며 션우음
우어 왈 너도 벼살 못ᄒ며 남 식이기 쉬우랴 상이 우으시고 드려 가시드니
이윽고 흔 조히을 닉관을 들이시고 상이 오스 주시며 갈오스디 무슴 벼술ᄒ
고 시보야 ᄒ오시니 츙의왈 닉 지닌 츙의로 조컨이와 지례현감(知禮縣監)이
단이미 일손(日傘)[40] 씌우고 통인(通引)[41]들라 다리 치고 쳥영(聽令)ᄒ니 조화
뢰더라 마난 비가망(非可望)이로다.

상이 우으시고 드려 가시든이 이윽고 조회여(에?) 쓴 거살 닉관을 들이시
고 상이 나오스 츙의을 쥬스 왈 이만ᄒ면 지례원 못ᄒ랴 츙의 급히 밧즈와
본니 지례 현감 됴 아모라 ᄒ고 어인(御印) 싹싹 쳐슨니 쌈죽 놀납고 황홀리
즐거 드리셔 어수(御手)을 줍고 갈오디 져조도 시쵬ᄒ다 어득케 착흔 벼를
두고 이런 극난(極難)흔 일을 **다** 판득(判得)ᄒ난요 닉 싱각 밧 소원을 일위신
이 지례 소슨을 반만 너을 주마 상이 연ᄒ야 우스시고 갈오스디 밧기 나가
여긱(旅客)의 잇셔 스은숙비(謝恩肅拜)ᄒ고 원 노르시나 잘 ᄒ라 ᄒ시니 츙의
왈 스은 숙비가 무엇고 상이 속이시고져 ᄒ야 가중 어렵도록 가라치시니 츙
의 여려 번 즈시 뭇고 유심치부(有心致簿)ᄒ고 나가며 갈오디 나도 와셔 보련
이와 너도 여긱의 츠져와 날을 보라 상이 우스시고 허락(許諾)ᄒ시드라 츙의
여각의 주인ᄒ고 안졋든니 지례 하인드리 올나와 보니 슴본(반?)관속[42](三班

------

40 일산(日傘)- 의장(儀仗)의 한 가지. 대가 길게 된 큰 산(傘)으로 황제(皇帝)는 황색
(黃色), 왕(王)과 황태자(皇太子)는 홍색(紅色), 왕자(王子)는 흑색(黑色)이요, 백포
(白布)에 청색(靑色)으로 연(緣)을 붙인 것은 감사(監司)와 유수(留守)와 수령(守令)
들이 부임(赴任)할 때에 쓴다.

41 통인(通引)- 지방(地方) 관아(官衙)에서 사환(使喚)하는 사동(使僮).

42 삼반관속(三班官屬)- 지방(地方) 각 부군(各府郡)에 이, 교, 노, 영(吏, 校, 奴, 令)
들을 가리키는 말.

官屬)이 모도 제 젼일(前日) 친구 벼지라 크게 반게 당에 올여 안치고 술먹으며 젼일 예수 니여 주던 친구 리 아모의 주션으로 원을ᄒ니 그딕 덕틱(德澤)이 무궁(無窮)ᄒ니라 ᄒ니 모든 관속드리 싱(새?)(新) 원임게 현신(現身)⁴³ 드러난 것시 이 즘싱 갓흔 조츙의라 막불츠악(莫不嗟愕)ᄒ야 면면숭고(面面相顧)ᄒ고 입마시 쏨바괴 갓더라 명일 수은 숙비홀시 수모(紗帽)와 관딕(冠帶)을 갓초고 상이 가라치신딕로 동관(東關)⁴⁴압브터 기여 드러와 숙비ᄒ려니 천촉(喘促)이 즛심(滋甚)ᄒ야 땀이 흘너 쌍의 쩌러지더라.

본궁⁴⁵ 궁노(本宮宮奴)들로 복시(服侍)ᄒ라 ᄒ신 고로 상의(上意)을 알고 셔로 웃고 ᄒ난딕로 두더라.

권(궐?)문(闕門)의 이르러 인졍(졍?)젼(仁政殿)⁴⁶에 다다라난 코홀 짜히 다히고 살살기여 드러가니 관복 자락이 발의 발펴 즈로 업더지고 숨쇼리 천축ᄒ여 숙비을 게오 마츠미 근시(近侍)로 명ᄒ수 얼골을 드러 텬안⁴⁷(天顏)을 뵈오라 ᄒ시니 츙의 죽을 변 살 변 게오 머리를 드러러 텬안을 우러러 뵈옵다가 부지불각(不知不覺)의 별덕 이러나셔 손쎅 치며 수수 우셔 갈오디 입다고나 네로고나 양다라공⁴⁸ 속엿고나 ᄒ니 좌우시신(左右侍臣)드리 막불희연(莫不駭然)ᄒ야 됴츙의을 무려(례?)(無禮)흔 죄을 청ᄒ오니 말슴과 위의 숭셜(威儀霜雪) 가튼지라 츙의 상을 뵈옵고 즐기든 ᄒᆢᆼ이 소삭(消索)ᄒ야 쏘고라진 눈을 겁나게 쓰고 낫 비치 쑹빗 갓ᄒ야 어릿 쑤릿 좌우를 고면(顧眄)ᄒ고 아모라 할 줄을 모르니 그 거동이 뇌졍(雷霆)의 쩌러진 좀츙(蠹蟲)이라 상이 일장딕쇼(一場大笑)ᄒ오시고 ᄒ괴(교?)왈(下敎曰) 엄즛릉(嚴子陵)이 한광무(漢光武)의 비우의 발을 언져스니 됴츙의난 과인(寡人)의 좀져(潛邸)적 벗지라 엇지 죄 쥬리오 경등(卿等)은 두호⁴⁹(斗護)ᄒ라 ᄒ시나 젼숭젼ᄒ(殿上殿下)의

<hr>

43 현신(現身)- 하례(下隸)가 주인을 처음 뵈는 일.
44 동관(東關)- 창덕궁(昌德宮) 돈화문(敦化門)에서 파조교(罷朝橋)까지, 지금 종로 삼가(三街) 네 거리 북편(北便) 은구(隱講)까지.
45 본궁(本宮)- 어의궁(於義宮).
46 인정전(仁政殿)- 창덕궁(昌德宮) 안에 있는 조회(朝會)를 받는 정전(政殿).
47 천안(天顏)- 제왕(帝王)의 얼굴을 말함이니, 용안(龍顏), 또는 옥안(玉顏)이라도 한다.
48 양다라공- 미상(未詳). 얘 이것 봐라?

신료(臣僚)드리 져 즘싱 갓혼 인수을 상은(上恩)이 호탕(浩蕩)ᄒ심을 감복(感服)ᄒ고 도로혀 불워ᄒ며 디신이ᄒ(大臣以下)로 조복(朝服) 소미로 입을 쓰고 가만히 웃더라 고금(古今)의 업난 중관(壯觀)이라 상이 화연(和然)이 우ᄉ시며 갈오스디 군신(君臣)의 체면(體面)이 중(重)ᄒ어 왕즈(王者)난 묵묵(默默)ᄒ고 우슨 일이 업것날 됴흉을 궁중이 다 우스시니 천디의 기특ᄒ 일이라 ᄒ시고 됴흉의를 너여 보니시며 궐문 밧기셔부터 일산을 밧고 나가라 ᄒ시나 흉의 아모란 숭을 오히려 몰나 을나은듯50 의심 나난듯 정신이 황난(慌亂)ᄒ야 스룸을 보난 족족 그 연고을 무론즉 아난지 쇼유(所由)을 즈셔이 이른이 흉의 그제야 ᄭᅵ다라 감은감격(感恩感激)ᄒ 눈물이 결노 써러져 갈으디 상감(上監)의 은혜을 몸이 죽도록 갑흐라 ᄒ더라 도임(到任)할시 일읍 빅셩(一邑百姓)이 다 놀라고 흉의 면면(面面)이 인ᄉᄒ되 정각(政閣)의 안즌 거동이 가중 앙장ᄒ고 군속(窘俗) 지레 원 할 기상(氣像)이 잇다 ᄒ더라 관ᄉ(官事)을 다 칙방(冊房)51 지위(指揮)더로 ᄒ고 술과 안주(按酒)을 거룩히 갓쵸고 지레소산(知禮所産)을 만히 싯고 편지(片紙)ᄒ되 상감젼승셔(上監前上書)라 ᄒ고 나라의 디리라 ᄒ니 책방이 다 법이 아니물 알되 상의(上意)을 아난고로 바려둔 이 아젼이 압영(押領)ᄒ어 올나온디 감히 밧치지 못ᄒ고 상게 알뢴즉 편지을 가져 오라 ᄒᄉ 보시고 크게 우스시고 진승(進上) 봉물(封物)은 환숑(還送)ᄒ라 ᄒ시다.

원 노르시 쥐막공이52 갓혼들 뉘 감이 시비(是非)ᄒ리요 폄(貶)53마다 승(上) "백쑷"을 쓰고 육연과만54(六年瓜滿)을 무ᄉ(無事)이 지니니 그려 ᄒ나 본심(本心)이 인즈(仁慈)ᄒ고 욕심이 업스며 ᄒ 쎠난 송사(頌事)ᄒ디 ᄒ 놈이

----

49 두호(斗護)- 위해 주는 것, 두둔하는 것.
50 을나은듯- 미상(未詳).
51 책방(冊房)- 지방 수령(地方守令)(군수=郡守, 현령=縣令)의 비서사무(秘書事務)에 종사(從事)하는 사람.
52 쥐막공이- 미상(未詳). 막석중?
53 폄(貶)- 관찰사(觀察使)가 매년 춘추(每年春秋) 이회(二回)로 관하(管下) 수령(守令)들의 치적(治績)을 조사(調査)하여 선치 여부(善治與否)를 글로 써서 임금께 올리는 것을 포폄(褒貶)이라 한다.
54 과만(瓜滿)- 재직 기한(在職期限)이 다된 것.

204 마지막 서적중개상 송신용 연구

남의 나무 갓츨 다 비어 가스니 츠쳐 주시옵쇼셔 흐난지라 츙의 술 먹다가
별덕 이려나 졔스[55](題辭)흐되 봄풀은 히마당 도라오고 인싱(人生)은 흔 변
가면 안이 오난니 빅셩을 숭히(相害) 오지 말나흐니 칙방이 그말을 문볍(文
法)을 민들미 가즁 용흐지라 관쇽드리 다 감동(感動)흐고 그후에 상이 드르시
고 니 볏지 착흐다 흐신이라 츙의 아달이 진스(進士)[56]흐여 음관[57](蔭官)으로
디(代) 이어 벼슬흐여 스디우(부?)(士大夫) 부려 안이케 되어 츙의 복록(福祿)
을 앙(안?)힝(安享)흐여 즐기든니 오러지 안야 상이 승흐흐시니 츙의 혼남(昏
濫)흔 인스라도 지우지심(知友之心)을 싱각흐다가 살들이 망극(罔極)흐야 쥬
야회(호?)곡(晝夜呼哭)흐고 식음(食飮)을 폐흐고 인흐여 병드려 죽은이 져의
말과 가치 다흐더라 상이 효종디왕이시니 즉위 십연 만의 승흐흐시고 셩덕
(聖德)이 요순(堯舜) 갓트시드라.

---

55 졔사(題辭)- 관가(官家)에서 인민(人民)의 소장(訴狀)이나, 또는 청원서(請願書)에
판결서(判決書)를 기입(記入)하여 주는 것.
56 진사(進士)- 소가 초장(小科初場)에 급졔(及第)한 사람.
57 음관(蔭官)- 과거(科擧)에 오르지 못하고 선조(先祖)의 여택(餘澤)으로 관직(官職)
에 오른 것, 남행(南行)이라도 한다.

17. 「약국인 원정(藥局人 原情)」

(조선어학회, 『한글』 통권 제117호, 1949.12., 해제·번역)

해설 생소한 제목의 글에 대해 송신용이 직접 그 뜻을 밝히고, 그 예로 한문 원문과 번역문(「약국인 설어운 사정」)을 함께 제시해 놓았다. '원정서(原情書)'는 오늘날의 '탄원서(歎願書)'와 같은 것으로 이런 탄원서 중 해학적 성격을 띤 것도 있어 당시 사회상을 엿볼 수 있다고 여겨 이를 소개한다고 밝혔다. 그러면서 필사본인 이 원정서 말미에 적혀 있는 '사휴집(四休集)'은 연산군 대의 사휴(四休) 박공달(朴公達) 또는 인조 대의 사휴당(四休堂) 김휘(金徽)의 문집일 가능성이 있지만 그 구체적 고증은 밝히기 어렵다고 했다. 그런데 필자가 확인한 바로는 『사휴집(四休集)』의 주인은 사휴당(四休堂) 김이성(金爾聲)이다. 김이성의 본관은 의성이며, 진사 김근(金近)의 아들로 광해군 1년(1609)에 태어나 숙종 3년(1677)에 죽었다.[6] 그러나 김이성에 관한 자료가 별반 남아 있는 것이 없다.

「약국인원정」은 시골에서 공부하던 유생들이 생계가 막막해 보촌(甫村)이란 동네에서 약방을 운영하는데 지방 관리들과 한량들이 약

---

6) 안동민속박물관 편, 『安東의 名賢堂號』 학술총서 제7집, 안동민속박물관, 2000.

재와 곡식을 추렴해 가고 온갖 요구를 하며 못살게 구는 통에 영업
은 물론이고 생계유지도 어렵게 되자 이 문제를 해결해 달라는 내용
을 담고 있는 글이다. 그런데 공식적 문서치고는 어휘 사용이 생기
발랄하고 우스꽝스런 표현을 다수 동원하고 있어 심각하지 않은 분
위기에서 문제를 좋게 해결하고 싶어하는 탄원자의 바람을 행간에
담아놓고 있다. 예를 들어, "까다로운 추렴을 생들과 같이 말쑥하게
뺄건 살만 남은 사람에게 엉터리 없시 받아 갈 제히띠운 체하는"이
라든가 "졸라 대는 꼴이 후추보다도 맵고 끈적끈적 보채는 감고글
의 성낸 주둥이로 참새 같이 지절거릴 제 눈알이 둥글어지며 곧 작
대기를 휘둘러 한 데 먹이려 하다가"라는 식의 표현, 그리고 "무지
막지한 상천(常賤)배의 풍습으로 약국의 규례를 모르고서 마침내 쇠
지지랑과 말똥 같이 천대를 하고 노상 낚아 들이며 긁어모으는 폼"
에서 느껴지는 생생한 현장 고발식 표현이 진정성과 구체성을 획득
하여 읽는 이의 마음을 오히려 움직이게 만드는 묘한 매력이 있다.
「약국인(藥局人) 원정(原情)」이라는 제목 하에 송신용이 간단히 글의
내용을 소개해 놓았고, 연이어 한문 원문과 이의 한글 번역문(「약국
인 설어운 사정」)을 수록해 놓았다.

약국인(藥局人) 원정(原情)

송신용

약국인(藥局人) 원정(原情)이라 하는 것은 지금에 탄원서(歎願書)와 같은
것으로 이조 때의 고문서(古文書) 가운데서 간간이 나타나는 것을 보면 사실

보다도 한층 더 문장(文章)에 치중(置重)하여 웅문(雄文)과 거벽(巨擘)이 아니
면 좀처럼 제술(製述)하기 어려운 민활 웅건(敏活雄建)한 문체(文體)의 문서
(文書)가 많은 가운데 회해적(詼諧的)인 것도 가끔가끔 나온다.

그리하여 이 원정서도 자가(自家)의 전업(專業)이 되는 약명(藥名)을 주제
(主題)로 하여 전편(全篇)을 또한 회해적으로 진술(陳述)한 것인데 현재 사람
으로서 그 때의 사회상(社會狀)을 보는 데 한 재미있는 참고(參考)가 될까 하
여 원문(原文) 그대로 소개(紹介)한다. 원문이 순한문(純漢文)이므로 다시 이
것을 국역(國譯)을 하였는데, 국역에 있어서 약명의 관계로 어문(語文)이 민
활(敏活)하지 못함을 미안히 생각하고 이만 그친다.

이 원정서는 백지 책(白紙冊)의 필사본(筆寫本)인데, 사휴집(四休集)이라고
원정서 밑에 기입(記入)되어 있다. 그런데, 사휴집은 이때까지 출세(出世)된
것이 없고 연산(燕山) 때 사휴(四休) 박 공달(朴公達)이라는 분과 인조(仁祖)때
사휴당(四休堂) 김 휘(金徽)라는 분이 있으나 이 두 분의 문집이 있다는 것을
아직 본 사람이 없은 즉 후일(後日)로 미루고 이만 그친다.

藥局人原情(四休集)

生等 甘草野而讀書 姜活計之無聊 迺以嘗百草之遺術 甘遂生涯 流落前湖
藥(子)名胡 賣 當歸 而不歸 語其所生地閞 則本洞橋皮 渡淮 只角 論其續斷
調度 則會無半夏耕農 母忠忍冬飢塞 又重以門臨突水石 室如路蜂房 天門冬
而柴胡 貴於桂皮 薄薄破古紙 窓下 挑燈心 而呵凍是白乎中 世遠厚朴之風 人
多細新之設 所謂人蔘. 戶四炳之役 白斂於生等 赤伏之人 白薜皮之面任 大腹
皮之洞長 遠志於醫家 畢發其監考 督如胡椒之辛列 則那箇 鼠粘子之監考輩
烏喙長 而雀舌亂 不覺龍眼肉之突出 正欲虎杖根 而揮打 自念益智仁之道理
還恐貫衆口之雌黃 寧欲令장牛餘粮 以爲防己之辱而 已無一石斛農租 只有幾
箇東山藥 則便同 剝龜甲 而空蟬退也 神曲徒眩 龍腦自疼盖聞白頭翁 由來語
則 雖三稜 破癰之醫 鶯粟飢 一粒 功不懲索 況烏藥鋪之雜役乎 又況百合百病
之逕術乎 且生等 有昌陽 引年之良制 實非獨活之計也 用補骨脂之唐財 以生
血者 則自有 別鹿茸 射香等 乾材局 而宜乎 使君子 愛而惜之 是去乙 貿ㄷ
商陵風習 沒藥局之規例 竟以牛沒 馬渤 賤待之 每以釣鉤藤 皂角刺侵漁之 若

財干之沙蚌 恰縮砂之木鼈 連翅首 而嘆常莉介于心 薄荷明政之澤瀉 敢以本
草 七十五種 伏白 順陣於威靈仙之下特爲 草決明之傳令 雖翟麥 米粒 勿侵逼
上 雖同錄一分 勿許里徵 永ㄷ 方風俗之 薄惡 千萬幸甚.

약국인 설어운 사정

　생들이 시골구석이나마 고맙게 여기고 글공부를 하옵다가 살아 갈 길이
없사와 백 가지 풀을 맛보아 물려주신 의술(醫術)로 달가운 생애를 하려고
이 앞 보촌(甫村)으로 굴러 와서 물건을 팔면 마땅히 돌아가야 할 것을 돌아
가지 않사오며 그 나은바 바닥을 말씀하오면 본래 동정 땅 귤피로서 희수를
건너 온 뒤에 기각으로 변하였으며 그럭저럭 살아가는 모양이란 애당초 반
여름 지어 놓은 농사도 없사와 늘 이 겨울을 당하면 주리고 추위를 어찌 견
딜까 근심하는 중 게다가 문은 찬 시내와 쓸쓸한 돌 담벼락을 향하여 있고
방이라고 벌의 집같이 텅 비었으며 땔나무는 계피보다도 귀하며 노닥노닥
발라놓은 창호 아래서 추위를 하소연할 적에 세상은 어찌 되어 후터분하며
두둑한 속은 멀어지고 사람들은 잠달고 얄미운 말이나 내세우며 이른바 사
람은 서 푼(三分)이요 집(戶)은 너 푼이라는 까다로운 추럼을 생들과 같이 말
쑥하게 뻘건 살만 남은 사람에게 엉터리 없시 받아 갈 제히띠운 체하는 면임
(지금의 면직원＝面職員)이라든지 뱃장 두둑한 동장들이 의원에게 동정하는
마음이 없어서 마침내 감고 (지금의 집달리＝執達吏)를 보내어 졸라 대는 꼴
이 후추보다도 맵고 끈적끈적 보채는 감고글의 성낸 주둥이로 참새 같이 지
절거릴 제 눈알이 둥글어지며 곧 작대기를 휘둘러 한 데 먹이려 하다가 그럴
적에 지혜와 착한 도리를 스스로 생각하며 돌이켜 생각하매 여러 사람의 입
으로서 시시비비(是是非非)가 귀찮아 에라 소(牛)먹이다 남은 양식이라도 쓰
다 주고 당장 몸에 닥치는 욕을 면하려 하였으나 이미 단 한 섬의 농사지은
곡식이 없고 다만 산약 뭉치 몇 단밖에 없사와 마치 긁어 낸 구갑과 텅 빈
선뢰 모양이온즉 정신이 아뜩하고 골치가 떵 하오며 대체 옛 늙은이에 전해
오는 말을 듣사온즉 비록 삼릉 같은 약으로 종기나 고치고 하는 돌팔이 의원
이라도 양귀비 씨 한 톨을 일절 받지 못하도록 하였다는데 하물며 약포의

잡역을 받을 것이며 더군다나 백병에 백 번씩 낫게 하는 경술을 가진 자에겠소 또 생들이 원기를 회복하고 연년익수(延年益壽)하는 좋은 방문을 가지고 있는 것이 실상 혼자서 살려 하는 계책이 아니오며 보골지와 같은 당재를 써서 써 피 마른 사람을 살게 할 적에 자연 별록용과 사향 등 건재 약국이 있사온즉 마땅히 군자로 하여금 사랑하고 아껴야 할 것인데 무지막지한 상천(常賤)배의 풍습으로 약국의 규례를 모르고서 마침내 쇠지지랑과 말똥 같이 천대를 하고 노상 낚아 들이며 긁어모으는 폼이 사간의 사방과 축시의 목별((註) 좋은 약에 상극되는 악한 약을 섞는 것)과 같아 머리를 끄덕이며 탄식하고 노상 마음에 결윤함을 마지않을 적에 널리 밝으신 정사를 주시는 덕택을 입고자 하와 본초 75종으로 엎드려 사뢰옵건대 위엄과 영검하신 아래 온순하게 여쭈오니 특별히 밝으신 전령을 써 주시되 비록 패랭이꽃 씨 한 톨이라도 개개지 못하도록 하시와 줄청 풍속의 박하고, 악한 일을 하지 못하도록 하여 주시기를 천 번 만 번 빌어 다행일까 하나이다.

18. 『불설대보부모은중경(佛說大報父母恩重經)』

(연세대 도서관, 1955, 소장기·증정기)

해설　수원에 위치한 용주사(龍珠寺)에서 1796년에 간행한 『부모은중경』이다. 이 안에 그림이 삽입되어 있는데, 그 그림을 김홍도가 그렸을 가능성이 높다. 원래 송신용이 소장하고 있던 것이었는데, 연세대 총장이었던 용재 백낙준 교수와 친분이 두터워 용재 선생의 61세 생일을 축하하는 의미로 연세대에 기증한 것이다. 보물로 지정될 만한 가치를 지닌 판본으로 평가된다. 『부모은중경』에는 다음과 같이 송신용의 장서기(藏書記)와 증정기(贈呈記)가 있다.

藏書記 : "乙未(1955)春 必觀宋申用記"
贈呈記 : "祝 庸齋 白樂濬博士 六一誕 宋申用 諱呈"

『부모은중경』

19. 『병인양요(丙寅洋擾)』

(송헌석, 1928, 덕흥서림; 우석대 도서관, 1957.09.20., 구입 경위기)

해설 『병인양요(丙寅洋擾)』는 '일명한장군전(一名韓將軍傳)'이라는 부제가 붙어 있는데, 1866년 병인양요 당시 강화도에 쳐들어온 프랑스군을 문수산성에서 격파시킨 한성근(韓聖根, 1833~1905) 장군의 일대기를 그린 일종의 전기(傳記)소설이자 역사영웅소설이다. 1928년에 덕흥서림(德興書林)에서 발행한 것으로, 송헌석(宋憲奭)이 '발행자 겸 저자'로 되어 있다.

송헌석은 다방면으로 재능이 있었던 것으로 보인다. 특히 소설에 관심이 많아 『병인양요』를 지었을 뿐더러 춘향전의 이본 중 하나인 「옥중향(獄中香)」을 『전매통보』라는 잡지에다 발표하기도 했다. 그 밖에 1929년 6월 3일자 『조선출판경찰월보(朝鮮出版警察月報)』 제10호에는 「출판경찰개황-불허가 차압 및 삭제 출판물 목록(6월분)」이란 제목의 문서가 실려 있는데, 거기에 송헌석이 『섭생불노결(攝生不老訣)』이란 금서를 발행한 발행인으로 적혀 있다. 현재 『섭생불노결』이란 작품이 어떠한 지 실체를 알 수 없다. 다만 당시 총독부 문서에 의거한다면 이 작품은 남녀교합(男女交合)·비술공개(秘術公開)·음양음락(陰陽淫樂) 등 풍기문란 관련 내용을 담고 있고 있는 애정류

소설이 아닐까 짐작을 해 볼 뿐이다. 그밖에 말년에는 『미인(美人)의 일생(一生)』(덕흥서림, 1963)이라는 소설을 발표하기도 했다.

그런데 그의 본직은 교육계였던 것으로 보인다. 명륜당에 위치한 불교계 고등교육기관인 중앙학림(1915년 11월 개교~1922년 폐교)에서 국어교사로 있었는가 하면 조선어·일본어·중국어 등 문법교재를 여러 차례 편찬·간행할 만큼 외국어교육에 상당한 식견을 갖춘 전문가로 활동했다. 그가 펴낸 어학 문법교재 중『초등자해일어문법(初等自解日語文法)』(1909), 『정선일한어문자통(精選日韓語文自通)』(1909), 『증정개판중등일문법(增訂改版中等日文法)』(1913), 『상밀주석통감언해(詳密註釋通鑑諺解)』(1914), 『자습완벽지나어집성(自習完璧支那語集成)』(1921) 등은 초기 외국어 교재로 중요하게 평가되고 있다. 그 밖에 이솝 우화를 번역한『이소보공전격언(伊蘇普空前格言)』(1911), 역사서라 할 『려말충현록(麗末忠賢錄)』(1928), 지리서인 『수진독해육대주(袖珍讀解六大洲)』(1909)를 집필하기도 했다.

그뿐만이 아니다. 송헌석은 1917년부터 24년까지 조선총독부 서기 및 통역생으로 활동한 것으로도 확인된다.[7] 『조선총독부및소속관서직원록』에 의하면 송헌석은 1917년에 조선총독부 산하 임시토지조사국 총무과에서 서기보(書記補)로 일하다가 1918년에는 정식 서기가 된 것을 알 수 있다. 그리고 1919년엔 고등토지조사위원회 사무국에서 통역생으로 근무하고, 1920년부터 그 다음해까지는 자리를 옮겨 경성지방법원 개성지청 서기과에서 서기와 통역생으로 근무한 것으로 되어 있다. 그러다가 1922년부터는 부산지방법원 진주지청으로 자리를 옮겨 1924년까지 동일한 일을 계속 한 것으로 보인다. 그러나

7)『조선총독부및소속관서직원록』, 1917~1924.

그 후로는 더 이상 조선총독부 산하 공공기관에서 근무한 것 같지 않다. 더 이상의 행적이 기록으로 남아 있지 않기 때문이다.

『병인양요』는 전체 40장에 장당 17행으로 구성되어 있으며, 여타 구활자본 고소설처럼 본문 활자가 굵고, 철저하지는 않지만 띄어쓰기가 되어 있다. 작품의 주된 내용을 울긋불긋한 그림 속에 담아 그것으로 표지를 꾸며 놓은 것이 딱지본으로 일컬어지는 전형적인 구활자본 고소설 작품이라 할 것이다. 이전에 창작된 적이 없는 신작소설이되 고전 영웅소설의 작풍을 그대로 살려 창작한 고소설 작품이다. 현재 서울대 도서관과 우석대 도서관 두 곳에 동일본이 소장되어 있다. 구활자본이 유일본이다.

한 가지 흥미로운 사실은 이 작품의 주인공인 한성근 장군과 작가 송헌석이 서로 친척지간이라는 점이다. 즉, 송헌석과 한성근은 옹서지간(翁壻之間)이 된다. 그렇다면 송헌석이 자신의 장인인 한성근 장군의 일대기를 소재 삼아 신작 구소설을 창작한 셈이 되는 것이다. 게다가 더 흥미로운 사실은 우석대본『병인양요』의 소장자가 본래 송신용이며 송신용과 송헌석 또한 방계 친척이라는 점이다. 일찍이 송신용이 이 책을 구득했었는데 이 책이 후에 강한영 교수에게 들어가게 되었고, 퇴임 후 강한영 교수가 자신이 소장하고 있던 책들을 전부 우석대에 기증함으로써 이 책이 우석대 도서관에 있게 된 것이다.

겉표지가 낙장인 상태에서 겉표지에 해당하는 종이를 덧붙이고 거기에다 송신용이『병인양요』를 소장하게 된 경위를 적어놓았다. 구입경위를 적어놓은 글의 전문은 다음과 같다.

檀紀四二九0年九月二十日陰八月二十七日孔子聖誕日午前十一時頃
敦岩橋北川邊稍西方川邊露店에서代價二十円에買得하다　城北區安岩

洞一九四의三所止. 必觀 宋申用記.

즉, 1957년 9월 20일에 송신용이 돈암교 북천 노점에서 이 작품을 구입한 사실을 알 수 있다. 송신용은 이러한 메모 글 왼편에다 작품명을 '韓將軍一代記'로 적고 하단에 부제로 '丙寅洋擾'라고 작은 글씨로 적어 놓았다. 자신의 호인 '필관(必觀)'을 사용하고 당시 '성북구 안암동 194-3번지'에서 살고 있었음을 알 수 있다.[8]

송헌석 저 구활자본 고소설 『병인양요』
표지(서울대 소장본)

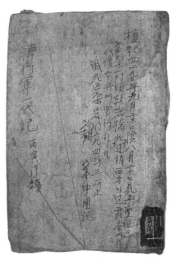

송신용의 구득 경위기 : 『병인양요』 겉장을
흰 종이로 덧대고 거기에 구득 경위를 적어
놓았다. 우석대 도서관 소장본.

8) 졸고, 「구활자본 고소설 ≪병인양요≫ 연구」, 『어문연구』 제57집, 어문연구학회, 2008, 143~144쪽.

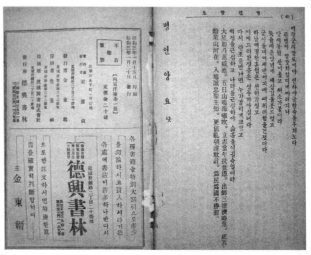

『병인양요』 본문 마지막 쪽. 덕흥서림에서 1928년에 간행한 사실을 알 수 있다.

20. 「오주(誤註)의 전재(轉裁)」

(국어국문학회, 『국어국문학』 제20집, 1959, 집필)

해설 이 글에서 언급된 "모대학 김교수"와 『실력국문해석법(實力國文解釋法)』이란 책은 김사엽(金思燁, 1912~1992) 교수가 대양사에서 1954년에 출판한 책을 가리킨다. 김사엽 교수는 서울대·경북대·오사카외국어대·동국대에서 재직하며 한일문화교류 연구에 힘을 쏟았던 연구자였다. 『실력국문해석법』에서 저자는 현대문학 및 고전문학 작품들을 대거 수록하고 작품별로 해석을 가해 놓았다. 여기에 송신용이 교주한 『한양가』가 310쪽부터 317쪽에 걸쳐 일부 소개되어 있고 본문에 대한 자세한 설명과 주가 달려 있어 송신용도 개인적으로 기쁘고 반가웠을 것임에 틀림없다. 그러나 그 책에 소개되어 있는 주석을 보고는 적

〈오주의 전재〉에 소개된 김사엽 교수의
『실력국문해석법』

잖은 실망을 하지 않을 수 없었다.

　원래 송신용이 교주한 『한양가』(정음사) 제18쪽에 보면 "분디도 절
등ᄒ고"라는 구절이 등장하는데, 여기서 '粉黛'를 설명하는 과정에서
"粉以傳面"이라고 해야 할 것을 "粉以面傳"이라고 잘못 주를 달아
놓은 것이 있었다. 그래서 이 사실을 알게 된 후로는 매양 죄지은
사람처럼 마음이 편치 못했으며 개정판을 내게 될 때 고칠 수밖에
없다고 생각하고 있었다. 그런데 박약(薄弱)하고 조루(粗漏)하며 황당
(荒唐)한 글과 주해를 시정하려는 의도에서 출간했다고 하는 김사엽
교수의 『실력국문해석법』[9]을 보았더니, 역시나 본인이 저지른 실수
를 그대로 답습하고 있음을 발견하고 오히려 씁쓸한 마음을 지울 수
없었던 것이다. 송신용은 김사엽 교수가 똑같은 오류를 범한 것은
행여 자신이 교주한 『한양가』에서 참고한 것인지 모르겠으나 이 기
회에 잘못된 교주 내용이 바로잡혔다면 자신의 실수도 용서받을 수
있고 김사엽 교수가 주장하던 철저한 고증도 빛을 발할 수 있었을
것이라고 생각했다. 그런데 그런 기대와는 달리 틀린 부분이 그대로
되어 있었기에 이를 무척이나 아쉬워하고 있는 것이다. 그러면서 김
사엽 교수가 주장하는 고증의 철저함이란 남한테 먼저 요구하기 전
에 자신에게 적용시켜 보아야 할 문제라며 진심어린 쓴 소리를 내뱉
고 있다.

　송신용은 평소 김사엽 선생과 교분이 두터웠다. 그의 지적은 상대
를 폄하하려는 소인배적 이유에서 나타난 것이 아니라, 한 글자라도

---

9) 김사엽, 「한양가」, 『실력 국문해석법』, 대양출판사, 1954, 311쪽.
　송신용이 김사엽 교수가 자신이 잘못 단 주를 수정 없이 그대로 달았다고 언급한
부분은 다음과 같다. "분디=粉黛. 여자의 단장을 말함. (粉以面傳하고 粉以畵眉에서
온 말)"

틀린 부분이 있다면 이를 제대로 바로잡아야 마음이 후련해지던 송
신용의 꼬장꼬장한 성격과 장인적 기질에서 비롯한 것이었다. '박약
(薄弱)·조루(粗漏)·황당(荒唐)'은 김사엽 교수나 송신용 선생의 학
자적 책임감과 겸손한 태도에서 사용된 언사라 할 것이다. 그런데
김사엽 교수를 향해 불철저한 고증을 질타한 송신용 자신도 정작 이
글에서 실수를 저질렀다. 즉, 글의 앞부분에서 김사엽 교수의 저서를
『실력국문해석법』이라 해야 할 것을 『실력국어해석법』으로 적고 있
는 것이다. 교정·교열의 중요성은 동서고금을 막론하고 강조해도
지나침이 없다.

〈隨想〉 誤註의 轉載

再昨年 여름 어느 날, 乙支路 四街 路邊 露店書商에서 어떤 책이 있나 하
고 살펴보려니까, 某大學 金教授의 著書 "實力國語解釋法"이 눈에 띄었다.
筆者는 國文學者도 아무 것도 아니지마는, 金教授와는 전부터 親分이 있는
관계로 마치 그를 만나서 對話하는 듯이 반가운 마음으로 "平妖傳"(中國小說
飜譯本) 아울러 사가지고 돌아왔다. 亂後 十數年 積阻하였던 故友를 만나는
듯한 感懷가 發作하여 이내 繙讀하였다. 우선 序文의 첫 行에서부터 그의
所感을 더듬을 수 있었다. 實力의 薄弱 粗漏 荒唐함을 實地 接할 때에 老婆
心에서 울어나오는 心懷를 抑制치 못하여 이 책을 내놓는 것이라고 하였다.
450面이나 되는 全册을 通讀하였는데, 많이 보고 많이 蒐集했구나! 하는 생
각을 하면서 자꾸 읽어내려갔다. 國文學에 該當하는 것은 다 나오는 것 같다.
차츰 내려 읽으며 정신을 써서 보다가도 이 册 序文의 「實力의 薄弱·粗
漏·荒唐」이라는 文句를 想起할 때 얼굴이 화끈하고 마음이 뻐근하여진다.

왜냐하면 筆者가 偶然한 動機에 正音社의 好意를 입어서 "漢陽歌" 國文本 1冊을 校註하여 文庫本으로 出版한 바가 있었는데, 그야말로 「薄弱·粗漏·荒唐」한 탓이었든지, 校註의 錯誤로 몇 군데 誤字와 顚倒된 데가 있어서 매양 혼자서 不安心·悚懼心을 품고 지내던 中, 料外에 金敎授의 책 序文을 읽어 보니, 당장에 종아리를 맞으며 책망을 받는 것 같다.

그런데, 이 책을 읽다가 "漢陽歌"가 실려 있는 것을 보게 되었다. 반가운 마음이 들면서도 끔직한 마음이 든다. 혼자서 은근히 바라기를 誤校된 部分이 나왔으면 하였다. 기왕 筆者는 잘못 하였더라도 이 책에서 바루 되었으면 讀者를 위하여 얼마만큼 바른길로 가겠다고 念頭에 올렸던 것이다. 料外에 생각한 바와는 맞지 않고 筆者가 校註 잘못한 部分이 그대로 나왔다. 卽 筆者 校註本 第18面의 "분딕도 절등ㅎ고"라는 句節部分이 나왔다. 筆者는 「粉黛」의 註釋에서 "粉以傳面"이라고 할 것을 "粉以面傳"이라고 誤校하여서 큰 犯罪를 하였다고 매양 혼자서 마음먹으면서 再版이나 되면 改正하여 볼가 하였더니 공교롭게도 이 部門이 薄弱·粗漏·荒唐을 是正하려고 "實力國文解釋法"을 出刊한 金敎授의 誠意를 忘却하고, 나로 하여금 이 글을 쓰게 하였으니 미안한 바이다.

「粉黛」는 「粉以傳面, 黛以畵眉」라고 하여 兩者가 다 婦女子의 化粧品이므로 世稱 婦女를 粉黛라고도 한다. 그리하여 白居易의 「六宮粉黛無顔色」이라는 詩句에도 나타나 있다. 金敎授가 "漢陽歌" 原書를 가지고 註釋한 것인지는 모르겠으나, 筆者의 誤註와 一致되므로 「薄弱·粗漏·荒唐」하다는 詬責은 凍足方溺格으로 免하였다 하겠으나 만약 宋申用의 校註本을 引用하였다면 그 引用함을 밝혔던들 잘못된 點이 있더라도 그 責望은 그냥 宋申用에게 있는 것인데 이것이 없으므로 「薄弱·粗漏·荒唐」이라는 評語는 남을 揶揄하기 前에 金敎授 自身이 군말없이 받아들여야 할 것이다.

2l. 「창덕궁가」

(실체 파악 미상, 연도미상)

해설 　김약슬이 쓴 「송신용 노인」에 보면 송신용 말년에 「창덕
궁가」를 교주했다고 했다. 그러나 현재 송신용이 교주한 작품의 실
체를 직접 확인할 수 없다. 다만 현전하는 작품 중 「창덕가」라는 가
사(歌辭)문학을 지칭하는 것일지 모르겠다. 현재 「창덕가」는 저자미
상의 한글 동학가사로 필사본과 목판본이 남아있다.10) 이 「창덕가」
는 경상북도 상주지방에서 남접(南接)으로 자처하면서 동학교라는
교단을 따로 연 김주희(金周熙)가 직접 지었다고 알려져 있는 작품으
로 1925년에 간행되었다.

　한편 리왕의 장례식 때 불렀던 추도가(민요) 「창덕궁가」일 가능성
도 배제할 수 없다.11) 재소 고려인들이 1920년대 이후 중앙아시아로
가 「창덕궁가」의 가락에 맞춰 다른 가사를 얹어 혁명노래로 불렀던
사실이 확인된다.12) 여기서는 정추 교수가 타쉬켄트 지역에서 채록
한 「창덕궁」 노래(김 마리야 唱)를 참고로 소개해 놓는다. 이 「창덕궁

---

10) 임기중 편저, 『한국가사문학원전연구』 21, 아세아문화사, 2005, 100~101쪽.
11) 우정권, 『조명희와 선봉』, 역락, 2005.
12) 김보희 편, 『소비에트 고려민족의 노래』, 한울, 2008.

가」는 현재 남한에서 듣기 어려운 민요이다.

> 창덕궁
>
> 잘 있거라 창덕궁아 영원히 무궁히
> 나는 간다 머나먼 곳 북망산천으로
> 이제 가면 언제나 다시 돌아오려나
> 길이길이 영원토록 무궁화 만만세.
>
> 굽이굽이 흘러가는 두만강 물은
> 언제든지 늘 보아도 고요합니다
> 걸림 없이 강을 건너 북쪽 나라로
> 눈바람을 무릅쓰고 오시는 동포를
> 하루에도 몇 사람씩 건네주고는
> 소리 없이 끝도 없이 흘러나 갑니다
>
> 강 언덕에 붉고 푸른 나뭇잎들은
> 춤을 추고 흘러간다 두만강변에
> 하나 둘씩 바슬바슬 떨어져서는
> 흰 물결에 춤을 추고 흘러갑니다
> 푸른 물결 소리 없이 흘러 나가는 것
> 잠을 자는 누가 없이 고요나 합니다.[13]

---

13) 국사편찬위원회·한양대한국학연구소 편,『(정추 교수 채록) 소비에트 시대 고려인
의 노래 1』, 한양대학교출판부, 2005, 134~135쪽.

창덕가 국문목판
한국가사문학관 소장본

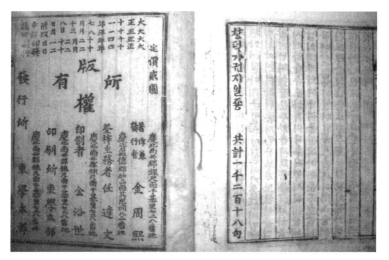

창덕가 제1권 끝부분과 서지사항(한옥선 경매 제공사진)

22. 「송신용 노인(宋申用老人)」

(김약슬, 『도서』 제9호, 1965, 을유문화사)

해설   서지학자이자 장서가로 활동했던 지식인 김약슬(金約瑟, 1913~1971) 선생이 그의 스승격인 송신용에 대해 송신용 사후에 그의 인물됨과 활동, 인간관계, 가족사, 서적매매 사항 등 송신용의 전체적 면모를 가장 충실히 서술해 놓은 글이다. 총 10쪽(53~62쪽)에 걸쳐 자세히 소개되어 있는데, 송신용의 생애와 그의 활동상을 엿보이기에 가장 중요한 자료 중 하나로 평가된다. 또한 송신용이 한국전쟁 직후에 취급했던 서적들의 거래내역을 적어놓은 장부도 소개되어 있어 서적거래의 실질적 양상을 살피기에 유용한 자료라 할 것이다.

김약슬 초상(『민족문화 대백과사전』)

宋申用 老人

古書가 멀리는 그만두고라도, 收得 후만 해도 값도 헐하고 紙業을 상대로 한 수지장사 손에서도 많은 漢籍이 集中되어 貴本을 살 수 있었던 것이, 요즈음에 와서는 전혀 그런 현상은 볼 수 없게 되었다. 그때와 지금을 대조하면 그때가 또한 黃金時代인 성싶다.

<圖書> 五號에서 金東旭敎授가 韓相允老人이란 小題를 붙여, 漢籍의 狀況과 우리들 주변의 座商을 제외하고 古書를 仲介하는 仲介人의 人物相을 實情대로 表現하여, 그들을 찬양하고도 감개있어 讀者의 注意를 널리 끈 바가 있다.

雲水처럼 坊坊曲曲 떠돌아다니면서 古經을 發見한 韓老人이 있는 반면, 首都를 中心하여 宮家나 官家, 혹은 雜物露店에 이르기까지 內房歌辭·小說類 등의 이르기까지 主力 蒐集했고, 책을 파는 집은 망하는 집안이라 해서 아쉬어 팔고 싶어도 남의 耳目이 무서워서 엄두를 내지 못하는 그런 자리를 잘 料理한 宋老人이 있다. 아는 이는 잘 알아도 모르는 사람이 많다.

한갓 책이 貴하면 이를 섭력한 知識도 귀하게 느낄 수 있다.

宋老人은 一八八四年 九月二一日에 나서 一九六二年 七月에 七九歲로서 一生을 마친 분이다. 그의 雅號를 安觀이라고 하였다.

그는 倭政時代에 書物同好會 會員이기도 하였다. 내가 그분을 알게 된 것은, 그가 詩經落秩을 채우기 위해 두 번 다시 落秩을 찾아내려고 애쓰는 것을 보고 내게 들어온 同書의 落本을 양보한데 대해서 심히 고마움을 금치 못하고, 나 역시 勿齋稿 一冊을 양보 받는 등, 서로 相等하는 立場에서 인사를 나누고 近親하여졌다. 이것이 바로 一○年前 일이다.

年齡으로 보나 경험으로 보나 나로서는 그를 존경해야 할 좋은 분임을 알고 있었다. 얼마 안 되어서 나를 찾아주셨다. 이외에도 좋은 漢書가 그분의 경력 깊은 識眼으로 一觀되자, 要緊스러운 책을 척척 뽑아놓고 팔기를 청하였다. 그러나 그것은 失敗였다. 그 후에 宋老人宅을 방문하여 다음의 漢書를 샀다.

增補山林經濟 十二冊 四禮類補號譜七冊 모두 二〇冊, 價格은 一萬千圜이었고, 淵齋 尹宗儀의 手澤本들이었다.

增補山林經濟는 一〇萬圜을 評價하게 되었다. 淵齋의 手澤本은 이보다 퍽 앞서 通文館에서 一〇餘冊을 샀고, 宋老人이 當時에 淵齋의 後孫이 市內에 산다는 것을 알고 남은 책을 전부 모아 샀으니, 그때 홍정해 산 이야기도 直聞한 대로 옮기면, 祖父의 文集이라고 해서 이것만 빼놓고 다 샀다는 것이다.

이것보다 『孫女가 梨花大學을 다닌다고 하는데, 얼마나 하면 되오 했더니, 五萬圜이라고 하기에 그러면 그 값대로 받아다드릴 테니 어서 그렇게 하라고 해서, 關衛新 五冊만 明洞 天主堂 本部에 가서 二〇萬圜을 받고, 즉시로 五萬圜을 갚았더니 여간 좋아하지를 않아…….』이와 같이 잘 맞아 돌아가는 판에 광에서 인심난다고, 本錢을 뽑고도 돈 남고 책 남고, 이래서 山林經濟는 五千圜만 달라고 하였다. 너무 염가인 듯해서 萬圜을 치렀다. 六・二五戰亂 통에 별 것을 다 구해봤다는 이야기가 있다. 그것은 나랏님의 결혼 四柱까지 구했다는 것이다. 이 일이 자못 통쾌하다는 듯 웃음을 지었다.

그리고 民亂記事가 있을 텐데 구할 수 없다는 말을 들은 후, 어느 季節에 通文館에서 壬戌錄을 구하였다. 그때 價格은 七千圜이었다. 그 후 말하기를, 신암이 사면 어떻게 하나 하고 가슴이 두근거렸다고 하였다. 이것을 알고 본즉, 宋老人으로 하여금 살 수 있게 양보를 했던 것이 무엇보다 유쾌한 일이라고 생각된다. 約一年 後에 壬戌錄은 새로 好本이 발견되어 값도 헐하게 사서 國史編纂委員會에서 出刊하기를 원해서 貸與하여 韓國史料叢書 第八號로 一九五八年에 出版되었다. 洪以燮敎授의 薦擧로 出發되어 申奭鎬 國史編纂委員會長이 來訪하여 民亂資料를 구하다 못해 三政策과 이와 관계되는 按劾狀啓謄錄 등을 종합해 내려던 차인데, 壬戌錄을 대하고 보니 아버지를 빼놓고 아들만 가지고 出刊하려던 격이었던 것이 참 잘되었다고 즐거워하던 일을 말해둔다. 宋老人이 入手한 壬戌錄을 즉시 李丙燾博士에 팔았다고 直傳하여 주었고, 그 후에 宋老人은 壬戌錄을 再入手해서 그때 東國大學校에 팔았다고 하였다. 壬戌錄이 現在 三部가 있는 것으로, 筆者의 것 가운데는 他本에 없는 黃州民亂記事가 收錄되어 있다. 이 壬戌錄은 그때 晋州에서 일어난 民亂의 온전한 報告가 종합된 것으로 史實의 正確을 볼 수 있다.

宋老人은 오직 돈만 아는 仲介로부터 초월했으며, 後輩를 생각하고 啓蒙에 많이 主力한 분이었다. 그가 校註한 한양가 跋文에서 말한 바와 같이, 未來를 내다보는 老婆心이 강하였던 분이다.

그분이 六五歲에 校註本 한양가를 낸 것도 이 心情의 발로였다고 하여 만족한 것이다. 이러한 美德이 好書家에 尊敬을 받은 것도 사실이었다.

지금으로부터 二〇餘年前에 구레안덜(競馬場부근) 近處를 지나다가 路上에 벌려놓고 파는 雜物가게에서 그때 時勢로는 좀 過價인 三〇錢을 주고 이 한양가 一冊을 샀었다. 그 후 一九三九年 一〇月 二九日 京城帝國大學 朝鮮語學文學古書展覽會에 出品되고는 도로 冊架에 끼워두었던 것인데, 우연히 三百餘年 前의 國文書冊을 읽다가 難解·難釋의 語句가 많음을 發見하고 近代文章은 그렇지 않으리라는 생각으로 다시 이 冊을 再讀하여 보았다. 不過 百有五年이 經過한 오늘에 이르러 消滅되어 없어진 말이라든지, 變遷된 말이 너무나 많아서 답답하던 중 다시 생각한즉, 또 몇 시 몇 백 年을 지나면 다시 알고자 하나 알 도리가 없을 것이겠기로 孤陋淺識임을 不顧하고 비로소 註解에 着手, 이것을 잘 習讀한다 하면 一助가 될 줄로 確信하는 바이다.』라 했음은 그의 진정이요 교훈이라고 하겠다.

그의 意志는 늙지 않았다. 末年에 이르러 건망증이 그를 괴롭게 하기도 했으나 鑛夫가 鑛脈을 찾듯 他人이 알지 못하는 凡然·平凡한 가운데서 찾아낸 文化材를 늘 注視하였다. 그것은 그가 남긴 日記 가운데, 餘墨이 들어 있기도 하다.

宋老人의 餘年을 또한 번거롭게 한 것이 있었다. 그가 말하기를, 一時斷煙했으니 自由黨이 망하는 것을 보기까지 안 피우리라고 하는 自己 心志를 말하기도 했다. 그는 젊어서 한때는 上海臨時政府要人을 찾아갔던 일도 있었다고 한다. 秘密裏에 崔南善氏의 소개장을 얻어가지고 上海로 갔다가, 뜻을 이루지 못하고 돌아오게 된 것은, 眼力에 失格이 된 듯하다고도 한다.

세상에서 偉人이나 凡夫를 막론하고 逆境이 없지 않는다고 누가 말하리오만, 書籍을 벗하여 一生을 보낸 宋老人은 眞理를 찾아 살았던 것이 또한 幸福하였으리라고 보겠다.

宋老人이 一生동안 쌓은 것은 우리나라의 文化材를 되찾아놓은 것이 生
의 全部라 해도 좋을 것이다. 遺族들도 故人의 遺志를 본받았음인가, 宋老人
이 보던 책들은 하나도 버리지 않고 某古書店에 依托하여 팔았다. 지금 大略
한 手記가 煙滅되지 않은 것은 千萬多幸이다. 四年間仲介된 書名과 價格 등
을 자세히 記入하였고, 간단한 手記가 붙어 있어 狀況을 알기에 좋은 材料이
기로, 그대로 轉載하여 同好에 알리는 同時에 그의 追慕를 代하고자 한다.

[一九五二年 六月五日]

吳鳳彬氏所有 左記書冊을 金剛堂主人 金熙律氏에 紹介賣渡하다. 代金 貳
百四拾萬圜, 印, 紹介料 吳氏夫人 金周○氏로 拾萬圜, 金熙律氏로 貳拾萬圜
合參拾萬圜, 同業 吳漢根氏와 分半(吳鳳彬氏는 납북)

記

朝鮮史	三七冊	二五萬圜
東洋史大辭典	九冊	二〇萬圜
奎章閣叢書	九冊	二五萬圜
辭源	三冊	七萬圜
兒童百科大辭典	三十冊內 五冊欠	二五萬圜
法律學辭典	五冊	五萬圜
東國輿地勝覽	六冊	四萬圜
哲學敎養講座	一冊	
哲學槪論	一冊	
朝鮮古歌硏究	一冊	
漢文大系	一九冊	
心理槪論	一冊	
敎學科學原論	一冊	二〇萬圜
高麗陶磁器の硏究	一冊	
李○譜	一冊	
敎育辭典	一冊	

畫題辭典

世界地理風俗大系	全三〇冊內 六冊欠	
古書刊行會本 各種	九冊	
一誠堂古書目錄	一冊	
地理講座	八冊	一〇萬圜
古蹟調查報告書	三七冊	二〇萬圜
論理學原論	一冊	
亂中日記	一冊	
日本全史	二冊	五萬圜
朝鮮及滿洲	一冊	
日本古籍	一冊	

都合 二百二一萬圜 加等 二〇萬圜

總計 貳百四拾萬圜

六月 九日　　交通史 五冊　二萬二千圜入 一冊代 萬圜

六月一二日　　古本春香全州版 一冊代 萬圜 城東中學校 敎諭 金根洙氏
　　　　　　　에 賣.

六月二四日　　李鐘濬從宦錄 三冊及 鄭寅興從宦錄 二冊價 萬五千圜에 賣
　　　　　　　渡, 六堂 崔南善氏에.

六月二六日　　月印千江之曲 一冊價 萬圜 金정진氏에.

六月二八日　　洋粧冊 各種 貳百數十餘 冊價 七〇萬圜 池錫模氏所有 金
　　　　　　　熙律氏에 賣渡
　　　　　　　雙方으로서(四萬圜 五萬圜)入.

七月 五日　　園丁 閔泳翊公 蘭花 浦作英 題字 一幅, 葦滄先生所藏品 先
　　　　　　　生三男一龍君으로
　　　　　　　朴承鳳에 賣渡代金 參萬圜 印.

七月 六日　　希園 李漢喆 翎毛折枝畫 一幅 所持者同上, 韓貞洙에 賣渡
　　　　　　　代 萬圜.
　　　　　　　冊 金永祐 所持本 代 貳萬圜 金熙律氏에 賣渡 萬圜.

七月一六日	池錫模氏로 三萬 圜入, 自己所持分 二貫 洋粧 雜冊 賣渡後.
七月一七日	救荒撮要 金堉跋文 中朝祖時初版本
	金永祐氏 所持本 吳漢根氏에 賣代 五千圜 印 又千圜 三千 圜入.
七月二一日	雜冊 貳萬圜入, 內雅言覺非(二千圜)와 東國歲時記(二千圜) 도 金熙律씨에.
七月二二日	朝鮮國寶大觀 一冊 萬圜 原價 六千圜.
七月 八日	宮體國文寫本 太平廣記 一冊代 二千圜, 六堂 崔南善氏에 賣. 古冊今紙 所存件 三千圜에 賣.
七月一四日	燃藜室記述 一一冊 金永祐 所持 二萬圜,
	醫學入門 一九冊 五萬圜, 金熙律氏에 紹介賣渡 萬三千圜入.
	金熙律氏에 紹介料 五千圜入. 東史年表 一冊 所存件 三千圜.
	雜今紙 所存件 二千圜.
七月一五日	光文會本 東國繹史 並續篇 六冊外 四 李仁榮氏夫人에 賣.
	京城府史 三冊 萬圜, 金熙律氏에 賣. 通鑑口訣 一冊 三千 圜에 金定珍冊店에.
七月二六日	金麟漢氏持 雜冊 貳拾五貫 貫當 五四三圜, 金永祐氏冊店 에 賣渡, 賣渡人으로 萬圜 紹介料
	入, 一冊 尹熙采에 三千圜에 賣.
七月二九日	홍길동전 樂章歌詞 弘益大學프린트本, 內房歌辭國文學 右 所持本 代 萬圜 印 右 金永祐氏에
	賣渡. 陽村集 一帙(八冊) 金永祐氏所持本, 默好稿 一帙(三 冊) 李聖儀氏 에 賣渡, 二萬二千
	圜. 金麟漢氏 雜冊賣買紹介料로 二萬圜入.
八月二二日	日觀記 四冊 南玉 編述, 吳宗植氏에 賣渡, 平和新聞顧問 金凡夫 國會議員 紹介로 權寧一 會
	計主任支佛 代金 參拾萬圜印.
八月三〇日	象村集中國人의 序文「五人」原稿本 一帖 象村의 子 申翊 聖의 追後跋文이 有함. 金龍洙氏

所持로 月灘 朴鍾和氏(서울新聞社社長)에 賣渡, 代金 參拾
萬圜. 金龍洙氏로 일할 參萬圜

入,朴鍾和씨 紹介料 參拾萬圜.

九月二〇日	元忠喜氏로. 萬圜來.
九月二五日	貳萬圜來.
一〇月二日	參萬圜來, 中秋前日.
一〇月一九日	閔光植氏 閔忠靖公季子 六・二五後 初相逢, 料外厚待를 받았다. 茶房에서 커피 二千二 百圜, 설렁탕 六千圜, 分手詩 포케트에 넣어주고 간 돈이 參萬圜이다. 來日을 祝福하며 헤어졌다.
一〇月一四日	京城府史 三冊 萬圜. 朝鮮歷代女流文集 一冊 (閔丙壽爲母親紀念出版冊) 萬五千圜. 論語集注 洋紙本 二冊 五千圜. 朝鮮語辭典(文世榮編) 一冊 萬圜. 以上 徐鼎源氏에 賣渡, 大麥貳升 萬圜에 來.
一〇月一五日	元忠喜氏로 五千圜來, 累計 六萬五千圜.
一〇月一八日	元忠喜氏로 二萬五千圜來, 八萬五千圜.
一〇月一九日	白紙冊 二貫半 金永祐條買渡(每人)二四七百 萬七千圜入.
一〇月二三日	元忠喜씨 八千圜來, 箕雅賣渡時累計 七萬三千圜.
一〇月二九日	洪翼杓氏로 午食代 五千圜收.
一〇月三一日	仇十洋畫 紹介賣渡 三萬五千圜에, 洪翼杓氏에 五千圜入.

(一九五二年 一〇月 三日記)

松江集	板本	一冊 5
般若經 嘉靖三六年	板本	二冊 萬五千圜
唐詩正音輯註 正統已本	板本	八冊 16萬圜 四百圜
守城綸音 辛未九月洪啓禧書	〃	一冊 萬 李謙魯君 一一月一日
天下圖十二葉	〃	一冊 3

本朝女史	寫本	一冊 3
心經附註 嘉定四五年 文川郡新刊	板本	一冊 3
大慧普覺禪師書 洪武二〇年杏稽跋	〃	一冊 萬五〇一二.萬千二百圜
梵音集	板本	一冊 16
各國郵便切手目錄	印本	一冊 5
村談解頤	板本	一冊 5
不可不 國交付書	〃	一冊 5
郵票帖		一冊
李匡師	〃	二枚一冊 二萬 一一月一日 萬圜 元忠喜氏
三儒相影幀帖		八枚一冊 5
蘭雪軒畵帖		八枚一冊 萬
春秋 紛唐紙	活字本	一冊 萬
豹菴書	板本	一冊 2萬
憲宗大王御筆	〃	一冊 〃
江南艶情 唐紙本	〃	一冊 萬 三四冊三千圜
處方第 〃	〃	一冊 萬
國史私論 印刷紙	〃	一冊
李舜臣實記 〃	〃	一冊 萬五千
崔都統傳上 〃	〃	一冊
帳簿	〃	一冊
天下圖	板本	一幅 三萬圜, 一九五三年四月四日六堂에.
地圖 朝鮮郡府大正三年 合圖	印本	一幅

唐本

增廣五經備旨	小本	十二冊
春秋 小本 六冊		
東史撮要 各一冊 白紙本	板本	二冊
精選楹聯彙編		八冊

四書匯參	八冊
瀛環志略 各件	八冊
桃花庵鼓詞	二冊
詩傳 各四冊	八冊
書傳	四冊
左傳 上下峽	一六冊
葦柳詩集	六冊
秋水軒尺牘	五冊
五洲書種	白紙寫本 十一月四日 崔南善氏에 賣 四冊 (三一日)五萬圜
繪圖 英雄淚 國事相	一冊
詩韻集 四冊合編	一冊
簡明目錄集類	二冊
書經	四冊
外 落峽本	二三冊

(一九五三年 四月一日)

　　唐本書冊 三五七種 六二三二冊 代金舊錢으로 四百五○萬圜印.

　　松峴洞五七番地 洪翼杓所有로 成均大學 林耕一氏에 賣渡.

　　洪으로 紹介料 三十萬圜入.

　　林으로 紹介料 二十五萬圜入.

　　象村集의 由來

　　象村(申欠)의 文集 草稿 數十冊을 兵火를 避하기 위하여 書院에 保管했던
것이, 兵火로 全部火盡되고 中國名士 五名의 序文이 있는 原稿本 一冊만이
타지 않고 공교히 남아, 그 아들 東陽尉(宣祖駙馬)인 申翊聖이 하도 感慨하여
이것은 天佑神助로 남겨놓은 것이라는 跋文을 手記한 貴重한 책이다. 그 후
所藏者를 得聞에 의하면 松隱 李秉直氏, 金孝植氏, 金龍洙씨, 現在 朴鍾和씨
所藏으로 되어 있다.

『一九六四年 四月二八日 午前 一〇時 明倫洞一街 朴允根古書店에서 比實錄及 大東野乘 第二冊 一卷 外 三冊 六百圜에 買入하다. 城北區貞陵洞 一三二의 一四號 三統四班 所止 安觀 宋申用.』

『一九六三年 一一月一四일 二五圜에 賣上代 二五圜. 通文館에서』高麗歌詞에 手記.

末年에는 記憶이 혼미하여 自家靜養中, 약간의 珍藏했던 古書도 處分한 모양이었고, 死後에 子孫과 그의 未亡人은 普門洞을 떠나 他處로 移居하여 사는 형편이다.

菜圃 (筆者가 假稱)

敦岩洞 一〇番地 長女婿家 週邊에 今春 耕作한 菜圃田에(京城産 줄기와 키가 短한 것) 三勺(每夕 二千圜) 六千圜과 無菁種子(백이무 百目成長) 一勺 勺千圜과 普通種子 三勺 合 四千圜과, 芥子種 千圜 등을 一九五二年 八月 二七日 採種하였다.

감자 (筆者가 假稱)

一九五二年 七月 二一日 敦岩洞 一〇番地 女婿 金榮鎭家 板墻外 數坪 空地에서 今年 四月五日(陰 三月一一日 청명일)에 紫감자 오합餘를 落種하였었는데, 採獲中 三兒 慶震이가 이거 보세요, 하며 〇인치 되는 六穴砲 彈皮 一個를 감자 뿌리에서 끊어 보인다. 奇怪하게도 數坪에 不過하는 土地일지라도 저의 一株中에서 幾球間 蕃殖할 만한 餘地가 足한데도 何必에 그 조그마한 彈皮中으로 뿌리가 뻗어서 그 속에서 새 감자 알이 되었다. 하도 奇怪하여서 간단히 적어두었다가 日後 作辭에 材料를 할까 하고….

一九五二年 一〇月 一七日 長沙洞 用邊 一扶書店主人 徐鼎源氏所藏 八路江山 朝鮮全圖地圖 外幅에 記入된 條目中에서 移記事.

『都城水味以於義洞 宜城尉宅 井水爲第一 成通封其井 汲取後 賜之刻賜井 二字壬辰 天將以此井飮之』

鑑識 (筆者가 假稱)

申維翰題曰 室中畜古畫珍器 皆天下名 古時文稗乘 皆天下奇書 鑑識神妙 一物當意 不惜 傾家以厚直….』

「印」은 알기 쉽게 말하면 「也」와 비슷한 用語로, 例를 들면 「幾萬圜印」이라는 固有한 文字가 있음에도 불구하고 「幾萬圜也」로 쓰면서도 부끄러운 줄을 모른다』고 한양가 校註本跋 가운데서 찾아보았다. 上에 收錄한 日記 가운데 종종 보이는 「印」은 如上과 같은 쓰임인 것을 말해준다.

23. 송신용 서적거래장부 일람표

(1952.6.5. ~ 1953.4.14.)

해설   후손들의 증언에 의하면 송신용이 쓴 일기와 거래장부를 누구에게 건네주었다고 하는데, 그것을 건네받은 이가 김약슬이 아닌가 추측된다. 김약슬은 「송신용 노인」(『도서』 제9호, 을유문화사, 1965)에서 송신용이 소지했던 장부에 적혀 있던 서적거래내역을 소개한 바 있다. 이하의 서적거래장부 일람표는 김약슬의 글에 소개된 것을 필자가 다시 표로 정리해 놓은 것이다.

이 거래장부에는 어떤 책을 얼마의 가격에 누구와 거래했는지 상세히 적혀 있다. 예를 들어, 1952년 6월 12일에는 완판 『고본 춘향전(古本春香傳)』 1책을 만환(萬圜)에 사서 성동중학교 교사였던 김근수에게 팔았다고 했다. 그런가 하면 『월인천강지곡(月印千江之曲)』을 정진수에게 팔았으며, 궁체(宮體) 국문필사본인 『태평광기(太平廣記)』는 최남선에게, 『홍길동전』과 『악장가사』, 내방가사 등은 김영우(金永祐)에게, 그리고 상촌(象村) 신흠의 아들인 신익성(申翊聖)의 추후 발문이 들어간 『상촌집(象村集)』은 월탄 박종화에게 판 사실까지 고스란히 적혀 있다. 서적거래의 산 자료가 아닐 수 없는 이 장부를 통해 그가 취급한 책의 실상을 일부나마 가늠해 볼 수 있다.

첫째, 1950년대 초부터 60년대 초까지 통용되던 화폐 단위는 환 (圜)이었다. 1환은 100錢에 해당한다. 그런데 1952년 10월 19일자 기록에 보면, 다방에서 마신 커피 값이 2천 2백환, 설렁탕 값이 6천환이라고 했다. 그렇다면 장부에 기재된 1만환 정도 하는 고서의 가격이란 당시 물가를 고려할 때 상대적으로 비싼 것이 아니었음을 짐작해 볼 수 있다.

둘째, 매도인과 매수인 사이를 연결시켜 책 매매를 성사시킨 뒤받았던 중개 소개료의 실제 사례를 확인할 수 있다. 장부 기록대로라면 소개료는 관례상 대략 원 거래 책값의 1할 안팎이었던 것으로 보인다. 그리고 소개료는 매도인과 매수인 쌍방으로부터 받기도 했지만, 어느 한쪽에서만 받는 경우도 있었다. 물론 송신용 개인이 직접구입하거나 소장하고 있던 책을 팔 경우엔 소개료가 발생하지 않았기에 판 책값만을 적어 놓았다.

셋째, 매수인과 달리 매도인의 이름은 거의 보이지 않는다. 이는이름을 밝히기 꺼려하는 매도인 본인의 뜻을 존중했거나 송신용이예의상 일부러 기록하지 않았기 때문으로 여겨진다.

넷째, 장부에는 주로 1952년과 1953년에 거래한 서적들이 적혀 있는데, 특히 1952년 기록이 상세하다. 1952년을 기준으로 한 해 동안의 거래량을 헤아려 보면 약 145종에 이른다. 총서(사전)류 6종, 역사서 18종, 문학(소설·시가 등)류 17종, 지리서 7종, 경서(유교·불교)류 12종, 문집류 7종, 그림(화첩) 9종, 인문서 13종, 기타 22종 정도가 된다. 송신용이 취급한 서적이 분야를 가리지 않고 다양했음을 알 수있거니와 그 중에서도 특별히 문학서와 역사서·인문서가 상대적으로 다수를 차지한다. 송신용 자신이 교주하거나 해제·발문·서문 등의 글을 쓰고 소개한 책들 역시 문학서(고소설을 비롯한 고전문학 작품들)와 역사서가 주종을 이루고 있는 것으로 보아, 평소 그가 관심을 갖고 거래한 책의 성격을 짐작해볼 수 있다.

다섯째, 위에서 김영우(金永祐)·김희율(金熙律) 등 자주 거명되고 있는 매수인들은 고서점을 운영하던 주인들이었다. 이들이 구체적으로 어떤 서점을 운영했는지 알 수 없지만 적어도 송신용이 구입한 책들을 사가던 주 고객에 고서점 주인들이 포함되어 있다는 사실을 확인할 수 있다.

이외에도 여러 의미를 추출해 낼 수 있겠거니와 이런 장부의 존재 자체는 비록 송신용 개인의 사적인 것이라 하지만, 일본강점기와 한국전쟁을 거치면서 자칫 사라지기 쉬웠던 고서들과 한학 자료들이 서적중개상의 손을 거쳐 누구에게 어떻게 전해지고 살아남았는지 알려주는 산 증인과도 같다고 하겠다. 이러한 자료들을 통해 국학 및 고전문학 연구의 토대가 마련될 수 있었다는 점에서 송신용의 서적매매 기록은 한국학 연구사에서 살아 있는 증거자료로 재평가될 만하다.

날짜	冊畵名	책수	거래금액	매도인	매수인	소개료	비고
1952. 6.5.	朝鮮史	37책	25만환(圖)	吳鳳彬	金熙律	20만환	都合 221만환
	東洋史大辭典	9책	20만환				
	奎章閣叢書	9책	25만환				
	辭源	3책	7만환				
	兒童百科大辭典	30책 내 5책次	25만환				
	法律學辭典	5책	5만환				
	東國輿地勝覽	6책	4만환				
	哲學敎養講座	1책	20만환				
	哲學槪論	1책					
	朝鮮古歌硏究	1책					
	漢文大系	19책					
	心理槪論	1책					
	敎學科學原論	1책					
	高麗陶瓷器の硏究	1책					
	李○譜	1책					
	畵題辭典						
	世界地理風俗大系	全30책 내 6책次					
	古書刊行會本 各種	9책					
	一誠堂古書目錄	1책					
	地理講座	8책	10만환				
	古蹟調査報告書	37책	20만환				
	亂中日記	1책	5만환				
	日本全史	2책					
	朝鮮及滿洲	1책					
	日本古籍	1책					
6.9.	交通史	5책	2만2천환				
6.12.	古本春香全州版	1책 代	1만환		金根洙		성동중학교 교사
6.24.	李鐘瀋從宦錄	3책	1만5천환		六堂 崔南善		
	鄭寅興從宦錄	2책					
6.26.	月印千江之曲	1책	1만환		金定珍		
6.28.	각종 양장본	2백 수십 여 책	70만환	池錫模	金熙律	4만/5만환	쌍방에서 수입

날짜	冊畵名	책수	거래금액	매도인	매수인	소개료	비고
1952. 7.5.	閔泳翊 蘭花 / 浦作英 題字	1幅	3만환	吳世昌 三男 一龍	朴承鳳		
7.6.	李漢喆 毛折枝畵	1幅	1만환	상동	韓貞洙		
7.6.	金永祐 所持本	1책	1만환	金永祐	金熙律	1만환	
7.8.	太平廣記	1책	2천환		崔南善		宮體 國文寫本
7.14.	燃藜室記述	11책	2만환	金永祐	金熙律	5천환	〃
7.14.	醫學入門	19책	5만환				
7.14.	東史年表	1책	3천환				
7.14.	雜수紙		2천환				
7.15.	東國繹史 (外 4종)	6책(+α)			李仁榮 부인		
7.15.	京城府史	1책	1만환		金熙律		
7.15.	通鑑口訣	1책	3천환		金定珍 冊店		
7.16.	池錫模 所持 洋裝雜冊	2貫			池錫模	3만환	
7.17.	救荒撮要		5천환	金永祐	吳漢根		金埴跋文/ 中朝祖時初刊本
7.21.	雜冊		2만환		宋申用		
7.21.	內雅言覺非		2천환		金熙律		
7.21.	東國歲時記		2천환				
7.22.	朝鮮國寶大觀	1책	1만환		宋申用		原價 6천환
7.26.	雜冊	25貫	13575환	金麟漢	金永祐 冊店	1만환	貫當 543환
7.26.		1책	3천환		尹熙采		
7.29.	홍길동전 / 樂章歌詞 / 弘益大學 프린트본 / 內房歌辭 / 國文學		1만환	金麟漢	金永祐	2만환	7.26일자 金麟漢 雜冊 소개료 수입
7.29.	陽村集	1帙(8책)	2만2천환	金永祐	李聖儀		
7.29.	默好稿	1帙(3책)					
8.22.	日觀記(南玉 編述)	4책	30만환	權寧一	吳宗植		平和新聞顧問 겸 國會議員 金凡父 의 소개

날짜	册畵名	책수	거래금액	매도인	매수인	소개료	비고
1952. 8.30.	象村集	1帖	30만환	金龍洙	朴鍾和	쌍방 1할씩 총 6만환	中國人 序文 〈五人〉原 稿 本 / 申翊聖 追後跋文
9.20.					元忠喜	1만환	
9.25.					元忠喜	2만환	
10.2.					元忠喜	3만환	中秋前日
10.19.	閔光植氏, 閔忠正公季子, 六・二五後 初相逢, 料外厚待를 받았다. 茶房에서 커피 二千二百圜, 설렁탕 六千圜, 分手時 포케트에 넣어주고 간 돈이 參萬圜이다. 來日을 祝福하며 헤어졌다.							
10.14.	京城府史	3책	1만환	徐鼎源		大麥貳升 / 1만환	
	朝鮮歷代女流文集	1책	1만5천환				閔丙壽爲母親 紀念出版冊
	論語集註	2책	5천환				洋紙本
	朝鮮語辭典	1책	1만환				文世榮 編
10.15.					元忠喜	5천환	累計 6만5천환
10.18.					元忠喜	2만5천환	累計 8만5천환
10.19.	白紙冊	2貫半	1만7천환	金永祐			
10.23.	箕雅				元忠喜	8천환	累計 7만3천환
11.29.	洪翼杓氏로부터 午食代 5천환 收							
12.31.	仇十洋畵		3만5천환		洪翼杓	5천환	
1952. 10.3.	松江集	1책	5만환		李謙魯		板本
	般若經	2책	1만5천환				嘉靖36년 / 板本
	唐詩正音集註	8책	16만환				正統己未 板本
	守城綸音	1책	1만환				辛未九月洪啓 禧書
	天下圖十二葉	1책	3만환				板本
	本朝女史	1책	3만환				寫本
	心經附註	1책	3만환				嘉靖 45年 文川郡新刊 /板本
	大慧普覺禪師書	1책	50만환			12만 1천2백환	洪武20年 杏穡跋
	梵音集	1책	16만환				板本
	各國郵便切手目錄	1책	5만환				印本
	村談解頤	1책	5만환				寫本

날짜	册畵名	책수	거래금액	매도인	매수인	소개료	비고
1952. 10.3.	不可不 國交付書	1책	5만환				寫本
	郵票帖	1책					寫本
	李匡師	2枚 1책	2만환		元忠喜		11월 1일 1만환
	三儒相影幀帖	8枚 1책	5만환				
	蘭雪軒畵帖	8枚 1책	1만환				
	春秋	1책	1만환				活字本 / 粉當紙
	豹菴書	1책	2만환				寫本
	憲宗大王御筆	1책	2만환				寫本
	江南艶情	1책	1만환				唐紙本 / 寫本
	處方第一	1책	1만환				唐紙本 / 寫本
	國史私論	1책	만5천환				印刷紙 / 寫本
	李舜臣實記	1책					印刷紙 / 寫本
	崔都統傳 上	1책					印刷紙 / 寫本
	帳簿	1책					寫本
	天下圖	1幅	3만환				板本 / 1953年 4月14日 六堂에
	地圖	1幅					朝鮮郡府 大正3年 / 印本
	增廣五經備旨	12책					小本
	春秋	6책					小本
	東史撮要	2책					各 1冊 白紙本 / 板本
	精選 楹聯彙編	8책					
	四書匯參	8책					
	瀛環志略	8책					
	桃花庵鼓詞	2책					
	詩傳	8책					各4冊

날짜	冊·畵名	책수	거래금액	매도인	매수인	소개료	비고
1952. 10.3.	書傳	4책					
	左傳	16책					上下帙
	葦柳詩集	6책					
	秋水軒尺牘	5책					
	五洲書種	4책	5만환		崔南善		白紙 寫本 / 11月 4日 賣
	繪圖	8책					英雄淚 / 國事想
	詩韻集	1책					4冊 合編
	簡明目錄集類	2책					
	書經	4책					
	外 落帙本	13책					
1953. 4.1.	唐本 書冊	357종 6232책	450만환	洪翼杓 (松峴洞 57番地)	任耕一 (城均 大學	30만환(洪) / 25만환(林)	

제3부【연구편】

송신용 교주본 「여용국전」및
새 발굴 송헌석의 작품세계

1. 송신용 교주본 「여용국전(女容國傳)」 및 이본 연구*

1.1. 송신용 교주본 「여용국전」에 대하여

송신용이 직접 발굴해 학계에 소개하거나 교주한 작품 중에서 특별히 주목을 요하는 소설이 있다. 그것이 바로 가전체소설에 해당하는 「女容國傳여용국전」이다. 「여용국전(女容國傳)」에 관한 언급은 종종 있어 왔지만[1] 정작 송신용 교주본 「女容國傳여용국전」에 대한

---

* 필자가 쓴 다음 두 편의 논문을 수정・정리해 가필한 글이다. 「책쾌(冊儈) 송신용(宋申用)과 교주본 <女容國傳여용국전> 연구」, 『한국민족문화』 제27집, 부산대학교 한국민족문화연구소, 2006.04.30., 195~229쪽; 「여용국전 연구」, 『동방학지』 제135집, 연세대학교 국학연구원, 2006.09.30., 201~243쪽.

1) 최태웅 역주, 『정선(精選) 한국고전문학전집 7 : 전기・한문소설』, 서영출판사, 1978, 189~193쪽.

정병욱 외 3인 공편, 『정선(精選) 한국고전문학전집』 7, 서영출판사, 초판 1978; 1983.

이정탁, 『한국풍자문학연구』, 이우출판사, 1979.

안병렬, 「가전체소설 작품연구」, 『안동대학 논문집』 제7집, 1985, 83~84쪽; 『한국가전문학연구』, 이우출판사, 1986.

이정탁, 「조선후기 가전의 작품분석(<女容國傳>)」, 『한국문학연구』, 형설출판사, 1986.

차용주, 「근세후기의 傳문학(<女容國傳>)」, 『한국한문소설사』, 아세아문화사, 1989.

민제 역주, 『한국한문소설선』, 중앙대출판부, 1996.

김창룡 편역, 『한국의 가전문학』, 태학사, 1999.

이본 연구는 전무한 상태이다. 그나마 송신용 교주본을 언급한 몇몇 연구자들도 단순히 서지사항만을 소개했을 뿐 정작 작품의 특성을 밝힌 바가 없다.[2] 심지어 안정복의 한문본 「女容國傳」을 처음 소개한 이가원[3]이나 국문본 「녀용국평난긔」를 소개한 최승범[4]도 이 송신용 교주본 「女容國傳여용국젼」에 관해 별다른 관심을 기울이지 않았다.[5] 그만큼 송신용이 교주를 가한 「여용국젼」은 이본으로 파악되지 못한 채, 지금까지 방치되어 왔다고 해도 과언이 아니다.

송신용 교주본은 1948년에 발행된 잡지 『향토(鄕土)』[6]에 간략한 해제와 함께 원문이 실려 있다. 송신용이 자신이 입수한 소설 작품을 학계와 일반에 공개하기 위해 『향토』지에다 소개해 놓은 결과다. 아쉬운 점은 송신용이 작품의 출전을 밝혀 놓지 않았기 때문에 정확히 원본이 무엇인지 알 수 없다는 것이다. 그러나 송신용 또한 그

임명덕, 『한국한문소설전집 6 : 의인·풍자류』, 국학자료원, 1999 등.

2) 소재영·김근태·장경남 외 편, 『한국고전문학관계 연구논저총목록(1900~1992)』, 계명문화사, 1993.
   조희웅 편저, 『고전소설문헌정보』, 집문당, 2000.
   정병설, 「화장, 얼굴나라의 전쟁-<여용국평란기(女容國平亂記)>」, 『문헌과 해석』 통권 25호, 문헌과해석사, 2003, 104~118쪽 등.

3) 이가원, 「女容國傳」, 『漢文新講』, 신구문화사, 1960.
   이가원 편역, 『李朝漢文小說選』(한국고전문학대계 17), 민중서관, 1961.

4) 최승범, 「<여용국평란기> 소고」, 『장암 지헌영선생 화갑기념논총』, 호서문화사, 1971.
   최승범 해제, 「한글 고전의 새로운 확장 : <女容國平亂記>」, 『문학사상』 9월호, 문학사상사, 1974.
   최승범, 「<여용국평란기> 소고」, 국어국문학회편, 『수필문학연구』, 정음사, 1983 등.

5) 이는 아마도 그들이 작품의 존재 자체를 몰랐던 것으로 보인다. 한편, 이하에서 안정복의 「女容國傳」은 한문으로, 최승범 소장 「여용국평난긔」는 한글로, 송신용 교주본 「女容國傳여용국젼」은 한자 뒤에 한글을 연이어 표기하기로 한다. 송신용 교주본의 경우, 원문에 한글 제목 위에 조그만 크기의 한자가 표기되어 있어 이를 '한자-한글' 순으로 병기했으며 이하에서 '송본'으로 줄여 부르기로 한다.

6) 송신용, 「女容國傳여용국젼」, 『鄕土』 제8권, 정음사, 1948.03.

출처를 몰랐기 때문에 아무런 설명을 하지 못했던 것으로 보인다. 송신용이 소개한 이본은 최승범의 「녀용국평난긔」와는 내용과 표기법, 어휘 등 여러 부분에서 적지 않은 차이를 보이고 있어 「녀용국평난긔」와 다른 이본임에 틀림없다. 그렇다고 안정복의 한역본으로 추정되는 「女容國傳」과도 그다지 연관성이 있어 보이지 않는다. 서사단락이나 어휘 등에서 완전히 이질적인 부분들이 있어 한역의 저본으로 보기 어렵기 때문이다. 다만 국역 또는 개작 가능성을 고려해볼 수 있을 것이나[7] 이 또한 근거가 별로 없다.

송본이 안정복의 한문본에서 국한문혼용체로 번역했다고 보기 어려운 몇 가지 이유는 다음과 같다. 첫째, 송신용이 해제에서 밝혔듯이 "여용국젼이 何代 何人의 製述인지는 아직 考證치 못"였다고 한 것은 송신용이 직접 안정복의 한문본을 번역한 것이 아니라는 점을 의미하며, 둘째, 한문본의 서사내용과 사용된 어휘들을 보더라도 두 작품 사이에는 많은 차이를 보이고 있기 때문이다. 송신용은 안정복의 「女容國傳」 자체를 몰랐던 것으로 보이며, 한문본 「女容國傳」과는 다른 이본(국문본)을 구입해 이를 교주하여 『향토』에다 소개한 것으로 추정된다. 지금까지 필자가 확인한 「여용국전」 이본으로는 송신용 교주본을 포함해 한문본 2편(「女容國傳」, 「女容國史」), 순국문본 2편(「녀용국평난긔」, 「여용국전」), 국한문혼용본 1편(「粧臺記功錄(女容國平亂記)」), 이렇게 총 6편이 있다.

---

7) 권혁래, 「조선조 한문소설의 국역 및 개작 현상을 바라보는 시각」, 『동화와 번역』 제4권, 건국대 동화와 번역 연구소, 2002.

1.2. 『여용국전』 이본(異本) 개관

먼저 지금까지 확인한 이본들과 그 출처를 제시하면 다음과 같다.

【한문본】

① 「女容國傳」(일명, 「孝莊皇帝粧臺紀功錄」) : 안정복, 『부부(覆瓿)』(雜錄 冊 41)[8]

② 「女容國史」 : 연세대학교 소장본[9]

【국문본】

③ 「(女容國傳)여용국전」 : 송신용 교주, 『향토(鄕土)』(제8권), 정음사, 1948.

④ 「장대기공록(粧臺記功錄, 女容國平亂記)」 : 조윤제 교주, 『고등국어 고대문감(高等國語古代文鑑)』, 세기과학사, 1948.

⑤ 「녀용국평난긔」 : 최승범 소장본 『금강유산기(金剛遊山記)』.

⑥ 「여용국전」 : 고려대 소장본[10][11]

이들 이본 중 ①과 ⑤를 제외한 ②, ③, ④, ⑥은 아직까지 학계에 잘 알려지지 않은 것들이며 그 중에서도 한문본 「女容國史」(②)와 국

---

8) 이가원이 『李朝漢文小說選』(민중서관, 1961)에서 안정복의 『覆瓿』・「雜錄」(冊 四 一)에 한문필사본 「女容國傳」이 수록되어 있다고 밝히고 원문까지 소개했으나, 현재 안정복의 문집인 『순암집』에서는 그 원문을 찾을 수 없다.

9) 「女容國史」는 총 5張에 9행으로 기록되어 있는 필사본으로 『花史』라는 표제 하에 「花史」・「花鳥春秋史」와 함께 전체 21張으로 합철(合綴)되어 있다.(연세대 고문헌 실 소장. 청구번호: 811.36 임제 화-나)

10) 순국문본인 「여용국전」은 표제에 『여용국전 권지단』으로 되어 있고, 같은 책 속에 「여용국전」 외에 「명당가」, 「승속문답」, 「문방제우경송긔라」, 「칠월편」이라는 네 편 의 작품이 함께 필사되어 있다. (고려대 대학원 한적실 소장, 청구기호 신암C15 A91)

11) 이하에서 편의상 안정복의 「女容國傳」을 ①, 연세대 소장본 「여용국사」를 ②, 송신용 이 교주한 「여용국전(女容國傳)」을 ③. 조윤제가 교주한 「粧臺記功錄(女容國平亂記)」 을 ④, 순국문본 「녀용국평난긔」, 「여용국전」을 각각 ⑤와 ⑥으로 표기하기로 한다.

문본 「여용국젼」(⑥)은 본고에서 처음 다뤄지는 것들이다. 가장 널리 알려져 있는 한문필사본 ①은 이가원이 처음 소개했는데, 그가 「女容國傳」(①)이 수록되어 있다고 언급한 안정복(安鼎福, 1712~1791)의 『부부(覆瓿)』(雜錄 冊 41)는 정작 안정복의 문집 『순암집(順菴集)』 어디에서도 찾아볼 수 없다. 가장본(家藏本)이었던 것으로 추정되지만, 현재 원본의 실체를 확인하지 못하고 있다.

한문본 ②는 필사본으로 연세대에 소장되어 있다. 겉표지에 '花史'라는 책명이 적혀 있고 그 안에 「화사(花史)」·「화주춘추사(花鳥春秋史)」·「여용국사(女容國史)」, 이렇게 세 편의 작품이 수록되어 있다. 세 작품 모두 작자 및 간기사항이 기록되어 있지 않고, 장마다 9행으로 되어 있다. 필사자가 정성들여 쓴 흔적이 역력하며 필체 또한 동일한 것으로 보아 한 사람이 세 작품을 모두 필사한 것으로 보인다. 이 중 「화사(花史)」는 흔히 임제의 작품으로 알려진 「화사」와 동일한 것이며, 「화주춘추사(花鳥春秋史)」와 「여용국사(女容國史)」는 아직 학계에 알려지지 않은 작품들이다. 세 작품 모두 사물을 의인화한 작품이라는 점이 공통적이다. 그런데 이본 ②의 본문 중에는 3줄이 빠져 있다. 문맥을 고려하지 않은 채 3줄이 비워져 있는 것으로 보아 필사자가 의도적으로 누락시킨 것으로 보인다.

국한문혼용본인 ③과 ④는 각각 송신용(宋申用)과 조윤제(趙潤濟)가 1948년에 각각 민속지 『향토(鄕土.)』[12]와 고전문학 교재인 『(高等國語) 고대문감(古代文鑑)』[13]에 「女容國傳여용국젼」과 「장대기공록

---

12) 송신용 교주, 「(女容國傳)여용국젼」, 『鄕土』 제8권, 정음사, 1948.
　　『鄕土』는 1946년에 홍이섭(洪以燮)을 중심으로 간행된 언어·역사 민속지이다. 『향토』는 9호까지 나오고 1948년에 중단되었지만, 광복 후 선을 보인 최초의 민속학 중심의 학술지라는 점에서 주목할 필요가 있다.

『고대문감』(조윤제 편) 수록 여용국전 이본인 「효장기공록」 본문 첫 부분

(粧臺記功錄, 女容國平亂記)」이라는 제목 하에 교주해 놓은 것들이다. 두 편 모두 그 원본의 출처를 밝히지 않은 채 간략한 해제와 더불어 원문을 소개해 놓았다. 한문을 대종으로 하되 한글을 많이 섞어 표기한 국한문혼용본에 해당한다. 작품의 전체 서사구조는 크게 다르지 않으나 세부적 표현이나 일부 서사단락에서 차이가 난다.

그리고 국문본 「녀용국평난긔」(⑤)는 최승범 소장 『금강유산기(金剛遊山記)』[14]에 수록되어 있는 필사본 작품이다. 최승범이 몇 차례에

---

13) 조윤제, 「粧臺記功錄(女容國平亂記)」, 『高等國語 古代文鑑』, 世紀科學社, 1948, 68
~73쪽.
1955년에 다시 동국문화사(東國文化社)에서 『古代文鑑』(수정판)이 간행되었는데,
수록된 작품은 동일하다.

14) 최승범 소장 필사본. 총 68張이며, 이 속에 「녀용국평난긔」 외에도 「금강유산일긔」,
「홍션뎐」, 「빅화국뎐」, 「안빙몽유록」, 고시조 90수 등 총 12종의 작품이 수록되어 있
다. 최승범, 「<여용국평란기> 소고」, 『장암 지헌영선생 화갑기념논총』, 호서문화사,
1971, 427~429쪽 참조.

걸쳐 원문을 소개하고 작품 설명을 해 놓은 것이 있어 작품의 전모를 확인할 수 있다.[15] 본문 끝에 "긔해 계하초삼일, 슈춘샹방 후창하 필셔"라고 부기(附記)해 놓은 것을 근거로 작품의 필사 연대를 정조 3년인 기해년(1779)으로 추정하고 있다.[16]

마지막으로 순국문본인 「여용국전」(⑥)은 표제에 『여용국전 권지단』으로 되어 있고, 같은 책 속에 「여용국전」 외에 「명당가」, 「승속문답」, 「문방졔우경송긔라」, 「칠월편」이라는 네 편의 작품이 함께 필사되어 있다. 장별로 글자 수나 행이 일정하지 않고, 필사 과정에서 빠진 글자를 옆에다 부기해 놓거나 덧칠해 쓴 흔적이 보인다. 표지에 "병오지월초칠릴개의라"는 간기가 적혀 있는데, 어느 해의 병오년인지가 문제다. 겉장 속지에는 "여용국전 권지흥"란 표기가 보이는데 잘못 적어 놓은 것인지 아니면 후편을 염두에 둔 것인지 알수 없다. 내용은 다른 이본과 크게 다르지 않으나, 결말 부분에서 논공행상(論功行賞) 부분이 다른 이본에 비해 상당히 축약된 형태로 끝나고 연이어 소위 '서술자석 논펑'에 해딩하는 내용이 상당히 확장된 모습을 보여준다.

이 밖에도 장서각과 규장각에 소장되어 있는 『(언문)칙목녹』에는 각각 「여용기(女容記)」,[17]와 「녀용국평난긔 단」[18]이라는 작품명이 보인다. 그러나 원문이 없고 제목뿐이어서 다른 이본과 동일한 작품인

15) 최승범, 「<여용국평란기> 소고」, 『장암 지헌영선생 화갑기념논총』, 호서문화사, 1971.
   최승범 해제, 「한글 고전의 새로운 확장 : <女容國平亂記>」, 『문학사상』 9월호, 문학사상사, 1974.
   최승범, 「<여용국평란기> 소고」, 국어국문학회 편, 『수필문학연구』, 국어국문학회 총서 6, 정음사, 1983 등.
16) 최승범, 「<女容國平亂記> 小故」, 『장암 지헌영선생 화갑기념논총』, 1971, 429쪽.
17) '女容記' 1冊, 「延慶堂: 諺文冊目錄」, 장서각 소장.
18) '녀용국평난긔 단', 『(가람)칙목녹』, 규장각 소장(가람古 015.51 C346)

지 확인할 수 없다.

1.3. 이본별 주요 특성

이본들은 표기방식을 달리해 세 가지 문체(국문, 한문, 국한문혼용)
로 각각 2편씩 존재하고 있다. 국한문이 혼용되어 있는 ③과 ④의
경우, 한문을 대종으로 하되 중간에 의인화된 사물의 명칭이나 용언
과 조사, 어미 등은 우리말로 표기해 놓았다. 그리고 한문본 ②에는
'史家曰'이란 사가(史家)의 평이 중간에 삽입되어 있는 것이 특징적
이다. 총 8회 등장하는 이 비평적 주(註) 부분은 작자의 주관적 관점
이나 비판의식보다 작품의 사건전개의 일부로서 앞뒤 문맥에 맞게
보충 서술을 해 나가는 서사 장치 역할을 한다.

무엇보다도 이본 간에 내용상 차이가 두드러진 것은 서두와 결말
부분이다.

〈표 1〉

	①「女容國傳」	②「女容國史」	③「女容國傳 여용국전」	④「粧臺記功錄 (女容國平亂記)」	⑤「녀용국평난긔」	⑥「여용국전」
표기	한문본	한문본	국한문혼용	국한문혼용	순 국문본	순 국문본
저자	安鼎福 漢譯(?)	미상	송신용(宋申用) 校註	조윤제 校註	미상	미상
출전 및 서지 사항	『覆瓿』「雜錄」 冊 41	『花史』 (花史・花鳥 春秋史・女 容國史) 연세 대 소장본	『鄕土』(제8권) /(정음사, 1948)	『古代文鑑』/ (세기과학사, 1948)	『金剛遊山記』(최 승범 소장) "긔히 계하 초삼일 슈춘 상방 후창하 필셔"	『여용국전』 (고려대 소장 본) "병오지 월초칠 릴개 의라"
서두 부분	女容國肇開, 時有十五輔 國, 皆掌女容 國孝莊皇帝 奩臺之事	肅興元年, 帝 卽位于凌虛 臺(孝莊曉粧 同, 鼎夙同, 虛 臺鏡臺也)	여용(얼굴)국 曉 粧(새벽단장)皇 帝 凌虛臺(鏡臺) 의 卽位하시고	女容國(얼골) 效 粧皇帝 洗陪丹粧 을 凌虛臺에 卽位 하시고	녀용국이 삼더적 브터 풍속이 본디 유슌ᄒ고 산쉬 슈 려ᄒ며 풍경이 졀 승ᄒ니 시졀의 밀 위ᄂᆞᆫ비라	여용국 효즁 황졔(시벽단 장) 능허디 (경디)의 즉 위ᄒ시고

| 결말
부분 | 十五將, 皆感
激皇恩, 各勤
其職, 此後,
國家太平. | 史家曰, 女容
盛衰無常, 一
日廢朝, 千尤
各出中, 朝出
治百美. | 그 나라의 元帥 어
찌 壯하지 아니하
리요 그 後는 모르
거니와 畢竟 爽快
할 듯하더라 | 以後로 나라히 太
平하며 다시 盜賊
이 없어 國家의 근
심이 없고 平安함
이 盤石 같아야 十
五將帥로 더브러
平安樂하니라 | 졔신이 텬은을 망
극ᄒ야 각각 딕임
을 브즈런이 출하
니 일노조ᄎ 녀용
국이 틱평ᄒ야 군
신이 기리 안낙ᄒ
더라 | 모든 디신드
리 졍ᄉᆞ를 부
즈런ᄒ여
국즁이 평안
ᄒᆫ 시졀의 공
송치 말지여
역쉬 진ᄒ면
뉘우쳐도 밋
지 못ᄒ린니
명심ᄒ라 |

대개 서두에서는 여용국 나라 소개와 효장황제의 등극 사실을 서술하고, 결말에서는 신하들이 적당을 물리친 후 나라가 다시 태평성대(太平聖代)를 누리게 된다는 내용을 말하고 있으나, 구체적 표현에 있어 서로 다르다. 논공행상이 끝난 후의 결말부가 더욱 심한 데, 필사자 또는 개작자의 개입이 용이하고 소감을 피력하려는 의식이 작용한 결과라 하겠다. 특히 ③과 ⑥의 결말부에는 소위 편집자적 논평이 직접적으로 잘 드러나 있다.[19] 이렇듯 이본들마다 서두와 결말 부분이 상이하게 니타나지만, 본문에 등장하는 사건 및 서사구조는 그 편차가 크지 않다.

1.4. 서사단락 및 등장인물

「여용국전(女容國傳)」은 여성의 화장 도구와 얼굴을 의인화한 가전체(假傳體) 문학작품이다. 화장하는 일에 게을러진 효장황제(여자)의 나라[女容國]에 얼굴 때, 이, 이똥 등 적당(賊黨)이 침범해 얼굴 나라가

---

19) "그 나라의 元帥 어찌 壯하지 아니하리요 그 後는 모르거니와 畢竟 爽快할 듯 하더라"(③)라든지, "모든 디신드리 졍ᄉᆞ을 부즈런ᄒ여 국즁이 평안ᄒᆫ 시졀의 공송치 말지여 역쉬 진ᄒ면 뉘우쳐도 밋지 못ᄒ린니 명심ᄒ라"(⑥)가 이에 해당한다.

위태로운 지경이 되었을 때 화장품, 화장도구, 세숫물 등 신하들이 나서서 적당과 싸움을 벌여 물리치고 다시 나라를 회복한다는 내용이 주가 된다. 여성의 삶과 밀접한 화장과 그 세계를 그리고 있다는 점에서 「규중칠우쟁론기(閨中七友爭論記)」나 「조침문(弔針文)」 등의 여성문학 작품들과 유사하며, 사물을 의인화했다는 점에서 임춘의 「국순전(麴醇傳)」을 비롯해 「화왕계(花王戒)」나 「용성후전(容成侯傳)」 등 가전(假傳) 문학작품의 계보를 잇고 있다고 할 수 있다. 여러 이본 중 송신용 교주본의 서사단락을 소개하면 다음과 같다.

1) 여용국의 효장황제(부녀자)가 능허대(화장대)에 즉위한다.
2) 승상 동원청(거울)이 항상 황제를 좌우에서 보좌하고 승상 밑에는 열다섯 명의 신하가 있어 능력껏 정성을 다해 정무(政務)에 힘쓴다.
3) 황제는 새벽 일찍 일어나 능허대로 신하들을 모으고 조회를 하니 나라의 풍속이 아름다워지고 법령이 잘 시행된다.
4) 어느 날부터인가 황제가 마음이 풀어지고 뜻이 게을러져 조회를 받지 않고 국사를 의논치 아니한다.
5) 가끔 관정(세숫물)이나 소진(참빗)을 부를 뿐, 다른 신하들은 물러나 소임을 행하지 못한 채 몇 달이 지나간다.
6) 구니공(얼굴 때)를 비롯한 도둑들이 처처에 일어나 나라 전체가 어지러워지고 위태해진다.
7) 승상이 감히 황제에게 알현하지 못하는 사이에 슬양(이)과 모송(이마 털), 황염(이똥)까지 침입해 국운이 지극히 위태로워진다.
8) 어느 날 몸이 피곤하고 심기 불편함을 느낀 황제가 승상을 불러 사태를 깨닫게 되고 대신들과 대책마련에 고심한다.
9) 소진(참빗)과 소쾌(얼레빗)가 나서서 머리에 있는 슬양을 급습하자, 감히 대적치 못하고 광이산(귀 뒤)와 뒷머리로 도망쳤다가 일망타진 된다.

10) 양수(칫솔)가 앞장서서 백석산(치아)에서 완강히 저항하는 황염(이똥)을 수군의 지원 하에 토벌한다.

11) 관정(세숫물)과 포세(물수건), 말영(비누)이 나서서 구니공(얼굴 때)의 무리를 공격해 승리한다.

12) 황제는 윤안(곤지), 방취(향료), 백원(분첩), 남용(밀기름), 채연(비녀) 등으로 오악산(이마, 코, 볼) 등 얼굴 및 흑두산(머리)을 지키게 한다.

13) 섭상(족집게)가 자원 출정해 액개산(이마)에서 모송(이마 털)을 모조리 뽑아 죽인다.

14) 나라가 평정되자 황제는 공로에 따라 각 신하들에게 상과 벼슬을 내려 준다.

15) 관정(세숫물)이 자신의 공로를 인정받기를 진언하자 황제가 그를 치하한다.

16) 그 후의 일은 어찌 되었는지 모르지만 필경 상쾌할 듯하다.

전체적으로 보아 「여용국전」에서의 중심 사건은 여용국을 쳐들어온 적당(賊黨)과의 대결에 있다. 신하들이 자신들의 장기(長技)를 활용해 앞장서서 적당들과 대적함으로써 다시 국가의 평화를 회복하게 되고, 공정(公正)한 논공행상(論功行賞)으로 신하들의 공을 치하한 일이 주된 내용을 이룬다. 기본적 스토리 및 사건전개 과정은 크게 보아 이본들 사이에 별 차이가 없다. 그러나 세부적 묘사나 표현, 어휘, 그리고 사건 등이 이본마다 조금씩 다르다. 그리고 표기 면에서 송본은 국문과 한문이 혼용되고 있다. 대체로 체언(고유명사, 일반명사 등)은 한자로 적고 순우리말이나 용언 부분을 한글로 적어 놓았다.

그런데 한 가지 흥미로운 사실은 작품에서 여용국의 신하들이 벌이는 적당과의 싸움이란 결국 여성들이 화장하는 과정을 비유적으로 서술해 놓은 것이라는 점이다.[20] 작품에 등장하는 적당(賊黨)에는

이본 모두 슬양(머릿니), 황염(이똥), 구니공(얼굴 때), 모송(눈썹 털), 이
렇게 네 부류가 있다. 그리고 신하들이 나서서 차례대로 적당들을
물리치는 것으로 설정되어 있다. 송본의 경우에는 '슬양(이) → 황염
(이똥) → 구니공(얼굴 때) → 액개산(이마털), 모송(눈썹 털)'의 순서로
적당과의 싸움과 승리가 나타난다. 즉, 먼저 머릿속의 이를 제거하고
(슬양) 양치질로 잇속 찌꺼기나 치석을 없앤 후(황염), 세수를 하고(구
니공), 눈썹이나 이마에 난 잔털을 뽑는(모송) 순서로 화장하는 법을
의인화한 깃이라 하겠다. 그러나 다른 이본들까지 비교해 보면, 이본
마다 적당과의 대결 순서가 다르게 설정되어 있다.[21] 따라서 적당과
의 싸움 순서가 규범적 화장 순서를 보여주는 것이라기보다는 여성
작자(혹은 필사자)의 '개인적' 경험 내지 화장 습관에 의거해 화장 순
서, 곧 적당과의 대결 순서가 달리 설정되어 있다고 보는 편이 좋을
것이다.

한편, 송신용 교주본에 등장하는 인물들과 그 의인화 명칭만을 별
도로 정리하면 <표 2>, <표 3>와 같다.

---

20) 정병설은 적당을 공격해 나라를 재정비하는 부분이 여성의 화장 순서와 거의 일치
한다고 주장한 바 있다.(정병설, 「화장, 얼굴나라의 전쟁-<여용국평란기(女容國平亂
記)>」, 『문헌과 해석』통권 25호, 문헌과해석사, 2003, 106~107쪽.) 그러면서 여성의
화장 순서로 "머리 빗고, 눈썹 잔털 손질한 다음, 세수하고 양치하며, 그 다음 분 바르
고 연지 곤지 찍고 눈썹 그린 후, 비녀로 뒷머리 고정하고 마지막으로 살쩍머리를
고정시키는 순서이다"라고 밝혀 놓았는데, 이는 최승범 소장본 「녀용국평난긔」만을
기초로 했을 때 그러하다.

21) 「女容國傳」: 슬양(이) → 얼굴 때 → 모송(눈썹 털) → 황염(이똥)
「女容國史」: 슬양(이) → 얼굴 때 → 황염(이똥) → 모송(눈썹 털)
「女容國傳여용국젼」: 슬양(이) → 황염(이똥) → 얼굴 때 → 액개산(이마털), 모송
(눈썹 털)
「粧臺記功錄」: 슬양(이) → 얼굴 때- 이마, 모송(눈썹 털) → 황염(이똥)
「녀용국평난긔」: 슬양(이) → 모송(눈썹 털) → 얼굴 때 → 황염(이똥)
「여용국젼」: 슬양(이) → 구공(얼굴 때) → 모송(눈썹 털) → 황염(이똥)

〈표 2〉

		「女容國傳여용국젼」
화장도구와 의인화 명칭	부녀자(여성)	曉粧(새벽단장)皇帝
	화장대	凌虛臺(鏡臺)
	ⓐ 거울	瞳媛淸(거울)(字 明鏡, 號都鑑先生) / 丞相 → 明忠公
	① 연지	朱朧(연지) / 內部 → 華國公
	② 분	白光(水粉) / 素部 → ×
	③ 양칫대	養漱(양치) / 皓齒將軍 → 玉香侯
	④ 세숫물	井(세수물) / 水軍都督 →奮城侯
	⑤ 수건	洗(수건) / 武衣將軍 → ×
	⑥ 휘건	都帗(렴)(揮巾) / 指揮司 → ×
	⑦ 비누	沫泳(비누) / 參軍扈衛 → 杜城侯
	⑧ 육향	防嗅(肉香) / 馨部侍郎 →常山侯
	⑨ 곤지	潤顔(곤지) / 總暎使 → 理境侯
	⑩ 면분	白元(面粉) / 顔茂司 → ×
	⑪ 밀기름	覽容(밀기름) / 都指揮使 → 都正侯
	⑫ 족집게	鑷(섭)相(족지깨) / 平叙將軍 →鐵石侯
	⑬ 비녀	釵蓮(비녀) / 都御使 → 隱城侯
	⑭ 얼레빗	梳(소)快(어레) / 前將軍 → 攝政侯
	⑮ 참 빗	梳眞(참빗) / 後將軍 → ×
적당(賊黨)	얼굴 때	垢泥(구리)公(얼굴의때) / 黑面大王
	머릿니	虱癢(실양)(머리의 이)
	이똥	黃塩(이똥)
	눈썹 털	毛松(이마털)

〈표 3〉

		「女容國傳여용국젼」
얼굴 부분	얼굴	여용(얼굴)국
	귀	廣耳山(귀뒤)
	이마·턱·코·광대뼈	五嶽山(코, 이마, 볼)
	머리	黑頭山(머리)
	이	白石(齒牙)
	눈썹	蛾眉山(이마와 눈섭)
	머리털	草木(머리털) / 上林苑(이마와 눈섭)
	입	穀口(입안)
	입술	赤脣關(입수울)
	이마	額盖山(이마털)

송신용은 의인화된 사물들을 한글(간혹 한자)로 교주해 놓았다. <표2>와 <표3>에서 화장도구와 얼굴부위와 관련해 괄호로 처리해 놓은 부분이 바로 그러하다. 승상인 거울(ⓐ) 이외에 열다섯 신하(①부터 ⑮)가 등장하고, '여인'에 해당하는 여용국 황제가 중심인물로 그려지고 있다. 참고로 <표-2>에서 '화살표(→)' 표시는 작품 후반부에서 논공행상의 결과로 신하들이 받은 봉작(封爵)을 의미한다.[22]

그러면 여기서 송신용 교주본이 갖고 있는 작품 세계의 특징을 몇 가지만 지적해 보기로 한다.

첫째, 다른 이본에서도 '효장황제'가 등장하지만 송본과 한자가 다르고 주석이 없다. 그러나 송본에서는 이를 '曉粧皇帝'로 표기하고, '새벽단장 황제'라고 주석을 달아 놓았다.[23] 이런 주석은 여성들이 외출이라도 하게 될 때 이른 새벽부터 화장을 시작해야 했던 상황을 고려할 경우 적절하고도 의미 있는 표현이라 할 것이다.

둘째, 다른 이본에서도 신하들의 논공행상 장면이 등장하고 각 신하마다 상을 내리지만, 정작 황제 옆에서 참모로서 충성을 다한 승상 동원청(거울)에 대해서는 아무런 상이 주어지지 않는다. 그런데 송본에서만 유일하게 '명충공(明忠公)'이란 시호를 받는다. 동원청은 평소 황제가 "먼저 瞳丞相거울을 牌招"하던 신하였다. 황제가 나태해져 국사를 돌보지 않을 때 "집에 들고 나지 아니하며" 그 누구보다 나라를 걱정했으며, 황제가 사태를 깨닫게 되었을 때 나서서 "臣等이 아

---

22) 등장인물에 해당하는 화장품 및 화장도구가 무엇인지에 관해서는 정병설 논문 주(註)에서 자세히 설명해 놓았으므로 그것을 참고할 것.(정병설, 「화장, 얼굴나라의 전쟁-<여용국평란기(女容國平亂記)>」, 『문헌과 해석』 통권 25호, 문헌과해석사, 2003, 115~118쪽.)

23) 국문본 『여용국전』에서는 한자로는 아니지만 "효중황제"로 표기하고, '새벽단장 황제'라는 주석을 달았다.

래로 能히 盜賊을 平定치 못하고, 우흐로 主上을 돕지 못하니, 臣의 罪 萬死無惜이로소이다."라며 황제에게 신하로서의 불충함을 먼저 고한 신하이기도 하다. 구리공(坵泥公, 얼굴 때)을 치고자 의논할 때 한신(韓信)의 고사를 인용하며 관정(盥井, 세숫물)을 활용할 것을 건의 해[24] 결국 승리로 이끄는 숨은 조력자로 그려지는가 하면 초반부에 다른 신하들과 달리 동원청의 신상과 외모, 성격 등이 자세히 묘사, 서술되어 있기도 하다.[25] 이렇듯 다른 신하들에 비해 유독 동원청(거울)에 대한 서술이 많고 상까지 받는 것으로 설정되어 있는 것은 그만큼 작자 또는 필사자가 여성들이 평소 가장 가까이 두고 긴요하게 사용하던 거울의 역할과 가치를 높게 평가하고 이를 작품 속에 투영시킨 결과라 할 것이다.

셋째, 한문본 「女容國傳」에서 '이경侯'와 '복셩公'이라는 한글 표기가 등장하는 것과 관련해 일찍이 이가원은 안정복의 「女容國傳」이 국문본에서 한역한 것이라고 밝힌 바 있다.[26] 그러나 송본에서는 이

---

24) 원문을 소개하면 다음과 같다. "다시 坵泥公 칠 일을 議論하니, 瞳丞相이 奏曰, 臣이 헤아리건대, 泥坵公이 甚히 强硬하여 制馭하기 어려운지라, 萬一 韓나라 淮陰侯 韓信이 龍且(저)를 쳐 破하던 計策을 쓰지 아니하면 平定키 어려우니 모든 臣下中에 오직 盥井의 水戰法으로 치면, 可히 破할듯하오이다"

25) 원문을 소개하면 다음과 같다. "瞳媛淸(거울)으로 丞相을 삼어 大小事를 살피게 하니 媛淸의 字는 面鏡이요, 別號는 都監先生이라, 낯이 둥글고 風身이 맑어 사람을 최여 恒常 皇帝 左右에 있어 容貌 不精함과 衣冠의 바르지 않음을 媛淸이 다개오니, 皇帝 極히 重히 여기고 사랑하여, 須臾를 떠나지 아니하고"

26) 1960년에 이가원에 의해 처음으로 한문본 「女容國傳」이 소개되었다. 여기서 이가원은 한문 원문 자료를 소개하고, 이것이 조선 후기의 실학자였던 안정복(安鼎福, 1712-1791)의 『부부(覆瓿)』(雜錄 41)에 실려 있다고 밝혔다. 그리고 다음 해인 1961년에 『李朝漢文小說選』(민중서관)에서 안정복의 「여용국전」이 원저자를 알지 못하는 한글본에서 한역했을 가능성이 높다고 분명히 밝혔다. 작품 후반에 발견되는 '이경侯'의 '이경'이나 '복셩公'의 '복셩'처럼 한역이 어려운 한글이 적혀 있어, 애당초 한글본이었던 것을 한문으로 번역한 것이라고 본 것이었다. 그 결과, 그 후로 지금까지 많은 연구자들은 이가원의 주장을 암묵적으로 받아들여 한문본 「女容國傳」을 안

것이 각각 '理境侯'와 '奮城侯'라는 한자로 분명히 표기되어 있다. 이
것은 안정복의 한역설을 반박하거나 「여용국전」의 이본 형성과정
및 원본을 추정하는 데 있어서도 하나의 증거가 될 수 있다. 왜냐하
면 안정복이 다른 저서에서도 어원 또는 정체를 모르는 한자에 대해
중간에 한글로 표기해 놓은 사례가 자주 보이며27), 다른 이본에서도
송본처럼 한자 표기를 한 것이 있으며, 심지어 국문본 「녀용국평난
긔」에서는 아예 안정복의 「女容國傳」과 다른 명칭이 사용되고 있기
때문이다.28) 다시 말해, 「女容國傳」에서의 한글 표기는 한역의 근거
라기보다 한문으로 설명하기 어렵거나 표기할 수 없는 경우에 한글
을 활용하던 안정복의 표현 관습에 기인했을 수 있다. 설령, 안정복
의 창작은 아니라 할지라도 이본끼리 비교해 볼 때, 각기 한자로, 한
글로 또 다른 표기가 엄연히 보인다는 점에서 반드시 '이경侯'와 '복
셩公'이 한역의 결과라고 할 근거는 약해질 수밖에 없다.

　넷째, 등장인물의 전형성 문제를 들 수 있다. 이는 등장인물들이

정복의 한역(漢譯)으로 소개하거나 아예 안정복이 창작한 것으로 설명해 오고 있다.
27) 예를 들어, 『순암문집(順菴文集)』이나 『잡동산이(雜同散異)』 등에서 경서의 언해집
　주를 설명하거나 중국 지명을 적을 때, 또는 고어 한자나 난해한 한자의 자구(字句)
　를 설명할 때 등에서 한글 표기가 보인다.
　① "縠觫章.…縠觫若無罪而就死地, 釋義縠觫이만일에無罪흔거시…縠觫히이러틋시
　　按或云, 縠觫히罪업슴가툰거시死地에나아감이不忍하다."(안정복, <經書疑義>,
　　「雜著」, 『順菴文集』, 여강출판사, 1984, 247쪽.)
　② "…沙河子 一百十里, 아한푸허셔쿠 各十里, 다라호로 一百十里, 시시하다 七十
　　里, 무친퍼러 一百十里, 會寧 六十里."(안정복, <自潘陽至會寧等處小地名>, 『雜
　　同散異』(参), 아세아문화사, 1981, 493쪽.)
　③ "…牡荊엄나모 柮쓰리…繡마히깃붕 石돌셕…麪小麥屑밀ᄀᄅ쇄…"(안정복, <周
　　禮古字奇字>, 『雜同散異』(壹), 아세아문화사, 1981, 658쪽.) 등.
28) 안정복의 「女容國傳」에서 보이는 '이경侯'와 '복셩公'이 각각 송본 「女容國傳여용국
　전」에서는 '理境侯'와 '奮城侯'로, 조윤제 교주본 「粧臺記功錄」에서는 '梨城侯'와 '水
　晶侯'로 명시되어 있고, 최승범 소장본인 국문본 「녀용국평난긔」에서는 '복셩公'만을
　'슈셩공'이라고 달리 적고 있다.

황제나 신하 모두 이상적이고 규범적인 인물로 그려지고 있음을 의미한다. 여러 부류의 적당들과 대결하는 과정에서 적과 상대할 수 있는 신하들은 적재적소의 인물들로서 직접 자원해 싸움에 나가는 충신(忠臣)의 모습으로 그려지고 있다. 또한 황제는 평소 아침마다 조회를 행하고 비록 국난(國難)이 닥쳤을 때도 신하의 말에 귀 기울일 줄 아는 군자(君子)다운 면이 나타나 있다. 그리고 신하들은 신하대로 목숨을 아까워하지 않고 나라를 위해 충성을 바치려는 충신다운 모습과 충언을 고하는 의기(義氣)마저 지니고 있다.

1.5. 주제

「여용국전」의 주제는 등장인물들의 성격에서 찾아볼 수 있다. 주인공이라 할 황제나 신하들이 하나같이 이상적이고 전형적인 인물의 표상으로 그려지고 있어 작품의 주제를 대변해 주고 있다고 볼 수 있기 때문이다. 평소 신하들은 모두 충실하게 직임을 감당하고 있었으며, 한순간의 방심과 나태해짐으로 적당들이 쳐들어오게 되었을 때도 적재적소의 신하들이 앞 다퉈 싸움에 나가서 자기 능력을 발휘해 적을 물리치는 충신(忠臣)다운 모습을 보여준다. 비록 평소 아침마다 조회를 행하던 황제도 잠시 안일하게 지내다가 국난(國難)을 당하게 되었지만, 사태를 수습하고자 신하들의 말에 귀 기울이고 원조를 아끼지 않는 군자(君子)다운 군주상을 보여준다. 이런 등장인물 덕분에 작품의 전체적 분위기는 밝고 긍정적이다. 그리고 이런 등장인물들의 행동과 사건의 결말을 통해 이상적인 유교 법도 정치를 추구하려는 작자의 의중까지 쉽게 알아차릴 수 있다. 즉, 신하들

이 소임을 성실히 감당하고 나라에 충성함으로써 나라가 태평하게
되었다는 식의 논리는 지극히 교훈적인 계세징인(戒世懲人) 의식과
유교 이념적인 충효관(忠孝觀) 및 가치관을 드러내 보이는 데 자연스
럽다. 이본마다 마지막 평결부분에서 공히 '태평성대의 실현'을 서술
해 놓은 것도 이런 맥락에서 이해해 볼 수 있다.

결국 의인화 기법을 활용해 궁극적으로 말하고자 하는 바는 유교
적 법치 국가에서의 이상적 군주상과 바람직한 신하상의 제시에 있
다. 여성이 매일 아침 얼굴을 가꾸고 아름답게 화장하는 일은 군주
가 매일 조회에 나가 신하와 국정을 살피는 것과 같다. 여성이 화장
을 게을리 하면 각종 더러운 것들이 생겨나고 추해지는 것처럼 군주
와 대신들이 정사(政事)에 소홀히 하면 외적의 침입을 받아 위기에
처할 수 있다. 아무리 평소에 성실하고 근면하며 이상적인 삶을 사
는 사람이라 할지라도 어느 정도 만족할 수 있는 위치에 이르고 심
신이 편안해지면 정신이 나태해지고 해이해져서 망하기 쉽다. 그렇
기 때문에 늘 깨어 자신을 돌아볼 줄 알아야 한다는, 교훈성이 강한
풍자의식까지 담고 있는 것이다. ⑥의 마지막 부분에서 보이는 서술
자 논평은 바로 필사자인 동시에 독자의 한 사람으로서 본 작품에서
감계(鑑戒)의 대상으로 삼아야 할 것이 무엇인지 분명히 밝혀주는
예가 된다.

그러느 망치 안니는 나히 읍고 죽지 안니는 스람이 읍스 이 녀용국
효중황졔 역쉬 극ᄒ면 빅년이요 그럿치 안이ᄒ면 빅년안닌이 셰월니
어이 늣겁지 안니리요 모든 디신드리 졍사을 부즈런ᄒ여 국즁이 편안ᄒ
시졀의 공송치 말지여 역쉬 진ᄒ면 뉘우쳐도 밋지 못ᄒ린니 명심ᄒ라

  아무리 아름다운 여용국의 황제라 할지라도 백세를 누리면 오래 사는 것이요 미모와 화장이란 세월 앞에 뜬구름과 같은 것이다. 정사(政事)도 마찬가지다. 지금 아무리 신하들이 부지런히 나라에 충성하고 국가가 안락한 시절을 보내고 있다 하더라도 언제 그 시절이 끝날지 모르는 일이다. 그러므로 세월을 헛되이 보내지 말고 후회하지 않도록 힘써 노력하라는 메시지가 위 인용문의 핵심이라 할 것이다. 「여용국전」은 결국 아름다움을 가꾸는 일이나 나라에 충성하는 일은 한 순간이라도 방심해서는 안 되며, 특히 평안하다고 자만해지기 쉬울 때 깨어 있어야 함을 풍자하고 훈계하는 작품이다. 이러한 특정 우의(寓意)를 의도적으로 기탁(寄託)하고 있다는 점에서 「여용국전」은 우언소설의 하나로서 가전체소설의 성향을 잘 보여주고 있다고 할 수 있다.

  아울러 「여용국전」은 이상적인 충신과 군주상의 제시 및 올바른 국가통치의 당위성을 드러내고자 한 데서 남성 취향의 유교적 세계관이 적극 반영된 것으로 볼 수 있다. 작품에서 언급되고 있는 중국 벼슬 및 관직명(官職名)에 대한 지식도 상당한 데다, 회음후(淮陰侯)나 위표(魏豹), 사마휘(司馬徽) 등의 역사적 전고를 활용하고 있는 점 또한 그러하다. 작자가 관심 갖고 선택한 사물이 비록 여성들의 화장품과 도구들이라 하지만, 그런 사물들을 유교적, 정치적 각도에서 접근하여 국가 질서와 기강을 바로잡고 통치의 자세와 의식 문제를 도출해 내고 있는 점에서 상층 남성 작자층의 세계관을 보여주고 있다고 하겠다.

1.6. 「여용국전」 창작 배경과 화장 문화

「여용국전」은 작품 분량 자체가 비교적 짧고 구성 또한 복잡하지
않지만, 작품이 지닌 풍자성과 주제, 의인화 방식이 탁월할 뿐만 아
니라 규방생활에서 필수적인 도구인 화장품과 화장도구를 의인화하
여 여성들의 실제적 생활문화를 반영해 놓은 여성문학의 하나라는
점에 큰 의미를 부여할 수 있다. 그러므로 작품이 창작되고 향유된
조선 시대의 화장 문화 및 생활모습, 사회적 분위기까지 살펴볼 때,
「여용국전」이 갖는 의미와 창작 배경을 이해하는데 좀 더 많은 도움
을 받을 수 있을 것이다.

사실 우리나라 화장의 역사는 대단히 오래되었다. 이미 고구려 벽
화에서 화장 사실을 확인할 수 있거니와, 신라승이 692년에 일본에
가서 연분을 만들어 상을 받았다는 기록도 있다.[29] 그리고 원래 얼굴
에 바르는 분(粉)과 눈썹먹을 분대(粉黛)라 하는데, 고려 이후로 궁녀
와 기생들이 주로 화장을 했기 때문에, 미인이나 궁녀, 기생을 '분대'
라고 부르기도 했다.[30] 한편, 임란 직후에는 일본 책에 화장수(化粧
水) 광고가 실려 있는데, "조선의 최신 제법으로 제조된 朝露 화장
수"라는 기록이 남아 있는 것으로 보아 '아침이슬(朝露)'이라는 뜻의
화장수(化粧水)가 조선에서 이미 제조된 사실을 알 수 있다.[31] 또한

---

29) 전완길, 『한국화장문화사』, 열화당, 1987, 85쪽.
30) 분대(粉黛)를 궁녀 또는 기생을 가리키는 말로 사용된 한 예를 실록에서 찾을 수
    있다.
    "사인 황효원이 당상의 의논을 가지고 아뢰기를, "…3천이나 되는 분대가 분묘에
    와서 비치고 80이나 되는 고운 꽃이 대면해서 생기도다.…" 하였다.(舍人黃孝源將堂
    上議啓曰…三千粉黛當墳照, 八十妍花對面生…)"(『단종실록』 권8, 원년 10월 24일(丁
    未)조.)
31) 전완길, 『한국화장문화사(韓國化粧文化史)』, 열화당, 1987, 56쪽에서 재인용.

숙종 때에는 '매분구(賣粉嫗)'라는 화장품 방문 판매원이 등장해 서민들에게 화장품을 널리 공급하는 역할을 맡기도 했다.[32] 그런가 하면 조선후기에 나타난 시전(市廛)에는 분전(粉廛)이 따로 설치되어 있어 거기서 서민들이 연지(臙脂)와 분(粉)을 살 수 있었다.[33]

빙허각 이씨(憑虛閣李氏, 1759~1824)가 쓴 『규합총서(閨閤叢書)』에는 단장(丹粧)에 관한 기록[粧臺錄]이 있는데, 눈썹을 그리는 방법[畵眉名]이나 입술에 연지를 찍는 것[點脣名]이 소개되어 있다.[34] 이것은 일반 양반 부녀자들도 눈썹이나 입술에 색조 화장을 행했음을 보여주는 예가 된다. 엄격한 신분 사회 속에서 색조 화장은 기생이나 광대 등 특정인만 한 것이 아니라 상층 여성들도 화장에 대해 관심을 가졌으며, 색조화장까지 자연스럽게 행했음을 알 수 있다. 그러나 이덕무가 『사소절(士小節)』에서 언급한 것처럼, 일반 여성들이 미용에 소홀히 하는 것도 문제지만 너무 화려한 복장과 진한 색조화장을 하는 것도 삼가야 함을 지적[35]하고 있는 것에서 당시 여성들이 화장에

---

32) 매분구란 화장품과 화장구를 집집마다 돌아다니며 판매하던 여자를 일컫는다. 숙종 때 이웃에 살던 젊은 남녀가 부모로부터 결혼 허락을 받지 못해 상심한 총각이 상사병으로 죽자 여자가 평생 수절을 지키고 처녀 과부로서 집집마다 방문하며 화장품을 파는 매분구가 되었다는 일화가 전해온다. 전완길, 『한국화장문화사(韓國化粧文化史)』, 열화당, 1987, 62~64쪽 참조.
33) 유본예(柳本藝), 「市廛」, 『한경지략(漢京識略)』; 『서울史料叢書』弟二, 서울특별시 사편찬위원회, 1956, 318쪽.
"粉廛 : 賣肢粉, 女賈所賣. 內廛則, 在鍾街, 外廛在西小門外.(분전 : 연지와 분을 판다. 여자 장수가 판다. 내전은 종로거리에 있고, 외전은 서소문 밖에 있다.)"
34) 빙허각 이씨, 정양완 역주, 『규합총서』, 보진재, 1975, 230·236쪽.
"한 무뎨, 궁인으로 흐야곰 팔ᄌ미를 지이고, 냥긔체 취미를 고쳐 수미를 민들고, 탁문군이 미싁이 원산 ᄀᄒᄆ로 사롬이 본받아 원산미를 지으며, 위 뮤뎨는 궁인으로 흐야곰 쳥디미를 흐고 속으로 년흐야 ᄀ늘고 긴 거술 아미장이라 흐더라"(<畵眉名>)
"당말의 입스욹 연지 ᄌᄂ 품이 셕뉴교 대홍츈 쇼홍츈 눈오향 반변교 만금홍 셩단심 노쥬ᄋ 닉가원 뎡궁교 낙ᄋ은 담홍심 셩셩위 소쥬뇽 격ᄈᄱ 당미화로러라"(<點脣名>)
35) 이덕무, <복식(服食)>, 「부의(婦儀)」一, 『사소절(士小節)』第六,; 『靑莊館全書』卷

대해 최소한 지켜야 할 도리와 정도가 요구되고 있었음을 알 수 있
다. 『규합총서』에는 화장 외에 얼굴 피부를 하얗게 관리하는 법[面脂
法]이나 머리카락을 검고 윤기 나게 하는 법[黑髮長潤法]도 소개되어
있어, 사대부 여성들이 몸단장을 하는데 얼마나 정성을 기울였는지
짐작케 해준다.36)

　조선 시대 여성들은 외출을 할 때 기본적으로 화장을 하고 정장을
했다. 성종 대에 풍기문란한 여성으로 유명했던 어우동(於宇同)이 단
옷날[端午日]에 외출을 하기 위해 화장(化粧)을 했다는 기록이 실록
에 남아 있거니와37) 규방가사의 대표라고 할 「화전가(花煎歌)」에서
도 화전놀이를 하러 집을 나서기 전에 얼굴에 분단장을 하는 장면이
등장한다.38) 정철 또한 그의 시조나 가사 「思美人曲」에서 여인의 화
장을 소재 삼아 노래하기도 했다.39) 이처럼 조선시대 여성들의 화장

三十, 민족문화추진회, 1980, 126~127쪽.
　"화장을 하고 화려한 복장을 하는 자는 요사스러운 부인이요, 머리카락이 헝클어지
고 얼굴에 때가 있는 자는 게으른 여자다.(靚妝艶服者, 妖婦也. 亂髮垢類者, 懶女
也.)" / "연지와 분을 짙게 바르는 것이 소귀(塑鬼)와 무엇이 다르랴? 그러므로 옛사
람들은 부인이 시속(時俗)을 따라 단장하는 것을 허락하지 않았다.(濃塗脂粉, 何異塑
鬼. 故古人不許婦人時世之妝)"
36) 빙허각 이씨, 정양완 역주, 『규합총서』, 보진재, 1975, 387~388쪽.
　"기름 두 되예 난만이 닉은 샹심 흔 되를 병의 흔가디로 너허 볏 아니 뙤는 첨하의
드릿다가 삼삭만의 ㅂ ㄹ면 검기 칠흔 듯ㅎ고…길고 검은니라."(<黑髮長潤法>)
　"동월의 며피 조널ㅎ는디 계란 삼미 술의 담가 셜거치 아니케 듯거니 봉ㅎ여 ᄉ칠일
두엇다가 ᄂ칫 발로면 트지 아니코, 겸ㅎ여 윤틱ㅎ고 옥ᄌᄒ여디ᄂ니라"(<面脂法>)
37) 『成宗實錄』, 11년 10월 18일(甲子)조.
　"단옷날에 화장을 하고 나가 놀다가 도성(都城) 서쪽에서 그네 뛰는 놀이를 구경했
다.(端午日靚粧出遊, 觀鞦韆戲于城西.)"
38) 『閨房歌詞 Ⅰ』, 한국정신문화연구원, 1979, 264쪽.
　"…일년일도 노는일이 단장없이 나갈소냐 침방에 들어가서 옥석경 앞에두고 본디
고운 이내얼굴 분단장을 앉아하니 명월같은 밝은거울 동창문을 열고앉자 홍안을 상
대하여 인물치장 야단일세 단장을 어일할고 팔자아미 다사리며 홍안에 셩적분은 매
화꽃 뿐을받고 붉고붉은 연지분은 목단꽃 닮아있다. …"

은 생활의 일부이자 하나의 문화로서 자연스럽게 이루어졌고, 그러
한 모습이 문학작품이나 문헌 속에 일부 기록되거나 묘사되어 있기
도 하다.

　이러한 몇 가지 예만 보더라도 특히 조선후기에 기본적인 화장품
의 판매와 소비가 서민들 사이에서 일상적으로 이루어졌으며, 화장
품과 화장에 대한 관심 또한 상층 여성들 사이에서도 적지 않았음을
알 수 있다. 내면의 아름다움과 외면의 아름다움을 동일시하던 조선
시대 여성들에게 있어 화장과 피부의 청결은 더더욱 중요한 덕목 중
하나일 수밖에 없었다. 그렇기에 상하층을 막론하고 화장과 피부 관
리를 중요하게 인식했다. 심지어 남성들도 여성들처럼 물에 갠 분을
얼굴에 발랐다가 물로 씻어내는 분세수(粉洗手)를 즐겨 했다.[40]

　임란 전에는 궁중 여성이나 기생들을 중심으로 이루어지던 화장
문화가 조선후기에 이르러 서민들은 물론, 남성까지 일상에서 쉽게
접할 수 있는 하나의 소비생활문화로 보급, 확대되었다. 그러므로 화
장에 대한 사회적 인식이나 분위기는 오늘날 우리가 생각하는 것보
다 부정적이지 않고, 오히려 일상적이며 보편적인 것으로 다가가고
있었다고 할 것이다. 화장이 상하층 남녀 모두의 공유물이었기에 여

---

39) 예를 들어, 정철의 시조나 가사 「思美人曲」에서도 이러한 사실을 확인할 수 있다.
　①"내 양즈 늚만 못흔 줄 나도 잠간 알건마ᄂ / 연지도 ᄇ려 잇고 분ᄴ도 아니미너
　/ 이러고 괴실가 뜻은 전혀 아니 먹노라"(『송강가사』; 박을수 편, 『한국시조대사전』,
　아세아문화사, 1992, 239쪽) ②"臙脂粉 잇네마ᄂ 눌 위ᄒ야 고이홀고"(『思美人曲』 중)
　즉, 정철 시대에 분, 연지, 눈썹먹 등을 이용해 화장을 했으며 남성 양반들도 여성들
　의 화장 및 화장품에 대해 기본적 지식을 갖추고 있었음을 엿볼 수 있다.
40) 피부를 희게 만들기 위해 하는 세수를 '분(粉)세수'라고 하는데, 물에 갠 분을 얼굴에
　발랐다가 물로 씻어내는 것으로 여성뿐만 아니라 남성들도 즐겨 사용했다. 김희숙,
　『한국과 서양의 화장문화사』, 청구문화사, 2000, 20쪽; 전완길, 『한국화장문화사(韓
　國化粧文化史)』, 열화당, 1987, 87쪽.

성의 화장을 소재로 한 「여용국전」이 창작, 공감할 수 있는 사회적 분위기와 환경이 충분히 조성되어 있었다고 하겠다. 이러한 사회적 배경이 「여용국전」 등장의 필연적 이유는 아니라 할지라도, 「여용국전」이 국문본과 한문본 이본으로 존재하며 상하층에서 필사되고 향유될 수 있었던 상황을 짐작케 하는 하나의 근거로서 유용하다.

1.7. 「여용국전」 이본 관계

한문본과 국문본이 존재하고 있는 「여용국전」은 이본 중 어느 것이 원본 또는 원본에 가까운 것인지 아직 밝혀진 것이 없다. 먼저 선본(先本) 문제와 관련해 논란의 소지가 있는 결말 부분을 가져와 비교하는 것에서 실타래를 풀어나가 보기로 하자.

아래 인용문은 내용이나 표현, 표기 면에서 이본 간 편차가 비교적 뚜렷이 드러나고 이본별 특성을 살피기에 적합한 부분이라 할 만하다. 자신의 공을 인정받지 못한 관정(세숫물)이 황제에게 아뢰어 그 보상을 받게 되는 논공행상 대목과 작품의 종결부인 논평 부분에 해당한다.

> ① : 홀연 한 사람이 반열(班列) 중에서 나와 아뢰어 가로되, "소장이 만일 수군을 독려하여 구리공을 무찌르지 않았던들 주연(朱鉛)이나 백광(白光) 등이 공을 세울 수는 없었을 것입니다. 그러나 지금 이 사람의 공로는 두 장수의 아래에 있으니 어찌 부끄러운 일이 아니겠습니까?" 황제가 크게 깨닫고, 이에 관정에게 치사하고 ⓐ복성公으로 삼았다. 이어 마령은 도성후로, 양수는 백양후로, 납용은 도평후, 차연은 운성후,

섭강은 철성후로 각기 봉하고, 잔치와 가무를 벌이게 했다. 열다섯 장
수들은 모두 황제의 은덕에 감격하여 각기 맡은 바 직책에 부지런하여
이후로부터는 나라가 태평하게 되었다.[41]

②: 홀연 한 사람이 반열(班列) 중에서 나와 아뢰어 가로되, "만일
소장이 수전에서 적을 격파하는 일이 없었다면 주연(朱鉛)이나 백광(白
光) 따위가 공로를 인정받을 수 없었을 것이거늘 도리어 이들이 소신(小
臣)보다 위에 있으니 어찌 부끄러운 일이 아니겠습니까?"라고 했다. 황
제가 크게 깨달아 칭사(稱謝)하고 ⓑ관정(灌井)·양수(楊樹) 등 4인에게
관직을 내려주고 그 밖의 신하들에게 상을 베풀고 명하여 잔치자리를
마련해 음악을 즐기며 마음을 기쁘게 해주었더라. 모든 관리들이 삼가
협력하여 정사를 맡아 하니 여용국 일국이 날로 새로워지고 해를 거듭
해 지속적으로 다스려졌다. 사(史家)는 말한다. 여성의 얼굴이 성(盛)하
고 쇠(衰)하는 것에는 때가 없으니, 하루라도 폐하면 아침에 천 가지 종
기가 생겨나고, 아침에 나아가면 모든 아름다움이 다스려진다.[42]

③: 座中의 한 壯士 出班奏曰, 鹽井이 水軍을 거느려 垢泥公을 破치
아니하였으면, 朱膿과 白洸 等이 才操를 發하지 못하리니, 이제 功이
도로혀 朱膿等 뒤에 있사오니, 어찌 부끄럽지 아니하리이까, 皇帝 깨달
아 鹽井에게 致謝하고, 鹽井을 封하야 奮城公을 封하고, 沫泳으로 杜城
侯를 封하고, 梳快로 攝政侯를 封하고, 養漱으로 玉香侯를 封하고, 覽
容으로 都正侯를 封하고, 釵蓮으로 隱城侯를 封하고, 鑷相으로 鐵石侯
를 封하고, 瞳媛淸으로 明忠公을 封하니, 그 나라의 元帥 어찌 壯하지
아니하리요 그 後는 모르거니와 畢竟 爽快할 듯하더라

---

41) 원문은 다음과 같다. "忽有一人出班奏曰: 小將若不督水軍, 破垢公, 朱鉛白光等, 無
以施其功, 今反居二將之下, 豈不愧哉. 皇帝大悟, 乃謝鹽井, 封爲복성公, 磨零爲擣城
侯, 楊樹爲白楊侯, 蠟容爲都平侯, 釵延爲雲城侯, 鑷强爲鐵城侯, 各賜宴樂. 十五將, 皆
感激皇恩, 各勤其職, 此後, 國家太平."

42) 원문은 다음과 같다. "忽有一人出班奏曰: 如無小將之水戰破寇, 則彼朱白等莫能效
勞, 而反在臣之上, 寧不愧哉. 帝大覺, 稱謝賜灌楊等四人爵, 其餘施賞, 各命賜宴賜樂
以志喜. 衆官恊寅其政, 女容一國治化, 日新歷年線長. 史家曰：女容盛衰無常, 一日廢,
朝千尤各出中, 朝出治百美."

④ : 문득 座中의 한 사람이 갈오되, 「萬一 小將이 水軍을 거나려 坫里公을 破치 아니터면 朱暎 白光等의 才調를 發揮치 못하리니 이제 도리혀 功이 朱暎 白光의 後에 잇아오니 어찌 부끄럽지 아니하리오」 皇帝 깨다라 灌清에게 稱謝하고 灌清으로 水晶侯를 封하고, 沫瑛으로 都城侯를 封하고, 梳珍으로 接降侯를 封하고, 納容으로 塗城侯를 封하고, 釵蓮으로 銀城侯를 封하고, 鑷廣으로 鐵石侯를 封하여 각각 賜宴 賜樂을 주시니 十五將帥ㅣ 天恩을 罔極하야 各各 職任을 부즈런히 하니, 以後로 나라히 太平하며 다시 盜賊이 없어 國家의 근심이 없고 平安함이 盤石 같아야 十五將帥로 더브러 平安樂하니라

⑤ : 흔 사룸이 글오더 쇼쟝이 감스지졸노써 구공을 파치 아니면 주연 빅광 등이 지조룰 발뵈지 못홀거시여늘 이제 공이 도로혀 두 사룸의 후의 이시니 신이 감히 쟉녹을 탐호미 아니라 깁히 개산의 고집흔 졀을 스모호느이다 황졔 보시니 슈군도독 관쳥이라 ⓒ황뎨 긔용사례호시고 슈셩공을 봉호신더 관쳥이 므춤니 스양호야 글오더 신은 영쳔의 남은 무리로 텬지 스이로 방낭호야 경이이 시졀사룸과 ᄀᆞᆺ지 아니호니 비록 좌우의 뫼셔시나 진실노 유악의 디혜와 한마의 공이 업손더라 복원 폐하는 신을 도라보니여 딩쳥흔 긔운이 스셩의 기리 잇게 호시면 비록 몸이 강호의 이시나 위궐의 ᄆᆞ음이 어느 쩌 니즈리잇고 맛당이 쩌로 와 됴회호리이다 황뎨 그 지셩을 감동호야 본직의 슈셩공을 더 봉호야 어구 안히 집을 주시고 명호야 티익의 왕니호라 호시다 말영으로 두셩후롤 봉호고 소진으로 졉향후롤 봉호고 소쾌로 무졍후롤 봉호고 납용으로 도평후롤 봉호고 그 남은 문무 졔신으로 다 가즈롤 도도시고 각각 스연스악호시니 졔신이 텬은을 망극호야 각각 딕임을 브즈런이 츌호니 일노조촛 녀용국이 티평호야 군신이 기리 안낙호더라 긔히 계하 초삼일 슈촌 샹방 후챵하 필셔

⑥ : 문득 흔사룸이 갈오더 만일 소중이 슈군을 거나려 구공을 파흐지 아니흐면 쥬년빅 광등의 지조을 발비지 못흐린니다 ⓓ이제 도로혀 쥬년 등이 후의 잇스미 낙쟝흐여 직님이 부즈런이 츠린이 여용국이 티

평호더라 그러나 망치 안니난 나히 읍고 죽지 안니 난 스람이 읍소 이
녀용국 효장황졔 역숴 극호면 빅년이요 그럿치 안이호면 빅년 안닌이
셰월니 어이 늣겁지 안니리요 모든 딕신드리 졍사을 부즈런호여 국즁
이 평안호 시졀의 공숑치 말지여 역숴 진호면 뉘우쳐도 밋지 못호린니
명심호라

　한문본 「女容國傳」(①)을 처음으로 소개한 이가원은 위 인용문 ①
의 논공행상 부분에 ⓐ(복셩公)처럼 한글 표기가 그대로 나타나 있는
것을 난역(難譯)의 한글을 그대로 노출시킨 결과로 보고, 「여용국전」
의 국문본 선행설을 주장했다.[43] 그 후 1970년대 초에 최승범(崔勝
範)은 새롭게 순국문본 「녀용국평난긔」(⑤)를 세상에 소개하면서 이
작품이 바로 이가원이 언급한 바 있는, 안정복의 한문본 「女容國傳」
의 저본일 가능성을 제기했다.[44] 이가원의 주장을 토대로 한역하기
어려운 말들이 ⑤에 많이 있다는 점을 들어 ⑤가 ①의 저본이라고
본 것이었다.

　그러나 이미 이응재가 「女容國傳」(①)의 한역설과 관련해 몇 가지
근거를 들어 반박한 바 있거니와[45] 필자 역시 한문본 ①에 한글 표

---

43) 이가원, 『李朝漢文小說選』, 민중서관, 1961, 136쪽.
　　"이 편의 일명은 「효장황제장대기공록」(孝莊皇帝粧臺紀功錄)이다. 역시 순암(順菴)
　　의 부부(覆瓿) 중에서 뽑았다. 부인의 화장(化粧) 도구(道具)들을 의인화(擬人化)하
　　여 이상적인 국가를 세운 한 편의 기문(奇文)이다. 원작자(原作者)는 알 수 없겠으나,
　　이 원본(原本)은 순암의 수필(手筆)이었으며, 그 중 「이경候」의 '이경'이나, 또는 「복
　　셩公」의 '복셩' 등의 난역(難譯)의 한글을 그대로 둔 것을 보아서 애초에 한글본을
　　순암이 한문으로 번역한 듯싶다. 앞서 졸저(拙著) 『한문신강(漢文新講)』 중에서는 이
　　편을 일명씨(佚名氏)의 작으로 돌렸던 것이 이에 순암의 역본으로 인정하여 보았다."
44) 최승범 해제, 「한글 고전의 새로운 확장 : <여용국평란기>」, 『문학사상』 9월호, 문
　　학사상사, 1974, 355쪽. "「녀용국평난긔」는 「女容國傳」의 대본이 아닌가 싶다. 李家
　　源 敎授도 '애초에 한글본을 순암이 한문으로 번역한 듯 싶다'(『李朝漢文小說選』)고
　　하였거니와 특히 전자에 있어 끝부분의 논공행상 대문을 보면 漢譯하기 어려운 말들
　　(「女容國傳」에서 볼 수 없는 말)들이 많은 것으로 미루어 보아서도 그렇다."

기가 등장한다는 사실 하나만으로 그것이 국문본에서 한역한 것이라고 말할 만한 충분한 근거는 될 수 없다고 본다. 왜냐하면, 한 예로, 안정복의 다른 저서에서도 한문 텍스트 속에 한글 표기가 심심치 않게 사용되고 있기 때문이다. 안정복이 쓴 『순암문집(順菴文集)』이나 『잡동산이(雜同散異)』 등을 보면 한문 중간에 한글로 표기한 사례들을 다수 확인할 수 있다. 경서의 언해집주를 설명하거나[46] 중국 지명을 적을 때[47], 또는 고어 한자나 난해한 한자의 자구(字句)를 설명할 때[48]나 그 밖에도 종종 한글을 가져와 글을 쓰고 있는 것이다. 이처럼 한문 글쓰기에서 한글 표기를 자주 활용하고 있는 것은 한자로 표기하는 것 자체가 어렵거나, 또는 전달하려는 바를 쉽게 설명하기 위해 일부러 활용하던 방법 중 하나였던 것으로 보인다. 이들 저서들이 국문본을 한역한 것이 아닌 것이 분명한데, 한문본 중에 한글 표기가 섞여 있는 것은 안정복의 글쓰기 철학 내지 실용적 글쓰기 차원에서 의도적으로 표기한 것으로 볼 수 있다. 반드시 한역의 이유

---

45) 이웅재는 「녀용국평난긔」와 「女容國傳」이 무관한 이유로 첫째, 한문본에 한글로 표기된 '이경'이나 '복성'이란 말이 「녀용국평난긔」에는 아예 나타나지 않는다는 점, 둘째, 전체적인 의미 내용에는 유사성이 있지만, 서술 순서(스토리 전개)가 매우 다르다는 점, 셋째, 「女容國傳」에는 15명의 신하밖에 나오지 않는데 「녀용국평난긔」에서는 18명이나 등장하며 이들을 문반 9명과 무반 9명으로 나눠 상당히 의도적인 배열을 하고 있다는 점, 넷째 분량이나 서사전개 방식 면에서도 「女容國傳」보다 「녀용국평난긔」가 더 길고 합리적이라는 점 등을 들고 있다.

46) 안정복, <經書疑義>, 「雜著」, 『順菴文集』, 여강출판사, 1984, 247쪽.
"觳觫章…觳觫若無罪而就死地, 釋義觳觫이만일에無罪흐거시…觳觫히이러틋시按或云, 觳觫히罪업슴가툰거시死地에나아감이不忍하다."

47) 안정복, <自潘陽至會寧等處小地名>, 『雜同散異』(參), 아세아문화사, 1981, 493쪽.
"… 沙河子 一百十里, 아한푸허셔쿠 各十里, 다라호로 一百十里, 시시하다 七十里, 무친퍼러 一百十里, 會寧 六十里."

48) 안정복, <周禮古字奇字>, 『雜同散異』(壹), 아세아문화사, 1981, 658면.
"…牡荊엄나모 杻쏘리 • 繡마희깃붕 石돌셕… 小麥屑밀ᄀ른쇄…" 특정 한자의 음과 뜻풀이에 해당하는 이런 표기는 18세기 국어 연구에도 유용한 자료가 될 수 있다.

가 아니더라도 안정복이 필요시 한글 표기를 활용하던 글쓰기 습관의 일환으로 해석해 볼 수 있는 것이다.

또 한 가지 ①에서 문제가 되는 '이경侯'와 '복성公' 부분이 다른 한문본 ②에는 아예 등장하지 않는다거나, 국한문혼용의 ③과 ④에서는 한글이 아닌 한자로, 즉 ③에서는 '理境侯'와 '奮城侯'로, ④에서는 '梨城侯'와 '水晶侯'라고 표기되어 있다는 점을 들 수 있다. 다른 이본에는 한자 표기로 노출되어 있는데, ①에만 유독 '이경侯'와 '복성公'이라고 한글 표기되어 있다 하여 한자로 번역하기 어려운 한글 표기를 그대로 옮겨 놓은 것이라고 보기에는 그 근거가 미약할 뿐더러 설득력마저 떨어진다. 그러므로 지금까지 한문본 ①에서의 한글 표기에 근거해 「여용국전」의 원본을 국문본으로 본 견해는 재고를 요한다.

창작 및 필사시기와 관련해 「녀용국평난긔」(⑤)를 소개한 최승범은 본문 끝에 부기(附記)된 "긔해 계하초삼일, 슈쵼샹방 후창하 필셔"를 근거로 작품의 필사 연대를 정조 3년인 '기해(己亥)년(1779)'으로 추정한 바 있다.[49] 그러나 정조 연간의 기해년으로 볼 수 있는 근거가 무엇인지 찾기 어렵다. 또한 다른 순국문본 「여용국전」(⑥)도 표지에는 "병오지월초칠릴개의라"는 간기가 적혀 있는데, 이 또한 어느 해의 병오(丙午)년 일 지가 문제다. 다만 책의 지질(紙質) 상태나 어휘, 표현법 등을 고려할 때, 개화기 이전일 것임엔 분명하다. 반면 한문본 ①이 안정복(1712-1791)에 의해 필사 또는 한역되었다고 했을 때, 그가 졸(卒)한 연도를 고려한다면 늦어도 18세기 후반에 이루어진 것임을 알 수 있다. 따라서 이미 약 250여 년 전에는 한문본 「여용

---

49) 최승범, 「<女容國平亂記> 小故」, 『장암 지헌영선생 화갑기념논총』, 1971, 429쪽.

국전」이 존재하고 있었다고 할 것이다.

가전체소설인 「여용국전」이 한문본과 국문본이 존재한다는 것은 그만큼 독자층이 확대, 다양해졌음을 의미한다. 그런데 여러 이본을 종합해 볼 때, 원래 가전체 한문소설이던 「여용국전」이 인기를 누리게 되면서 국문으로 번역·개작되어 상층 남녀 독자뿐만 아니라 문자해독이 가능한 계층으로 확대되어 향유된 것으로 판단된다. 그 이유로는 첫째, 안정복의 한문본이 비교적 이른 시기라 할 18세기 중반 이후에 이미 존재하고 있었던 것이 확실한 데다, 둘째, 한문본보다 국문본에서 인물이나 사건이 다양하게 등장하고, 서사전개 방식이나 표현이 더 논리적이고 세련된 형태를 보이고 있기 때문이다. 특히 후자의 경우, 단락의 서술 양식이나 양, 또는 표현 내용은 전개에 있어 이본 간에 큰 차이가 없지만, 국문본에서는 등장인물의 수나 서사 장치 및 사건의 횟수, 그리고 주제를 보여 줄만한 내용이 한문본에 비해 추가되어 있고 전체적 서사구성 또한 계기적으로 이루어져 있는 점을 하나의 근거로 들 수 있다. 그 차이가 가장 현저한 것이 한문본 ②와 순국문본 ⑤이다.

이 중 한문본 「여용국사」(②)는 대표적 가전체소설인 「화사(花史)」와도 여러 면에서 그 친연성이 확인되고, 가전체소설의 특질을 가장 잘 보여주고 있다. 「화사」가 전의 격식을 갖추고 "史臣曰"이라는 논평과 총론을 펴고 있는 것처럼, 「여용국사」 또한 "史家曰"이라는 사관의 변을 삽입시켜 작자의 소견을 드러내는 형식을 취하고 있다. 『화사』가 꽃과 초목을 인간 사회의 인물로 의인화하여 꽃 나라의 역사를 기술하고 있듯이, 「여용국사」에서도 화장품과 화장도구 및 여성을 의인화하여 여자 얼굴 나라의 위기와 회복을 우회적으로 그리

고 있다. 아울러 「여용국사」가 『화사』라는 표제의 필사본 책 속에
작품 「화사」와 함께 필사, 수록되어 있는 점에도 주목할 필요가 있
다. 연세대에 소장되어 있는 필사본 『화사』가 단순히 어느 필사자가
비슷한 성격의 작품을 모아 필사해 놓고자 한 것인지, 아니면 동일
작가의 작품이라 한 곳에다 필사해 둔 것인지 확실하지 않지만,『화
사』에 수록된 또 다른 작품 「화조춘추사(花鳥春秋史)」 역시 꽃과 새
를 의인화하고 역사서 형식을 빌어 사회를 풍자하고 있다는 점에서
동일 장르의 작품들을 모아 놓은 것으로 여겨진다.『화사』에 수록된
세 편의 작품을 추후에 별도로 고찰할 필요가 제기되는 것도 바로
이 때문이다.

　앞의 인용문에서 확인할 수 있듯이, 모든 이본에서 논공행상 부분
이 중요하게 다뤄지면서 공을 세운 신하들에게 작위를 내리는 내용
이 등장하고 있는데, 유독 ②에서만 ⓑ처럼 신하들의 공로를 치하해
벼슬을 내린 사실을 진술하는 선에서 그치고 있다. 그렇기 때문에
한문본 ①에 등장하는 '이경후(李卿侯)'나 '복성公' 등의 어휘가 ②에서는 아
예 거명조차 되지 않고 있는 것이다.

　그 대신 한문본 ①에는 보이지 않는 총평 부분이 ②에서는 사가(史
家)의 입을 통해 그 색깔을 분명히 드러내고 있다. 나머지 이본들에
서는 논공행상 장면 이후에 신하들이 직임을 잘 감당하고 황제가 나
라를 잘 다스려 여용국이 태평성대를 구가했다는 식의 전형적인 해
피엔딩 멘트나 서술자적 논평으로 처리되고 있어 여타 소설의 종결
부와 다름이 없다. 반면 ②에서는 사물의 의인화를 통해 우의적으로
말하고자 하는 주제, 즉 이면적 주제는 감춘 채 표면적 주제라 할,
여성이 아름다움을 가꾸기 위해서는 잠시도 화장을 게을리 해서는

안 된다는 주제를 내세우는 것으로 끝을 맺고 있다. 끝까지 직설법이 아닌 우회적 방법을 고수함으로써 가전체소설이 지닌 허구성과 의인화 방식이 갖는 긴장의 끈을 놓지 않고 있다. 이것은 계세징인(戒世懲人)의 목적성에 충실하려고 한 작자의 의식과도 맞물려 있다. 허구성을 강화하거나 흥미를 추구하는데 비중을 두기보다 교훈성에 충실하려고 한 서사 장치이자 서술방식으로 가전체소설로서의 특질이 잘 드러나 있다.

이에 비해 순국문본 ⑤(「녀용국평난긔」)는 소설 구성의 요건을 갖추고 본격적인 소설에 근접한 형태를 보여준다. ⑤는 다른 이본들보다 합리적인 결구(結構)와 정교한 서사구조를 지니고 있고, 완성도 또한 높다고 할 수 있다.[50] 가장 많은 수의 신하를 등장시켜 유기적으로 다양한 화장용품과 도구를 보여주고 있으며, 서사적 갈등과 사건의 인과성 또한 비교적 충실하다. 예컨대, 앞의 인용문에서, 논공행상 장면 중에 관청(세숫물)이 출반주(出班奏)하는 대목이 유독 ⑤에서만 길고 자세히 그려지고 있는 것을 그 예로 들 수 있다.

그런데 ⑤에는, 다른 이본에는 없는, 관청이 자신의 공을 인정받지만 벼슬을 받는 것을 사양하는 장면이 부가되어 있다.(ⓒ) 이는 단조롭기 쉬운 논공행상 장면에 약하나마 서사적 긴장감을 불어넣어주고 사건 전개의 변화를 유도하고 위한 시도로 볼 수 있다. 일종의

---

50) 최승범, 「<여용국평란기> 소고」, 『장암 지헌영선생 화갑기념논총』, 호서문화사, 1971, 432~433쪽.
"「女容國傳」에 比하여 「녀용국평난긔」의 構成이 緻密하고 描寫 또한 詳細한 것을 볼 수 있다. 一例를 들자면 '슬양의 무리를 치는 대문에서도 前者에서는 梳快와 梳眞의 二將으로 起兵케 하나, 後者에서는 이 二將 외에 文臣인 油眞을 參謀로 등用하여 세 사람이 合力케 하고 있다. 또한 賊黨을 討伐한 후 諸臣의 論功行賞을 하는데 있어서도 後者가 더욱 緻密・纖細하게 나타낸 것을 볼 수 있다."

비틀기로서 다른 이본들과 달리 허구적 요소를 가미하고 등장인물의 성격에 개성을 불어넣어주고 있는 셈이다. 등장인물을 관념적이지 않고 살아있는 성격의 주체로 설정해 놓는 것은 주제 전달 측면에서도 효과적으로 작용할 수 있다. 다시 말해, 공이 있음에도 불구하고 벼슬을 사양하는 겸손한 관청의 모습이야말로 충신 중의 충신이자 숨은 공로자로서의 면모를 부각시켜줄 뿐만 아니라 비유 대상인 세숫물이 지닌 깨끗한 이미지와 화장할 때 흔히 간과하기 쉬운 물의 중요성을 동시에 환기시켜 주고 있어 독자들에게 더욱 강렬한 의미를 전달해 줄 수 있다. 이는 결과적으로 화장하는 이의 마음가짐이 어떠해야 하는가? 라는 문제로까지 연결되며, 나라를 다스리는 임금과 신하의 자세로까지 확대, 적용시킬 수 있는 것이어서 소설이 허구성과 그 의미의 파장은 짧게 끝나지 않는다.

이 밖에도 ⑤에는 문사(文士)와 무신(武臣)으로 구분된 신하들이 각각 9명씩 균형 있게 설정되어 있는가 하면, 한문본에는 없는, 그렇지만 화장할 때 요긴한 검박셔(검박지), 유진(참기름), 스영(모시실) 등이 등장하고 있어 등장인물의 설정이나 역할 부여에도 상당한 신경을 썼음을 엿볼 수 있다. 게다가 ⑤는 궁중 도서목록으로 보이는 『칙목녹』[51]에도 그 이름이 올라 있다. 이로 보건대 이본 ⑤가 일정 수준의 문학성과 교훈성, 거기에다 오락성까지 갖춘 작품으로 궁녀들의 독서용으로 향유되고 있었음을 엿볼 수 있다. ⑤가 갖는 서사구조상 치밀함과 세련된 표현과 주제 설정 등은 시기적으로 순국문본 ⑤가 한문본 ①과 ②보다 후대에 나타났음을 보여주는 몇 가지 근거가 된다.[52]

---

51) '녀용국평난긔 단', 『칙목녹』, 규장각소장(가람古 015.51 C346)

결국, 이상의 내용을 종합하면, 「여용국전」은 국문본이 아니라 한문본이 선행했을 가능성이 높고, 한문본 중에서도 ②가 ①보다 앞선다고 할 수 있다. 그리고 ②에서 소략하게 서술되어 있던 논공행상 부분을 확대시키고, '사가왈' 부분을 제외시킨 한문본 또는 국문본 이본이 안정복이 번역했거나 필사한 한문본 ①과 관계가 있을 것으로 보인다. 화장 문화가 일반화되고 상층뿐만 아니라 하층에서도 화장에 대한 관심이 늘어나 원래 상층 남성의 향유물이던 한문본 ①과 ②가 점차 국문으로 번역, 개작되어 파생됨으로써 상하층이 공히 읽는 작품으로 확대되었을 것으로 짐작된다. 국문본 중에는 ⑤(「녀용국평난긔」)처럼 서사내용이 확대되고 구성이 치밀해진 이본이 등장해 원작인 가전체소설에서 벗어나 소설적 요소를 가미한 형태의 작품으로 변용되어 간 사실을 보여준다고 할 수 있다.

1.8. 맺음말

이상에서 송신용이 교주한 고소설 중 아직 학계에 잘 알려져 있지 않은 「女容國傳여용국전」를 소개하고 그 작품 세계와 이본 관계를 조명해 보고자 했다. 송신용 교주본은 여러 이본 중에서 가장 먼저 작품세계가 언급되고 지면을 통해 세상에 알려진 작품이다. 물론 조

---

52) 또 다른 순국문본 ⑥은 필체가 가지런하지 못하고 부기(附記)하거나 글자를 지은 흔적이 보이는데다 작품 후반부에서 논공행상 부분이 갑자기 축약(밑줄 ⓓ)되면서 서술자의 논평 부분으로 넘어가고 있어 서사구성의 완결성 면에서 ⑤에 미치지 못한다. 그리고 국한문혼용본 ③과 ④는 활자본으로 시기상 가장 후대의 것으로 보인다. 이들은 사용된 어휘나 표현 등이 순국문본보다는 한문본과 유사한 것이 많아 한문본과 친연성이 있다.

윤제가 소개한 이본 「粧臺記功錄(女容國平亂記)」 역시 송본과 같은 해인 1948년에 발표되었지만, 작품에 관한 아무런 설명 없이 단지 원문만 소개해 놓았을 뿐이다. 따라서 본 연구는 그동안 「여용국전」을 언급할 때 이가원이 소개한 안정복의 「女容國傳」 또는 최승범이 소개한 「녀용국평난긔」만을 가지고 작품세계를 운운했던 관습에서 탈피코자 현재 알려진 6종의 이본을 종합적으로 정리, 고구하고자 한 결과물에 해당한다. 기존 논의에서 간과되었던, 그렇지만 이들보다 십 수 년 전에 이미 송신용이 그 존재를 알리고 교주까지 했던 송신용 교주본 「女容國傳여용국전」을 가져오고, 새로운 이본을 추가로 제시, 비교함으로써 이본별로 그 정당한 의미부여에 초점을 맞추고자 한 것이다.

「여용국전」은 서술기법이나 내용이 흥미롭고 누구나 일상에서 접할 수 있었던 소재를 형상화한 작품이라는 점에서 상하 계층을 막론하고 향유되어 온 것으로 보인다. 확인 가능한 6편의 이본들을 서사 단락 및 등장인물 등을 가지고 비교·분석해 본 결과, 「여용국전」 이본들이 갖는 의미를 다음 몇 가지로 정리해 볼 수 있다.

첫째, 한문본의 경우, 조선 후기 가전(假傳)체 소설을 대표할 만한 작품이라는 점이다. 한문본 「여용국사」가 더욱 그러한데, 일찍이 등장한 「화왕계」로부터 「수성지」, 「화사」 등을 잇는 연속선상에 위치해 있다고 할 것이다. 일상생활에서 사용하는 화장이나 화장도구를 끌어와 흥미와 관심을 불러일으키되 사물을 의인화하는 전형적 방식을 택해 풍자 및 교훈하려는 바를 충분히 드러냄으로써 소기의 목적을 잘 보여주고 있다. 일상적이고 교훈적이며, 서사구조가 단순 명료하며, 발상 자체가 흥미로워 상층의 남성독자는 물론, 상층 여성

독자나 하층민 사이에서도 쉽게 향유될 수 있는 요소를 갖추고 있다고 할 것이다.

둘째, 화장과 관련해 여성들의 심리 및 생활의 일면뿐만 아니라 조선 후기 여성들이 사용하던 화장용품의 종류까지 자세히 확인할 수 있다는 점에서 여성어문생활사를 이해하는 귀중한 자료로서 가치와 의미를 지닌다. 비록 원작자가 여성은 아니라 할지라도, 당시 식자층 남성들도 여성의 화장 및 미용에 대해 그 나름대로 이해하는 바가 있었을 것으로 보인다. 또한 「여용국전」의 필사자 또는 독자들은 화장을 경험한 주체이거나 간접 경험자로서 여성의 심리를 잘 이해하고 있었다고 볼 수 있다. 조선후기에 이르러 더욱 발달한 화장술과 화장용품에 대한 여성들의 관심과 사회적 분위기 역시 작품 창작에 한 몫을 했을 것으로 여겨진다. 특히 작품에서 신하들이 적당과 싸우는 장면과 순서는 화장하는 순서와 방법을 지시하고, 적당의 여용국 침입이란 사건은 여성들의 평소 화장법 및 미용관리의 필요성과 마음가짐을 환기시켜 주고 있어 「여용국전」이 화장을 위한 입문서이자 여성생활 규범서로서 일정한 역할을 감당해왔다고 할 것이다.

셋째, 「여용국전」의 이본으로 한문본과 국문본이 공존한다. 수백 년에 걸쳐 '여용국 이야기'가 향유되면서 일부 번역 또는 개작이 이루어졌는데, 이본 간 변개의 폭은 그다지 크지 않다. 이는 작품의 서사구조나 주제가 기억하기 쉽고 명료한 탓에 원본에서 크게 변이될 만한 계제가 적었던 것으로 풀이된다. 그러나 국문본 중에는 소설적 요소를 일부 갖추고 본격적인 소설로 나아가는 경향을 보이고 있는 것도 있다.

이상에서 살펴본 「여용국전」의 의미와 이본 연구는 시작에 불과

하다. 여전히 새로운 이본이 존재할 가능성이 있으며, 작자 및 창작 시기를 확정하기 위한 구체적 근거가 요구된다. 화장 문화와 여성생 활사 연구에 있어 자료적 가치가 충분한 만큼, 좀 더 많은 관심과 참여 속에 다양한 논의가 이루어질 필요가 있다.

2. 송헌석 저 구활자본 고소설 『병인양요(丙寅洋擾)』 연구*

2.1. 들어가며

1866년 9월에 일어난 병인양요(丙寅洋擾)는 서양 열강과 직접적 충돌을 벌인 첫 번째 전투로 일찍이 우리가 겪어 보지 못한 특이한 사건이었다.[53] 게다가 4년 후인 1871년 4월에 또 다시 신미양요가 일어나면서[54] 수 년 사이에 강화도민을 비롯해 조선인이 받은 충격이란 실로 엄청날 수밖에 없었다. 낯선 서양 세력과의 직접적 대면이 뜻밖의 전투와 갈등 양상으로 나타나다 보니 서양에 대한 경계심과 반감은 대원군의 척양이(斥洋夷) 사상과 쇄국정책을 공고히 하는 방향으로 전개되었다.

---

* 「구활자본 고소설 <병인양요> 연구」, 『어문연구』 제56집, 어문연구학회, 2008.04. 30., 141~168쪽에 실렸던 필자의 논문을 보완한 것이다.

53) 병인양요는 1866년 초에 일어났던 병인박해 때 프랑스 선교사 9명을 처형한 것을 빌미로 프랑스군대가 강화도에 쳐들어와 조선관과 40여 일 동안 전투를 벌인 사건을 말한다. 조선에서 천주교 박해 정책에 따라 프랑스 신부가 처형되자 세력 확장의 기회를 엿보던 프랑스 정부가 이를 군사적 개입의 구실로 삼아 무력 충돌을 일으킨 것이다.

54) 병인양요가 발발하기 두 달 전인 7월에 평양의 대동강 변에서 미국 상선 제너럴 셔먼 호가 평양 군민과 백성들에 의해 불타고 선원들이 붙잡혀 살해당하는 사건이 발생했다. 이를 기회로 4년 후에 미국 군함이 강화도를 공격한 사건이 신미양요다.

그런데 이렇듯 병인양요나 신미양요가 조선 사회에 던진 충격이
대단했음에도 불구하고 정작 이를 소재로 한 문학작품이 별반 없는
것은 의외라 하지 않을 수 없다.[55] 이는 임진왜란이나 병자호란, 또
는 요동출병이나 러시아출병 등의 역사적 사건을 소재로 한 여러
소설 또는 전쟁문학 작품들이 존재하는 것과 비교해 보더라도 사뭇
대조적이라 하지 않을 수 없다.[56] 그 이유를 군이 찾자면 당대인들
이 이들 사건을 결과적으로 조선이 승리한 사건, 즉 서양세력을 물
리친 사건으로 본 데다 비록 대원군의 폭정을 싫어했지만 그렇다고
해서 대원군의 쇄국정책을 군이 반대할 명분이 별로 없었던 사회적
의식과 무관하지 않을 듯하다. 게다가 전쟁의 참화와 고통을 실제로
경험한 것이 국민 전체가 아닌 강화도 주민들로 국한되어 있었던
것도 양요와 관련한 다양한 문학작품 창작 부재의 한 원인이라고
여겨진다.

이렇듯 병인·신미양요 관련 문학작품이 많지 않은 데다 그동안
양요에 관한 연구 또한 활발하지 못한 탓에 그 역사적 진실과 더불
어 양요 소재 역사문학의 성격을 전체적으로 파악하는 기회조차 갖
지 못했다. 이에 여기서는 병인양요 당시 이름을 날렸던 한성근 장군

---

55) 과문한 탓인지 몰라도 필자는 본고에서 다루게 될 병인양요 관련 작품 외에 완결된
형태의 신미양요 관련 문학작품을 아직까지 본 적이 없다. 최근 신봉승이 병인양요
와 신미양요까지 포함한 개화기·구한말 역사에 관해 쓴 역사소설 연작(『찬란한 여
명』 시리즈 1편이 『병인양요』, 2편이 『신미양요』이다. 갑인출판사, 1995년 간행) 정
도가 있을 뿐이다.

56) 주지하듯이 임진왜란 소재 역사소설 작품으로는 군담소설이라 할 「壬辰錄」을 비롯
해 「李舜臣傳」·「權慄傳」,·「郭再祐傳」·「金德齡傳」·「四溟堂傳」·「西山大師傳」
등의 傳記소설 등이 있고, 병자호란을 소재로 한 작품으로는 「朴氏傳」·「林慶業傳」
등이 대표적이다. 그 밖에도 17세기 요동출병을 다룬 「崔陟傳」·「金英哲傳」·「姜虜
傳」이나 러시아정벌에 관한 작품 「裵是愰傳」 등 대외 민족(국가) 간 대결과 갈등을
그린 소설들이 다수 존재한다.

의 일대기를 그린 구활자본 고소설『병인양요』를 중심으로 이 문제에 접근해 보려고 한다. 아직『병인양요』가 세상에 제대로 소개되지 않았으므로 작품에 관한 전반적 소개를 하고, 작품의 서사적 특질을 대략적으로 살펴보고자 한다. 궁극적으로는 작품 속에 투영된 주인공 한성근과 병인양요를 바라보던 역사인식 태도 문제에 천착하게 될 것이다.

2.2. 『병인양요』 개관(槪觀)

2.2.1. 작품 개관

『丙寅洋擾』는 '一名韓將軍傳'이라는 부제가 붙어 있는데[57], 1866년 병인양요 당시 강화도에 쳐들어온 프랑스군을 문수산성에서 격파시킨 한성근(韓聖根, 1833~1905)[58] 장군의 일대기를 그린 일종의 전기(傳記)소설이자 역사영웅소설이다. 1928년에 덕흥서림(德興書林)에서 발행한 것으로, 송헌석(宋憲奭)이 '발행자 겸 저자'로 되어 있다.[59] 작가 송헌석에 관해서는 별로 알려져 있지 않지만, 몇 가지 확

---

57) 구활자본 고소설 책 표지에는 본제목 외에 흔히 부제가 달려 있는데, '일명한장군전'이라는『병인양요』의 부제 역시 그 한 예가 된다. 이주영,『구활자본 고전소설 연구』, 월인, 1998, 119쪽에서 이에 관해 언급한 내용을 참고할 만하다.

58) 韓聖根의 본관은 청주 한씨이며 고향은 괴산 칠성이다. 청주 한씨 襄夷公派의 中始祖이다. 문수산성 전투에서의 공을 인정받아 봉상시봉사·병조좌랑, 그리고 다음 해에 은산현감·통진부사·첨지중추부사 등을 지냈으며, 후에 병조참판을 거쳐 한성부 판윤, 궁내부 특진관까지 역임하였다.『高宗實錄』·『日省錄』·『承政院日記』등에서 그에 관한 자료 일부를 찾을 수 있다.

59) 원래 덕흥서림은 金東縉이 종로에서 운영하던 큰 서점으로,『병인양요』에는 송헌석 외에 별도로 김동진을 발행자로 표기해 놓았다. 책 뒤의 판권란에 '저작 겸 발행자'라고 할 경우 흔히 저작자가 아닌 발행자를 의미하는데, 그런 관행과 달리 이 작품은 이 둘을 구분하려 한 것으로 보인다. 따라서 송헌석이 창작하고, 김동진이 발행한

인할 만한 자료들이 남아 있다.

호가 몽련(夢蓮)인 송헌석은 명륜당에 위치한 불교계 고등교육기관인 중앙학림(1915년 11월 개교-1922년 폐교)에서 국어교사를 하기도 했으며[60] 조선어·일본어·중국어 등의 문법교재를 여러 차례 편찬, 간행한 바 있다. 그 중 『초등자해일어문법(初等自解日語文法)』(1909), 『정선일한어문자통(精選日韓語文自通)』(1909), 「증정개판중등일문법(增訂改版中等日文法)』(1913), 『자습완벽지나어집성(自習完璧支那語集成)』(1921) 등의 어학 문법교재들은 초기 외국어 교재로 중요하게 평가된다. 그 밖에 『려말충현록(麗末忠賢錄)』(1928)이나 『수진독해육대주(袖珍讀解六大洲)』(1909) 등 역사서와 지리서, 그리고 말년에는 『美人의 一生』(덕흥서림, 1963)이라는 소설까지 남겼다. 『섭생불노결(攝生不老訣)』을 발행했으나 "남녀교합(男女交合), 음양음락(陰陽淫樂)" 등 풍기문란(風紀紊亂) 관련 내용을 담고 있다는 이유로 허가받지 못한 적도 있으며[61], 『옥중향(獄中香)』이라는 제목의 춘향전 이본을 개작, 발행하기도 했다.[62] 1917년부터 24년까지는 조선총독부 서기 및 통역생으로 활동한 기록도 보인다.[63]

『병인양요』는 기존의 구활자본 소설 전집이나 관련 연구 저서에 실린 작품 목록 어디에도 본 작품이 언급되거나 소개된 적이 없다.

것이라 할 것이다.

60) 김순석, 「근현대불교사 12-일제시대 불교계 저항운동 진원지 중앙학림」, 『법보신문』, 2007.10.02.

61) 「출판경찰개황(出版警察槪況) -不許可 差押 및 削除 出版物 目錄(6월분)」, 『조선출판경찰월보』 제10호, 1929.6.3.

62) 이재욱, 「춘향전 원본」, 『삼천리』 제9권 제5호, 1937.10.01. 춘향전 이본 「옥중향」에 관해서는 졸고, 「춘향전 새 이본 <옥중향> 개관」, 『민족문학사연구』 제38호, 민족문학사학회, 2008.12.31.에서 본격적으로 소개해 놓았다.

63) 『조선총독부 및 소속관서직원록』, 1917~1924.

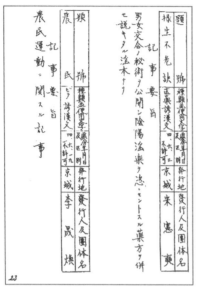

섭생불노결 불허가 차압 및 삭제출판물 기사요지

신정중등만국지지(1910)

수진보해 육대주(1909)

미인의 일생(1953, 덕흥서림 초판)

다만 조희웅의『고전소설 연구보정』(상)에 작품명과 간단한 서지사
항만이 언급되어 있을 뿐이다.[64][65] 현재 서울대 도서관과 우석대 도
서관[66] 두 곳에 동일본이 소장되어 있다. 필사본이나 목판본이 없는
구활자본 유일본이다.

『병인양요』는 한성근의 일생 중 일어났던 굵직한 사건들을 위주
로 그의 용력과 영웅다움을 보여주고 있다. 그 중 주인공 한성근이
역사에 이름을 남기게 된 중요 사건이 바로 병인양요 당시 프랑스군
과의 초전(初戰)인 문수산성 전투에 있었던 만큼, 작품 제목을 '병인
양요'로 명명한 것으로 보인다. 그러나 제목과 달리 실제 서술에 있
어 병인양요 사건은 그의 비범한 면모를 보여주는 하나의 예로 활용
될 뿐, 작품의 주된 내용은 한성근의 일대기에 초점이 맞춰져 있다.

---

64) 그런데 조희웅의『고전소설 연구보정』에서는『병인양요』가 '일명한장군전'이라는
부제가 달린 것만을 믿고,『檜山世稿』(권8)에 실린 한문본「韓將軍傳」을 이본으로
소개해 놓았으나, 한문본「한장군전」은『병인양요』와는 전혀 내용이 다른, 병인양요
나 한성근과 무관한 별개의 작품이다. 따라서『병인양요』는 이본이 없고, 구활자본이
유일본이라 하겠다.

65) 이 밖에 조재곤이 쓴「병인양요와 한성근-한 전기소설을 통해 본 분석된 '전쟁영웅'
의 일대기」라는 논문이 군사학 관련 논문집『군사』(제50호, 국방부군사편찬연구소,
2003.12.)에 실려 있는데, 여기서 송헌석이 쓴 소설『병인양요』에 나타난 한성근의
일대기와 기타 역사자료들을 대비, 분석해 역사적 사실의 일치 여부를 상세히 밝혀
놓았다. 그러나 이 논문은 역사학적 관점에서 쓴 것이지 문학적 관점에서『병인양요』
의 전모를 살핀 것은 아니다.

66) 우석대 도서관 소장 강한영 선생의 기증본 도서에『병인양요』가 포함되어 있는데,
아마도 책쾌(서적중개상) 宋申用이 소장하고 있던 것을 강한영 선생이 취득하게 된
것으로 보인다. 왜냐하면 겉표지가 낙장인 상태에서 겉표지에 해당하는 종이를 덧붙
이고 거기에다 송신용이『병인양요』를 소장하게 된 경위를 적어놓은 메모 글이 남아
있기 때문이다. 메모의 전문을 여기에 소개해 본다. "檀紀四二九0年九月二十日陰八
月二十七日孔子聖誕日午前十一時頃敦岩橋北川邊稍西方川邊露店에서 代價二十円에
買得하다 城北區安岩洞一九四의三所止 必觀 宋申用記" 즉, 1957년 9월 20일에 송신
용이 돈암교 북천 노점에서 이 작품을 구입한 사실을 알 수 있다. 송신용은 이러한
메모 글 윗편에다 작품명을 '韓將軍一代記'로 적고 하단에 부제로 '丙寅洋擾'라고 작
은 글씨로 적어 놓았다.

따라서 사실 작품에서 병인양요 사건이 차지하는 비중은 그다지 크
지 않다.[67)]

주인공 한성근은 무관으로 1866년(고종 3) 병인양요가 일어났을
때 순무영(巡撫營) 초관(哨官)으로 문수산성(文殊山城)을 지키다가 프
랑스 원정함대를 산성 남문에서 격파하였으나, 병력 부족으로 결국
패하고 말았다. 그러나 이 전투에서 한성근 부대는 적은 인원으로
프랑스군 120명과 상대해 프랑스군 3명을 죽이고, 2명에게 부상을
입히는 등 프랑스군에 적지 않은 타격을 주었다. 1881년에 신식군대
인 별기군이 창설되자 정령관(正領官)으로서 신식군사훈련에 힘을
쏟았다. 같은 해 안기영(安驥永) 등이 흥선대원군의 서자 이재선(李載
先)을 왕으로 추대하려던 사건에 연루되어 투옥되기도 했지만, 대체
로 무난하게 정계에서 벼슬을 하고 말년에 안면도에서 요양하며 지
내다가 노환으로 죽었다.

그런데 병인양요 당시 문수산성을 지키는 초관(哨官)이라는 하급
장교에 불과했던 한성근에 대한 평가가 프랑스군대가 물러간 이후
에 사뭇 달라졌다. 대원군이 전쟁을 조선의 일방적 승리로 과대 포장
하고 쇄국 정책을 공고히 하려는 의도에서 한성근을 영웅으로 부각
시켜 놓은 것이다. 그 결과 그와 관련한 여러 일화와 소문이 생겨나
기도 했다. 한성근을 둘러싼 역사적 평가에 관해서는 뒤에서 다시
상술하기로 한다.

---

67) 총 40쪽 중에서 '병인양요'에 해당하는 내용은 약 5쪽, 신미양요 관련 기록은 약
1쪽 정도이다.

2.2.2. 서사적 특질

그렇다면 먼저 『병인양요』의 대략적인 내용부터 살펴보기로 하자. 서사단락을 나눠 그 줄거리를 소개해 보면 다음과 같다.

1) 천년에 한 명 나올 법한 지략과 용력을 지닌 큰 장사 한성근 장군이 동방에 태어났다. 이 소설은 장군의 일생 행적을 사실대로 기록한 것이다.

2) 증판서 한철호와 동래정씨 사이에서 한 장군이 태어난다. 모친은 동해바다가 마르고 황룡이 뛰어 하늘로 오르는 태몽을 꾼다. 삼세에 한 동이 물을 거뜬히 들어올리고, 오륙 세에 힘을 당할 자가 없었다.

3) 칠세에 입학하나 공부보다 무예를 좋아해 홀연 집을 나서 명산대천을 두루 다니다가 금강산에서 한 노인을 만나 그의 제자가 되어 수년간 둔갑천서를 배우며 문무를 익힌다.

4) 19세에 하산해 집으로 돌아온 후, 철종 계해년에 과거시험을 보러 경성으로 향한다.

5) 안성 땅을 지나다가 주막에서 강도짓을 하는 도적떼를 붙잡아 개과천선시키고, 충성을 맹세하는 도적의 우두머리와 훗날을 기약한다.

6) 과일(科日)이 임박해 문복(問卜)을 보니 장상(將相)과 부귀를 누릴 운이라 한다. 과거 전날 길몽을 꾼 후 장원급제를 한다. 몇 달 후 철종이 승하하고 고종이 즉위한다.

7) 판서 민영익 집에서 열린 대연(大宴) 자리에서 한성근의 용력을 시험코자 거대한 밥상을 내놓았는데, 이를 거뜬히 먹어치움으로 이 후로 명성이 한양에 자자해졌다.

8) 출장차 수원으로 가던 도중 동작강을 건너다가 마포팔장이라는 한량배들의 몹쓸 짓을 보고 이들을 제압해 혼내준다.

9) 수원유수 이범진과 객사에 출몰한다는 귀신 퇴치 내기시합을 한다. 한밤중에 병자호란 당시 원통하게 죽은 이정언의 부인 경주 김씨와

임진왜란 당시 간신배의 참소로 억울하게 죽은 명장 김덕령의 혼령을 차례로 만나 그들의 원한을 듣게 된다. 김씨 부인을 열녀로 포상케 하고, 김 장군을 위해 제사를 지내 그들을 위로한다.

10) 동헌 앞에 매어둔 한 장군의 백마가 문간방 벽장 속에 갇혀 있는 것을 알게 된다. 이것이 독갑이(도깨비)의 소행인 줄 알아차리고, 벽장 문중방과 설주를 뽑아 말을 꺼낸다.

11) 천주교도들이 늘어나 나라에서 이들을 탄압하자, 병인 구월에 프랑스 해군 함대가 양화진까지 들어와 약탈을 한다. 이 때 한 장군이 관군 삼천을 거느리고 순무사 이경하와 협공하여 프랑스 군대를 물리친다.

12) 2차로 프랑스 군대가 강화도를 쳐들어와 초지진과 광성진을 함락시키자, 이시원이 음약(飮藥)자살한다. 양헌수와 어재연이 이끄는 관군이 갑곶서 패해 정족산성에 귀둔(歸遁)하자, 한성근이 자원해 군대를 이끌고 문수산성에서 중과부적의 적군을 상대로 초인적 능력을 발휘해 끝까지 싸우다 결국 도망친다.

13) 대원군이 쇄포정책을 강화한 가운데 미국인 선교사들이 포살 당하자, 미국 태평양함대 로젤스 장군이 강화의 여러 진을 공격함으로써 신미양요가 일어난다. 그러나 이번에도 정족산성에서 한성근이 이끄는 조선군이 미군을 물리친다.

14) 한성근이 여러 요직을 거쳐 임오년에 신식군대인 별기군의 훈련관이 된다. 선혜당상 민겸호가 한성근을 시기해 그를 해할 마음으로 경복궁 대조전 화재진압 책임을 맡기고 돈화문을 잠가 방해공작을 펴나, 한성근은 용력을 발휘해 전각을 무너뜨리고 궁궐로 들어가 화재를 진압한다.

15) 한성근이 경기 수군 시찰을 떠난 시기에 군료를 받지 못한 군인들이 불만을 품고 민겸호 등 여러 대신(大臣)을 살해하고, 임오군란을 일으킨다.

16) 여러 관직을 거쳐 정주목사로 부임한다. 육방관속들과 백성들이

신처럼 숭배하던 천 년 묵은 고목을 미신이라 여겨 베어버린다. 그 후로 부중(府中)이 무병무사(無病無事)하게 되자 백성들이 한 장군을 하늘같이 떠받든다.

17) 정주유림들이 목사의 용력을 시험코자 천근 무게의 활로 오백보 과녁을 맞추기를 제안하자, 한 번에 과녁을 맞힌다. 이 소문이 평북일대에 퍼져 장군의 용력을 두려워한 나머지 도적들이 사라졌다.

18) 민영준이 무고히 한성근을 참소해 김화로 정배를 간다. 후에 해배되어 한성판윤이 된다. 그러나 어지러워진 국정과 유흥에 심취한 사회에 환멸을 느껴 벼슬을 버리고 낙향한다.

19) 한성근이 염질에 걸려 위독해지자, 홀연 침실 벽을 뚫고 독갑이가 나타나 심부름을 자청한다. 독갑이가 붕어를 잡아 진상하는 신바독이라는 이를 인도해 와 붕어를 고아 먹자 장군의 병이 씻은 듯이 낫게 된다.

20) 한겨울에 지인들과 함께 안산 오자봉으로 사냥을 나갔다가 호랑이를 만난 지인을 구하고, 격투 끝에 호랑이를 잡아 어깨에 매고 집으로 돌아온다.

21) 세월이 흘러 칠순의 나이에 한성근이 안면도에 내려와 지낸다. 고종황제 탄신일을 맞아 배를 타고 경성으로 가던 도중 배가 암초에 걸리자 물속에서 뱃머리를 당겨 암초에서 배를 떼어낸다. 키 없는 배를 인도해 인천항에 무사히 도착하게 하고 경성을 다녀온다.

22) 노령에도 불구하고 안면도에서 지내면서 여전히 용력을 발휘하므로 해적들이 침범하지 못한다. 광무 9년에 장군이 노병으로 길에서 사망하니 큰 별이 떨어지고 안산이 5일간 크게 울었다.

작품 서두에서 역대 어떠한 역사적 인물보다 지력과 용력이 뛰어났던 위인이 바로 한성근임을 밝히고, 그의 일생과 활약상을 간략히 요약, 소개해 놓았다. 여기서 서술자는 그의 일생을 사실대로 기록해 놓은 것임을 강조해 두었다. 이는 서술자의 논평 부분으로 여타 신작

고소설에서 서두나 말미에 창작 배경이나 의도를 밝히는 수법과 상
통한다. 게다가 제목부터 '-傳'이나 '-錄'으로 명명하지 않고 '병인양
요'로 한 것이 신작에서 흔히 사용하는 방법과 동일하다.[68]

서두 부분 이후로는 주인공 한성근의 전 생애를 순차적으로 서술
하되, 그의 용력과 그의 영웅다움을 드러내는데 서사의 초점이 맞춰
져 있다. 대략의 서사적 얼개는 고전 영웅소설에서 발견되는 영웅의
일대기적 구성을 취하고 있다. 즉, '모친의 태몽과 한성근의 출생-어
린 시절 남달리 힘이 세고 장사였음-10대에 산천유람하다 도인으로
부터 무술을 배움-청년 시절 불의한 무리들과 대적해 승리함(무용
담)-병인양요와 신미양요에서 큰 공을 세움-별기군 훈련관으로 활
동함-임오군란 시 화를 모면함-지방관으로서 선정을 베풂-정계에
서 은퇴해 은거하면서도 용력과 지략으로 문제를 해결함-천수를 누
리고 죽으니 천지가 슬퍼하며 요동함' 정도로 요약해 볼 수 있다. 주
인공이 태어날 때 모친이 범상치 않은 꿈을 꾼다거나, 세살 때 이미
한 통을 물을 거뜬히 들고 5~6세 때 그의 힘이 당할 자가 없을 정도
의 소년장사였다거나, 도인을 만나 무술을 익혀 나라의 안녕과 질서
를 수호하는 장군 노릇을 한다는 점 등은 영웅소설에서 영웅의 성장
과정 패턴을 적극 차용한 것이라 하겠다.

그러나 그 유사성이란 질적으로 고전 영웅소설과 다르다. 영웅소
설에서는 비록 환상적 요소가 적극 개입하고 있다고 하지만, 서사전
개에 있어 그 서사적 유기성을 담보하고 있는 데 비해, 『병인양요』는
사건과 사건 간 인과관계가 유기적이거나 치밀하지 못하다. 영웅의
일대기를 서술하되, 별다른 긴장감 없이 사건들을 나열해 놓고 있어

68) 이은숙, 『신작 구소설 연구』, 국학자료원, 2000, 425쪽.

흥미를 반감시키고 있는 것이다. 물론 작품 내에서 전후 복선 내지 인과성을 찾을 만한 요소가 아예 없는 것은 아니다. 예컨대, 한성근이 수원 동헌에 나타난 독갑이(도깨비)나 나루터에서 만난 도적떼들과 훗날 다시 만나 이전 인연을 이어가고 있는 점을 들 수 있다. 전자의 경우, 작품 전반부에서 독갑이가 한성근의 말을 벽장 속에 집어넣는 술수를 부렸다가 주인공의 완력에 당하지 못하고 달아난 적이 있었는데, 한성근이 나이 들어 병환 중에 있을 때 독갑이가 다시 나타나 병을 낫게 해 주는 도우미 역할을 한다.[69] 그런가 하면 한성근이 과거를 보러 가다 주막에서 만난 도적패 우두머리를 개과천선케 한 일이 있었는데, 훗날 주인공의 심복이 되어 평생 그의 곁에서 보좌하게 된다.[70] 이런 서사장치들은 인과성을 고려한 것으로 그 나름대로 유기적 구성을 갖추고자 의도된 것임을 알 수 있다.

그러나 이런 인과관계라든가 사건의 유기적 전개가 작품 전체적으로 긴밀하게 제시되어 있는 것은 아니다. 대개 시간적 순서에 따른 단선적 서사 제시가 주를 이룬다. 따라서 작품 내 서사전개 및 완성도 측면에서의 수준 문제를 지적하지 않을 수 없다. 역사적 정합성에 근거한 객관적인 내용보다는 흥밋거리 위주로 과장 또는 미화해 기술하려는 경향이 두드러진다. 그렇기에 작품 속 내용이 실제와 다르거나 왜곡된 곳이 적지 않다.[71] 게다가 작품 외적인 문제이지만, 작

---

69) 독갑이의 등장과 주인공과의 관계 형성에 있어 서사상의 필연적 이유(예컨대, 내기에서 졌다거나 보은을 위한 것이라는 등의 이유) 또는 서사적 연결고리가 보이지 않는다.

70) 예컨대, 작품에서는 이들 간의 관계를 이렇게 서술해 놓고 있다. "그 중에 리귀는 장군이 안성려관에서 만낫든 격괴이다 전일의 허물을 고치고 경성으로 올나와 장군의 지척을 주소로 써나지 아니하니 장군은 그 뜻을 가상히 녀겨 맛남내 문하에 슈용하얏다 (중략) 만년에 장군이 사직 귀향하야 한가히 잇슴으로 종종 서로 와서 장군의 고격함을 위로하더니"(『병인양요』, 35~36쪽.)

가 송헌석과 소설 속 주인공 한성근이 실제로 옹서지간(翁壻之間)[72)]
라는 점 또한 무시할 수 없다. 작품의 첫 부분에서 사실에 충실한
소설을 강조한 것도 그렇고 실제 서술 내용에 있어 주인공 한성근에
관해서 유독 과장되게 미화시킨다거나 영웅적 모습을 부각시키고
있는 것이 상당히 작위적으로 비춰진다. 작품 내 역사적 사건과 다른
인물에 대한 서술 부분과 현저히 다르게 주인공의 활약상을 보여주
는 대목에서는 유독 비현실적이며 과장적인 서술이 대거 보이고 있
어 작가가 의도적으로 한성근을 왜곡시키고 있다는 혐의를 지우기
어렵다. 한 예를 들어본다.

> 한 사람이 밧게 나와 동의와 갓흔 큰 차돌을 안고 드러왓다 장군은
> 한 손으로 그 돌을 밧들고 한 손으로 나려치니 쳔백텬광이 일시에 손밋
> 헤서 이러나며 큰 돌은 편편파쇄가 되고 방바닥에는 돌 가로가 두어
> 되나 싸혓다 이것을 보든 빈객들은 모다 입을 버리고 경탄하얏다 장군
> 은 다시 탄환 한 줌을 입에 물고 대청으로 향하야 쏨으니 철환은 총알
> 나가듯 륙간대청을 나라 건너 월편벽상에 짝짝 맛는다[73)]

벼슬에서 물러나 고향에 내려와 지내던 한성근이 여러 손님들 앞

---

71) 작품 속 한성근의 활동과 생애가 얼마나 역사적 사실과 일치하며, 역사적 사건의
배경이 무엇인지에 대해서는 조재곤의 글에 잘 나타나 있으므로 이를 참고할 것. 조
재곤, 「병인양요와 한성근─한 전기소설을 통해 본 분식된 '전쟁영웅'의 일대기」, 『군
사』 제50호, 국방부군사편찬연구소, 2003.12., 311~343쪽.
72) 淸州 韓氏 襄夷公派 족보를 보면 작가 송헌석의 장인이 바로 한성근이다. (『淸州韓
氏襄夷公派 下世系』 참조)

```
裁根 ─ 俊根 ─ 聖根(한성근) ─ 城根(29世)
 ┌──────────────┬──────┬──────┬──────┐
永烈 ─ 武烈 ─ (장녀) ─ (차녀) ─ 宏烈 ─ 熙烈 ─ 敬烈(30世)
 첫째 사위 송병위(宋秉渭)    둘째 사위 송헌석(宋憲奭)
```

73) 『병인양요』, 39쪽.

에서 용력을 보여주는 한 장면이다. 여기서 한성근은 자신의 용력을 보기를 원하는 손님들 앞에서 커다란 돌을 한 손으로 내리쳐 산산조 각을 내고, 탄환을 입에서 뿜어 내 총알처럼 벽에 가 박히게 하는 괴력을 보여준다. 주인공이 대단한 용력의 소유자이며 비범한 인물 임을 보여주기 위해 환상적(비현실적) 묘사에 의존해 강조하고 있는 것이다.

이것은 작가가 작품 서두에서 한성근의 전 일생을 사실 그대로 보 여주려고 했다며 공언한 사실을 무색케 한다.[74] 오히려 이런 요소는 작품의 서사전개과정상의 특성을 일관되게 드러내는데 방해가 되거 나 질을 떨어뜨리는 요인이 된다. 그러나 이는 비단 『병인양요』만은 아니다. 다른 신작 고소설 작품에서도 공히 발견되는 서사상의 특질 이기도 하다. 특별히 역사상의 위인이나 영웅을 다룬 소설들에서 허 구적인 설정에 따라 흥미로운 사건을 보태 사실에서 멀어졌고 일제 의 출판 검열을 의식해 구국을 주장하는 주제를 대폭 약화시키고 흥 미 본위로 가려는 경향이 강했기 때문이다.[75] 독자가 관심을 가질 만한 역사적 인물을 단지 흥미 차원으로 격하시켜 고소설의 틀 안에 서 흥미를 쫓는 봉건 취향의 독자를 위해 창작한 것이라 하겠다. 송 헌석은 장인 한성근과 나이 차이는 많이 나지만, 직접 한성근과 이야 기를 나눌 기회가 있었거나 혹은 그의 부인이나 처가 쪽 사람들로부 터 들은 여러 이야기를 토대로, 자기 나름대로 역사적 사실과 비교해 가며 재구성해 놓은 것으로 보인다.[76]

---

74) 『병인양요』, 2쪽. "이 일편 소설은 장군의 일평생 행적을 하나도 유루 업시 사실대 로 존발함이니 누구든지 한 번 보면 우리 동방에 이와갓튼 큰 인물이 출현함을 경탄 하겟다."

75) 조동일, 『한국문학통사』(권4), 제4판, 지식산업사, 2005, 354쪽 참조.

2.3. 『병인양요』에 나타난 역사인식 태도

2.3.1. 병인양요와 한성근을 보는 시각의 문제

구활자본 고소설 『병인양요』에서 병인양요 사건에 관한 서술상의 비중은 그다지 크지 않다. 그러나 제목에서 암시하고 있듯이 작가가 한성근의 일생 중 가장 의미 있다고 본 것이 바로 병인양요 당시의 활약상에 있었다. 따라서 여기서는 작품에 서술된 병인양요 부분을 중심으로 병인양요와 주인공 한성근을 바라보는 작가의 역사인식 태도와 세계관 문제에 관해 좀 더 자세히 살펴보고자 한다.

병인양요라는 사건을 역사 기록을 토대로 재구성한다면 다음과 같다. 병인양요 개전 초기에는 총 7척의 함대와 약 1,500명의 정예 병력을 보유한 프랑스군이 조선을 쉽게 제압하고 왕위를 좌지우지 할 수 있을 것으로 예상했었다.[77] 그러나 예상과 달리 실제 전투는 며칠이 아닌 40여 일이나 걸렸다. 결국 프랑스군이 물러가고 말았다. 이 때 조선의 백성들은 서양의 무력 앞에서 크게 두려워하고 동요했 지만, 이내 관군은 물론, 의병·승병·보부상 및 각지에서 징발된 포 수 등 군·관·민이 모여 필사적으로 프랑스군에 대항하는 단결된

---

76) 이와 관련해 한 가지 언급해 둘 것은 『병인양요』가 병인양요가 일어난 지 60여 년이 경과한 뒤에 창작된 것이라 그 시간적 간극에서 오는, 병인양요를 바라보는 문제의 식이란 역사적 시간의 의미보다 문학적 시간의 의미 속에서 찾아야 할 것이다. 이런 점에서 작품 속 내용이 얼마나 역사적 사실과 부합하느냐 하는 것을 논하는 것은 별개의 문제라 하겠다.

77) 프랑스 군함에 동선했던 주베는 조선군의 무기와 화력이 신통치 않았다고 기록하고 있다. 또한 당시 전투 현장을 지휘했던 로즈 제독도 "조선군이 사격을 해 오자 즉각 응사하지 않고 작은 언덕에 숨어 정확히 조준하여 성벽 사이로 보이는 포수까지 명 중시킴으로써 성벽을 점령할 수 있었다."고 술회한 바 있는데, 이는 그만큼 쉽게 조 선 관군을 제압할 수 있음을 의미한 것이다.(백성현·이한우, 『파란 눈에 비친 하얀 조선』, 새날, 1999, 325쪽.)

힘을 보여주었다. 그것이 정족산성 전투로 나타났고, 급습으로 큰 타격을 입은 프랑스 군대는 설상가상으로 프랑스 내 정세 변화의 요인이 겹쳐 나타나자, 더 이상 오래 머무르지 않고 철수하고 만 것이었다. 이것이 바로 논픽션이다.

물론 소설에서도 병인양요 관련 큰 서사적 틀은 전체적으로 역사적 사실과 유사하게 서술되어 있다. 전쟁의 승패와 전투에 참여한 장군들의 이름과 상황 묘사가 크게 보아 역사와 대동소이하다. 그러나 유독 전투 장면 묘사에 있어서만큼은 사상자나 사망자 수, 그리고 한성근의 활약상이 역사에 기록된 것과 상당한 차이를 보인다.

> 장군이 순무영 초관으로 출전하기를 자원하니 상이 대희하사 즉일에 장군을 배하야 유격장군을 삼으시고 남한산성 별패군 이백과 곡산병 일백을 주사 먼저 적의 륙군을 방어케 하시니 장군은 흔연이 삼백군을 거나리고 통진으로 드러가 문슈산성을 직히게 되얏다 이째 적의 륙션대는 발셔 보도를 타고 문슈산성 셔문하에 모혀 상륙코져 하얏다 장군은 사졸을 지휘하야 셩상에 올나 일졔히 사격하야 적션 이 척을 침몰하고 다시 상륙한 적군 슈십인을 사살하얏다.[78]

역사적으로 한성근의 이름을 알리게 된 문수산성 전투 장면의 일부이다. 여기서 한성근은 순무영 초관을 자청해 여러 지역에서 징발한 병사 3백 명을 이끌고 문수산성에 들어가 있다가 상륙하는 적과 대결을 벌여 프랑스 군함 2척을 침몰시키고 프랑스 병사 수십 인을 죽였다고 했다. 그러나 역사에서 프랑스 군함이 격침당한 적은 없다.[79] 오히려 이 전투에서 한성근은 프랑스함대의 함포사격을 받아

---

78) 『병인양요』, 21쪽.

패해 퇴각하고 만다.[80) 한성근이 문수산성에서 전투를 벌인 것은 맞
지만 전투결과는 사실과 크게 다른 것이다. 그러나 『병인양요』에서
는 전투 장면을 묘사하면서 이를 오히려 한성근의 영웅적 활약상을
부각시키는 장으로 바꿔 놓았다.

　포연이 몽롱한 가운데 적선 대대는 교묘히 성하로 하륙하야 성박휘
를 안고 돌아 개암이쎄와 갓치 셔남으로 지쳐 드러오며 포탄이 우박갓
치 쏘다지니 관군 삼백이 져적치 못하야 일졔히 물결갓치 헤여저 통진
대진으로 도망하얏다 장군은 패장 사인을 다리고 적병을 시살하게 되
얏다 대려 과불덕중은 고금이 일반이라 패장 사인이 일시에 적탄에 마
져 토혈즉사하얏다 슬프다 고성락일에 잠긴 장군은 단독 일신에 총 한
자루쑨이엿다 죠슈갓치 미러드는 적병을 웃지 단신으로 막으리오마는
쟝군이 만일 움작이면 산성의 함락은 일발 사이에 달닌고로 장군은 더
욱 정신을 슈습하고 몸을 셩문 뒤에 감초어 적병이 드러오는 대로 주먹
을 드러 한 번식 친즉 적군은 두골이 파쇄하얏 낫낫치 즉사하얏다 이와
갓치 적병 슈백을 타살하니 적의 시톄 산 갓치 싸여 피가 흘너 강물이
다 붉엇다 (중략) 기운과 힘이 다하야 다시는 져격할 용맹이 업셧다 장
군은 할일업셔 총을 엽헤 끼고 몸을 한 번 솟겨 셩벽을 쮜여 넘어 놉흔
곳에 오르니 적병들은 장군을 비라보고 닷호어 사격하얏다 이째 장군
은 적탄 슈백발을 마져 갑쥬에 탄환구멍이 뷘 곳이 업고 더욱 놀나울
일은 망건편자에 탄환이 붓터 텰투구를 쓴 것과 갓했다 장군이 기진하

79) 사료에 의하면, 병인양요 전체를 통틀어 전투로 사망한 프랑스 군인은 문수산성 전
투에서 3명, 정족산성 전투에서 10여 명에 불과했다. 펠릭스 클레르 리델, 「병인양요
보고서」, 강화문화원 편, 『江都의 脈』, 강화문화원, 2004 참조.
80) 채만식은 『새한민보』의 '韓末史話'라는 고정난에서 '병인양요'를 소개하면서 한성근
의 문수산성 전투를 다음과 같이 적어 놓았다. "韓聖根이 지키는 文殊山城을 艦砲射
擊으로 沈默시킨 後 로-스 提督은 陸戰隊 三百五十名을 上陸시켜, 通津 金浦로조차
首都로 進擊하는 試驗을 하였다."(채만식, 「병인양요(下)」, 『새한민보』 3권 11호,
1949, 33쪽.) 즉, 프랑스 군함의 함포사격으로 별다른 저항도 못하고 패했다고 했다.

야 한동안 잔디밧헤 누엇다 (중략) 장군은 다시 몸을 이러 적병을 향하
야 사오차 발포하다가 약탄이 쏘한 진하야 할 일업시 성을 돌아 통진으
로 드러와 양원슈를 보고 전후 시말을 말하니[81]

　포탄이 우박처럼 쏟아지고 개미떼처럼 적군이 문수산성으로 쳐들
어와 중과부적의 관군 삼백 명이 두려운 나머지 모두 도망치고 말았
다고 했다. 이 때 한성근은 부하 장군 4인과 더불어 적병과 대적하게
되었는데, 이들마저 적탄을 맞고 피를 흘리며 즉사하고 말았다. 결국
한성근 혼자서 적병과 싸워야 하는 절박한 상황에 놓이게 된 것이다.
이렇듯 절대 절명의 위기 상황에서 한성근은 맨주먹으로 적군 수백
명을 죽이고, 한 번에 성벽을 뛰어 넘고, 벌집 쑤셔놓은 듯 수백발의
총알을 맞았지만 끄덕도 하지 않는 용력과 영웅적 면모를 보여주었
다. 가히 문수산성 전투에서 위기에 처한 조선 관군과 국가를 홀로
구해 낸 영웅으로 묘사되고 있는 것이다. 그가 혼자서 수많은 프랑스
군인들을 상대로 가히 초인적 능력을 발휘해 적군과 대적하는 장면
이야말로 이 작품에서 환상적, 과장적 서사기법의 진수를 보여주는
압권이라 하겠다. 물론 비현실적 서술로 일관하고 있지는 않다. 예컨
대, 단신으로 적병을 막기 어렵다거나 기운과 힘이 빠져 대적하기
어려워 피했다는 등의 서술 대목에서 최소한 역사적 사실에 기초해
허구화를 시도하고 있음을 엿볼 수 있다. 결과적으로 한성근은 탄환
이 떨어져 하릴없이 도망쳐 나와 양헌수 부대로 합류하게 되었다.
다시 말해 한성근과 그의 부대는 전투에서 패한 것이 분명하다. 양헌
수의 일기를 보더라도 한성근 부대가 전투에서 패해 도주했는데 짐

---

81) 『병인양요』, 21~22쪽.

은 안개 덕분에 가까스로 살아났다며 문수산성 전투를 패전으로 결론 내리고 있다.[82]

그러나 정작 문수산성 전투 결과를 듣게 된 고종은 전투의 승패 사실 여부보다는 첫 번째 전투에 상징적 의미를 부여해 한성근을 치하하고, 여론 조작으로 대중을 호도하는 지시를 내린다.

> 어제 서양 오랑캐들이 문수산성에 침입하였을 때에 한성근은 외로운 군사로 적과 맞서 싸웠고 위험을 무릅쓰고 총을 쏘았으며 지홍관은 자신의 몸을 돌보지 않고 용감히 싸웠다. 선후하여 모든 힘을 다 바쳐 싸운 충성심과 용감성, 적에 대한 높은 적개심에 대하여 매우 가상히 여긴다. 군사들의 마음을 고무격려하고 적들의 간담을 서늘하게 만든 것은 시초가 여기서부터 시작되었다. 승리하는 날 응당 擢用하는 조치가 있어야 할 것이다.[83]

이런 분위기는 병인양요가 끝난 후 노골화되었다. 관군이 승전고를 울리며 서울로 입성하고 백성들은 이들을 다투어 환영했다. 정부와 왕실에서도 이들을 크게 맞아들였고, 고종은 특별연회를 베풀고 상을 내렸다. 또한 왕은 한성근의 갑옷을 보고 탄식하며 "옛날 항우와 관공은 턴하 무적이라 하얏스되 오히려 칼이 목에 드럿거든 지금 한성근은 총검이 몸에 침노치 못하니 이는 가위 턴장(天將)이며 신장(神將)이라 짐이 이 갓흔 장사가 잇셔 좌우를 보필하니 이제는 근심

---

82) 양헌수, 『丙寅日記』, 1866년 9월 18일.
　　"한성근과 포수는 전투 과정에서 敗走하여 수유현을 지나 산골짜기로 숨었는데 적이 추격하였다. 이때 마침 큰 안개가 계곡을 둘러싸서 지척지간도 분별할 수 없게 되었고, 프랑스군도 추격을 포기하고 이에 모두 돌아갔다. 이것은 王靈이 미친 것이다."(조재곤, 「병인양요와 한성근―한 전기소설을 통해 본 분식된 '전쟁영웅'의 일대기」, 『군사』 제50호, 국방부군사편찬연구소, 2003.12., 326쪽에서 재인용.)
83) 『日省錄』, 고종 3년 9월 19일조.

이 업다"며 극찬해 마지않았다.[84] 그 결과 프랑스군에게 치명적 타격을 입힌 양헌수의 정족산성 전투는 물론, 문수산성 전투에 참여한 장졸들에게 포상하고 한성근과 지홍관 장군은 각각 병조좌랑과 오위장으로 특임되기까지 했다.[85]

그런데 작자 미상의 가사『한양가(漢陽歌)』[86]에서는 이와 관련해『병인양요』와 달리 한성근의 칭송이 날조된 것임을 격렬히 비판하고 있어 주목을 끈다. 조선의 519년 역사를 읊은『한양가』에서 병인양요를 읊은 대목에서는 오로지 한성근과 황오(黃五, 1816~?)[87] 두 사람만이 거론되고 있다. 그런데 그들에 대한 시각이 무척이나 비판적임을 알 수 있다.

그때 정승 뉘시던가	김병국이 정승이라
한양사람 황오 불러	격서를 써 보낼 적에
대장군의 한성근은	군사 얼마 안 데리고
문정하고 나가더니	서양국서 기별 나와
대진을 거느리고	급히 오라 하였기로
그러므로 양인들이	수십 척의 배를 끌어
양국으로 들어간 걸	그걸 모른 사람들은
한성근이 전승했다	황오의 격서 보고
양인이 놀라 갔다	이때의 못난 소리

84)『병인양요』, 23쪽.
85)『承政院日記』, 고종 3년 9월 28일조.
86) 이『한양가』는 조선의 역사를 제재로 한 작품으로 한산거사가 19세기 서울의 풍물을 읊은『한양가』(1840)와는 다른 것이다. 흔히『한양오백년가』라고 한다.
87) 조선 말 武臣. 자는 四彦이며 호는 綠此居士이다. 卒年은 미상이나 시 <雷雨>에 의하면 80세 이상을 산 것으로 보인다. 병인양요 때 격문「檄洋夷」를 써서 서양의 침입을 비난했다. 이숙희 역저,『(國譯) 黃綠此集 : 綠此 黃五의 文學研究』, 충남대출판부, 2007 참조.

곳곳에 흩어지고	처처에 편만하다
무식하고 모른 사람	어림없이 생각하오
양인같이 강한 군사	몇 만 명이 나왔다가
한성근이 하나 보고	진을 파해 어이 가리
황오의 격서 보고	천병만마 달아날까
실없는 대원군이	한성근을 자랑하고
승전했다 북을 울려	잔치 끝에 벼슬 주니
이때부터 대원군이	오정하기 시초로다
한성근이 공신이요	황오가 제일이라
이걸 두고 생각하면	국운이 비색하다[88]

이 가사의 내용이 얼마나 사실적이냐 하는 문제는 차치하더라도, 당시 정부의 정책과는 다르게 병인양요와 한성근을 부정적으로 평가하는 시선이 분명히 감지되고 있다는 점에서 의미가 있다. 프랑스 군대가 강화도에서 물러난 것은 프랑스 정부의 지시 때문이었는데, 대중들은 어리석게도 대장군 한성근이 이끄는 군대가 그들과의 전투에서 승리했기 때문이라고 잘못 알고 있다며 개탄하고 있다. 여기에 한술 더 떠 직설적으로 대원군이 한성근의 공적을 거짓으로 날조해 쇄국정책과 같은 잘못된 정치[誤政]를 펴는 시발점이 되었노라고 비판했다. 이로 보건대, 한성근이 문수산성에서 패전한 장군임에도 불구하고 대원군이 그를 전쟁영웅으로 추켜세우고, 대원군과 고종의

---

88) 저자 미상, 신영길 역주, 『한양가』, 지선당, 2006, 104~105쪽. 역주자가 고서점에서 구입한 고본으로 1392년 태조 이성계로부터 1910년 순종에 이르기까지 조선 왕조 519년간의 전 역사를 읊은, 6472구의 장편 가사이다. 작품의 내용으로 보아 일제 강점기 초기에 암울한 시대상황에서 망국의 슬픔과 우국충정의 울분을 토해내면서 역사를 반추하며 쓴 것으로 추정된다. 1840년에 한산거사가 썼다는 가사 「한양가」와는 다른 작품이다.

비호 아래 그가 양요 후 거듭 중앙정계로 진출한 내막을 잘 알고 있
거나 혹은 정치적으로 상반된 시각을 가지고 있던 이가 이 가사를
썼음을 알 수 있다. 1910년대 초 나라를 잃은 직후에『한양가』가 쓰
인 것을 감안할 때, 작가는 망국의 직접적 원인을 한성근과 대원군에
서 찾고 있다고 할 것이다.[89)]

　결국, '병인양요'가 과연 대원군의 천주교 박해로 기인한 것인가,
아니면 서양 열강이 저질렀던 무수한 식민지 정책의 하나로 벌어진
참사였는가, 라는 질문은 병인양요를 이해하는 중요한 열쇠가 된다.
이와 관련해『병인양요』의 작가는 대원군의 천주교 박해와 쇄국정
책이 문제였음을 분명히 밝혀 놓았다.

　　병인년 이래로 대원군이 정권을 쥐고 쓸 데 업는 쇄국주의를 쓰다가
　　임오년 류월지 변가 갑신년시월지변이 이러나 유신당은 모다 해외로
　　망명하고 정계는 점점 흑암동 중에 춘몽을 일우니 이째부터 장군은 향
　　리로 퇴은할 생각을 두어 갑오년 이후에는 벼살을 하직하고 세상에 나

---

89) 이렇게 병인양요를 바라보는 상반된 시각은 프랑스 함대가 서울에 모습을 나타냈을
　　때부터 이미 공존하고 있었다. 대원군의 攘夷 정책을 이론적으로 뒷받침해 준 이로
　　李恒老(1792-1876)를 들 수 있는데, 그가 왕에게 올린 訴狀에서 병인양요를 맞이해
　　국내에 主戰論과 함께 主和論도 있다고 지적한 것이 그 하나의 예가 된다.(『승정원
　　일기』, 고종 3년 8월 16일조.) 斥邪·斥和論이 팽배한 가운데서 일반 민중들도 유학
　　자들처럼 두 가지 시각으로 나눠져 있었다. 유럽 군함이 와서 폭군인 대원군을 제거
　　해 행복을 주고, 신앙의 자유를 줄 것으로 믿던 백성들이 있었는가 하면(펠릭스 클레
　　르 리델, 강화문화원 편, 「병인양요 보고서」,『江都의 脈』, 강화문화원, 2004, 390쪽.)
　　申在孝(1812~1884)처럼 병인양요를 겪으면서 지은 短歌에서 프랑스 함대의 침입과
　　敗走를 묘사하며 천주학을 섬기는 서양인들을 유교적 윤리를 모르는 되놈(오랑캐)으
　　로 비난하던 이들도 있었던 것이다.(조동일, 「개화기의 우국가사」, 민병수 외,『개화
　　기의 우국문화』, 신구문화사, 1979, 82쪽.) 신재효의 단가를 들면 다음과 같다. "굇심
　　하다 西洋되놈 / 無君無父 天主學을 / 네나라나 할것이지 / 檀君箕子 東方國의 / 忠
　　孝倫理 밝앗난의 / 어히감히 여어보자 / 興兵加海 나왔다가 / 防水城 불에타고 / 鼎
　　足山城 총에죽고 / 나문목심 逃生하자 / 밧쎄밧쎄 도망한다"

지 아니하엿다[90]

쇄국주의를 "쓸 데 없는" 것이라고 보고 쇄국정책의 결과 정계가 흑암에 빠지고 사회는 헛된 꿈만 좇는 상태가 되었다고 했다. 그래서 주인공은 벼슬을 그만두고 낙향해 때 묻지 않고 고고하게 살았노라고 했다. 작가가 주인공이 속세가 더러워 세속의 일에 뜻을 버린 점을 강조하고자 한 것은 한성근 개인을 옹호하고 칭송하고자 한 것 그 이상도 그 이하도 아니다. 당대 사회와 시대를 꿰뚫어 읽으려는 역사의식보다는 한성근 개인의 청렴결백을 보여주려는 의식이 더 강하다고 할 것이다. 역사적으로 프랑스군의 철수가 대원군의 쇄국정책을 더욱 공고히 하는 기제가 되어 '서양을 이겼다'는 자만심을 불어넣어 개화의 길에서 더욱 빗나가게 만드는 결정적 오판의 빌미를 제공해 준 것만은 분명하다.[91] 그렇기에 신미양요가 일어나게 된 근본 원인 역시 대원군이 프랑스군을 물리친 후 더욱 자만해진 나머지 쇄국정책을 강화하고 선교사 등 외국인을 마구 살해한 데 있었다고 『병인양요』의 작가는 분명히 적고 있다.

오백년래 도원락디에셔 시국에 암매하고 춘몽에 취한 대원군은 량

---

90) 『병인양요』, 2쪽.
91) 구한말 한국을 다녀간 W.E. 그리피스는 그의 책 『隱者의 나라 韓國』에서 "아마도 조선의 시인들은, 허기진 프랑스 병사들을 귀환시킨 漢口의 軍馬와 자기들의 충성스런 조랑말을 대조시키면서 한 수의 시를 지었음직하다.…조선 병사들은 성으로 돌아가 야만적인 소리를 지르면서 洋夷에 대한 자신들의 승리를 自祝하였다.…침략자들의 퇴각은 너무도 갑작스럽게 수행된 것이었기 때문에 오늘날까지도 조선의 애국자들은 불명예스러운 패주였다고 고소한 듯이 그들의 행동을 바라보고 있다."(W.E. 그리피스, 신복룡 역, 『隱者의 나라 韓國』, 평민사, 1985, 482쪽.)고 서술해 놓았다. 이로 보더라도 당시 병인양요 직후 조선인들의 반응은 자축하며 서양 열강과의 싸움에서 승리했노라는 자신감 또는 자부심이 충만했었음을 간접적으로 짚어볼 수 있다.

차 불군을 격퇴한 후 더욱 ᄌ만력이 증장하야 외국 통상은 물론이고 외국 사람만 보아도 살육을 감행하얏다 무진춘에 미국 탐험가 최란헌 등 칠 인이 평양에 잠입하얏더니 대원왕은 감사를 시겨 일일이 포살하얏다 미국 정부는 이를 분개하야 태평양 함대 졔독 로젤스로 군함 오 척과 륙전대 륙백여 인으로 조선을 경벌케 하얏다[92]

서양인에 대한 탄압과 쇄국정책에 혈안이 된 대원군을 "시국에 암매하고 춘몽에 취한" 왕으로 폄하해 놓았다. 그리고 인용문 전후 부분에서 그 결과 조선이 일찍 개화하지 못함으로써 발전이 그만큼 늦어지게 되었다는 논리를 펴고 있다.

한 가지 주의해야 할 것은 『한양가』에서는 대원군과 한성근의 공조에 무게를 두고 비판을 하고 있는 반면, 『병인양요』에서는 한성근을 한없이 높이고, 대원군의 쇄국정책과 판단을 분명히 비판함으로써 한성근과 대원군을 한통속으로 보지 않고 거리를 두고 있다는 점이다. 이는 한성근이 초기엔 대원군의 후광을 입고 이름을 날리고 정계에 진출했지만, 어느 시점 이후로는 대원군과 다른 노선을 취하게 된 한성근을 의식해 썼음을 보여 준다. 여기서 어느 시점이란, 대원군의 실각(1873) 후 1880년대 초까지도 한성근이 대원군과 일정한 교감을 유지하던 시기[93] 이후를 말하는 것으로, 1881년에 신식군대인 별기군의 훈련관이 되고, 일본인들과 친밀한 관계를 유지해 나가게 된 이후 시기를 의미하는 것이라 하겠다.

한편, 병인양요와 관련한 또 다른 작품으로 『병인양난록(丙寅洋亂

---

92) 『병인양요』, 24쪽.
93) 한성근은 1881년까지도 명절이나 지방관으로 나가게 될 경우, 운현궁에 거하던 홍선대원군을 찾아가 인사를 하곤 했다고 한다. 조재곤, 「병인양요와 한성근」, 『군사』 제50호, 국방부군사편찬위원회, 2003, 340쪽.

錄)』94)이 있다. 병인양요를 직접 체험한 김씨 부인이 쓴 수기(手記)로서 병인양요 당시의 참상과 정황, 그리고 전란의 피해자로서의 내면 심리를 사실적이면서 핍진하게 묘사하고 있어 『병인양요』의 역사인식 태도나 관점과 사뭇 대조적이다. 프랑스 함대가 처음 서울에 도착했을 때 조선의 통사관과 수작하는 장면이나 전의(戰意)를 상실한 채 도망치는 관군들과 난리 통에 노략질하는 백성들의 모습, 보이는 여성마다 욕을 보이는 프랑스군인들, 강화도민들이 프랑스 군인에게 협조해 목숨을 부지한다는 소문에 임금이 강화인들을 모두 죽이라는 명을 내렸다는 등의 각종 루머와 갈팡질팡하는 군관민의 참상, 서술자와 일가친척들, 그리고 인근 이웃 사람들과 함께 황해도 평산 땅으로 배를 타고 피난길을 떠나는 이야기 등을 적나라하게 증언하고 있다. 그런데 이렇듯 사실적이고 진지한 이 글에서 한성근에 대한 언급은 전혀 보이지 않는다. 서술자의 주관적 판단과 개인적 관심사가 달라서 한성근을 빼놓았을 수도 있겠지만, 그것보다는 당

---

94) 『丙寅洋亂錄』은 병인양요가 일어나기 직전부터 양요가 끝날 때까지의 기간 동안 강화에 살던 사대부家 閔氏宅의 子婦가 자신이 경험한 전쟁의 참상과 일가족의 피난 과정을 적어 놓은 한글 手記이다. 이 작품은 李周洪 교수가 1951년에 발견해 1954년 6월 27일부터 10회에 걸쳐 『國際新報』에 소개한 후, 1966년에 그의 수필집 『뒷골목의 落書』(을유문화사)에 전문을 재수록 함으로써 학계에 널리 알려졌다.(이주홍, 『뒷골목의 落書』, 을유문화사, 1966, 229쪽.) 본문 시작 전 첫 부분에는 '丙寅年洋亂時家事라'라는 부제가 添記되어 있다. 9월에 일어난 병인양요와 불과 수개월 간격이 있는 것으로 무엇보다도 사건을 생생하게, 그것도 피해자 입장에서 처절하게 병인양요를 묘사하고 있다는 점에서 주목할 만하다. 또한 강화에 살던 한 부녀자가 겪은 국가적 비운을 가정문제를 중심으로, 그것도 여성 시각에서 정보 수집의 한계가 있음에도 불구하고 직접 본인이 체험하거나 소문으로 들은 내용을 종합해 구체적으로 기록해 놓았기 때문에 역사자료에서 찾아볼 수 없는 귀중한 실생활 관련 자료를 찾아볼 수 있다. 조동일은 『병인양난록』이야말로 소설이 아닌 산문 작품 중 시대변화에 상응하는 새로운 내용을 갖춘 가장 주목할 만한 것이라고 평가한 바 있다. (조동일, 『한국문학통사』(권4), 제4판, 지식산업사, 2005, 124~125쪽.)

시 한성근이 일반 백성들로부터 높게 평가받지 못했음을 보여주는 방증자료이기도 하다. 다시 말해, 『병인양난록』을 지을 때만 해도 한성근의 공적은 세상에 널리 알려지지 않았으며, 다만 상부에서만 언급되고 있었던 것이 아니었느냐는 의문을 가질 만하다.

2.3.2. 『병인양요』의 역사인식 태도와 한계

역사소설은 흔히 한편으로 역사적 사건을 다루면서 다른 한편으로 역사적인 인물의 개인적인 삶을 다루는 이중적인 서사구조를 보여준다. 이때 근대 이전의 역사소설에서는 개인적 시선보다 국가적, 집단적 관점이 깊이 내재되어 있기 마련이다. 그러나 근대로 갈수록 사회와 국가의 삶과 의미는 추상적인 것이 되고, 오히려 사적인 삶과 개인적 시간이 서사구조의 주된 요소를 차지하기 쉽다. 그런데 『병인양요』에서도 바로 이러한 역사소설이 갖는 이중적 서사구조가 적당히 내재되어 있음을 확인할 수 있다. 작품의 전반부와 후반부는 한성근의 출생과 성장과정, 그리고 벼슬에서 물러난 후의 개인적 삶에 초점을 맞추면서 시대와 사회적 의미에 별반 무게를 두지 않는 반면, 중반부에서는 굵직한 역사적 사건을 다루면서 국가적, 사회적 삶을 보여주고 있는 듯 보인다. 그러나 『병인양요』의 경우, 이마저도 한성근의 개인적 능력을 부각시키려는 쪽에 방점이 찍혀 있어 사적인 삶과 개인적 시간이 절대적 비중을 차지하고 있다고 할 것이다. 그렇다 보니 사적인 삶과 사회적(국가나 민족) 삶의 의미 내지 서사구조가 특수한 지점에서 서로 교차하거나 또 다른 방향으로 상승 작용을 일으키고 있지 못하다.

『병인양요』가 보여주는 한계는 바로 이러한 역사적 사건을 바라

보는 주체의 분명한 가치판단이나 역사적 진실에 대한 진지한 사유
나 묘사의 불충분에 있다 하겠다. 그러나 이는 『병인양요』에서 뿐만
아니라 구활자본 신작 고소설에서도 공통적으로 나타나고 있다. 예
를 들어, 『병인양요』의 문제 중 하나는 박건회(朴健會)가 편집한 『고
려강시중전(高麗姜侍仲傳)』(조선서관, 1913)처럼 반역사적 친일의식의
측면이 두드러진다는 점이다.[95] 예컨대 개항 이후 신식군대인 별기
군의 훈련 교관이 된 한성근이 일본인과 친밀한 교제를 하며 일본과
친하게 지냄으로써 왕에 대한 충의를 보여준 것이라는 서술에서 일
본의 입장에 치우친 작가의 시대인식이 엿보인다.

> 임오에 병조참판 겸 통리기긔무아문참획관이 되야 일본인 굴본례조
> 등 슈인과 한가지 훈련원에서 벌긔군을 교련하고 다시 총쥰자 졔일 백
> 팔 인을 쏩아 사관을 교습하며 일본공사 화방의질과 자로 래왕하니 일
> 한의 교졔가 비로소 친밀하얏다 (중략) 장군이 안으로 졍교를 닥고 밧그
> 로 일본을 친하야 충의로써 인군을 섬기고 인후로써 사람을 대졉하니[96]

역사적으로 한성근이 실제로 노골적 친일행위를 했는지 알 수 없
다. 다만 본문에서처럼 일본군 소위이자 신식군대의 교관이었던 호
리모도 레이죠[掘本禮造] 등과 함께 별기군을 교련하고, 일본공사인
하나부사 요시타다[花房義質]와 자주 내왕하는 등 일본인과의 "교제
가 친밀"했으며, "일본과 친하여" 그것에 힘입어 충의로써 왕을 섬기
고자 했다는 것으로 보아 적어도 일본에 대해 우호적이었음을 알 수
있다. 이 작품이 1928년에 발행된 것을 감안한다면 적어도 검열을

95) 장효현, 「근대전환기 고전소설수용의 역사성」, 『한국고전소설사 연구』, 고려대학교
출판부, 2002, 581~582쪽 참조.
96) 『병인양요』, 24~25쪽.

의식해 그러한 내용을 강조하거나 일부러 삽입한 것일 수도 있다. 작품에서 병인양요 전투에서의 한성근의 활약상은 크게 부각시킨 반면, 일본과 관련된 별기군 교련 과정이나 이후에 발생한 임오군란 문제는 소략히 은근슬쩍 넘어 가고 일본공사와 한성근과의 친연성을 강조하고 있는 것도 같은 맥락에서 이해할 수 있다.

그 밖에 한성근이 천하명장일뿐더러 천수와 부귀까지 누린 것이 다른 위인들이 불우하게 단명하거나 비극적인 최후를 맞이한 것과 다른 것임을 강조하고 있는 대목도 지적하고 넘어가지 않을 수 없다. 예를 들어, 중국의 회음후(淮陰侯) 한신(韓信)이나 관우(關羽), 그리고 우리나라의 최영·김덕령·이순신 등은 모두 명장으로 이름을 날렸지만 천수를 누리지 못하고 절명한 데 반해, 한성근은 그렇지 않아 노년에 이르도록 젊은 시절의 용력과 비범한 능력을 행함으로 안향부귀(安享富貴)하고 와석종신(臥席終身)한 것이 대단하다고 했다.[97] 그러나 어디 한 인물의 위대함을 불패의 명장으로 제 명을 다한 것에서만 찾을 수 있을까? 그것이 일견 남들이 부러워할 만한 성공적 삶일지 몰라도 그렇다고 해서 그런 인물이 역사 속에 길이 남을 위대한 영웅이라고 말할 만한 충분조건이 되는 것은 아니다. 오히려 작품에 나타난 이러한 인물 평가의 시각은 일제 강점기에 저항 없이 식민사회에 순응하려는 의식의 소산이라 하겠다.

덕흥서림에서 1925년 이후로 국내 인물의 일화를 소재로 한 작품

---

97) 『병인양요』, 38쪽. "예로브터 출전장사로 안향부귀하고 와석종신한 사람이 만치 안타…지나 사긔로 보드라도 회음후 한신이는…한슈뎡후 관운장은…우리나라로 말하드라도 고려 째 최영은…레조의 김덕령은…충무공 리슌신은…이는 다 통석불감할 일이다 그러나 장군은 천하 명장으로 당시에 일홈을 날녀 삼차 출전에 한번도 패함이 업고 만년에 향곡에 은거하야도 귀신이 음조하고 하날이 감동하시니 진실로 명장이오 또 복장이다"

들을 대거 간행하게 되었는데,[98] 『병인양요』 역시 바로 그런 출판 및 창작 경향의 결과물 중 하나다. 그런데 1920년대 중반 이후로 일본의 문화정치가 본격화되자 국난극복의 영웅상을 보여주는 데 있어 일본의 눈치를 보지 않을 수 없었다. 그렇기에 역사에 대한 독자들의 증폭된 관심을 충족시키되, 상상을 초월하는 무용담을 통해 영웅을 민족과 시대의 문제가 아닌 개인의 문제로 환기시키려는 경향을 띠었다. 즉, 한성근 개인의 남다른 용력과 무용담을 드러내는데 초점을 맞춘 것이라고 할 것이다. 이렇듯 허구적 서사를 동원해 일종의 통속적 흥미를 부여하고 오락적 면을 강화하고자 한 대중소설로서 『병인양요』는 그 나름대로 의미가 있다. 그러나 역사인식 측면만 본다면, 당대의 문제를 끌어안고 미래적 전망을 보여주기엔 미흡한 소설이라 할 것이다.

2.4. 나오며

병인양요는 조선뿐만 아니라 중국에까지 영향을 미쳤다. 중국 침탈로 중국인들로부터 미움을 받던 프랑스인들이 조선에서 물러났다는 보도가 중국에 퍼지자, 중국에서도 프랑스를 비롯한 서양열강에 대한 적개심이 불붙듯 일어났다. 1870년 6월에 천진(天津)에서 일어난 학살 사건을 두고, 『은자의 나라 한국』의 저자 그리피스는 "이 놀라운 학살 사건은 저 불행했던 로즈 제독의 조선 원정으로부터 최초로 심각한 충격을 받았다고 중국에 있는 사려 깊은 많은 관찰자들

---

98) 이주영, 『구활자본 고전소설 연구』, 월인, 1998, 120쪽.

이 믿고 있다."고 적어 놓았다.[99] 이처럼 병인양요가 조선뿐만 아니라 중국과 동남아시아 등 대외적으로 미친 영향은 결코 적지 않았다. 따라서 이렇듯 역사적으로 중요한 의미를 지닌 병인양요를 다룬 구활자본 고소설『병인양요』는 분명 그 나름의 고유한 가치를 지니고 있다고 하겠다. 그러나 역사소설로서 당대의 역사적 진실을 담보하려는 시대정신보다 후대에 다분히 개인적이고 편향된 역사관에 입각해 있다는 것은『병인양요』의 한계라 하지 않을 수 없다.

그럼에도 불구하고『병인양요』는 몇 가지 점에서 그 의의가 인정된다. 첫째, 병인양요 관련 문학작품이 희소한 상태에서 구활자본 고소설『병인양요』의 존재는 국내 역사소설의 다양한 문학적 지평을 드러내고, 특별히 병인양요를 형상화한 문학세계의 단면을 보여주고 있다는 점에서 가치가 있다. 둘째, 19세기 말 서양과 비로소 직접 조우하게 되었는데, 이때 경험하게 된 정신적 충격과 대응논리를, 그것이 주체적이든 비주체적이든 간에, 우리 입장에서 표출해 낸 작품이라는 점에서 의미가 있다. 이는『한양가』에서 노래하던 병인 · 신미양요 관련 역사인식 태도라든지,『병인양난록』의 작가의식과의 비교를 통해서도 시사하는 바가 크다고 할 것이다. 셋째,『병인양요』는 1920년대에 창작된 구활자본 신작 고소설의 작품세계를 보다 풍부히 보여주고, 그 특질을 살필 수 있는 좋은 자료라 할 것이다. 특히 역사를 소재로 한 여타 구활자본 소설과의 비교논의를 전개하기에 유용하다. 넷째, 19세기 후반에 실존했던 한성근 장군에 관한 사료가 많지 않은 상태에서, 그의 일생과 정치적 · 사회적 활동, 정계에서 물러난 후의 행적 등까지 구체적으로 재구성할 수 있는 자료로서 충분

---

99) W.E. 그리피스, 신복룡 역,『隱者의 나라 韓國』, 평민사, 1985, 483쪽 주 10번 참조.

한 가치를 지닌다.

앞으로 여타 구활자본 고소설 작품과의 본격적 비교논의를 통해 『병인양요』의 문학사적 위상과 가치를 재평가할 필요가 있다. 여기서는 다른 작품들과의 유사성을 간단히 언급하는데 그쳤지만, 향후 좀 더 정치한 논의가 필요하다. 『병인양요』 연구는 역사소설의 작품 수를 하나 더 추가하거나 한성근 개인의 일대기를 재구성할 수 있다는 데 의미부여하고 말 것이 아니라, 적어도 서양과 조선이 처음 조우하면서 갖게 된 문학적, 문화적, 역사적 사유 방식과 그 세계관을 살필 수 있는 역사소설이라는 데 무게를 두고 이루어져야 할 것이다.

3. 송헌석 개작 춘향전 이본 『옥중향(獄中香)』 연구 및 원문

3.1. 들어가며[100]

현재까지 학계에 소개된 「춘향전」 이본 종수는 무려 360여 종을 헤아린다.[101] 고전소설 작품 중 단연 이본수가 많은, 그만큼 오랫동안 널리 인기를 누려온 작품임에 틀림없다. 연구 성과 또한 다대다면적(多大多面的)이라 가히 '춘향예술학'이라 부를 만하다.[102] 그 가운데 이본이 많다 보니 이를 계통별로 정리하고 그 특질을 살핀 연구 또한 일찍부터 이루어져 왔다. 그 중 다양한 현전 「춘향전」 이본을 남원고사계·별춘향전계·옥중화계, 완판계·경판계, 또는 기생계·비기생계[103] 등으로 대별한 것은 의미 있는 성과라 하지 아닐

---

100) 기존에 발표했던 논문 「춘향전 새 이본 <옥중향(獄中香)> 개관」, 『민족문학사연구』(제38호, 민족문학사연구소, 2008.12.31.)을 재수록한 것이다. 이 논문에서 송헌석이 개작한 춘향전 이본 『옥중향』의 작품세계에 관해 처음으로 논의를 전개했다.

101) 조동일, 「소설의 생산·유통·소비」, 『소설의 사회사 비교론』 2, 지식산업사, 120쪽.

102) 춘향전 이본 관련 자료 및 연구 성과를 집약해 놓은 것 중 대표적으로 한국고소설연구회 편, 『춘향전의 종합적 고찰』, 아세아문화사, 1991; 설성경 편저, 『춘향예술사 자료총서(1~8권)』, 국학자료원, 1998; 김진영 외, 『춘향전전집(1~17권)』, 박이정, 1997~2004; 설성경 외, 『춘향전 연구의 과제와 방향』, 국학자료원, 2004; 조희웅, 『고전소설 연구보정』(상·하), 박이정, 2006 등을 들 수 있다.

수 없다. 특히 '옥중화계'로 대별되는 일련의 이본군은 20세기 들어 이해조 개작 「옥중화」 이후에 나타난 작품들을 가리키는데, 새롭게 소개하는 「옥중향(獄中香?)」은 바로 여기에 속하는 작품이다.

「옥중화」를 저본으로 한 「옥중향」은 기본적 서사 골격은 유사하지만, 세부적 부분에서 여타 동일 계열 이본 작품들과 구별되는 묘미가 돋보이는 작품이다. 무엇보다도 일찍이 제명(題名)은 1930년대에 일부 「춘향전」 연구자들에 의해 언급된 바 있었는데, 지금까지 실체를 알 수 없다가 이제야 그 원문이 처음으로 소개된다는 점에서 그 의미가 각별하다 하겠다. 「옥중향」에 대한 논의 또한 여기서 처음 본격적으로 다루는 것이 된다. 이에 여기서는 작품에 대한 깊이 있는 논의보다 개괄적 검토를 행하는 수준에서 내용·형식상의 문학적 특성과 춘향전 이본 연구사에서 차지하는 의미 정도를 개관하는 데 초점을 맞추고자 한다.

3.2. 작품 개관

3.2.1. 서지사항

「옥중향」은 활자본 형태로 1927년에 발표된 작품이다. 저자는 송헌석(宋憲奭, 1880?~1965?)으로 몽련(夢蓮)이라는 호를 사용했는데, 아직 학계에 생소한 인물이다. 그는 중국어·일본어·독일어 교재를 다수 집필하고 조선총독부 통역원으로 활동하는 등 외국어에 조예

---

103) 춘향전 이본 연구 과정 및 계통 제시, 이본 연구에 대한 반성과 방향성에 대해 폭넓게 다룬 사성구·전상욱, 「춘향전 이본 연구에 대한 반성적 고찰」, 『춘향전 연구의 과제와 방향』, 국학자료원, 129~192쪽을 참고할 만하다.

가 깊었던 인물이다. 특기할 만한 것으로는 직접 구활자본 고소설
「병인양요(丙寅洋擾, 一名韓將軍傳)」(덕흥서림, 1928)을 짓기도 했다는
점이다. 서적중개상 송신용(宋申用)과는 인척지간이다.

「옥중향」의 서지사항과 관련해 먼저 눈에 띄는 것은 아마도 처음
부터 단행본 책자 형태로 발행된 것이 아니라는 점일 것이다. 필자가
확인한 바에 의하면 「옥중향」은 조선전매협회에서 발행하던 『전매
통보(專賣通報)』라는 잡지에 총 10회에 걸쳐 연재된 작품이다. 그렇
기 때문에 일반인이 쉽게 「옥중향」을 읽거나 그의 존재를 알기 어려
웠을 것으로 판단된다. 더욱이 잡지 『전매통보』는 일문판(日文版)과
선문판(鮮文版)으로 분리되어 간행된 것이 확인되는데104) 「옥중향」
은 그 중 선문판, 즉 조선어판 『전매통보』에서만 연재되었다.105) 그
런데 현전하는 「옥중향」은 『전매통보』에 연재됐던 「옥중향」 부분만
을 누군가가 별도로 묶어 『전매통보』라는 표제 하에 한 권의 책으로
만들어놓은 형태로 남아 있다. 즉, 이 선문판은 누군가가 제본을 할
때 처음부터 '제1회' 분을 확보하지 못했는지 제1회 부분만 빠져 있
는 상태로 제2회 분부터 제10회 분까지 묶어 제본 처리해 놓은 것이
다.106) 『전매통보』 1927년 1월호부터 묶어 있으며, 겉표지에 '演訂增
像 獄中香'으로, 그리고 본문 제2회 시작 부분에 '演訂增像 獄中香(一

---

104) 일문판은 서울대 · 고려대 도서관 고문헌실 등에 일부 소장되어 있으나 선문판은
세종대 도서관 귀중본실에만 소장되어 있다.
105) 「옥중향」이 단행본으로 간행된 것을 다시 『전매통보』에 연재했을 가능성도 상정
해 볼 수 있지만 관련 단행본이 전무한 것으로 보아 그보다는 처음부터 『전매통보』
에 연재되었고 그 후 단행본으로 재출간되지 않은 것으로 보인다.
106) 그 밖에 제3회 끝부분도 일부 낙장인 상태로 되어 있다. 이렇듯 누군가가 일부러
『전매통보』에 연재된 「옥중향」 부분을 별도로 떼어내 단행본 형태로 만들고 겉표지
에 정성껏 '演訂增像 獄中香'라 적어 놓았는데(부록 그림 1 참조) 송헌석의 먼 조카뻘
인 송신용이 작업한 것으로 여겨지나 분명치 않다.

名春香傳)'이라 쓰여 있다. 현재 「옥중향」은 세종대 도서관에 소장되어 있는 것이 유일하다.

3.2.2. 이본 연구사의 재검토

최근 춘향전 이본 연구사에서 「옥중향」의 제명(題名)은 전혀 거론된 바 없다. 그런데 춘향전 이본 연구 초창기에는 오히려 이 작품이 언급된 바 있다는 사실이 흥미롭다. 춘향전 이본 연구사에서 옥중화계 이본을 다룬 초창기 연구물 중 김태준(金台俊, 1905~1949)의 『조선소설사』(1932)[107]를 빼놓을 수 없겠는데 거기에 이미 「옥중향」이 춘향전의 한 이본으로 분명히 언급되어 있는 것이다. 그런가 하면 일보학인(一步學人)이 쓴 「이조시대 민심·정렬을 보힌 춘향전의 특질」(1935)[108]이나 1937년에 이재욱이 쓴 「춘향전 원본」[109]에서도 비록 제목뿐이지만 「옥중향」이 언급된 사실을 확인할 수 있다. 그런데 어찌 된 영문인지 이들 연구자 이외에 그 후로 춘향전 연구 저서나 논문, 그리고 이본 원문을 종합적으로 정리, 영인한 자료집에서조차 「옥중향」의 이름은 슬그머니 빠진 채 논외로 취급되어 왔다.[110] 그 결과 지금까지 춘향전

---

107) 김태준, 『조선소설사』, 1932; 『조선소설사』, 예문, 1989, 161~162쪽.

108) 一步學人, 「이조시대 민심·정렬을 보힌 춘향전의 특질」, 『조선일보』, 1935.1.1; 신태현, 이복규·김기서 역, 「춘향전 상연을 보고」, 설성경 편, 『춘향전 연구의 과제와 방향』, 국학자료원, 2003, 1004~1005쪽에서 一步學人의 글의 내용을 요약, 소개해 놓았다.

109) 이재욱, 「춘향전 원본」, 『삼천리』 제9권 제5호, 1937.10.01. 이재욱은 당시 유행하던 「춘향전」의 이본을 소개할 때 김태준이 『조선소설사』(1932)에서 소개한 이본들을 참고하되 그 이후에 등장한 이본까지 포함시켜 함께 다루었다.

110) 물론 예외적이라 할 수 있는 것이 1970년대에 와서 구자균의 『(교주본) 춘향전』, 민중서관, 1970)과 구자홍의 논문(「신문학기 이후의 춘향전 연구」, 연세대 교육대학원 석사학위논문, 1975)에서 「옥중향」을 여타 이본과 함께 거명한 적이 있다. 그러나 이것은 조윤제·김동욱이 이미 춘향전 이본을 소개한 기존 글의 내용을 가져와 제시

이본으로 「옥중향」을 본격적으로 다룬 연구 성과는 전무할뿐더러, 연구자들조차 그 존재 사실을 간과해 왔다. 이런 작금(昨今)의 사정은 춘향전 이본 관련 초기 연구 중 중요한 위치를 차지하는 바 1939년에 조윤제가 쓴 「춘향전 이본고(春香傳 異本考)」[111]에서 「옥중향」에 관한 언급이 보이지 않게 된 이후, 후대 연구자들 역시 실제 원본을 접하지 못한 상황에서 조윤제의 글에 주로 의존해 이본연구를 해 온 결과가 아닌가 조심스럽게 추정해 볼 수 있을 뿐이다.

이해를 돕기 위해 1900년대 초부터 해방 이전 시기에 나타난 춘향전 이본 중, 옥중화 계열의 작품을 비롯해 근대소설적 성격을 띤 춘향전 활자본 이본(국문, 한문, 국한문혼용)으로 알려진 작품들의 서지사항(초판 기준)을 정리해 제시해 보면 다음과 같다.

편·저자명	이본명	출판사	발행년도	비 고 A	B	C	D	E
李海朝	「獄中花」	普及書館	1912	O	O	O	O	O
崔南善	「古本 春香傳」	新文館	1913	O		O	O	
李容漢	「鮮漢文春香傳」	東美書市	1913	O			O	O
閔溶鎬	「廣寒樓」	東洋書院	1913	O				O
高裕相	「增修春香傳」	匯東書館	1913	O	O	O	O	O
朴頤陽	「新譯別春香歌」	唯一書館	1913	O			O	
池松旭	「增像演藝獄中佳人」	新舊書林	1914	O	O	O	O	O
朴建會	「特別無雙春香傳(가)」	朝鮮書館	1915	O		O	O	O
朴建會	「特別無雙春香傳(나)」	唯一書館	1916		O		O	O
盧益亨	「諺文春香傳」	博文書館	1917	O			O	
金用濟	「增訂特別春香傳(廣寒樓)」	博文書館	1917		O		O	
洪淳泌	「古代小說 諺文春香傳」	漢城書館	1917	O				
南宮槐	「(萬古烈女)日鮮文春香傳」	唯一書館	1917					O
兪喆鎭	「(懸吐) 漢文春香傳」	東昌書屋	1917		O			O

해 놓은 것이었지 이들이 실제로 「옥중향」의 실체를 보고 언급한 것은 아니었다.
111) 조윤제, 「春香傳 異本考」(1)·(2), 『진단학보』 제11호·12호, 진단학회, 1939·1940.

石田孝次郎	「新獄中佳人」	大昌書院	1918			○	○	○
姜義永	「獄中佳花 春香傳」	大昌書院	1918	○				○
李敏澤	「(절딕가인) 춘향전」	大昌書院	1918			○		○
玄公廉	「特別獄中花春香傳」	普及書館	1922	○			○	
玄公廉	「古代小說獄中佳人」	普及書館	1922	.			○	
姜毅馨	「諺文 春香傳」	大成書林	1922	○		○		○
沈相泰	「우리덜傳」	新明書林	1924	○	○	○	○	○
李光洙	「春香(一說春香傳)」	東亞日報	1925	○	○		○	
姜義永	「(絶代佳人)春香傳」	永昌書館	1925			○		○
李鍾楨	「萬古烈女 獄中花」	廣東書局	1925			○		○
姜義永	「獄中絶代佳人」	永昌書館	1925			○		
高裕相	「古代小說 諺文春香傳」	匯東書館	1925			○		
高裕相	「烏鵲橋」	德興書林	1927	○	○	○	○	
宋憲奭	**「獄中香」**	**朝鮮專賣協會**	**1927**	○				
金天熙	「懷中春香傳」	廣韓書林	1928	○	○			
李能和	「春夢緣(漢詩春香歌)」	文化書林	1929	○	○			○
申泰三	「圖像獄中花」	世昌書館	1932			○	○	○
姜範馨	「춘향전(古代小說)春香傳」	和光書林	1934	○				○
姜義永	「萬古烈女特別無雙春香傳」	永昌書館	1935	○	○		○	
申泰三	「圖上獄中花」	世昌書館	1937	○				○
姜義永	「(國語對譯)春香歌」	永昌書館	1942					○

위 표는 이본의 원문 또는 그 종수, 특징적 서지사항을 밝혀놓은 선행 연구물을 토대로 작성한 것이다. 내용과 표현상 차이가 미미하다 여겨지는 이본일지라도 제명이 다를 경우 그것들까지 포함해 초판 간행연도별로 정리하고자 했다. 여기서 비고란에 보이는 ○ 표시는 선행 연구물에서 언급한 적이 있는, 일제강점기에 간행된 옥중화 계열 춘향전 이본 및 활자본 이본 작품을 의미한다. 그리고 'A~E'는 이본 연구 및 자료 정리에 관한 중요 성과로 받아들여지는 대표적 논문 및 자료집을 가리킨다. 구체적 서지사항은 다음과 같다.

A. 이재욱, 「춘향전 원본」, 『삼천리』 제9권 제5호, 1937.10.01.

    B. 조윤제, 「춘향전 이본고」 (1) · (2), 『진단학보』 제11호 · 12호, 진단학회, 1939 · 1940.

    C. 김진영 외, 『춘향전 전집』(15~17권), 박이정, 2004.

    D. 설성경 편저, 『춘향예술사 자료총서』(1~8권), 국학자료원, 1998.

    E. 조희웅, 『고전소설 연구보정』(상 · 하), 박이정, 2006.

  일제 강점기에 쏟아져 나온 작품 중에는 겉표지와 속표지가 달리 표기되어 있는 것도 있고, 동일 작품을 제목만 바꿔 시기를 달리해 출판한 것도 있고, 여러 해에 걸쳐 출판사(서점)을 달리해 거듭 간행한 것도 있어 이본으로서의 작품의 실상과 그 서지사항을 명쾌히 제시하기 어려운 것들이 적지 않다. 그렇지만 분명한 것은 「옥중향」의 경우, 위 표에서 확인할 수 있듯이, 1937년에 이재욱이 언급(A)한 이후로 조윤제(B)나 최근 춘향전 이본 원문을 제시해 놓은 자료집(C와 D), 그리고 이본을 총망라해 춘향전의 서지사항을 집대성해 놓은 곳(E)에서 그 이름을 찾아볼 수 없다는 점이다.

  이와 비슷한 예를 「회중춘향전(懷中春香傳)」에서도 찾을 수 있다. 김태준이 『조선소설사』에서 당시 항간에 유전하던 「춘향전」 이본으로 「회중춘향전」을 소개한 적이 있고, 조윤제의 「춘향전 이본고」에서도 언급되었지만, 현재 춘향전 이본 목록(C, D, E)에는 이 작품명이 빠져 있다.[112] 「회중춘향전」은 김천희(金天熙)가 저자 겸 발행자로 되어 있으며, 광한서림(廣韓書林)[113]에서 1928년에 간행한 활자본 고소

---

112) 조윤제의 「춘향전 이본고」에는 「회중춘향전」을 다음과 같이 소개해 놓았다, "表紙에는 春香傳 又 小春香歌라 하얏으니 卷尾에는 正直하게 獄中花終이라 하였다. 1926년에 廣韓書林에서 金天熙의 名義로 發行하였는데 體裁는 純諺文體의 懷中用本이다." 조윤제, 「춘향전 이본고」, 『진단학보』 제12호, 진단학회, 1940, 118쪽.

113) 광한서림은 1909년에 설립된 출판사였다. 소설을 비롯해 다양한 분야의 서적을 출판했다. 특히 1939년에는 학예사의 '조선문고', 박문서관의 '박문문고'와 더불어 초

설이다. 현재 영남대 도서관에 소장되어 있는데, 필자가 광한서림본
「회중춘향전」을 구입해 이해조의 「옥중화」와 직접 대조해 본 결과,
동일 작품이라 해도 과언이 아닐 정도로 거의 차이가 발견되지 않는
다. 다만 토씨나 어미, 조사, 그리고 간혹 어휘 자체가 일부 다를 뿐이
다. 물론 이런 비변별성 때문에 연구자들이 「옥중화」와 동일한 작품
으로 보고 「회중춘향전」을 소홀히 취급했을 수도 있겠으나, 그럼에
도 현재 누락되어 있는 이본목록에 이것을 추가시켜야 마땅하다.

원래 이해조가 1912년 1월 1일부터 『매일신보』에다 기존의 「춘향
전」을 개작한 신소설 「옥중화(獄中花)」를 연재한 후로 「옥중화」의 영
향과 인기란 자못 대단했다. 그러다 보니 「옥중화」와 비슷한 이본들
이 연이어, 그것도 생산적으로 쏟아져 나오게 되었다.[114] 그러나 이
때 등장한 이본들은 대개 「옥중화」의 인기에 편승해 상업적 목적으
로 만들어지다 보니 졸속인 경우가 적지 않았다. 새로운 내용과 참신
한 표현, 뚜렷한 주제의식을 가지고 승부를 걸기보다 제목을 바꾸거
나 소소하게 어휘, 표현을 바꾸는 선에서 무분별하게 만들어낸 이본
이 여럿 나타나게 된 것이다. 그럴 경우, 대개 서두 부분에서 조금씩
변형된 형태를 띠거나, 본문 중간에 소소하게 표현, 어휘, 어미, 조사

창기 3대 문고본으로 통하는 '현대문고'를 발행한 곳으로 유명하다.

114) 조윤제는 「옥중화」를 「춘향전」의 생산수용의 전기를 마련한 작품으로 보고, 그
　　문학사적 의의를 다음과 같이 평가한 바 있다. "춘향전 이본을 대강 3기로 나누어
　　본다면 경판춘향전에서 완판춘향전까지가 제1기, 완판춘향전에서 옥중화까지가 제2
　　기, 『옥중화』 이후가 제3기가 될 것인데 본서(=옥중화)는 이해조의 편저로 (중략)
　　형식·내용 어느 방면으로나 종래의 춘향전에 대폭적 改纂을 하여 편자는 이것을
　　현대춘향전으로 만들었다. 이것은 춘향전 문학으로 보아 일대 획기적 사실이라 아니
　　할 수 없으나, 여기에 춘향전은 현대인에 재인식되어 본서는 일반 소설 독서층에 그
　　야말로 열광적 환영을 받았다. 이에 따라 大正14년(=1925)경 이후로는 또 본서의 이
　　본이 京城 각 書肆에서 쏟아져 나왔으니" (조윤제, 「春香傳 異本考」(二), 『진단학보』
　　제12호, 진단학회, 1940, 501쪽, 509쪽.)

등만 바꾸고 제목을 달리 하는 식으로 나타나곤 했다.[115]

「옥중화」와 비교했을 때 「옥중향」에서도 이런 문제가 감지된다. 기본 서사가 「옥중화」와 크게 다르지 않고, 토씨와 어미까지 동일한 부분도 보인다. 그러나 새로운 화소의 삽입이나 삭제, 축약, 또는 표현상의 차이가 현저한 곳도 작품 곳곳에서 발견된다. 따라서 「옥중향」이 「옥중화」를 개작한 묘미가 두드러지는지, 아니면 짜깁기의 묘미라 할 수 있을지 세심하게 판단할 필요가 있다. 이에 여기서는 공개한 원문을 토대로 「옥중향」이 갖는, 「춘향전」 이본으로서의 문학적 의미와 한계를 개관하고자 한다. 서사구조와 전개가 이해조의 「옥중화」와 대동소이한 만큼, 「옥중화」를 저본으로 한 것은 분명하다. 따라서 일차적으로 「옥중화」와 「옥중향」을 직접 대비하면서 그 차이를 중심으로 「옥중향」의 특성을 찾아보려 한다.[116] 그러할 때 「옥중향」 고유의 작품세계가 무엇인지 좀 더 선명히 드러날 수 있게 될 것이다. 물론 「옥중화」와 「옥중향」의 상거(相距)가 시기적으로 15년 정도 차이나는 데다 그 사이에 여러 이본들이 나타났기에 이 두 이본 사이에 매개되는 이본이 있을 개연성 역시 상존(常存)한다. 그러나 또 다른 이본과의 관계에 관한 구체적 천착은 이본 전체를 종합적으로 비교·검토할 때 가능할 수 있다 여겨 여기서는 논외로 하기로 한다. 이하에서 편의상 「옥중화」를 「화」로, 「옥중향」을 「향」으로 줄여 부르기로 하자.

---

115) 예컨대 「우리댈傳」, 「烏鵲橋」, 이광수가 쓴 「一說春香傳」 등 근대소설의 형식을 표방한 이본들이 제목부터 「옥중화」로부터 벗어나 새로운 시도를 보여준 이본들도 있지만 그것은 어디까지나 일반적인 예라 보기 어렵다.

116) 이하 이해조 「옥중화」(보급서관, 1912)의 인용은 설성경 편저, 『춘향예술사 자료총서』(제2권)(국학자료원, 1998)에 의거한다.

3.3. 「옥중향」의 작품세계

3.3.1. 형식상 특징

3.3.1.1. 화소의 추가 삽입 내지 서술의 확장

「향」의 기본적 서사는 「화」와 대동소이하다. 그러나 새로운 어휘나 구절을 새로 추가하거나 동일 내용을 다르게 표현하는 식의 개작이 작품 중간에 번번이 나타나 있다.[117] 무엇보다도 「화」에는 없는 새로운 화소가 추가되어 있다거나 「화」의 내용을 확장 서술해 놓은 부분이 적지 않다. 예를 들어 보자.

> [화] (母모) 道令도령님니집에오시기千萬意外천만의외로소이다닉방에
> 드러놀으시다가가옵쇼셔
> (道도) 안이날갓흔主人쥬인이나잇스면놀다갈까怒로혀훌터이나늙
> 으니짝실여
> 春香母츈향모우스며
> (母모) 늙으면죽어야지春香房츈향방도슬혀요
> (道도) 허허니가그말듯잔말이로세
> 春香母츈향모압흘셔道令도령님을引導인도홀졔왼손을느짓들어紗
> 窓ᄉ창을半반만열며
> [향] (모)도령님이내집에오시기, 천만의외(千萬意外)로소이다, 내방으로

---

117) 여기서 한 가지 사족을 달자면, 이렇듯 「화」와 비교했을 때 「향」에서 보이는 표현상 특징들이 곧 송헌석 개인의 개작으로 단정 지을 수 있는가 하는 문제를 생각해 볼 수 있을 것 같다. 다시 말해 위에서 두 이본 간의 차이를 개작자의 의도적 개작 내지 창작으로 볼 것인가와 관련해 혹 개작이라 본 것도 실상은 기존의 어떤 이본이나 어느 명창의 사설에서 끌어온 것일 수 있다는 점까지 고려할 필요가 있다는 것이다. 아직 현전하는 모든 이본을 총망라해 비교분석한 것이 아닌 상태에서 본문에서 필자가 언급하고 있는 '개작'이란 의미는 「화」와 구별되는, 변별적 자질로서의 변화를 가리키는 선에서 그 의미를 한정지어 사용하고자 한다.

드러가셔, 놀으시다가 가옵소셔

도령님이, 춘향모의꿈꾼사연을드른지라, 잠싼소겨ㅎ는말이

내가, 금야(今夜)쵝방(冊房)에셔, 글을보다가조랏더니, 비몽사몽간
(非夢似夢間)에이몸이호뎝(蝴蝶)되야, 춘풍(春風)에휠휠날아, 자네
집당도ㅎ니, 화계상(花階上)에조혼꼿이, 란만(爛熳)ㅎ피엿기로, 꿈
을쌔고, 이상(異常)ㅎ야, 차츰차츰나왓더니, 화계(花階)에꼿은 업고,
초당(草堂)에글소래, 하도사랑스럽기로, 듯고져, 안졋노라, 나도역
시문사(文士)이라, 글, 강론(講論)을조와ㅎ니, 로모방(老母房)은고만
두고, 쵸당(草堂)으로나인도(引導)ㅎ쇼

춘향모몽사(夢事)를싱각ㅎ고, 반겨우스며,

그야, 무엇, 어려우릿가

춘향모압흘셔셔, 도령님을인도(引導)홀졔, 왼손을느짓들어, 사창
(紗窓)을반만열며

춘향의 집을 찾아간 이도령과 춘향모가 처음 만나 수작하는 장면
이다. 그런데 [화]에 비해 [향]의 분량이 확장되어 있음을 알 수 있다.
밑줄 처리한 부분이 추가 서술된 부분을 의미한다. 「향」에서 추가된
내용이란, 춘향모가 자신이 꿈꾼 내용, 즉 춘향의 책상에서 청룡이
나타나 하늘로 올라갈 때 그 꼬리를 붙잡고 자신도 올라가더라는 꿈
내용을 들려주고 귀인이 올 것으로 생각했다는 말을 하자, 이 말을
들은 이 도령이 재치 있게 거짓말로 자신도 꿈을 꾸고 찾아오게 되
었다며 맞장을 치는 대목에 해당한다. 재치 있게 자신도 꿈에 이끌리
어 춘향의 집에 당도케 되었다는 식의 은근슬쩍 둘러대는 기지야말
로 자신의 행위를 정당화하고, 두 남녀의 만남이 운명적이고도 필연
적인 것임을 강조하려는 이도령의 수완을 잘 보여주는 대목이라 하
겠다. 그리하여 두 남녀의 만남이 우연이 아니며, 일시적인 게 아니

라는 점을 부각시켜 놓고 있다. 새로운 내용의 추가가 만남의 현실성
을 높이기 위한 서사적 장치의 일환으로 작동하고 있다는 점에서 일
단 새로운 내용의 추가는 서사전개상 일정한 긴장감을 조성해 내는
데 일조하고 있음에 틀림없다.

3.3.1.2. 서술의 축약 또는 삭제

이와 반대로, 「향」에서 「화」의 내용을 축약 또는 생략된 부분들도
더러 보인다. 역시 그 하나의 예를 들어 본다.

> [화] 房子·방ᄌ간然後연후에
> (道도) 고만자야홀터인디
> 春香母춘향모는술(盞)쟌이나醉취흔中즁에道令도령님과春香춘향
> 이를ᄉ랑ᄒ야건너가지아이ᄒ고쓸더업는잔소리로늘을식기로드니
> 道令도령님이憫憫민망ᄒ야쐬비도알코헷酒證쥬증도흔다ᄒ되알심
> 잇는春香母춘향모가그럴리가잇나房子방ᄌ간然後년후에春香母춘
> 향모이러나衾枕금침나려ᄭ라쥬고밤이미오깁헛으니일즉즙으시오
> 下直하직ᄒ고건너갓것다
> [향] 방자간연후에, 춘향모이러나셔, 금침(衾枕)나려ᄭ라주며, 밤이미우
> 깁헛스니일즉이쥼으시오, 하직(下直)하고건너가니

　방자를 보낸 후 춘향모가 이도령과 춘향이를 방에 두고 나오는 장
면이다. 그런데 「향」에서는 춘향모가 이불을 깔아주고 일찍 자라며
자기 방으로 건너가는 데 반해, 「화」에서는 일찍 자야겠노라고 이도
령이 말을 꺼냄에도 불구하고 춘향모는 나갈 생각을 하지 않고 잔소
리만 늘어놓는 것으로 서술되고 있다. 「화」에서는 청춘남녀가 단둘
이 있고 싶어 하는 마음을 간접적으로 풀어 넣음으로써 독자들 역시

이를 눈치 채고 춘향모의 눈치 없음을 은연중 비판하면서 작품 속에 빠져들게 하는 재미를 선사하고 있다. 게다가 "방자 간 연후에"라는 표현을 두 번 반복해 놓음으로써 구어적 발화 상황을 그대로 다듬지 않고 나타내는 묘미를 보여주고 있다. 이런 구어적 발화는 「화」가 장자백 창본 「춘향가」를 연원 삼고[118] 당대에 인기 있던 박기홍조 사설을 주로 하면서[119] 개작한 결과라는 점을 고려한다면, 일면 납득할 수 있는 부분이기도 하다. 그러나 「향」에서는 이런 요소들을 과감히 배제한 채, 단순한 상황 설명으로 축소, 한정시켜 놓았다. 그렇다고 이것이 「향」이 「화」에서 추구하던 희화(戲化)성을 무화하려 한 것이라고 단순화시켜 생각하기 어렵다. 「향」에서도 웃음과 흥미를 제공하기 위해 새롭게 삽입한 장면이나 서술이 적지 않기 때문이다. 그것은 어쩌면 듣는 독자가 아닌, 읽는 독자를 고려해 철저히 텍스트 서술을 염두에 두고 처리한 결과가 아닌가 추정해 볼 수 있다.

「화」와 「향」 전체를 놓고 비교해 볼 때, 「화」에 있는 것을 「향」에서 삭제시키거나 축소시킨 예는 그다지 많지 않다. 오히려 그 반대로 앞선 예처럼 「화」의 서사는 그대로 유지한 채 거기에 화소를 덧붙여 삽입하거나 문맥에 합당한 어휘, 또는 표현을 적절히 배치, 활용시킴으로써 그 의미를 선명하게, 또는 새롭게 드러낸 부분이 훨씬 더 많다. 「화」와 달리 「향」에서 생략 또는 축약된 부분들은 대부분 「화」에서 불필요하다고 여겨지거나 장황하다 싶은 표현, 또는 전후 문맥상

118) 김현양, 「<옥중화>의 계보」, 『동방고전문학연구』 제1집, 동방고전문학회, 1999. 이 논문에서 장자백 창본이 「옥중화」에 주요한 영향을 미친 본임을 논증하였다.
119) 「옥중화」의 저본과 관련해 김종철은 「옥중화」가 박기홍본이나 박기홍조 춘향가에 가까운 형태로 만들어진 것이라 주장했으며, 설성경·윤용식 등은 그 중에서도 권영철본 박기홍조 「춘향가」가 저본임을 밝혔다. 이에 관해서는 김영희·이대형, 「춘향전 연구사」, 설성경 편, 『춘향전 연구의 과제와 방향』, 국학자료원, 2003, 48쪽 참조.

어울리지 않는 구절이나 어휘들이라는 점도 주목할 만하다.

> [화] (御어) 春香춘향잡아드리라
> (使슈ᄉ령) 예-의春香춘향잡아드렷소
> 春香춘향이죽은드시업데스니그慘酷참혹흔形狀형상은目不忍見목
> 불인견이로디한번號슈호령을ᄒ시것다
> [향] 사령이춘향을잡어드리니, 춘향이죽은듯시, 계하(階下)에업뎃거늘,
> 어사도, 부러한번호령을ᄒ시것다

기본적으로 두 작품은 대화 상황을 극 대본처럼 발화자를 별도로
표기해 놓는 방식을 취하고 있다. 그런데 위 예처럼 굳이 대화체로
서술할 필요가 없다고 여겨지는 부분에 대해 「향」에서는 이를 간략
히 평서형 서술로 바꿔 놓은 경우를 더러 발견하게 된다. 그런가 하
면 "그慘酷참혹흔形狀형상은目不忍見목불인견이로디"처럼 서술자
의 목소리가 개입된 부분을 과감히 생략하기도 했다. 이런 생략 또는
축약은 어휘로부터 구와 절에 이르기까지 다양하게 나타나 있다. 이
로 본다면 「화」보다는 「향」에서 대체로 사건 또는 상황을 객관적 어
조로 간결하게 전달하려는 경향이 강하다고 할 것이다. 군더더기 서
술은 가급적 줄이면서 독자 취향에 맞게 경제적으로 표현하려고 한
흔적을 엿볼 수 있다.

3.3.1.3. 특정 어휘의 의도적 사용

또 한 가지, 「향」이 당대 독자 취향이나 시대의식을 고려해 서술
해 놓은 흔적을 특정 어휘의 의도적 사용이라는 측면에서 확인할 수
있다.

㉮ [화] 案席안석에依之의지ᄒ야西廂記셔샹긔를보다가

　　[향] 안석(案席)에, 의지ᄒ야구운몽(九雲夢)을보다가

㉯ [화] 靑龍청룡이너를물고하늘로올으기로용의허리나도안고

　　[향] 쳥룡(靑龍)이너를안고, 하날로오르기로, 룡의꼬리나도잡고

예컨대, 「화」에서 '서상기(西廂記)'로 되어 있는 것이 「향」에서는 '구운몽(九雲夢)'으로 바꿔져 있다.(㉮) 이는 개작자가 작품명에 나름 대로 의미를 부여하고자 바꾼 것으로 보인다. 『서상기』나 『구운몽』 은 예로부터 인기리에 읽혔던 유명한 고전작품인지라 어떤 것을 가져 오더라도 대표성을 띠는 데는 문제가 없을 것이다. 그러나 『서상기』가 중국작품인 데 반해 『구운몽』은 우리나라 작품이라는 점이 먼저 고려되었을 법하다. 게다가 춘향모가 『구운몽』 책을 읽다가 잠들어 '꿈'을 꾸게 되었는데 청'룡'이 나타나 춘향을 안고 하늘로 올라가고 춘향모 자신도 용의 '꼬리'를 간신히 잡고 올라간다(㉯)는 꿈의 내용은 꿈꾸기 직전에 읽었다는 책의 내용과 쉽게 연결되는 부분이기에 사실적이며, 있음직한 허구를 일부러 동원하고 있다고도 볼 수 있을 것이다. 더욱이 이도령의 이름 '몽룡(夢龍)'이 담고 있는 한자 뜻(꿈속의 용)과의 일치를 암시하는 복선의 의미로도 의미가 있다. 그렇다면 『서상기』보다는 『구운몽』이 훨씬 더 잘 어울린다. 이런 점들을 고려할 때, 개작자의 어휘 선택은 세심한 배려, 즉 합리적 서사를 추구하려는 의도에서 기인한 것으로 볼 법하다.

이와 비슷한 예는 ㉯의 경우에서도 발견된다. 춘향모가 용을 붙잡고 하늘로 올라간다는 용꿈은 길몽임에 틀림없다. 이 때 「화」에서는 용의 '허리'를 붙잡는 것으로 되어 있는데 반해, 「향」에서는 용의 '꼬리'를 잡는 것으로 바꿔 놓았다. 어찌 보면 소소한 문제일 수 있겠으

나, 내용을 고려할 때 그만큼 간신히 고생 끝에 복을 얻게 된다는
일종의 복선으로 삼기에 더 적합한 표현이라 하겠다. 이런 소소한
어휘 또는 표현의 변화야말로 작품의 서사 전개를 더 합리적이고 그
럴 듯한 방향으로 끌고 가려는 개작자의 목적과 연결되는 지점이라
하겠다. 이런 예는 일일이 열거하기 어려울 만큼 작품 곳곳에 산재해
있다.

3.3.1.4. 표기방식의 차이

형식적 측면에서 차이나는 부분을 한 가지 더 언급하자면, 그것은
표기방식과 관련한 것이다. 「화」는 한자를 주(主)로 삼고 그 음에 해
당하는 한글을 옆에다 세로로 병기하는 방식에다 띄어쓰기가 없는
연철 표기를 취하고 있어 가독성이 떨어진다. 이에 반해 「향」은 구두
점을 이용해 띄어쓰기 대신으로 적극 활용하고 있으며 한글표기 후
한자를 괄호 안에 넣어 노출시키고 있다.

> [화] 行首執事힝슈집ᄉ치례보라統營紗笠錦貝통영ᄉ립검픽갓ᄯᆫ보
> 기죠혼青一翼馬上쳥일익마샹에올나안져등치를어싀집고雙雙
> 쌍쌍이前陪젼비ᄒ고中軍千總把摠軍官純錦甲즁군쳔춍파춍
> 군관슌금갑옷千里馬쳔리마에두려시안진模樣모양鎭三國진삼
> 국지猛將밍장인듯執事指揮使團練使敎鍊官着戰笠金鞍駿馬
> 宣傳官집사지휘사단련ᄉ교련관착뎐립금안쥰마션젼관의態度
> 틱도로다
>
> [향] 힝슈집사(行首執事)치례보아라,
> 통영사립(統營紗笠)금패(錦貝)갓ᄯᆫ보기조혼쳥일익(青一翼)마상
> (馬上)에올나안져, 등치를 엇슥집고, 쌍쌍이젼비(前陪)ᄒ고, 즁
> 군(中軍)쳔춍(千總)파춍(把摠)군관(軍官)슌금갑옷, 쳔리마(千里馬)

에, 두려시안즌모양, 진삼국지밍장(鎭三國之猛將)인듯집사(執事)
지휘사(指揮使)단련사(團練使)교련관(敎鍊官)착젼립(着戰笠)금안
쥰마(金鞍駿馬)션젼관(宣傳官)의태도(態度)로다

㉣ [화] 大馬驅從디마구죵아니굴데보지말고말갈데보아라쥬먹갓튼내민
돌이셔실퍼럿코나팔더힘올녀겨러라

[향] 대마(大馬)구죵아, 너갈데보지말고, 말갈데보아라, 주먹갓흔내
민돌이셔실퍼러코나, 팔썩힘을올녀, 고로거러라

예문에서 확인할 수 있듯이 「화」는 길게 연속식으로 표기되어 있
다 보니 적당히 끊어 읽거나 의미 파악하는 일이 용이치 않다. 더욱
이 한자어를 먼저 제시하고 한글이 위에 병기되어 있는 한주국종식
(漢主國從式)이라서 한자에 익숙하지 않은 독자라면 더욱더 가독력이
떨어질 수밖에 없다. 이에 비해 「향」은 국주한종식(國主漢從式)으로
한글 독해 위주로 쉼표가 찍혀 있고 한글 뒤에 한자로 의미를 분명
히 제시해 놓고 있어 독서하기에 용이하다. 더욱이 ㉣에서 확인할
수 있듯이, 「화」에서는 띄어쓰기 및 구두점이 없다보니 호흡이 길뿐
더러 정확한 의미 파악을 어렵게 한다. 예컨대, "디마구죵아니굴데보
지말고말갈데보아라"(「화」)를 「향」에서처럼 '디마구죵아, 니 굴 데
보지 말고'로 읽을 수도 있지만, '디마구죵 아니 굴 데 보지 말고'로
끊어 읽을 수 있는 맹점이 존재한다. 따라서 이러한 모호한 독해를
줄이고 그 의미를 분명히 하려는 근거가 적어도 「향」에 반영되어 있
다고 하겠다. 물론 귀로 듣는 독자를 상정한 경우라면, 이런 표기상
차이는 사실 큰 문제가 될 수 없다. 그러나 적어도 「향」은 눈으로
읽는 독자를 고려한 표기방식을 택하고 있다는 점에서 당대 읽는 독
자층을 일견 의식한 방향으로 바꾼 것으로 짐작해 볼 수 있다.

3.3.1.5. 서술 및 표현상의 지향점

마지막으로 이도령이 방자가 갖고 가던 춘향의 편지를 개봉하는 장면을 서술해 놓은 부분을 보자. 전체적으로는 유사한 내용임에도 불구하고 표현상 차이로 말미암아 두 작품의 서술방향이 서로 다르다는 사실을 감지할 수 있다.

[화] 御使道어사도편지밧아皮封피봉을쩨고보니春香츈향글시分明분명
    ᄒ고ᄂᆫ편지사연ᄒᆞ엿스되別後光陰별후광음이于今三載우금삼지에
    尺書척셔셔가斷絶단절ᄒᆞ야弱水三千里약수삼쳔리에靑鳥쳥조가ᄯᅥ러
    지고北海萬里북히만리鴻雁홍안이업스미南天남쳔을바라보니望眼
    이慾穿욕쳔이오雲山운산이遠隔원격ᄒᆞ니心腸심쟝이俱裂구렬이라
    梨花이화에杜鵑두견울고梧桐오동에밤비올졔寂寞젹막히홀노안져
    相思一念샹사일넘이地荒天老디황텬로라도此恨ᄎᆞ한은難絶란졀이
    라無心무심ᄒᆞᆫ蝴蝶夢호졉몽은千里쳔리에오락가락情不知抑졍부지
    억이오悲不自省비불ᄌᆞ셩이라嗚泣長歎오읍쟝탄으로花朝月夕호조
    월셕을보너더니新官使道신관사도到任後도임후에守廳수쳥들나ᄒᆞ
    옵기에抵死謀避ᄌᆞ압다가慘酷참혹ᄒᆞᆫ惡刑악형을當當ᄒᆞ야모진목숨
    이ᄀᆞ치든아니ᄒᆞ엿스나杖下之魂쟝하지혼이未久미구에될터오니브
    라옵건디書房任셔방님은기리萬鐘祿만종록을누리시다千秋萬歲後
    生쳔츄만셰후싱에나다시만나離別리별업시살아지다

[향] 어사도황망이편지밧어, 피봉(皮封)을, 짝, 졔치니, 춘향글시분명코
    나, 그사연에ᄒᆞ엿스되
    별후, 광음(別後光陰)이여류(如流)ᄒᆞ와, 어연듯, 슈년(數年)지나오니,
    련결지사(戀結之私)는, 오미난망(寤寐難忘)이오며, 다시금, 봄이가
    고, 여름되야, 록음(綠陰)은무르녹고, 방초(芳草)는욱어졋사온디,
    당상졔졀(堂上諸節)만안(萬安)ᄒᆞ옵시고, 도령님톄후(體候)보즁(保重)
    ᄒᆞ옵신지, 북텬(北天)만바라보고, 쥬소복축(晝宵伏祝)바라오며쳡은

명박운건(命薄運蹇)ᄒᆞ와다슈다한(多愁多恨)ᄒᆞ온중에신관사도도임
(到任)ᄒᆞ야, 슈텽(守廳)들나ᄒᆞ옵기로, 뎌사모피(抵死謀避)ᄒᆞ옵다가,
혹형(酷刑)을당ᄒᆞ옵고옥중(獄中)에굿이갓쳐, 장하원혼(杖下寃魂)이,
미구에되겟사오니, 죽는것은앗갑지안사오나, 싱리사별(生離死別)
한이되야, 흉억(胸臆)만, 문허지나이다, 공산(空山)에우는두견(杜鵑)
오동(梧桐)에덧는비를, 전자에는, 경치로만아랏더니, 오날날싱각ᄒᆞ
니모도다슈한(愁恨)이옵, 바라건더, 도령님은금방(金榜)에급제(及
第)ᄒᆞ샤, 차차로승진(昇進)ᄒᆞ야, 만종록(萬鐘祿)을누리사다, 후싱에
나다시만나, 리별(離別)업시살아지다, 붓을들고글을쓰니, 이것이영
결(永訣)이압

양자를 비교해 보면, 기본적으로 「향」의 편지 내용이 「화」와 달리
전체적으로 새로 추가, 개편되어 있음을 알 수 있다. 그런데 「향」에
서는 어려운 한자어들을 가급적 사용하지 않고, 읽기 쉽고 이해하기
쉽도록 한글로 풀어쓴 것이 「화」와 확연히 차이나는 대목이다. 「화」
의 서사 얼개는 그대로 가져오되 독자들의 가독성을 고려해 쉬운 어
휘와 우리말을 택하고, 내용 면에서 춘향이의 애절한 심정이 잘 묻어
나도록 전체적으로 표현을 바꾼 것이 특징적이다. 이 역시 「화」보다
20여 년 뒤에 나타난 작품이라는 시대적 편차, 즉 독자들의 취향과
수준을 어느 정도 고려한 결과라 할 것이다.

3.3.2. 내용상 특징

이상 「화」와 대비했을 때 「향」에서 발견되는 몇 가지 표현상 특징
을 지적해 보았다. 그렇다면 「향」이 「화」는 물론 옥중화 계열의 활자
본 이본들과 변별되는 내용상 특징은 무엇인가?

「향」은 전체 10회로 되어 있는 회장체 소설이다. 각 회마다 요약분이 제시되어 있는데 이를 먼저 제시하면 다음과 같다.[120]

제1회 : (없음)

제2회 : 도령(道令)이월하(月下)에춘향(春香)을심방ㅎ고
　　　　월미(月梅)가술잔압혜셔, 령감(令監)을싱각흔다

제3회 : 부사(府使)가승차(陞差)ㅎ야, 내힝(內行)을치송(治送)ㅎ고
　　　　춘향(春香)이눈물쑤려도령(道令)을리별(離別)흔다

제4회 : 이방이신연(新延)마저, 신관(新官)이도임(到任)ㅎ고
　　　　호장이령을드듸여기싱(妓生)을뎜고(點考)흔다

제5회 : 사령(使令)이대로변(大路邊)에빅구사(白鷗詞)를노래ㅎ고
　　　　춘향(春香)이형틀우에, 십장가로공술(供述)흔다

제6회 : 황릉묘에춘향이셩모(聖母)끠비알(拜謁)ㅎ고
　　　　춘당대에도령이국은(國恩)을감축(減縮)흔다

제7회 : 어사도중도(中途)에셔방자(房子)만나편지보고
　　　　춘향이옥중(獄中)에셔봉사불너문복(問卜)흔다

제8회 : 어사도, 농부가들은후에, 타인무덤통곡ㅎ고
　　　　춘향모, 칠셩단긔도믓혜걸인사위박대하다

제9회 : 춘향이옥중(獄中)에, 남편만나호소ㅎ고
　　　　운봉이연석(宴席)에폄시(貶詩)보고, 피신흔다

제10회 : 어사가출도ㅎ쟈각읍슈령도망ㅎ고
　　　　과부가등쟝흔후월미가춤을춘다

---

120) 이렇듯 회를 나누고 각 회의 내용을 요약해 제시해 놓은 이본으로는 「特別 無雙春香傳」와 이광수의 「춘향」이 있다. 「션한문츈향뎐(鮮漢文春香傳)」과 「증수춘향뎐」 등은 第一, 第二식으로 나누고 제목을 달아놓았다. 「신역별춘향가」는 '졀(節)'로, 「圖像獄中花」는 '쟝(章)'으로 나눴으며, 「증상연예옥중가인獄中佳人」은 막(幕)으로 구분을 하고 간단한 내용요약과 소품 및 등장인물을 제시해 놓았다. 그 밖의 활자본 이본들은 별다른 구분이 없다.

이들 요약 부분에 나타나 있는 것 중 월매가 술을 마시며 자신이
수청 들었던 성 참판 영감, 즉 춘향의 부친을 회상하는 장면(제2회)이
라든지, 꿈에서 황릉묘의 성모를 배알(拜謁)한다는 내용(제6회), 옥중
에서 춘향이가 봉사를 불러 점을 보는 장면(제7회), 그리고 어사출도
후 과부들이 동헌에 모여 춘향의 방면을 호소하는 장면(제10회) 등은
「화」에서도 동일하게 발견되는 화소들이다. 다만 어사도가 춘향이
죽었다는 말에 타인 무덤에서 통곡하는 내용(제8회)의 화소만 제외하
고 말이다. 이렇듯 요약 부분만 놓고 보더라도 기본적으로 「향」에
나타나 있는 기본 서사는 「화」와 그다지 다르지 않음을 알 수 있다.

그 밖에 「향」에서 어사도에 대한 징치(懲治) 대신 충고를 하고 그
치고 마는 것으로 설정되어 있는 것 또한 「화」를 비롯해 대부분의
활자본 이본에서 공통적으로 확인되는 사실이다.[121] 그만큼 어사도
와 이도령 사이의 갈등, 즉 작품의 주된 서사 갈등이 옥중화계 이전
이본작품들에 비해 많이 약화되었음을 의미하는 것이기도 하다. 또
한 어사 출도 사실을 숨기기 위해 방자를 운봉으로 송치하는 방자
처리과정이 「향」을 비롯해 「화」, 「장자백 창본」, 「완판 84장본」 등에
서 동일하게 나타나고 있다. 물론 이러한 상황 설정은 서사적 합리
성, 현실성을 고려한 것으로 이들 이본들이 인과적 사건전개를 지향
하는 근대소설에 가까워진 측면을 보여주는 것이라 하겠다.

그런데 「향」에는 이상에서 언급한 유사한 내용 외에 「화」에 전혀
보이지 않는 화소들이 여럿 들어 있어 주목을 요한다. 예컨대, 삽입
가요 중 '짝타령'이 길게 삽입되어 있는 것이라든지, 춘향의 편지를

121) 김현양·이다원, 「춘향전 구성양상과 주제해석과의 상관성」, 설성경 편, 『춘향전
연구의 과제와 방향』, 국학자료원, 2003, 249쪽, 주 47번에서 이 부분을 이미 지적한
바 있다.

길에서 개봉하는 것은 동일하지만 편지 내용이 「화」의 그것과 사뭇
다르다든지, 춘향의 무덤인 줄 알고 어사도가 타인의 무덤에서 울며
해프닝을 벌인다든지(제8회 내용) 하는 것 등이 바로 그러하다. 그것
들을 하나씩 간략히 살펴보기로 하자.

3.3.2.1. '짝타령'의 삽입

'짝타령'은 춘향이 집에서 춘향이와 이 도령이 운우지정을 나누며
둘이 노래 부르는 대목에서 등장한다. 여러 이본에는 거의 필수적으
로 '사랑가'가 등장하고 끝나는 데 반해, 「향」 제2회 분에는 '사랑가'
에 앞서 '짝타령'이 길게 삽입되어 있는 것이 특징적이다. 「향」에 삽
입된 짝타령의 일부를 소개해 본다.

> 하로는춘향이는검은고를타고, 도령님○○○○을ᄒ는데, 이것이짝타
> 령이엿다
>   황셩(荒城)에허조벽산월(虛照碧山月)○고목(古木)은진입창오운(盡入蒼
> 梧雲)이라ᄒ든이태백(李太白)으로, 한짝치고, 삼년뎍리관산월(三年笛裏關
> 山月)이오, 만국병전초목풍(萬國兵前草木風)이라ᄒ든두자미(杜子美)로, 짝
> 맛초고, 락하(落霞)는여고목제비(與孤鶩齊飛)ᄒ고, 츄슈(秋水)는공장텬일
> 식(共長天一色)이라ᄒ든, 왕자안(王子安)으로웃짐치고, 빅로(白露)는횡강
> (橫江)ᄒ고, 슈광(水光)은졉텬(接天)이라ᄒ든소동파(蘇東坡)로말몰녀라
>   둥덩둥덩덩징지루징덩 (중략)
>   오호편쥬(五湖扁舟)흘니져어, 범려(范蠡)를짜라가든셔시(西施)로한짝
> 치고, 회두일소빅미싱(回回頭一笑百媚生)ᄒ니, 육궁분대무안색(六宮粉黛
> 無顔色)이라ᄒ든양귀비(楊貴妃)로한짝치고, 희셩월일하옥장즁(峽城月下
> 玉帳中)에, 츄파(秋波)로눈물지든우미인(虞美人)으로웃짐치고, 영웅(英雄)
> 의굿은뜻을일죠(一旦)에리간(離間)ᄒ든초션(貂蟬)으로, 말몰녀라
>   둥덩둥덩덩징지루징덩

「향」에 삽입된 짝타령은 “둥덩둥덩덩징지루징덩”이라는 후렴구가 5번 반복적으로 등장하는 5연으로 되어 있다. 위는 그 중 제1연과 제5연에 해당한다. ‘짝타령’은 달리 ‘바리가’, ‘구마가(驅馬歌)’로도 불리는데, 특이하게도 옥중화 계열 이본에는 보이지 않는다. 다만 세책 계열의 「남원고사」나 「경판 35장본 춘향전」, 「고본 춘향전」 등 일부 이본에 삽입되어 있을 뿐이다.[122] 이 짝타령은 당시 유행했던 대중 가요의 하나인데, 「향」에 등장하는 짝타령의 사설은 세책 「남원고사」에 실린 ‘바리가’ 12연에 비해 많은 부분이 축약된 형태라 하겠다. 「향」에 삽입된 5연을 「남원고사」의 ‘바리가’와 대조해 보면, 자구 표현이나 의미에 있어 조금씩 차이는 있지만 그 기본 형식과 내용은 유사하다. 유명한 인물들을 한 연에 4명씩 등장시켜 “~라 흐든 아무개로 한 짝 치고, ~라 흐든 아무개로 짝맞초고, ~라 흐든 아무개로 웃짐치고, ~라 흐든 아무개로 말몰녀라”는 형식을 반복적으로 활용하고 있는 것이다. 그 밖에 신재효본 「변강쇠가」(星斗本)나 「심청가」에서도 ‘짝타령’ 사설이 등장하는 데, 「향」의 그것보다 더 짧고 간단하다.[123] 이렇듯 옥중화 계열 이본 중에서 유독 「향」에만 ‘짝타령’이

---

122) 춘향전에 삽입된 ‘짝타령’, 또는 ‘바리가’에 대한 기존연구 정리는 물론, 세책계열 「춘향전」의 전체내용이 판소리계열의 「춘향전」과 다르게 형성된 것임을 밝히기 위한 실마리로 ‘짝타령’과 같은 삽입가요의 존재를 염두에 두고 폭넓게 논의를 전개한 것으로 이윤석, 「세책 <춘향전>에 들어있는 ‘바리가’에 대하여」, 이윤석·大谷森繁·정명기 편저, 『貰冊 古小說硏究』, 혜안, 2003, 91~118쪽을 참고할 만하다. 그런데 세책이 아닌 「옥중향」에서도 짝타령이 삽입되어 있는 것을 고려한다면, 이윤석이 ‘짝타령’과 같은 ‘바리가’가 세책계열의 「춘향전」에만 들어 있는 특징이라고 보아 이를 세책계열의 「춘향전」과 판소리와 분리해 볼 필요가 있는 근거로 삼고자 하는 견해에 추가 보충설명이 요구된다고 하겠다.

123) 예를 들어, 「변강쇠가」에 등장하는 ‘짝타령’의 내용은 다음과 같다.
　“가얏고 놀던 사람 짝타령을 타노라고, ‘황성(荒城)에 허조벽산월(荒城 虛照碧山月) 이요, 고목(古木)은 진입창오운(盡入蒼梧雲)이라 하던 이태백(李太白)으로 한 짝. 삼 년적리관산월(三年笛裡關山月)이요, 만국병전초목풍(萬國兵前草木風)이라 하던 두

삽입되어 있는 것은 「화」에 전폭적으로 기대지 않고 「향」이 그 외
또 다른 저본을 참고해 만들어졌을 가능성을 시사해주는 근거가 되
기도 한다. 그리하여 '짝사랑'과 '사랑가'의 장황한 서술은 춘향이와
이도령의 사랑행각을 좀 더 사실적이고도 극적인 것으로 몰아가는
역할을 담당하고 있다 하겠다. 당시 상당히 유행했고, 그래서 독자들
이 쉽게 알 수 있던, 그러면서 가창자에 의해 자유롭게 가사 변개가
가능했던 대중가요 짝타령을 가져와 극중 흥미와 분위기를 고조시
키고자 했던 셈이다.

3.3.2.2. 타인 무덤 앞에서 통곡하는 어사도

이몽룡이 암행어사가 되어 남원으로 내려오는 도중에 농부를 만
나 수작하는 장면에서도 「화」에는 없는 새로운 화소가 삽입되어 있
다. 즉, 농부들로부터 남원원님의 공사(公事)에 대해 이야기 듣다가
열녀 춘향이가 죽었다는 말을 듣고 놀란 어사도가 다른 사람 무덤을
춘향의 무덤으로 착각하고 거기서 울며 벌이는 해프닝이 흥미롭게
전개되고 있는 것이다. 다소 길지만 그 부분을 소개해 본다.

> 어스도짐짓
> 자네, 이골원님공사(公事)가엇더한가
> 그 농부, 허허, 웃고ᄒ는말이
> 졔가어사인듯이, 공사(公事)뭇고, 공사엇지ᄒ야, 밥잘먹고, 술작먹고,
> 홈의질잘ᄒ고, 갈키질잘ᄒ고, 심지어(甚至於)쇠시랑질ᄭ지잘ᄒ니, 그우
> 에명관(名官)업고, 렬녀춘향(烈女春香)죽엿스니그런공사(公事)다시업지

자미(杜子美)로 한 짝. 둥덩덩 지둥덩둥.' 그만 식고. 북치던 늙은 총각 다시 치는 소
리 없고," 강한영 교주, 「변강쇠가」, 『신재효 판소리사설 여섯마당집』, 형설출판사,
1982, 465쪽.

어사도, 츈향죽엿다는말에가슴이콱막혀, 간신이뭇는말이

(어) 츈향이가, 언졔, 죽엇단말이오

(농) 츈향이죽은날은알어무엇ᄒ오, 어젹게죽어, 져산넘어초빈ᄒ얏다오

어사도이말듯고, 쏙, 츈향이는죽은줄알고, 허둥지둥산넘어가니, 과연, 어졔, 시로ᄒ초빈(初殯)이잇구나

어사, 무덤에펄젹쥬져안지며곡지통(哭之痛)이나온다. (중략)

노래, 울음겸ᄒ야, 무덤을콩콩두다리니, 슈운(愁雲)이참담(慘憺)ᄒ고, 일월(日月)이무광(無光)이로구나, 이쩌, 그건너마을셩좌슈(成座首)가, 우는형상(形狀)바라보고

이애, 미우괴이ᄒ다, 우리악이사랏슬졔, 시집못간쳐녀(處女)어든, 져엇던걸객(乞客)놈이, 빅년긔약(百年期約)허사(虛事)라고, 퍼버리고, 작구우니, 이런변도ᄯᅩ잇는가, 남드르면, 망신이라, 여보아라, 고두쇠야, 몽치차고, 건너가셔, 아가씨무덤우에, 져리는놈, ᄱᅡ려ᄶᅩ쳐라

고두쇠놈, 건너가셔, 몽치드려, 어사도의엽흘, 콱, 질으며

이놈, 이, 웬일놈이, 남의무덤에와셔, 발상통곡(發喪痛哭)을ᄒ느냐

어사도, ᄭᅡᆷᄶᅡᆨ놀나, 도라보니, 츈향무덤안일시분명(分明)ᄒ고, 욕은면(免)치못ᄒᆯ형편이것다,

어사도, 얼는한계칙(計策)을싱각ᄒ고ᄭᅮ며셔ᄒ는말이

(어) 허, 지금(至今)이야, 내당학(唐瘧)이올마갓다

(고) 당학이올마가다니

(어) 내가당학을알는데, 남의무덤에와셔울다가, 매를마즈면그당학이민ᄶᅡ린사람에게로, 올마간다ᄒ기로, 이와갓치하엿더니, 지금은잘되얏네

말을맛초고, 산아리로셜넝셜넝나려가니, 고두쇠싱각에졔가당학을맛하갈가민망ᄒ야

(고) 여보그러면, 이몽치로나를대신ᄶᅡ리고가오

어사도짐짓

나는실소

고두쇠셩을내여, 어셔ᄶᅡ려달나지촉ᄒ니, 어사도못이긔는체ᄒ고그몽

치를쎄아셔, 모질게한번대신치고, 나려오며하는말이

　　(어) 상놈흔톄량반(兩班)이, 공미마질리가잇나, 미품은대신갑헛스나 그농부가잘못드른것이라인뎡(認定)ᄒ고, 길을차져내려와, 그날밤은 오슈역(獒樹驛)에슉소(宿所)ᄒ고, 박셕틔를넘어셔셔, 천천이완보(緩步)ᄒ야, 사방(四方)을삷혀보니, 산도, 예보든산이오, 물도예보든물이로다

　마치 한 편의 희작(戱作)을 방불케 하는 상황이 우스꽝스럽다. 이 몽룡이 농부로부터 춘향이 죽었다는 말을 듣고 허둥지둥 산을 넘어 가 이제 갓 만든 무덤을 춘향의 무덤인 줄 착각하고 그 앞에서 눈물 흘리다가 이를 이상하게 본 무덤 주인에게 몰매 맞을 위기에 놓이게 된다는 내용이다. 그러나 사태를 파악한 어사도가 곧바로 기지를 발 휘함으로써 매를 맞기는커녕 도리어 하인 '고두쇠'를 때려주고 화를 모면하게 된다. 그런데 이런 장면이 옥중화 계열 이본에서는 전혀 발견되지 않는다. 물론 옥중화계 이본은 아니지만, 「남원고사」에 이 와 유사한 장면이 일부 등장하는 게 사실이다. 즉, 어사도가 산중 절 간에서 공부하던 소년 선비로부터 춘향이가 죽었다는 말을 듣자 타 인의 무덤에 가 통곡하며 울다가 무덤 주인이 나타나 쫓아낸다는 유 사한 내용이 나타나 있는 것이다.[124] 그렇지만 그 후 어사도가 꾀를

---

124) 「남원고사」의 원문을 들면 다음과 같다.
　"어시 이 말 듯고 춘향이 죽은 줄을 ᄌ셔이 알고 정신이 어득ᄒ고 셜운 마음이 복밧 쳐 닙시욹기 비죽비죽 눈믈이 등경등경ᄒ거늘…어시 천만몽미 밧긔 춘향 흉음 듯고 남우힐 줄 전혀 잇고 츈향 초빙 ᄎᄌ 가니 모골이 송연ᄒ고 정신이 황망ᄒ다 급급히 거러 흔 고기롤 넘어가니 시로 흔 무덤이 잇고 피롤 ᄭᅩᆺᄌ거늘 부지불각의 다라드러 무덤을 두다리며 방셩디곡 ᄒᄂᆫ 말이 이고 춘향아 이거시 웬 일이니 우리두리 빅년 긔약 미줏더니 이졔는 허시로다 발셥쳔니 너 오기는 너만 보려 ᄒ엿더니 죽단 말이 웬일이니…한챵 이리 슬피 울 졔 건넌 마을 강좌슈가 이 형상을 바라보고 마음의 놀납고 고이ᄒ여 급히 드러가 마노라다려 ᄒᄂᆫ 말이 우리 아기 ᄉ라실 졔 미셩의 쳐지여든 엇던 걸긱놈이 빅년긔약이 허시라고 두다리며 우름 우니 요럴 변이 ᄯᅩ 잇 ᄂᆫ가 이 놈 고두쇠야 몽치 ᄎ고 건너가셔 아기씨 무덤의 우는 놈 난졍결치ᄒ라 고두

내어 매 맞을 상황을 슬기롭게 극복해 나가는 과정(밑줄 부분)이 첨가
되어 있는 것은 「향」에서만 발견되는 독자적 내용이라 하겠다. 어사
도 자신이 말라리아 또는 학질의 일종인 '당학(唐瘧)'에 걸렸다고 하
고 "남의무덤에와셔울다가, 매를마즈면그당학이미싸린사람에게로,
올마간다"라는 거짓말로 무지몽매한 고두쇠를 속여 위기를 벗어난
다는 상황이 그럴 듯하며 우스꽝스럽다.

다수의 이본에서는 이 부분이 어사도가 짐짓 장난조로 춘향의 수
청에 문제제기를 하자 이 말에 격분한 농부가 이어사의 뺨을 때리며
혼낸다는 것으로 서술되어 있을 뿐이다. 그런데 이러한 홍미소를 삽
입해 길게 이야기를 확장시키고 있는 것은 일면 독자들에게 재미를
선사하려는 의도가 다분해 보인다. 그러면서 춘향이를 향한 어사도
의 마음이 어떠한지, 즉 춘향의 죽음 소식에 황망히 행동하는 연인의
모습을 보여줌으로써 그녀를 향한 마음이 얼마나 간절한 지 해학적
으로 처리해 놓았다 할 것이다. 또한 거기에 더해 어사도의 재치와
위기대처 능력까지 간접적으로 시사하고 있다. 그리하여 이어사가
문제해결 능력이 있는 주인공, 즉 위기에 처한 춘향을 구해 낼 위인이
라는 일종의 기대감을 독자들에게 갖게 만드는 복선과도 같은 기능
을 수행하고 있다. 기존 「화」가 갖고 있는 해학적, 극적 요소와 분위
기를 바꾸지 않으면서 자연스럽게 새로운 에피소드를 삽입시켜 「향」
의 고유한 개성을 드러내고 있다고 할 것이다.

이상에서 제시한 ①, ②의 화소는 대표적으로 「화」에서 전혀 보이
지 않는, 「향」에서만 발견되는 것임에 분명하다. 그러나 「향」의 두

쇠 건너가셔 즐욕ᄒ고 달녀드니 어시 착급ᄒ여 혼이 쩌셔 삼십뉵계중 쥴힝낭이 웃듬
이라 천방지방 겨스도쥬ᄒ니 이 쪼ᄒ 장관일너라."
(설성경 편저, 「남원고사」, 『춘향예술사자료총서』 6, 국학자료원, 1998, 153~154쪽.)

화소는 필사본 「남원고사」에서 유사하게 등장하는 것이라는 점에서 주목을 요한다. 즉, 그 영향 관계를 직접 밝히기 어렵지만, 「화」에 없으나 「향」에 추가 삽입되어 있는 화소들이 옥중화계 이본이 아닌 다른 작품에서는 발견되기도 한다는 점에서 「향」이 단순히 「화」를 저본으로 했다기보다 또 다른 이본까지 참고한 결과일 수 있다는 점이다. 「화」 외의 저본이 있다면 그것은 「남원고사」처럼 서울에서 향유되던 이본이었을 개연성이 높다. 이는 앞서 형식상 특징으로 지적한 사항들처럼 합리성을 위주로 그 시기의 독자를 고려한 것일 수 있다는 점과 무관하지 않다. 그렇다면 「향」은 단일하지 않은 저본을 근간으로 삼되, 단순한 모방이나 교묘한 짜깁기가 아닌 의식 있는 변주를 지향하고 있는 작품으로 적극 해석해 볼 여지마저 있다 하겠다. 특별히 20~30년대 서울 독자들을 고려한 이본이라는 점에 무게가 실린다 할 것이다.

3.4. 나오며

이상에서 춘향전 이본 「옥중향」의 특성을 거칠게나마 살펴보았다. 「옥중향」은 「옥중화」의 기본 서사 골격에 충실하면서도 변개의 묘미를 살려 때로는 합리적 서사 구성 및 표현을 추구하고, 축약과 생략, 그리고 새로운 이야기의 추가 또는 확장 서술을 적절히 구사하는 방식으로 서사의 긴장감을 높이고 흥미를 배가시키려 한 작품이라 할 것이다. 물론 완판본 춘향전이나 신재효본 「춘향가」, 또는 「남원고사」 등과 비교해 갈등 구조와 대립이 첨예하게 나타나 있지 않고, 해학 및 골계 역시 전체적으로 약화된 것이 사실이지만, 개화기 의식과 근대 독자를 고려한 어휘, 표기 등을 사용하고, 당시 인기를 누렸던 창극 대본 형식을 그대로 차용하고 있는 데서 그 개작의 의의를 나름대로 인정할 수 있다고 여겨진다.

이러한 몇 가지 특징들을 종합할 때, 「옥중향」은 단순히 「옥중화」의 아류작이라기보다 그 나름의 의도가 엿보이는 작품이라 하겠다. 물론 일부 낙장이 있어 작품 전체의 모습을 정확히 파악할 수 없는 것은 본 작품의 특성을 파악하고자 함에 있어 근원적 한계라 하지 않을 수 없다. 그러나 이번에 「옥중향」의 원문을 소개함으로써 「춘향전」 이본 수를 하나 더 늘리게 되었다는 것 외에 옥중화 계열 활자본 이본의 작품 세계를 좀 더 다채롭게 바라볼 수 있게 되었다는 점에서도 소중한 의미를 지닌다고 할 것이다.

「옥중향」은 도시민 독자의 취향과 감각에 맞추려 했던 작품으로 보인다. 더욱이 「옥중향」이 연재됐던 잡지 『전매통보』는 조선어판과 일본어판이 따로 있었고, 동일 시기의 일본어판에는 아예 「향」이 없었던 것으로 보더라도, 특정의 조선인 지식인 독자를 상정한 작품이었을 가능성이 농후하다. 『전매통보』라는 잡지가 대중적이지 못했기에 일부 독자에 국한됐으며, 널리 읽히지 못한 것은 본 작품의 작품성을 당대에 제대로 평가받지 못하게 만든 장애물로 작용했다 할 것이다. 이제라도 「옥중향」의 존재가 다시 알려지고, 그 실상을 알고자 하는 독자들이 생겨나길 바랄 뿐이다.

한편, 1920~30년대에 봇물 터지듯 쏟아져 나온 『춘향전』 이본들에 대한 재정리 문제를 절감하지 않을 수 없다. 왜냐하면 동일 작품이라 하더라도 여러 서점에서 여러 해에 걸쳐 제목을 달리해 간행하기도 하고, 토씨나 어미 등만 일부 바꾸고 다른 제목으로 출판한 것

도 있거니와, 이러한 이본 작품들에 대한 체계적 정리(서지사항, 판수,
발행자, 출판사 등)가 통일되게 이루어져 있지 못해 이본의 실체를 확
정하고자 함에 있어 애로사항이 많기 때문이다. 따라서 실제로 현전
옥중화계 이본 텍스트를 일일이 대조, 확인해 이본 종수와 계통 문
제, 서지사항 등을 분명히 밝혀놓는 작업이 필요하다.

이재욱(李在郁)은 1930년대 「춘향전」 연구 현황과 이본을 소개하
면서 텍스트로 되어 있는 책뿐만 아니라, 라디오나 창극 등 여러 매체
를 통해 서울 사람은 물론 산간벽지 사람들까지 「춘향전」을 접하고
열광했노라고 전언(傳言)한 바 있다.[125] 1930년대 들어 특히나 「춘향
전」이 무대에 여러 차례 올렸던 사정을 감안할 때, 연극 대본으로서
의 「춘향전」과 창극 형식의 이본과의 비교 논의도 더 활발히 나타날
필요가 있다.[126] 「옥중향」 연구는 해방 이전에 나타났던 「춘향전」 이
본 작품에 대한 정치한 검토와 다각적 논의가 여전히 요구되는 시점
이 바로 지금이라는 사실을 깨닫게 해 준다. 이런 점만으로도 본 작
품이 이본 연구사에 기여하는 바가 적지 않다고 할 것이다.

---

125) 이재욱, 「춘향전 원본」, 『삼천리』 제9권 제5호, 1937.10.01., 45쪽.
　　"春香傳은 소설로 혹은 唱劇으로서 오래ㅅ동안 대중의 열광적 흥미를 야기하고 왔
　　으니만치 금일에 수십 종의 원본이 坊間에 흐터진 현상이나, (중략) 수십 종이 京鄕
　　에서 애독되고 (중략) 昨今에 있어 吾等은 라듸오를 통하여 冊三 春香歌를 들었고
　　극장에서도 再四 唱劇을 보았거니와 여하한 산간벽지에서도 春香傳의 梗槪를 모르
　　는 자가 별로 없음을 생각건대 春香傳에 수십 종 원본이 존재함이 별 이상할 것도
　　없는 일이다."
126) 예컨대, 1936년 『조선일보』에 실린 유치진의 희곡 「춘향전」이 이해조의 「옥중화」
　　를 토대로 하고 이광수의 「一說春香傳」을 참고해 개작된 사실을 고려할 때, 충분히
　　이들 작품간 대비연구가 필요하다고 본다. 선행연구로 설성경, 「유치진이 추구한 <춘
　　향전>의 새 의미」, 『1930년대 민족문학의 인식』, 한길사, 1990; 백현미, 「유치진의
　　<춘향전> 연구」, 『한국극예술연구』 제7집, 한국극예술학회, 1997 등이 그 좋은 예다.

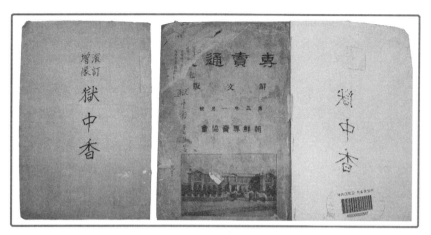

겉표지. 누군가 종이를 덧대고 제목을 적어 놓았다.
『전매통보』 표지(좌)와 여기에 종이를 덧대 만든 겉표지의 뒷면(우)

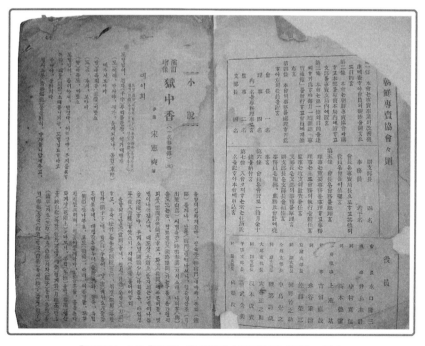

『전매통보』 수록 「옥중향」 첫 페이지. '뎨이회'부터 시작하고 있다.

『演訂增像 獄中香(一名春香傳)』*

夢蓮 宋憲奭 著

(뎨일회 누락)

뎨이회

도령(道令)이월하(月下)에츈향(春香)을심방ᄒᆞ고
월미(月梅)가슐잔압헤셔, 령감(令監)을싱각ᄒᆞᆫ다

도령님이, 천자(千字)푸리를 한참, 역거대다가

(도) 이애, 방자야, 쎠가, 웃지되얏나, 동헌(東軒)에가셔보아라

(방) 아즉퇴등(退燈)머럿소

(도) 쏘, 가셔, 보아라

(방) 아즉도, 머럿소

도령님이, 좀이쑤셔, 안졋다, 이러낫다, 부지를못ᄒᆞ든차, 퇴등(退

| 일러두기 |

- 철자 및 한자 노출, 띄어쓰기, 구두점 표시, 줄 바꾸기 등을 원본 그대로 옮겼다. 한글 및 한자 표기, 한자어 독음 처리가 명백히 잘못되었거나 오기(誤記)가 분명한 것이라 할지라도 원본 그대로 표기해 놓았다.
- 해독이 어려운 부분은 ○로 표시했다.
- 전 10회 중 제1회 부분이 누락되어 있다.
- 매 회 도입부에는 본문보다 작은 글씨로 줄거리가 간략히 제시되어 있다.

*『옥중향』 원문은 2008년 12월에 『민족문학사연구』 제38호에 필자가 처음으로 소개 했다. 보다 많은 독자들이 작품을 접할 수 있도록 여기에 그 전문을 다시 소개한다. 『옥중향』의 작품세계와 문학사적 의의에 대해서는 앞의 「춘향전 새 이본 <옥중향> 개관」을 참고할 것.

燈)소래들니거늘, 도령님됴ᄒ라고

　방자야, 불밝혀라

　청사촉롱(靑紗燭籠)불을밝혀, 방자들녀압세우고,

　춘향의집차져간다, 공슉문(拱宿門)내다라, 종로(鐘路)를지나, 남문(南門)밧썩나셔니, 월츌경산조(月出驚山鳥)시명춘간(時鳴春澗)져시소래, 나의흥(興)을도도는듯, 협로진간(峽路塵間) 가는구룸, 운간월식희롱(雲間月色戱弄)ᄒ고, 화간(花間)에푸른버들, 멧번이나썩것스며, 대도상(大道上)발자최는멧번이나침음(浸淹)ᄒ냐, 투계소년(鬪鷄少年)아히들은, 야입청루(夜入靑樓)ᄒ얏스니, 지쳬(遲滯)를어이ᄒ리

　춘향의집당도(當到)ᄒ니, 월식(月色)은방농(方濃)ᄒ고, 송쥭(松竹)은은은(隱隱)ᄒᆫ데, 취병(翠屛)른란간하(欄干下)에, 빅(白)두룸이, 당(唐)겨위요거울갓흔련못속에, 대겹갓흔금부어(金鮒魚)와, 들쥭, 측빅(側柏)잣나무요, 포도(葡萄), 다래, 어름덩굴, 휘휘친친얼크러져, 쳥풍이 불졔마다, 흔들흔들, 츔을춘다. 화계상(花階上)올나보니, 동빅(冬栢)춘빅(春栢)영산홍(映山紅)목단(牧丹)쟉약(芍藥)월계화(月桂花)란초(蘭草)지초(芝草)파초(芭蕉)치자(梔子)동미(冬梅)츈미(春梅)홍국(紅菊)빅국(白菊)유자(柚子)감자(柑子)능금, 복승아, 사과(砂菓)황실(黃實)쳥실(靑實)잉도(櫻桃)온갓화초, 가진과목(果木)층층이심엇는데, 셕탑(石榻)에잠든개는, 사람자최놀낫 씨여, 컹컹짓고내닷는데, 리도령흥(興)이겨워, 방자불너ᄒ는말이

　(도) 이애방자야, 이를엇지ᄒ여야올으냐

　(방) 엇지홀슈잇소, 도령님이와락쮜여드러가, 춘향을꼭붓잡고, 실컷, 마음대로재조썻, ᄒ여보시오

　(도) 이놈아, 아무리상한(常漢)이기로, 말조차, 무지(無知)ᄒ냐, 지녀

는막여모(知女莫如母)라니, 츈향모(春香母)를보아야, 흥셩(興成)이될뜻
흐다

언필(言畢)에츈향모가나오는데, 부산(釜山)빅통(白銅)대에, 셔초(西
草)를피여물고, 사창(紗窓)을드르륵여니, 븬마루에, 달쑨이로다

여개야, 짓지마라, 공산(空山)에잠긴달, 네가보고웨짓느냐, 속담에,
달보고짓는개라더니, 너를두고흔말이다

아장아장나오며, 후원초당(後園草堂)드러가니, 이찌츈향이는글을닑
고안졋거늘, 츈향모흐는말이

밤이미우깁헛는데, 지금것아니자고, 글만닑고안졋느냐

츈향이급(急)히나와, 모친(母親)을영졉(迎接)흐니, 츈향모한숨쉬며
흐는말이, 허허, 쑴도이상흐다

(츈) 무슨쑴을쑤시닛가

(모) 쵹불이명낭(明朗)흐야, 밝기가낫잣기로, 안셕(案席)에, 의지흐
야구운몽(九雲夢)을보다가, 홀연(忽然)이잠이드니, 비몽사몽간(非夢似
夢間)에너자는침상(沈床)에셔, 치운(彩雲)이, 이러나며쳥룡(靑龍)이너
를안고, 하날로오르기로, 룡의꼬리나도잡고, 이리궁굴, 져리궁굴, 궁
굴궁굴, 궁굴다가, 소소러쳐, 잠이씨니, 한츌쳠비(汗出沾背)되고, 가삼
이두근두근, 마음이경산(驚散)흐야, 잠못자고누엇더니, 글소래들니기
로, 너를보랴나왓스니, 경사(慶事)잇슬대몽(大夢)이라, 네가아달갓고
보면뎡녕(丁寧)대과(大科)흐련마는

모녀간(母女間)한참, 이리슈작(酬酌)홀찌, 화계상(花階上)에셔, 두런
두런, 츈향모, 놀나고, 고이녀겨감안이삷혀보니, 엇더흔춍각(總角)이,
은근(慇懃)이안졋거늘, 츈향모흐는말이

선동(仙童)이냐, 인동(人童)이냐, 봉래텬태치약동(蓬萊天台採藥童)가,

엇더흔아히가, 안인밤중에, 남의집을드러와, 텬연(天然)이안젓느냐,
필연(必然)도젹(盜賊)놈이로구나

　방자, 민망(憫惘)ᄒ야, 화계(花階)에내려셔며

　쉬-사도자뎨(使道子弟)도령(道令)님이요

　춘향모, 놀나는체ᄒ며

　이자식(子息)너방자아니냐, 그러면, 진쟉말을ᄒ지대단이황송(惶悚)
코나

　춘향모화계(花階)로, 올나가, 도령님손을잡고

　(모) 늙은것이, 눈이어두어, 자세(仔細)보지못흠으로, 흠부로말힛스
니, 노(怒)ᄒ혀ᄒ지마옵소셔

　(도) 이러흔씨에는, 그런말이, 더, 조흐니, 넘려마소

　(모) 아이고, 져리쉬웁게, 풀어질쥴알앗더면, 욕을 죠곰만히홀걸
　도령님, 허허우스니, 춘향모ᄒ는말이

　(모) 도령님이내집에오시기, 천만의외(千萬意外)로소이다, 내방으
로드러가셔, 놀으시다가가옵소셔

　도령님이, 춘향모의꿈꾼사연을드른지라, 잠짠소겨ᄒ는말이

　내가, 금야(今夜)칙방(冊房)에셔, 글을보다가조랏더니, 비몽사몽간
(非夢似夢間)에이몸이호뎝(蝴蝶)되야, 츈풍(春風)에훨훨날아, 자네집
당도ᄒ니, 화계상(花階上)에조흔곳이, 란만(爛熳)히피엿기로, 꿈을쌔
고, 이상(異常)ᄒ야, 차츰차츰나왓더니, 화계(花階)에곳은업고, 초당
(草堂)에글소래, 하도사랑스럽기로, 듯고져, 안젓노라, 나도역시문사
(文士)이라, 글, 강론(講論)을조와ᄒ니, 로모방(老母房)은고만두고, 쵸
당(草堂)으로나인도(引導)ᄒ쇼

　츈향모몽사(夢事)를싱각ᄒ고, 반겨우스며,

그야, 무엇, 어려우릿가

츈향모압홀셔셔, 도령님을 인도(引導)홀졔, 왼손을느짓들어, 사창
(紗窓)을반만열며

아가, 츈향아, 사도자졔도령님이, 너의문장(文章)드르시고, 너보랴
고, 와계시니, 문밧게, 나오너라

츈향이문에나니, 슈연(粹然)흔고흔태도(態度)죠양쓸해당화(海棠花)
요, 이슬밧은부용(芙蓉)이라, 도령님을영졉(迎接)흐야, 초당(草堂)안에
좌뎡(坐定)후에, 츈향모흐는말이

아가, 츈향아, 도령님이오시기는, 너보랴고, 오셧스니, 인사(人事)
를엿주어라

츈향이, 저의모친(母親)말드듸여

(츈) 도령님, 안녕(安寧)흐시오

(도) 예-안녕(安寧)흐시오

츈향모담비부쳐, 도령님끠올니니, 도령님입에물고, 방안을잠깐보
니별로사치(奢侈)업슬망졍, 명화(名畵)두어장붓쳣는데, 미우이상흐던
가보더라

탕인군(湯人君)희싱(犧牲)되여, 젼조단발(煎爪斷髮)신영빅모(身嬰白茅)
륙사(六事)로비를빌어, 대우방슈쳔리(大雨方數千里)에, 곤룡포(袞龍袍)
를, 젹셔입고연궁(讌宮)으로가는경(景)을력력(歷歷)히그려잇고

남벽(南壁)을살펴보니

상산사호(商山四皓)네로인(老人)이, 바독판을압헤노코, 일뎜이뎜(一
點二點)쌍쌍둘졔, 엇던로인(老人)학창의(鶴氅衣)에, 류건(綸巾)쓰고, 빅
긔(白碁)를손에쥐고, 요만흐고안져잇고, 엇던로인(老人)은갈건도복(葛
巾道服)떨쳐입고, 흑긔(黑碁)를손에쥐고, 하도락셔(河圖洛書)법을차져,

이만ᄒ고안져잇고, 엇던로인은청려장(靑藜杖)반만집고, 바둑훈슈(訓數)ᄒ느라고, 억개넘어로, 너머다보며, 이만ᄒ고안진경(景)을력력(歷歷)히, 그려잇고, 엇더ᄒ로인은건(巾)을버셔, 숑지(松枝)에걸고, 쥭관(竹冠)을제쳐쓰고, 오현금(五絃琴)검은고를, 무릅우에, 올녀놋코, 세무지음(世無知音)우의곡(羽衣曲)을, 시르렁, 쿵당, 타고놀제, 빅학(白鶴)이춤을춘다

북벽(北壁)을바라보니

쳔년반도요지(千年蟠桃瑤池)봄, 셔왕모(西王母)의쳥죠(靑鳥)로다

그림하(下)에안진츈향, 달도갓고, 꼿도갓고, 월셔시(越西施)태도갓고, 슉낭자(淑娘子)의톄격(體格)이라방안세간삷혀보니, 문치조혼대모칙상(玳瑁冊床)화류문갑(樺柳文匣)비취연상(翡翠硯床)산호필통(珊瑚筆筒)만호연뎍(瑪瑚硯滴)룡지연(龍池硯)봉황필(鳳凰筆)시서(詩書)를싸엇는데, 도령님이, 호걸긔남자(豪傑奇男子)로대, 이런일은쳐음당ᄒ는일이라, 가삼이두군두군, 말못ᄒ고안젓더니, 츈향모ᄒ는말이

도령님이내집에, 오실바이, 업습거늘, 이쳐럼루디(陋地)에왕림(枉臨)ᄒ옵시니, 대단(大端)불안(不安)ᄒ오이다

도령님이츈향모말ᄒ마더에, 말구멍이열녓것다

(도) 무삼그럴리(理)가잇나, 오날밤에, 나온뜻은, 대강, 말은ᄒ얏지마는, 늙으니에게, 다시, 쳥홀말이잇스니, 혹, 드를는지

(모) 무삼일이든지, 될슈잇는대로는, 홀것이니말숨ᄒ오

(도) 자녜쌀과, 나와, 빅년긔약(百年期約)매졋스면엇더ᄒ가

츈향모, 그말듯고, 안싁(顔色)을불변(不變)ᄒ고, 텬연(天然)히ᄒ는말이

나의쌀츈향이가, 상(常)사람이아니오라, 회동(會洞)셩참판령감(成

參判令監)이보외(補外)로, 남원(南原)에좌뎡(坐定)ᄒ야, 일식명기(一色名妓)다바리고, 늙은나를슈텽(守廳)시겨, 뫼신지슈삭(數朔)만에, 리조참판(吏曹參判)승차(陞差)ᄒ야, 내직(內職)으로, 드러가실졔, 나를가자ᄒ옵시나, 로부(老父)가계신고로, 짜라가지못ᄒ옵고, 리별(離別)ᄒ그달브터, 져것빈줄짐작ᄒ고, 연유(緣由)로, 고목(告目)ᄒ엿더니, 졋줄쎌만ᄒ게되면, 다려간다ᄒ시다가, 그딕운슈불길(運數不吉)ᄒ야, 령감(令監)이별세(別世)ᄒ니, 츈향을못보내고, 져만치길너닐졔, 칠세(七歲)브터, 쇼학(小學)낡켜, 슈신졔가화슌심(修身齊家和順心)을낫낫치가라치니, 근본(根本)이잇는고로, 만사(萬事)가달통(達通)ᄒ고삼강힝실(三綱行實)인의례지(仁義禮智)누가내쏠이라ᄒ오릿가, 내디별(地閥)이부족(不足)ᄒ니, 재상가(宰相家)부당(不當)ᄒ고, 샹쳔비(常賤輩)는부족(不足)ᄒ야, 샹하불급(上下不及)혼인(婚姻)느져, 쥬야(晝夜)로걱졍이나, 도령님은량반(兩班)으로, 춘졀(春節)나뷔, 꼿본듯이, 아즉사랑ᄒ거니와, 나중에바리시면, 독슉공방(獨宿空房)쇼년졍졀(少年貞節)쇽졀업시늙을진디, 져인들아니불상ᄒ오, 젼후사(前後事)를싱각(生覺)혼즉, 안키만못ᄉ오니, 그런말슘마르시고, 노시다가, 도라가오

　도령님ᄒ는말이

　츈향도, 미혼젼(未婚前)이오, 나도, 미장가젼이라밋친듯경심(傾心)되야, 자네집을나왓스니, 진퇴유곡(進退維谷)이라, 장황(張荒)이조롱(嘲弄)말고, 한말을결단(決斷)ᄒ면, 륙례(六禮)는못니루나, 량반(兩班)의자식(子息)으로, 일구이언(一口二言)엇지ᄒ며, 량반의평싱사(平生事)를밍세(盟誓)아니홀슈잇나, 불츙불효(不忠不孝)ᄒ기젼에, 져를엇지이즈리오, 내가이즈면, 쇠아달이지, 허락(許諾)ᄒ야쥬시오

　츈향모, 몽사(夢事)를싱각ᄒ니, 도령님일홈이꿈몽(夢)짜, 룡룡(龍)

싸라, 마음에, 가득ᄒᆞ야, 과히○○(嘲弄)아니ᄒᆞ고, 희식(喜色)으로, 허락(許諾)ᄒᆞ며

(모) 륙례(六禮)는못이루나, 혼셔례쟝(婚書禮狀)사주단자(四柱單子)겸(兼)ᄒᆞ야, 증셔(證書)ᄒᆞ쟝ᄒᆞ야쥬오

(도) 그것은그리ᄒᆞ소

연상(硯床)을닥아노코, 만호연젹(瑪瑚硯滴)물을싸라슈양미월(首陽梅月)진케갈아, 청황모(靑黃毛)무심필(無心筆)반즁동흠셕풀어, 빅릉운화간지샹(白綾雲花簡紙上)에두어쥴, 써셔츈향모를쥬니, 그글에ᄒᆞ얏스되

텬쟝디구(天長地久)에, 해고셕란(海枯石爛)이라, 텬디신명(天地神明)이, 공증차밍(公證此盟)이라

ᄒᆞ얏거늘, 고히졉어, 간슈ᄒᆞ고, 시톄슈단(時體手段)으로, 술상을차렷는디, 통영(統營)자개반(盤)에침치(沈菜)한보, 약포육(藥脯肉)졈복(粘鰒)쌈흔졉시, 과실(果實)겻드려노앗것다, 츈향모ᄒᆞ는말이

(모) 도령님, 안쥬(安酒)는업사오나, 이는쟝모(丈母)의허믈이니, 용셔(容恕)ᄒᆞ시고, 술이나, 만히잡슈시오, 츈향아, 붓그러이아지말고, 술부어, 드려라

츈향이잔(盞)드러, 술을부어, 도령님게드리니, 도령님잔밧으며, 츈향보고ᄒᆞ는말이

의희사슈환비슈(依俙似睡還非睡)오, 방불문향(彷彿聞香)이불시향(不是香)이로구나내가대과급뎨(大科及第)를흔들, 이에셔, 더조흘가, 이술이웬술이냐, 이술먹기덕이로다, 쳣재잔은아바지덕, 둘재잔은어머니덕, 두덕을합ᄒᆞ야, 덕자로운(韻)을달자텬황씨(天皇氏)목덕(木德)디황씨(地皇氏)화덕(火德)하우씨(夏禹氏)슈덕(水德)쥬문왕(周文王)의순덕(純德)공부자(孔夫子)의셩덕(聖德)우리량인셔로만나빅년을긔약(期約)

호니, 장모(丈母)의은덕(恩德)이라, 내덕네덕합호야셔, 장모(丈母)젼에
권(勸)호여라

츈향이술부어, 모친끠올니니, 츈향모슐바드며, 흔숨쉬고, 눈물지
며, 목이메여호는말이

즐겁고도, 조흔날이, 오날우에, 더업스나, 아비업시셜니자라, 하나
님이감동호샤, 명문대가(名門大家)도령님과, 빅년(百年)을긔약(期約)
호니, 한량(限量)업는경사(慶事)로대, 령감(令監)싱각간졀호야, 텬디
(天地)아득호사이다

츈향도슈싴(愁色)씌여, 두눈에눈물이어리우니, 해당화(海棠花)아참
이슬을먹음은듯호더라, 도령님이츈향모를위로(慰勞)호되

오날날조흔날에, 왕사(往事)는물론(勿論)호고, 슐이나잡으시오

일이삼비오륙비(一二三盃五六盃)가되야, ○○○○(談笑琅琅)홀졔, 술
상물녀방자주니, 방즈잔쑥먹고

(방) 도령님대사(大事)나, 평안(平安)이○○○○

(도) 오냐, 너는안목이나, 단단이, 삷혀보이라

방자간연후에, 츈향모이러나셔, 금침(衾枕)나려깐라주며, 밤이미우
깁헛스니일즉이줌으시오, 하직(下直)하고건너가니, 방중(房中)에는,
츈향과, 도령님○○○○ 도령님씌틀이니, 츈향이러나, 도포(道袍)밧
아, 의장(衣欌)에걸졔, 벽상(壁上)에걸닌, 검은고, 도포자락에, 씻치며,
스르렁두당소래나니 도령님조와라고

(도) 됴타됴타, 황학루(黃鶴樓)취덕셩(吹笛聲)이, 이에셔, 더조흐며,
한산사(寒山寺)야반종셩(夜半鐘聲)이에셔, 더조흐랴, 네가먼져, 버셔라

(츈) 도령님, 먼져버스시오

(도) 미사(每事)는간주인(幹主人)이라호니, 네가먼져버셔라

(춘) 미사(每事)는간주인(幹主人)이라ᄒᆞ니, 주인(主人)식이는대로ᄒᆞ
시오

(도) 네가먼져버셔라

(춘) 도령님먼져버스시오

도령님달녀드러, 춘향의가는허리, 후리쳐, 잘쓴안고옷을차차고히
벗겨, 금침(衾枕)속에집어넛코, 도령님도, 활활벗고, 화월삼경(花月三
更)깁흔밤에, 자미(滋味)잇게, 놀앗더라

하로잇흘, 슈일(數日)되야, 십여일(十餘日)이지나가니, 애정(愛情)도
가득ᄒᆞ고, 붓그럼도업셔지니그가운디, 온갓사랑이, 다드럿다

하로는츈향이는검은고를타고, 도령님○○○○을ᄒᆞ는데, 이것이짝
타령이엿다

황셩(荒城)에허조벽산월(虛照碧山月) ○○고목(古木)은진입창오운(盡
入蒼梧雲)이라ᄒᆞ든이태백(李太白)으로, 한짝치고, 삼년덕리관산월(三
年笛裏關山月)이오, 만국병전초목풍(萬國兵前草木風)이라ᄒᆞ든두자미(杜
子美)로, 짝맛초고, 락하(落霞)는여고목제비(與孤鶩齊飛)ᄒᆞ고, 츄슈(秋
水)는공장텬일식(共長天一色)이라ᄒᆞ든, 왕자안(王子安)으로웃짐치고, 빅
로(白露)는횡강(橫江)ᄒᆞ고, 슈광(水光)은졉텬(接天)이라ᄒᆞ든소동파(蘇
東坡)로말몰녀라

둥덩둥덩덩징지루징덩

좌무슈이종일(坐無睡而終日)ᄒᆞ고, 탁청천이자결(濯淸川而自潔)이라
ᄒᆞ든한퇴지(韓退之)로한짝치고 삼입악양인불식(三入岳陽人不識)ᄒᆞ니,
랑음비과동뎡호(朗吟飛過洞庭湖)라ᄒᆞ든려동빈(呂洞賓)으로한짝치고,
류상곡슈(流觴曲水)에, 혜풍화창(惠風和暢)이라ᄒᆞ든왕희지(王羲之)로,
웃짐치고, 션텬하지우(先天下之憂)ᄒᆞ고, 후텬하지락(後天下之樂)이라

ᄒᆞ든범즁엄(范仲淹)으로말몰녀라

둥덩둥덩덩징지루징덩

어양비고동디래(漁陽鼙鼓動地來)ᄒᆞ니, 경파예상우의곡(頃波霓裳羽衣曲)이라ᄒᆞ든빅락텬(白樂天)으로한짝치고, 분슈탈상증(分手脫相贈)ᄒᆞ니, 평ᄉᆡᆼ일편심(平生一片心)이라ᄒᆞ든밍호연(孟浩然)으로, 한짝치고, 쳥산슈텹(靑山數疊)에, 벽계일곡(碧溪一曲)이라ᄒᆞ든도연명(陶淵明)으로웃짐치고, 통만고지영웅(通萬古之英雄)ᄒᆞ고, 감뎨왕지흥망(鑑帝王之興亡)이라ᄒᆞ든사마쳔(司馬遷)으로말몰녀라

둥덩둥덩덩징지루징덩

위슈(渭水)에문왕(文王)만나, 쥬텬하팔빅년긔업(周天下八百年基業)을창개(創開)ᄒᆞ든강태공(姜太公)으로, 한짝치고, 운쥬유악지즁(運籌帷幄之中)ᄒᆞ야 결승쳔리지외(決勝千里之外)ᄒᆞ든장자방(張子房)으로한짝치고, 대몽(大夢)을슈선각(誰先覺)고, 평ᄉᆡᆼ(平生)을아자지(我自知)라ᄒᆞ든졔갈량(諸葛亮)으로웃짐치고, 뢰양반일(耒陽半日)에, 삼월공사(三月公事)ᄒᆞ고, 련환묘계(連環妙計)로, 젹벽슈공(赤壁首功)ᄒᆞ든방사원(龐士元)으로말몰녀라

둥덩둥덩덩징지루징덩

오호편쥬(五湖扁舟)흘니져어, 범려(范蠡)를ᄯᅡ라가든셔시(西施)로한짝치고, 회두일소빅미ᄉᆡᆼ(回頭一笑百媚生)ᄒᆞ니, 륙궁분대무안식(六宮粉黛無顔色)이라ᄒᆞ든양귀비(楊貴妃)로한짝치고, 히셩월일하옥장즁(垓城月下玉帳中)에, 츄파(秋波)로눈물지든우미인(虞美人)으로웃짐치고, 영웅(英雄)의굿은ᄯᅳᆺ을일죠(一旦)에리간(離間)ᄒᆞ든초션(貂蟬)으로, 말몰녀라

둥덩둥덩덩징지루징덩

도령님이, ᄯᅩ, 츈향을둘너업고, 노래를부르는데, 이것이사랑가엿다

만텹쳥산(萬疊靑山)늙은범이, 살진암키, 물어다노코, 니는빠져, 먹지못ㅎ고, 으르렁으르렁, 놀니는듯, 북해흑룡(北海黑龍)이여의주(如意珠)를물고, 채운간(彩雲間)에넘노는듯, 단산봉황(丹山鳳凰)이죽실(竹實)을물고, 오동(梧桐)우에넘노는듯, 츈풍황잉(春風黃鶯)이, 벗을부르며, 셰류중(細柳中)에넘노는듯

리도령이, 흥을계워라고

노자노자, 녕쳑(寧戚)은소를타고, 밍호연(孟浩然)은나귀타고, 리태빅(李太白)은고래타고, 적송자(赤松子)는학(鶴)을타고, 일대장강(一帶長江)져어부(漁夫), 조고마흔일엽션(一葉船)을타고, 찌걱찌걱져어갈제, 리도령은탈것업셔, 둥둥내사랑, 어허둥둥내사랑아, 너죽어도, 나못살고, 나죽어도너못산다

어허둥둥내사랑아, 우리두리사랑타가, 한번앗차죽게되면, 후싱긔약(後生期約)셔로ㅎ자, 너는죽어, 무엇되며, 나는죽어, 무엇되리

너는죽어물이되되, 텬상(天上)에은하슈(銀河水), 디상(地上)에장강대해(長江大海), 다바리고, 칠년대한(七年大旱)마르지안는음양슈(陰陽水)라는물이되고, 나는죽어새가되되, 청조(靑鳥)황조(黃鳥)잉무(鸚鵡)공작(孔雀)다바리고원앙(鴛鴦)조라는시가되야, 연파록슈간(烟波綠水間)에, 빅로횡강격(白露橫江格)으로쥬야(晝夜)사랑놀게되면나인줄을, 네알어라, 둥둥내사랑이야

너는죽어꼿이되되, 어주축슈애산츈(魚舟逐水愛山春)량안도화(兩岸桃花)복숭아, 위셩조우읍경진(渭城朝雨浥輕塵)객사쳥쳥(客舍靑靑)버들꼿, 련화(蓮花)작약(芍藥)영산홍(映山紅)황국(黃菊)빅국(白菊)다바리고, 목단화(牧丹花)가되고, 나는죽어나뷔되여, 이삼월(二三月)춘풍시(春風時)에, 네꼿송이내가안져, 바람부러, 꼿송이노는디로, 나래를쩍버리

고, 너울너울놀게되면, 나인줄을알넘으나, 어허둥둥내사랑이지

근래(近來)사랑가에경(情)싸노래, 풍(風)싸노래가잇스되, 넘우, 란(亂)ᄒᆞ야, 풍속(風俗)에관계(關係)도되고, 츈향렬졀(烈節)에욕(辱)되겟스나, 너무무미(無味)ᄒᆞ야, 대강대강ᄒᆞ는것이엇다

둥둥내사랑, 이리보아도내사랑, 뎌리보아도내사랑쟝래부인을대흔듯경졀부인(貞節夫人)을대흔듯, 슉졀부인(淑節夫人)을대흔듯, 월셔시(越西施)를대흔듯양태진(楊太眞)을대흔듯, 슉랑자(淑娘子)를대흔듯, 둥둥내사랑, 어허둥둥내사랑네무엇을먹으랴느냐네무엇을쓰고십으냐, 쓰기죠흔상평통보(常平通寶)네가만히쓰랴느냐

(츈) 아니, 그것, 내실소

(도) 그러면, 네, 무엇을먹으랴느냐, 둥글둥글슈박웃쪽지쩨쩌리고, 강릉빅쳥(江陵白淸)주루루부어은사시(銀射匕)로쑥쑥쩍어, 쎌낭은바리고, 붉은뎜흔뎜을먹으랴느냐

(츈) 아니, 그것도, 내실소

(도) 그러면, 네, 무엇을 먹으랴느냐, 시금털털개살구, 아기셔는데, 먹으랴느냐, 금젼(金錢)을쥬랴, 은젼(銀錢)을쥬랴, 둥둥내사랑

도령님이, 츈향다려, ᄯᅩ, 사랑가를밧으라고보치니, 츈향이마지못ᄒᆞ야, 도령님게업혀

둥둥내사랑, 이리보아도, 내사랑, 져리보아도, 내사랑, 쟝래진사(進士)를모신듯, 쟝래급뎨(及第)를모신듯, 교리슈찬(校理修撰)을모신듯, 참의참판을모신듯, 륙조판셔(六曹判書)를모신듯, 삼졍승(三政丞)을모신듯, 기샤당상(耆社堂上)을모신듯, 둥둥내사랑, 동뎡츄월(洞庭秋月)달밝은데, 무산(巫山)갓치, 놉흔사랑, 목엽무변슈여텬(木葉無邊水如天)에, 챵해(滄海)갓치깁흔사랑, 삼오신졍(三五新正)밝은밤에, 무산운우

완월(巫山雲雨玩月)사랑, 증경학무(曾經學舞)ᄒᆞ올젹에차문취쇼(借問吹
簫)ᄒᆞ든사랑, 쥬루락일(珠樓落日)권렴간(捲簾看)에도리화개(桃李花開)
ᄒᆞ든사랑

둥둥내사랑, 내사랑이지, 내사랑

뎨삼회 ᕳᕲ

부사(府使)가승차(陞差)ᄒᆞ야, 내힝(內行)을치송(治送)ᄒᆞ고
춘향(春香)이눈물ᄲᅥ려도령(道令)을리별(離別)ᄒᆞ다

이와갓치, 논일다가, 일일(一日)은창(窓)밧게, 황계(黃鷄)수닭, 두나
래를, 툭툭치며, 쏙기요, 우는소래에, 도령님거동(擧動)보아라

부모명(父母命)을싱각(生覺)ᄒᆞ고, 관가(官家)로, 드러갈졔, 춘향이ᄒᆞ
는말이, 미불유초(靡不有初)나, 션극유죵(鮮克有終)이라, 우리두리빅
년긔약(百年期約) 즁도개로(中途改路)마옵소셔, 도령님허락(許諾)ᄒᆞ고,
들며나며, 사랑ᄒᆞ고, 리별(離別)말자, 밍셰(盟誓)터니, 하로는, 남원포
졔(南原襃題)가왓는데, 사도(使道)승차(陞差)ᄒᆞ야, 동부승지(同副承旨)
당상(堂上)하야, 내직(內職)으로, 드러가시게되얏것다,

상경(上京)ᄒᆞ실치힝(治行)을ᄒᆞ시는데

마두병방(馬頭兵房)불너, 말단속ᄒᆞ고, 공고자(工庫子)불너, 쌍가마
꿈이고, 도사령(都使令)불너, 장을뎡ᄒᆞ고, 륙방두목(六房頭目)불너, 공
유(公由)를뎡ᄒᆞ고, 리방(吏房)불너, 문셔하긔(文書下記)를닥근후에, 통
인(通引)불너도령님엿주어라

이ᄯᅥ, 도령님이, 드러오시니, 사도가, 보시고

(사) 이자식(子息) 너, 어디, 갓더냐

(도) 광한루(廣寒樓)갓다가, 왓셔요

(사) 광한루에는, 웨, 갓든고

(도) 용한문필(文筆)이, 붓허ㅅ다기에, 구경ᄒ엿셔요

(사) 내, 드르니, 밧계, 괴악(怪惡)ᄒᆫ말이, 간간(間間)잇스니, 량반(兩班)의자식(子息)이, 나히, 이십(二十)이, 불원(不遠)ᄒ얏는데, 집안에경사(慶事)잇스되, 모르고, 그모양으로, 단인단말이냐

(도) 경사(慶事)는무삼경사야요

(사) 오-, 나는, 동부승지(同副承旨)ᄒ야, 내직(內職)으로드러갓다, 나는, 중긔(中記)닥고,올나갈터이니, 너는너의 어머니비힝(陪行)ᄒ야, 명일(明日)일즉, 쩌나게ᄒ여라

도령님그말듯고, 정신이아득ᄒ고, 두눈에, 눈물이어리여, 눈만쌈짝ᄒ면, 눈물이비오듯ᄒ겟스니, 눈을먼동튼듯이쓰고

아바님이, 몬져, 힝차(行次)ᄒ옵시면, 쇼자(小子)가, 중긔(中記)닥고가오리다

(사) 무엇이엇지히, 썩나가고지고

도령님, 쑤중듯고, 비마진룡대긔격(龍大旗格)으로, 후주군ᄒ게, 나오면셔, 츈향의집으로, 향홀젹에, 텬디(天地)는명랑(明朗)ᄒ디, 안광(眼光)은불명(不明)이라, 싱각사록모칙(謀策)업셔, 탄식(歎息)ᄒ며, 나갈젹에

두고갈가, 다려갈가, 다려가도, 못홀터이오, 두고가도, 못홀터이기, 가슴답답애가탄다

웃어볼가울어볼가, 져를다려가자ᄒ니, 부명(父命)이엄슉(嚴肅)ᄒ야, 다려갈슈가망(可望)업고, 두고셔가자ᄒ니, 그마암, 그힝실(行實)에, 응당자결(應當自決)홀터이니, 이사세(事勢)를엇지ᄒ리

　가만가만완보(緩步)ᄒ야, 츈향의집당도(當到)ᄒ니이ᄯ에, 츈향이는,
도령님드리랴고, 금낭(錦囊)에슈(繡)놋타가, 도령님이드러오니, 방끗
웃고, 이러셔며

　(츈) 오날은웨ᄂᆞ젓소, 오날이몟칠인가, 하로, 보름 아니온듸, 사도
(使道)ᄭᅴ셔, 긱사힝차(客舍行次)웨ᄒ셧소, 칙방(冊房)에손님왓소, 미간
(眉間)에슈식(愁色)이오, 면상(面上)에눈물흔젹(痕跡), 몸이압퍼, 그러
시오, ᄭᅮ즁을드르셧소, 말솜ᄒ오웬일이오, 도령님이, 내집에, 단이신
다고, 사도(使道)ᄭᅴ, 걱졍을당ᄒ셧소

　(도) 걱졍은말고, 곤쟝(棍杖)을마졋기로, 이다지, 서러우랴

　(츈) 셜운일이, 무슨일이오, 본퇵(本宅)에셔, 셔간(書簡)이왓다더니,
어느일가(一家)량반(兩班)이도라가셧다고, 부고(訃告)왓소

　(도) 일가(一家)죽어, 부고(訃告)오기로, 내, 눈이나, 깜짝ᄒ랴

　(츈) 그러면, 웬일이오, 각갑ᄒ오, 일너주오

　(도) 사도ᄭᅴ셔쩌러지셧단다

　츈향이깜짝놀나

　(츈) 사도ᄭᅴᄋᆞᆸ셔, 객사(客舍)에다녀오시다가, 락상(落傷)을ᄒ셧단말
슴이오

　(도) 그애, 남의말은일상(一常)뒤집어듯더라, 차라리, 너머지셔셔,
어디가샹ᄒ셧스면약쩌셔, 치료ᄒ면, 고만이지마는, 동부승지(同副承
旨) 당상(堂上)ᄒ사, 내직(內職)으로, 드러가신단다, 엇지ᄒ잔말이냐,
명일(明日)은올나간다

　츈향이, 이말듯고

　내평싱(平生)이, 원(願)일너니, 이졔한양(漢陽)가겟고나, 참말이오,
진졍이오, 나를속이지아니ᄒ지졍말이오

도령님긔가막켜

듯기실타, 나죽겟다

츈향이다시놀나

웬일이오, 말슴ᄒ시오, 사도끠셔, 승차(陞差)ᄒ시니, 경사(慶事)되고, 넘어조워, 우나잇가, 도령님올나가시면, 나, 아니갈가, 이리시오, 녀필종부(女必從夫)라니, 쳔리(千里)라도, 싸라가고, 만리(萬里)라도, 갈것인데, 우시는속, 모르겟소

도령님이, 머뭇머뭇ᄒ다가, 각갓으로ᄒ는말이

츈향아드러보아라, 내가녀를다려가면, 나도조코, 너도조코, 량인(兩人)이조ᄒ련마는, 사도분부내(分付內)에, 량반(兩班)의자식(子息)이, 미장가젼에, 외방에쳔쳡(賤妾)ᄒ얏다는말이나면, 족보(族譜)에할보(割譜)ᄒ고, 사당(祠堂)에졔참례(祭參禮)도, 못ᄒ다ᄒ시니, 그아니난쳐(難處)ᄒ냐

츈향이그말듯고, 어엽분얼골이, 붉으락, 푸르락ᄒ고, 눈셥이꼿꼿ᄒ더니, 안졋다, 이러셔는디, 발길에, 밟힌초마자락이, 짜악, 찌져지며, 면경(面鏡), 톄경(體鏡)들너치며, 문방사우(文房四友)를와직끈, 툭탁, 씨트리며

셔방업슬츈향이가, 세간하여, 무엇ᄒ며, 단장(丹粧)ᄒ야, 쓸데잇나

도령님압흐로, 밧삭, 나안지며

도령님, 무엇이엇지ᄒ여요, 무엇이라ᄒ셧소, 말좀ᄒ시오, 쳔쳡(賤妾), 무엇, 이런말이, 멧가지나, 되시오, 도령님은여긔안고, 츈향은져긔안져, 나다려ᄒ신말슴, 무엇이라ᄒ셧소, 벽해(碧海)가상뎐(桑田)되고, 상뎐(桑田)이, 벽해(碧海)되여도, 리별말ᄌ, ᄒ신말슴, 밍셰(盟誓)아니히계시오, 도령님은, 가시며는, 귀문가(貴門家)에장가드러, 꼿갓

혼안히엇고, 초당(草堂)에공부(工夫)ᄒ야, 대쇼과(大小科)ᄒ신후에, 명
기명창풍류(名技名唱風流)속에, 쥬야랑유(晝夜浪遊)노실젹에, 나갓혼
사람이야, 쑴에나싱각ᄒ리, 죽어도갓치죽고, 살어도갓치살셰, 가망
(可望)업고, 무가내하(無可奈何)지, 나를아니다려가고, 도령님이가실
진디, 오날밤오경시(五更時)를사라잇지안을테니, 죽일테면, 죽여쥬
고, 살닐테면, 다려가오, 나도가셰, 나도가셰, 도령님과나도가셰

　도령님이긔가막혀

　울지마라, 울지마라, 내가가면, 아조가며, 아조간들, 이즐소냐, 쇠
씃갓치모진마음, 홍로(洪爐)라도녹지말고, 다시보기기대려라

　이씨춘향모는, 졀고양이모양으로썃썃흔아리목에, 착졉치고누엇다
가, 건넌방에셔, 무엇이화당탕, 와르륵ᄒ며, 울음소래가은은(隱隱)히
들니거늘, 춘향모, 이러나셔, 우스며ᄒ는말이

　져것들사랑싸홈ᄒ는고나

　엿드르러나오는디, 옷을모다버셧것다, 치마도벗고, 고장이도벗고,
속것만입엇는데, 영창(映窓)을감안이열고, 도독괴거름것듯, 가만가만
나오더니, 춘향방(春香房)창(窓)밧게, 귀를기우리고, 자셰히드러보니,
리별(離別)이분명(分明)코나

　춘향모쌈쯕놀나

　이것들이리별(離別)ᄒ는구나

　다시, 졔방으로드러가, 버슨옷을차져입고, 영창을후닥닥열며, 기
침을크게ᄒ고

　허허, 이게, 웬울음이냐, 내가잠을못잘진디, 동리사람잠자겟나냐,
웨우느냐, 이밤중에, 지금시속(時俗)계집아희, 열딧살먹으며는, 셔방
인지, 남방인지, 이고지고, 사랑싸홈, 눈이시여, 볼슈업다, 부모(父母)

가잠을자면, 죠심셩(操心誠)이바이업고, 남다자는깁흔밤에, 요망ᄒ
게, 더고우니, 밋쳣느냐, 샤들닛느냐, 아비는업거니와, 어미하나잇는
것을, 어셔어셔죽어지라, 이게웨인방졍이냐, 사오셰(四五歲)로비흔것
이, 사셔삼경(四書三經)셩훈(聖訓)이라, 이게무슴힝실이며, 우는일이
웬일이냐, 말ᄒ여라, 각갑ᄒ다

춘향이말못ᄒ고, 치마귿만, 물어쯧으며, 눈물이비오듯ᄒ야, 옷깃
을, 다, 젹시니

(모) 말ᄒ여라, 웬일이냐

(춘) 도령님이, 가신다오

(모) 도령님이, 어디로가셔야

(춘) 사도ᄭᅵ셔, 동부승지당상(同副承旨堂上)ᄒ샤, 내직(內職)으로, 드
러가신다오

춘향모대소ᄒ며

이애덕에경사낫고나, 도령님이경사시면, 내집에도영화(榮華)어든,
우는일이웬일이냐, 도령님속(速)히가면, 나는갓치못갈망졍, 너는갓
치치힝(治行)ᄒ야, 도령님과, 동힝(同行)ᄒ되, 힝차(行次)압헤가지말
고, 오리(五里)만콤, 짜름짜름, 밤되거든, 만나보고, 낫이며는그렷다
가, 밤되며는, 쏘볼것을, 욕심(慾心)만흔도젹(盜賊)년이낫에못보는이
가타셔, 남다자는이밤중에, 애고지고대고우니, 도령님을, 쏙, 미여,
옷고름에, 치워쥬랴, 나는한참쇼년시(少年時)에, 하로밤셔방리별(離
別)둘도ᄒ고, 셋도ᄒ되, 능간능슈(能幹能手)잇는고로, 낫낫치, 다밋쳐
셔, 돈을쥬다, 건달(乾達)되면, 신쥬(神主)ᄭᅵ지갓다쥬니, 각집신주모
흔것이, 아마한섬턱은된다, 그리져리지닛스되, 울기는웨우느냐, 나
는셰간방미(放賣)ᄒ고, 천천이갈터이니, 너는갓치치힝(治行)ᄒ야, 도

령님을싸라가라

（츈） 도령님이, 못다려가신다오

（모） 웨못다려가, 도령님, 졍녕(丁寧)그리힛소

（도） 그러타네

（모） 도령님, 그게웬소리오, 못다려간다니

（도） 글세장모(丈母)드러보소, 량반(兩班)의자식(子息)이편발(編髮)아
히로, 외방작첩(外房作妾)이텽문(聽聞)에괴악(怪惡)ᄒ고, 사당졔참례
(祠堂祭參預)를아니식인다니, 지금(至今)은섭섭ᄒ나후긔(後期)를뎡홀슈
밧게업네

춘향모그말듯고, 검은얼골이, 붉으락, 푸르락ᄒ며, 두쥬먹을, 불끈
쥐고벌벌떨며, 춘향보고ᄒ는말이

이년죽어라, 이년죽어라, 어느놈이살인(殺人)을홀터이니, 썩죽어
라, 도령님올나가면, 뉘간장(肝腸)을, 녹이랴ᄂᆞ냐, 요년, 썩, 죽어라

도령님압흐로밧삭드러안지며

（모） 여보, 나고, 말좀홉시다, 내쌀춘향이가, 힝실(行實)이그르든가,
인물(人物)이부족흔가, 언어 (이하 낙장)

대사회 ⁀⁀ꙷ

이방이신연(新延)마져, 신관(新官)이도임(到任)ᄒ고
호장이령을드듸여기싱(妓生)을뎜고(點考)흔다

이쩌에, 신관(新官)이도임(到任)ᄒ야, 일년(一年)을지내더니, 라쥬목
사(羅州牧使)로이비(移拜)ᄒ고, 다시, 신관(新官)이낫스되, 자하골(紫霞
洞)막바지사는변학도(卞學道)라ᄒ는량반(兩班)이라, 얼골이잘나고, 남

녀창(男女唱)우계명(牛鷄鳴)을것침업시잘부르고, 풍류(風流)속이달통
(達通)ᄒ야, 돈잘쓰고, 술잘먹고, 일대호걸(一大豪傑)이로디, 한가지허
물이잇든가보더라, 고집(固執)세고, 미련(眉連)ᄒ야, 조흔말을, 글니
알고, 그른말을올케여겨, 쥬식(酒色)이라ᄒ면, 화약(火藥)을질머지고,
불조심(操心)안틋ᄒ니, 이러흠으로, 곤닭의알, 골듯ᄒ고, 지내다가, 조
상(祖上)이밧드러셔, 남원부사(南原府使)졔슈(除授)ᄒ시니, 이쩌에, 남
원(南原)신연(新延)이올나와, 차례로현신(現身)ᄒ것다

　신연리방현신(新延吏房見身)이오

　신연통인현신(新延通引見身)이오

　신연슈비현신(新延首陪見身)이오

　신연급창(新延級唱)도사령(都使令)도군로(都軍奴)도방자(都房子)현
신(見身)이오

　사도(使道)분부(分付)ᄒ되

　(사) 오-, 너의들, 무사히, 올나오며, 너의고을에별반큰일이나업나냐

　(리) 예-이

　(사) 내드르니, 너의고을이, 식향(色鄕)이라ᄒ니, 과연이냐

　(리) 예-이, 일식기싱(一色妓生)이, 만히사옵ᄂ다

　(사) 너의고을에, 일식츈향(一色春香)이가, 잇다지

　(리) 예-이, 만고일식(萬古一色)이로소이다

　사도가, 일식(一色)이란말을듯더니, 두억개가흔번, 웃슥ᄒ여지며

　(사) 츈향이평안(平安)하냐

　(리) 예-이, 안녕(安寧)ᄒ십니다

　(사) 남원이, 예셔, 몇리나되나냐

　(리) 예-이, 륙빅십리(六百十里)로소이다

(사) 조흔말탓스면, 하로에갈가

(리) 예-이, 오륙일(五六日)을나려가, 도임(到任)ᄒ시고라도, 하로라
ᄒ시면, ᄒ로옵고, 한달만에나려가, 도임ᄒ시고라도, ᄒ로라ᄒ옵시
면, ᄒ로로소이다

(사) 리방의말을드르니, 속이시원ᄒ구나, 장래(將來)리방노릇잘ᄒ겟
다

잇흔날평명후(平明後)에, 신관사도발힝(新官使道發行)ᄒ실시, 사은슉비
(謝恩肅拜)ᄒ신후에, 장안셔경(長安叙經)잠깐돌고, 고사당참비(告祠堂
參拜)ᄒ고, 젼라도로나려간다, 구룸갓흔쌍교(雙轎)별련(別輦), 모란(牧
丹)식임완자창, 네활개쩍버리고, 일등마부(一等馬夫)유량달마(有囊達
馬)뎡뎡그러케실어노코, 키큰사령쳥창옷, 뒤치잡어힘을쓰며, 별련(別
輦)뒤짜르는데, 남디문밧썩내다라, 화란츈셩(花爛春城)만화방창(萬和
方暢)버들입푸릇푸릇, 빅사동작(白沙銅雀)얼는건너, 남태령(南太嶺)을
넘엇고나, 슈비(首陪)한쌍, 통인(通引)한쌍, 리방형리(吏房刑吏)공방(工
房)이며지장식(支掌色)취고슈(吹鼓手)순령슈(巡令手)도방자(都房子)급
창(級唱)이좌우(左右)로옹위(擁衛)ᄒ야 권마셩(勸馬聲)이진동(振動)ᄒ다
좌우(左右)로뫼신라졸(邏卒)일산(日傘)구종(驅從)전후비(前後陪)각
차비(各差備)말을타고, 십리(十里)에련(連)ᄒ얏다

마부(馬夫)야, 네말조타말고, 일시(一時)마음노치말고, 두팔에힘을
올녀, 량닙, 기울지안케, 마상(馬上)을우러러, 고로져어라

굴은돌이야, 지방이야,

흐늘거려, 나려갈제, 신연리방(新延吏房)치례보아라, 고양(高陽)나
의져고리바지, 반주(斑紬)동옷, 모시직령(直領)조츨ᄒ게잘차리고, 가
진부담(負擔)을나안져별련(別輦)뒤짜라잇고

신연통인(新延通引)치례보아라, 남방슈쥬(南方壽紬)누비바지, 삼팔(三八)동옷, 갑사(甲紗)쾌자발향한츙학슬안경(拔香漢沖鶴膝眼鏡)알듯모를듯넌짓차고, 가진부담착견립(着戰笠)마상태(馬上態)밉시난다

신연급창(新延級唱)이치례보아라, 키크고길잣것고, 어엽부고, 말잘흐고, 령리흔져급창이, 외올망건(網巾)대모관자(玳瑁貫子)진사(眞絲)당쥴달아쓰고, 은월(偃月)상토산호(珊瑚)동곳, 호박(琥珀)풍잠(風簪)광치(光彩)난다, 이빅쥴평포립(平布笠)을일짜(一字)지게반듯쓰고, 빅슈쥬(白壽紬)누비바지, 한산(韓山)모시방패쳘익(方牌綴翼)자락을각기졉어, 흑져사(黑紵紗)슈건(手巾)으로, 뒤로졔쳐잡어미고, 슉슈반비(熟繡半背)고단비자(古緞背子)은장도(銀粧刀)를빗슥차고, 쳥텬모쵸(靑天毛綃)허리씌를좌견(佐牽)갓치넓게졉어, 무릅아래썰드리고, 도류불슈(桃榴佛手)금낭(錦囊)에다, 대구팔사(大邱八絲)쑤여차고, 협낭(俠囊)쌈지술상쓴, 오식(五色)으로얼는얼는, 사날집신엽총짜셔, 락고지(落考紙)로, 들메신고, 결빅(潔白)흔장유지(壯油紙)로, 초록(草綠)단임잡아미고, 쳥장(靑帳)줄검쳐미고, 활기를훨훨치며

대마(大馬)구종아, 너갈데보지말고, 말갈데보아라, 주먹갓흔내민돌이셔실퍼러코나, 팔쩍힘을올녀, 고로거러라

예-, 숨은돌이야

신연군로(新延軍奴)치례보아라, 산슈(山獸)털벙거지, 람일광단(藍日光緞)안을밧쳐, 날낼용(勇)짜, 짝부치고, 궁초군복(宮綃軍服)홍광대(紅廣帶)비자, 토슈, 은장도(背子, 吐手, 銀粧刀)오식(五色)슈건(手巾)람견대(藍肩帶)금낭(錦囊)을여럿다라, 뒤로숙여둘너미고, 불량(不良)흔눈방울을, 이리져리궁굴니며

예라예라, 나지마라

신연사령(新延使令)치례보아라, 통영(統營)갓큰깃꼿고, 패영(佩纓)
한삼(汗衫)달앗는데, 류목(柳木)곤장(棍杖)방울달아, 일산(日傘)압헤갈
나셔셔

예라, 이놈, 나지마라

전쥬부즁(全州府中)드러다라, 슌상(巡相)끠연명(延命)ᄒ고, 로고바
위, 임실(任實)지나, 요슈역(獒樹驛)에슉쇼(宿所)ᄒ고, 박셕(磚石)틔잡
어드니, 류방라졸(六房邏卒)다나왓다, 인물차지(人物差知)호장(戶長)이
며, 물품차지공방(工房)이며, 좌슈(座首)별감(別監)통인(通引)들이, 기
럭이쌍쌍으로, 좌우(左右)로느러셧다

힝슈집사(行首執事)치례보아라,

통영사립(統營紗笠)금패(錦貝)갓ᄭᆫ보기조흔청일익(靑一翼)마상(馬
上)에올나안져, 둥치를엇슥집고, 쌍쌍이젼비(前陪)ᄒ고, 즁군(中軍)천
총(千總)파총(把總)군관(軍官)슌금갑옷, 천리마(千里馬)에, 두려시안즌
모양,   진삼국지밍장(鎭三國之猛將)인듯집사(執事)지휘사(指揮使)단련
사(團練使)교련관(敎鍊官)착젼립(着戰笠)금안쥰마(金鞍駿馬)션젼관(宣
傳官)의태도(態度)로다

긔패관(旗牌官)이호령(號令)ᄒ야청도(淸道)도로(導路)드러갈졔,   이
십팔문(二十八門)각식긔치(各色旗幟)힝오(行伍)차져버려세고,   호미금
고(虎尾金鼓)한쌍, 호총(胡銃)한쌍, 라(螺)한쌍, 져(笛)한쌍, 라발(喇叭)
한쌍, 바라(鉢羅)한쌍, 세악(細樂)두쌍, 고(鼓)두쌍, 슌시(巡視)한쌍, 령
긔(令旗)한쌍, 선녀(仙女)갓혼기싱(妓生)들은, 착젼립(着氈笠)안장마(鞍
粧馬)로, 좌우(左右)에, 갈나셧다

쾡, 퉁, 쳐르르

라팔(喇叭)은쏘-쏘, 고동은, 쑤-, 가진취타(吹打)힝악셩(行樂聲)은,

년풍(年豊)을자랑ᄒ고, 권마셩(勸馬聲)젼도(前導)홀졔, 위의(威儀)가찬
란ᄒ니, 상하남녀(上下男女)로소인민(老少人民)좌우(左右)에셔구경홀졔

이ᄯᅥ, 사도는람여(藍輿)우에, 놉히안져, 고개를웃지내여둘넛던지,
차면(遮面)흔부치살에, 코가갈녀, 피가나도, 모르고

(사) 슈로불너라

(슈로) 예-이

(사) 져긔, 구경ᄒ는것이, 모도다, 기싱(妓生)이냐

슈로(首奴)가긔가막혀

(슈) 예-이, 모도, 다, 기싱이로소이다

사도대희(大喜)ᄒ야

이제야, 내가기싱복이터졋구나

객사(客舍)에, 하례(賀禮)ᄒ고, 동헌(東軒)에좌뎡(坐定)ᄒ야, 차담상
을잡슈시고, 당장(當場)뎨삼일뎜고(第三日點考)를홀터이나, 톄면(體面)
을셩각ᄒ고, 니를갈고견대는데, 엇지몹시, 니를갈엇던지, 압니는다,
부셔즐디경(地境)이엇다

뎨삼일을당ᄒ야, 륙방하인(六房下人)뎜고(點考)후에, 호방(戶房)을독
촉ᄒ야

(사) 기싱뎜고, 어셔ᄒ여라

호방(戶房)이, 령(令)을듯고, 안칙(案冊)을드려노코, 차뎨(次第)로, 호
명(呼名)ᄒ는데 남포월(南浦月)깁흔밤에, 돗디치는져사공아, 뭇노라,
너탄비, 계도금범(桂棹錦帆)란쥬(蘭舟)-행슈(行首)기싱(妓生)이, 드러
오는데, 라상(羅裳)을거듬거듬, 한편으로, 것어안고, 요만ᄒ고안는거
동츄텬명월(秋天明月)이분명(分明)ᄒ다

나오-

일대문장(一代文章)소동파(蘇東坡)젹벽강(赤壁江)에, 비를씌고, 거쥬속객(擧酒屬客)ᄒ올적에, 소언동산(小焉東山)월츌(月出)이

월츌(月出)이가드러오는데, 홍상(紅裳)을것어안고, 함교함태(含嬌含態)ᄒ는거름쳔반(千般)이나, 요나(裊娜)ᄒ고, 만반(萬般)이나, 긔니(猗旎)ᄒ야, 사슈류재만풍젼(似垂柳在晩風前)이로다

나오

사도분부(分付)ᄒ되

기싱뎜고(點考)를, 그러케, 느러직ᄒ면, 몃날갈줄모르겟구나, 각갑ᄒ야, 듯겟느냐, 밧비밧비불너라

호방(戶房)이텽령(聽令)ᄒ고, 넉짜화두(話頭)로부르것다

위셩조우읍경진(渭城朝雨浥輕塵)객사쳥쳥류식(客舍靑靑柳色)이, 예-등디(等待)ᄒ엿소

사창(紗窓)에빗쳐엿다, 셤셤영자초월(纖纖影子初月)이, 예-등대ᄒ얏소

남남지상(喃喃枝上)봄바람, 힐지항지(頡之頏之)비연(飛燕)이, 예-등대ᄒ얏소

쳔리강릉(千里江陵)느져간다, 조사빅졔채운(朝辭白帝彩雲)이, 예-등대ᄒ얏소

쳥텬삭출금부용(靑天削出金芙蓉)화즁군자금련(花中君子金蓮)이, 예-등대ᄒ얏소

동양봉작만화총(東陽封作萬花叢)국식텬향모란(國色天香牧丹)이, 예-등대ᄒ얏소

야인상증만균롱(野人相贈滿筠籠)셔쵹자홍잉도(西蜀自紅櫻桃)가왓느냐, 예-등대ᄒ얏소

곡구츈잔황조희(谷口春殘黃鳥稀)신이화진힝화(辛荑花盡杏花)가왓느
냐, 예-등대ㅎ얏소

월명림하미인래(月明任下美人來)은근ㅎ다미션(梅仙)이왓느냐, 예-
등대ㅎ얏소

옥로금풍만산홍(玉露金風滿山紅)일엽쳥광옥엽(一葉淸光玉葉)이왓느
냐, 예-등대ㅎ얏소

주홍당사(朱紅唐絲)벌믹듭, 차고나니 금낭(錦囊)이왓느냐, 예-등대
ㅎ얏소

진쥬명쥬(眞珠明珠)자랑마라, 데일보패산호쥬(第一寶貝珊瑚珠)왓느
냐, 예-등대ㅎ얏소

광한루상명월야(廣漢樓上明月夜)에군션(羣仙)이여옥(如玉)옥션(玉
仙)이왓느냐, 예-등대ㅎ얏소

단셩오동(丹城梧桐)그늘속에, 쌍거쌍래비봉(雙去雙來飛鳳)이왓느냐,
예-등대ㅎ얏소

월결상농엽세간(月缺霜濃葉細乾)차화원속계션(此花原屬桂仙)이왓느
냐, 예-등대ㅎ얏소

사군불견(思君不見)반월(半月)이, 독좌유황(獨坐幽篁)금션(琴仙)이

구즁츈식(九重春色)션도(仙挑), 방지불염(方知不染)련심(蓮心)이

쥭리감심(竹籬甘心)미홍(梅紅)이, 소지로화(笑指蘆花)월션(月仙)이

즁양츄식(中陽秋色)국화(菊花), 사시장쳥(四時長靑)쥭엽(竹葉)이

한사쳥취(寒士靑趣)국향(麴香)이, 록슈부용(綠水芙蓉)련향(蓮香)이

란향(蘭香)이계향(桂香)이금향(錦香)이월향(月香)이취향(翠香)이화
향(花香)이옥향(玉香)이츄향(秋香)이

뎨오회 ৩৯

사령(使令)이대로변(大路邊)에빅구사(白鷗詞)를노래ᄒ고
츈향(春香)이형틀우에, 십장가로공슐(供述)ᄒ다

한창이리뎜고를ᄒ는데, 사도가향(香)짜만드르면궁둥이가, 쌍에못
붓게들먹어리며

(사) 호장(戶長)듯느냐

(호) 예-이

(사) 너의고을에츈향(春香)이가잇다더니, 뎜고시에업스니, 웬일
이냐

호방이엿자오대

츈향은기싱(妓生)이아니오라, 퇴기(退妓)월미(月梅)딸이온디, 기안
착명(妓案着名)ᄒᆫ일업고, 려염싱장(閭閻生長)ᄒ옵더니, 구관(舊官)칙방
(冊房)도령님이, 머리를언쳣ᄂᆞ이다

(사) 그러면, 도령님이, 츈향을다려갓단말이냐

(호) 다려가지는아니하고, 아즉것, 졔집에두엇슴이다

(사) 내드르니츈향은원기(原妓)의자식(子息)이오, 쏘ᄒᆫ인물(人物)이
일식(一色)이라ᄒ니, 기안(妓案)에착명(着名)ᄒ고, 쌜니현신식이라

호장이텽령ᄒ고, 게셔업쳐, 츈향을부를일이로디, 톄면(体面)을싱각
(生覺)ᄒ고, 밧게나와, 힝슈기싱(行首妓生)을불너

사도분부여차(如此)키로, 츈향을, 기안(妓案)에착명(着名)ᄒ얏스니,
네가츈향의집에가셔, 츈향모ᄭ의말을ᄒ고, 지금와셔현신(見身)ᄒ라ᄒ
야라

힝슈기싱(行首妓生)령을듯고, 츈향을부르러나간다, 광한루를지나,

오작교를 건너, 춘향의집으로, 드러가며, 비우서, 흐는말이

여보소, 춘향아씨, 여보시오, 셔울아씨, 셔울마님, 셔울부인, 사도게셔, 부르시니, 밧비밧비, 드러가세

춘향이변식대왈(變色對曰)

사도는위민지부모(爲民之父母)시라, 부르시면, 가려니와, 내가어디, 기성인가, 기성안인바에, 부른다고, 갈슈잇나, 병(病)든지슈삭(數朔)이라, 츌입(出入)을못흐오니, 힝슈형(行首兄)이드러가셔, 춘향은병이드러, 거의죽게되얏다고, 두호(斗護)흐야, 말을흐오

힝슈기성그말듯고

신관사도성정(性情)이무셥고, 엄슉흐야, 꾀를쓸슈바이업스나, 아모조록잘고흐야, 부르지안케흐야봅세

춘향과말을하고, 관가로드러가, 호장을대흐더니, 춘향과, 한말은, 간곳업고, 춘향을먹어치는데, 대톱(大鋸)이상(以上)이엿다

춘향이는, 죽어도, 못오겟다, 흐옵듸다

(호) 웃지흐야그러드냐

(힝) 사도게셔, 부르시면, 네가엇지, 나왓느냐흐기에, 호방님이뎐차분부(轉次分付)불너오라흐신다흐얏더니, 너는평싱(平生)호장밧게는, 모르느냐, 호장놈이와셔, 부른대도, 나는결코, 못가겟다흐옵듸다

호장은, 춘향범졀(凡節)을아는고로, 그계집아희가, 그럴리가잇나, 속으로짐작흐고, 관가(官家)로, 드러가품(稟)흐되

쇼인이밧그로, 춘향을불넛삽더니, 제낭군(郞君)을싱각흐야, 병(病)이드러잇다흐고, 오지를아니흐니, 사도쳐분이, 엇더흐실는지오

사도드르시고

내가져를부르는데슈졀(守節), 나무옹두라지가엇더흐냐, 제가슈졀

흔단말을, 내아(內衙)에셔드르시면, 대부인(大夫人)긔셔는, 싹, 긔졀(氣絶)ᄒ시겟다, 지금밧비, 춘향불너, 현신(見身)시키라

　방울이, 쩔넝, 사령이, 예-이,

　춘향밧비대령ᄒ랍신다, 예-이

　군로사령(軍奴使令)이나간다, 사령군노(使令軍奴)가나간다

　김번슈(金番首)야 웨이

　박번슈(朴番首) 웨부르느냐

　걸니엿다, 걸니엿네

　게누구가걸니엿나

　셩춘향이가걸니엿네

　올타, 그란장(亂杖)맛고, 담양(潭陽)갈년, 량반셔방(兩班書房)ᄒ얏다고, 교만이너무만코, 태가락이만트니라, 그물코삼쳔(三千)이면, 걸닐날이잇나니라, 춘향에게, 사졍두는놈, 너도개아달이오, 내도개아달이니라, 그, 아니쑵고, 쥬져넘은년, 잘되엿다, 잘걸녀

　산슈(山獸)털벙거지, 람일광단(藍日光緞)안을밧쳐, 날낼용짜, 썩부치고, 궁쵸군복홍광대(宮綃軍服紅廣帶)거름을조차, 펄넝펄넝, 광풍에나뷔날듯, 슈림간(樹林間)에밍호(猛虎)쳐럼, 츙츙거려, 드러가며

　이애, 춘향아

　부를적에, 이써춘향이는쳔리상사(千里相思)님을그려, 드령님끠셔, 온편지를, 차례로내여노코, 보고울고, 울고볼졔

　쳔리애각(千里涯角)쥬야상사(晝夜相思)로친시하(老親侍下)잘잇나냐, 이몸은무사상경(無事上京)ᄒ야, 당상문안(堂上問安)안녕, 하졍(下情)에깃부도다내마암네가알고, 네마암내가아니, 별말이웨잇스리, 팔익(八翼)이업셧스니, 나라가도못ᄒ겟고, 일시(一時)가난감(難堪)이나, 사셰

(事勢)를엇지ᄒ리, 내마암에밋는것은, 정녀(貞女)의미울렬(烈)짜, 우
리둘의깁혼언약, 직힐슈(守)짜, 쑨이로다, 엇지ᄒ야, 텬ᅙ(天幸)으로
맛날날이잇스리니, 안심(安心)ᄒ고기다려라, 무궁셜화(無窮說話)를셔
즁(書中)에못다ᄒ고, 눈압헤보이는듯, 가삼답답, 대강그리노라

년월일(年月日)씃헤, 향단(香丹)이도, 잘잇나냐,

춘향이편지보고, 기리탄식ᄒ는말이

편지는온다마는, 님은어이아니오며, 나는엇디못가는고

한창이리스러홀졔, 시문(柴門)에문견폐(聞犬吠)개가컹컹짓는소리, 문
(門)을열고, 내여다보니, 사령군로(使令軍奴)가느러셧다, 춘향이문을
열고, 아장아장나오면셔

김번슈(金番首)오셧나, 박번슈(朴番首)왓는가, 금번에상경(上京)ᄒ
야, 로독(路毒)이나, 아니낫나, 내집에차져오기, 쑴밧게일으로셰,

손을잡고잇글면셔

어셔오게, 드러가셰

뎌사령들이평싱(平生)에, 춘향에게, 친졀(親切)ᄒ대졉(待接)을못보
다가, 손을잡고, 인도ᄒ니, 전신(全身)에두드럭이가, 이러나겟구나

여보소, 동싱, 웨나왓나, 병즁(病中)에촉상(觸傷)ᄒ리, 어셔어셔드
러가셰

방으로드러가니, 사령들이가삼이두군두군, 단박에, 낫눈이어둡
고나

이쩌춘향모, 안방에셔, 건너오며

이자식들, 오날, 내집에오기에, 발병이나, 아니낫나냐, 늙은어미를,
한번도와셔, 아니보아, 한창, 업는경이잇는듯이, 엉너리를피우다가,
이애, 향단아, 안쥬는업다마는, 술이나, 만히가져오너라

술상을드려노코, 술을권(勸)ᄒ니, 사령들이술을보고

말이야바로ᄒ지, 사도가, 자네를슈청거힝(守廳擧行)시기라고, 지촉
이, 대단(大端)ᄒ지마는, 우리들이, 드럿스면, 셜마, 자네하나야, 못쎄
여닐리(理)가잇나

(츈) 글셰, 텰즁(鐵中)에도징징(錚錚)이라고, 사람이만흐되, 옵바두
분을밋소

(사) 그말이야, 두번이를말인가

지촉사령이, 뒤밧쳐, 쏘나오며

(지) 오느냐

(사) 가만히잇거라

(지) 오느냐

(사) 이놈아, 요란(擾亂)ᄒ다, 우리가, 다, 아는장단일다, 이리와셔,
술이나먹자

셰놈이드러안저, 술을엇지, 먹엇던지, 하날이돈짝만하고, 쌍이씽
씽도라가것다, 이썸, 츈향이가돈셕량을내여노으며

(츈) 이것이략소(略小)ᄒ나, 드러가다가, 신발이나한켜레식사셔, 신
으시오

(사) 이게될말인가, 속담(俗談)에, 쇠가쇠를먹고, 살이살을먹는다
고, 자네게, 이것바다가지고갈수잇나, 그리면셔도, 돈을집어, 슬젹,
꽁문이에차며

입슈나, 다올흔가몰나, 자ᅳ, 우리는드러가네

뎨륙회

황릉묘에춘향이셩모(聖母)끠비알(拜謁)ㅎ고
츈당대에도령이국은(國恩)을감츅(感祝)ㅎ다

춘향모간연후에, 춘향이홀로, 옥에안져, 늣기며우는말이

불상ㅎ신우리모친, 아비업시나를길너, 조혼일은못보시고, 악흔일만당ㅎ시니, 불효막대(不孝莫大)이내몸이, 죽고보면, 더불효(不孝)오, 살자ㅎ니, 부모근심, 죽도살도못ㅎ겟네, 드런년의팔자(八字)로다

향단이, 게잇느냐

이씨향단이는춘향모간후에도, 참아, 춘향을, 못써나옥창(獄窓)밋헤셔, 홀젹어리든것이엇다,

목메인음셩으로

(향) ㅎ, 예 -

(춘) 너, 웨, 그져안가느냐, 내가정신산란ㅎ야, 자셰히는못일으나, 내걱정부터말고, 집으로건너가셔, 이웃집부인들께, 신신(申申)히간청ㅎ야, 어마니, 우시거든, 위로(慰勞)ㅎ야달나ㅎ고, 미음(糜飮)원미, 자루쑤어, 어마님끠봉양ㅎ고칙상셜합속에, 인삼닷근(人蔘五斤)드럿스니, 죠셕(朝夕)으로진케다려, 어마니끠, 드리오고, 나업다고셜워말나, 어마님끠간권(懇勸)ㅎ면, 아니죽고사라나셔, 네은혜를갑흐리라, 네마음을내가아니, 별당부가잇겟느냐, 듯기실은우름소래, 내간장(肝腸)이, 다녹으니, 울지말고, 나가거라

향단이, 마져, 보낸후, 춘향이정신차려, 옥중현상(獄中現象)삷허보니, 압문에살이업고, 뒤벽에외만남어, 교룡산(蛟龍山)찬바람은, 살쏘듯이나려볼고, 헌자리에, 흙, 몬지는, 발길이싸지것다

내죄(罪)가무삼죄(罪)냐, 살인강도(殺人强盜)ᄒ얏는가, 사긔횡령(詐欺橫領)ᄒ얏는가, 엄형즁치(嚴刑重治)항쇄족쇄(項鎖足鎖)옥즁구슈(獄中久囚)웬일이냐, 어와세상가소(世上可笑)롭다, 국법(國法)도이러ᄒ가, 이디경(地境)되고보니, 굿은ᄯᅳᆺ은더욱굿다, 텬폐(天陛)가멀엇스니, 호소(號訴)할곳바이업고, 위권(威權)이업고보니, 대항(對抗)인들ᄒᆯ슈잇나

욕사욕사(欲死欲死)분ᄒᆫ마음 머리를브듸치고, 복침통곡(伏枕痛哭)슬피울졔, 비몽사몽(非夢似夢)간에, 장쥬(莊周)가호뎝(蝴蝶)되고, 호뎝이장쥬(莊周)되야, 실갓치남은혼빅(魂魄)바람인지, 구룸인지, 한곳을당도ᄒ니, 뎐공디활(天空地闊)ᄒ고, 산명슈려(山明秀麗)ᄒᆫ데, 은은(隱隱)ᄒᆫ죽림(竹林)속에, 일층화각(一層畵閣)이, 반공(半空)에, 소사잇다, 대뎌, 귀신단이는법(法)이비풍어긔(排風御氣)ᄒ고, 승텬입디(昇天入地)ᄒ나니, 츈향의꿈혼빅(魂魄)이, 침상편시(枕上片時)에, 만리소상강(萬里蕭湘江)을갓든것이엇다

츈향이아모런줄모르고, 사면(四面)으로방황(彷徨)ᄒᆯ졔, 안으로셔, 단졍(端正)이쇼복(素服)ᄒᆫ시녀(侍女)일인(一人)이츈향압ᄒᆯ당도ᄒ야, 공손(恭遜)이읍ᄒ여왈(曰) 우리랑랑(娘娘)긔셔, 랑자(娘子)를쳥ᄒ시니, 이리로, 오옵소셔, 쌍등(雙燈)을도도들어, 압길을인도커늘, 츈향이뒤를ᄯᅡ라, 즁계(中階)에다다르니, 검은현판(懸板)에, 황금대자(黃金大字)로삭엿스되, 만고졍렬황릉묘(萬古貞烈黃陵廟)라, 두렷이, 붓쳣거늘, 심신(心神)이황홀(恍惚)ᄒ야, 두루두루삷혀보니, 당상(堂上)에빅의(白衣)입은두부인이옥패(玉珮)를느짓들어, 좌셕(座席)을쳥ᄒ거늘, 츈향이, 무식(無識)지아니ᄒ야, 례졀(禮節)을아는사람이라, 사양(辭讓)ᄒ야 엿자오되, 몸이진셰쳔인(塵世賤人)으로, 존엄(尊嚴)ᄒᆫ어좌셕(御座席)에, 웃지, 감히올으릿가

부인이그말듯고

긔특(奇特)ᄒ고, 엄전ᄒ다, 죠션(朝鮮)이자고(自古)로례의국(禮義國)
이라, 긔자(箕子)의유풍(遺風)이잇셔, 쳥루츌신소싱(靑樓出身所生)으로,
져런졀힝(節行)싱겻도다, 내가일젼(日前)죠회차(朝會次)로, 옥경(玉京)
에올나가니, 너의칭송(稱頌)자자키로, 네얼골보고십어, 만리소상강
(萬里蕭湘江)으로, 쳥ᄒ엿스나, 착ᄒ고어진사람, 슈고를식엿스니, 대
단히미안(未安)ᄒ다, 자고(自古)로영웅달사(英雄達士)고초(苦楚)를격근
후에, 영화(榮華)가싱기나니, 남녀는달을망졍, 쇼우(所遇)는갓ᄒ니라

츈향이계하(階下)에셔, 국궁재비(鞠躬再拜)ᄒ고, 엿ᄌ오되

쳡(妾)이비록무식(無識)ᄒ오나, 고셔(古書)를읽은지라, 부인의놉흔
사젹(事蹟)오미불망(寤寐不忘)소원(所願)되야, 엇지ᄒ면, 속히죽어존안
(尊顔)을앙디(仰對)ᄒ고, 쥬야축원(晝夜祝願)바랏더니, 오날날황릉묘(黃
陵廟)에, 부인을모시오니, 지금에죽사온들, 무삼한이잇스릿가

부인이그말을드르시고

네가우리를안다ᄒ니, 이리로올나오라

시녀(侍女)로인도(引導)하야, 훈편에안친후에, 부인이갈오사디

네가나를안다ᄒ나나의말을드러보라, 우리셩군(聖君)대슌(大舜)끠셔
남슌슈(南巡狩)ᄒ시다가, 창오산(蒼梧山)에붕(崩)ᄒ시니, 속졀업는이
두몸이, 소상강대슈풀에, 피눈물을홀녀쑤려, 가지마다, 아롱아롱입
입히원혼(冤魂)이라, 창오산붕상슈졀(蒼梧山崩湘水絶)이라야, 죽상지
루내가멸(竹上之淚乃可減)이라, 천츄(千秋)에깁흔한을, 호소ᄒ을곳업셧
더니, 너를보고말이로다

말을맛치며, 부인이방셩대곡(放聲大哭)ᄒ니, 좌우(左右)에안진부인,
일시(一時)에긔동(起動)터라

부인이울음을긋치고, 손을드러가라쳐왈

츈향아, 네가, 져여러부인을, 다, 모르리라, 이는태임(太姙)이오, 이는태사(太姒)오, 이는태강(太姜)이오, 이는밍강(孟姜)이로다

이말이맛지못ᄒ야, 남벽(南壁)에셔, 엇던부인, 츄츄(啾啾)이울고나와츈향을, 어로만지며,

네가츈향이냐, 갸륵ᄒ고, 긔특(奇特)ᄒ다, 나는진루명월옥소셩(秦樓明月玉簫聲)에, 화션ᄒ든롱옥(弄玉)이다, 쇼사(簫史)의안ᄒᆡ로셔, 쥬화산(奏華山)리별후(離別後)에, 승룡비거(乘龍飛去)한이되야, 옥소(玉簫)로원(怨)을풀미, 곡죵비거부지쳐(曲終飛去不知處)에, 산하벽도츈자래(山下碧桃春自來)라

말이맛지못ᄒ야, 동편(東便)에엇던미인(美人)단정(端正)히드러오며, 츈향의손을잡고

여보게, 츈향이, 자네나를엇지알니, 나는누구인고ᄒ니, 십곡명쥬(十斛明珠)로사든셕슝(石崇)의쇼애(小艾)록쥬(綠珠)로다, 불칙(不惻)ᄒᆫ죠왕륜(趙王倫)은나와무삼원슈런가, 루젼각사분운셜(樓前却似紛紜雪)ᄒ니, 졍시화비옥쇄시(正是花飛玉碎時)라, 락화유사타루인(落花猶似墮樓人)은나의평싱원혼(平生冤魂)일셰

말이, 치, 그치랴, 말냐, 음풍(陰風)이이러나고, 찬긔운이소삽(蕭颯)ᄒ며슈운(愁雲)이자옥ᄒ고, 촉불이벌넝벌넝, 휘휘쳐, 툭쩌지며, 무엇이, 찌그르르, 압헤와셔, 덜컥당ᄒ는데, 이것은사람도아니오, 귀신도아니오, 의희은은(依俙隱隱)ᄒᆫ가온디, 귀곡셩(鬼哭聲)이랑자(狼藉)ᄒ며

여보아라, 츈향아, 네가나를모르리라, 나는, 한고조(漢高祖)의안ᄒᆡ척부인(戚夫人)일다, 우리황뎨(皇帝)룡비후(龍飛後)에, 려후(呂后)년의독ᄒᆫ솜씨조왕여의(趙王如意)를짐살(鴆殺)ᄒ고, 나의슈족(手足)끈은후

에두눈쎄고암약(痲藥)먹여인체(人體)라일홈지어칙간(厠間)속에잡어
너으니, 천츄(千秋)의깁흔한을, 호쇼(呼訴)홀곳업셧더니, 너를보고, 너
를보고, 이말이다

　그말이그치자, 상군부인(湘君夫人)이춘향을다시불너왈

　이곳이라ᄒᆞ는데는, 유밍(幽明)이로슈(路殊)ᄒᆞ고현회(顯晦)가자별(自
別)ᄒᆞ야, 오래만류(挽留)못ᄒᆞ기로, 셥셥히, 보내노라

　녀동(女童)불너, 하직(下直)식여, 급히가라지쵹ᄒᆞ니, 춘향이하직ᄒᆞ
고, 일보이보(一步二步)나올젹에, 동방(東方)에, 실솔셩(蟋蟀聲)이, 스
르르, 이러나며, 일쌍호뎝(一雙蝴蝶)이펄펄, 쌈짝놀나, 씨다르니, 원촌
(遠村)에닭이울고, 종각(鐘閣)에파루(罷漏)는뎅-뎅-, 류한(流汗)이쳠
비(沾背)ᄒᆞ며, 졍신(精神)이쇄락(灑落)커늘, 문을열고, 내다보니, 이쌔
는오경텬긔(五更天氣)라, 일편셔경월(一片西傾月)이오, 슈힝남릭안(數
行南來鴈)이로다, 청텬(靑天)에쓴기럭이, 옹옹(嗈嗈)ᄒᆞᆫ긴소래로, 짝을
불너울고가니

　오나냐, 기럭이야, 쇼즁랑(蘇中郎)북해(北海)상에편지젼흔기럭이냐,
슈벽사명량안태(水碧沙明兩岸苔)맑은원을못이긔여,　울고가는기럭이
냐, 내흔말드러다가, 우리님게젼ᄒᆞ여라

　말을맛고바라보니, 기럭이간곳업고, 창망(蒼茫)ᄒᆞᆫ구룸속에, 별과달
이밝엇스니, 무료(無聊)ᄒᆞ기그지업고, 번민(煩悶)홈이짝이업셔, 소래
를나즉ᄒᆞ야, 늣겨가며셜니울졔, 그렁져렁날이시니, 달은지고희써온
다, 문간(門間)사령(使令)충충나와

　(ᄉᆞ령)　사졍(司丁)이

　(사뎡)　웨야

　(사령)　슈일후싱신(數日後生辰)뒤에, 춘향올녀죽이랴고, 형장(刑杖)

만히, 싹가셔, 오라시니, 앗갑고불상ᄒ다, 츈향이는, 이졔죽느니, 여
보소, 츈향보고, 셔울편지나, 한장, ᄒ라ᄒ소

　사령이드러간후, 사뎡이가츈향보고

　(사뎡) 여보, 셔울딕편지ᄒ쟝ᄒ시오, 셔울셔알고보면, 그져잇슬리
가잇소

　(츈) 그말도당연(當然)ᄒ오, 사람ᄒ나엇어쥬오

　사뎡이가밧그로나아가, 도령님모시고거힝ᄒ든방자볼싹쇠를불너오
니츈향이반겨ᄒ는말이

　돈열량, 지금, 쥴것이니, 셔울가, 다녀오면, 동의(冬衣)한벌ᄒ야쥼셰

　(방) 두말말고, 편지쓰오, 쥬야비도(晝夜倍道)단여옴셰

　츈향이편지쓰는데, 구슬갓흔두눈물이, 옷깃을젹셰우고, 조희에,
숨여져져, 글짜마다, 슈묵(水墨)진다, 쓰기를다흔후에, 오른손무명지
(無名指)손가락아드득씨물어셔, 혈셔를쑥쑥찍어, 봉ᄒ고쏘봉ᄒ야쥬
며, 빅번부탁(付託)ᄒ는말이

　밧부고쏘밧버도, 도령님답쟝쓸씩, 지쵹을부더말고, 슈이밧비단여
오소

　편지쎠보낸후에쟝탄식우는말이

　편지는간다마는, 나는엇지못가느냐, 셔울이얼마멀며, 산(山)은몟
산넘어가고, 물은몟물건너가나, 나래돗친학(鶴)이되야, 쩌ㅅ쑤루루
날아가셔, 님의얼골반겨보고, 세세원졍(細細願情)ᄒ야볼가, 그리도못
홀진딕, 이몸이죽어져셔, 공산(空山)에두견(杜鵑)되야리화월빅(李花月
白)젹막(寂寞)흔데, 귀쵹도(歸蜀道)슯히울어, 님의귀에들녓스면, 나인
줄을아르실가

　이씩도령님은경셩(京城)에올나가셔, 놀지안코공부ᄒ야, 과거(科擧)

를고디(苦待)터니, 알셩과(謁聖科)를보이거늘, 도령님조워라고, 장중
(場中)으로드러간다, 동인(東人), 사초(私草), 강목(綱目), 옥편(玉篇), 장
막(帳幕), 포장(舖帳)등써, 우산(雨傘), 포젼, 말장목갓초묵거, 구종지어
압셰우고, 장중에, 썩드러셔현제판하(懸題板下)등써솟고, 장젼(帳前)
을바라보니, 빅셜(白雪)갓흔빅목차일(白木遮日)보계(寶階)우에놉히치
고, 셰빅목(細白木)셜포장(設舖帳)은구름갓치둘넛는데, 어젼(御前)을바
라보니, 위의(威儀)가엄슉(嚴肅)ᄒ다, 양산(陽傘)일산(日傘)쳥홍흑개
(靑紅黑盖)긔번(旗旛)보둑(黼纛)봉미션(鳳毛扇)과, 룡긔(龍旗)봉긔(鳳旗)
호미창(虎尾槍)자개창(紫介槍)삼지창(三枝槍)은월도(偃月刀)힝오(行伍)
를졍졔(整齊)ᄒ고, 시위(侍衛)를볼작시면, 병조판셔본병(兵曹判書本兵)
이오도총관(都總管)별운검(別雲劒)승사각신(承司閣臣)느러셧다, 금관
조복(金冠朝服)졔졔(濟濟)ᄒ고, 셔대옥대(犀帶玉帶)총총(叢叢)흔디, 사
모품대(紗帽品帶)쌍학흉비(雙鶴胸背)호슈립식(虎鬚笠飾)쳥텰익(靑綴翼)
에착군복(着軍服)패동개(佩筒盖)는션젼관(宣傳官)이분명(分明)ᄒ다, 션
상(先廂)에훈련대장(訓練大將)즁앙(中央)에금군별장(禁軍別將)후상(後
箱)에어영대장(御營大將)총관사(總管使)별군직(別軍職)과, 좌우포장(左
右捕將)느러셧다, 위내금군(衛內禁軍)칠빅명(七百名)젼명사알별감(傳命
司謁別監)이며, 무예차지통장(武藝差知統長)이라가젼가후(駕前駕後)별
대마병(別隊馬兵)좌우(左右)에졍원사령(政院使令)팔십명라장(八十名邏
將)이며근장군사(近仗軍士)대답ᄒ고, 어젼뢰자(御前牢子)버려셧다, 시
위(侍衛)를뎡졔(整齊)후에, 사알(司謁)이고셩(高聲)ᄒ야
  시관(試官)젼진젼진(前進前進)
  시관(試官)이고복(叩伏)흔후대독관(代讀官)이바다들고, 현졔판(懸題
板)에걸어노니, 글졔에ᄒ얏스되

일중광월중륜성중휘해중륜(日重光月重輪星重輝海重潤)

이라두렷이걸녓거늘, 슈만다사(數萬多士)션빅들이, 글졔가넌츌겨셔,
명의(名義)를미뎡(未定)ᄒ야, 상고믹믹(相顧脉脉)ᄒ는고나, 이쩌에, 리
도령은룡연(龍硯)에먹을갈아, 호황모(胡黃毛)무심필(無心筆)로일필휘
지(一筆揮之)둘너너니, 문불가뎜(文不加點)이라, 일텬(一天)에선장(先張)
ᄒ야상시관(上試官)이글을보니

필법(筆法)도해졍(楷正)ᄒ고, 문톄(文體)도로련(老鍊)ᄒ니, 글짜마다
비뎜이오, 글귀마다관쥬(貫珠)로다

졍삼하(正三下)의등(等)을믹여, 휘장(麾壯)ᄒ야너쓰리니, 장원급졔
(壯元及第)ᄒ얏고나, 상젼(上前)탁봉(坼封)한연후에, 봉내(封內)를대독
(代讀)ᄒ니

유학신(幼學臣)리몽룡(李夢龍)년십칠(年十七)본연안(本延安)거경(居
京)부(父)통졍대부(通政大夫)승졍원(承政院)동부승지(同副承旨)참찬관
(參贊官)슈찬관(修撰官)리쥰상(李俊相)

리몽룡셩명삼짜(姓名三字)젹어너쓰리니, 승졍사령(承政使令)이나온
다쳥쳘익(青綴翼)압헤치고, 자셰치긴소믹를보기조케활개치며, 장원
봉(壯元峯)련못가에두렷이, 나셔면셔

리쥰상자졔(李俊相子弟)리몽룡(李夢龍)

이삼호(二三號)부르는소래, 장즁(場中)이뒤집히며, 츈당대(春塘臺)
가쩌나간다, 선풍도골(仙風道骨)리몽룡(李夢龍)은셰슈(洗手)를다시ᄒ
고, 도포(道袍)를곳쳐입고, 션거름에, 썩나셔니, 졍원사령부액(扶掖)
ᄒ야, 실내진퇴(進退)ᄒ연후에, 신급졔(新及第)리몽룡(李夢龍)은, 특히,
사악(賜樂)ᄒ시고, 부슈찬(副修撰)을졔슈(除授)ᄒ시니, 홍화문(弘化門)
밧나올젹에, 머리에어사화(御賜花)오몸에는쳥삼(青衫)이라은패쳥개

(銀牌靑盖)전도(前導)ᄒ고, 금의화동(錦衣花童)은쌍쌍이느러셔셔, 옥져를회롱ᄒ고, 가진풍악(風樂)길념불(念佛)여민락(與民樂)에, 억개춤이졀로난다, 슈만명션비들이, 셔로보기닷토는데, 뉘아니층찬ᄒ며, 뉘아니부러하리, 리장원(李壯元)마음에는, 한림대교(翰林待敎)못지내고, 제슈옥당(除授玉堂)셥셥ᄒ나, 텬은(天恩)을엇지ᄒ리, 옥당(玉堂)에번을드러, 쇼대(召對)를치른후에, 직쇼(直所)에안졋더니, 하번옥당(下番玉堂)입시(入侍)ᄒ라, 사알(司謁)이젼명(傳命)커늘, 리슈찬(李修撰)밧비거러, 승명입시젼진(承命入侍前進)ᄒ니, 슌슌하교(諄諄下敎)ᄒ시기를

궁궐(宮闕)이깁고깁허, 사해(四海)가막막(漠漠)ᄒ니, 불상홀사빅셩(百姓)이라, 창싱(蒼生)의질고사(疾苦事)를, 소소(昭昭)히살피랴고, 팔도어사(八道御使)보내는데, 량사문신(兩司文臣)가리나니, 너의싱긴모양보고, 너의지은글을보니, 사직(社稷)에다힝(多幸)이오, 빅셩(百姓)의복(福)이로다, 네나히년쳔(年淺)ᄒ나, 동휴쳑(同休戚)을담임(擔任)식여, 호남어사(湖南御使)특차(特差)ᄒ니, 빅셩을사랑ᄒ고, 슈령방빅(守令方伯)치불치(治不治)와, 효자렬부(孝子烈婦)누구누구, 유루(遺漏)업시쟝계(狀啓)ᄒ후, 죠심(操心)ᄒ야다녀오라

마패유쳑(馬牌鍮尺)하사(下賜)커늘, 한림(翰林)이황공ᄒ야, 고두사은(叩頭謝恩)엿ᄌ오되

나어리고, 지조(才操)업시, 범방(范滂)의람비증청(攬轡澄淸)셜령(設令)못ᄒ와도, 왕쥰(王遵)의츙심(忠心)을본밧고져하옵ᄂ니, 쳑벌장부(陟罰臧否)ᄒ옵기를, 탄셩도보(彈誠圖報)ᄒ오리다

데칠회 🌀

어사도중도(中途)에셔방자(房子)만나편지보고
춘향이옥즁(獄中)에셔봉사불너문복(問卜)ᄒ다

어사도, 하직슉비(下直肅拜)물너나와, 군명(軍命)을봉승(奉承)ᄒ고,
급급히써날젹에, 남대문(南大門)밧썩내다라, 청파역마(靑坡驛馬)잡어
타고, 칠패(七牌)팔패(八牌)비다리지나, 아이고개넘엇고나, 동작강(銅
雀江)얼풋건너, 남태령(南太嶺)을넘어과천(果川)드러즁화(中火)ᄒ고,
밧막역마가러타고, 냉천(冷泉)고개인덕원(仁德院)갈미술막, 군포내,
사근내, 지지대(遲遲臺)너머, 미륵당(彌勒堂)이, 괴구뎡(槐邱亭)지내,
영화역마(迎華驛馬)가러타고, 슈원(水原)북문(北門)드리다라, 남문(南
門)밧게, 슉쇼(宿所)ᄒ고, 상하류쳔(上下柳川), 시술막과, 대힝교(大幸
橋)비켜노코, 썩뎐거리지나, 진개울즁미넘어, 오뮈진을지나, 진위(振
威)드러, 즁화ᄒ고, 희계원넘어, 칠원지나, 가양역마(可養驛馬)가라타
고, 소사술막슉쇼ᄒ고, 평원광야(平原曠野)너른들을, 슌식간(瞬息間)
에얼풋지나, 셩환역마(成歡驛馬)가라타고, 텬안(天安)드러, 즁화(中火)
ᄒ고, 삼거리(三巨里)를얼풋지나, 굴모릉이다다러, 대평을지나, 평나
무뎡이즁화ᄒ고, 인덕원(仁德院) 잠깐지나광졍역마(廣政驛馬)가러타
고, 로셩(魯城)읍내(邑內)얼는지나, 평창(平昌)역마가러타고, 은진(恩
津)읍을지나, 황학뎡(黃鶴亭)슉쇼ᄒ고, 잇흔날평명후(平明後)에, 타신
역마졔폐(除弊)ᄒ고, 삼빅도변복(三陪道變服)ᄒ고, 역리역졸(驛吏驛卒)
모다불너, 은밀(隱密)히단속ᄒ야, 각기분발ᄒ시는데
　너는예셔, 내다라셔, 려산(礪山)익산(益山)금구(金溝)태인(泰仁)졍읍
(井邑)고부(古阜)흥덕(興德)고창(高敞)무장(茂長)장셩(長城)광쥬(光州)

남평(南平)릉쥬(綾州)화순(和順)동복(同福)창평(昌平)옥과(玉果)로도라,
금월십오일(今月十五日)오시경(午時頃)에광한루(廣寒樓)로대령(待令)
ᄒ라

예이의

너는예셔내다라서, 림피(臨陂)옥구(沃溝)김졔(金堤)만경(萬頃)함열
(咸悅)부안(扶安)령광(靈光)함평(咸平)무안(務安)라쥬(羅州)령암(靈岩)
해남(海南)장흥(長興)보셩(寶城)홍양(興陽)락안(樂安)슌텬(順天)광양(光
陽)좌슈영(左水營)구례(求禮)들너곡셩(谷城)다녀, 금월십오일오시에, 남
원광한루로대령ᄒ라

나는예서, 젼쥬(全州)임실(任實)무쥬(茂朱)룡담(龍潭)금산(錦山)진안
(鎭安)장쥬(長水)슌창(淳昌)담양(潭陽)들너, 운봉(雲峰)다녀, 남원(南原)
사십팔면(四十八面)쇼쇼(昭昭)히렴탐(廉探)ᄒ고, 부즁(府中)안에멈을것
이니, 너의들이급급(急急)히, 다녀오되, 십문(十聞)이불여일견(不如一
見)이라, 남의말을밋지말고, 탐관학민(貪官虐民)불법지사(不法之事)와,
불츙불효(不忠不孝)ᄒ는놈, 남을음해(陰害)ᄒ는놈, 술먹고, 우악ᄒ야,
로인죤장(老人尊長)모르는놈, 살인(殺人)ᄒ고, 음치(掩置)ᄒ놈, 국곡투
식(國穀偸食)ᄒ는놈, 유부녀(有夫女)간통(姦通)ᄒ놈, 남의분묘(墳墓)사
굴(私掘)ᄒ놈, 어진안해무함(誣陷)ᄒ고, 가장(家長)두고, 셔방ᄒ고, 졔
것두고, 비러먹고, 쥬식잡기(酒色雜技)판이난놈, 남의집에, 츙화(衝火)
ᄒ놈, 낫낫치젹어쥐고, 금월십오일오시(今月十五日午時)에, 광한루(廣
寒樓)로, 일일이등대ᄒ라

이럿틋분부(分付)ᄒ야, 각쳐(各處)로보낸후에, 려산(礪山)초읍(初邑)
당도ᄒ야, 가가호호(家家戶戶)면면촌촌(面面村村)동리(洞里)마다, 렴탐
홀졔, 렬읍각관(列邑各官)슈령(守令)들이, 어사낫단말을듯고, 환상(還

上)에, 일이날까, 셰미(稅米)에축이날까, 공사(公事)에실슈(失手)홀가, 션치(善治)혼기힘을쓴다

이씨 어사도는, 역마역졸(驛馬驛卒)셔리(書吏)즁방(中房)각쳐(各處)로다보내고, 독힝(獨行)으로나려갈졔, 건너비탈좁은길로, 아히하나올나온다, 쵸록(草綠)단임, 감개발, 륙승마포(六升麻布)외골견대(肩帒)허리둘너, 잘끈민고, 한발넘은웃노리채, 량끗잘나쑥쑥집고, 셜넝셜넝올나오며, 제신세(身勢)셜은자탄(自歎)을노래홀것다

어이갈가나, 어이가잔말이냐, 한양쳔리(漢陽千里)를, 어이나, 갈가, 엇던사람팔자(八字)조와, 일대영화(一代榮華)부귀(富貴)호고, 어놈팔자(八字)어이호야, 이다지도곤궁(困窮)호야, 길품팔너나셧나냐, 내신세(身勢)는팔자(八字)이나, 츈향신세가이업다, 모지도다, 독호도다, 신관사도모지도다, 렬녀츈향(烈女春香)몰나보고, 위력억탈(威力抑奪)호려혼들송쥭(松竹)갓치굿은졀힝(節行)게뉘라셔굽힐소냐, 어이갈가나, 어이나, 가리

무졍호고, 야속호다, 리도령님, 무졍호다, 일조상경(一旦上京)혼신후에, 쇼식조차돈졀호니, 옥즁에갓친츈향, 속졀업시죽겟구나, 어이가리너, 어이가리너

어사도, 송하(松下)에안져, 그아히노래를드르니, 분명코, 자긔사실이라, 두눈이아득호고, 가삼이답답, 간장(肝腸)이시러지는듯, 정신(精神)이업시안졋다가, 그아히가당도(當到)커늘

(어) 아나, 이아히야

호고부르니, 이놈이, 시골놈이라, 장히, 쌧쌧홀것다

(아) 웨부르오, 보아호니, 싀파란졂은량반이, 나만혼총각(總角)보고아나이아히라니

(어) 이애, 내가, 잠깐, 실슈(失手)호얏다, 로혀지마라, 그러나, 너어
디사느냐

(아) 어디사러, 우리시골살지

(어) 네시골이어디란말이냐

(아) 전라도남원읍(全羅道南原邑)이오

(어) 남원살면, 어듸로, 가는길이냐

(아) 셔울구관딕(舊官宅)편지가지고가오

(어) 이애, 그편지, 나좀보자

(아) 여보, 남의규중(閨中)편지, 사연이, 엇지될줄알고, 임의로보자
호오

(어) 네말이올타만은, 내말을쏘드러라, 옛글에호엿스되, 힝인림발
우개봉(行人臨發又開封)이라호얏스니, 쎄어본들관계가잇나

그아히, 허허, 웃고

차쇼위(此所謂)뵈주머니, 의송(議送)드럿다더니, 참, 쓸볼견이로구
나, 그리호오, 당신이편지를보면무슨별슈나잇겟소

호고, 션뜻, 편지를내여쥬니

어사도황망이편지밧어, 피봉(皮封)을, 싹, 졔치니, 츈향글시분명코
나, 그사연에호엿스되

별후, 광음(別後光陰)이여류(如流)호와, 어연듯, 슈년(數年)지나오니,
련결지사(戀結之私)는, 오미난망(寤寐難忘)이오며, 다시금, 봄이가고,
여름되야, 록음(綠陰)은무르녹고, 방초(芳草)는욱어졋사온디, 당상졔
졀(堂上諸節)만안(萬安)호옵시고, 도령님톄후(體候)보중(保重)호옵신
지, 북텬(北天)만바라보고, 쥬소복축(晝宵伏祝)바라오며쳡은명박운건
(命薄運蹇)호와다슈다한(多愁多恨)호온중에신관사도도임(到任)호야,

슈텽(守廳)들나ㅎ옵기로, 뎌사모피(抵死謀避)ㅎ옵다가, 혹형(酷刑)을
당ㅎ옵고옥즁(獄中)에굿이갓쳐, 장하원혼(杖下冤魂)이, 미구에되겟사
오니, 죽는것은앗갑지안사오나, 싱리사별(生離死別)한이되야, 흉억(胸
臆)만, 문허지나이다, 공산(空山)에우는두견(杜鵑)오동(梧桐)에덧는비
를, 전자에는, 경치로만아랏더니, 오날날싱각ㅎ니모도다슈한(愁恨)이
옵, 바라건디, 도령님은금방(金榜)에급제(及第)ㅎ샤, 차차로승진(昇進)
ㅎ야, 만죵록(萬鍾祿)을누리시다, 후싱에나다시만나, 리별(離別)업시
살아지다, 붓을들고글을쓰니, 이것이영결(永訣)이압

　평사(平沙)에락안(落鴈)쳐럼, 피흔적(痕跡)이쑥쑥찍혓거늘, 어스도
편지들고, 짜에업더지며

　어어어이

　셜니우니, 아히놈긔가막혀

　(아) 여보, 이량반, 눈물에편지젓소, 츈향편지보고삼대상(三大祥)지
낼써는, 만일츈향의부고(訃告)를보앗더면, 머리풀썬희소그려, 그러나,
여보, 당신이츈향이와무엇되오

　(어) 이애, 되기는무엇이되야, 편지보니, 사연도불상ㅎ고, 혈셔(血
書)를ㅎ엿스니인비목셕(人非木石)이어든, 엇지참아보겟느냐

　이써그아히쏠작쇠는남원칙방방자(南原冊房房子)로셔, 츈향에게쳥
조(靑鳥)되야, 오래거힝(擧行)ㅎ얏스니, 십년(十年)이되얏기로, 어사도
용모(御使道容貌)를모를리가잇겟스냐, 이것은모다, 광대의롱담(弄談)
이든것이엇다

　방자가어사도를, 로상(路上)에셔, 뵈옵고, 문안(問安)ㅎ후견대(肩帒)
에셔, 셔간(書簡)내야, 올니고, 츈향의젼후사졍(前後事情)낫낫치고ㅎ
거늘, 어사도, 이를갈며, 방자듯는데, 싱각(生覺)지아니ㅎ고, 흠부로

ᄒᆞ셧것다

이놈을단박(單拍)에삼문츌도(三門出道)를ᄒᆞ야, 봉고파직(封庫罷職)을시기겟다

방자놈이, 슈십년(數十年)관물을먹어, 눈치가비상(非常)ᄒᆞᆫ놈인디

이말삼을드러노으니, 억개가슷슥, 마음이엇지상쾌ᄒᆞ든지, 함부로대답ᄒᆞ기를

(방) 쇼인(小人)이사도보호역졸(使道保護驛卒)이되와, 남원츌도시(南原出道時)에는, 방망이로, 몃놈대강이를ᄭᅵ트리지오

(어) 이놈아, 내가어사만되엿스면, 그럿켓다ᄒᆞᆫ말이지, 그럴슈가엇지잇느냐

방자가빙긋웃고

이런디로아옵고, 져런디도, 아옵내다, 쇼인(小人)을속이지마옵소셔

어사도, 방자에게, 손들니는말을ᄒᆞ고, 루셜될가두려와셔, 홀슈업시쏠작쇠를다리고, 만복사(萬福寺)에드러가니, 이졀은옛날츈향모가, 자식보랴, 공드릴졔, 논셤지기, 밧마지기를, 사셔, 그졀에시쥬(施主)ᄒᆞ고, 지극(至極)졍셩(情誠)ᄒᆞᆫ곳이라, 연쩌가만느라고, 츈향을나앗는데, 츈향이중장(重杖)맛고, 거의죽게되얏다고, 로소졔승(老小諸僧)들이법당(法堂)을소쇄(掃灑)ᄒᆞ고불공축원(佛供祝願)을ᄒᆞᆯ것다

엇더한중은편발(編髮)을쓰고, 엇더흔중은락관(絡冠)을쓰코, 엇더흔중은가사를메고, 엇더흔중은바라를들고, 엇더흔중은광쇠를들고, 쏘, 엇더흔중은쥭비(竹箆)를들고, 엇더흔중은목탁(木鐸)을들고쏘엇더흔중은증쇠(鉦釗)를들고, 조고마흔상좌(上佐)중놈, 상모(象毛)단북채를량손에갈나쥐고, 법고(法鼓)는두리둥둥광쇠(廣釗)는캥캥, 목닥은쏘도락, 쥭비는쳘쳘, 증쇠(鉦釗)는짱짱, 바라(鉢鑼)는쳐르르

남무아미타불(南無阿彌陀佛)남무셔방정토(南無西方淨土)극락셰계
(極樂世界)이십륙만억구천구빅(二十六萬億九千九百)동명동호(同名同
號)대자대비(大慈大悲)남무아미타불(南無阿彌陀佛)셕가여래(釋迦如來)
미륵불(彌勒佛)관셰음보살(觀世音菩薩)디장보살(地藏菩薩)오빅라한(五
百羅漢)팔부신장(八部神將)지셩발원(至誠發願)해동죠션(海東朝鮮)젼라
좌도(全羅左道)남원부(南原府)봉죽면(鳳竹面)강션동거(降仙洞居)임자
싱(壬子生)셩춘향(成春香)은액신(厄身)이불길(不吉)ㅎ야, 옥즁에갓치여
모진형벌(刑罰)에, 잔명(殘命)이죽게되오니, 경셩삼쳥동거(京城三清洞
居)리몽룡(李夢龍)으로젼라감사(全羅監司)나, 암힝어사졈지ㅎ야주옵시
기소원셩취(所願成就)

축원ㅎ며, 바라는쳐르르, 광쇠는캥캥, 법고(法鼓)는두리둥둥, 목탁
은쏘도락, 팔폭장삼(八幅長衫)널은소미, 장단맛쳐, 너울너울, 법고치
는져상좌(上佐)는광풍에나뷔쳐럼, 이리로뒤젹, 져리로뒤젹, 흐늘거려
북을치니, 상계(上界)일시분명(分明)ㅎ다, 어사도, 그구경을ㅎ시고

내가우리션영덕(先塋德)인쥴알앗더니, 부쳐님의덕이로구나

잇흔날즁을불너, 돈쳔량(千兩)시쥬(施主)ㅎ고, 셔간(書簡)한장얼는
써셔, 쏠작쇠를주시며왈

내, 예셔, 머물거시니, 이셔간(書簡)을운봉관가(雲峰官家)에드리면주
시는게잇슬터이니, 잘가지고, 명일오젼(明日午前)에대령(待令)ㅎ여라

예-의

쏠작쇠셔간을가지고, 운봉(雲峰)을급히가셔, 관가(官家)에, 셔간을
올니니, 운봉(雲峰)이셔간보고, 라졸(邏卒)을불너

이놈갓다, 옥에단단이, 가두고, 먹이기는잘먹이고, 다시령(令)을기
대려라

예-의

ᄒ더니, 쏠작쇠를가도니라

어사도쏠작쇠를운봉으로보낸후에, 즉시쩌나, 나려갈졔, 이째, 츈향이혼꿈을어덧스되, 옥창젼(獄窓前)잉도화(櫻桃花)어즈러이쩌러지고, 단장(丹粧)ᄒ든큰거울이혼복판이쌔여지고, 문우에허슈아비달녀보이며, 옥당에가마귀안져, 까옥까옥울어뵈이니, 흉몽(凶夢)인지길몽(吉夢)인지마음이산란(散亂)ᄒ야, 슯히안져싱각더니, 셔문밧허봉사(許盲)셩즁(城中)에독경(讀經)왓다가며, 문슈(問數)를외이거늘, 츈향이반겨듯고, 사장이에게, 간쳥ᄒ야, 봉사를쳥ᄒ니, 봉사드러와안즈

진시(趁時)못와본일, 대단이미안(未安)ᄒ나, 기간(其間)장쳐(杖處)와고싱이엇더혼가, 엇의, 상쳐(傷處)나, 좀, 만져보셰, 내가보든못ᄒ야도, 내손이약손이라, 내손으로만지면, 장독(杖毒)이쳔병만마(千兵萬馬)진풀니듯, 활젹풀니여, 업셔지지, 어듸웅

츈향이가미마진다리를내여맛기니, 봉사가더듬더듬만져, 차차속깁히, 드러가는고나, 츈향이가손을꽉잡고십ᄒ나, 덤칠일을싱각ᄒ야, 쐬로써ᄒ는말이

장님드르시오, 어마님이말삼키를, 셔문(西門)밧허(許)봉사는눈은안폐(眼廢)ᄒ얏스되, 근본이량반이오, 힝신(行身)이졍대(正大)ᄒ야, 사람마다칭찬이오, 네가채어럿슬찌, 미양보면, 덤벅안고, 흔업시, 사랑ᄒ야, 니쌀이야, 내쌀이야, 입마츠며, 등치더라ᄒ시더니, 졔가차차장셩ᄒ야, 자조뵙지못ᄒ야도, 어졔인듯ᄒ나이다

봉사듯고, 손을얼는쩨며

(봉) 그는참그러ᄒ나, 이미질을어느놈이ᄒ얏나

(츈) 왕방울쇠가ᄒ얏소

(봉) 그놈이독ᄒ고, 모진놈이엿다, 이놈정초(正初)독경(讀經)날을밧
으려오면, 화희일(禍害日)을바다주어, 부른비가, 툭, 터지게ᄒ겟다, 꿈
은어지ᄭ엇나

춘향이꿈말을, 다이르니, 봉사뎜을칠쎄, 은(銀)마구리, 대모(玳瑁)
산통(算筒)눈우에놉히들고, 축사(祝辭)를이르는데

텬하언재(天何言哉)시며디하언재(地何言哉)시리오, 고지즉응(告之則
應)ᄒ나니감이슈통(感而隨通)ᄒ소셔, 부대인자(夫大人者)는여텬디합기
덕(與天地合其德)ᄒ며, 여일월합기명(與日月合其明)ᄒ며, 여사시합기셔
(與四時合其序)ᄒ며, 여귀신합기길흉(與鬼神合其吉凶)ᄒ야, 션텬이텬불
위(先天而天不違)ᄒ고, 후텬이봉텬시(後天而奉天時)ᄒ나니, 텬차불위(天
且不違)은, 이항어인호(而況於人乎)며, 이항어귀신호(而況於鬼神乎)아,
톄셰(太歲)을축(乙丑)사월(四月)갑자삭(甲子朔)십삼일갑인(甲寅)오시
(午時)해동(海東)죠션(朝鮮)전라좌도(全羅左道)남원군(南原郡)봉쥭면
(鳳竹面)강션동(降仙洞)거임자싱(壬子生)셩춘향(成春香)옥즁(獄中)에갓
치여, 슈월신고(數月辛苦)ᄒ오니, 어느날노이며, 경셩삼쳥동(京城三淸
洞)리몽룡(李夢龍)을어느날맛나며, 싱사길흉(生死吉凶)이엇더ᄒ올난
지, 복걸(伏乞)신명(神明)은믈비쇼시(勿秘昭示)믈비소시

뎜쾌(占卦)를상쥰(詳準)ᄒ더니, 봉사디쇼(大笑)ᄒ며, 어허, 그뎜쾌잘
낫다, 관귀(官鬼)가공(空)을마졋스니, 관귀공망(官鬼空亡)은송사뎡(訟
事停)이라, 금명(今明)량일간(兩日間)노일것이오, 경셩(京城)리셔방(李
書房)으로ᄒ야도, 쳥룡관귀(靑龍官鬼)역마(驛馬)에졍록(正祿)을씌엿스
니, 대단무셔운벼살을ᄒ얏구나, 호츌인왕산(虎出仁王山)ᄒ야, 야도한
강슈(夜渡漢江水)ᄒ얏스니, 나려오는거동이로고나, 내뎜은신뎜(神占)
이라, 헛되이알지말고, 고룸밋고내기ᄒ셰

(춘) 말삼만드러도, 반가오니, 해몽(解夢)이나ᄒ야쥬시오

(봉) 그리ᄒ지, 화락(花落)ᄒ니, 능셩실(能成實)이오, 경파(鏡破)ᄒ니 긔무셩(豈無聲)가, 문상(門上)에현우인(懸偶人)ᄒ니, 인인(人人)이, 개앙시(皆仰視)라, 옥담에, 가마귀가안져, 가옥가옥울엇스니, 가짜는아름다올가(佳)짜오, 옥짜는집옥(屋)짜라, 어허경사(慶事)낫네, 명일밤오경(五更)에귀인(貴人)만나면, 조혼일무슈(無數)ᄒ고, 오날일진(日辰)이갑인(甲寅)이라, 병진일(丙辰日)유시(酉時)에, 가마탈일이잇는디, 가마를못타면, 집등우리를타도, 탈터이니, 걱졍마소, 경사낫네

(춘) 뎡녕(丁寧)히그럴진디, 슈고를갑소리다

(봉) 여보소, 근리(近來)명식(名色)업는감투가만ᄒ니, 나를감투나하나씨워쥬소, 쏙밋고기더리네

작별ᄒ고, 도라가니라

데팔회

어사도, 농부가들은후에, 타인무덤통곡ᄒ고
춘향모, 칠셩단긔도싯혜걸인사위박대하다

이ᄶ , 어사도는춘향싱각, 가슴답답, 지체업시, 나려올졔, 그ᄶ는어느ᄶ냐, 사오월(四五月)이종시(移種時)라, 면면촌촌(面面村村)농부(農夫)들이 모조리갈삭갓, 도롱이엽헤씨고, 널은들에이종(移種)ᄒ며, 모사노래가랑자(浪藉)ᄒ든것이엿다

두리둥둥쾡쾡, 얼널널상사디, 어여어루상사디요, 신농씨(神農氏)가나신후에, 교민가식(敎民稼穡)ᄒ셧구나, 얼널널상사디 —

시화셰풍(時和歲豊)태평셰(太平世)에, 우리농부격양가(擊壤歌)라, 얼

널널상사듸 -

강구연월(康衢煙月)질기기는, 오왕셩덕(吾王聖德)아니신가, 얼널널 상사듸 -

사월남풍(四月南風)보리타작, 구월슉상(九月肅霜)나락쩌러, 슛곡식 은진상(進上)ᄒ고, 나머지는우리먹네 얼널널상사듸 -

상셔학교(庠序學校)베프르고셩훈(聖訓)을비호기는, 도덕군자(道德君子)홀일이라, 얼널널상사듸 -

쥬문도리(朱門桃李)놉흔집에, 부귀(富貴)를누리기는경대부(卿大夫)가홀일이라 얼널널상사듸 -

화간믹상(花間陌上)느진봄에, 쥬마투계(走馬鬪鷄)논일기는, 호협소년(豪俠少年)홀일이라 얼널널상사듸 -

대장부(大丈夫)셰상(世上)에나, 사업이만컨마는, 우리무리농부(農夫)들은, 밥만먹고, 일만한다 얼널널상사듸 -

한농부썩나셔며, 자진농가(農歌)를먹이는데, 장부사업가(丈夫事業家)로, 압소래를쥬것다

어여 - 로상사듸오

대장부(大丈夫)셰상에나, 쥬싁(酒色)에루(累)를벗고, 고상(高尙)흔뜻을가져, 대인졉물(待人接物)ᄒ올젹에, 일호사졍(一毫私曲)업슴으로, 평싱(平生)의소위사(所爲事)를남을대희다말홈이대장부의일이로다, 얼널널상사듸

천리쥰총(千里駿驄)치를쳐셔, 텬하명승(天下名勝)구경ᄒ고, 흉희(胸海)가훨신널너, 만고문장(萬古文章)된연후에, 도쳐(到處)마다, 웅사건필(雄詞健筆)경동일셰(驚動一世)ᄒ는것도, 대장부의일이로다, 얼널널상사듸

사회(社會)에령슈(領袖)되야, 법률범의(法律範圍)위월(違越)말고, 일동일정(一動一靜)지피지긔(知彼知己), 인기셰이도지(引其勢而導之)ᄒ야, 개량풍속(改良風俗)ᄒ는것도, 대장부(大丈夫)의일이로다, 얼널널상사듸 -

국내청년(國內靑年)모라다가, 교육계(敎育界)에집어넛고, 각종학문(各種學問)교슈(敎授)ᄒ야, 인재양셩(人才養成)ᄒ연후에, 학계쥬인(學界主人)되는것도, 대장부의일이로다, 얼널널상사듸 -

불셕천금(不惜千金)연조(捐助)ᄒ야, 각사회(各社會)를유지(維持)ᄒ고, 텬부호싱(天賦好生)뜻을밧아궁부잔민광졔후(窮蔀殘民廣濟後)에, 자션활불(慈善活佛)되는것도대장부의일이로다, 얼널널상사듸 -

경국졔민(經國濟民)연구(硏究)ᄒ야, 텬하리익(天下利益)어더다가, 금고(金庫)에만젹(滿積)ᄒ고, 상업뎌앙(商業低仰)임의디로, 경졔대가(經濟大家)되는것도, 대장부의 일이로다, 얼널널상사듸 -

텬하사(天下事)를경영(經營)홀졔, 디진두(地盡頭)가될지라도, 퇴보말고, 전진(前進)ᄒ면, 사필경셩(事必竟成)홀터이니, 림난인내(臨難忍耐)ᄒ는것도대장부의일이로다, 얼널널상사듸 -

장부가(丈夫歌)로노래ᄒ니, 뜻이깁고, 애가타셔, 가심답답목마르다 얼널널상사듸 -

모를한참심으고셔, 밧게나와술먹을졔, 한편을바라보니, 엇더흔농부, 홈의메고, 삭갓쓰고, 도롱이엽헤끼고, 질화로겻불피여압헤노코, 개가죡쌈지, 가로담비툭툭터러, 왼손바닥에움켜쥐고, 가래침탁비터, 엄지장가락힘을올녀, 부비젹부비젹ᄒ야상투에써른곱돌대삐여너여, 가로담비담북담어, 겻불을뒤지여담비씨를콱쳐박고, 풀무담빅로, 쩍쩍짜니, 어사도겻헤셔보고,

어그농부입심조코

농부치어다보며

어사낫다ᄒᆞ면, 져런것들이, 보기실터라

어ᄉᆞ도짐짓

자네, 이골원님공사(公事)가엇더한가

그 농부, 허허, 웃고ᄒᆞ는말이

졔가어사인듯이, 공사(公事)뭇고, 공사엇지ᄒᆞ야, 밥잘먹고, 술작먹고, 홈의질잘ᄒᆞ고, 갈키질잘ᄒᆞ고, 심지어(甚至於)쇠시랑질ᄭᆞ지잘ᄒᆞ니, 그우에명관(名官)업고, 렬녀츈향(烈女春香)쥭엿스니그런공사(公事)다시업지

어사도, 츈향쥭엿다는말에가슴이콱막혀, 간신이뭇는말이

(어) 츈향이가, 언졔, 죽엇단말이오

(농) 츈향이죽은날은알어무엇ᄒᆞ오, 어젹게죽어, 져산넘어초빈ᄒᆞ얏다오

어사도이말듯고, 쏙, 츈향이는죽은줄알고, 허둥지둥산넘어가니, 과연, 어졔, ᄉᆡ로ᄒᆞᆫ초빈(初殯)이잇구나

어사, 무덤에펄셕쥬져안지며곡지통(哭之痛)이나온다.

ᄋᆡ고ᄋᆡ고, 츈향아, 네이것이웨인일가, 우리량인(兩人)ᄇᆡᆨ년긔약(百年期約)이졔모다허사(虛事)로구나, 쳔리발셥(千里跋踄)예오기는, 너보랴고온것인데, 네가고만죽엇스니, 나는장차엇지ᄒᆞ리, 슈일만참엇스면, 고진감래(苦盡甘來)ᄒᆞ엿슬걸, 이럿틋박명(薄命)ᄒᆞ니, 원즁원귀(寃中寃鬼)되겟구나, 야월공산(夜月空山)젹막(寂寞)ᄒᆞᆫ데, 두견(杜鵑)ᄶᅡ라, 네갓느냐, ᄇᆡᆨ사취쥭(白沙翠竹)맑은강변(江邊)ᄇᆡᆨ구(白鷗)ᄶᅡ라, 네갓느냐, 내가여긔왓건마는, 모르는듯누엇구나, 애고애고, 셜운지고, 이내

가삼불붓는다

노래, 울음겸ᄒᆞ야, 무덤을쾅쾅두다리니, 슈운(愁雲)이참담(慘憺)ᄒᆞ
고, 일월(日月)이무광(無光)이로구나, 이ᄯᅥ, 그건너마을셩좌슈(成座首)
가, 우는형상(形狀)바라보고

이애, 민우괴이ᄒᆞ다, 우리악이사랏슬제, 시집못간쳐녀(處女)어든,
져엇던걸객(乞客)놈이, 빅년긔약(百年期約)허사(虛事)라고, 퍼버리고,
작구우니, 이런변도쏘잇는가, 남드르면, 망신이라, 여보아라, 고두쇠
야, 몽치차고, 건너가셔, 아가씨무덤우에, 져리는놈, 싸려쏘쳐라

고두쇠놈, 건너가셔, 몽치드려, 어사도의엽흘, 콱, 질으며

이놈, 이, 웬일놈이, 남의무덤에와셔, 발상통곡(發喪痛哭)을ᄒᆞ느냐

어사도, 깜짝놀나, 도라보니, 츈향무덤안일시분명(分明)ᄒᆞ고, 욕은
면(免)치못훌형편이것다, 어사도, 얼는한계칙(計策)을싱각ᄒᆞ고쑤며셔
ᄒᆞ는말이

(어) 허, 지금(至今)이야, 내당학(唐瘧)이올마갓다

(고) 당학이올마가다니

(어) 내가당학을알는데, 남의무덤에와셔울다가, 매를마즈면그당학
이미싸린사람에게로, 올마간다ᄒᆞ기로, 이와갓치하엿더니, 지금은잘
되얏네

말을맛초고, 산아리로셜넝셜넝나려가니, 고두쇠싱각에졔가당학을
맛하갈가민망ᄒᆞ야

(고) 여보그러면, 이몽치로나를대신싸리고가오

어사도짐짓

나는실소

고두쇠셩을내여, 어셔싸려달나지쵹ᄒᆞ니, 어사도못이긔는쳬ᄒᆞ고그

몽치를쎄아셔, 모질게한번대신치고, 나려오며하는말이

(어) 상놈흔톄량반(兩班)이, 공미마질리가잇나, 미품은대신갑헛스
나

그농부가잘못드른것이라인뎡(認定)ᄒ고, 길을차져내려와, 그날밤
은오슈역(獒樹驛)에슉소(宿所)ᄒ고, 박셕틔를넘어셔셔, 천천이완보(緩
步)ᄒ야, 사방(四方)을삷혀보니, 산도, 예보든산이오, 물도예보든물이
로다,

위셩조우읍경진(渭城朝雨浥輕塵)객사쳥쳥(客舍靑靑)져버들은, 나귀
미고노든데오, 록슈진경(綠樹秦京)너른길은, 나다니든길이로다, 교룡
산셩(蛟龍山城)다시보자, 션원사(仙源寺)야무사(無事)ᄒ냐, 광한루야잘
잇더냐, 오작교(烏鵲橋)반가워라

어사도, 광한루올나셔셔, 춘향의집바라보니, 옛형상이젼혀업다, 양
류송빅(楊柳松柏)고목(古木)되고, 련못초당(草堂)문허지고, 힝랑(行廊)
은찌그러졋고, 몸치는기우러져, 보잘거이업는지라, 어사도탄식(歎息)
ᄒ되

내가남원(南原)쩌난지가불과슈년(數年)이못되는데, 져디경(地境)이
웨인일고

찬찬이루(樓)에나려, 황혼(黃昏)시를기다려, 춘향의집당도(當到)ᄒ
니, 예보든벽오동(碧梧桐)은슈림(樹林)속에홀로셧고, 면회(面灰)흔압
뒤담은간간(間間)이문허지고, 황계(荒階)에거츤풀은, 사람자최희미ᄒ
다, 문압헤졸든개는, 구면목(舊面目)을몰나보고, 컹컹짓고내닷는데,
창외(窓外)에넷졀개(節介)는록쥭쳥송(綠竹靑松)뿐이로다, 이이(已而)오
힝졈으니동산(東山)에달쩌오고, 심회(心懷)는비감(悲感)흔데, 은은(隱
隱)흔우름소래, 쳐량(凄凉)히들니거늘, 우름조차차져가셔, 들죽, 동빅

얼크러진집흔속에, 은신(隱身)ㅎ고삷혀보니, 이썬츈향모가후원(後園)
에칠성단(七星壇)을모흐고, 등불을밝히고셔, 새동의새소반에, 졍화슈
(井華水)를밧쳐노코, 분향재비(焚香再拜)비는말이

　텬디지신(天地之神)일월셩신(日月星辰)관음졔불(觀音諸佛)오빅라한
(五百羅漢)사히룡왕(四海龍王)팔부신장(八部神將)셩쥬조왕(城主竈王)
젼, 비나이다, 한양거(漢陽居)리몽룡(李夢龍)으로, 젼라감사(全羅監司)
나, 암힝어사(暗行御使)를졈지ㅎ야주시오면옥즁(獄中)에죽는자식(子息)
살녀낼가바라오니, 텬디신명(天地神明)은감동(感動)ㅎ와살녀지이다

　빌다가긔졀(氣絶)ㅎ야

　읻고내쌀츈향아, 금지옥엽(金枝玉葉)너하나를, 아비업시길너내야,
이디경(地境)이웬일이냐, 뉘게가, 못태나셔차싱(此生)에죄만흔년, 내
게와셔, 태여나셔, 어미죄로너죽느냐, 내자식아, 내자식아, 애고애고

　셜니우니, 어사도, 긔가막혀, 한숨쉬고, 이러셔셔, 자최업시, 감안
감안, 문젼에이르러셔, 기침을크게ㅎ고

　이리오너라, 이리오너라

　이삼차(二三次)부르니, 츈향모우름을진뎡(鎭定)ㅎ고

　향단(香丹)아문젼(門前)에누가찾나, 나가보아라

　향단이가나온다, 향단이가나온다, 아장아장나오며, 슈심(愁心)에잔
쓱싸여, 쳐량흔음셩으로

　(향) 누구셰요

　(어) 내일다

　(향) 내이라니, 뉘심닛가

　(어) 나를몰나보느냐

　향단이가자셰(仔細)히보더니 한다름에달녀들어

(향) 아이고, 이게누구심닛가

어사도의쩌러진옷을뷔여잡고, 아이, 아이, 통곡(痛哭)ᄒ니, 춘향모 쌈쪽놀나우루루나오면서

(모) 엇던놈이, 남의자식을싸리느냐

(향) 익고, 마님셔울셔방님(書房任)이오셧습니다

춘향모가, 물에쌔진놈고함(高喊)질으듯, 어허, 허ᄒ더니, 우루루달녀드러, 어사도목을안고

애고, 이게누구시오, 이게누구인가, 하나님이감동(感動)흔가, 부쳐님의도슐(道術)인가하날에셔쩌러젓나, 싸에셔쑥소삿나, 광풍에날나왓나, 녯얼골, 녯모양(模樣)이그겨잇나, 어듸보셰, 어셔오소, 드러가셰, 드러가셰

어사도손을쓰러, 방안에안친후에, 문밧게급히나와

(모) 향단아, 건너방에뎜화(點火)ᄒ고, 뒤슝모불너, 진지(進旨)짓고, 고두쇠불너, 관텽(官廳)에가, 고기사오라ᄒ고, 너는닭잡아, 찬슈(饌需)ᄒ여라

분별(分別)을얼는ᄒ고, 안으로드러와, 어사도손을잡고, 정신업시보는딕, 다늘거, 눈어둡고, 등잔불침침(沈沈)ᄒ야, 자셰(仔細)히보히지아니ᄒ니, 춘향모이러나, 벽장문(壁帳門)열쩌리고, 촉궤(燭櫃)를내려노코, 상방촉(上房燭)너덧병(柄)을내여, 한쩌반에, 불을켜노흐니, 방안이쩌여질듯이밝것다, 어사도와마조안져, 물그럼이바라보니, 얼골은옥(玉)이로딕, 의복(衣服)이람루(襤褸)ᄒ고, 궁상(窮狀)이, 지르르, 흐른지라, 춘향모간담(肝膽)이셔늘ᄒ고, 두눈이캄캄ᄒ며, 무엇이가삼에, 콱미쳐지는듯, 애고고, 한마디를부르짓더니

(모) 여보, 리셔방, 엇지, 이모양이며, 웨져리되엿나

(어) 장모내말드러보소, 독셔천권무셩가(讀書千卷無聲價)ᄒ니과거 (科擧)도못ᄒ고, 좌대쳥운미유긔(坐待靑雲未有期)ᄒ니, 벼살길끈어지 고, 인싱귀쳔내슈하(人生貴賤奈數何)오, 이럿틋쳔(賤)케되고, 동셔개 걸촌견폐(東西丐乞村犬吠)ᄒ니, 문젼(門前)마다개짓고, 환난필사친척 구(患難必思親戚救)ᄒ니, 장모싱각이오작홀가, 신셰(身勢)가이리되니, 붓그럼은멀니가고, 고졍(故情)을싱각ᄒ니, 시시(時時)로보고십으나, 의복업고, 로자(路資)업셔, 몃힉몃칠벼르다가, 사랑마다과객(過客)질 로, 보고져나려오니, 셜상(雪上)에가상(加霜)으로, 츈향죳차죽게되니, 내신셰(身勢)가웨이런지, 긔가막켜말홀슈업고붓그러워, 볼슈도업네

춘향모그말듯고, 썻다, 공중(空中)에써러지며

죽엇구나, 죽엇구나, 이졔는, 모녀(母女)다죽엇네, 익고익고하나님, 이다지도무심(無心)ᄒ오, 일월셩신(日月星辰)쇼용업고, 졔불보살(諸佛 菩薩)쓸데업다

이애, 향단아, 후원(後園)에드러가, 단(壇)헐고, 다치워라, 령험(靈 驗)업는단을모고, 손발달케비럿고나, 불상ᄒ다, 내자식, 앗가워라내 자식이, 이팔쳥춘소년시(二八靑春少年時)에, 만종록(萬鍾祿)을못누리 고, 어미를잘못만나, 원통이도죽겟고나, 너죽는것엇지보리, 내가몬 져죽을난다

목졉이질덜컥덜컥, 가삼쾅쾅쑤다리며, 듸굴듸굴뒹굴면셔, 죽기로 써단뎡(斷定)ᄒ니, 어사도, 민망ᄒ야, 츈향모허리를안ㅅ고

(어) 여보, 장모, 나를보아, 진뎡(鎭定)ᄒ오

(모) 예라노아라, 보기실타, 뎌조격(操格)을차리고셔, 내집에를웨왓 느냐, 이셔울싹장아, 싱긴톄격(體格)보니, 포교눈에씌엿스면, 령락(零 落)업시채가겟다

어, 여보장모, 그말마오, 힝싴(行色)이초초(草草)ᄒᆞ야, 녯풍치(風彩)
는업슬망졍, 엇지될줄장모아나, 하날이문허져도, 소사날궁기잇고, 상
뎐(桑田)이벽히(碧海)되여도, 빗켜셜길, 쏘잇나니, 울지말고, 진뎡(鎭
定)ᄒᆞ쇼

(모) 뎨라, 별슈잇는줄로, 어사(御使)될가, 감사(監司)될가, 싱긴꼴이
객사(客死)ᄒᆞ겟다

(어) 무슨사가되든지, 사만되면, 아니조흔가, 시장ᄒᆞ니밥이나좀쥬소

(모) 밥업다

향단(香丹)이울며, 엿자오되

마나님, 마압소셔, 옥즁(獄中)아씨, 알고보면, 자쳐(自處)를ᄒᆞ실터이
니, 한탄ᄒᆞ면, 무엇ᄒᆞ며, 애통(哀痛)ᄒᆞᆫ들, 쓸데잇소, 귀톄(貴體)보즁(保
重)ᄒᆞ옵시고, 밤이아즉, 깁지안으니, 조곰안져계시다가, 아가씨젼, 가
사이다

향단이통통나가, 진지를얼는지어, 어사도끠, 올니고상(床)머리에쑤
러안져, 술한잔권ᄒᆞᆫ후에

(향) 셔방님(書房任)진지만히잡슈시오

(어) 오냐다먹겟다

어사도가츈향모끠, 몃번욕도보고, 시장도ᄒᆞ

신즁에, 밉게만보이랴고, 밥상을두다리사이에다, 쏙끼고, 반찬ᄒᆞ
나안남기고, 혹닥ᄒᆞ더니, 다먹으며

(어) 향단아

(향) 예 -

(어) 누룬밥잇거든, 더, 가져오너라

츈향모긔가막혀

잡것이하나도, 될것은업고, 밥만잔뜩먹어, 식츙(食虫)이가되얏고
나, 만히비러먹겟다

어사도, 즉시, 상을물너내고, 담비한대먹을적에, 파루(罷漏)소래뎅
뎅, 나거늘, 향단이, 이러나셔, 등롱(灯籠)에불을켜며

(향) 파루(罷漏)를쳣사오니, 아가씨젼, 가사이다

향단이등롱들고, 춘향모는압흘셔고, 어사도뒤를짜라, 옥으로향히
갈졔, 이날밤, 풍우(風雨)산란(散亂)호야, 바람은드르르, 지동치듯불
고, 구진비는헛날니며, 텬동(天動)은우루루, 번개불은, 썬쩍, 옥즁(獄
中)의귀곡셩(鬼哭聲)은, 두런두런, 형장(刑杖)마져, 죽은귀신, 주뢰(周
牢)틀녀죽은귀신, 태장(笞杖)마져죽은귀신, 들쏘에목을미여, 디롱디
롱죽은귀신, 둘식셋식, 짝을지어, 희히, 호호, 아이아이, 번개는번쩍,
텬동(天動)은우루루, 달고비는쥬룩쥬룩, 바람은콰콰째려불어, 문풍지
(門風紙)드르르, 밤시는붓붓, 낫시는비비, 옥문(獄門)은덜컥, 락슈(落
水)는, 쑥쑥원촌(遠村)에닭의소리, 은은(隱隱)히들니는디, 춘향은홀노
누어, 랑군(郞君)싱각우는말이

야속(野俗)흔우리님은, 한번리별(離別)가신후에, 내싱각을이즈셧나,
쑴속에도아니온다, 잠아오너라, 쑴아오럼으나, 쑴속에나, 만나보자,
이팔(二八)시졀(時節)졂은몸이, 내가무삼죄가잇셔, 옥즁고혼(獄中孤
魂)되단말가, 죽는것은팔자(八字)이나, 당상(堂上)에빅발로친(白髮老
親)뉘라셔, 봉양흐리, 아이아이

복침통곡(伏枕痛哭)셜니울다, 비몽사몽간(非夢似夢間)에, 리도령(李
道令)겻혜와셔, 은연(隱然)히안젓는데두상(頭上)에금관(金冠)이오, 요
간(腰間)에패월(珮鉞)이라, 션관(仙官)의거동(擧動)이오, 풍호(風虎)의
위엄(威嚴)이라, 춘향마암산란흐야, 도령님손을잡고, 소소러쳐잠을씨

니, 도령님은간곳업고, 뷔인칼머리만잡엇고나, 원통(冤痛)홀사, 유졍
랑군(有情郞君)꿈가온디잠깐만나, 만단졍회(萬端情懷)못흔일이졀통(切
痛)흐고셥셥흐다

디구회 〰

춘향이옥즁(獄中)에, 남편만나호소흐고
운봉이연셕(宴席)에폄시(貶詩)보고, 피신흔다

이씨춘향모, 옥문젼(獄門前)당도(當到)흐야
아가, 춘향아, 춘향아
불으니, 춘향이깜짝놀나
게뉘라셔, 날찻나, 원통(冤痛)코, 셜운원졍(原情), 옥황상뎨(玉皇上
帝)아르시고, 구흐시려날찻나, 긔산영슈벌건곤(箕山潁水別乾坤)에, 소
부허유(巢父許由)가날찻나, 상산사호(商山四皓)네로인(老人)바둑두자
날찻나, 슈양산빅이슉졔(首陽山伯夷叔齊)채미(採薇)흐자날찻나, 셜즁
긔려밍호연(雪中騎驢孟浩然)이방믹차(訪梅次)로날찻나, 부츈산(富春山)
엄자릉(嚴子陵)이간의대부(諫議大夫)마다흐고, 칠리동강일사풍(七里桐
江一絲風)에홈게가자날찻나, 진디풍류(晉代風流)자랑코져, 쥭림칠현(竹
林七賢)이날찻나, 심양츄야(潯陽秋夜)빅락텬(白樂天)이, 비파(琵琶)뜻
쟈날찻나, 셔역원사(西域遠使)방망후(博望侯)견우직녀(牽牛織女)차지랴
고, 한포(漢浦)로지내면셔함게가자날찻나, 풍풍우우(風風雨雨)이턴디
(天地)에, 날차즈리업건마는, 게뉘라셔, 날찻나
　(모) 아가, 춘향아
　(어) 이사람, 조곰, 크게불으게

(모) 요란이구지마소, 만일본관(本官)이알면, 그솜씨에고도리써가쑥빠지고, 촉대(燭臺)써가부러지리

어사도소리를크게질너, 춘향아 - 부르니, 춘향이깜짝놀나

(춘) 게, 누구오

(모) 내다

(춘) 애고, 어미니오, 어머니웃지오섯소

(모) 왓단다

(춘) 누가왓셔요, 셔울셔편지왓소, 나다리러사람왓소, 오다니누가와요

(모) 잘되고, 귀히되고, 고만되고, 가이업시되고, 홍나게되고, 불상히되고, 드럽게되고, 됴흔거지되야왓다

(춘) 누가, 그리되야왓셔요

(모) 네평싱(平生)사모ᄒ고, 잇지못ᄒ든리셔방(李書房)인지, 셕캐셔방인저, 왓단다

춘향이그말듯고

꿈에잠깐, 만나본님, 싱시(生時)에도보겟구나

흑운(黑雲)갓치홋튼머리, 목에휘둘너민고, 길넘은전목(全木)칼을드르르쓰을면셔

인고, 허리야, 애고허리야

칼머리돌녀, 뎌만콤노코, 두손으로, 짜를집고, 뭉긔적긔여오며

셔방님, 엇지오셧소, 셔방님오셧거든, 말소래드러보셰

춘향모, 혀를차며뎌잘된것보고, 단박에, 밋치는고나

춘향이ᄒ는말이

못되야도, 내낭군, 잘되야도, 내낭군, 고관대작(高官大爵)내다실코,

거부장자내다실코, 어머니가뎡흔비필(配匹)됴코글코, 웬말이오, 나를
차져오신낭군(郞君)엇지그리괄시(恝視)ㅎ오

춘향모어이업셔, 말못ㅎ고셔셔볼졔, 어사도드러셔며

(어) 춘향아, 고상(苦狀)이엇더ㅎ뇨, 네죄(罪)가아니라, 만사(萬事)가
모다내불찰(不察)이다

(춘) 셔방님, 문틈으로, 손을너어셔, 나를좀, 이르켜주시오

어사도급흔마암에, 옥문으로손을너어, 춘향손을잡으려ㅎ나셔르손
이머럿스니잡을슈가잇느냐

(어) 장모, 여긔엽듸리소

(모) 잡것이다, 나를웨, 업듸리라ㅎ는가

(어) 자네밟고, 올나셔셔, 춘향의손잡을나네

(모) 속담(俗談)에미운것이, 우줄거리며, 쏭싼다더니, 그말이, 쏙올
코나, 애넘어쓰지말고, 진솔로잇거라

춘향이운신(運身)ㅎ야, 간신(艱辛)히손을잡고, 발발썰고, 이러나며,
두눈에눈물이밋거니, 듯거니

엇의가셧다, 인졔오셧소, 하남셜월(河南雪月)발근밤에, 대안도(戴安
道)차져가셧던가, 위슈(渭水)빈(濱)에고기낙든, 강틱공(姜太公)보러가
셧던가, 치셕강(采石江)츄야월(秋夜月)에리태빅(李太白)차져가셧던가,
운우무산왕단장(雲雨巫山枉斷腸)새사랑에잠겻던가, 무졍(無情)ㅎ고, 야
쇽(野俗)ㅎ네

어사도손을잡고, 우셔보고, 울어보며

(춘) 하나님이감동ㅎ야, 아니죽고살앗다가, 다시볼줄어이알니, 그
러나, 셔방님, 장가드셧소

(어) 장가가, 다, 무엇이냐, 의거리가도, 못드럿다, 나도너리별(離別)

ᄒ고, 셔울을나가, 녜셩각ᄒ노라고, 글공부도안이ᄒ고, 아바님쎄쫏
겨나셔, 친구(親舊)집사랑으로, 모조리, 단이며, 밥술이나, 엇어먹다
가, 쇼식도알슈업고, 녜셩각이간졀(懇切)ᄒ야, 불원쳔리(不遠千里)나
려오니, 너는나보다도, 더참혹(慘酷)ᄒ게되얏스니, 텬디(天地)가아득
ᄒ고, 가삼이무여진다

춘향이그말듯고

어마니, 듯조시오, 날이밝거든, 우리둘이인연(因緣)밋든부용당(芙
蓉堂)에뎜화(點火)ᄒ고, 둘이덥든금침(衾枕)펴고, 사쳐(私處)를뎡(定)
ᄒ시고, 거년방(房)삼층장(三層欌)에, 필육몟필골나내여, 셔방님상하
의복(上下衣服)여러벌마르시고, 갓망건(網巾)곱게ᄒ되, 머리에맛게맛
초시고, 단임, 허리쯰, 쌈지, 엽낭, 자개함(紫介函)에드렷스니, 쳘을맛
쳐드르시고, 옥식(玉色)밧탕, 자주(紫紬)코, 태사혜(太史鞋)한켜례맛초
시고, 향교(鄕校)말셩좌슈(成座首)에게, 돈삼쳔량(三千兩)맛겻스니, 그
돈즉시차져다가, 집안에가용(家用)쓰고, 간일(間日)고음(膏飮)양집내여,
시장치안케권ᄒ시며, 어머니도잡슈시오, 내가집에업다ᄒ고, 어마니
가화를내여, 불평(不平)케ᄒ옵시면, 쳔리(千里)에오신랑군(郞君)그마
암이편ᄒ릿가, 셩품을알거니와, 만일(萬一)괄시(恝視)ᄒ옵시면, 불효
녀식(不孝女息)말이오나, 자결ᄒ야죽을테니, 쳐분(處分)ᄒ야ᄒ옵소셔

춘향모그말듯고, 춘향듯지안케, 감안이욕(辱)ᄒ것다

뎌런빌어도못먹을년, 질알한다

춘향이다시향단이를불너

(춘) 셔방님식사범졀안녕(安寧)ᄒ시고, 아느시기는젼혀네게미엿스
니밤참조반, 젼후사(前後事)를지셩(至誠)으로공궤(供饋)ᄒ고, 동문(東
門)밧리주부(李主簿)씌화졔니여, 약지여다, 하로두쳡식, 네다알지, 이

리당부안이한들, 네마암도, 나와갓지, 내마암, 네가알고, 네마암내가
아니, 별말이웨잇스랴

(츈) 셔방님

(어) 왜야

(츈) 드르니, 명일(明日)이본관(本官)싱신(生辰)잔치라, 잔치꼿헤, 나
를올녀죽인다고, 사졍(司丁)에게분부(分付)ᄒ야, 형장(刑杖)만히싹가
올나라ᄒ얏다니, 셔방님, 아무데도, 가시지말고, 옥문(獄門)밧게나, 삼
문(三門)밧게나, 직혀셧다, 츈향올니라령(令)나거든, 칼머리나드러쥬
시고, 나를죽여내치거든, 타인(他人)손길대지말고, 셔방님이달녀드
러, 나의시톄(尸體)를두리쳐업고, 내집으로도라와, 시상(尸床)밧쳐누
인후에, 나의초혼(招魂)불녀쥬되, 옥즁에셔, 셔방님을그려, 간장(肝腸)
셕은역류슈(逆流水)짬내무든속젹삼벗겨내여허공즁텬둥둥내두루고
히동죠션젼라좌도(海東朝鮮全羅左道)남원읍(南原邑)강션동(降仙洞)임
자싱(壬子生)셩츈향(成春香)복복복(復復復)셰번만웨치고, 집웅우에츳
드리고, 슈의(壽衣)도ᄒ지말고, 나입으랴고지은의복갓초갓초다잇스
니, 마음디로골나입혀, 염포입관(斂布入棺)ᄒ지말고, 셔방님, 나를안
고, 쳥결(淸潔)ᄒ곳가려차져, 깁히파고뭇으실쩌, 셔방님속젹삼(赤衫)
버셔, 내가슴을덥허주고, 묘젼(墓前)에표셕(標石)셰고, 표셕애, 글을
쓰되, 슈절원사츈향지묘(守絕寃死春香之墓)라, 대자(大字)로, 크게쎠셔,
묘(墓)압헤, 셰워쥬면첩(妾)의죽은혼이라도, 아모한(恨)이업겟나이다,
불상ᄒ신우리모친내몸일신죽어지면뉘게가셔, 의지(依支)ᄒ며, 빅골
엄토(白骨掩土)뉘라ᄒ리, 슬프다, 우리모친(母親)나일코애통(哀痛)타
가, 셜워도죽을터요굴머도죽을톄오, 의지업시도라가면, 오작(烏鵲)의
밥이된들뉘라여셔날녀쥬리, 아이아이, 셜니우니, 구슬갓흔눈물이옥

면(玉面)에내가되야, 입은옷을, 다적신다, 한참, 이리애통타가, 츈향
이, 다시

　(츈) 셔방님, 도리(道理)는아니오나, 긴히, 부탁(付託)홀말삼이잇소

　(어) 무슨말이냐, 흐여라, 네부탁드러쥬마

　(츈) 셔방님모시압고, 히로빅년(偕老百年)지내오면무삼톄면(體面)
차즈릿가, 랑군을못셤기고, 불상히죽는년이, 무삼부탁(付託)흐오릿
가, 가린(可憐)흔어미신세(身世)내모흐나죽어지면, 뎡쳐(定處)업시불
상흐니, 하히갓흔쳐분(處分)으로, 로모(老母)를밧드러셔, 츈향갓치싱
각흐면, 죽어황천도라가셔, 결초보은(結草報恩)흐오리가, 차싱(此生)
에미진한(未盡恨)을후싱(後生)에나, 다시만나, 리별(離別)업시, 사올는
지, 홀말이무궁(無窮)쳡쳡흐나, 날이밝가, 히가쓰니, 대강부탁흐옵내
다, 오작곤로(困勞)흐시릿가, 어셔나가쥼으시오

　(어) 오냐, 너무근심말고, 금일(今日)히만기다리면싱사(生死)간에,
알터이니, 별마암을먹지말고, 다시보기싱각히라

　츈향을작별흐고, 옥문(獄門)밧게나오는디

　(모) 자네, 어듸로갈나나

　(어) 어듸로가, 자네집으로가지

　(모) 내집보다, 크고, 조혼집으로가소

　(어) 어듸

　(모) 객사(客舍)동대텅(東大廳)에가셔, 좌긔(坐起)흐소

　(어) 자네말이거즌말은안일세, 자네엇지, 자셰아나아모고을에가도,
널즉흔긕사동대쳥(客舍東大廳)이내쳐쇼(處所)니, 어셔가소, 나는객
사(客舍)로가네

　향단이달녀드러, 어사도를부여잡고

(향) 마님말삼탄치마옵시고, 딕으로가옵시다

(어) 오-볼일이급ᄒ니, 내밥이나ᄒ여두어라

춘향모와향단이는집으로건너가고, 어사도는, 광한루로, 올나가, 이리더리, 건일면셔, 거힝(擧行)홀일싱각더니, 셔리, 즁방, 역졸(書吏, 中房, 驛卒)들이인시초(寅時初)에등대(等待)ᄒ야, 차례로문안(問安)커늘

(어) 오날본관잔치시에, 여차여차(如此如此)홀터이니, 은근(慇懃)이등대(等待)ᄒ고, 눈치보아, 거힝(擧行)ᄒ라

(셔리등) 예-의

셔리즁방령을듯고, 각디(各地)로허여지고, 어사도삼문(三門)간, 당도ᄒ니각읍슈령(各邑守令)모혀들제, 당상당하, 첨만호(堂上堂下僉萬戶)가, 차례(次第)로드러오는데

쉬-임실(任實)이오, 곡셩(谷城)이오, 어허-권마셩(勸馬聲)에담양부사(潭陽府使)드러오고, 순창군슈(淳昌郡守)옥과(玉果)구례(求禮)련속(連續)ᄒ야드러올제, 라발(喇叭)소래, 짜짜, 에이씨름, 에이씨름, 운봉영장(雲峰營將)드러온다

본관쥬인(本官主人)으로, 각소임(各所任)을단속(團束)홀제, 육직(肉直)이불너, 큰소잡히고, 관텽식(官廳色)불너, 차담을신칙(申飭)슈모(需母)를불너진지(進旨)를차리고, 륙방두목(六房頭目)은진찬(進饌)를드려각종봉물(各種封物)드러셧다, 집사(執事)를불너, 공인(工人)을대령, 슈로(首奴)를불너, 기싱(妓生)을지휘(指揮)홀제, 각읍슈령(各邑首令)이차례(次第)로좌뎡(坐定)ᄒ고, 일등명기(一等名妓)들이좌우(左右)로느러셔셔, 옥슈라삼(玉手羅衫)을툭툭더지며

쎵, 퉁, 나지나

풍악(風樂)소래령산회상(靈山會上)이완연(宛然)ᄒ다,   연연(淵淵)ᄒ

큰북소래, 츈뢰(春雷)가들네는듯, 두리부는피리소래, 봉황(鳳凰)이노니는듯, 소상반쥭(瀟湘斑竹)젓대소래, 나의셔름자아내고, 곡곡셩진(曲曲聲振)희금(稀琴)소래, 녕풍(年豊)을자랑흐다, 오현금(五絃琴)검은고는, 남훈뎐(南薰殿)노래흐고, 이십오현(二十五絃)비파셩(琵琶聲)은불승청원(不勝淸怨)슬풀시고, 남창(男唱)은유아(幽雅)흐고녀창(女唱)은청묘(淸妙)흐다, 고됴(古調)를슈자애(雖自愛)나, 금인(今人)이다불탄(多不彈)을, 빅아(白牙)가업셧스니, 지음(知音)흐리, 뉘잇스리, 어사도, 홍을내여, 우줄우줄드러가며

알외여라, 사령(使令)아, 엿주어라통인(通人)아, 먼데잇는거러지가대연(大宴)만나, 안쥬(按酒)흔졈슐한잔을, 어더먹고, 가자이다

소래를버럭지르니, 본관(本官)이화를내여

네, 뎌, 밋친놈, 멀니멀니, 물니쳐라

어사도, 상기동을잔쏙, 훔쳐안쏘

나, 쏘차내라흐는놈은개아달이오, 나가는놈은인사불셩(人事不省)이라

흐며, 사령을호령(號令)흐니, 운봉(雲峰)이살펴본즉폐포파립(弊袍破笠)에의복(衣服)은람루(襤褸)흐나, 인물(人物)이비범(非凡)흐고, 긔우(器宇)가헌앙(軒昂)흐거늘, 운봉이통인불너

(운) 여보아라, 뎌량반이량반일시분명(分明)흐니, 말셕(末席)에안치고, 음식(飮食)이나, 잘, 대졉흐여라

통인(通引)이, 예-이, 흐고츙츙나가

(통) 쉬-사령

(사) 예-의

(통) 그량반이리올나오시래라

어사도, 우스시며

안다안다, 운봉이안다, 운봉이과만(苽滿)이되엿는디가삼년(加三年)을시겨보자

션듯올나가, 운봉엽해안즈며, 장읍불비(長揖不拜)ᄒ고, 좌중에못본인사(人事)차례(次例)로ᄒ연후에, 운봉이ᄒ는말이

(운) 좌중에통홀말이잇소

(좌중) 무슨말이오

(운) 이말셕(末席)안진량반(兩班)이, 과객(過客)이로디, 동시량반인듯ᄒ니, 대우(待遇)홈이엇더시오

본관이얼골을씽그리며

그런것들, 갓가히ᄒ면, 담비써나, 부치나, 집어가지, 무엇을대우(待遇)ᄒ셔요

언필(言畢)에, 차담상이드러오는데, 각각(各各)상(床)을밧앗스되, 어사도만쏙, 쎄여노니, 운봉이민망(憫憫)ᄒ야

(운) 이리오나라

(통) 예-의

(운) 이량반게상(床)차려드려라

(통) 예-의

어사도상을차려오는데, 모쩌러진기다리소반에, 글거먹든갈비ㅅ대, 콩나물대강이한졉시, 멸우치쏘리한졉시, 모쥬한사발, 노아다쥬니, 어사도, 상을보고, 붓치쏙지를걱구로쥐고, 운봉의갈비를쑥지르며

(어) 여보, 운봉

운봉이쌈짝놀나

(운) 애고, 이게, 웬일이오

(어) 뎌갈비한대, 이리쥬시오

(운) 이량반, 갈비를달나면, 그져달나지사람의싱갈비를먹으랴든단말이오

운봉이통인불너

(운) 이갈비, 내려다가, 뎌량반게드려라

(어) 아니오, 어더먹는사람이, 남의슈고, 시길것이잇소, 내손으로, 갓다먹지

이리뎌리다니며, 맛조흔음식(飮食)만, 모다나려, 개다리소반에갓다노코

조코, 조코, 진합태산(塵合泰山)이라드니, 흐흐부치로, 쏘, 운봉을쑥찌르니

(운) 이량반, 참, 밋쳣소

(어) 내가밋친것이아니라, 기싱(妓生)보니, 술을그디로먹을슈가잇소, 기싱시겨, 권쥬가(勸酒家)나한번, 드룹시다

(운) 여보아라, 네이량반끠권쥬가(勸酒家)하나흥여라

넷날이나, 지금이나, 다를리가잇느냐, 되지못흥것이라도, 죠(操)만쎄면기싱(妓生)인쥴로

(기) 애고, 기싱노릇을흥쟈닛가, 우순것을다보겟고이량반웨볼넛소

운봉이호령호더

(운) 이년, 괴악(怪惡)흥지고, 엇더흥신량반이든지내가불너, 시기거든, 저러흥년은, 운봉으로잡아다가학치를부지르리라

이와갓치, 짝, 오르니, 기싱이한풀이쩍겻구나

(어) 이애, 내무릅우에, 올나안져라

(기) 여보, 실소

(운) ᄒ라는대로ᄒ지

ᄒ니, 기성이, 할슈업시, 어사도무릅에안는지라, 어사도가, 갈비는 쯧지아니ᄒ고, 압뒤로침만담복무쳐

(어) 이애, 너, 이것무러라

(기) 실소, 드럽소

(어) 이애, 나는네가, 기성이라, 이러케, 조혼데, 너는내가, 조치안 으냐

(기) 애구, 이게, 웬일이야, 망칙도ᄒ여라

(어) 이년망칙(罔測)이라니

(운) 물나면물지, 웨이리, 셩가시게구느냐, 졍말, 귀치안코나

그졔야, 기성이갈비를무니

(어) 에라, 고만내려안져, 슐한잔부어, 권쥬가(勸酒家)ᄒ여라

(기) 나는권쥬가홀쥴모르오

(어) 기성이권쥬가를못홀리가잇나, 사양말고, 하나ᄒ야라

기성이권쥬가를ᄒ는데

잡지그려, 잡지그려, 이슐한잔, 쳐잡으면, 쳔만년(千萬年)이나, 이모 양사오리라

(어) 권쥬가를드르니, 참, 시로난노래로구나, 가위명기(名妓)로다

술을먹지안코, 자리에부으며

어허, 불사, 조혼자리를바리겟구나

도포(道袍)소미로, 술을뭇쳐, 좌우(左右)로, 내쑤리니, 좌중(座中)이 발동(發動)ᄒ야

운봉은 우순것을다쳥ᄒ야, 좌셕을요란케ᄒ시오

본관이싱각ᄒ되

져놈이량반의자식(子息)은분명(分明)흔데, 졀문아히가, 져리버릇이
업슬진디, 제집안란봉이오, 필경(畢竟)무식(無識)흘터이니, 운짜(韻字)
를내여쪼치리라

흐고

(본) 여보, 우리, 좌뎡(座定)흐야, 글흔귀식지으되, 만일못짓는자는,
큰벌을쓸터이니, 좌중(座中)이그리아르시오

본관이운짜를내엿스되, 놉흘고(高)기름고(膏)두자를부르거늘어사도
나안즈며

나도부모님덕(父母任德)으로, 글자나읽엇스니, 글한귀지으면, 엇더
흘는지오

운봉이반겨듯고, 필연(筆硯)을내여쥬니, 어사도필연밧아, 얼는지
여, 자리밋헤넛코, 본관을향흐야

먼데잇는걸인(乞人)이, 쥬육(酒肉)을포식(飽食)흐니, 은혜난망(恩惠
難忘)이오, 후에, 다시뵈옵시다

작별흐고, 이러셔니, 본관이시원흐야

(본) 이량반(兩班)평안(平安)히가시오, 언졔쏘, 만나볼는지

(어) 조곰잇스면, 쏘, 보지오

어사도, 가신후에, 운봉(雲峯)이자리밋헤, 글을내여보니, 그글에흐
엿스되

금쥰미쥬(金樽美酒)는쳔인혈(千人血)이오, 옥반가효(玉盤佳肴)는만셩
고(萬姓膏)라, 쵹루락시(燭淚落時)에민루락(民淚落)이오, 가셩고쳐(歌聲
高處)에원셩고(怨聲高)라

운봉이, 글을보고, 벌벌썰며

(운) 본관은잘노르시오, 나는유고(有故)흐야, 먼져가오

임실(任實)이갓치썰며, 이러나가니

(본) 임실, 웨, 이러나시오

(임) 나도, 큰일낫소

(본) 웨그리시오

(임) 대부인(大夫人)이, 락태(落胎)를 ᄒ엿다고, 곳긔별이왓소

(본) 로형대부인이츈츄(春秋)가얼마신데, 락태를ᄒ셔오

(임) 금년(今年)에, 여든아홉이오

(본) 여보, 구십로인(九十老人)이, 아기를비여, 락태를ᄒ셧단말삼이오

(임) 아니오, 락태가아니라, 락상(落傷)을ᄒ셧다는것을, 겁결에잘못말을ᄒ엿소

뎨십회

어사가출도ᄒ자각읍슈령도망ᄒ고
과부가등장ᄒ후월미가춤을춘다

이쩌, 좌슈(座首)와칙방(冊房)이, 운봉(雲峯)글읍는것을, 병풍(屛風)넘어로보다가, 즉시(卽時)드러와, 분별을ᄒ는데, 삼공형(三公兄)불너라, 삼힝슈(三行首)부르고, 도셔원(都書員)불너, 전례(前例)를올니며, 각창식(各倉色)불너, 류곡(留穀)이올ᄒ냐, 공방(工房)을불너, 포젼(鋪氈)을단속(團束), 슈형리(首刑吏)불너, 옥내(獄內)를단속(團束), 집사(執事)를불너라, 긔치취타(旗幟吹打), 공인(工人)을단속ᄒ고사령(司丁)이불너, 형구(刑具)를단속, 육고자(肉雇子)불너, 등롱(燈籠)을단속, 도사령(都使令)부르고도군로(都軍奴)불너라, 형장(刑杖)질은, 왕방울쇠로셰

우고, 곤장(棍杖)로자(牢子)는, 허천쇠(許千釗)로뎡ᄒ고, 리방(吏房)호
방(戶房)을불너, 관로(官奴)기싱(妓生)통인(通引)사령(使令)을등대ᄒ라

이리가도슈군슈군, 져리가도슈군

이놈들아, 졍신(精神)차려라, 멧놈이죽을지모르리라

이ᄯᅦ, 어사도, 오시(午時)를기대리고, 삼문(三門)밧썩나셔니, 셔리
(書吏)가번ᄯᅳᆺ, 눈하번씀젹, 역졸(驛卒)이얼는, 손한번ᄂᆽ썩, 셔리(書吏)
역졸(驛卒)눈치채고, 역쇼(驛所)로내다르며

역장(驛長)아, 어사도분부(分付)급급(急急)ᄒ다, 청상젹(靑上襍)입고,
홍견대(紅肩帶)씌여라, 사마치들고, 좌견을달아라, 사도(使道)타실대
마(大馬)를드려라, 안장(鞍粧)을지여라, 빈ᄯ를조르고, 덧굴네씨우고,
우거리내려라, 폐양(蔽陽)이엇쩟늬, 방망이드러라

사자(獅子)갓흔마두역졸(馬頭驛卒)륙모방치놉히들고, 우루루달녀드
러, 삼문(三門)을쌍쌍치며

암힝어사츌도(暗行御史出道)야, 암힝어사츌도야

두세번고함(高喊)소래, 부즁(府中)이쓰르르, 비호(飛虎)갓치날낸역
졸예가번ᄯᅳᆺ졔가번ᄯᅳᆺ

삼공형(三公兄)삼공형(三公兄)

예-

후닥ᄶᅡᆨ, 후닥ᄶᅡᆨ, 어사도분부(分付)ᄒ되

남원(南原)고을, 륙방하인(六房下人)대감(大監)믜거힝(擧行)ᄒ든하인
이니, 아예상(傷)치말고, 슈령(守令)들만녁을ᄶᅦ라

역졸이텽령(聽令)ᄒ고, 슈령(守令)모힌잔치좌즁(座中)몽치로바소는
데금병(錦屛)슈병(繡屛)산슈병(山水屛)과, 슈십좌(數十坐)교자상(交子床)
양치대야, 타구, 징반, 졉시, 대합, 술병, 후닥, 칙끈, 윙그렁졩그렁ᄶᅵ

여지고, 거문고, 가야금(伽倻琴)양금(洋琴)싱황(笙簧)단소(短簫)북, 장
고(長鼓)해금(嵇琴)젓대산산(散散)이부셔질쩌, 각읍슈령(各邑守令)도망
흔다

운봉영장(雲峯營將)인(印)씽 이일코, 슈박들고다라나고, 임실현감(任
實縣監)탕건(宕巾)일코, 화관(花冠)쓰고다라나고, 담양부사(潭陽府使)
갓을일코, 방석(方席)쓰고다라나고, 슌창군슈(淳昌郡守)창의(氅衣)일코,
몽도리입고다라날제, 본관(本官)은겁을내여, 안악으로드러가며

어, 무셥다, 어사(御使)보아라, 문(門)드러온다, 바람닷어라, 요강(溺
缸)마렵다, 오좀드려라

운봉영장(雲峯營將)말을걱구로타고

압다, 이이, 말보아라, 압흐로는아니가고, 뒤로, 어사도계신데로만
가는고나, 어사도가츅디법(縮地法)도흐는구나

말을걱구로타셧스니, 바로타고가옵소셔

언제, 돌녀타고잇겟느냐, 말목아지를쎄여셔, 이리갓다박어라

자리공방(工房)넉을일코, 관텽식(官廳色)은통곡(痛哭)흔다, 눈치잇
고날낸통인(通引)대상(臺上)에쮜여올나

(통) 집사(執事)

(집) 예-의

(통) 좌우헌화(左右喧譁)금흐랍신다

(집) 예-의, 슌령슈

(슌) 예-의

(집) 좌우헌화(左右喧譁)금집(禁戢)흐랍신다

(슌) 예-의

(집) 젼비(前陪)드리라

(슌) 예-의

젼비(前陪)드러, 명금이하대취타(鳴金以下大吹打), 가진풍악(風樂), 부 중(府中)이뒤놀젹에, 짓든개도, 목이쉬고, 나는시도, 아니날며, 산쳔 초목(山川草木)이스사로, 덜덜쓰니, 무셥고도, 두렵구나

어사도, 동헌(東軒)에좌뎡(坐定)ᄒ시고, 차담상올녀잡슌후에, 옥중 (獄中)에갓친죄인(罪人), 여러빅명(百名)원굴(寃屈)터니, 일시(一時)에불 너드려, 슌슌(諄諄)히이르시고, 빅방(白放)으로노ᄒ시니, 슈빅명(數百 名)옥슈(獄囚)들이, 춤을추며, 송덕(頌德)ᄒ다

어사도, 슈형리(首刑事)를불너, 춘향의젼후사를일일(一一)히무르시 니, 슈형리업듸여서, 져져(這這)히알외거늘, 사도분부(分付)ᄒ되

춘향을칼벗겨잡아드리라

감옥형리(監獄刑吏)분부듯고, 옥사뎡(獄司丁)을압셰우고, 옥(獄)으로 내려갈졔, 륙방관속(六房官屬)모혀셔셔, 셔로보고ᄒ는말이

명쳘(明徹)ᄒ신슈의사도(繡衣使道)렬녀춘향(烈女春香)방송(放送)ᄒ 면, 쳔츄유명(千秋有名)ᄒ시련만, 쳐분(處分)을알슈잇나

옥문젼(獄門前)당도(當到)ᄒ야, 장셩(長城)갓치잠긴문을, 와당퉁탕 덜걱열고, 톱을들고, 드러가셔, 코칵코칵, 칼을벗겨, 옥담에걸쳐셰고

여보소, 셔울딕, 졍신(精神)을슈습(收拾)ᄒ오, 슈의사도분부내에, 셔 울딕을올니라니, 쳐분(處分)은모르지만, 필경(畢竟)방송(放送)ᄒᆯ듯ᄒ 니, 졍신을일치말고, 말삼을잘알외오, 송쥭(松竹)갓치굿은졀ᄒᆼ(節行) 하나님도아시거든, 셜마웃더ᄒ오릿가

춘향이졍신아득

(춘) 향단아, 옥문밧게, 누가잇나보아라

(향) 아무도업셔요

(츈) 자셰히보아라

(향) 아무도업셔요

(츈) 텬디간(天地間)에, 모진량반, 어져녁에오셧슬졔, 신신당부(申申當付)ㅎ얏것만, 오일(午日)이넘엇스되, 오시지를아니ㅎ고, 종젹(踵跡)조차묘연(渺然)ㅎ니, 나죽는것안보랴고, 피신ㅎ고아니오나, 밤에잠을못자계셔, 잠이깁히드르셧나, 무졍(無情)ㅎ고야쇽(野俗)흔님, 죽기젼에, 안와보고, 어디가셔숨으셧노, 소소로쳐솟는눈물, 피가되야흘너나려, 옷깃이다젓는다

츈향모발구르며, 가삼쾅쾅

엇지홀고, 엇지홀가

향단이도통곡(痛哭)ㅎ니감옥형리(監獄刑吏)옥사뎡(獄司丁)이눈물을흘니면셔, 우지마소, 우지마소, 명쳘(明哲)ㅎ신어사도가효부렬녀(孝婦烈女)아옵시니, 셜마인들, 웃더홀가

지쵹사령들이, 나오며셔

오나냐, 오나냐

ㅎ는소래, 텬디(天地)를뒤놉는듯, 츈향이홀일업셔, 관가(官家)로드러간다, 향단이는츈향이업고, 츈향모뒤를싸라, 울며불며드러갈졔, 이쩌, 남원읍(南原邑)로쇼과부(老少寡婦)쎼를지여, 모혀드러, 츈향을살니랴고, 어사도게등장(等狀)을드렷는데, 인물(人物)도어엿부고, 씨긋ㅎ게늙은부인, 소복(素服)을졍히ㅎ고슈태(羞態)쯰인졀믄과부(寡婦), 피부(皮膚)가풍영(豊盈)ㅎ고, 말잘ㅎ는부인이며, 용모(容貌)도어엽부고, 긔골(氣骨)찬부인이며, 소년(少年)쩌에쳥상(靑孀)되야, 궁태(窮態)로싱긴부인, 빅모량뎐(百畝良田)밧미다가, 호미들고오는부인, 잠월조상(蠶月條桑)뽕싸다가, 모양업시오는부인, 슈빅명쎼과부가, 동헌(東軒)뜰에

가득차니, 어사도분부(分付)ᄒ되

엇더ᄒᆫ부인들이, 무삼사로모혀왓나, 연유(緣由)를알외여라

그즁에한부인이, 여러과부를디표(代表)ᄒ야

(과) 과부등발원(發願)홈은, 지원(至寃)ᄒᆫ일잇삽기로, 명찰(明察)ᄒ신사도젼(使道前)에, 등장차(等狀次)로왓나이다

(어) 무삼소회(所懷)인지, 져져히알외여라

과부등이엿자오되

렬녀불경이부(烈女不更二夫)는텬디간(天地間)에읏듬인디, 봉명(奉命)ᄒ신방빅슈령(方伯守令)렬녀(烈女)웃지, 모르릿가, 월미(月梅)쌀춘향이는, 어미는기싱이나, 아비는재상(宰相)이라, 구관자졔(舊官子弟)리도령(李道令)과, 빅년비필(百年配匹)미진후에, 호사(好事)가다마(多魔)ᄒ야, 도령님을리별(離別)ᄒ고, 슈졀(守節)ᄒ고잇삽더니, 본관셩쥬(本官城主)도임후(到任後)에, 춘향을잡아다가, 기안(妓案)에착명(着名)ᄒ고, 슈텅(守廳)들나, 달내여도, 종시훼졀(終是毁節)아니ᄒ니, 춘향을잡어내여, 장하(杖下)에모진형벌(刑罰)거의죽게되얏슨즉, 하나님이내신렬녀(烈女)미친다고변ᄒ릿가, 실갓치남은목슘, 거의ᄭᅳᆫ케되얏스니, 명치(明治)ᄒ신사도쳐분(使道處分)특위방송(特爲放送)ᄒ오심을, 하날갓치바람내다

어사도분부(分付)ᄒ되

춘향은창녀(娼女)로셔, 관졍발악(官庭發惡)ᄒ얏스니, 용셔치못ᄒ리라

그즁에, 사오납고, 늙은과부, 좌우(左右)를, 썩, 헤치고, 압흐로, 선뜻, 나셔는데, 나히는일빅일곱살이오, 피부(皮膚)가윤택(潤澤)ᄒ고, 이목이명료(明瞭)ᄒ며, 긔운이졍졍ᄒ고, 심슐만코, 욕잘ᄒ고, 꼿꼿ᄒ고,

쎄ㅅ손잇는독흔부인, 테머리를흔들흔들, 눈섭이곳곳셔셔, 량미간(兩
眉間)을씽그리고, 니를으드득갈며

여보시고, 어사도, 이쳐분이웬말이오, 졔난편위ᄒᆞ야, 슈졀흔다고,
잡아다가, 쌍쌍치며, 나고살자, 협박ᄒᆞ야, 형벌(刑罰)을람용(濫用)ᄒᆞ
며, 강간(强姦)을결힝(決行)코져ᄒᆞ는놈은죄가업고, 슈졀츈향(守節春
香)관졍발악(官庭發惡)이대단큰죄인가, 어허, 공사(公事)도우숩고, 어
사도는봉명사신(奉命使臣)이시니, 이곳에안즈시고, 역졸(驛卒)들, 셔
울보내, 리몽룡(李夢龍)인가, 어린아희도적(兒孩盜賊)녀셕브터, 잡어
다가, 릉장(凌杖)쥬뢰(周牢)를트러주오

역졸이썩나셔며

(역) 쉬-

(과부) 쉬-라니, 어듸, 비암이, 지나가느냐, 쉬라는게, 무엇이냐, 네
가역졸이냐, 역졸보니, 장히무섭다, 마는, 죄업는늙은나를, 어사도면,
웃지홀고

어사도, 속으로는, 은근(慇懃)히, 조와셔, 궁둥이를들셕들셕, 대쇼
(大笑)ᄒᆞ며, 분부ᄒᆞ시되

사필귀졍(事必歸正)홀터이니, 부인들은, 념려(念慮)말고, 각기(各其)
도라가라

부인들이물너날졔, 늙은부인, 쏘알왼다

여보, 사도, 아ᄯᆞ갓치, 공사(公事)마르시고, 렬녀츈향노ᄒᆞ시오, 참,
봉변(逢變)ᄒᆞ오리다

삼문밧게, 물너나와, 츈향노이기를기대릴졔, 사령이츈향을잡어드
리니, 츈향이죽은듯시, 계하(階下)에업뎃거늘, 어사도, 부러한번, 호
령을ᄒᆞ시것다

(어) 너는하향창녀(遐鄕娼女)로셔, 관령(官令)을좃지안코, 관정(官廷)에셔발악(發惡)ᄒ기를례사(例事)로흔다ᄒ니, 죄상(罪狀)이불경(不輕)ᄒ다, 본관슈령이불합(不合)ᄒ거든, 어사슈령이웃더ᄒ뇨

알외여라, 호령(號令)소래, 산천(山川)이써나간다, 츈향이알외오디

초록(草綠)은동식(同色)이오, 가지도, 게편이라, 량반님네일반(一般)이오, 창녀(娼女)의절힝(節行)이라, 첩은비록창녀자식(娼女子息)이오나, 창녀(娼女)노릇아니흔줄, 사도어이모르시오, 녯날에, 의창(義昌)이는, 태학사(泰學士)를셤겨잇고, 유명(有名)흔홍불기(紅拂妓)는, 리졍(李靖)ᄯ라갓ᄉ오니, 창녀절힝(娼女節行)업스릿가, 형가(荊軻)의날닌비슈(匕首)츈향목을, 뎅경버혀, 위슈(渭水)에더지거나, 진문공(晋文公)의남긴불로살나셔죽이거나쳐분(處分)디로ᄒ옵소셔

어사도, 다시, 뭇기를맛치시고, 리별시(離別詩)에밧은옥지환(玉指環)을내여, 힝슈기싱(行首妓生)을불너

이것갓다, 츈향쥬라

힝슈기싱(行首妓生)이, 지환(指環)을가지고내려와, 츈향압헤, 갓다노흐니, 츈향이졍신(精神)업셔, 지환인줄은알앗스나, 랑군(郎君)에게졍표(情標)로쥰지환인줄은, 치, 몰낫것다, 어사도가

얼굴들어, 대상(臺上)을보라

이삼차(二三次)분부(分付)ᄒ니, 츈향이마지못ᄒ야얼골을드러, 대상을삷혀본즉, 어졔저녁, 옥문밧게왓든랑군(郎君)이분명코나, 츈향의반가온마음, 단박에쮜여올나, 어ᄉ를붓들고, 울고, 춤추고십흐나, 연연약질(弱質)약흔형벌(刑罰)에, 일신(一身)을자유(自由)치못ᄒ니, 반가운마음도로켜, 야속(野俗)흔싱각이나셔, 그 자리에업더져, 흐흑늑기며

(츈) 모지도다, 모지도다, 셔울량반모지도다, 어졔저녁옥(獄)에오

셔, 내형상을보셧스니, 나다려만말슴ᄒ고, 마음노코잇스라면, 지난
밤그간장(肝腸)을안녹이고, 안심(安心)ᄒ엿지, 져년웃지아니즉나, 즉는
꼴을보랴는걸, 어리셕은츈향이는, 니를갈고, 아니죽고, 항여나, 사라
나셔, 랑군을다시만나, 지낸고싱(苦生)다바리고, 빅년종사(百年從事)
ᄒ겟다고, 단단밍셔(斷斷盟誓)지낸년을불상이는아니알고, 죽이기로
드신마음, 내몰낫지내몰낫셔, 그마음을알엇더면, 내가발셔업셧슬걸,
아이아아

우니, 어사도즉시(卽時)사인교(四人轎)를드려, 츈향을태워, 제집으
로건너보내니라

이쌔츈향모는혼검이엄슉(嚴肅)ᄒ니, 드러오든못ᄒ고, 문밧게셔혼
자, 동동거리며, 방정을쩔다가, 그쌀이나오니, 조코도절거워, 쌀은압
헤보내고, 츈향모와여러부인들이한바탕놀다가는것이엇다

얼시고나, 지화자, 엇져녁에걸인(乞人)사위, 어사(御使)란말웬말이
냐, 꿈이더냐, 싱시더냐, 꿈이거든쪄지말고, 싱시(生時)거든미양잇자,
지화자아지화자

이놈도사령(都使令)아, 삼문(三門)잡어라, 어사장모드러가신다, 장
비(張飛)야비닷칠나, 이궁등이두엇다가, 논을살가, 밧을살가, 이런데
나흔드러라, 지화자아지화자

여보남녀(男女)로소(老少)부인(夫人), 아달낫키원을말고, 쌀만만히
나으시도, 한태줄에네다셧식, 쏙쏙내쓰리오

익고내가밋친년이지, 엇져녁에사위보고, 욕도만히ᄒ고, 구박도몹
시ᄒ엿지, 그것이무삼짓고, 이년쥬동이를칼로쮤슈밧게, 수가업네, 여
보소, 옷고름에찬칼좀주소, 이년의입을버힐나네, 버히면, 아마압흐
지, 압흐면, 못버히겟네, 아장아장드러가며

션풍도골(仙風道骨)져모습이, 엇져녁에걸인(乞人)되야, 나속이기웬
일이오, 오날아참진시말(辰時末)에발감기에, 폐양이쓰고, 내집문젼(門
前)기웃기웃나를보고, 도라가며, 손가락질ᄒ든것이, 이계셩각역졸(驛
卒)일세

여보사도노혀마오, 사도암만노혀신들, 장모나를엇졀테요, 사도상
경(上京)ᄒ신후에, 늙은이마누라가후원(後園)에단(壇)을모고북두칠셩
(北斗七星)자야반(子夜半)에등불을밝히고셔, 우리사위귀히됨을, 밤낫
축원ᄒ얏더니, 하나님이감동(感動)ᄒ샤, 암힝어사(暗行御史)되얏셰라,
지화자아지화자

그러나, 사도젼에엿줄말이잇습니다, 부디쳥드르소셔, 다른말슴아
니오라, 본관사도괄셰마오, 츈츄(春秋)는만흐시나, 마음이호협(豪俠)
ᄒ야, 애쥬탐화(愛酒貪花)ᄒ심으로, 츈향일식(春香一色)사모ᄒ야한번
불너보시더니, 욕심(慾心)이잔득나셔, 달내도아니듯고, 을너보되, 듯
지안어, 천가지로유인(誘引)ᄒ고, 만가지로달내다가, 종시(終是)듯지
아니ᄒ니, 위협(威脅)ᄒ면, 될쥴알고, 잡아내려호령ᄒ니, 미몰(埋沒)흔
츈향이가, 종다리시, 나락씨ᄯᅩ듯쏭쏭안져치밧치니, 하인소시(下人所
視)난당(難當)ᄒ야, 동틀드려올녀미되, 조곰도두려안코, 관뎡(官庭)발
악(發惡)ᄒ돈말을엇지다엿주릿가, 본관사도나갓흐면, 단박짜려죽엿
슬걸, 너그럽고어진쳐분(處分)지금것살녓스니, 그은혜(恩惠)장ᄒ오며,
본관사도아니시면, 츈향슈졀(守節)어셔나리, 지화자아지화자

엇슥엇슥, 궁둥이춤이, 졀로나니장관(壯觀)이오, 엇져녁에걸인사
위, 어사되니장관이오, 하마ᄒ면죽을춘향, 살아나니장관이오, 남월읍
(南原邑)월민씨(月梅氏)가, 어사사위장관이오, 남원부즁과슈부인(南原
府中寡嫂夫人)등장(等狀)흠도, 장관이오, 남녀로소(男女老少)춤을추니,

만고(萬古)업는장관이오, 젼장관, 후장관이, 참으로장관일다, 지화자

  이째, 츈향모와, 여러부인들이, 손목을셔로잡고, 츈향의집으로가,

큰소잡어업즈르고, 상하남녀(上下男女)로소(老少)업시, 차례로대졉ᄒᆞᆯ

졔, 이쎠, 운봉읍(雲峯邑)에가둔방즈놈이, 어사도남원(南原)츌도(出道)

ᄒᆞ야, 운봉영장(雲峯營將)이보션발로도망ᄒᆞ야왓단말을듯고, 간다온다

말도업시, 도쥬(逃走)ᄒᆞ야와셔, 어사도끠문안(問安)ᄒᆞ니, 어ᄉᆞ도우ᄉᆞ

시며

  이놈, 운봉에가둔놈이, 내말업시왓단말이냐

  방즈놈이, 어ᄉᆞ도쎄, 드려디는디, 썩꿩장ᄒᆞᆫ것다

  쇼인(小人)을무삼죄(罪)로가두셧소, 마마님셔간속에소인을가두라

고, 부탁이잇셔가두셧소, 슈년(數年)을뫼시고거힝(擧行)ᄒᆞ든놈을, 그

러케무시(無視)ᄒᆞ시오, 소인(小人)이쏘, 마마님끠도, 유공(有功)ᄒᆞᆫ놈이

오, 상대신에, 벌을쥬시오

  어ᄉᆞ도우ᄉᆞ시며

  네가죄(罪)가잇셔가둔것이아니라, 네가방졍마진놈이되야, 루셜(漏

說)이될터이기로, 잠시, 너를붓잡어두엇다

  즉시(卽時)방자(房子)로남원관로텽(南原官奴廳)소임(所任)ᄒᆞ나를시

기시고, 십년한뎡(十年限定)ᄒᆞ야, 완문(完文)ᄭᅵ지ᄒᆞ여주시니라

  이쎠에본관(本官)이황공무식(惶恐無色)ᄒᆞ야,   인병부(印兵符)ᄭᅳᆯ너,

어사도끠밧치니, 어ᄉᆞ도본관을쳥ᄒᆞ야조흔말로슈작ᄒᆞ되

  일셩즁(一城中)에동거(同居)ᄒᆞ야, 놉흔셩화(聲華)는만히드럿스나, 만

나기는쳐음이오, 나를뉘인줄아시닛가

  본관이몸을굽혀

  모를리가잇소릿가

어스도우스시며

남아(男兒)의탐화(貪花)홈은, 영웅렬사(英雄烈士)일반(一般)이라, 그러나, 거현천능(擧賢薦能)아니ㅎ면현능(賢能)을뉘가알며, 본관이아니시면, 춘향절힝웃지아오, 본관의수고(受苦)홈이, 얼마씀감사(感謝)ㅎ오

본관(本官)이벌벌썰며, 유유(唯唯)부답(不答)부복(俯伏)ㅎ니

(어) 연(然)이나, 남원(南原)이대읍(大邑)이라겸세민졍오오(歉歲民情嗷嗷)ㅎ야, 만셩도탄(萬姓塗炭)되엿스니, 아모조록션치(善治)ㅎ야, 만인산(萬人傘)을바드시고, 환향상봉(還鄕相逢)ㅎ옵시다, 인즉작별(因則作別)ㅎ니, 본관이지비(再拜)ㅎ고관곡(款曲)흔쳐분(處分)을못내칭사(稱謝)ㅎ더라

이찐, 어사도는, 반야삼경(半夜三更)퇴령후(退令後)에, 인셩(人聲)이적막(寂寞)흔디, 역졸(驛卒)에게등(燈)들니고, 춘향의집나가실졔, 슈영(樹影)은참치(參差)ㅎ고, 월식(月色)은교결(皎潔)흔데, 욕향쳥산문두견(欲向靑山問杜鵑)자조운다, 져새소래, 예에듯든불여귀(不如歸)요, 알연장명(戞然長鳴)져두룸이, 구졍(舊情)을짐작ㅎ는지, 두나래쩍펼치고, 징금징금구벅구벅, 나를보고반기는듯, 련당(蓮堂)에금부어(金鮒魚)는달을조차쮜여놀고, 화간(花間)에잠든거우사람자최, 놀나씬다, 역줄(驛卒)이드러스며

쉬 -

춘향모쌈짝놀나

이고, 사도, 나오시네

뜰에나려, 영졉(迎接)ㅎ야, 춘향방(春香房)드러가니, 이찐춘향이는누엇다가, 겨우이러, 어사도손을잡고, 셔름이사모쳐셔, 늣기며, 셜니운다, 어스도슈건(手巾)으로, 눈물을씨셔주며

울지마라, 울지마라, 예로부터, 영웅미인(英雄美人)고싱(苦生)업는
뉘잇느냐, 네가우연(偶然)나를만나나위ᄒ야고싱흠도, 젼혀, 다 내죄
로다, 우지마라우지마라

만단(萬端)으로위로(慰勞)ᄒ며, 미음도권ᄒ시고, 약도짜셔권ᄒ시며
이졔는우리둘이히로빅년(偕老百年)유자싱녀(有子生女)쇼원(所願)평
싱(平生)즐길테니, 속속(速速)히소복(蘇復)ᄒ야, 가산(家産)을방믹(放
賣)ᄒ고, 너는먼져올나가셔, 나오기를기대려라, 봉명사신(奉命使臣)몸
이되야, 지톄(遲滯)홀슈바이업셔, 나는명일(明日)가거니와, 간곳마다
통신(通信)ᄒ야, 쇼식(消息)자조알터이며, 부리든리방(吏房)에게, 치힝
(治行)졀차(節次)다이르고, 본틱셔간(本宅書簡)ᄒ엿스니, 하인(下人)슈
이올것이라, 소복이되는디로, 속속(速速)히올나가라

모녀(母女)에게당부(當付)ᄒ고, 작별(作別)ᄒ며, 이러셔니, 쏘, 리별
(離別)이되는구나, 밝기젼에, 힝장(行裝)을슈습(收拾)ᄒ야, 젼라도(全
羅道)오십삼관(五十三官)힝운(行雲)갓치다니시며, 져져히슌찰(巡察)ᄒ
야, 문부(文簿)를닥근후에, 셔울로올나오사, 동부승지당상(同副承旨堂
上)ᄒ야, 대사셩(大司成)을지내시고, 차차, 내직(內職)으로드러오사보
국판셔(判書)ᄭ지ᄒ셧것다

춘향의장ᄒ졀힝(節行)자상통촉(自上洞燭)ᄒ옵시고츙렬부인(忠烈夫
人)봉(封)ᄒ시니, 츙렬부인영귀(榮貴)홈이, 반도내(半島內)에다시그짝
이업더라 (終)

서적중개상에 대해 관심을 갖고 연구하기 시작한 지 벌써 10여 년이란 시간이 흘렀다. 그 과정에서 서적중개상에 관해 파고들면 들수록 필자에게 알게 모르게 매력적으로 다가온 인물이 바로 송신용이었다. 송신용의 자취를 찾고 싶은 생각에 항상 상상으로 송신용의 얼굴을 그려보곤 했었다. 마지막 서적중개상이라는 상징적 의미뿐 아니라, 그가 학계나 현대인에게 끼친 공적이 자못 클 뿐더러 자료를 찾으면 찾을수록 고구마 줄기처럼 그와 관련된 새로운 자료들이 쏟아져 나오는 기쁨을 주체할 수 없었기 때문이었다.

송신용 선생이 의미있는 존재로 필자에게 처음 다가오게 된 것은 대구에서 발행한 『향토』라는 지방 잡지에 실린 「여용국전」을 접하고 나서부터였다. 그 후 계속해서 『향토』에 실린 『고금소총』과 『어수록』, 「강도몽유록」, 「여용국전」, 「오입쟁이 격식」 등의 고전 작품들이 그의 손을 거쳐 그 명맥을 유지하고 세상에 소개된 사실을 알게 되었다. 물론 송신용의 이름 석 자는 이미 『한양가』라는 걸출한 가사를 교주해 세상에 내놓은 이로 익히 알고 있던 터였지만, 그가 고전문학 작품과 직간접적으로 관여된 것이 뜻밖에 적지 않음을 깨닫고 나서는 흥미롭기까지 했다. 더욱이 그와 관련된 자료를 찾아나 갈수록, 또한 그의 인간적 면모를 알게 되면 될수록 서적중개상으로서 단순히 책만 보급하거나 이익을 챙긴 위인이 아니라 자신이 구입한 자료 중에서 선별하여 자신이 직접 고전 작품을 교주 또는 교열을 가하고, 해제를 쓰기도 하고 발문을 써서 세상에 내놓는 학구열을 보여준 초기 국학자를 방불케 한다는 사실을 깨닫게 되었을 때, 그놀라움은 가슴 벅찬 감동으로 번져나갔다. 그의 손을 거쳐 살아남은 서적과 그를 통해 연구된 결과물을 오늘날 고전문학 연구자들이 혜택을 받고 있음에 감사한 마음마저 들었다.

송신용을 기억하는 몇몇 지식인(김약슬과 김동욱, 조윤제, 그리고 통문관 주인이었던 이겸로 선생 등)에 의해 그의 활동상이 기록되고, 그 역시 여러 문헌에 자신의 흔적을 남겨놓았기에 그의 이면을 좀 더 구체적으로 추적할 수 있는 단서를 얻을 수 있었다. 그럼에도 한편으로 송신용에 대한 궁금증은 더 커져만 갔다. 왜냐하면 파편적으로 산출되는 자료만으로는 송신용이 어떤 인물인지 명확하게 잡히질 않았기 때문이다. 답답한 마음을 부여잡고 수년을 보낼 수밖에 없었다. 그러나 지성이면 감천이라고 그의 후손을 찾게 되었고, 그 결과 궁금증이 상당부분 해소될 수 있었다. 그 때 개인적으로 맛본 희열을 그무엇과도 바꿀 수 없다.

송신용 관련 자료를 찾다가 뜻밖에 송헌빈을 알게 되었다. 송헌빈은 송신용의 백부(伯父) 되는 사람으로, 신사유람단의 일원으로 일본을 시찰하고 돌아온 후 『동경일기』라는 견문기를 썼으며, 초기 경제관료로서 활동한 경제전문가였다. 그 밖에 송신용의 방계 친척인 송헌석을 발견한 것도 값진 수확이었다. 송헌석은 19세기 말~20세기

초 일본어 · 중국어 등 외국어 교재를 집필했던 어학교사이자 구활자
본 고소설인 『병인양요』를 지은 소설가요, 더 나아가 이해조의 『옥중
화(獄中花)』를 기본 얼개 삼아 다시금 개작을 가한 『옥중향(獄中香)』
의 저자이기도 하다. 특히나 『병인양요』나 『옥중향』 같은 작품들은
지금까지 그 전모와 실체가 알려지지 않았던 것들인지라, 필자가 이
작품을 찾아내 논문으로 발표할 수 있었다. 송신용을 이해하기 위해
서는 송헌빈과 송헌석과의 관계도 분명히 짚고 넘어가야 할 문제였
다. 왜냐하면 이들의 작품과 송신용 사이에 특별한 관계가 심증적으
로 짚이는 것이 있었기 때문이다. 그러나 2007년 겨울까지만 해도
송헌빈과 송헌석이 송신용과 어떤 관련이 있는지 알지 못했었다. 여
기서 필자가 어떻게 송신용의 후손을 찾고, 송헌빈과 송헌석의 관계
를 알게 되었는지 그 내막을 간단히 밝혀 놓고자 한다.

　송신용을 더 알고 싶다는 개인적 욕망이 강해지자, 아예 그의 일가
친척이나 후손을 찾아 나서기로 마음먹었다. 그러나 그동안 여러 방
법을 동원해 단서가 될 만한 것을 뒤져보고 찾아 봤지만, 번번이 실
패했다. 그러다가 2007년 겨울방학 때 도서관에 처박혀 무작정 송씨
족보를 뒤지기 시작했다. 물론 그 이전에 송신용의 본관이 무엇인지
조차 모르면서 몇몇 대표적 송씨 종친회에 전화를 걸어 물어보기도
하고, 온갖 인터넷 사이트를 검색해보기도 했었다. 이미 동사무소나
경찰서 등 공공기관에도 사람 찾는 협조요청을 간절히 해보기도 했
지만, 그럴 때마다 연구를 목적으로 개인 신상정보를 알려줄 수 없다
는 현장 공무원들의 단호한 답변만 듣고 여러 차례 고배를 마신 터
였다. 그러니 미련한 방법일지 모르나 혼자서 족보를 한 장 한 장
넘겨가며 찾는 것이 오히려 마음은 편하고 좋았다. 그래서 하릴없이

송씨 족보를 하나하나 들추면서 나와의 기나긴 싸움을 시작했다.

족보를 찾다 보니 송신용의 '用'자가 은진 송씨의 항렬명일 가능성이 높다는 판단이 들었다. 그래서 우선적으로 은진 송씨 족보로 범위를 좁혀 찾기로 했다. 그러나 그것도 쉽지 않았다. 같은 본관이라도 여러 파(派)가 있었기 때문이었다. 그래서 역시나 무식하게 손에 잡히는 순서대로 하나씩 들춰나가기로 했다. 그런데 그런 무식한 방법이 통하는 순간이 다가왔다. 족보를 뒤지기 시작한 지 1주일 쯤 지난 어느 날, 드디어 『은진송씨 승지공파보(恩津宋氏承旨公派譜)』에서 '宋申用'이란 이름 세 글자를 발견하게 된 것이었다. 그 순간 맛본 기쁨이란 이루 형용할 수 없었다. 눈물이 절로 나왔다. 그 때 비로소 송헌빈이 송신용의 큰아버지라는 사실과 송헌석이 먼 방계 친척이라는 사실을 알게 되었다. 족보에 일가친척과 후손에 관한 정보가 구체적으로 적혀 있어 후손을 찾는 일이 곧 현실로 다가온 느낌이었다.

그러나 그 기쁨도 잠시, 또 다른 난관이 기다리고 있었다. 족보에는 후손의 이름과 생몰 사항만 있을 뿐, 주민등록번호나 주소, 또는 전화번호가 없지 않은가. 다시 공공기관의 협조를 얻어 이름 석 자와 한자, 그리고 생년월일이 일치하는 후손을 찾아야 했는데, 그 어느 공공기관에서도 역시나 개인의 신상 정보를 개인적으로 알려줄 수 없다며 모두 난색을 표하는 것이었다. 연구자가 연구를 목적으로 사람을 만나고 정보를 얻으려 해도 그것이 공식적 루트를 통해서 이뤄지기란 하늘의 별따기만큼 어렵다는 사실을 절감했다. 연구자가 연구를 목적으로 사람을 찾을 수 있는 방법이 제도적으로 마련되어 있지 못하다는 사실이 한편 씁쓸하기까지 했다. 어쩌면 필자만 모르는 쉬운 방법이 있었는지도 모를 일이다. 여하튼 족보를 찾은 기쁨도 잠시뿐, 다른 연구 또한 진행해야 했기에 송신용 후손을 찾는 작업은 답보 상태에서 별 소득 없이 반년이 그냥 지나갔다.

그 후 필자는 학교를 강원대로 옮기게 되었다. 어느 날 강원대 같은 과 김풍기 교수와 이야기를 나누다가 우연히 사람 찾는 일의 어려움을 토로한 적이 있었다. 그런데 뜻밖에 김풍기 교수로부터 훌륭한 아이디어를 제공받게 되었다. 그리고 며칠 후 정말로 그렇게 애타게 찾던 송신용 후손의 주소지를 알아내게 되었다. 필자는 당장 주소지로 찾아가 무작정 후손을 기다렸다가 극적으로 그들을 만나게 되었다. 송신용의 자녀들도 뜻밖에 부친에 관해 연구하는 이가 있다는 사실을 알고는 놀라움과 기쁨을 감추지 못하고 기꺼이 적극 협조해 주었다. 후손을 만나고, 송신용의 얼굴을 사진으로 비로소 보게 되었을 때 그를 찾아 헤맨 시간들이 주마등처럼 스쳐 지나가고 만감이 교차했다. 2008년 12월, 칠순이 넘은 삼남(三男) 송경진 선생과 함께 망우리 공동묘지에 있는 송신용 선생의 묘소를 찾았다. 그토록 오랫동안 만나고 싶었던 송신용 선생을 겨울비를 맞으며 묘비 앞에서 만났다. 그 후로 망우리 고개를 지날 때면 가끔씩 송신용 선생을 찾곤 한다.

마지막으로 이 지면을 빌려 후손을 만나는 데 결정적 도움을 준 김풍기 교수와 송신용 선생의 일생을 재구성하는 데 많은 증언과 협조를 해 준 후손 제위(특히 송신용 선생의 장녀 송명희 여사와 외손자 김승한 선생), 그리고 자료 이용에 협조해 준 휘문고등학교 관계자 분께 감사의 말을 전하고 싶다.

참고문헌

1. 자료

「강도몽유록(江都夢遊錄)」, 국립중앙도서관 소장본.

강한영 교주, 「변강쇠가」, 『신재효 판소리사설 여섯마당집』, 형설출판사, 1982.

「교수잡사(攪睡襍史)」, 『파수록(破睡錄)』, 서강대 도서관 소장본.

국사편찬위원회·한양대한국학연구소 편, 『(정추 교수 채록) 소비에트시대 고려인
　　의 노래 1』, 한양대학교출판부, 2005.

『규방가사 Ⅰ』, 한국정신문화연구원, 1979.

김보희 편, 『소비에트 고려민족의 노래』, 한울, 2008.

김사엽, 「한양가」, 『실력 국문해석법』, 대양출판사, 1954.

김약슬, 「송신용 노인(宋申用老人)」, 『도서(圖書)』 제9호, 을유문화사, 1965.

김씨부인, 『병인양난록(丙寅洋亂錄)』, 1866. ; 이주홍, 『뒷골목의 낙서(落書)』, 을
　　유문화사, 1966 재수록.

「녀용국평난긔」, 『금강유산기(金剛遊山記)』, 최승범 소장본.

「녀용국평난긔 단」, 『(가람) 칙목녹』, 규장각 소장본(가람古 015.51 C346)

『단종실록(端宗實錄)』 권8, 원년 10월 24일조.

민제 역주, 『한국한문소설선』, 중앙대출판부, 1996.

박건회, 『고려강시중전(高麗姜侍仲傳)』, 조선서관, 1913.

「배시황전」, 국립중앙도서관 소장본.

「부상인사(負商人事)」, 『향토』 제6권, 정음사, 1947.

『불설대보부모은중경(佛說大報父母恩重經)』, 용주사, 1796, 연세대 귀중본실 소
　　장본.

빙허각 이씨, 정양완 역주, 『규합총서』, 보진재, 1975.

설성경 편저, 「남원고사」, 『춘향예술사자료총서』 6, 국학자료원, 1998.

『성종실록(成宗實錄)』, 11년 10월 18일조.

송신용, 「명의전설(名醫傳說): 음성으로 診斷」, 『동양의학(東洋醫學)』 제4권 제1
　　호, 동양의학사, 1949.

_____, 「오주(誤註)의 전재(轉載)」, 『국어국문학』 제20집, 국어국문학회, 1959, 215쪽.

_____ 교주, 「여용국전(女容國傳)」, 『향토』 제8권, 정음사, 1948.

_____ 교주, 「조충의전(趙忠毅傳)」, 『한글』 제13권 제5호, 한글학회, 1949.7.

송헌빈, 『동경일기(東京日記)』, 서울대 고문헌실 소장본.

송헌석, 『병인양요(丙寅洋擾)』, 덕흥서림, 1928, 서울대・우석대 도서관 소장.

_____, 「옥중향(獄中香)」, 『전매통보』 제3년 1월호, 조선전매협회, 1927.

『승정원일기(承政院日記)』, 고종 3년 8월 16일조, 9월 28일조; 고종 19년 11월 11일 조; 고종 25년 8월 17일조.

신영길 역주, 『한양가(漢陽歌)』, 지선당, 2006.

안정복, <經書疑義>, 「雜著」, 『순암문집(順菴文集)』, 여강출판사, 1984.

_____, <周禮古字奇字>, 『잡동산이(雜同散異)』(壹), 아세아문화사, 1981.

_____, <自潘陽至會寧等處小地名>, 『잡동산이(雜同散異)』(參), 아세아문화사, 1981.

이가원 편역, 『이조한문소설선(李朝漢文小說選)』(한국고전문학대계 17), 민중서 관, 1961.

이덕무, <복식(服食)>, 「부의(婦儀)」 一, 『사소절(士小節)』第六; 『청장관전서(靑 莊館全書)』권30, 민족문화추진회, 1980.

「약국인원정(藥局人原情)」, 『한글』 제13권 제6호, 조선어학회, 1949.12.

『어수록(禦睡錄)』(조선고금소총 제1배본), 정음사, 1947.

「여용국사(女容國史), 『화사(花史)』, 연세대학교 소장본.

「여용기(女容記)」 1冊, 『延慶堂: 諺文冊目錄』, 장서각 소장본.

「오입쟁이 격식」, 『향토』 제6권, 정음사, 1947.

유본예, 『한경지략(漢京識略)』 제1책. 서울대 규장각 소장본.

이병기, 정병욱・최승범 편, 『가람일기(II)』, 신구문화사, 1976.

『일성록(日省錄)』, 고종 3년 9월 19일조.

「점인실부소지(店人失婦所志)」, 『한글』 제13권 제4호, 조선어학회, 1949.

조윤제 교주, 「粧臺記功錄(女容國平亂記)」, 『고등국어(高等國語) 고대문감(古代 文鑑)』, 세기과학사, 1948.

『조선왕조실록(朝鮮王朝實錄)』, 고종 43년(1906) 5월 11일조.

『조선총독부 및 소속관서직원록』, 1917~1919.

청주한씨중앙종친회 편, 「判尹公 韓聖根」, 『청주한씨유사보감(淸州韓氏遺事寶

鑑)』(상권), 청주한씨중앙종친회, 1998.

『촌담해이(村談解頤)·어면순(禦眠楯)·속어면순(續禦眠楯)』(제2배본), 정음사, 1947.

「출판경찰개황 - 불허가 차압 및 삭제 출판물목록」, 『조선출판경찰월보』 제10호, 1929.6.3.

최태응 역주, 『정선 한국고전문학전집 7 : 전기·한문소설』, 서영출판사, 1978.

태학사 편집부, 「병인양요록」, 『한국근세사 논저집』, 태학사, 1982.

펠릭스 클레르 리델, 「병인양요 보고서」, 강화문화원 편, 『강도(江都)의 맥(脈)』, 강화문화원, 2004.

「피생명몽록(皮生冥夢錄)」, 국립중앙도서관 소장본.

한산거사, 송신용 교주, 『한양가(漢陽歌)』(정음문고), 정음사, 1949.

『황성신문(皇城新聞)』, 1906년 4월 21일자.

M.H. 쥐베르, 여동찬 역, 「1866년 프랑스의 <강화도원정기(江華島遠征記)>」, 『문학사상』 9월호, 통권 82호, 문학사상사, 1979.

W.E. 그리피스, 신복룡 역, 『은자(隱者)의 나라 한국(韓國)』, 평민사, 1985.

2. 논저

권순긍, 『활자본 고소설의 편폭과 지향』, 보고사, 2000.

권혁래, 「조선조 한문소설의 국역 및 개작 현상을 바라보는 시각」, 『동화와 번역』 제4권, 건국대 동화와번역 연구소, 2002.

김동욱, 「한상윤 노인(韓相允老人)」, 『도서(圖書)』 제 5호, 을유문화사, 1963.

김성준 편, 『학산 이인영 전집』 제1~4권, 국학자료원, 1998.

김순석, 「근현대불교사 12-일제시대 불교계 저항운동 진원지 중앙학림」, 『법보신문』, 2007년 10월 2일자.

김약슬, 「송신용 노인(宋申用老人)」, 『도서(圖書)』 제9호, 을유문화사, 1965.

김준형, 「필사본 ≪奇聞≫·≪攪睡雜史≫의 발견과 그 의미」, 『열상고전연구』 제23집, 열상고전연구회, 2006.

김진영 외, 『춘향전 전집』(15~17권), 박이정, 2004.

김창룡 편역, 『한국의 가전문학』, 태학사, 1999.

김태준, 『조선소설사』, 1932; 『조선소설사』, 예문, 1989.

김현양, 「<옥중화>의 계보」, 『동방고전문학연구』 제1집, 동방고전문학회, 1999.

김현양·이다원, 「춘향전 구성양상과 주제해석과의 상관성」, 설성경 편, 『춘향전 연구의 과제와 방향』, 국학자료원, 2003.

김현주, 『구술성과 한국서사전통』, 월인, 2003.

김희숙, 『한국과 서양의 화장문화사』, 청구문화사, 2000.

동덕 100년사 편찬위원회, 『동덕 100년사』, 동덕여자대학교박물관, 2008.

박용식 외, 『고전산문의 계보적 연구』, 국학자료원, 2001.

박종화, 「월탄 회고록」, 『한국일보』 1973년 1월 13일자; 『역사는 흐르는데 청산은 말이 없네』, 삼경출판사, 1979.

백성현·이한우, 『파란 눈에 비친 하얀 조선』, 새날, 1999.

백현미, 「유치진의 <춘향전> 연구」, 『한국극예술연구』 제7집, 한국극예술학회, 1997.

사성구·전상욱, 「춘향전 이본 연구에 대한 반성적 고찰」, 설성경 편, 『춘향전 연구의 과제와 방향』, 국학자료원, 2003.

설성경, 「유치진이 추구한 <춘향전>의 새 의미」, 『1930년대 민족문학의 인식』, 한길사, 1990.

_____ 편저, 『춘향예술사 자료총서』(1~8권), 국학자료원, 1998.

_____ 외, 『춘향전 연구의 과제와 방향』, 국학자료원, 2004.

송재오, 「조선서지(朝鮮書誌)와 서물동호회(書物同好會)」, 『도협월보』 9월호, 한국도서관협회, 1960.

안동민속박물관 편, 『안동의 명현당호(名賢堂號)』(학술총서 제7집), 안동민속박물관, 2000.

안병렬, 『한국 가전문학 연구』, 이우출판사, 1986.

양주동, 「불가설(不可洩)의 진본(珍本)」, 『조광』 제2권 제2호, 1936.

우정권, 『조명희와 선봉』, 역락, 2005.

이가원, 「여용국전(女容國傳)」, 『한문신강(漢文新講)』, 신구문화사, 1960.

_____, 『한문학연구』, 탐구당, 1969; 「英·正代 文壇에서의 對小說的 態度」, 『이가원 전집 2 : 한문학연구』, 정음사, 1986.

이경선, 「<병인양난록>과 <江華島遠征記>의 비교연구」, 『한국문학과 전통문화』, 신구문화사, 1988.

이민희, 「冊僧 宋申用과 교주본 <女容國傳여용국전> 연구」, 『한국민족문화』 제27집, 부산대학교 한국민족문화연구소, 2006.

_____, 『16~19세기 서적중개상과 소설·서적 유통관계 연구』, 역락, 2007.

_____, 「구활자본 고소설 <병인양요(丙寅洋擾)> 연구」, 『어문연구』 제56집, 어문연구학회, 2008.

_____, 「춘향전 새 이본 <옥중향(獄中香)> 개관」, 『민족문학사연구』 제38호, 민족문학사학회, 2008.

이숙희 역저, 『(국역) 황녹차집 : 녹차 황오의 문학연구』, 충남대출판부, 2007.

이윤석, 「세책 <춘향전>에 들어있는 '바리가'에 대하여」, 이윤석·大谷森繁·정명기 편저, 『세책 고소설연구(貰冊古小說研究)』, 혜안, 2003.

이은숙, 『신작구소설 연구』, 국학자료원, 2000.

이재욱, 「춘향전 원본」, 『삼천리』 제9권 제5호, 1937.10.01.

이정탁, 「조선후기 가전의 작품분석(<女容國傳>)」, 『한국문학연구』, 형설출판사, 1986.

이주영, 『구활자본 고전소설 연구』, 월인, 1998.

이해조 「옥중화」, 보급서관, 1912; 설성경 편저, 『춘향예술사 자료총서』 제2권, 국학자료원, 1998.

一步學人, 「이조시대 민심·정렬을 보힌 춘향전의 특질」, 『조선일보』, 1935.1.1; 신태현, 이복규·김기서 역, 「춘향전 상연을 보고」, 설성경 편, 『춘향전 연구의 과제와 방향』, 국학자료원, 2003, 1004~1005쪽.

임기중 편저, 『한국가사문학원전연구』 21, 아세아문화사, 2005.

장효현, 「근대전환기 고전소설 수용의 역사성」, 『한국고전소설사 연구』, 고려대학교출판부, 2002.

전완길, 『한국화장문화사』, 열화당, 1987.

정명기, 「조충의 이야기의 변이양상과 그 의미」, 『한국야담문학연구』, 보고사, 1996.

정병설, 「기생집에서 노는 법: 외입장이 격식」, 『문헌과 해석』 통권 18호, 문헌과해석사, 2002.

_____, 「화장, 얼굴나라의 전쟁-<여용국평란기(女容國平亂記)>」, 『문헌과 해석』 통권 25호, 문헌과해석사, 2003.

조동일, 「개화기의 우국가사」, 민병수 외, 『개화기의 우국문화』, 신구문화사, 1979.

_____, 「소설의 생산·유통·소비」, 『소설의 사회사 비교론』 2, 지식산업사, 2001.

_____, 『한국문학통사』(권4), 제4판, 지식산업사, 2005.

조윤제, 「춘향전 이본고(春香傳 異本考)」(一·二), 『진단학보』 제12·13호, 진단학회, 1940.

조재곤, 「병인양요와 한성근」, 『군사』 제 50호, 국방부군사편찬위원회, 2003.

조희웅 편저, 『고전소설문헌정보』, 집문당, 2000.

조희웅, 『고전소설 연구보정』(상・하), 박이정, 2006.

차용주, 「근세후기의 전(傳)문학(<女容國傳>)」, 『한국한문소설사』, 아세아문화사, 1989.

채만식, 「병인양요(下)」, 『새한민보』 3권 11호, 1949.

천혜봉, 「전적(典籍) 문화재의 수탈과 유출」, 『신동아』 6월호, 1997.

최승범, 「<여용국평란기> 소고」, 『장암 지헌영선생 화갑기념논총』, 호서문화사, 1971.

_____ 해제, 「한글 고전의 새로운 확장 : <女容國平亂記>」, 『문학사상』 9월호, 문학사상사, 1974.

_____, 「<여용국평란기> 소고」, 국어국문학회 편, 『수필문학연구』(국어국문학회 총서 6), 정음사, 1983.

한국고소설연구회 편, 『춘향전의 종합적 고찰』, 아세아문화사, 1991.

한글학회 편, 「한글학회의 피란기」, 『한글학회 50년사』, 한글학회, 1971.

홍순혁, 「신간평(新刊評) <조선고금소총(朝鮮古今笑叢)>」, 『향토』 제8권, 정음사, 1948.

휘문 100년사 편찬위원회 편, 『휘문 100년사』, 휘문중고등학교, 2006.

찾아보기